Tupinilândia

Samir Machado de Machado

Tupinilândia

todavia

Para Tamara (quem primeiro me falou de Fordlândia);
e Juliana, em memória (que me mostrava suas fotos da Disneylândia);
e Thamis (que passou a infância comigo em Tupinilândia)

Quando indivíduos ou grupos inteiros aderem religiosamente a alguma ideia insustentável, nem a falência evidente de suas hipóteses é capaz de fazê-los mudar de ideia – assim como, a bem dizer, uma pessoa de fé que implora por um milagre não a perde caso o milagre não aconteça.

Umberto Eco, *História das terras e lugares lendários*

"O passado está morto. Jamais poderá ser recriado. O que fizemos foi reconstruir o passado, ou pelo menos uma versão do passado. E eu afirmo que podemos fazer uma versão melhor." "Melhor do que o real?" "Por que não?"

Michael Crichton, *Jurassic Park*

Prólogo

Maio, 1981

Já está gravando? Por onde começo? Sabe, é difícil definir onde é o começo, de onde foi que veio aquela fagulha inicial, na verdade não existe fagulha inicial, ao menos não pra mim, talvez pra um artista. E eu não sou artista, não tenho a ambição de ser considerado assim, no máximo eu sou o maestro regendo a orquestra, como o Stokowski no Fantasia. *Já assistiu? Não é da sua época, não sei se ainda reprisam nos cinemas. Ah, estão relançando? Que bom. Daqui a pouco lançam em fita, se essa coisa de videocassete pegar. Sobre o que é a entrevista mesmo? Ah, pensei que fosse sobre... mas não, nem teria como ser, você não teria como... do que estou falando? Não importa, é outro assunto, eu me confundi, desculpe. Você quer saber é de quando o conheci, não? Ah, posso ver o meu filho ali revirando os olhos, ele já escutou essa história tantas vezes. Roberto, não faça essa cara, ouviu? Aqui tem um que não escutou ainda, e não é sempre que se tem uma plateia nova. Você já esteve em algum dos parques? Eu sempre confundo os nomes, o de Los Angeles é o primeiro, depois veio o de Orlando. Sabia que o segundo parque não era pra ter sido um parque de diversões? Era pra ter sido uma cidade. Uma cidade-modelo planejada, utópica. Ele tinha essa coisa: quando terminava um projeto, se desinteressava por completo, partia pro patamar seguinte. Foi assim com tudo: quando sincronizou o som com o desenho, quis tentar a cor; quando conseguiu as cores, decidiu que faria um longa-metragem animado. Conseguiu, e foi chamado de gênio, Eisenstein chegou a dizer que* Branca de Neve *era o melhor filme de todos os tempos! Mas então ele se desinteressou pela animação. Dizem que mal acompanhou as produções seguintes, só tinha olhos para aquele filme que seria a sua grande obra-prima, a fusão completa de todas as artes: música, dança, desenho e cinema. E depois não quis saber mais dos desenhos, só tinha olhos pra essa ideia de um parque de diversões, não um parque de diversões qualquer, mas um que fosse um microcosmo da cultura deles, mais do que isso, uma reinterpretação da própria história nacional.*

Sabia que a Main Street de todos os seus parques é uma reprodução da rua Principal de Marceline, a cidadezinha onde ele passou a infância? Acho que foi isso que me inspirou desde sempre. Mas agora me perdi, qual era o ponto disso? Ah, o segundo parque. Pois então, quando terminou o primeiro, ele não queria mais saber de parques de diversões, queria dar o passo além: queria construir uma cidade inteira, uma sociedade planejada, a sua visão pessoal do futuro do urbanismo. Isso é algo que eu admiro num homem, é uma coisa terrível que só ditadores e artistas têm, de querer remodelar o mundo à sua vontade, nem que seja à força. Os psicólogos chamam de "paracosmos", que nada mais é do que a criação de um universo fictício, inventado, que se pode controlar, uma vez que a realidade foge ao nosso controle. Todo artista constrói seu paracosmos, e isso talvez seja a única coisa em mim que se assemelha a um artista. Se tem uma coisa em que acredito é que, quando você estabelece pra si mesmo um objetivo muito alto, mesmo o seu fracasso se dá muito acima da margem de sucesso dos outros. Mas enfim, a cidade. Eu vi as maquetes, era uma loucura, o transporte público era coisa de gibi, é difícil de explicar... ele chamava de "Comunidade Protótipo Experimental do Amanhã", que em inglês dá a sigla EPCOT. O que aconteceu? Ora, ele morreu e, com ele morto, desistiram dessa ideia louca de fazer uma cidade-modelo. Agora vai virar só mais um novo parque de diversões, vão inaugurar ano que vem em Orlando. O que deve estar fazendo o velho se revirar na sua câmara criogênica, ah-ah! Sim, eu sei que é só um boato. Ele foi cremado, na realidade. Mas agora eu me perdi, como foi que começamos a falar disso? Ah, sim. Eu ia te contar de quando o conheci.

O amigo brasileiro

O ano era 1941 e João Amadeus era um rapaz de sorte: aos dezoito anos, o filho de imigrantes norte-americanos foi convocado para apresentar o Rio de Janeiro ao maior ídolo de sua infância.
Por TIAGO MONTEIRO*

O Rio de Janeiro dos anos 1940 é uma paisagem que só pode ser evocada em preto e branco. Das fotografias nas páginas da revista *O Cruzeiro* aos filmes da Atlântida, das pedras de seus calçadões, das luzes dos cassinos contra a noite na baía de Guanabara, da fachada alva do Copacabana Palace contra a pele retinta de seus funcionários. É nossa Antiguidade neoclássica, com sua cota de idealizações simplistas e um sorriso opressor de boa vontade; os charmes habituais do fascismo.

"Nossa família tinha se mudado havia pouco de Porto Alegre para o Rio de Janeiro, e eu era ingênuo o bastante para não perceber a situação política ao redor. Os filmes a que eu assistia eram uma realidade mais concreta para mim", lembra João Amadeus Flynguer. "Meu pai não tinha grande simpatia por Getúlio Vargas, e sim por seu projeto nacionalista de industrialização. Mas é fácil ficar alheio à política quando se é criado dentro de um cinema."

A fuga à realidade era tendência familiar. Seu pai contava que havia tentado fugir de casa aos dez anos, para se juntar ao circo. Descendente de espanhóis e franceses, natural de Baltimore, em Maryland, o velho Amadeus Severo Flynguer trabalhou como eletricista na Exposição Universal de Buffallo em 1901. De lá foi chamado por um primo para trabalhar no Brasil, na introdução do

---

* Publicado originalmente na edição americana de *Seleções de Reader's Digest*, em duas partes, em agosto e setembro de 1981, e na edição brasileira em outubro e novembro do mesmo ano.

bonde elétrico de Porto Alegre, para onde se mudou com a esposa Lilly em 1906. Acabou contratado para ajudar na criação da Usina Municipal, que substituiria a iluminação pública de querosene por eletricidade. Num campo tão promissor, sinônimo da própria modernidade, mesmo um engenheiro elétrico sem formação universitária encontrava trabalho fácil. Associado a empresários locais, ergueu a Companhia Fiat Lux, que ao lado da Força e Luz eram as responsáveis por eletrizar, respectivamente, a indústria e as residências.

"A verdade é que não foi isso o que deu dinheiro a papai", explica João, "era o que vinha junto: transportes, telégrafos, telefones, ele tinha participação em tudo." Amadeus Severo expandiu seus negócios para o interior do estado e, com a escassez de carvão da Primeira Guerra, diversificou: era o "gringo doido" que comprava terrenos com cachoeiras por toda a região Sul. A instalação de hidrelétricas criou a necessidade de represas, barragens e reservatórios que o levaram ao campo da engenharia civil, chamando a atenção da americana Electric Bond & Share, que quis comprar toda a sua operação. "Papai não tinha motivo algum para vender, não é que nos faltasse dinheiro, mas se tinha algo em que acreditava era na teoria do ciclo econômico, e começou a sentir que havia uma crise se avizinhando", lembra seu filho. "Viajou para os Estados Unidos em 1928 e perguntou se ainda queriam comprar. Queriam. Pediu dinheiro à vista e pagaram. Voltou milionário." A Bond & Share unificaria as operações elétricas da cidade com a construção da Usina do Gasômetro de Porto Alegre. No ano seguinte, viria a queda da bolsa de Nova York – e seu pai era quem tinha dinheiro na mão.

Amadeus Severo fundou a Flynguer & Cia. em Porto Alegre. Especializada em importações para o setor elétrico, vendia de freios para bondes a equipamentos para usinas. Mas também diversificava, expandindo seus negócios para toda a região Sul, que então incluía São Paulo e Rio de Janeiro, vendendo artigos de luxo, eletrodomésticos, ventiladores, calculadoras – tudo que fosse sinônimo de tecnologia e modernidade. E, no entretenimento, isso significava o cinema.

A primeira casa de exibição que abriu foi em 1931, em Porto Alegre. "Acho que, no fundo, era aquela velha vontade de fugir com o circo", diz João. Era o Cine Baltimore, em homenagem à sua cidade natal, que abria as portas na recém-rebatizada avenida Osvaldo Aranha. Mais do que as importações para o setor elétrico, um negócio que agora praticamente se geria sozinho, foi o cinema que levou a família a se mudar para o Rio de Janeiro no final dos anos 30. No fundo, trabalhar com entretenimento era sua verdadeira paixão.

Lá comprou duas salas, a Pathé e o Plaza, e fechou contrato com a RKO, que fornecia os filmes e reformava as casas enquanto ele as administrasse. E foi assim que, aos dezoito anos, seu filho mais velho, João Amadeus Flynguer, estava no lugar e na hora certa para aproveitar aquela oportunidade.

Que veio através de onde menos esperava: quando estourou a Segunda Guerra, o Brasil aproveitou sua posição geográfica estratégica para lucrar negociando tanto com alemães quanto com aliados. E para os americanos, que perdiam o mercado europeu, foi a vez de voltarem seus olhos para os vizinhos do Sul, através de sua ambiciosa Política de Boa Vizinhança.

O investimento mais pesado foi feito no cinema, nem sempre com bons resultados: diz-se que nossos vizinhos argentinos não gostaram de *Serenata tropical*, de 1940, com sua Buenos Aires de pouco tango e muitos salafrários, enquanto *Aconteceu em Havana*, de 1941, mostrava a capital de Cuba como um grande cassino de vigaristas, cercada por canaviais. Era de temer o que viria quando resolvessem mostrar o Brasil.

Quando o ministro Capanema o recebeu em sua sala e lhe perguntou se sabia falar inglês, a resposta de João foi um empolgado e pernóstico *yes, sir!* O grupo de visitantes, explicou o ministro, estava para chegar no dia seguinte, o sábado 16 de agosto, em Belém do Pará, onde desceria do hidroavião e embarcaria direto para o Rio de Janeiro. Com a cidade tomada de diplomatas e refugiados europeus, havia poucas vagas nos hotéis e, por isso, seriam divididos em dois grupos: o *business crew* ficaria hospedado no Copabacana Palace, enquanto o time criativo ficaria no Hotel Glória. João faria a ligação entre os dois grupos, inteirando-se da agenda do dia no Copa e levando o grupo do Glória para conhecer a cidade.

Não é preciso dizer que, naquela tarde, João voltou para casa caminhando nas nuvens: ter crescido dentro de salas de cinema fazia disso uma questão muito pessoal. No jantar, quando contou a novidade para a família – seu pai, é claro, já estava a par de tudo –, foi de sua irmã mais nova, Cleia, a reação mais esperançosa: "O Pato Donald vem também?".

Noites na Urca. No dia seguinte, passou as horas contendo a expectativa. "Sempre fui apaixonado por cinema e pelos desenhos animados, e de certo modo os cartuns cresceram junto comigo: primeiro o som, depois a cor. Quando eu tinha catorze anos, veio o primeiro longa-metragem; agora eu tinha dezoito, o que mais poderia esperar?", lembra João. "O filme novo ainda não estreara no Brasil, mas o que se escutava lá fora eram os elogios mais espetaculares. A possibilidade de apertar aquela mão era como agradecer a quem desenhou minha infância."

Mas teria que esperar mais um pouco: no grupo que desceu ao final da tarde no aeroporto Santos Dumont, faltava justamente o principal, o visitante ilustre decidira passar um dia a mais em Belém, só chegaria na tarde seguinte. João se viu cercado por aquele grupo de doze artistas, ilustradores, músicos e roteiristas, nomes que significam muito para os aficionados por animações. Trocaram cartões de visitas. João estava empolgado e eufórico, falava rápido: querem sair, querem conhecer o Rio? Largam-se as bagagens e vamos a todos os lugares, vamos à Tijuca Copacabana Salgueiro Laranjeiras Botafogo Andaraí Méier Jardim Botânico Quinta Campo de Santana Cinelândia Niterói Paquetá avenida Atlântica Leme Leblon Gávea Pão de Açúcar e ao Corcovado! Corco-o-quê? Cor-co-va-do, repetiu para os americanos, e apontou o onipresente Cristo Redentor acima de suas cabeças.

— *Or, as you americans say: let's go see the town!*

Um dos artistas, ao descer do carro e olhar para a baía de Guanabara iluminada à noite, se emocionou e disse: "Minha nossa, é como sete ou oito Hollywoods rodeadas de mar!".

E então entraram no Cassino da Urca.

"Não há palavras ou fotos que deem conta da sensação de se entrar no *grill room* do Urca pela primeira vez", garante João. O chão do palco abria-se como uma caixa de joias e a orquestra emergia, o maestro conduzindo a loucura feérica da noite, enquanto artistas e políticos desfilavam suas vaidades no templo da beleza e luxos exuberantes, o reverbero das conversas, das risadas, dos encontros entusiasmados entre gente que nunca se viu antes. E então a orquestra inteira baixava e era tampada como uma gigantesca caixinha de músicas, a cortina no fundo do palco se abria, fileiras e fileiras de coristas dançando, malabaristas pulando.

Na manhã seguinte, quando João perguntou na recepção do hotel pelo grupo, o mensageiro saiu a chamar: "O grupo, o grupo!". Estavam sempre na varanda, esperando e matando tempo desenhando a paisagem. A chegada do chefe estava prevista apenas para o final da tarde, e era preciso ocupá-los: propôs que pegassem seus materiais e fossem ao Jardim Botânico. O grupo circulou pelas aleias com suas pranchas e tintas, rabiscando e pintando tudo o que lhes captava a atenção. Entre tantos homens, era uma mulher que se destacava: a aquarelista Mary Blair, que vinha junto com o marido, o também ilustrador Lee. Aquela viagem se tornaria um momento definidor de sua carreira. O contato com as cores intensas da América do Sul se tornariam, a partir de então, marcas características de seu trabalho: do colorido vibrante nas artes conceituais de clássicos como *Alice no País das Maravilhas* aos murais dos parques de diversões. "Essa cidade não parece um lugar real", ela confidenciou a João, "parece um cenário de filme. Os pináculos de pedra, a selva, a baía, as luzes da cidade... nenhuma foto vai conseguir dar conta disso."

Enquanto batiam fotos, pintavam aquarelas e rabiscavam esboços, João também puxou conversa com Frank Thomas, o único animador no time de artistas. "Ele era considerado um dos melhores de sua época, um Laurence Olivier da animação, especialista em cenas emotivas. Contou-me de como vinha estudando o movimento de animais que levavam ao estúdio, estava a seu cargo uma cena particularmente difícil, em que devia animar um filhote de veado aprendendo a andar sobre o gelo com um coelho." Um novo longa-metragem? Sim, adaptado de um livro austríaco de muito sucesso nos Estados Unidos. Mas, quando a atenção de Frank se voltou para um papagaio, João viu a oportunidade de apresentá-lo a um clássico da cultura brasileira: as piadas de papagaio.

No fim da tarde, ao levar os artistas de volta ao hotel, João soube que o visitante ilustre já desembarcara, mas estava ainda no Santos Dumont cercado pela imprensa, por autoridades e fãs. O grupo ficou aguardando, até ser informado de que o chefe iria jantar na casa do ministro Osvaldo Aranha e depois voltaria ao hotel, liberando-os para a noite. Para onde agora? Levou-os então ao Cassino Atlântico: festa, luzes, samba, coristas – deslumbraram-se tanto que, a certo ponto, Frank Thomas voltou-se para João e disse: minha nossa, aqui toda noite é o *Grande Gatsby*!

Rir é o melhor remédio

De tanto escutar a filha pedir, o pai comprou-lhe um papagaio como presente de aniversário. Mas acabou comprando na rua, sem saber que a ave vivia antes num bordel. Na festa, a filha soprou as velinhas, as crianças comeram o bolo, e quando perguntaram de qual presente ela mais gostou, a menina respondeu: "Ah, o papagaio! Será que ele fala?". O pai garantiu: "Fala sim, experimenta!". A menina então perguntou: "Louro, o que achou da minha festinha?". O papagaio olhou em volta, analisou bem, e então disse: "Olha, a rapaziada eu já conheço, mas as moças que trabalham aqui são todas novas".

Praia com Walt. "Não me faça passar vergonha bancando o *fan*", disse seu pai, quando João, ao lado dele, se confrontou com a imponente fachada do Copacabana Palace. Na tarde anterior, quando fora recepcionar o visitante ilustre no aeroporto Santos Dumont, Amadeus Severo ficara exasperado com aquela multidão eufórica, que parecia cercar o americano feito um formigueiro no ataque. "Gente sem respeito próprio", dizia. Cruzaram a porta giratória, passando ao lobby repleto de mármores de Carrara e móveis franceses. O Copa estava movimentado naqueles anos: era um dos poucos hotéis no mundo com porte para receber a elite europeia que vinha em rota de fuga da guerra.

"Me chame Walt", disse o americano.

Estava tomando o desjejum com a esposa, e os convidou para sentar. João o cumprimentou – o toque da mão criadora! –, enquanto seu pai falava de negócios. Acontece que seu pai não estava encarregado apenas de providenciar a agenda de jantares oficiais e encontros com artistas: os dois tinham negócios a tratar. Na quinta-feira começaria o Terceiro Congresso Sul-Americano da RKO, que contaria com a presença de todos os gerentes de filiais da América do Sul, um evento intimamente ligado aos propósitos políticos daquela viagem. E seria também num cinema da família, o Pathé, que ocorreria naquele sábado a première nacional do novo filme de Disney, onde se esperava a presença do próprio Getúlio Vargas.

À tarde, Disney teria que dar uma entrevista coletiva na sede da Associação Brasileira de Imprensa, mas antes queria aproveitar o tempo bom e ir à praia. João foi despachado ao Hotel Glória para avisar o grupo. "Poucos podem se dar ao luxo de dizer: peguei praia com Walt Disney", diz João. "Ele estava com um bom humor eufórico, quase maníaco. Eu soube depois que, no avião, ficava indo de uma janela a outra, mesmo quando não havia nada para se ver, e sua esposa soltava gritinhos a cada sacolejo feito uma criança na montanha-russa", conta João. "Era a primeira vez que viajavam para fora dos Estados Unidos e, acima de tudo, parecia haver alívio em seu olhar."

O alívio era justificado: com o sucesso gigantesco de *Branca de Neve e os sete anões*, Disney ampliara o estúdio pouco antes de estourar a mesma guerra que agora lhe retirava a maior parte do mercado europeu. Havia vários filmes em produção, criações ambiciosas e caras; onde sobrava trabalho, faltava dinheiro, e a perspectiva de retorno financeiro era pouca. Somado a isso, se seu modo personalista de liderança funcionava com um grupo pequeno de artistas, era impraticável com uma equipe que atingia agora centenas de pessoas numa produção de escala industrial. Seu sonho quase utópico de um estúdio movido mais por boa vontade do que por pragmatismo começou a falhar, boa vontade afinal não paga as contas, e para cada animador bem remunerado havia uma dezena de insatisfeitos com a proporção entre o excesso de trabalho e o contracheque. Com a pressão política dos sindicatos, a panela de pressão atingiu seu clímax no começo daquele ano de 1941, na forma de uma greve inédita. A possibilidade de viajar para a América do Sul surgiu como uma salvação para o estúdio e para sua sanidade: os filmes seriam financiados pelo governo como peças de propaganda. Na prática, já estavam pagos, fazendo sucesso ou não. Deixou a negociação com os grevistas nas mãos do irmão Roy e partiu com seus colaboradores mais fiéis para aquele tour.

Fordlândia. Era fácil distinguir quem era Walt Disney no grupo: era sempre aquele com a câmera fotográfica nas mãos. Na terça-feira, o grupo todo foi levado para um passeio na ilha de Paquetá, onde João providenciou um piquenique no parque Darke de Mattos com entretenimento: chamou músicos da Urca para ensinar os gringos a dançar samba, e os provocou a experimentar cachaça. João garante que Disney "soltou fogo pelas ventas" e lembrou-se de uma música escutada no restaurante do hotel em Belém do Pará. Assoviando a melodia, João logo a reconheceu: era um samba de dois anos antes, de pouco sucesso na ocasião, mas que vinha se tornando popular aos poucos – "Oh, esse coqueiro que dá coco/ é onde amarro a minha rede/ nas noites claras de luar". Quando questionado por João sobre a capital paraense, Disney confessou: "Mal tive tempo de conhecer Belém, para ser sincero. O tempo que fiquei a mais foi para poder conhecer Fordlândia". Referia-se à cidade planejada por Henry Ford no meio da Floresta Amazônica trinta anos antes, hoje pouco lembrada. Parte utopia, parte *hubris*, fora feita para baratear os custos de extração de borracha, condenada ao fracasso pelo desprezo que Ford nutria pelas pesquisas em prol de experiências práticas. Isso levou seus homens a penetrarem na selva sem conhecer nada sobre ela ou sobre o plantio de seringueiras. Mas a ideia permaneceu lá, e quem não garante que a loucura de Ford não foi ali transmitida para Disney?

Preparativos. "Apesar de se chamar 'Severo', meu pai era um homem bastante acessível e gentil com a família, a levar em conta a criação século XIX que teve", conta João. "Tínhamos em comum um certo 'fetiche' por tecnologia, há que se dizer que éramos 'viciados em novidades'. Mas, acima de tudo, por filmes. Papai era leitor assíduo da *Cinédia* e, logo que chegou ao Rio, tratou de fazer amizade com Ademar Gonzaga, participava das reuniões do Clube Chaplin, era desses que defendiam que o cinema era uma nova forma de arte – ideia bastante radical na época."

Na quinta pela manhã, Walt foi ao Cine Pathé verificar o áudio na projeção. Havia desenvolvido um novo sistema de som, batizado de *Fantasound*, e apenas as salas equipadas com ele poderiam projetar seu novo filme. "Consegue imaginar o escopo disso?", lembra João. "Criar algo tão avançado que nem o mercado está pronto para recebê-lo; então, ao invés de alterar sua obra, você remodela o mercado, como um aprendiz de feiticeiro reordenando as estrelas."

Mas, ao mesmo tempo que seu pai ciceroneava Walt na burocrática agenda oficial, sua mãe cuidava do trabalho subterrâneo, arranjando para o grupo criativo encontros em rodas de samba e terreiros de candomblé – duas coisas malvistas na época, por serem cultura dos morros. João entrava toda manhã no Glória e pedia ao mensageiro para chamar o "grupo Disney". Pronto: em questão de poucos dias, passaram a se autointitular *El Grupo*, em bom portunhol. Contudo, por dois dias João precisou relegar aquela tarefa a outros: na sexta e no sábado, acompanhou o pai na convenção da RKO no Copacabana Palace.

Walt também estava lá, agora falando de negócios. As novidades tecnológicas, o mercado em tempos de guerra, as possibilidades de investimento no cinema nacional – este último visto como algo quase marginal, escanteado pelas salas exibidoras para o pouco espaço vago deixado no rastro de fitas americanas e alemãs. Ali João também viu propagandas de próximos lançamentos: *Suspeita* era o novo filme de Hitchcock, Bette Davis estaria em *Pérfida*, e um certo *Cidadão Kane* seria estrelado pelo então desconhecido Orson Welles. Já Disney prometia, para breve, tanto *Dumbo* como *Bambi*. João Amadeus se empolga com a lembrança: "Que tempos para se viver!". Mas, ao voltar para casa, só conseguia pensar que, naquela noite, assistiria a um filme de Disney ao lado do próprio.

Fantasia. Uma das muitas salas de projeção que deram à região o nome de Cinelândia, o Cine Pathé Palácio foi erguido no final dos anos 20 num requintado estilo art déco de inspiração europeia. Com mil lugares, localizava-se no mesmo endereço em que funciona até hoje.* A "récita de gala", como foi chamada então pela imprensa, foi o evento mais concorrido da sociedade carioca naquele ano – "festa esplêndida, verdadeira noite de encantamento reservada nesta temporada ao nosso mundo elegante", dizia o *Jornal do Brasil*. Ao custo de cem mil-réis (que hoje equivaleriam a cerca de sete mil e quinhentos cruzeiros), os ingressos esgotaram, com a renda sendo revertida a projetos sociais patrocinados pela primeira-dama Darcy Vargas.

Sobre a marquise iluminada do cinema, que anunciava a estreia da noite, foi montado um painel simulando as sombras em tamanho real da orquestra, com o maestro Stokowski regendo uma imensa cornucópia de animais reais e mitológicos, dinossauros, fadas e demônios. Enquanto seus pais se ocupavam de conversas sociais, João circulou pelo lobby puxando a irmã pela mão, à procura dos americanos. A presença de Getúlio Vargas e da esposa agitava o local com ares de oficialidade. Trombou com Frank Thomas e perguntou onde estava Clarence. Frank apontou o canto onde o dublador se via cercado por crianças e adultos.

"Quem você está procurando, João?", perguntou Cleia, desconfiada.

"É surpresa."

Forçou sua entrada naquele círculo de ombros fechados e puxou Cleia para perto, deixando-a diante do americano. A menina se encolheu, tímida. "Ela estava me perguntando esses dias se o Pato Donald também viria", explicou João em inglês, e no mesmo instante Clarence falou com a menina fazendo aquela voz que o deixara famoso. Cleia arregalou os olhos, arrebatada.

Quando a sala abriu, foram procurar seus lugares. Enquanto Amadeus e Lilly sentaram-se no lado mais "oficial", João e Cleia pegaram cadeiras à esquerda. Olhando por cima do ombro para tentar localizar os pais, João viu os Vargas sentados ao lado dos Disney. Mas o filme estava começando.

Se o mundo da época só podia ser concebido nas memórias cinzentas de fotos e filmes, também para um público acostumado aos filmes em preto e branco a projeção em cores era, como Dorothy chegando a Oz, a súbita entrada num mundo de sentidos hiper-realistas, o maravilhoso mundo do Technicolor – uma tecnologia popularizada pelo próprio Disney.

---

* O cinema foi desativado em 1999. Atualmente o prédio abriga uma igreja evangélica. [N. E.]

O primeiro segmento do filme, "Tocata e fuga em ré menor", de Bach, é um exemplo disso: a plateia é assaltada por um experimento puro de sinergia, sons convertidos em formas abstratas e coloridas, parte das experimentações de Stokowski com timbres e que termina com sua silhueta em contraste, braços agitados comandando jorros sonoro-visuais como um demiurgo. Na "Suíte do quebra-nozes" de Tchaikóvski, fadas conjuravam gotas de orvalho num delicado balé noturno, cheio de frescor e sensibilidade; copos de leite dançavam sobre as águas, caudas translúcidas de peixes que ondulavam como véus, cravos dançando balés russos e mais fadas patinando sobre lagos de gelo, rodopiando entre delicados flocos geométricos de neve – uma sensibilidade tão sutil e aguda que pegou João de surpresa, olhos marejados e coração palpitante, tomado por uma gratidão quase religiosa ao ser confrontado pela beleza plástica absoluta. O que era aquilo? *O que era aquilo?* E o som! O som! Vinha da esquerda e da direita, do centro e do fundo, envolvia a plateia num abraço estereofônico de três canais de áudio, dividido, equilibrado e coordenado por um engenheiro entre as cinquenta e quatro caixas de som.

Novo esquete: Mickey em "Aprendiz de feiticeiro", a fábula do pupilo cioso de repetir os grandes feitos do mago-mestre; a vassoura automotivada como metáfora da automação. Satisfeito, Mickey dorme e sonha, e em seu sonho sobe a um pináculo de onde comanda as estrelas e as marés, regendo cometas como um maestro do universo na criação de sua própria cosmogonia. Mas a vassoura foge ao controle, presa ao seu moto-perpétuo, multiplica-se num exército de movimento maquinal e autodestrutivo feito tropa de fascistas, um caos só encerrado pelo despertar do mago-mestre. Quando a peça se encerra, a silhueta de Mickey surge e interage com o próprio Stokowski, rompendo a barreira da ficção e se confundindo com a imagem real. Ao seu lado, Cleia se inclina para o irmão e sussurra deslumbrada: então o Mickey existe de verdade?

Na "Sagração da primavera", a mão invisível do criador é também a dos animadores, a cosmogonia abandona a metáfora e se torna objetiva: a Via Láctea, estrelas e planetas, a Terra em convulsões vulcânicas, os oceanos e a origem da vida. Os dinossauros! Nunca antes os viu se movendo com tanta graça e realismo: pterodátilos em voos predatórios, o triceratope, os brontossauros pastando bovinos em seus banhados, o chamado do perigo. Predador e presa, o tiranossauro e o estegossauro dançam um duelo de proporções épicas sob o testemunho da chuva e dos animais. Transição: o lento avançar no deserto até desaparecerem pela terra e, enfim, a extinção.

"E agora um intervalo de quinze minutos", anunciara-se. João olhou a plateia: que mundo cinzento era aquele em que vivia, de carros e edifícios, de horas cronometradas e compromissos na agenda? O que faziam ali aqueles políticos vulgares, sentados ao lado de um mago como Disney?

O filme retorna com a "Sinfonia pastoral" de Beethoven, com pégasos graciosos como cisnes voando por campos no frescor da Antiguidade clássica, idílios românticos de centauros adornados de risonhos bebês-cupidos, sonhos parnasianos sem o pedantismo beletrista dos poemas decorados na escola. Vem a "Dança das horas", interlúdio cômico e cartunesco, o menos poético do conjunto, uma concessão aos pequenos – ao seu lado, Cleia se empolga com o balé de avestruzes, a empáfia da bailarina-hipopótamo, a dança de crocodilos e elefantes.

Vem, afinal, "Uma noite no monte Calvo": o cume da montanha se revela um gigantesco demônio, a sombra de sua mão deforma a noite sobre a cidade e desperta as almas dos mortos – ao seu lado, Cleia se encolhe e esconde o rosto a cada espírito que escorre dos túmulos. O fluxo de almas circunda a montanha, o clímax é uma dança infernal: figuras de Bosch dançam servis nas mãos do demônio ditatorial, enquanto harpias voam histéricas pela tela. O festim é interrompido pelos primeiros brilhos da aurora, acompanhados de sinos de uma igreja – e o clima demoníaco dá lugar aos primeiros acordes da "Ave Maria" de Schubert, com uma procissão de luzes no interior da floresta, ela própria simulando com suas linhas verticais uma catedral gótica.

O filme acaba.

Aplausos eufóricos. No coquetel depois da sessão, João sai com Cleia a procurar os pais, encontra-os numa rodinha de conversas com drinques à mão, se adianta para falar com eles e na distração tromba num homem imenso, negro retinto, a cabeça insistentemente coberta por um chapéu.

"Calma lá, guri", diz o homem, com sotaque gaúcho.

Era Gregório Fortunato. O presidente e a primeira-dama estão logo ali à sua frente, cercados por outras pessoas. João pede desculpas pela trombada e segue caminho, puxando a irmã. Encontra Walt conversando com seus pais, entre outras pessoas. Ao ver João, pergunta o que achou do filme.

"É fantástico", disse João, "a sincronia entre som e desenho chega a ser mágica. Como conseguem combinar a partitura musical com a ação?"

"As partituras são determinadas antes de começar a animação", explica Walt. "Cada animador sabe exatamente em que quadro cai o tempo musical.

Se o movimento for de quatro tempos por segundo, haverá seis quadros para cada tempo, porque a velocidade-padrão da projeção do filme é de vinte e quatro quadros por segundo, e o tempo-base é sempre múltiplo da velocidade de projeção dos quadros. Assim, temos vinte e quatro quadros divididos por quatro tempos, o que dá..."

"Seis", completa Cleia. O grupo ri.

"E você, gostou do filme?", perguntou Walt à menina.

"Gostei, mas queria que tivesse também o Pato Donald."

Walt ri. Explicou que o segmento de Mickey foi o primeiro a ser pensado e produzido, e parte da intenção era justamente resgatar um pouco de sua antiga popularidade. Porque, conforme o estúdio foi crescendo nas últimas décadas, o Mickey anárquico e brincalhão dos primeiros cartuns foi se tornando o símbolo da empresa e assumindo ares de responsabilidade. O que o tornou desinteressante para as crianças se comparado ao Pato Donald, com seu temperamento explosivo e brigão. Agora era o sucesso do pato que pagava as contas.

El Grupo. João havia se afeiçoado aos americanos. Acostumou-se ao humor autodepreciativo de Frank Thomas, às imitações de Herb Ryman, a acompanhar a evolução dos esboços e aquarelas de Mary e Lee Blair. Quase toda noite era encerrada no Cassino da Urca ou no Atlântico. Era no cassino, através das coristas americanas que trabalhavam no palco, que adquiriam um entendimento melhor da cidade e do povo. Enciumado e preso à rotina de jantares e eventos oficiais, Walt fazia piadas agridoces com a equipe, para largarem as coristas e voltarem logo ao trabalho. Havia pesquisas a ser feitas, mas a verdade é que ali tinham acesso a coisas que o próprio Walt não tinha como saber, pois seus contatos no governo lhe forneciam apenas as versões oficiais e otimistas que o Estado Novo queria ver reproduzidas do Brasil. O governo em si era prestativo, entregando todo tipo de material de pesquisa, mas não lhes dizia onde comer barato ou como poupar nos impostos.

Na semana seguinte, Walt viajou a São Paulo para a estreia paulista de *Fantasia* no Cine Rosário, voltando na tarde seguinte. No Rio, *El Grupo* aproveitava a praia. Desenhavam, visitando o Pão de Açúcar e o Cristo Redentor, e aos poucos se acostumaram ao ritmo da cidade – "as coisas não se movem muito rápido aqui", o animador Jim Brodero observou, "e às vezes nem sequer se movem." Mas confessou a Artur: "Toda vez que escuto um samba, já começo a dançar". Talvez ocorresse o mesmo quando viesse a conhecer o tango, mas a verdade é que se preparava para "não gostar tanto de Buenos Aires, pois já se apaixonara pelo Rio primeiro".

A certo momento, com a iminência de um almoço oferecido pelo ministro Osvaldo Aranha, foi preciso organizar suas impressões do Brasil e apresentá-las às autoridades e à imprensa. Os jornais especulavam: que animal nativo entraria na trupe Disney? O *Estado de S. Paulo* sugeria "nosso prosa papagaio, o tenor sabiá, o balé de tangarás, as 'falsetas' do tamanduá, as aventuras do tatu, do mico, do jabuti e da cotia, animando-as sob o influxo das lendas da Iara, do Saci e da Inhala Seca". Mas entre os membros do *El Grupo*, pairavam dúvidas. "Não sei o que fazer de filmes para vocês", confessou Frank Thomas, quando João o encontrou desenhando na varanda do Glória. "Vocês brasileiros parecem ter um gosto mais vigoroso e turbulento do que o nosso, sofisticação para além disso não parece fazer muito sentido." Mas Jim Brodero retrucou: "Convenhamos que nossos curtas em geral não são assim tão sofisticados. Não creio que teremos dificuldades".

Naquela mesma semana, Walt foi recebido para jantar na casa dos Flynguer. No cafezinho após a refeição, ouviu Lilly Disney confessar para sua mãe, com certa intimidade de quem compartilha o nome e a nacionalidade, que pouco vinham se informando do andamento da greve no estúdio. "Para Walt, foi como levar um tapa na cara", disse ela, "mas essa viagem está lhe salvando a sanidade."

Antes da tempestade. Em seus últimos dias no Rio, João levou Walt e o grupo para verem o desfile do Sete de Setembro. Se em algum momento haviam se esquecido do mundo em que viviam e da ameaça da guerra, na qual nem os Estados Unidos nem o Brasil haviam entrado ainda, aquela foi a ocasião de serem lembrados do motivo pelo qual estavam ali. Soldados perfeitamente alinhados marcharam pela rua em desfile, serpenteando na esquina em perfeição simétrica, constante como as vassouras do aprendiz de feiticeiro, sob o olhar tenso e preocupado de Walt. Contou que conhecera um peruano em Miami, pouco antes de desembarcarem no Brasil, que, quando soube o objetivo da viagem, riu dizendo ser perda de tempo. "Lá embaixo na América do Sul, são todos a favor dos nazistas." E no Brasil se dizia que era mais fácil uma cobra fumar do que o Brasil entrar na guerra.

João não podia discordar. O autoritarismo pragmático e modernizante do Estado Novo tinha grandes semelhanças com o fascismo europeu, ainda que guardasse características próprias. Se antes de Vargas abolir os partidos políticos o Brasil contava com o maior número de nazistas registrados fora da Alemanha – quarenta mil inscritos, a maioria nas regiões Sul e Sudeste –, enquanto durasse nossa neutralidade, éramos o maior parceiro comercial do Reich alemão nas Américas. E, como se isso não bastasse, houve, claro, a Ação Integralista Brasileira.

Em 1937, quando uma multidão marchou no Rio a passo de ganso, usando camisas verdes, braçadeiras com o sigma e o braço erguido em saudação romana aos gritos de "anauê" – variação nativa do *sigheil* nazista –, João estava na cidade, junto ao coro de meninos que gritava "galinhas verdes, galinhas verdes" aos marchantes. Nazistas e integralistas tinham cada qual sua visão autoritária de nacionalismo, mas faziam ações políticas conjuntas, tinham sedes regionais lado a lado, e houve até o caso de um fazendeiro integralista que, na confusão, marcava seu gado com suásticas. Convergiam na visão de mundo totalitária, no desejo de poder e imposição da força, e no antissemitismo: um dos maiores expoentes do integralismo, o então coronel Olympio Mourão Filho, foi o responsável por redigir o "Plano Cohen", um falso plano de dominação comunista do Brasil, de conveniente nome judeu, que se usou para justificar o Estado Novo. Ao verem que Vargas os passou para trás, os próprios integralistas tentaram tomar o governo à força. Fracassaram, se não pela redundância diante do autoritarismo de Vargas, pela desarticulação. Banidos, abrigaram-se em outras paragens: a Academia Brasileira de Letras para sua ala intelectual, e o generalato no caso de Mourão Filho – cuja participação no golpe militar de 1964 foi tão decisiva.

Walt e *El Grupo* partiram numa terça-feira, 9 de setembro, num voo da PanAir com escala em Porto Alegre, antes de seguir para Buenos Aires. Logo depois, Walt seria informado via telegrama da morte de seu pai, Elias. Quando retornou aos Estados Unidos, a greve fora encerrada e o pessoal do estúdio diminuíra pela metade. Em dezembro daquele ano, o ataque japonês a Pearl Harbor marcaria a entrada dos americanos na guerra e, em fevereiro seguinte, navios brasileiros começaram a ser torpedeados pelos alemães. O mundo voltava a perder suas cores, assumindo o tom cinzento dos cinejornais, das fotos granuladas tiradas no front, do paradoxo brasileiro de soldados enviados para lutar pela liberdade que não tinham em casa.

"Às vezes, quando lembro daqueles dias, é como se eu assistisse a um filme comigo mesmo dentro do filme, um coadjuvante menor observando pelos cantos. É difícil de acreditar que aquela época sequer existiu. Tudo parece mais claro e simples quando somos jovens, e não duvido que os de hoje, quando olharem para trás, digam o mesmo destes tempos estranhos em que vivemos. As pessoas dizem: ali está o sr. Flynguer, que conheceu Walt Disney, como se dissessem lá vai aquele que andou entre dinossauros e conheceu o mundo antes de ser mundo. Mas a vida carrega o mesmo drama de todo cinéfilo: você não pode repetir a experiência de ver um filme pela primeira vez."

Para João, ficavam a lembrança das cores e sons daquelas semanas, do desenho que Frank Thomas lhe fez de um Donald na varanda do Glória, de um cartaz de *Fantasia* que pendurou em seu quarto. E até hoje, sempre que encontra um ouvinte interessado, não se importa que o apontem e digam: ali vai aquele senhor que passeou pelo Rio com Walt Disney.

Setembro, 1941

O Douglas DC-2 da PanAir dá a volta na pista com toda a glória de sua modernidade cromada. A mera sugestão da presença do passageiro ilustre já basta para atiçar repórteres e fãs num frenesi tal que, olhando para aquela pequena multidão ao seu redor, Erico Verissimo sorri e murmura: deus ex-machina. *É um circo que acompanhara à distância pelos jornais, e que agora se encerra: o campo de pouso da Air France em Porto Alegre é apenas um ponto intermediário, meia hora de pausa para abastecer em seu caminho a Buenos Aires.*

Já o conhecia pessoalmente: no começo daquele ano, fora levado aos Estados Unidos patrocinado pela mesma política de boa vizinhança que trouxera o visitante ilustre ao Brasil. Na ocasião, Verissimo conhecera seus estúdios em Los Angeles, com seus jovens funcionários em traje esporte, belos e modernos edifícios de tons bege tostado e pardo avermelhado, mais parecido com um campus universitário do que um estúdio. Lá assistira àquele filme tão comentado e, quando almoçou na companhia do próprio criador e foi questionado sobre o que achara, foi sincero: gostou muito, apesar de ter restrições com o tom cômico na "Pastoral" de Beethoven. Mas sua opinião era de que, após trinta anos como indústria, aquele filme era a prova de que o cinema começara a pensar. Só não lhe contou da ironia maior: no ano anterior, publicara um livro em que um escritor, hóspede na casa de gênios, assistia a projeções de dinossauros numa grande tela de cristal – e agora ele mesmo estava nesse papel. Seria isso uma prova de unidade no pensamento humano, de que aquilo que a imaginação de um homem concebe, a de outro é capaz de produzir?

A porta do avião se abriu, trouxeram a escada, desceram os passageiros. Talvez o visitante não o reconhecesse – o homem lidava diariamente com um exército de artistas, escritores, dubladores e celebridades, era pouco provável que lembrasse de um escritor brasileiro de passagem, com o qual conviveu por poucas horas durante um almoço no começo do ano. São conduzidos a uma sala, onde o americano se vê cercado por uma multidão de fãs que quase o sufoca na busca por autógrafos, até a sala ser esvaziada e restarem apenas os jornalistas – deixem o homem respirar! É quando trocam um cumprimento, Verissimo nota que o outro busca a lembrança na memória como quem vasculha o rolodex atrás de um endereço, sorri e o cumprimenta: Olá outra vez, como vai?

O repórter do Diário de Notícias *ao seu lado faz as perguntas de praxe, e o americano responde diplomático e sorridente: elogia Vargas, cita projetos em andamento, mas reforça o filme atual como sua maior criação – uma pena que não será exibido em sua cidade, parece que falta o equipamento necessário. E a tudo sorri exalando o otimismo juvenil de sua gente, ocultando debaixo do sorriso a crise financeira que aquele projeto lhe trouxe, os mercados europeus perdidos pela guerra, a greve amarga que corroeu sua confiança na própria equipe.*

Quando o americano volta ao avião, Verissimo não deixa de se admirar com aquela disposição em seguir sempre adiante, sempre alegre mesmo à beira do colapso. Não é que o outro lhe pareça indiferente a lucros, mas se vê que não vive com o olho fito neles. Uma coisa, porém, é certa: os norte-americanos sabem fingir bem um sorriso.

PRIMEIRA PARTE

Versão brasileira

Episódio 1
1984

Década perdida

Dona Lyda era considerada por seus colegas de trabalho uma pessoa sensível, bem-humorada e senhora de uma capacidade prodigiosa para detalhes – motivo pelo qual era vista como a memória viva do escritório. Quando tinha dezesseis anos, sua mãe lhe dera alguns trocados para o almoço e quatrocentos réis para a passagem na barca de Niterói, pois ela estava prestes a começar num emprego novo que seria o mesmo lugar onde, quarenta anos depois, continuava trabalhando: a sede carioca da Ordem dos Advogados do Brasil. Naquele início de tarde de agosto, estava a três meses de completar sessenta anos, e por muito tempo adiara a ideia de se aposentar. Não podia conceber sua rotina sem o movimento do escritório ou a companhia dos colegas, mas agora a idade começava a cobrar seu custo, com as inevitáveis dores que trazia. Consultou o relógio: dez para as duas da tarde. Abriu uma gaveta em sua mesa e nela guardou o livro que estava lendo – tinha o hábito de selecionar passagens interessantes de textos e poemas lidos, copiá-los e entregá-los aos colegas. Ela era dessas pessoas que gostava de ser gentil com os demais. Consultou o relógio: quase duas da tarde. Dali a pouco o pessoal retornaria do almoço. Ocorreu-lhe verificar se havia café passado na cafeteira.

Quando ela própria voltava para sua mesa com uma xícara nas mãos, entrou um rapaz na sala. Tinha cerca de trinta anos, vestia calça e camisa social do mesmo modo que tantos outros nos escritórios ao redor. Entregou um envelope de papel pardo, endereçado ao dr. Seabra Fagundes, chefe de dona Lyda. Ela perguntou se precisava assinar algum protocolo de recebimento, o rapaz disse que não e foi embora. Ela soprou o café e bebeu um gole. Ainda estava muito quente. Seu chefe, um dos principais defensores da anistia aos exilados políticos da ditadura, estava fora da cidade. Ela concluiu que seria melhor abrir logo o envelope e verificar sua urgência, antes de deixá-lo na sala do dr. Seabra. Correu os olhos pela mesa, em busca de uma caneta. Escolheu uma de metal, mais resistente. Abriu o lacre do envelope.

A mesa de dona Lyda encontra-se hoje exposta no memorial da sede da OAB de Brasília, recomposta e envolta numa faixa com as cores da bandeira nacional. O impacto que a rachou ao meio também arrebentou os vidros da janela, derrubou pedaços de reboco do teto, que ficaram pendurados por fios elétricos em curto-circuito, e deixou a sala destruída. A explosão da carta-bomba em suas mãos fez com que dona Lyda tivesse o braço arrancado, além de uma série de outros ferimentos graves, que a levaram a falecer pouco depois, a caminho do hospital.

Em abril de 1981, Tiago Monteiro caminhava pelas ruas do Rio de Janeiro sob o peso de uma desilusão amorosa, uma onda de crimes assustadora, e enfrentando uma inflação de cento e dez por cento com um salário de jornalista iniciante. Tinha vinte e quatro anos e viera trabalhar naquela cidade movido por um relacionamento. Agora que acabara, não havia sol ou praia que o prendesse ali, somente a inércia na vida pessoal e a falta de vontade de regressar à cidade de onde viera, Porto Alegre.

O país se encaminhava para a abertura política. A economia, para o abismo dos empréstimos do FMI. A saúde pública, para a epidemia da aids. E ele, para a banca de revistas onde costumava comprar o *Pasquim* e o *Pato Donald*.

Do outro lado da rua, havia um carro parado em frente à banca, e um senhor grisalho estava agachado no chão, parecendo procurar por algo. Pensou em ajudá-lo, mas o sinal fechou e o trânsito se interpôs entre os dois. Fosse lá o que procurasse, o homem não pareceu encontrar, pois entrou de volta no carro de mãos vazias e foi embora. Tiago observou o Voyage dobrar a esquina, mas estava mais atento ao semáforo. O sinal abriu, Tiago atravessou a rua e chegou em frente à banca. Estava fechada, o que era incomum para o horário. Decidiu que iria tomar um suco e voltaria mais tarde.

Mal pensou em dar meia-volta, quando a banca explodiu.

Tiago se agachou com o susto, perdeu o equilíbrio, caiu sentado. Pessoas correram. Fumaça, gritos, cheiro de papel queimado, folhas de jornais e revistas atirados para o alto. Em meio a tudo isso, uma página ziguezagueou manhosa e chamuscada pelo ar à sua frente, indo pousar aos seus pés. Era a capa de uma edição recente da revista *Manchete*. A chamada, "Uma bomba contra a abertura", repercutia o atentado do Riocentro no começo do ano.

Ao lado da chamada, o rosto louro e sorridente da nova namorada de Pelé era anunciado como símbolo sexual da década que se iniciava.

Atentados à bomba vinham sendo uma constante nos últimos anos, desde que os militares anunciaram o processo de abertura política. Tiago não tinha como saber, mas a dona daquela banca de revistas vinha recebendo bilhetes com ameaças, caso continuasse a vender jornais e revistas de esquerda – como o próprio *Pasquim* que Tiago pretendia comprar. Naquele dia, tendo recebido mais uma ameaça, a mulher fechara a banca e levara o bilhetinho para o DEOPS. A resposta foi a explosão de sua banca. De um modo supersticioso que nunca soube explicar muito bem nem para si próprio, Tiago guardou aquela página chamuscada da revista *Manchete* como um amuleto. No dia seguinte, pediu demissão da redação de *O Globo* e decidiu voltar para Porto Alegre.

Riocentro

Aconteceu por acaso, ou ao menos assim pareceu a Tiago: quando saía da matinê do Cine Baltimore, em agosto de 1984, foi abordado por um ex-colega de redação nos tempos do Rio, chamado Alexandre Gomensoro.

— Tiago, lembra de mim?

Lembrava. Não se viam fazia uns bons três anos. Alexandre se mudara para São Paulo e trabalhava agora na *Folha de S.Paulo*. Não podia dizer que fossem exatamente amigos, tanto que não haviam se falado desde então, mas tinham aquela camaradagem comum de ex-colegas de trabalho.

— Pensei em você dia desses – disse Alexandre. — No meio da minha pesquisa, encontrei aquele artigo que você escreveu anos atrás, sobre o velho que conheceu o Disney. Bom texto. Lembro que você comentou algo na época, mas agora não sei bem, de como você se aproximou do velho Flynguer. Esses grandes empreiteiros, Norberto Odebrecht, Roberto Andrade, os Gerdau, não são as pessoas mais acessíveis do país. Como você fez?

Tiago explicou, um pouco constrangido, que era amigo do filho caçula do velho, Roberto "Beto Rockefeller" Flynguer, que conhecera em Porto Alegre ainda nos tempos da faculdade.

— Aquele das colunas sociais? Que todo mundo diz que é veado?

— Ah, o próprio. Mas sobre o que era a tua pesquisa?

— Ah, nada a ver nem com o João Amadeus Flynguer nem com o Disney, pra ser sincero. Mas o nome do velho surgiu no caminho. Bicho, você tem que me ajudar. Estou tentando faz uma pá de tempo um contato com essa gente. A minha pesquisa não vai andar sem isso. Tem tempo? Onde você mora?

Morava a poucas quadras dali, na Fernandes Vieira, um pouco acima da Vasco da Gama. Foram caminhando. Alexandre falava num tom rápido e baixo, conspiratório, olhando para os lados a todo tempo. Quando Tiago perguntou sobre o que era sua investigação, ele desconversou. Há coisas que é melhor não se falar em público, ao menos não em voz alta. Disse apenas que envolvia os militares, e perguntou se Tiago lembrava do atentado no Riocentro em 81, três anos antes. Claro que lembrava, vivia no Rio naquela época. Alexandre perguntou o que sabia do assunto.

Tiago sabia o que havia lido nos jornais, ou seja, aquilo que o governo permitia que se soubesse, por mais contraditório que fosse. Que em 30 de abril de 1981, uma bomba havia explodido no colo de um sargento paraquedista, dentro de um Puma conduzido por um capitão de infantaria, no estacionamento do pavilhão do Riocentro. Os dois eram ligados ao DOI do Rio. Naquele dia ocorria um show de música para vinte mil pessoas, para levantar fundos para o Cebrade, ligado à oposição, motivado pelo Dia do Trabalho. A versão oficial dizia que as bombas foram instaladas debaixo dos bancos e os dois tentavam desarmá-las quando explodiram, contudo havia outras três bombas e duas granadas dentro do carro. A responsabilidade foi atribuída a um grupo armado de esquerda, a Vanguarda Popular Revolucionária. No mesmo dia, pichações com sua marca surgiram convenientemente nos arredores.

— Exceto que a VPR já não existe há mais de década – lembrou Alexandre.

E mais não disse, pois estavam na rua. Chegaram em frente ao prédio de Tiago, que se sentiu compelido a convidá-lo para subir. Tiago morava num apartamento pequeno: a sala consistia num sofá e uma poltrona de frente para um televisor. Não havia muito a oferecer, pediu que não reparasse na bagunça e tomou o cuidado de mover um porta-retratos para esconder a lombada de seus livros de Caio Fernando Abreu e João Silvério Trevisan. A mesa de jantar estava tomada por seu hobby recente, o plastimodelismo. Ali repousava a réplica do caça P-47D Thunderbolt, em escala 1/48, cercado pelos pincéis e tintas com que Tiago lhe dava as cores do Primeiro Grupo de Aviação de Caça.

— Você gosta dessas coisas de modelismo, pelo visto – comentou Alexandre. — Vou confessar que não entendo muito que graça tem. São só aviões e carros, mas menores.

— "O mundo se enriqueceu de uma nova beleza, a beleza da velocidade. Um motor que ruge é mais belo do que a Vitória de Samotrácia" – disse Tiago.

— De onde é isso?

— O manifesto futurista de Marinetti – disse, mas viu que Alexandre não fazia ideia do que ele estava falando. Apontou o modelo do P-47. — O meu pai voou num desses pela FAB, na Segunda Guerra.

— Ah, filho de milico, então? – riu Alexandre. — O que o teu pai acha do governo?

— O meu pai era brizolista – entrou na cozinha e abriu a geladeira. — E desapareceu em 68.

Entregou uma cerveja a Alexandre e indicou-lhe o sofá, sentando-se na poltrona.

— Bem, o negócio é que desde que o Geisel e o Golbery começaram com a abertura política, ela não foi unanimidade nos quartéis – começou Alexandre. — Tem que entender que, pro pessoal da linha dura, a violência é a razão de existir deles, a repressão é a sua própria identidade. São uns loucos, uns tarados que não vão aceitar de bom grado serem descartados da história, e tanto é que não estão aceitando. É só prestar atenção na ordem das coisas: entre 76 e 77, as três maiores lideranças políticas anteriores à ditadura morreram: o JK num acidente de carro; o Jango, que amanheceu morto de um conveniente ataque cardíaco; e o Carlos Lacerda, que se internou numa clínica para tratar de uma gripe e amanheceu defunto. Coincidências? Na mesma época, também começaram aquelas bombas nas bancas que vendiam jornais de esquerda, em livrarias e nas universidades alinhadas com a oposição. Desarmaram aquelas instaladas na CNBB, na OAB e na ABI. Porra, você lembra que puseram bomba até na casa do Roberto Marinho, que agora eles chamam de comunista. Já pensou? O Roberto Marinho, comunista? Pra mim, está claro que já deixou de ser combate ao comunismo, se é que alguma vez foi, virou foi disputa de poder. Já viu os panfletos que distribuem nos quartéis, acusando o general Golbery de ser comunista também? Agora todo mundo que é contra eles virou comunista. E sequestraram o bispo de Nova Iguaçu e largaram o pobre coitado pelado e amarrado no meio da rua em Jacarepaguá, puseram bomba no hotel do Brizola. – Alexandre puxou um bloquinho de anotações onde tinha tudo listado. — E então aquelas três bombas no Rio em 80, uma na gráfica do *Tribuna da Luta Operária*, uma na Câmara Municipal que quase matou uns seis, e aquela da sede da OAB que matou a secretária. Os militares chamavam os guerrilheiros de terroristas, mas quem explodia gente com bombas nas ruas eram eles.

Tiago foi ficando desconfortável com a direção que a conversa tomava. Quando escreveu aquele artigo sobre o velho Flynguer em 81, fizera a molecagem de inserir, na versão que mandou para os americanos, um parágrafo crítico que mostrava a ponte ideológica entre os fascistas dos anos 30 e os militares de 64. Pouco depois, o fim de um relacionamento o fez entrar em crises de ansiedade e paranoia, pensando se alguém no SNI lia a *Seleções de Reader's Digest* e viria atrás dele.

— E o Riocentro nessa história? – lembrou.

— O Riocentro – continuou Alexandre. — O que eu descobri sobre o Riocentro é que aqueles dois milicos não estavam sozinhos. Eram quinze no total, distribuídos em seis carros. O plano original era detonar uma bomba na miniestação de energia, que iria deixar o lugar às escuras, e outras duas bombas seriam detonadas no meio da plateia. Não era só causar pânico. Das trinta portas do pavilhão, vinte e oito estavam fechadas com cadeados. E havia vinte mil pessoas naquela noite, ia se apresentar um monte de gente famosa. Meu Deus, Tiago, pensa nisso: vinte mil pessoas. Já pensou o que teria morrido de gente pisoteada? Seria mais gente que aqueles muçulmanos se esmagando em Meca. Teria sido gigantesco. Mas, por uma sorte inominável, a bomba explodiu no colo dos desgraçados. Bem na hora em que a Elba Ramalho cantava, no que deveria valer ao menos para beatificar a mulher. Agora, o que eu descobri é a cereja do bolo: o Figueiredo sabia disso com um mês de antecedência.

— Opa, opa, opa. Por que tu estás me contando isso? Eu não quero saber disso.

— Confio em você.

— Mas não é possível. Teria sido muita gente, não posso acreditar que o presidente deixaria...

— Tiago, não são fofocas de caserna. É fato. Eu vi. Eu tenho cópia de um depoimento do segundo Inquérito Policial Militar, assinada pelo chefe do SNI. O Figueiredo sabia, e bunda-mole como é, fez o que sempre faz com tudo no país, ou seja, não fez nada. – Alexandre recostou-se no sofá e bebeu outro gole de sua cerveja. — O Figueiredo de presidente é um desastre. Dizem que o Geisel nem fala mais com ele. Conseguiu romper também com o Golbery, com o Simonsen, com o Delfim. Se ao menos não falasse tanta merda em público...

— E onde entra o velho Flynguer nessa história?

— Já chego lá. O negócio é que nesses documentos todos, tanto nos depoimentos quanto nos relatórios, havia um nome, sempre o mesmo, aparecendo com frequência: o do general Newton Kruel, o chefe da Agência Central do SNI. Conhece?

— Só pelos jornais. Esse é aquele general que gosta de aparecer, não é? O da espada.

Na constelação de generais e políticos que rodeavam o poder de então, o general Newton Kruel era notório por seus arroubos de estrelismo. Ora aparecia liderando tropas de choque contra manifestantes, montado num cavalo e erguendo a espada, ora não tinha pudores em mandar prender em frente às câmeras um jornalista que lhe fizesse perguntas inconvenientes.

— Aliás, que nomezinho, hein? – comentou Tiago.

— Condiciona destino, não duvido. Então, comecei a investigar o passado do general, desenhar a trajetória dele, por assim dizer. E tem coisas bem sinistras ali. – Alexandre folheou sua caderneta. — Nasceu em 1922 em São Leopoldo, de família alemã. É primo distante do general Amaury Kruel, mas os dois não se falam desde os anos 60, na época em que o Amaury foi pra oposição no MDB e o Newton não perdoou. Mas o mais interessante que eu descobri foi isto: tenta adivinhar em qual partido o jovem Newton, descendente de alemães, se filiou aos catorze anos?

— Ah, não brinca.

— Pois é. O Partido Nazista brasileiro. Não que na época isso fosse algo extraordinário, o nazismo era muito popular aqui antes da guerra. Mas as coisas eram complexas, e para o nosso menino Newton, que pensava em seguir a carreira militar, era mais apropriado optar por uma vertente de fascismo mais nacional. Então, um ano depois, em 1937, ele sai de um partido e ingressa noutro. Onde? Adivinha. É "anauê" pra você: no Movimento Integralista Brasileiro. Claro, depois o Getúlio dissolveu todos os partidos políticos do Brasil e instaurou o Estado Novo, mas até aí o nosso Newtinho já tinha iniciado o seu caminho. Olhe os quadros dos integralistas nos anos 30, e olhe as lideranças no golpe militar: os mesmos nomes se repetem. Enfim, o tempo passa, e o general se torna quem é. Você analisa os documentos e sente os dedos dele em tudo, na bomba da OAB, nos panfletos contra o Golbery. Ele é um dos principais articuladores contra a campanha do Tancredo, e é bem favorável a um novo golpe. Os militares planejavam ficar no comando até 1994. Mas a cagada do Riocentro mudou tudo. Os próprios militares retaliaram, não sei se você acompanhou as notícias nos jornais...

Tiago deu de ombros. Depois que o movimento das Diretas Já não vingou em abril, e principalmente depois de ver a enorme manifestação por eleições diretas ser apresentada no *Jornal Nacional* como uma comemoração pelo Dia do Trabalho, desistiu de acompanhar o noticiário e se exilou nas páginas de cultura.

— Entendo – disse Alexandre. — Acontece que os generais que participaram das reuniões do alto-comando do Exército no ano passado votaram, em unanimidade, por aposentar o general Kruel das forças armadas. Todo ano, eles entregam ao presidente uma lista de promoções a generais dos três níveis, Brigada, Divisão e Exército. Estavam previstas cinco vagas para generais de quatro estrelas, e Kruel era o quinto da lista, o que fazia dele candidato natural à última vaga. O alto-comando, porém, excluiu o nome dele e pôs o dos três generais mais novos seguintes na lista. Pelo estatuto militar, isso significa afastamento automático, *ex officio*. No caso dele, significa tirar a farda e botar o pijama. É claro que o general ficou puto da vida, limpou as gavetas no dia seguinte e disse que nunca mais ia pôr os pés num quartel. Mas ele ainda tinha amigos no governo, e certo grau de influência. Arranjaram um cargo pra ele lá nas cucuias, com um pagamento bem gordo de uma empreiteira, pra que ficasse quieto, mas isso não significa que ele não vá criar problemas. Em janeiro do ano que vem o colégio eleitoral se reúne, se Deus quiser vai ser a última eleição indireta desse país, e muita gente não quer que isso aconteça.

Alexandre olhou para o jornal do dia, dobrado em cima da mesinha.

— Poxa, ao menos a eleição você está acompanhando?

É claro que Tiago estava, não havia como evitar o assunto. Com a redemocratização tornando-se inevitável, a esperança do regime militar era eleger o presidente na eleição indireta marcada para o começo do ano seguinte. O candidato natural, escolhido pelo próprio general Figueiredo, seria o coronel Mario Andreazza, mesmo enfrentando resistência da linha dura entre os militares, que eram contra a abertura política. Mas o partido de sustentação do regime, o PDS, se viu atropelado pelo milionário governador paulista Paulo Maluf, que se sagrou candidato nas primárias do partido, provocando um racha.

— Duvido que o ACM e os outros caciques do Nordeste apoiem o Maluf – disse Alexandre. — Vai acabar se juntando todo mundo com o MDB e o Tancredo. Enfim, o fato é que o regime acabou no Riocentro em 81. E é aí que entra o velho Flynguer, bicho. Pois o general Kruel acabou nomeado interventor num município no interior do Pará, considerado área de segurança nacional. O nome do município? Amadeus Severo. É uma cidade nova, criada em 1981 por decreto governamental, uma área afastada no meio da selva amazônica, onde os Flynguer têm uma concessão de terras enorme. Não tenho certeza do que se constrói lá, é tudo sigiloso e secreto nessas merdas. Mas pra justificar que seja área de segurança nacional, ou é uma barragem, ou uma hidrelétrica. Sabe o que me parece? Que não bastou jogar o general pra reserva: enquanto durar a transição política, querem mantê-lo onde não cause problemas, no fim do mundo das grotas do Pará. Mas se o general aceitou ir, deve haver algum prestígio nisso. Ou, ao menos, ele pensa que há. Deve ser algo muito grande. É por isso que eu preciso da sua ajuda, Tiago. Esse desgraçado pôs em risco a vida de vinte mil pessoas e, quando o regime acabar, vai sair impune e ainda ganhando uma aposentadoria.

— O que o teu editor lá da *Folha* acha disso?

— Tá louco, meu? Se nos chamam de "o jornal de maior tiragem do Brasil" é porque metade da redação é de tira incubado. Sabe por que o pessoal da esquerda queimava os carros da *Folha*? Porque eles emprestavam pro pessoal do DOPS levar preso político. O meu contato no SNI me confirmou que é verdade. Então, ninguém na redação sabe que estou investigando o general.

— Tu estás paranoico. O teu jornal foi um dos principais patrocinadores das Diretas Já.

— "O esperto acredita em metade da história, mas o gênio sabe em qual metade acreditar."

Tiago foi ficando cada vez mais incomodado com aquela conversa. O que Alexandre pensava que poderia fazer com essa pesquisa quando a tivesse completado? Publicar nos jornais? Em quais, nos que estavam censurados ou nos que ainda estavam na cama com os milicos? Mas Alexandre tinha um plano: entregar toda a história para um amigo que era correspondente da Reuters. A ideia era publicar a matéria no exterior antes das eleições em janeiro. Isso dava aos jornais brasileiros a desculpa de apenas publicarem o que fora dito lá fora, sem o ônus de assumir a responsabilidade pela investigação. Alexandre acreditava que o impacto de se saber que o presidente foi omisso num atentado terrorista feito pelo próprio governo, pondo em risco a vida de vinte mil brasileiros, seria o bastante para enterrar de vez qualquer chance da linha dura do Exército, ou mesmo o candidato do PDS, de prevalecer sobre a redemocratização. E não adiantava Tiago argumentar que o fim do regime era iminente, com ou sem aquela pesquisa. Alexandre estava convencido de que tinha uma missão a cumprir.

— A única coisa que tu vais conseguir disso tudo – disse Tiago – é ser o novo Vladimir Herzog. Já faz um tempo que o DOPS não suicida ninguém.

— Eu só preciso entrar em contato com o velho. Tu vais me ajudar ou não?

Tiago hesitou. Passar o telefone de Beto para Alexandre parecia abusar da amizade. Além do mais, só estivera com o velho João Amadeus uma vez na vida, na entrevista para a matéria sobre Disney. Era uma daquelas figuras fascinantes e carismáticas que o século XX produzia a conta-gotas: conhecera Disney na juventude, lutara na Itália com a Força Expedicionária Brasileira na Segunda Guerra, para depois ser o queridinho das colunas sociais dos anos 50 – e em seguida se reinventar como empresário e empreiteiro de sucesso nos anos 70. Quando se tem o contato de alguém assim, não se entrega para o primeiro ex-colega de trabalho que aparece querendo cutucar o ditador da ocasião em seu país. Mas, se podia fazer algo para ajudar Alexandre, era voltar a entrar em contato com Beto e, como quem não quer nada, puxar conversa sobre os negócios da família no Norte. Se Alexandre tinha o material que dizia ter, era uma pesquisa bastante completa, e não fazia diferença o que uma empreiteira construía no interior do Pará; era óbvio que o general Kruel fora mandado para lá para ser deixado onde não incomodasse ninguém – desde o afastamento do general Sylvio Frota, o mais ferrenho opositor da redemocratização, o governo vinha fazendo isso com todos os militares que não se comprometiam com a abertura política.

Tiago prometeu que tentaria o contato com os Flynguer como um favor pessoal a Alexandre, mas a verdade é que fazia tempos que não falava com Beto, e seria uma desculpa para retomar o contato. Alexandre agradeceu. Como estava de férias, iria para a casa de uma amiga no Rio de Janeiro, e deixou seu número anotado num papel. Pediu que Tiago ligasse, caso soubesse de algo.

Telefonemas

Um interurbano.

— Residência dos Flynguer, pois não?

— Bom dia, eu gostaria de falar com o Beto.

— Ele não está, senhor.

— Sabe me dizer que horas ele volta?

— Ele não está no Rio de Janeiro, senhor.

— Ah. E onde ele está, sabe me dizer?

— Não estou autorizado a passar informações sobre a família, senhor.

— Eu sou amigo dele. Tenho o telefone das outras casas. Só quero saber pra qual eu ligo.

— Ah. Ele está na de Porto Alegre, senhor.

Porto Alegre. Que coincidência. Alexandre não lhe disse o que veio fazer na cidade. Teria seguido Beto até o Sul? Terá sido mesmo por acaso que se encontraram na saída do Cine Baltimore? E se Alexandre, em seu mundo de segredos mal guardados e contatos com o SNI, estiver sendo vigiado, isso faria com que Tiago chamasse a atenção dos militares? Agradeceu ao mordomo e fez menção de desligar, mas ficou aguardando na linha em silêncio, preocupado se escutaria o clique de uma escuta, como nos filmes de James Bond. Nada. Lembrou que afinal a linha nem estava em seu nome, era uma extensão alugada da vizinha, feita enquanto aguardava eternamente na fila de espera da CRT para receber a sua própria. Desligou, sacudiu a cabeça e grunhiu, como se o gesto espantasse a neurose. Tinha que tomar cuidado para não ficar paranoico como Alexandre. Ligou para a casa dos Flynguer em Porto Alegre.

— Alô? Eu gostaria de falar com o Roberto, por favor. Ele está?

— Quem deseja?

— É o Tiago. Tiago Monteiro.

— Um momento, senhor.

Ele aguardou.

— Tiago? Meu querido, quanto tempo! – era Beto, em seu tom naturalmente alegre. — Está em Porto Alegre? Tens que vir me visitar, vamos pôr a conversa em dia. Que planos tens pra hoje à noite? Estou sozinho aqui, venha me ver. Exijo, não aceito "não" como resposta. O papai sempre lembra de você, "e aquele teu amigo jornalista, por onde anda?". Sabes o endereço, não? É o mesmo de sempre, bem em cima de você, ah-ha. Venha, te espero ali pelas nove.

Fordlândia

A melhor definição sobre gente nascida em berço de ouro foi dada por Fitzgerald: *a voice full of money*. Beto tinha essa voz, em que o dinheiro com que se nasce não pode ser separado do corpo, e o acompanha mesmo quando o próprio dinheiro se perde – o que, em se tratando dos Flynguer, estava longe de ser o caso. A de Beto era também uma voz que se expressava sempre por superlativos: tudo o que era muito bom era espetacular, tudo o que era ruim era péssimo, o belo era lindíssimo e o feio era horrendo. Dizia-se que era muito parecido com o pai, guardadas as diferenças. Se nos antigos retratos familiares e colunas sociais, o velho Flynguer tinha a beleza morena e perfeita de um galã de cinema dos anos 50, um Montgomery Clift de olhos azuis e penteado correto, seu filho guardava os ares irônicos, lustrosos e autossuficientes dos galãs contemporâneos, como um Lauro Corona sem monocelha. Com seu sorriso de cumplicidade jocosa e ambígua, fazia quem se tornasse alvo de seu olhar sentir-se cúmplice de algum segredo, como quem diz: "Tudo isso é uma farsa, só eu e você sabemos".

— Então você foi no Baltimore essa semana. Sabe que eu nem sei se aquele cinema ainda é nosso? Acho que o papai mantém os cinemas só por nostalgia. O que você foi ver de bom?

— O novo filme do Indiana Jones.

— Ah, eu *adoro* o primeiro, absolutamente adoro. Esse tem vilões nazistas também?

— Não, agora é uma seita de fanáticos.

— Ah, que pena. Eu adoro filmes com nazistas. Eles explodem, caem de penhascos, a cara derrete e ninguém precisa se sentir culpado em torcer por isso. Ninguém te acusa de insensível. Quer beber alguma coisa, baby?

Os Flynguer pareciam ter uma casa em cada capital do país, mas a de Porto Alegre – um casarão dos anos 20, na esquina da Independência com a Fernandes Vieira, uma quadra acima de onde Tiago morava atualmente – era mantida por razões afetivas. Fora ali que o pai de Beto passara a infância, e agora servia como uma espécie de retiro da família para longe do eixo Rio-São Paulo.

A última ocasião em que estivera naquela casa foi para entrevistar o pai de Beto, mais de três anos antes. Quando entrava na casa de alguém, Tiago tinha o hábito de bisbilhotar as prateleiras de livros. Uma biblioteca sempre diz algo de seu dono e, na ocasião, notara que o velho tinha uma extensa coleção sobre o trabalho de Niemeyer e Lúcio Costa, o que o fez observar que pelo visto o velho gostava bastante de Brasília, mas este, na ocasião, dando de ombros, disse que muito pelo contrário: detestava. João Amadeus Flynguer tinha a curiosa teoria de que se a capital tivesse se mantido no Rio de Janeiro a ditadura não estaria durando tanto, pois o acúmulo de paranoias e ideias absurdas que a formavam seria trazido à realidade na primeira conversa de botequim. Mas o isolamento da capital alimentava a alienação do governo, que via fantasmas e ameaças comunistas em cada sombra.

Olhando para a sala, notou algo novo: uma pintura a óleo, mostrando as ruas de um subúrbio norte-americano típico, de casas com cercado branco, uma caixa d'água, crianças brincando na rua, sob um céu azul poente riscado por nuvens alaranjadas – a paisagem típica do *american way of life*, exceto pela linha de árvores de selva tropical que percorria toda a extensão dos fundos das casas, como se a rua fosse isolada do mundo por uma muralha vegetal infinita. Beto notou-lhe o interesse pelo quadro, e comentou que os gostos de seu pai moviam-se de uma obsessão a outra. Aquela pintura era um *concept art* encomendada com base nas fotos e plantas baixas da época.

— Isso é pra ser algum lugar de verdade?

— Sim, baby, é Fordlândia, no Pará. Não como ela é de verdade, mas como deveria ter sido. Você já deve ter lido sobre isso em algum lugar. Foi a obsessão do papai uns anos atrás.

— Sim, lembro que o teu pai comentou. Era uma cidade particular, não? Na Amazônia.

— Isso, um subúrbio americano que Henry Ford construiu nos anos 20. Surreal, não? Está em ruínas, mas tem gente vivendo lá até hoje.

— E o teu pai, aliás, por onde anda?

— Ah, o de sempre, viajando pra lá e pra cá. Ele nunca para em lugar nenhum. Aliás, lembrou de você dia desses. Está pensando em escrever uma biografia, pelo que entendi, e precisa de um ghost-writer.

— Uma autobiografia, tu queres dizer?

— Mais ou menos. Imagino que ele vá te ligar uma hora dessas. Mas me conta: como vai a vida? Nunca mais nos falamos depois que você saiu do Rio. Sei que tenho uma parte de culpa, mas...

— Não, não. Eu não culpo você – Tiago chacoalhou os ombros. — Não mais.

Era difícil dizer o que havia saído errado em sua aventura carioca. Voltar do Rio de Janeiro para Porto Alegre era como voltar da capital para um vilarejo do interior, mas ainda que não tivesse a mais intensa vida social ali, era melhor do que o vazio emocional de seus últimos dias no Rio.

— Sei que eu posso ser um pouco... exagerado às vezes – disse Beto. — Mas, se servir de consolo, estou limpo agora.

— Aconteceu alguma coisa? – perguntou Tiago.

— Você diz, como uma overdose? Não, não. Foi só que eu realmente estava ficando meio imprestável pra vida, sabe? Então, quando os seus amigos começam a ficar doentes, o seu pai passa por uma cirurgia pra remover um tumor, a sua irmã descobre que o marido tem uma amante e está pedindo divórcio, e os sobrinhos que você adora não podem contar com você pra muita coisa, chega um momento em que, bem, você precisa fazer algo que não seja viver só pra si mesmo – ele suspirou. — E você, trabalha amanhã?

Tiago balançou a cabeça em sinal positivo. Sábado era seu único dia de folga garantido na semana, e os domingos se alternavam. Naquele domingo, teria plantão. Beto se levantou do sofá, abriu o armário de bebidas e buscou uma garrafa. Havia um frigobar dentro, de onde tirou cubos de gelo que enfiou num copo e entregou para Tiago.

— Mas não precisa chegar cedo, suponho? O que pode acontecer de tão urgente numa redação num domingo de manhã?

— Morrer alguém importante? O papa. Ou o Jorge Luis Borges.

— Credo, por que o coitado do Borges?

— Sei lá – Tiago deu de ombros. — Me pediram pra escrever o obituário dele dia desses.

— Ah, não se preocupe, ninguém importante vai morrer esta noite. Eu proíbo por decreto.

Tiago bebeu um gole e continuou olhando para a pintura na parede.

— O que deu errado?

— Com quem? – Beto, confuso.

— Com Fordlândia – apontou a pintura.

— Ah, querido, você deveria conversar com o papai sobre isso, ele ia adorar, falaria sobre o assunto por horas. Eu não sei muitos detalhes. Só sei que foi uma coisa surreal, com hambúrguer no refeitório, dança de quadrilha, lei seca e cartão de ponto, que a Ford construiu no meio da selva. Basicamente, uma cidade privada, governada por uma empresa. Não tinha como dar certo. Houve revoltas, não dá pra trabalhar oito horas debaixo de calor no meio da Amazônia e esperar que se volte do mato a tempo de bater ponto. Parece que houve uma revolta popular, ou algo assim.

— É que li que o teu pai estava construindo algo naquela região.

— É mesmo? Que interessante. Hmm, o papai está sempre construindo algo em algum lugar – levantou-se e foi até o toca-discos. — Mas sim, se eu não me engano, é um resort. Você sabe, piscinas, drinques, o tipo de lugar aonde os turistas vão pra esquecer os problemas.

— Ah, pensei que fosse algo sério, tipo uma hidrelétrica.

— Talvez haja uma também. Não sei. Eu só herdei o lado boêmio do papai. Os negócios, tratar com a maninha – Beto riu, de um modo desconfortável como quem quer mudar de assunto logo de uma vez. Como em geral ocorre com quem vive uma vida de facilidades irrestritas, a de Beto se preenchia com coisas que visavam compensar sua própria falta de interesses. O pai e a irmã tentavam canalizar a ociosidade para os eventos da Fundação Flynguer, o braço de fomento a artes e projetos sociais da holding. De modo parecido ao que o próprio pai fora nos anos 50, Beto tinha o talento de agregar pessoas, atrair artistas, socialites e imprensa. E, semente de dúvida plantada, perguntou: — Por que o interesse súbito?

— Por nada. É um mundo bem diferente do meu, tu sabes. Construir coisas, cidades inteiras. E tu, o que vieste fazer por estes lados? Visitar os teus amigos da "alta sociedade"?

Beto segurou a risada e acabou engasgando com o drinque, seguido de tosses, até conseguir se conter:

— Baby, *please* - disse, batendo no peito e se recuperando. — Você sabe o que é a "alta sociedade" daqui? Se fosse só a cafonice eu aguentava, afinal moro no Rio. Mas cafonas *e* provincianos? É demais pro meu fígado. Não, vim pra cá pra descansar. Às vezes é bom estar onde ninguém acha que estaremos. Espairecer um pouco.

Beto largou o copo sobre a mesa e passou a virar os LPs da estante com o dedo, à procura de algo específico. Pôs o vinil no aparelho e deixou a agulha cair sobre o disco. Silêncio chiado. Vieram as primeiras batidas eletrônicas da caixa de ritmos, seguidas pelos disparos rápidos dos sintetizadores como uma metralhadora de raios laser, a música tomando conta da casa inteira. Beto começou a balançar os ombros e acompanhar a música com os lábios, virando-se para Tiago.

— *Sometimes I feel I've got to... run away, I've got to... get away...* – Beto gesticulou com os dedos para Tiago: venha. Tiago sorriu, era notoriamente tímido e em geral detestava dançar, mas havia algo naquela versão do Soft Cell para "Tainted Love" que exercia um poder quase mágico sobre ele. Largou a bebida sobre uma mesinha e se levantou. Dançaram. A música foi evoluindo, desacelerando aos poucos e saindo daquele ritmo frenético e cheirado para outro mais íntimo, ainda pontuado pela batida eletrônica, mas em tom melancólico, um cover de "Where Did Our Love Go?", que fez com que fossem chegando cada vez mais próximos um do outro – *Ooh, baby, baby, where did our love go? Oh, don't you want me, baby, baby, don't you want me no more?* – e de súbito era como se fosse 1978 novamente, Tiago era outra vez aquele estudante de jornalismo da PUC, deslumbrado com o brilho dourado que emanava daquele playboy que dançava na Papagayu's num ritmo agressivamente suave e sinuoso, com dinheiro o bastante para fazer o que quisesse sem se importar com o que os outros pensavam ou fofocavam. Olhou para o relógio e soube que chegaria atrasado ao trabalho no domingo.

São Paulo

Passou a semana seguinte tentando entrar em contato com Alexandre, ligando para o telefone no Rio de Janeiro, sem sucesso. Depois, desistiu. Queria contar que os Flynguer afinal não tinham nenhuma relação direta com o general, que se tratava de um empreendimento turístico, talvez com uma hidrelétrica para fornecer energia na região. Mas quem ligou para Tiago, ao invés disso, foi a secretária do patriarca, o velho João Amadeus Flynguer.

— É o sr. Tiago Monteiro? – perguntou a mulher.

— Ele.

— Senhor, gostaríamos de convidá-lo para vir ao nosso escritório em São Paulo nesta sexta-feira, creio que o senhor esteja a par do assunto.

— Não, não estou não...

— Perdão, eu havia sido informada de que sim. É a respeito da biografia.

Tiago resgatou da mente alguma menção a isso feita por Beto.

— Bem, de qualquer modo eu trabalho, não sei se teria como...

— Naturalmente, estamos lhe oferecendo as passagens, e o seu tempo seria remunerado.

— Hmm, bem, eu posso dar um jeito lá na redação. Nesta sexta?

— Isso. Às duas da tarde está bom para o senhor? O senhor tem o endereço?

Anotou o endereço, um prédio na Bela Cintra.

A sexta-feira, dia 24, amanheceu gelada. Tiago partiu cedo para o aeroporto, temendo perder o voo devido à greve dos motoristas de ônibus que paralisara a cidade no dia anterior. Acabou chegando ao Salgado Filho com muita antecedência, despachou a mala no balcão da Varig, comprou o jornal do dia, que não tivera tempo de ver pronto na redação na noite anterior, e foi tomar café.

A manchete principal focava na greve e na violência da PM na repressão, nos tantos que deram baixa no hospital e nos outros tantos que foram presos, a PM justificando a violência com acusações vagas de haver "gente infiltrada", embora não especificasse de que tipo; noutra se falava da safra de morangos deste ano, trinta toneladas contaminadas por agrotóxicos cancerígenos, mas que o governo não recolheria e manteria à venda – "cada consumidor fica livra para consumir, correndo o risco de ser intoxicado", declarava o secretário de Saúde do Estado, sob protestos de ecologistas. Na política nacional, o ministro da Justiça confirmava a existência de uma "lista negra" no PDS, o partido do regime, que ameaçava exonerar quem não votasse com o governo em Paulo Maluf. No Chile, havia morrido a primeira vítima de aids.

E foi então que seu sangue gelou.

"O corpo do jornalista Alexandre Gomensoro foi encontrado em avançado estado de decomposição, numa praia do Rio de Janeiro, com marcas de tiro e uma incisão no abdômen." *Incisão no abdômen*. Feita provavelmente para que o cadáver não acumulasse gases e boiasse, o que mesmo assim não adiantou. Estava desaparecido havia vários dias, junto da namorada, Judite Romão, e suspeitava-se agora que um corpo encontrado carbonizado na região serrana do Rio fosse dela. Nada mais dizia. "A polícia investiga as causas do crime." Assunto encerrado.

Naturalmente, Tiago entrou em pânico. Alexandre nunca atendeu aos seus telefonemas, não havia nada ligando um ao outro – mas e se ele já viesse sendo seguido há mais tempo? E se aquele encontro no Cine Baltimore não fosse fruto do acaso, mas proposital, e Alexandre, já sabendo de antemão onde encontrá-lo, tenha deixado seu nome e endereço anotados em algum lugar? Alexandre dizia estar de férias, mas nunca disse o que fora fazer em Porto Alegre.

Desceu em São Paulo, tomou um táxi e foi direto para o hotel. Alguém deixara um jornal no banco de trás, edição velha do *Notícias Populares* cuja principal manchete era "peste gay apavora São Paulo". Fez o check-in, largou as malas, consultou o relógio: estava adiantado. O escritório nacional da Flynguer S. A. ficava na esquina da Bela Cintra com a alameda Santos, não muito longe dali, e decidiu que iria caminhando. Ao sair do prédio, não deu maior atenção àquela caminhonete logo em frente, com a marca da *Folha de S.Paulo*, o jornal onde Alexandre trabalhava antes de morrer. Mas, assim que seguiu andando pela rua, a caminhonete ligou os motores.

Tiago acelerou o passo.

O trânsito fluía no mesmo sentido, e a caminhonete do jornal avançou vagarosa, sem pressa. Tiago passou por uma banca de revistas, contou vinte passos e olhou para trás: o automóvel havia parado ao lado da banca, mas ninguém dele descera ou nele entrara, nenhum fardo de jornais foi jogado de dentro dele para o jornaleiro. Mais alguns passos e, quando olhou outra vez, notou que a caminhonete seguia novamente, como se o acompanhasse. Tiago dobrou a esquina, entrando numa rua que era contramão para o veículo. A caminhonete então acelerou, como se tomada de uma súbita pressa, e seguiu rua acima, desaparecendo. Tiago olhou para trás e respirou aliviado. Mais uma quadra e estaria na Paulista, onde o movimento seria o suficiente para torná-lo anônimo ou inibir qualquer coisa que sua cabeça pudesse imaginar que aconteceria.

Não era a primeira vez que vinha a São Paulo, mas nunca ficara na cidade tempo o bastante para conseguir gostar dela. Em todas as suas estadias curtas, a cidade se apresentava como um labirinto sem acidentes geográficos ou marcos que o orientassem, onde todos os edifícios são arranha-céus, indistinguíveis uns dos outros. Era como uma pintura de Escher, em que nada leva a lugar nenhum e todos os pontos parecem se conectar ao mesmo tempo, desafiando a lógica. Pensou em procurar onde pudesse tomar um café, alimentando a ideia contraditória de que um café fosse aliviar sua ansiedade. Censurou-se por ceder às paranoias do falecido Alexandre.

E então, lá estava a caminhonete da *Folha* outra vez.

Mas seria a mesma? Estava parada bem na esquina, ao lado de outra banca de revistas, um veículo branco com o onipresente nome do jornal que, Alexandre garantia, emprestava seus veículos ao DOPS. Para atravessar a rua, Tiago teria que passar diante dela. Mas seria realmente a mesma caminhonete? Parecia ser outra, mas já não tinha certeza. Não atinara em olhar a placa. O motorista usava óculos escuros e boné. Não sabia dizer se era o mesmo de antes. O sinal estava aberto para os carros, mas a caminhonete permanecia imóvel, sem nenhum jornal sendo descarregado. Tiago hesitou. Olhou em volta, em busca de abrigo, uma padaria, qualquer coisa.

No muro ao seu lado, uma pichação: "Aids é câncer de bicha". Ocorreu-lhe que, se entrasse num lugar fechado, poderia ser abordado sem que ninguém percebesse. Não, era preciso se manter à vista, em público. Seguiu caminho, chegando até a esquina num estado crescente de ansiedade. O sinal fechou aos pedestres, abrindo para os carros – e a caminhonete continuava ali, parada. O motorista acendeu um cigarro, fumando despreocupado. O sinal abriu para os pedestres novamente. Tiago olhou para o semáforo. Hesitou mais um pouco, e então se decidiu: correu feito louco, atravessando a rua segundos antes de o sinal abrir para o fluxo dos automóveis, que já avançavam atrás dele como se fossem as águas do mar Vermelho se fechando. Buzinas, xingamentos. Chegou à outra margem são e salvo e, quando olhou para trás, viu que a caminhonete não estava mais lá.

Algumas quadras adiante, buscou abrigo no Conjunto Nacional. Estava a poucas quadras de seu destino e consultou as horas. Resolveu matar tempo numa livraria. Logo à entrada, porém, algum vendedor, fosse por humor negro, pela coincidência de datas ou pelo senso de oportunidade com o lançamento do filme, amontoara todos os livros de George Orwell num estande, com destaque para os muitos exemplares de *1984* sob um cartaz jocoso: "O Grande Irmão zela por ti". Tiago achou a piada de mau gosto.

Saiu da livraria vinte minutos depois, olhando o movimento dos carros. Não viu a caminhonete do jornal nos arredores e caminhou apressado até seu destino final. Identificou-se na portaria, tomou o elevador, atravessou as portas de vidro jateado com o grande F criado por Alexandre Wollner como identidade das empresas. Deu seu nome na recepção e pediram que aguardasse. Sentou-se numa das poltronas de couro preto em frente a um painel de madeira com o nome *Construtora Amadeus Flynguer* em elegantes letras serifadas. O panfleto na mesinha ao lado a descrevia como "a segunda maior empresa de engenharia e indústria de construção na América Latina e sexta maior empresa brasileira", controlada pela holding Flynguer S. A., junto de suas empresas-irmãs como a Flynguer Realizações Imobiliárias, a Fundação Amadeus Flynguer, voltada para projetos socioculturais, e, criatura estranha entre tantas empreiteiras e geradoras de energia, a rede de cinemas do Grupo CinePlex, com mais de quarenta salas espalhadas por todo o Brasil.

— Sr. Monteiro? O senhor me acompanhe, por favor.

Foi guiado pelo corredor até o escritório. Assim que a porta foi aberta, de trás da mesa se levantou uma mulher, a meio caminho entre os trinta e os quarenta anos; o cabelo armado numa juba morena de cachos, ela vestia pantalonas cinza-chumbo com um casaco vermelho de ombreiras que davam uma poderosa forma triangular à sua silhueta. Epítome do *power dressing*, usava também um colar de pérolas. Tiago nunca a encontrara pessoalmente, mas a reconheceu das fotos familiares.

— Tiago? É um prazer – disse Helena Flynguer, a primogênita pródiga, estendendo-lhe a mão. — O papai lamenta muito não poder estar aqui hoje, era intenção dele falar com você pessoalmente, mas houve um inconveniente, você compreenda... um acidente que resultou em morte, numa obra nossa no Pará. E o papai leva essas coisas muito a sério, viajou ontem à noite às pressas, ele sempre se faz presente quando algo assim ocorre, mas não quis desmarcar o nosso encontro com você.

Tiago já ouvira falar disso, de como o velho cuidava da família de seus funcionários, coisas que lhe rendiam acusações de ser paternalista e até socialista, mas que faziam com que fosse muito benquisto por quem trabalhava para ele. Com o tempo, "seu Amadeus", como era chamado com devoção por alguns, não raro era tratado, fosse por ignorância ou deslize da língua, de "seu Deus". O que gerava um bom número de piadas na família e nos escritórios das empresas, quando algum peão ou capataz perguntava: "Seu Deus já veio? Seu Deus já foi embora?".

— Sim, compreendo, mas...

Ela largou uma pasta sobre a mesa.

— Não está tudo aqui, claro, é só a primeira parte, pra que você revise...

— Um minuto. Alguém pode me explicar antes do que se trata tudo isso?

— Pensei que o Beto já tivesse lhe falado.

— Não, não falou. Eu não sei de nada, na verdade.

— Ah, típico do meu irmão... bem, isso muda um pouco a coisa. Sente, por favor – apontou a cadeira em frente à sua mesa. — Bem, Tiago, é uma espécie de biografia, como diz o papai. De ninguém em específico, é a biografia de uma ideia, você compreende?

— Nem um pouco.

— Ah, espere um pouco – ela pegou o telefone e discou um número. — Oi, sou eu. Estou com ele aqui sim, mas ele não está a par... sim, é típico do Beto falar as coisas por alto e dar o assunto como tratado. Sim, vou pôr no viva-voz – virou-se para Tiago. — É o papai, está no nosso escritório de Belém e quer falar com você. Espere – apertou um botão.

A voz rouca do velho preencheu a sala, majestosa feito sarça ardente.

— Olá, rapaz. Que bom falar com você outra vez.

— Oi, sr. Flynguer.

— Por favor, me chame de João. Lamento que o destrambelhado do meu filho não tenha te explicado direito, mas o que nós queremos é contratar você, meu rapaz. Eu preciso de uma espécie de escritor residente. É algo como um cronista oficial, entende?

Tiago suspirou. Veio-lhe a ideia renascentista de viver no rastro de gente rica e descuidada, como os músicos e poetas que eram sustentados por reis e viviam conforme seus caprichos. O dinheiro viria a calhar, mas não podia dizer que essa era a vida que queria.

— Por que eu, sr. Flyn... hmm, seu João?

— Pelo seu interesse, rapaz. Anos atrás, quando me procurou pra falar da visita do Disney, eu gostei muito do seu artigo, sabe? Gostei muito do modo como apresentou as coisas, senti que estávamos conectados, que operávamos na mesma frequência, compreende? Eu quero alguém não muito conhecido, alguém novo, que não seja ninguém ainda...

Tiago ergueu as sobrancelhas com essa. O velho continuou falando, indiferente:

— Não sei se a minha filha ou alguém mais explicou, mas estamos construindo esse, como vou dizer?, esse empreendimento aqui no Pará, que, eu lhe garanto, é algo que vai capturar a imaginação desse país por muitos anos. Eu lhe peço que não comente com ninguém sobre isso ainda, claro, estamos sendo bem cuidadosos, a nossa ideia é manter tudo em segredo até o momento da inauguração, o momento certo e oportuno, você sabe, pra deixar o público surpreso.

— Eu, eu... – Tiago gaguejou e hesitou. Sentia que, se não o interrompesse, o velho falaria até o fim dos tempos. — Ele está ouvindo? Tem que apertar algum botão? – perguntou para Helena.

— Estou na escuta, rapaz.

— Pelo que entendi, o senhor está no Pará neste momento, correto? Há um município recém-criado na região com o nome de Amadeus Severo, suponho que...

— Em homenagem ao meu pai, sim.

— Antes de responder a qualquer coisa, eu gostaria de saber qual o envolvimento do general Newton Kruel nessa história toda. Eu soube que ele foi nomeado interventor municipal, e eu realmente não quero me meter em algo que...

O telefone chiou e o velho pareceu grunhir algo ininteligível. Era possível escutar a respiração pausada no viva-voz do telefone. Helena e Tiago se entreolharam, preocupados.

— Papai? – perguntou Helena.

— O filho da puta – resmungou o velho.

— Perdão? – Tiago, preocupado.

— Não você, rapaz. Me desculpe o palavreado. Eu compreendo a sua preocupação. Como foi que você soube que...? Bem, não faz diferença.

Deixe que eu te explique então: não há nenhuma relação minha com esse sujeito, embora naturalmente nós tenhamos amigos em comum. Foi um favor que fiz ao Andreazza e nada mais, se isso te servir de explicação. Se você está me perguntando, é porque ouviu falar do que o general andou aprontando uns anos atrás. Queriam que ele ficasse o mais longe possível, mas era preciso que ele *aceitasse* ir, um lugar de prestígio, compreende? Na prática não existe o município de Amadeus Severo, quero dizer, existir existe, mas todo o território é propriedade minha, é tudo parte do nosso empreendimento, e eu estou falando aqui de uma área de, quanto mesmo, Helena?, uns treze quilômetros quadrados. Se é área de segurança nacional é só pelo motivo de facilitar as burocracias, você pode imaginar como são as coisas neste país, você preenche uma guia até pra mijar, mas sempre há a exceção que libera geral, falando grosso modo. Ser interventor federal faz dele o quê, um prefeito biônico? Mas ele não manda nada, no máximo aparece de vez em quando só pra dizer que veio, e passa a maior parte do tempo num hotel em Belém que estamos pagando pra ele. Eu não tenho nada com o general e, no que depender de mim, não quero o nome dele associado ao meu, compreende? Os tempos estão mudando, um novo começo pra este país, um começo do qual gente como ele não faz parte, um começo pra quem vê o futuro, como nós, e não que vive no passado. Quanto te pagam naquele jornal lá de baixo? Eu te pago o dobro. Não, que maldade, não quero funcionário meu passando fome. Te pago quatro vezes mais. O que me diz?

— Eu... eu fico honrado, sr. Flynguer, eu nem sei o que...

— João, por favor.

— Eu fico honrado, seu João.

— Fantástico. Ah, naturalmente, isso tudo é sigiloso. Não quero que nada disso chegue aos ouvidos errados. Helena vai te explicar os detalhes agora, que eu infelizmente preciso ir. Tenho que comparecer a um enterro, veja você. Até logo.

Desligou. Foi como se a sala ficasse subitamente vazia. Tiago olhou para a pasta cheia de papéis e cadernetas que Helena pusera sobre a mesa e na qual repousava a mão de modo protetor.

— Certo. Então, o que eu preciso fazer? - perguntou Tiago.

— Assinar um termo de confidencialidade, antes de mais nada - sorriu Helena. — Então você leva essa papelada e tenta tirar um sentido disso tudo. A cabeça do meu pai, você vai ver, é como um redemoinho de ideias.

Está sempre operando em duas, três coisas ao mesmo tempo. Precisa fazer essa bagunça ficar mais linear, fazer disso uma narrativa.

Tiago aceitou os termos e recebeu a pasta. Helena o acompanhou até a porta do escritório, em frente à recepção com o nome de sua família. Se Beto herdara o modo sedutor com que o pai parecia convencer todos a fazer sua vontade, Helena definitivamente havia herdado a presença, o modo com que se impunha como centro solar do que estava ao seu redor.

— Ah, por sinal – lembrou Tiago. — Como está a Cleia?

— Quem?

— Sua tia, Cleia.

Helena o olhou com estranhamento por um instante, como se não tivesse a menor ideia de quem ele falava, até por fim abrir o rosto numa expressão de reconhecimento.

— Ah, a irmã mais nova do papai, você quer dizer? Pensei que você soubesse.

— Não. Saber o quê?

— Bem, nós nunca a conhecemos, é claro. Ela morreu ainda criança, quando o papai estava na Itália com a FEB. Mas ele só soube quando voltou da guerra.

— Ah, nossa. Perdão, eu não sabia.

— Tudo bem. O papai nunca fala muito dela, e nunca perdoou o meu avô por ter escondido isso dele quando estava na Itália. Imagine, escrevendo todas aquelas cartas pra uma menina morta. Até estranhei que a tivesse citado tantas vezes naquela sua entrevista com ele.

— É compreensível.

Despediram-se. Tiago tomou um táxi de volta ao hotel, fez suas malas e voltou para o aeroporto na esperança de conseguir trocar sua passagem para um voo mais cedo. Desembarcou em Porto Alegre no final da tarde, sendo recebido pelo ar gelado da cidade e os resquícios esbranquiçados de uma notícia surpreendente: naquela sexta-feira, pela primeira vez em setenta e cinco anos, havia nevado na cidade. Os tempos estavam mudando.

O pato paga

Tiago fez café, sentou-se no sofá e abriu a pasta. Havia cadernetas manuscritas, agendas, uma planta baixa e duas revistas de quadrinhos. Um bilhete manuscrito, solto, se sobrepunha:

Meu caro Tiago,

Lamento não poder estar presente para esta nossa reunião. Como podes ver, ainda não há material promocional pronto, embora já tenhamos alguns personagens encaminhados e algumas edições da nossa revistinha. Sugiro ler os quadrinhos antes. Verás que tentei organizar os temas nas minhas anotações por cores. Seu trabalho será me ajudar a pôr todo esse conjunto de ideias numa ordem que faça sentido.

Abraços,
João Amadeus

Pegou uma das revistas em quadrinhos. Eram os dois primeiros números, com datas de junho e julho daquele ano. Chamava-se *Tupinilândia* e trazia personagens novos, inéditos: animais antropomórficos de traços arredondados e infantis como os de Disney. Pegou uma das cadernetas. As anotações eram datadas, mas o fluxo de ideias de João Amadeus era caótico, ora atento a questões práticas, ora teorizando sobre aspectos filosóficos de seu projeto. Com algum custo, compreendeu que as marcações coloridas impunham uma ordem temática, e as azuis eram relacionadas às revistas em quadrinhos. Deixou as revistas de lado e folheou os cadernos:

3 de outubro, 1983: As obras estão quase prontas, mas só agora tivemos a primeira reunião com a equipe. Há consenso de que precisamos de um personagem símbolo para a identidade do parque, e não nos limitarmos a licenciar os já existentes. Mas qual? Não posso competir em brasilidade com o Zé Carioca. É a coisa mais brasileira que um desenho pode ficar, e a Disney já o tem. Discutimos possibilidades, os papagaios estão descartados. Gosto da ideia de um tucano, mas a Varig já usa um. Para a onça-pintada já existe o Galileu do Ziraldo. Cheguei tarde na corrida do ouro e os melhores lotes já foram tomados.

10 de outubro, 1983: Segunda reunião com a equipe. Mandei buscar tudo o que havia de gibi nas bancas, principalmente *Pato Donald* e *Tio Patinhas*. A Abril não credita seus autores, mas eu reconheço de olho um Carl Barks ou um Canini, e ensinei a equipe a identificar os países de origem pelos códigos de cada história. As brasileiras têm um tom de humor muito específico que as faz se destacarem, e é o tom que quero para nossas histórias. O pessoal também pensou em super-herói, mas descartei. Super-heróis e caubóis são gêneros norte-americanos por excelência, um tipo específico de individualismo e exercício de força que não me interessa, qualquer coisa que se faça irá parecer sempre um pastiche ou paródia. Precisamos encontrar um páthos nacional. Um personagem que seja como os samurais são para os japoneses, ou como Asterix é para os franceses.

17 de outubro, 1983: Hoje me apresentaram ideias. Bandeirante. Descartei. O que ele vai fazer de heroico? Caçar escravos e estuprar índias? Os paulistas da equipe se ofenderam, mas expliquei que é o mesmo motivo pelo qual não quero personagem gaúcho ou cangaceiro, que degoladores e assaltantes não são heróis bons para crianças. Pronto, agora ofendi os gaúchos e os pernambucanos da equipe. Mas existe uma razão para Getúlio ter abolido as bandeiras estaduais: se estimularmos o individualismo regional, não estamos pregando a união. O problema é que um país como o Brasil tem ao menos umas dez identidades diferentes. Não, nada de heróis, nada muito específico. Precisamos de um personagem infantil carismático, que possa gerar identificação de norte a sul. Eu digo à equipe: pensem em Disney. Mickey é um rato, Donald é um pato, o resto são cães, vacas e cavalos, animais domésticos, animais de fazenda, coisa com que toda criança se identifica, não um bicho exótico do meio do mato, até porque os melhores o Ziraldo já pegou.

31 de outubro, 1983: A equipe me trouxe uma arara. Uma arara de verdade, viva. Falei que não queria outro Zé Carioca! Mas me convenceram de que arara não é papagaio, as cores são diferentes, amarelo e azul têm bom contraste, e além disso não podemos usar um animal doméstico como símbolo nacional. Temos que pensar como se fossem Olimpíadas: os ursos tiveram seu Misha, os americanos terão em breve sua águia Sam. Concordei, nem que fosse só para tirar aquela arara da sala antes que alguém venha nos multar.

Temos que pensar com responsabilidade, mas sem sermos excessivamente lúdicos, ou a coisa toda vai ficar com retrogosto de lição de casa, e aí a criançada não quer. É por isso que todos gostam mais do Pato Donald que do Mickey. Até os quadrinhos do Donald são melhores. Enfim, pedi que me trouxessem algo divertido. E pelo amor de Deus, que não seja policial, soldado ou qualquer figura de autoridade. Nenhuma criança gosta de figuras que lhe deem ordens, elas já passam o dia escutando dos adultos, vejo isso pelos meus três netos. E há que se levar o momento político em conta, ninguém mais gosta do governo ou dos militares. Nosso personagem deve ser alguém que ergue o braço para estender a mão, não para apontar o dedo.

7 de novembro, 1983: Hoje recebi os primeiros esboços e algumas sugestões de nomes. Há dúvidas se devemos partir para um nome tupi, como Cauã, ou algo mais tradicional, mais português. Fiz alguns apontamentos, o traço deve ser mais arredondado, seguir o exemplo de Disney: corpos rechonchudos, cabeças grandes como crianças pequenas. Os primeiros coadjuvantes são promissores: uma namorada, um professor, amigos e antagonistas.

Recebi também os primeiros estudos de mercado. Meu queixo caiu: a Abril está vendendo oito milhões de gibis da Disney por mês! Oito milhões! Não é à toa que, quando o Civita quer se arriscar numa revista nova, tranquiliza o financeiro dizendo que "o pato paga". Oito milhões pagam pelo pato! Supondo que cada gibi seja lido por até duas pessoas, e talvez seja mais, essas revistas atingem doze por cento da população brasileira. Estou convencido de que é o mercado ideal para darmos nosso primeiro passo.

14 de novembro, 1983: Reunião com Mauricio de Sousa. Há interesse. Falamos em roda-gigante, montanha-russa, carrossel. Talvez um bairro cenográfico, como faremos para os personagens do Ziraldo, mas vai depender dos custos. Ele vem tendo resultados muito interessantes com animações também, um dos desenhos chegou a ter um milhão de espectadores no cinema. Assisti, achei de boa qualidade. Vamos produzir nossas animações com eles, mas primeiro precisamos fazer os personagens "pegarem". A tiragem inicial da revistinha será de um milhão de exemplares, com distribuição gratuita em escolas, de abrangência nacional. A ordem é não poupar despesas.

21 de novembro, 1983: Mostrei algumas edições italianas de *Topolino* para a equipe. Gosto do modo como a revista se divide, com dois blocos de histórias divididos por uma reportagem, com assuntos de interesse da criançada. A dúvida é do quanto já devemos ir falando do nosso parque nessas páginas. Vamos começar aos poucos, de modo vago, construindo a expectativa, até que ela se conclua como inevitável. Cada edição irá falar de uma cidade planejada, tenha ela saído do papel ou não. Hoje aprovei uma matéria sobre Fordlândia para a primeira, e sobre Seward's Success para a segunda. Fiz uma lista para as próximas edições: a cidade-jardim de Ebenezer Howard, a Cité Radieuse de Le Corbusier e a detestável Brasília de Niemeyer e Lúcio Costa. Temos que encomendar ilustrações. E um mapa! Precisamos ter um mapa logo, nada atiça tanto a imaginação das pessoas.

Tiago não tinha certeza se entendia a direção que aquilo tomava, mas estava claro que o gibi não era o projeto principal, a ideia a ser biografada, mas apenas o primeiro passo.

Pegou o primeiro número de *Tupinilândia* e folheou. A revista era toda em cores, papel poroso comum de gibi, capa em cuchê lustroso. A primeira história, "O fiscal", apresentava a arara Artur, que recebe a visita do Xereta, cão fiscal da prefeitura, que vem ver sua casa para dizer o que pode e o que não pode, inventando um novo imposto para cada coisa que encontra. Mas Artur vê chegar seu amigo Cauã, o Pato-do-Mato, um tipo meio matuto, que contra-ataca pedindo uma série de credenciais do fiscal, até confundi-lo e espantá-lo.

A segunda história, "O golpe do Sobrecoxa", não era muito diferente, estabelecendo Artur como crédulo e um pouco ingênuo, dotado de infinita boa vontade e que precisa com frequência ser salvo por amigos, como a cosmopolita marreca Andaraí ou o sábio professor Tukano, de oportunistas como o frango vigarista Sinval Sobrecoxa, sempre endividado e buscando uma forma fácil de tirar dinheiro dos outros.

Na seção almanaque havia passatempos, uma entrevista com Rita Lee, uma matéria sobre Ayrton Senna, o novo brasileiro na Fórmula 1; uma resenha do filme *A história sem fim* por Rubens Ewald Filho e a prometida matéria sobre Fordlândia, ilustrada com a mesma pintura que viu na sala de estar da mansão dos Flynguer em Porto Alegre.

FORDLÂNDIA: UMA CIDADE AMERICANA NO CORAÇÃO DA AMAZÔNIA

Você já ouviu falar da cidade de Fordlândia, no Pará? Construída pelo empresário Henry Ford nos anos 20, foi feita para extrair látex direto da floresta para as fábricas de automóveis da Ford, para que não dependessem mais de fornecedores. Mas, apesar de planejada para ser uma cidade americana perfeita, com cercados de madeira, bailes de quadrilha e muito hambúrguer com batata frita no refeitório, tudo deu errado. Acontece que o sr. Ford não acreditava em pesquisas, só na experiência prática, e sua equipe veio para o Brasil sem saber nada da floresta, do clima, da navegação dos rios ou mesmo de como plantar seringueiras. Os americanos não se adaptaram ao clima tropical da nossa selva, e os brasileiros não se adaptaram àqueles hábitos regrados dos americanos. Os trabalhadores precisavam voltar do meio do mato só para bater o cartão de ponto, e perdia-se tanto tempo indo e vindo que o trabalho não rendia. Houve até revolta! Indignado com a comida do refeitório, o pessoal queria mesmo era um bom feijão com arroz no almoço, e saiu às ruas gritando: "Matem todos os americanos". Por sorte, ninguém morreu. Mas, com a invenção da borracha sintética, Fordlândia perdeu sua razão de ser, e a cidade foi encerrada em 1945 sem nunca ter produzido uma borracha sequer. Até hoje, ainda há pessoas vivendo na cidade.

Beto Flynguer

Arrá! Beto *estava* a par de tudo, então, aquele malandro. Iria ligar para ele assim que possível, mas antes pegou o segundo número da revista. Na primeira história, "O exilado do frio", Artur Arara recebia a visita de Magalhães, um pinguim argentino exilado de sua terra por reclamar demais do frio, e que só conseguia falar num portunhol rocambolesco, gerando uma série de piadas e mal-entendidos. A história seguinte, "O primo do astro", era uma aventura solo de Cauã, o Pato-do-Mato, que recebia a visita de um repórter de fofocas querendo saber mais sobre aquele "primo brasileiro do famoso pato de Hollywood", uma referência indireta ao Pato Donald. Cauã, que uma página explicativa dizia tratar-se de um pato selvagem ou pato-crioulo, espécie natural do Brasil já domesticada pelos índios antes mesmo da chegada dos portugueses, era todo preto e azul, com uma marca vermelha ao redor dos olhos, e dotado de uma esperteza desconfiada que terminava por revelar as intenções do repórter intrometido.

A seção almanaque trazia uma entrevista com o Legião Urbana e uma matéria sobre computadores. Trazia também os primeiros anúncios: refrigerantes, chicletes, roupas de cama e uma história em quadrinhos dos onipresentes cursos por correspondência do Instituto Universal Brasileiro. Uma matéria sobre os modernos veículos dos seriados de tevê vinha com um pôster: o carro de *Super Máquina*, a moto de *Moto Laser* e o helicóptero de *Águia de Aço*. Mas o que despertou a atenção de Tiago foi outra matéria assinada por Beto:

SEWARD'S SUCCESS: A CIDADE ENCLAUSURADA

Você sabia que, quinze anos atrás, o mundo quase ganhou sua primeira cidade com temperatura controlada? Foi em 1970, no Alasca, quando descobriram que havia petróleo do outro lado da cidade de Anchorage. Seward's Success previa uma população inicial de cinco mil habitantes, numa área de quase noventa mil metros quadrados inteiramente fechada, como um imenso shopping center, com espaços para escritórios, lojas e residências, incluindo um estádio de esportes. O teto da cidade, todo feito de vidro, seria projetado como o das estufas de jardins botânicos, mantendo a temperatura sempre em 20°C, para ninguém reclamar do frio! Com energia provida por gás natural, o acesso à cidade seria feito por meio de um teleférico de alta velocidade e um monotrilho. Carros não seriam permitidos: os moradores iriam se locomover através de esteiras, elevadores e ciclovias.

Mas o que deu errado? Com atrasos na construção do oleoduto que levaria o petróleo, a empresa responsável acabou perdendo a concessão e o projeto nunca saiu do papel. Uma pena! E você, o que acharia de morar dentro de um grande shopping center?

Beto Flynguer

A ilustração mostrava a área residencial como um grande sonho modernista, de linhas geométricas perfeitas. Um lugar interessante para se visitar, nunca para morar. Afinal, quem *diabos* iria querer viver dentro de um shopping center? Tiago mal conseguia suportar duas horas dentro desses estabelecimentos.

As duas últimas histórias eram uma trama só, dividida em duas partes: o professor Tukano convencia Artur Arara e seus amigos Cauã, Andaraí e Magalhães a acompanhá-lo numa expedição, em busca do tesouro de Sabarabuçu. A trama lembrava histórias do Tio Patinhas, com armadilhas, restos de uma antiga expedição colonial portuguesa e os perigos de uma cidade perdida. No final, um mecanismo de destruição era ativado e fazia a cidade inteira – escondida dentro de uma montanha, em cujo topo havia um lago – ser inundada e destruída. Apesar de retornarem sãos e salvos, no fim ninguém acredita no professor Tukano. Mas Artur Arara salva o dia ao descobrir, no bolso, uma moeda de ouro que fica como prova da aventura.

Quando se deu conta, Tiago havia lido as duas revistas de cabo a rabo e ficou querendo mais. Já era quase meio-dia, e decidiu sair para almoçar na Lancheria do Parque, algumas quadras mais abaixo. No caminho, passou na banca do seu Pedro, na esquina da Henrique Dias, e perguntou ao revisteiro se, por acaso, já tinha o novo número de *Tupinilândia*.

SNI

William da Silva Perdigueiro estava entediado. Tinha um carimbo nas mãos e precisava marcar cada página de documento que chegava até ele – o mais burocrático dos trabalhos. Anos atrás, poderia ser o responsável por evitar um assalto a banco ou o sequestro de um embaixador, agora passava os dias naquela rotina insossa, lendo e analisando livretos trotskistas vendidos em banca. Todos aqueles cursos que fizera, as viagens ao Panamá, os treinamentos dados pelos americanos na Escola das Américas, tudo seria desperdiçado.

Quando se irritava com aquele marasmo, saía mais cedo e ia ao cinema. Com o fim iminente do regime militar, ninguém mais à esquerda do espectro político se interessava pela luta armada, nem mesmo os pequenos grupos clandestinos. E aqueles que, como ele, estavam no outro extremo, na direita mais radical sendo chamados de "tigrada", não tinham um adversário real que precisassem combater. Careciam de algo concreto com que sustentar não só seus medos de uma sempre iminente invasão comunista, mas também algo que justificasse sua própria existência como máquina de repressão.

Não que fosse por falta de ameaças, ainda que cada vez mais imaginárias: seus colegas acreditavam que havia uma conspiração unindo o Vaticano a Moscou, pois só isso justificava a interferência da Igreja católica em prol da anistia aos exilados – "apátridas", como se dizia em sua terminologia. Para eles, os comunistas haviam se infiltrado nas redações de todos os jornais, com tentáculos que convertiam em oponentes aqueles que antes lutavam a seu lado, chegando até mesmo a fazer do general Golbery do Couto e Silva, o fundador do próprio SNI onde William trabalhava, um defensor da abertura política.

Pois para eles "comunista" tornava-se um termo cada vez mais elástico, até abarcar praticamente qualquer um que questionasse o sistema. Era uma lógica que validava a máxima de Mark Twain: onde só se tem martelos, tudo o que se vê vira prego. O SNI havia muito aterrorizava e amedrontava, mas, de modo geral, para os objetivos a que se propunha, era completamente inepto: mais preocupado em fazer proselitismo, a falta de inimigos reais e as limitações impostas por uma visão paranoica da realidade fizeram com que vivessem em outra, paralela.

E no papel de ser a "mão" do Estado, possuía cinco dedos: a Secretaria Psicossocial acompanhava as atividades da Igreja e dos sindicatos; a Secretaria Política mantinha vigilância sobre os parlamentares em todo o país, com uma equipe para cada partido; a Secretaria de Subversão ficava atenta a toda e qualquer organização que julgasse ligada ao movimento comunista internacional; a Secretaria Administrativa não se envolvia em nenhuma vigilância e cuidava apenas da burocracia interna; e, por fim, a Secretaria Econômica – onde William trabalhava – mantinha seu olho atento nas empresas privadas e suas operações. Era o caso desse documento que chegava agora às suas mãos, onde o próprio papel timbrado já trazia, no cabeçalho e no rodapé, a inscrição "confidencial".

```
Informe Nº 02074  30/ac/84
data       :      24 de agosto de 1984
assunto    :      estada de joão amadeus flynguer ao pará
avaliação  :      b/3
origem     :      sc-3
```

Intercepção telefônica comprova que a morte de um funcionário nas obras do município paraense de Amadeus Severo foi o que motivou a viagem às pressas do empreiteiro João Amadeus Flynguer ao Pará. Disse Flynguer que insiste em estar presente para dar condolências aos familiares de seus funcionários.

Ademir Oliveira Passos, 36 anos, morreu após cair dentro de um viveiro de ariranhas. A construção de um zoológico consta do plano original do empreendimento da cidade e do parque, apresentado pela Flynguer S. A. ao governo.

No mesmo telefonema, também se referiu ao general Newton Kruel como um "filho da puta", e considerou ter aceitado a nomeação do general para interventor do município como "um favor ao Andreazza" [Mário Andreazza, ministro do Interior]. Disse que o país "passa por um novo começo", do qual "gente como o general não faz parte".

Não há registro de que o general Kruel tenha sido informado ou esteja ciente da passagem do sr. Flynguer pelo município. O general vive atualmente em Belém do Pará, com custos subsidiados pela Fundação Flynguer S. A., sob alegação de que a prefeitura e a área residencial do município ainda não estão prontas.

* * *

William pegou as duas folhas de papel e se recostou na cadeira, olhando para o telefone. O ostracismo a que vira seus colegas e superiores serem submetidos nos últimos anos não intimidava seu senso de dever. Antes de usar o telefone, contudo, pegou um carimbo quadrado, com quatro linhas de texto, e o bateu uma vez na almofada de tinta e outra nas duas folhas: *para difusão externa, este texto deverá ser descaracterizado.* E então pegou o telefone.

Planos

Antes de pedir demissão do jornal, Tiago prudentemente esperou cair em sua conta o adiantamento prometido. Depois tentou em vão ligar para Beto. Fez ao menos três interurbanos – para o apartamento em São Paulo, o do Rio e a casa em Búzios –, além da casa em Porto Alegre, antes de desistir. Já o velho João Amadeus ligava pessoalmente para saber como estava indo o trabalho. Tiago explicou que teria de ficar no jornal até o final da semana, só para fechar o mês, mas que na seguinte já se dedicaria totalmente ao material. Contou que havia gostado dos gibis de *Tupinilândia* e que a revista lhe pareceu promissora, mas ainda não havia entendido o escopo do projeto.

— Só pra deixar claro, o senhor está construindo um parque de diversões, certo? – perguntou Tiago. — Isso tudo são os preparativos pro parque?

— Hmm, sim, também. Parte do projeto realmente envolve um parque de diversões, mas é muito mais do que isso – disse o velho, evasivo. — Pense comigo: se existisse uma fórmula pra felicidade, ela poderia ser manufaturada? Se sim, um parque temático não seria o meio ideal pra isso?

— Não estou entendendo, senhor.

— A questão é que a visão moderna de um parque de diversões, nos moldes como o Disney os reinventou, é de uma narrativa aplicada a um espaço físico. Os visitantes adquirem um senso de progressão narrativa dentro do ambiente, do hotel às filas, das atrações aos restaurantes. E ter controle sobre a narrativa é tudo. A revistinha é parte do processo de viabilizar o parque culturalmente, rapaz, mas ele será maior do que isso. A ideia é abraçar toda a cultura popular nacional, e o que vamos fazer é reconstruir a narrativa, compreende?

— Não, desculpe.

— Ah, tudo bem. Eu também não gosto do termo "cultura popular". Primeiro que ele traz uma ideia elitista, uma divisão entre uma cultura "da elite" e outra "do povo". Segundo, que faz parecer algo distante, do ponto de vista crítico. Como se não estivéssemos todos imersos nela, também. Acho que o mais correto seria chamar de "cultura compartilhada", porque isso incorpora os diversos tipos sociais que a têm em comum.

Nada daquilo estava fazendo muito sentido, mas Tiago não sabia como dizer isso ao velho.

— Teremos tudo pronto a tempo da eleição – continuou o velho. — Quando inaugurarmos, será o marco de uma nova era pro país. Uma era de otimismo e modernidade. Uma época de belezas. Porque o tempo da eficácia pura e simples já passou. Não basta que as coisas funcionem, é importante que sejam bonitas. Se a arte moderna renuncia ao ideal de beleza clássica, a indústria e o comércio as assumem, compreende? Eu as assumo – João Amadeus falava, e Tiago balançava a cabeça ao telefone concordando em silêncio, mesmo que o velho não pudesse vê-lo: era o cacoete que tinha quando se via preso numa conversa interminável cuja compreensão fugia ao seu alcance. O velho continuava: — Porque um parque de diversões, veja você, é a personificação dos ideais do futurismo de Marinetti: um canto ao amor e ao perigo, ao hábito da energia, o movimento agressivo, o salto mortal, a beleza da velocidade. Pelo preço de um ingresso, e com garantia de um retorno seguro, claro.

— Ah, sim, os futuristas – concordou Tiago, feliz que o velho dissesse algo compreensível. — Sim, eu gosto dos futuristas...

— Bem, menino, leia as cadernetas, você vai entender melhor. Preciso desligar agora.

O velho desligou. Tiago sentou-se no sofá e voltou às agendas e cadernetas. As marcações com etiquetas verdes indicavam anotações de tom mais pessoal, e deixou-se conduzir por elas.

14 de maio, 1980. Quando olho para aquela época, aqueles últimos anos antes da morte do papai, sempre me assombro que um período de crescimento tão grande tenha coincidido com o pior da repressão neste país. Mas as duas coisas estavam interligadas. Será por isso que o papai nunca reclamou da minha falta de envolvimento nos negócios? Porque a repressão foi boa para os negócios. Nunca lucramos tanto. Pobres dos Rabello. Ergueram Brasília, mas se mantiveram fiéis ao JK. Os militares os fizeram minguar até a falência.

Entendo papai. O Golbery lhe disse que, com o Castelo Branco no poder, seriam feitas as reformas econômicas necessárias, só possíveis num regime autoritário. Eu compartilhava de sua simpatia pelo Castelo

Branco, que era americanófilo e se dizia temporário no poder. Arrisco-me a dizer que ainda havia liberdade com ele. Mas acabou cedendo à pressão dos ressentidos, da linha dura do Costa e Silva, nacionalista e estatizante. E, nem bem passara a faixa, morreu naquele "acidente" aéreo. O resto foi um desfile de carrancas: Médici, Geisel. Do Figueiredo nem tem o que dizer, é uma mula, se mudar a cor da grama morre de fome.

Quando o papai morreu, era palpável a desconfiança que todos tinham de mim. Não tanto por afinidades políticas, mas por capacidade também. "Esse playboy vai afundar a empresa", foi o que disseram. Esquecem, ou fingem esquecer, que esse playboy aqui lutou na Itália. Mas uma coisa era verdade: eu não gostava do que via, nem na minha empresa nem no meu país. Vivendo no exterior, eu me informava sobre o Brasil pelos jornais estrangeiros, que não estavam sob censura e não precisavam elogiar as roupas novas de reis nus.

Não foi nenhuma surpresa descobrir que papai, como tantos outros, havia financiado a Oban. Pelo que me disseram, alguns contribuíam com gosto, outros a contragosto. Papai ficou temeroso quando o Boilesen foi morto pela guerrilha. O Filinto Müller, torturador-chefe de Vargas, aquele Himmler dos trópicos, encabeçava o projeto. Terá sido ironia do destino que o desgraçado tenha morrido no mesmo acidente aéreo que vitimou papai? Será que os dois se cruzaram na fila de embarque daquele voo da Varig em 73? Dizem que a fumaça na cabine fez todos perderem a consciência antes do fim. Não consigo imaginar morte pior do que morrer queimado. O papai não merecia isso. O Filinto Müller certamente sim.

Não esperaram o corpo esfriar para virem pedir dinheiro. Recebi um major cujo nome não convém registrar aqui, que me disse com a maior cara de pau que era como entrar num clube privado: a Ford e a GM contribuíram, o Grupo Folha contribuiu, a Camargo Côrrea contribuiu, por que a Flynguer S. A., que era uma das maiores empreiteiras da América do Sul, não contribuiria com a Oban? O sujeito tinha os mesmos ares boçais de toda aquela tigrada, de quem nunca leu um livro porque acha que já sabe tudo o que precisa, que prende o Ferreira Gullar por achar que seus livros sobre cubismo falavam de Cuba. Olhei bem nos olhos dele e disse: não lutei contra fascistas em 44 para dar dinheiro a eles trinta anos depois, e se tivessem algum problema com isso, que fossem reclamar com o Golbery, que aliás era meu amigo pessoal. O sujeito fechou a cara e fez insinuações sobre meu patriotismo. Mandei à merda.

Com quem ele pensava que estava falando? Lembrei-o de que também sou cidadão norte-americano, que se vierem me pressionar de novo, tenho o telefone do embaixador Crimmins na minha agenda. Foi embora.

Não sei por que comecei a pensar nisso tudo logo hoje. Talvez seja por ter ido a Brasília esta semana. Que cidade detestável. Mas o governo viu com bons olhos nosso projeto, e o Andreazza prometeu intervir a nosso favor. Se tudo correr bem, até o final deste ano já teremos a concessão das terras.

9 de junho, 1980. Expliquei para o Andreazza que preciso de um local onde eu possa exercer controle sobre o comércio no entorno. Não quero camelôs e produtos falsificados do lado de fora do meu empreendimento. Quanto mais distante, maior controle.

Tem que ser perfeito. Qualidade acima de tudo. Deve atrair todo tipo de gente, mas precisamos criar um mecanismo que evite naturalmente aquelas famílias de farofeiros sem modos. Podemos fazer isso através do controle do preço do ingresso, e da distância. Ficarmos longe das estradas movimentadas e dos grandes centros seria o ideal.

26 de julho, 1980. Em Porto Alegre para descansar. A Helena veio passar alguns dias comigo e trouxe as crianças. Falei para ela que me preocupo com o Beto. O teu irmão nasceu só para a boa vida, eu disse. Minha esperança é que ele ao menos patrocine alguma coisa, vire um mecenas, um filantropo. Ele vai herdar metade de tudo o que tenho, mas o que vai fazer da vida? Será que ele cheira? Me disseram que todo mundo cheira hoje em dia. A Helena acha que sim. Eu sou da época do lança-perfume e da mescalina, mas era diferente. Não sei o que dizer a ele.

No caminho para casa, o carro passou ao lado daquele monumento horroroso no alto do parque Moinhos de Vento. Faz três anos que foi erguido, e ninguém mais lembra que é uma homenagem ao general Castelo Branco. Uma coisa de ferro imensa e disforme que meu filho, o esteta da família, chama de "monumento ao pernilongo desconhecido". Olhando agora, lembra bastante aqueles tanques-robôs enormes do último *Guerra nas estrelas*. O que me parece adequado aos tempos atuais.

22 de outubro, 1980. O Andreazza me ligou para informar que nossa concessão foi aprovada. A área atende às nossas especificações, treze quilômetros quadrados próximos de Altamira, no Pará, na margem sul do Xingu. Devo visitar a região no começo de novembro, junto com nosso engenheiro-chefe. Mas antes preciso consultar os Villas-Bôas, para saber como negociar com os índios.

12 de novembro, 1980. Essa região próxima de Altamira é perfeita. Longe do mar e de qualquer praia ou balneário que possa disputar os turistas conosco, a terra é barata e ficará próxima à rodovia Transamazônica, bom para a acessibilidade. Além disso, construir no meio da Floresta Amazônica traz a aura romântica de que meu projeto precisa.

14 de janeiro, 1981. Hoje vi o novo projeto, já adaptado para a região, e está lindo. As obras estão previstas para começar neste semestre. A previsão inicial é de trinta meses, mas estamos sendo otimistas. É capaz de o regime cair antes de tudo ficar pronto. É possível termos tudo no mais tardar para o verão de 1985. Agora só falta enviar para o ministério, para o Andreazza apresentar ao Figueiredo.

12 de fevereiro, 1981. O Andreazza me telefonou hoje. O Figueiredo não gostou muito da quantidade de concessões que pedimos. "Faltou só uma sala do trono", teria dito. Mas ficou impressionado com o grau de detalhes e a quantidade de empresas nacionais envolvidas. Tudo o que pedimos será concedido.

25 de fevereiro, 1981. Os arquitetos me entregaram os desenhos conceituais, e o resultado está fantástico. Um dos elementos mais importantes para se estabelecer uma identidade, para controlar humores e atmosfera, sempre foi a cor. Leva em consideração até mesmo a relação entre o espaço e a forma das áreas com o impacto visual da movimentação de visitantes, é como projetar um quadro vivo. Cada local tem uma luz própria, não parece um derivado dos parques americanos. E é preciso que tudo seja muito brasileiro aqui. Exceto pelo Niemeyer. Não quero nada que lembre aquele comunista lambe-botas do Stálin refletido no meu projeto.

Tiago parou a leitura e buscou as plantas que vieram com o material. Eram cópias reduzidas, encadernadas com espiral. Na primeira folha dizia CENTRO URBANO E ALOJAMENTOS: MUNICÍPIO DE AMADEUS SEVERO, PA.

Cada planta estava carimbada com marcas de *"segredo industrial – proibida distribuição – trabalho confidencial"*. Uma em particular tinha a forma oval de um estádio de futebol, e várias marcações que pareciam indicar casas, prédios, ruas e praças, com uma área de seiscentos e quarenta e quatro metros em seu eixo maior e quinhentos e sessenta no eixo menor – praticamente o dobro do tamanho do Maracanã. Por que uma cidade tão pequena no meio do nada precisaria de um lugar desse tamanho? O velho só podia estar louco. O resto do município estava dividido em áreas com códigos pouco claros: REVEC, TERAV, PAFUT, MUIMP e CENTRCIV.

No dia seguinte, o telefone tocou.

— Um passarinho de ombreiras e muito laquê me contou que você trabalha pra nós agora, será verdade? – perguntou Beto, em seu habitual tom jocoso.

— Sim, e eu descobri também que tu és um mentirosinho – Tiago riu. — Andei lendo um gibi muito interessante. Chama *Tupinilândia*. Conhece? Tem uns artigos ótimos sobre cidades planejadas, escritos por um fulano qualquer, que me disse uma vez que não sabia nada do assunto.

— Em minha defesa, eu não menti, só omiti. É diferente. E pra ser sincero o especialista é mesmo o papai, não eu. Eu só sei o bastante pra escrever pra crianças. Mas escute, vou estar em Porto Alegre daqui a uma semana. Vamos almoçar?

— Claro. Onde tu estás agora? Liguei pra todas as tuas casas.

— Em Nova York, baby.

— Meu Deus, essa ligação deve estar te saindo uma fortuna!

— Então vou economizar no champanhe. Quer uma lembrancinha? Um disco, talvez? Tem muita coisa nova por aqui.

— Não, não, obrigado. O dólar tá quase dois mil cruzeiros, acho melhor...

— Deixe de ser tão proletário. É presente!

— Tá bom. Vê se tem algo novo do meu gosto. Tu conheces.

— *Gay songs for a sad heart*.

— Isso, bem alegres.

— Muito bem. Nos vemos em breve. Bye.

Tiago voltou à leitura dos diários.

Aprendiz de feiticeiro

1º de agosto, 1981. Fiz uma parada em Altamira. Dizem que é o maior município do mundo, com uma área em que caberia Portugal inteiro e sobraria espaço. O prefeito está empolgado com os negócios que nosso projeto pode trazer, mesmo que ele próprio não tenha ideia do que estamos construindo – para todos os efeitos, dizemos que é um resort urbanizado. "Como Fordlândia?", ele me pergunta, desconfiado. Sim, mas o nosso projeto dará certo. Sou da crença de que o fordismo é o maior mal do século XX. Pegue a linha de montagem, por exemplo: uma linha de trabalho em que cada tarefa é reduzida à sua menor ação possível e segmentada, cada trabalhador executando maquinalmente sem ter nenhuma consciência do processo como um todo – pois, mesmo que o tivesse, não faria diferença na execução da única coisa que se pede dele. A crítica de Chaplin era certeira: o trabalho descontextualizado desumaniza, faz do homem uma engrenagem, faz da sua razão de existir uma mera função de um processo, e descamba, em último caso, nos campos de concentração: a fábrica da morte, o assassinato como processo mecânico. Havia um motivo pelo qual se escrevia "o trabalho liberta" acima dos pórticos dos campos. Explico ao prefeito que minha cidade será a anti-Fordlândia.

3 de outubro, 1981. Hoje tive aquele sonho outra vez. Faz anos que vi tudo aquilo, e a imagem ainda não me sai da cabeça. Foi logo depois que o papai morreu, se não me engano. Antes mesmo dos militares me procurarem. É estranho. Que Deus tenha piedade de nós, pelo que fizemos com este país. Quando nos tornamos piores do que aquilo que combatemos, há coisas que não podem ser perdoadas.

1º de agosto, 1982. Este mês faz quarenta anos que fui para a guerra. É uma sensação estranha. Fui sorteado na loteria, como a maioria. Meu pai poderia ter mexido os pauzinhos, como se diz, e ele bem quis isso, mas eu insisti que não o fizesse. Se eu fora escolhido, então eu fora escolhido, o Brasil era o meu país, vamos para a Europa combater a tirania de lá em nome da tirania daqui. Fui com posto de oficial. Nos quartéis, diziam que o Vargas nos vendeu para os americanos em troca de dólares. Mas não partimos da noite para o dia, ficamos uns dois anos naquele vai não vai até embarcarmos mesmo. Nunca esqueço dos navios. Eram uma visão monstruosa, desumana.

Na Itália, nosso acampamento ficava dentro de um vulcão extinto, ou foi o que nos disseram, escrevendo agora parece coisa de filme, mas foi o que aconteceu. Nos puseram junto com os soldados americanos negros, o que para nós não parecia ser problema, mas, pela lógica racista dos americanos, dá a dimensão do quanto nos consideravam pouco. Acho que a última coisa que fiz no Brasil antes de embarcar foi levar a Cleia ao cinema. Fomos ver *Bambi*. Ela adorava o Bambi. Eu ainda estava hipnotizado pelo *Fantasia*, mas era mais uma experiência sensorial do que uma história. Como filme, *Bambi* era melhor.

De um modo ou de outro, minhas lembranças emocionais da guerra se fundem com a do filme. Na Itália vivíamos num estado de suspensão, alternando momentos idílicos nas cidadezinhas, namoricando as italianas, trocando cigarros e comida com os meninos das vilas, e então de repente era como no *Bambi*, era "homem na floresta, homem na floresta", e nos diziam que os tedescos estavam logo adiante, e já escutávamos os disparos das lurdinhas. E então era morte, eram corridas de avanço e recuo, eram companheiros deixados para trás caídos na noite, eram vísceras expostas e pernas arrancadas, como no filme. Não, acho que não tem essa parte no filme. Mas sei que tem no livro. Hoje em dia protegemos muito as crianças, na minha época as histórias infantis nos ensinavam a lidar com o medo. Nossa. Quarenta anos que levei a Cleia para ver o *Bambi*, então. Nossa. Fazia tempo que eu não pensava mais nisso.

25 de agosto, 1982. Já perdi a conta de quantas visitas fiz ao nosso sítio de construção no último ano e meio. As obras avançam rápido, principalmente a parte mais crítica, que requer escavações profundas em solo úmido. Os mundurucus que contratei para fazer a segurança seguem desconfiados, e depois do que eu soube do Relatório Figueiredo, não os culpo. Era de esperar que surgissem situações de conflito entre os seguranças e os peões, mas até agora nada de mais grave ocorreu. Os arquitetos visitaram comigo as escavações e, ao ver a quantidade de gente e máquinas, e o tamanho do espaço de construção, alguém disse algo que me marcou: isso aqui parece cena da Bíblia. Ou a Serra Pelada, mas com organização. Quando ficar pronto, o escopo disso vai ser maior do que qualquer coisa já feita neste país. Será maior que o Maracanã, que Itaipu, que a ponte Rio-Niterói.

Não resisti: fui até a sala dos engenheiros, onde ficam os microfones, e mandei colocarem um toca-discos na sala de som. É importante que todos saibam para quem trabalham, e acho que foi a primeira vez que ouviram minha voz. Eu disse: "Aqui quem fala é João Amadeus. Meu sobrenome está escrito em todas as portas, em todos os carros e máquinas e panfletos desta empresa, mas, para vocês, eu sou só o João. Cada um de vocês que trabalha aqui está tomando parte numa coisa grandiosa, que viverá por muitos anos depois que todos nós nos formos desta terra. Cada um aqui está ajudando a reconstruir a história deste nosso grande país. Eu não sou o governo. Os governos passam, o povo fica. Eu sou apenas um brasileiro chamado João Amadeus. E agora, vou pôr para tocar uma música de que gosto muito. Não tem letra e se chama 'O aprendiz de feiticeiro'. Uma boa tarde, e bom trabalho a todos".

Tiago recuou da leitura quase como se precisasse tomar fôlego, e se reacomodou no sofá de sua casa. Viu João Amadeus somente uma vez na vida: um homem de estatura mediana, boa figura, cabelo grisalho e um brilho juvenil nos olhos. A imagem daquele homem no topo de uma torre de rádio no interior do Pará, conduzindo seu exército de peões e soldados-índios em sua construção colossal, ao som de música clássica. Não havia algo assim naquele filme do Herzog a que assistira no Baltimore no ano passado? Será que João Amadeus incorporara aquela afetação de modo proposital? Tiago seguiu na leitura dos diários, agora chegando a datas mais recentes.

2 de outubro, 1982. Em Orlando com o Beto para a inauguração do Epcot Center. Que coisa triste ver as ideias de um homem serem abandonadas pelos seus sucessores. A ideia do Disney era a de uma cidade em eterna modernização e adaptação, o sonho de um futuro utópico em evolução constante. Morre o Disney, e o que temos aqui é só mais outro parque. Impressiona, isso é certo, mas não tanto para quem sabe o quão grandioso teria sido o plano original.

Depois fomos ao Magic Kingdom e tive uma conversa interessante com o Beto. Concluímos que aquilo não é só um conjunto de parques, é uma ideia que personifica o éthos norte-americano. Frontierland resume o passado histórico dos pioneiros e caubóis, um espírito de moleque aventureiro estilo Mark Twain; Tomorrowland é o deslumbramento juvenil com a tecnologia, aquele otimismo ingênuo no futuro; Adventureland são as selvas da África e da Ásia que dão vazão ao senso aventureiro que os americanos herdaram dos ingleses. Já a reprodução de New Orleans e a Main Street que replica a cidade natal do Disney são pequenos museus emocionais. Mas é a Fantasyland que melhor resume tudo: a apropriação mercantilizada dos mitos universais. Do castelo da Bela Adormecida ao voo do Peter Pan, o Disney patenteou a infância. E é isso que precisamos encontrar para nós: um processo antropofágico de resgate. Encontrar elementos universais que se possam fundir ao nosso projeto, mas de um modo orgânico. Devorar o outro, regurgitar o nosso.

17 de janeiro, 1983. Saiu uma nota num jornal de Belém sobre o projeto. Como eles ficaram sabendo? Liguei para o Andreazza, reforcei minha preocupação com o sigilo. Ele disse que eu não preciso me preocupar. Acho que ele tem razão. É o que eu sempre digo: se não passou na Globo, nem aconteceu.

Cine Baltimore

O interfone tocou, Tiago atendeu. "Já vou." Morava no térreo, saiu para o corredor do prédio e abriu a porta da frente; deparou-se com Beto Flynguer recém-chegado de Nova York em seus jeans de marca, jaqueta bomber branca e camisa aberta no peito, sorrindo por trás dos óculos escuros de aviador e carregando um embrulho quadrado e plano debaixo do braço. Mas o que captou a atenção de Tiago foi o conversível vermelho que viu por cima de seu ombro, estacionado em frente ao edifício.

— Aquele ali é o Miura novo?

— Hm? – Beto, distraído, tirou os óculos e olhou para trás. — Ah, sim, recém-saído do forno. Eu pensei: mereço um mimo. Quer dar uma olhada?

Queria. Foram até o carro, abriu-lhe a porta: volante cromado, bancos de couro, painel digital, faróis escamoteáveis, freio a disco nas quatro rodas. Pôs a chave na ignição e ligou o carro: motor 1.8. Desligou. Uma voz computadorizada e robótica alertou: "tire-a-chave-da-ignição".

— Nossa. Praticamente um batmóvel – disse Tiago, impressionado.

— Betomóvel - corrigiu. — Vamos, abre o teu presente.

Tiago abriu: era um disco de vinil importado. Já ouvira falar, mas ainda não havia escutado nada daquela cantora. Beto sacou uma fita cassete do porta-luvas e enfiou no toca-fitas, era o mesmo disco. Apertou o play: após uma introdução com sintetizadores, a voz anasalada da menina começou a cantar: "*Some boys kissed me, some boys hug me, I think they're o.k.; if they don't give me proper credit, I just walk away*", enquanto Beto, que já conhecia a música, cantarolou junto o refrão balançando os ombros, mãos ao volante: "*Cause we're living in a material world, and I'm a material girl!*". Virou para Tiago, na esperança de que tivesse reconhecido a música: nada? Tiago sorriu constrangido e balançou a cabeça, não saía muito para dançar ultimamente, estava por fora das novidades. Tinha contas atrasadas que só agora, com a dinheirama que os Flynguer lhe pagavam, estavam sendo postas em dia.

— No máximo, tenho ido ao cinema – justificou.

— Ah, você e papai. Os cinéfilos.

Foi quando tudo veio abaixo na cabeça de Tiago, uma dúvida que vinha crescendo, mas que só agora sentia se concretizar.

— Por que eu, afinal de contas?

— Como assim? – Beto operava sempre em outra frequência.

— Foi tu quem me indicaste pro teu pai, não foi? Por que eu? Ele podia ter chamado qualquer um dos maiores jornalistas do Brasil, mas chamou a mim. Foi por tua causa?

Beto suspirou. Era, de certo modo, "aquela conversa" que nunca tiveram, anos antes, no Rio de Janeiro. Mas a verdade é que não havia uma explicação muito complexa para ser dada. Como seu próprio pai na juventude, Beto se interessava por coisas e depois perdia o interesse, para mais tarde se perder na nostalgia e tentar redescobrir e recuperar o que o interessara desde o começo. Na adolescência tentara o hipismo, desistiu nas primeiras competições; tentara as artes plásticas, desistiu nas primeiras pinceladas. Era como se, uma vez que compreendesse o funcionamento interno de algo, a magia se perdesse. Foi um milagre ter terminado a faculdade de História da Arte. Admirava em Tiago a capacidade de foco, de manter o interesse em algo mesmo quando isso o levava, invariavelmente, à paranoia.

Seu pai era outra história. Havia coisas que não contava nem para os filhos. Sim, o velho poderia ter chamado qualquer jornalista graúdo de qualquer redação, mas em todos aqueles anos, todas as colunas sociais e entrevistas e perfis feitos na imprensa – o playboy *jet-setter*, o empresário a contragosto, o mecenas das artes plásticas –, ninguém havia se interessado, além de Tiago, em escrever sobre aqueles seus dias antes da guerra, quando acompanhou Walt Disney pelo Rio de Janeiro. Era algo até então citado apenas como curiosidade. Mas Tiago fez do olhar de João Amadeus sobre Disney um panorama da Era Vargas, e o modo como descreveu a estreia de *Fantasia* fizera seu pai chorar de emoção lendo o artigo. Nos últimos três anos, várias vezes perguntara a Beto: e aquele menino jornalista, o teu amigo, onde está, por onde anda? Preciso falar com ele um dia desses, preciso lhe contar do nosso projeto, ele seria perfeito pra escrever sobre ele. Porque, de certo modo, Tiago já havia escrito sobre ele. A ligação que fizera no mês anterior, retomando o contato que se perdera desde que saíra do Rio, era só o catalisador de um processo já iniciado pelo próprio Tiago em 1981.

— Você deveria dar mais crédito a si mesmo – disse Beto. — Mas agora vamos almoçar. Me leve nessa sua vida de proletário, vamos almoçar onde você costuma almoçar.

— Hmm, não sei se é bem o tipo de lugar com que tu estás acostumado.

— Bobagem, eu me sinto bem em qualquer lugar.

— Aposto que tu não aguentas nem dez minutos lá dentro.

— Isso foi um desafio? – pôs os óculos escuros e a chave de volta na ignição.

— Mas fica só a três quadras daqui – lembrou Tiago, apontando a rua abaixo.

— Não faz questão de dar uma voltinha no Betomóvel?

— Bem... causar um pouco de inveja na vizinhança sempre cai bem.

Meia hora e algumas voltas pela quadra depois, sentado numa mesa nos fundos da Lancheria do Parque, Beto olha com certa apreensão a massa diversa de gente ao seu redor, entre aposentados, estudantes, punks, trabalhadores locais, formando uma fila para servirem-se no bufê que ficava logo à entrada, quase na rua. Passou por ele um punk usando maiô, coturnos e um tampo de privada pendurado no pescoço como pingente, que Beto acompanhou com o olhar e fez uma careta irônica de olhos arregalados. Tiago pediu um suco de laranja e um xis, o garçom berrou seu pedido ao chapista do outro lado da lancheria, dando um susto em Beto. Tiago apontou o cardápio.

— E então, já escolheu o que vai pedir, afinal?

— O que você disse? – Beto perguntou, em voz alta, calmo e cruel, assumindo modos de esquete de programa humorístico. — Que todo punk cheira mal? Imagina, preconceito seu!

— Psst! Fala baixo, pelo amor de Deus! – Tiago encolheu os ombros.

O garçom largou uma jarra de liquidificador com quase um litro de suco e dois copos.

— Que sutil – disse Beto. — Se eu pedir um bife vem cortado, ou servem a vaca inteira?

— Tu quiseste vir, eu avisei.

— Eu sei, eu sei. Mas, me diga, como está indo com as memórias do papai?

Tiago ainda não havia compreendido o escopo do projeto como um todo. Por que construir no meio do Pará, por que tanto segredo, por que tantas preocupações com urbanismo e arquitetura? E o mais importante: como alguém cuja fortuna nasceu dos contratos com o governo militar pode nutrir tanta antipatia e rancor por esse mesmo governo? O que aconteceu que fez com que João Amadeus mudasse de opinião de forma tão radical?

— Bem, o papai sempre teve o bom senso de só falar mal dos milicos pelas costas – disse Beto. — Eu não sei, não me envolvo nos negócios, você sabe. Só ele poderia te responder isso. Mas, de qualquer modo, o papai é intocável. - Inclinou-se na mesa e murmurou: — Você tem noção de quantos políticos ele tem no bolso?

O garçom largou dois xis-saladas sobre a mesa, com talheres para os dois. Tiago cortou o seu em duas partes, pegou duas folhas de guardanapo encerado e comeu com as mãos, enquanto Beto, um pouco constrangido, cortou o sanduíche em pequenos pedaços e os comeu com o garfo – a mais tradicional e irreparável divisão da espécie humana entre os habitantes daquela região.

— Quanto tempo o velho levou pra planejar tudo isso? - perguntou Tiago.

— A minha impressão é que foi a vida toda. A primeira vez que ele me contou, eu tinha uns quinze anos. Ele criou uma espécie de grupo de trabalho, que nunca chegou a ser um grupo de fato, mas gente com quem ele trocava ideias, que contratou de modo isolado para criar as partes do todo, um pouco como fez com você. Uma das primeiras pessoas com quem ele falou sabe quem foi? O Erico Verissimo. Foi um pouco antes de ele falecer, em 75. O papai tem os direitos de quase todos os livros infantis dele.

— Que legal. Ele vai fazer filmes?

— Não, querido, ele vai fazer brinquedos.

— Ah, sim. O que eu não entendo é onde o parque se junta com a cidade planejada.

— Tudo está ligado. Mas um parque de diversões no meio da Amazônia é uma cidade planejada. Tem que ter hotéis, transporte, hospitais pros turistas, e os funcionários todos precisam ter onde morar. Eu ainda não visitei o lugar, mas, pelo que sei, a cidade mais próxima é Altamira, que pode ser incrivelmente inacessível dependendo da época do ano ou das chuvas. Então os funcionários vão morar dentro do parque. Foi por isso que o governo criou um município. Achei que já estivesse claro pra você.

— Sim, não… eu não tinha certeza. E batizou com o nome do teu avô.

— Era para ser o nome da minha avó, era o que papai queria - disse Beto. — Mas, quando viu, o município já estava criado e batizado antes mesmo de o consultarem. O vovô sempre foi mais simpático ao regime, de qualquer modo.

— A sua avó já morreu, não?

— Sim, logo depois do acidente do vô... – Beto arregalou os olhos. — Ah, meu Deus...

— O que foi? – Tiago se virou para a porta, ansioso.

— Tenho certeza de que vi aquele mendigo na fila do bufê meter a mão na comida e sair com uma coxa de frango. Pra mim basta, já se passaram os dez minutos, não? Vamos indo.

— Mas eu nem terminei o meu xis.

— Deixe aí que algum punk come. Aquele ali precisa se alimentar.

Saíram da lancheria e entraram no saguão do Cine Baltimore, logo ao lado, olhando os pôsteres e fotografias *still* do que estava em cartaz e do que estrearia em breve. Compraram ingressos e seguiram o longo e estreito corredor que levava aos fundos do prédio, para a pequena sala 4, a menor e mais discreta. Estavam apenas os dois na sala, a sessão anterior acabara de passar e havia ainda uns bons dez minutos antes do início da próxima. Tiago aproveitou para sanar uma dúvida que o vinha atormentando: como Beto se sentia em meio à contradição nas opiniões políticas de seu pai e seu avô? Não era tudo aquilo meio esquizofrênico?

Beto deu de ombros: alguém precisava erguer o milagre econômico, e todo mundo gosta de governo que investe. Ele era só o segundo filho de um terceiro casamento. Enquanto seu avô se acomodava confortável no colo do regime, seu pai e ele passavam incólumes por tudo isso. Eram os *swinging sixties* e moravam na Europa, cenário romântico e conveniente de todos os casamentos de seu prevenido pai – porque lá o divórcio já fora legalizado. Ao menos uma vez por ano, João Amadeus levava Beto e Helena para visitar a Disneyland de Los Angeles, e a única lembrança concreta que guardou do fatídico ano de 1964, aos oito anos, foi a de ser levado pelo pai para assistir à première de *007 contra Goldfinger* e ver Sean Connery em carne e osso.

As coisas começaram a mudar em 1971. Seus pais haviam voltado a morar no Brasil, dividindo-se entre Porto Alegre, cidade pela qual João Amadeus tinha um apego sentimental, e o Rio de Janeiro. Beto contou que, no Rio, ficaram sabendo que o filho de uma amiga de sua mãe, uma estilista carioca, havia entrado na guerrilha comunista e desaparecera. Desesperada, ela fazia uso de todo contato possível para descobrir o paradeiro do filho. Foi a primeira vez que Beto percebeu que havia algo errado acontecendo.

Até ali, o assunto favorito entre ele e o pai era uma planejada viagem para Orlando no final do ano para conhecer a recém-inaugurada Disney World.

Beto estava no apartamento do Leblon com os pais, quando escutaram a estilista contando do que soubera através de terceiros – que seu filho fora capturado pelo DOI-CODI, amarrado a um carro e arrastado e esfolado vivo pelo pátio do quartel; os militares só paravam de vez em quando para enfiar sua boca no cano de escapamento e fazê-lo engolir os gases; durante a noite, foi deixado ao relento implorando por água, até amanhecer morto. Ao escutar isso, seu pai se levantou do sofá e quebrou um copo, esbravejou que o rapaz não devia ter se metido com a subversão para começo de conversa, ele e sua mãe discutiram e, na opinião de Beto, o casamento dos dois começou a naufragar ali, se arrastando por mais algum tempo até a morte de seu avô naquele acidente aéreo. No intervalo de um ano, morreu o avô, morreu a estilista amiga de sua mãe num suspeito acidente de carro, e João Amadeus assumiu os negócios da família e decidiu viajar o país para conhecer todas as suas empresas pessoalmente.

Numa dessas viagens, seu pai voltou visivelmente transtornado – Minas Gerais, talvez? –, e passou a beber e a ter crises de choro. Beto lembra de escutar a mãe pedindo aos criados que pescassem do fundo da piscina as medalhas militares ganhadas por ele na Segunda Guerra, que num ímpeto João atirara da janela. Seus pais se separaram, Beto foi completar seus estudos no exterior, mas vinha com frequência ao Brasil ou para visitar o pai, ou para viajar com seus sobrinhos, filhos de Helena, para Orlando. O resto da história Tiago conhecia, pois foi numa dessas muitas idas e vindas de Beto para o Brasil que o conhecera.

— Tu não imaginas a sorte que tens – disse Tiago. — Não digo só pelo dinheiro em si, mas pelo que ele te proporciona. Poder ir e vir desta droga de país sempre que quiser.

— Ah, mas eu gosto daqui, gosto mesmo. É por isso que não vou mais embora, acho que é uma das coisas que com certeza tenho em comum com o papai. Nós não desistimos fácil das coisas de que gostamos – sorriu resignado para Tiago. As luzes foram se apagando e a sala, escurecendo. — Olhe, vão começar os trailers.

A tela acendeu. Apareceu o rosto de George Orwell numa foto em preto e branco sobre uma música ondulando em acordes soturnos e wagnerianos. "Em 1948, esse homem teve uma visão", disse o narrador, conforme a tela se aproximava dos olhos de Orwell. "Uma aterrorizante visão do que o mundo pode se tornar." Imagens de pessoas em escritórios e helicópteros bisbilhotando por janelas. "Imagine um mundo sob o domínio do medo. Um mundo de absoluto conformismo, sob vigilância contínua, de ódio organizado e numa guerra sem fim. Um mundo onde o prazer é proibido, e onde pessoas desaparecem misteriosamente. John Hurt é Winston Smith. Richard Burton é O'Brien. O filme... o livro... o ano. *1984*. Em breve."

Tiago e Beto se entreolharam e reviraram os olhos.

Trigêmeos

Naquele ano, o Dia das Crianças caiu numa sexta-feira. A perspectiva de um feriadão era promissora para Luísa e seus irmãos. Mas feriado ou não, sua mãe precisou sair para trabalhar – quem os avisou ao acordarem foi dona Matilde, a babá e governanta. No quarto, os embrulhos abertos revelavam seus novos companheiros: Boca Rica, Pula-Pirata, novos bonequinhos de *Guerra nas estrelas* e do He-Man para todos, outra Susi e outra Barbie para ela criar cirandas amorosas entre Beto e Bob, com intromissões eventuais dos barbudos Falcons tomados a contragosto dos garotos. Mas os brinquedos foram deixados de lado: eram vistosos, eram coloridos e, por algum motivo, não eram mais interessantes, agora que estavam com quase onze anos.

O pai ligara de Recife pela manhã. Fazia já dois meses que não o viam, pois "não dava pra viajar de avião o tempo todo". Fora assim que começara: viagens durante a semana, vindo para casa aos sábados e partindo aos domingos; as visitas passaram a ser quinzenais, e depois apenas em datas específicas. Agora nem isso. Luísa perguntara recentemente se ele viria para o Natal, o pai disse um "sim" sem convicção, do modo quando queria dizer que a resposta era um "talvez" próximo de um "não".

No quarto de brinquedos, seus irmãos monopolizavam o televisor com o Atari 2600 ganhado no Natal passado, cujo apelo se renovava a cada jogo novo. Ela decidiu ler o livro novo que ganhara (vovô sempre lhe dava livros): era *A menina e a fantasia*, de Mery Weiss, que depois guardou na prateleira junto com seus álbuns de Tintim, revistas da Turma da Mônica e – uma novidade vista com suspeita por sua mãe – exemplares recentes da *Capricho*.

Então dona Matilde veio chamá-los: chega de video game, deem uma folga nos brinquedos que sua mãe chegou para o almoço. Luísa se levantou na hora, os meninos pediram "só mais um pouco", mas a babá avançou a passos firmes e desligou a televisão.

À mesa, a mãe perguntou se os três gostaram dos presentes. Responderam que sim. Ela os lembrou de ligar e agradecer aos tios e avós. Perguntou se o pai deles havia telefonado. Luísa respondeu que sim. Sua mãe sorriu de um modo triste que só Luísa notou, enquanto os meninos comiam com pressa de voltar ao video game.

Logo depois do almoço, sua mãe se trancou no escritório. Luísa bateu na porta e pediu para entrar, perguntou se podia ver tevê na outra saleta, já que seus irmãos não davam folga para o televisor do quarto de brinquedos. Ia passar *Os saltimbancos trapalhões* na *Sessão da Tarde* e ela queria assistir. Sua mãe estava concentrada em escrever uma carta, passou a mão pelo rosto, fungou e olhou para a filha com um sorriso: é claro, minha flor. Hoje é o dia de vocês, desculpe mamãe não poder ficar mais tempo, tenho que voltar para o escritório. Luísa perguntou se estava tudo bem, ela garantiu que sim.

— Viu? Eu falei que não dá pra enfiar o helicóptero dentro da prisão – era a voz de seu irmão José no quarto de brinquedos, jogando *Superman*.

— Minha vez agora!

Luísa revirou os olhos e foi para a sala. No meio da tarde, dona Matilde trouxe um copo de Toddy e panquecas doces com goiabada, mas a fez sentar-se à mesa – nada de comer no sofá! Ela olhou para o relógio: já são quase quatro e meia! Girou o dial da tevê até encontrar o canal certo. "Na rede Manchete, mais um programa de primeira classe, que fica melhor ainda numa TV Mitsubishi: *Clube da Criança*." Foi correndo para o quarto avisar os irmãos: vai começar! Os dois largaram o video game e foram correndo para a sala. "A Mesbla tem tudo para você ficar mais bonita e saudável: collants de lycra, apenas 3.490, polaina em lã acrílica, 1.990. O melhor da Mesbla é o melhor para você." Dona Matilde, já acostumada à rotina vespertina das crianças, trouxe biscoitos e deixou uma jarra de suco sobre a mesa. "Ford Escort XR3: exclusivo aerofólio traseiro, maior segurança, mais estabilidade. A supermáquina total." Surge um cartão datilografado, ameaçador como boletim de colégio: CENSURA FEDERAL. Uma voz pomposa anuncia: "Programação livre".

O programa é caótico, a produção é sofrível. A apresentadora é uma modelo simpática e esforçada de vinte e um anos, que veste roupas da moda, largas e esportivas, e fala de modo espontâneo mesmo com visível cansaço físico, como uma irmã mais velha atenciosa e impaciente, enquanto se esforça em tentar coordenar sozinha as crianças que correm desordenadas de um lado para o outro, a confusão geral lembrando os efeitos psicotrópicos que os excessos de açúcar e anilina das festas infantis supostamente provocam nos pequenos. Luísa e seus irmãos adoram tudo isso.

E, de súbito, ocorre à Luísa que nada daquilo tem mais importância. Sai do sofá sem que os irmãos percebam e caminha até a sala do escritório. As crianças nunca entram ali, e não há motivo para a porta ser trancada. Ela abre e entra. A carta que sua mãe escrevia continua no mesmo lugar, incompleta. É uma folha pautada, escrita a caneta. Luísa fez o que nunca até então havia feito: bisbilhotou. Sentou-se na cadeira, pegou o papel e começou a ler. Estava endereçada a seu pai.

Ricardo, tem coisas que a gente só consegue dizer por escrito, com tempo para refletir, porque a pressa do telefone não permite. E a verdade é que eu não estou contente com o modo como as coisas estão. Eu não acho que tenha sido justo. Você diz que só quer ser feliz, mas a sua felicidade não inclui mais as crianças? E eu, Ricardo, onde fica a minha felicidade nisso tudo? É sempre mais fácil fugir do que ficar para consertar o estrago. Você é um covarde, Ricardo, a verdade é essa. E eu não consigo te perdoar pelo modo como você me traiu com aquela putinha interesseira.

Luísa ficou em choque. Não apenas por ver sua mãe escrevendo um palavrão (ela nunca falava palavrões), mas pela revelação até então inédita: *não consigo te perdoar pelo modo como você me traiu*. Então não era só a distância do trabalho. Era por isso que seu pai não vinha mais.

Dona Matilde apareceu na porta, surpresa: o que você está fazendo aí, menina? Luísa a encarou em silêncio, com a carta nas mãos. Não conseguia conter as lágrimas. Começou a chorar, correu e abraçou a governanta, mostrando-lhe a carta. Matilde leu e suspirou, resignada, mas também aliviada: ah, pobre criança. Ao menos, acabaram-se os segredos.

Cidade do Rock

Em novembro, Tiago recebeu um aparelho de fax. Terminara a leitura das cadernetas e acreditava ter uma ideia razoável de como transformar a evolução daquele projeto numa narrativa. O próprio João Amadeus passou a ligar para ele toda semana, direto do Pará.

— Desculpe ligar a esta hora num sábado, rapaz – disse o velho, por telefone. — Os meus filhos dizem que eu estou feito uma criança com um brinquedo novo, mas desde que o cabo de telefone nos ligando com Altamira foi instalado, estou me divertindo muito, ligando pras pessoas. "Oi, estou aqui *no meio da Amazônia* neste momento, e você?" Ah-ah! Está me ouvindo? A ligação está boa? Alô? Espera, apertei alguma coisa, um momento. – Tiago escutou um zumbido elétrico. — Johan, o que aconteceu? Não, bati neste botão aqui. Ah, sim. Alô? Está me escutando agora?

— Eu estou escutando bem, senhor.

— Então, me diga, você já começou a escrever alguma coisa?

— Sim, já tenho umas sessenta páginas batidas na máquina, mais ou menos – respondeu Tiago. — Como o senhor mesmo me disse uma vez, é difícil encontrar um ponto de partida. Escrevi a partir da aprovação da concessão do governo em 81, pensei em tomar isso como ponto de partida e contar tudo o que ocorreu antes como flashbacks, mas agora já penso diferente, penso que deveríamos começar pelo Disney em 41. Pensei em rever aquele meu artigo pra *Seleções*, talvez aumentá-lo um pouco; daria um bom capítulo de introdução.

— Você esquece que era pra ser um ghost-writer, o livro seria assinado por mim.

— Ah, verdade.

— Mas eu gosto da ideia. Vamos pôr na capa seu nome logo abaixo do meu. É assim que fazem em todas as autobiografias mesmo. "João

Amadeus Flynguer, com Tiago Monteiro." Esse é o seu nome completo, não? Tiago Monteiro?

— Tiago da Rocha Monteiro.

— Hmm, só Tiago Monteiro, soa melhor. E daí colocamos o seu artigo como prólogo. Eu gosto muito daquele texto. Mas você precisa ver como estamos ficando, menino! Isso aqui está lindo de ver. Quando virá nos visitar?

— Se dependesse de mim, senhor, já estaria aí...

João Amadeus riu no telefone.

— Sim, sim, estou provocando você. Em que mês estamos? A nossa ideia é inaugurar o parque oficialmente só depois da posse, em abril, já com a presença do Tancredo eleito. Estaremos totalmente operacionais a tempo do verão.

— O verão? Mas o verão já está começando.

— Aqui em cima estamos praticamente no equador, menino. De dezembro a abril é a estação das chuvas, o mais perto que se chega do inverno. As férias de julho são o nosso veraneio – João Amadeus já falava com propriedade, como um paraense nativo. — Vamos aproveitar o momento, a renovação do espírito nacional, compreende? O marco de um novo tempo. O meu parque tem que ser inaugurado por um presidente civil, tem que ser inaugurado pelo Tancredo.

— E se for o Maluf? – provocou Tiago. Com a eleição sendo indireta, os jornais viviam num frenesi de pesquisas insistentes, tentando prever o resultado que o colégio eleitoral entregaria em março do ano seguinte.

— Nah. Não há mais chance disso acontecer. Está com o fax que eu mandei entregarem pra você? Você já aprendeu a mexer nessa geringonça? Vou te passar a lista dos nossos patrocinadores, pra você ver o que estamos preparando. Espere um instante. Johan, como isso funciona? Johan! Um minuto. – Escutou a voz abafada do velho falando com outra pessoa. — Acho que você tem que desligar pra receber.

Tiago desligou. Pelo fax, vieram folhas e mais folhas que listavam nomes de empresas ligados a códigos, os mesmos que havia visto antes nos planos de construção do resort. Os olhos de Tiago saltaram: não imaginava que tantas marcas estivessem bancando o projeto. E todas nacionais. Como nada daquilo havia chegado à imprensa ainda? O telefone tocou. Era João Amadeus outra vez.

— Mas como o senhor fez pra manter em segredo algo desse tamanho?

— Menino, você parece que esquece o país em que vive – riu João Amadeus. — Escute, assim que passar o Natal, ali por fevereiro, vamos fazer um evento teste, um fim de semana pras famílias dos nossos principais parceiros e algumas celebridades. É possível que até o Tancredo venha. Seria um bom momento pra você conhecer tudo. O Beto virá também, venham juntos. O quê? Johan, eu estou no telefone. O que ele quer? Não, diga pra ele esperar. Alô? Desculpe, menino, mas eu preciso desligar. O dever me chama. Nos vemos em breve.

No final do ano, Tiago já estava com oitenta laudas batidas na máquina. Havia estabelecido um ponto de partida – a fundação simbólica de Amadeus Severo, um município que só existia no papel – do qual retrocedia em flashbacks para os momentos definidores daquela ideia: a inauguração da Disneylândia em 1955 e a de Brasília em 1960, com João presente em ambas; a morte do pai no acidente aéreo da Varig em 1973, as infinitas reuniões com arquitetos, projetistas e artistas em geral, culminando na apresentação para o governo e o início das obras daquele projeto de grandes proporções. E havia, claro, a questão do ponto cego naquela lógica: muitos banqueiros e empresários haviam pulado no vagão da abertura política, mas empreiteiros, praticamente nenhum. Em algum momento, precisaria confrontar João Amadeus Flynguer e lhe perguntar o que acontecera com ele para que se tornasse tão excepcionalmente contrário aos seus pares? De qualquer modo, ele ainda não tivera acesso a informações detalhadas sobre as estruturas específicas de cada área do parque, nem da enorme área central. O que seria aquilo, um estádio? Por que alguém construiria um estádio de futebol no meio da selva? Dali em diante, para continuar escrevendo, precisaria ver o parque verdadeiro, o que só ocorreria no início do próximo ano. Era como tirar férias. Sentia-se um pouco culpado com isso tudo: estava ganhando mais do que qualquer outro colega de profissão, mas trabalhando muito pouco.

A convite de Beto, embarcou para o Rio de Janeiro para passar a virada do ano na casa da família em Búzios – a mesma, soube depois, que hospedara Brigitte Bardot nos anos 60. A estadia se estendeu janeiro adentro, indo e vindo pela estrada no Miura conversível de Beto, cabelo ao vento, para passar as noites em Copacabana, na pista de dança da luxuosa boate Sótão, com sua entrada limitada aos de fama e influência, seus garçons deslumbrantes, seu piso de acrílico iluminado por baixo, fazendo as vezes de versão carioca do Studio 54: a vida elétrica de Beto Flynguer, a criança radiante.

A certa altura, Tiago perguntou onde estavam aqueles seus amigos gringos, a boa e velha *entourage* que vinha todo verão para o Brasil praticar a política de boa vizinhança na galeria Alaska? Beto desconversou: Johnny estava muito doente para viajar, Enrico decidira ficar ao lado dele. Arturo e Ken morreram no ano anterior. Tiago entendeu. Era algo que não se pronunciava, e mudou de assunto. Um burburinho na pista, todos os olhos voltados para alguém que entrava: era Freddie Mercury. Beto cochichou para Tiago uma proposta que lhe pareceu irrecusável: a empreiteira da família era uma das patrocinadoras do Rock in Rio, e Beto, claro, tinha uma boa cota de ingressos.

— O seu pai vai também? – perguntou Tiago, ingênuo.

— O papai já passou do ponto sem retorno, baby – riu Beto. — Pra ele, todo estilo musical que veio depois dos anos 50 é só barulho. Além disso, tem horror a multidões, e não vai sair da sua própria cidade no Pará pra ouvir música na cidade dos outros.

Sua cidade. O tom possessivo não escapou à atenção de Tiago.

Foi um fim de semana intenso. Uma pequena cidade feita de lojas, fast-foods e palcos que se diziam os maiores do mundo até então, repleta de jovens de penteados new wave em jaquetas cheias de bottons. Era a primeira vez que artistas estrangeiros de porte vinham ao Brasil. O rock era a ponta de lança da prometida abertura política, uma época para ser jovem e ter esperanças, a sensação boa de que em breve deixaríamos de ser um país de velhos carrancudos e fardados. Na segunda-feira, estavam imprestáveis. Só no meio da tarde é que Tiago conseguiu se arrastar para fora da cama e para debaixo do chuveiro. Abriu sua máquina de escrever, tentou produzir algo, não conseguiu. Estavam no apartamento de Ipanema, e a perspectiva de encarar quase três horas de estrada não os animava, mesmo que fosse a bordo do Miura futurista de Beto. Acabaram voltando a Búzios somente na manhã seguinte, uma terça-feira – o fatídico 15 de janeiro de 1985.

Em Búzios, assim que desceram do carro e entraram na casa, Tiago estranhou que o televisor estivesse ligado. As imagens mostravam uma multidão agitada. Incorporando o espírito patronal de seu anfitrião, achou meio desaforado da parte dos criados assistirem televisão na sala. Depois percebeu que o videocassete sobre o tampo de madeira do televisor também estava ligado. Sobre a mesa havia três taças e uma garrafa de champanhe, aberta, gelava num balde. Da cozinha, escutaram o som abafado da porta da geladeira. Beto pegou a garrafa e olhou o rótulo. Indignado, protestou:

— Ei! Nós estávamos guardando este!

— Pra hoje, suponho! – foi a resposta, naquela voz rouca e cheia de empolgação juvenil que, de tanto escutar pelo telefone toda semana, Tiago seria capaz de reconhecer em qualquer lugar. — Não há dia melhor, meninos!

João Amadeus Flynguer saiu da cozinha com uma faca e um queijo nas mãos, cortando uma lasca de parmesão e oferecendo aos rapazes. Aos sessenta e um anos de idade, não se impunha pelo físico, era até um pouco baixo, mas carregava uma energia luminosa e malandra, com um eterno sorriso de criança que acabara de cometer uma traquinagem e quer desesperadamente se gabar disso com alguém – aspecto reforçado pelos cabelos grisalhos espetados. Eram aqueles modos fáceis e soltos que fizeram seu nome circular nas colunas de fofocas duas décadas antes – "verdadeiro orgulho da virilidade e da superioridade brasileira de noite de botequim", como escrevera Carlos Nobre no jornal *Zero Hora* –, fosse saindo com Kim Novak fantasiados pelas ruas do Rio de Janeiro no Carnaval (razão, dizia-se, de seu primeiro divórcio), fosse por ser visto ao lado de Zsa Zsa Gabor em Cannes (segundo divórcio), fosse por hospedar Brigitte Bardot naquela mesma casa de Búzios, em 1964 (apenas amiga de um amigo, estava bem casado na ocasião).

— Não sabia que o senhor estava aqui – admitiu Beto, surpreso. — Faz tempo?

— Cheguei ontem. Não dá pra ficar isolado no meio do mato num momento como este, embora, tu sabe bem, eu deteste multidão. Vamos, sirvam-se – apontou as taças.

— Que momento? Do que o senhor está falando? – perguntou Beto.

— Em que mundo vocês vivem, rapazes? – O velho largou a faca e de cima da mesa pegou um bloco do tamanho de uma barra de sabão, de plástico negro com seis grandes botões metálicos. Apertou, aumentando o volume do televisor. — Eu estou gravando isso.

Na tela, as multidões se alternavam sob as legendas: São Paulo, Rio de Janeiro, Brasília. A imagem cortava para o interior de salas cheias de políticos espremidos por microfones, enquanto na tela piscavam números. Tancredo Neves: 480 votos. Paulo Maluf: 180 votos. A tela se dividiu em duas. De um lado, o candidato eleito cercado de assessores, um dos quais lhe entregava um telefone; na outra o general Figueiredo, já vestindo o que parecia ser um pijama, com o telefone no ouvido, parabenizando-o num tom formal e diplomático, ambos cientes de que cada palavra pronunciada naquele momento, ao vivo, era uma palavra histórica e precisava ser bem escolhida. A imagem cortou para uma multidão comemorando na rua, povo em festa – como se, dentro do limitado espectro de manifestações que se permitia, quanto maior fosse o grau de efusão de sua alegria, maior seria a ofensa ao governo anterior. Duas décadas de um regime político de exceção, nascido da paranoia e iniciado num golpe militar, haviam finalmente chegado ao fim. A ditadura havia acabado.

— E lá se foram vinte anos – disse João Amadeus, servindo as três taças. — Começou como reação a uma ameaça comunista que nem sequer existia, quis ser modernizante à la Juscelino mas regrediu pro estatismo do Getúlio, agora morre sem ter dito a que veio, porque quebrou o país, e era isso. – Apontou as taças aos rapazes. — Um brinde.

— A que brindaremos? – perguntou Tiago.

— Aos recomeços – propôs o velho. — Ao país do futuro.

Altamira

O tenente William Perdigueiro olhou impaciente para o relógio da rodoviária de Altamira, tomou um último gole de guaraná Xingu e comeu mais uma das lascas de banana frita salgada que ali serviam como petisco. Se em meia hora ninguém aparecesse, tomaria o próximo ônibus de volta a Belém e se reportaria ao general. Estava quase se levantando quando o homem enfim surgiu.

— Você está atrasado - resmungou o tenente.

— O tempo aqui passa em outra velocidade - justificou-se o homem, sentando-se e largando a maleta que trazia debaixo dos braços no chão. — E essa gente...

— O que é que tem? - Perdigueiro olhou ao redor, ansioso. — Eles têm vigias aqui?

— Não, se acalme. Ninguém aqui dá a mínima pra nós, não se preocupe. Essa gente aqui é muito lerda, foi o que eu ia dizer. Eu estava revelando as fotos, por isso demorei.

O tenente Perdigueiro olhou desconfiado para o homem. Na gíria do SNI, aquele sujeito seria um "cachorro", um civil que voluntariamente denunciava a subversão. Mas a antipatia generalizada pelos militares, que só crescera nos últimos cinco anos junto com a crise econômica, tornou Perdigueiro duplamente desconfiado das intenções de qualquer civil. A paranoia era sua carreira.

— Bem, vamos logo então - disse. — Você nos chamou. O que houve?

— Essa parte do parque está quase pronta, mas não será aberta antes da posse - disse o homem, abrindo a maleta. — Mas é quase certo agora que o Tancredo vem pro evento teste. Se ele ver isso, e nós pudermos provar que ele viu isso, então há chances... veja por si mesmo.

O homem tirou um envelope e o entregou a Perdigueiro, que o abriu e começou a olhar as fotos em preto e branco, granuladas. Seus olhos se arregalaram, e ele respirou fundo, irritado. Bateu com o punho na mesa, fazendo tremer a garrafinha de Xingu e o prato de chips de banana.

Perdigueiro era um de muitos que, depois da eleição, fora afastado de suas funções e mandado para onde não pudesse causar problemas para a transição. Algumas das alas mais radicais do Exército mantinham-se ainda em contato, tendo o general Newton Kruel como eixo aglutinador. Faziam-no por motivos ideológicos – a ameaça de uma invasão comunista, acreditavam, seria inevitável num governo civil –, mas também por um motivo prático. Todos viram o que acontecera na Argentina: nem dois anos após a restauração democrática, e o general Videla fora julgado culpado de assassinato em massa, condenado à prisão perpétua. Sabiam, ele e todos os seus colegas, que haviam cometido atos considerados crimes sob qualquer código penal – assassinatos, torturas detalhadamente cruéis, inclusive de crianças. A seu ver, abdicaram dos escrúpulos de consciência, sacrificaram suas almas em nome da manutenção da ordem. Um sacrifício moral que alguns entendiam como a coisa mais cristã que um homem poderia fazer – um sacrifício pessoal em nome do bem comum. E seria essa a paga que teriam? Uma coisa dessas não poderia ser aceita sem resistência. E teriam o aval do próprio Tancredo?

O general tinha que saber disso o quanto antes.

Aeroporto

Leonardo Alencar pegou suas malas na esteira de bagagens do aeroporto de Belém do Pará e, mal saiu da área de desembarque, viu um funcionário engravatado segurando uma placa com seu nome. Essa gente é realmente organizada, pensou, com alívio.

Era bom ser bem tratado de vez em quando. Tinha trinta e dois anos de idade e dez de carreira como artista circense, executando acrobacias motorizadas no globo da morte no circo de Beto Carreiro, o que lhe rendia trabalhos ocasionais como dublê em novelas e filmes. A chance que lhe ofereciam agora era a de ser ele próprio astro de um show de dublês, com a possibilidade de estrelar filmes promocionais e talvez até mesmo um longa-metragem. O que diriam seus pais, lá em São José do Rio Preto, quando o vissem no cinema ou na tevê? Ele sorriu a viagem inteira com a ideia.

Foi conduzido para uma sala de espera na área VIP do aeroporto, onde outras cinco pessoas conversavam sentadas em poltronas, enquanto eram servidos de cerveja e salgados por um garçom. Um deles, Leonardo reconheceu na hora: era o próprio João Amadeus Flynguer, que o contratara pessoalmente.

— Leonardo, meu querido! Como vai? Deixe eu te apresentar pros outros.

O velho apresentou Leonardo aos demais: seu filho mais moço, Roberto; o jornalista gaúcho Tiago Monteiro, que estava documentando a construção do parque; Sidney Magalhães, um advogado gorducho, calvo e de vistoso bigode, que representava o consórcio de investidores e patrocinadores do resort; e por último Demóstenes do Nascimento, que era o oposto: um tipo magro e macilento, que trabalhava no Centro de Tecnologia de Softwares da IBM Brasil em São Paulo. Do grupo, era o único que já conhecia o parque, pois precisava ir regularmente para auxiliar o engenheiro-chefe Johan a corrigir os bugs nos sistemas automatizados do município.

Leonardo sentou-se e aceitou uma cerveja. O velho avisou que o helicóptero já havia chegado e estava reabastecendo. Faltava apenas sua filha mais velha, Helena, que vinha de São Paulo no jato particular da família e chegaria em meia hora. Depois passou a falar sobre a expectativa de que o próprio presidente eleito, Tancredo Neves, pudesse aparecer durante aquele fim de semana.

— Eu imagino que vamos ter algum tipo de ensaio teste antes da apresentação pro público? – perguntou Leonardo, ansioso. — Eu ainda nem conheci a minha equipe.

— O fim de semana todo vai ser um evento teste - explicou João Amadeus. — Os visitantes vão chegar em três levas ao longo de amanhã, e partirão ao longo do domingo. Vocês podem fazer um ensaio hoje no final da tarde. Mas vocês já ensaiaram antes, não?

— Sim, eu treinei com o resto da equipe em São Paulo - disse Leonardo. — Mas é bom conhecer o cenário, explorar antes. O meu Lobo já está lá, imagino?

— Sim, bem alimentado e te aguardando ansioso - confirmou o velho.

— Opa, vão ter lobos no show? – Tiago se intrometeu.

— Não, Lobo é o nome do meu cachorro. Um pastor-alemão.

Tiago só então se deu conta do óbvio, empolgado.

— Tu vais ser o Vigilante Rodoviário!?

O segurança engravatado abriu a porta outra vez, para avisar que o jatinho de Helena estava pousando. João Amadeus chamou todos para irem à pista de pouso embarcar no helicóptero.

— Mas já? – Leonardo espantou-se. — Ela não vai descansar um pouco, já vai voar outra vez? Devem ter sido quase quatro horas de viagem de São Paulo até aqui.

— Helena? – Beto riu. — A Helena não descansa. Também não dorme, não pisca e se duvidar até nem caga. Já viu aquele filme *Alien*, com a Sigourney Weaver de calcinha fugindo do alienígena com cabeça de piroca? É o resumo da vida da minha "grande irmã". Ser aquela que tem que resolver o estrago que os pintões fazem ao seu redor. E agora então – baixou o tom de voz, prestes a lhe contar uma confidência – que está se divorciando, vivo dizendo pra deixar as crianças comigo e tirar umas férias da vida. Mas ela gosta do trabalho. Ela gosta de estar no comando das coisas, sabe? Alguém tinha que herdar esse lado faraó do papai.

— Quantos sobrinhos tu tem mesmo? – perguntou Tiago, ao seu lado.

— Três. São trigêmeos - Beto sorriu. — Uns pestinhas muito divertidos.

Saíram para o pátio. Ao ver o helicóptero, Tiago o identificou na hora: um Agusta A109. Nunca voara de helicóptero na vida, mas já havia montado a miniatura daquela aeronave. O Agusta era um elegante modelo importado, ali pintado nos tons azuis e roxos da identidade corporativa da Flynguer, com uma luxuosa cabine de passageiros à prova de som separada da cabine do piloto.

Já Leonardo, ao olhar para trás, viu uma mulher alta caminhando pela pista calçando botinas, shorts e uma camisa vermelha, com um casaquinho branco largado sobre os ombros cujas ombreiras davam um ar quadrado à sua silhueta. Encarou a todos com o olhar indistinto dos óculos de lente aviador e os cumprimentou com brevidade, já conhecendo quase todos ali exceto Leonardo, que ela se deteve a olhar de cima a baixo. Cumprimentou-o também. Anunciou que, como ali já estavam em seis, ela iria na cabine da frente, ao lado do piloto.

Quando todos entraram, ela deu a ordem para partirem. O piloto ligou o helicóptero. Com um silvo, os rotores das hélices começaram a girar, enquanto Leonardo observava o chão de concreto do aeroporto se distanciando.

Chegada

O helicóptero cruzava o céu sobre a selva amazônica e Annie Lennox cantava o refrão de "Sexcrime" no walkman de Tiago, a voz parecendo sincronizar com a rotação das hélices – *dub-dub-dub boo-boo, dub-dub-dub boo-boo woohoo*. De Belém até Amadeus Severo eram cerca de três horas de voo de helicóptero, e o grupo conversou por uns quarenta minutos antes de cair no silêncio entediado das viagens longas. Mas agora que estavam quase chegando, a conversa volta. Tiago tirou os fones de ouvido para escutar o que falavam.

— Não, não era a minha intenção original – disse João Amadeus, em resposta a uma pergunta que Tiago não escutara. — Mas foi algo que se formou bem cedo no nosso processo.

— E foi difícil juntar todos eles? – perguntou Leonardo, o dublê.

— Pelo contrário, a única dificuldade foi manter o sigilo de tudo isso até agora – o velho sorriu. — O governo, é claro, foi muito prestativo nisso. A ideia de fazer do parque um cartão-postal nacionalista agradou aos militares.

— Patriotismo – concluiu Sidney.

— "O último refúgio dos canalhas" – Beto sorriu.

— Perdoem o meu irmão – disse Helena, que escutava a conversa nos fones da cabine do piloto. — Ele foi no Rock in Rio mês passado e voltou se comportando como uma estrela de rock.

— Crianças, não briguem – disse João Amadeus, jocoso, e apontou o lado de fora. — Vejam. Estamos chegando.

Todos se voltaram para as janelas.

Ler sobre algo é diferente de vê-lo ao vivo. Com a selva amazônica servindo como um tapete verde e infinito a ocultá-la parcialmente, Tiago não conseguiu ver muito bem os detalhes, mas foi capaz de distinguir os agrupamentos que, separados uns dos outros por certa distância, denunciavam as diferentes áreas do parque: o domo de vidro do que parecia ser um enorme shopping center, uma montanha-russa com seus picos e vales ondulando sobre a selva, um surreal castelo encantado de fantasia, a roda-gigante que seria em breve anunciada como a maior da América Latina.

Porém, mesmo a intencional grandiosidade daquelas construções de passatempo parecia desaparecer na paisagem que tentavam, em vão, dominar. O horizonte verde era opressor, apequenava tudo e a todos de tal forma que o helicóptero não era mais do que uma mosca insignificante brilhando cromada sobre aquele oceano vegetal.

Avistou-se um descampado, distante alguns quilômetros da área do parque. O helicóptero iniciou sua descida num heliporto improvisado. João Amadeus explicou que estavam construindo um aeroporto de pequeno porte, que pudesse receber voos diretos da capital, diminuindo o tempo de viagem dos futuros turistas. Era importante, explicou, para garantir que não ficassem dependentes do aeroporto de Altamira, que se tornava inacessível na época das chuvas. Mas, sendo obra do governo, era a coisa mais atrasada na construção do parque. Na prática, só contavam com uma pista de pouso até agora. Sidney Magalhães, o advogado, perguntou se não havia nenhum problema legal, de conflito de interesses, pelo fato de o aeroporto, como obra pública, ser erguido num terreno particular. O velho Flynguer deu de ombros: a culpa por qualquer problema que houvesse seria debitada num governo já desacreditado e em vias de extinção. Bastava não deixar que aquilo chegasse aos ouvidos de Tancredo Neves, que poderia não gostar.

Pousaram. O grupo foi recebido por um rapaz empolgado, que vestia camisa polo listrada, jeans e boné. Chamava-se Luciano Queiroz ("mas podem me chamar de Luque"). Perguntou se tinham feito boa viagem, o que estavam achando do calor paraense, se estavam confortáveis e se havia algo que poderia ser feito por eles. Apresentou-se como *head-manager of internal marketing* do parque, ou, como traduziu João Amadeus, antipático a estrangeirismos, gerente de mercado interno.

— Que na prática significa o que mesmo? - Tiago perguntou.

— Eu cuido pra que todos se sintam felizes e satisfeitos trabalhando pro sr. Flynguer - explicou Luque. — Afinal, funcionários felizes produzem mais e...

— Produzem *melhor*, não *mais* - corrigiu o velho. — O nosso foco é qualidade, não quantidade.

— Sim, desculpe, chefe. Enfim, é um conceito novo, de que antes de vender a empresa pra fora, é preciso vendê-la pra dentro, fazer os funcionários acreditarem nela. O meu antigo chefe cunhou a expressão "endomarketing".

— O Luque foi o responsável por criar os nossos cursos de treinamentos internos – explicou João Amadeus –, como por exemplo o de Tradições Tupinilandesas, em que os nossos funcionários são ensinados a gerar felicidade através do treinamento do controle emocional. Eu gosto de dizer que, se o parque fosse um país, ele seria o nosso ministro da Propaganda.

— O nosso Goebbels! – provocou Beto.

Luque pigarreou constrangido e os direcionou para os carros, três jipes X12 da Gurgel, com a lataria pintada nos patrióticos tons de amarelo e azul da identidade visual do parque.

— Como alguns já sabem e todos vão perceber, todos os nossos sócios e patrocinadores neste empreendimento são de capital cem por cento nacional – gabou-se João Amadeus. — A Gurgel, por exemplo, fornece todos os nossos veículos. Esses modelos X12 a gasolina são usados para cobrir as distâncias maiores. Dentro de cada parque, as equipes de manutenção usam somente modelos elétricos, como o Itaipu E400 e o E150. O impacto ambiental é algo que levamos muito a sério aqui.

O grupo se dividiu entre os três carros e partiu, percorrendo uma estrada de chão batido que os levaria até a entrada principal do parque. Para qualquer lado que olhasse, tudo o que Tiago via era o paredão de selva, com a sensação de ser uma força que mal era contida pelas cercas que ladeavam a estrada. Mas então, sem aviso, surgiu um longo muro de concreto, pintado num tom de verde que se confundia com a vegetação. Uma abertura larga, de duas pistas para entrada e saída de veículos, funcionava como um pórtico. Tinha sobre si uma imensa, colorida, feliz e sorridente escultura de concreto de Artur Arara que, num gesto misto de Cristo Redentor com abre-alas da Portela, recebia a todos de asas abertas, levemente projetadas à frente como num abraço, sobre o letreiro gigante:

BEM-VINDOS A TUPINILÂNDIA

Conforme o jipe cruzou o pórtico, Tiago olhou para trás, não para ver os outros carros, mas sim a estrada de terra que desaparecia atrás dele. Não era disso que se tratava tudo, afinal? Fuga, escape. Entendia agora o estado de agitação infantil no qual o velho Flynguer parecia viver, entendia agora sua crença quase religiosa na necessidade de catarses coletivas, suas esperanças de poder manipular as emoções do público como um maestro conduzindo uma orquestra.

Em Tupinilândia tudo sempre daria certo, pois fora planejado para ser assim, para sufocar com a alegria do samba, o sabor das frutas e a rapidez de seus ritmos aquela tão sutil e oculta tristeza brasileira, tristeza que nascia do sentimento de fracasso pela miragem do progresso, do país do futuro, um futuro que se projetava constantemente à sua frente e fugia para longe na mesma velocidade com que se corria atrás dele. Em Tupinilândia a realidade cinzenta de inflações e desmatamentos descontrolados, dívidas externas e generais antipáticos, oligarcas grosseiros e celebridades vulgares seria trocada por outra versão da realidade, com seu colorido hiper-realista de gibi, onde tudo funcionaria perfeitamente, tudo seria sempre feliz e animado como num programa infantil onde todos teriam direito a prêmios. Tiago sorriu com a conclusão de que, no final das contas, aquilo era uma coisa genial: se Tupinilândia já não existisse, seria preciso inventá-la.

E foi o que João Amadeus Flynguer fez.

Episódio 2
Admirável Mundo Novo

Bem-vindos

A primeira parada foi uma estação de boas-vindas, um prédio envidraçado com as curvas sinuosas de uma rodoviária futurista dos anos 50, diante de estacionamentos vazios para os ônibus turísticos que em breve viriam pela Transamazônica despejar hóspedes no parque. As bagagens foram retiradas e encaminhadas à parte para o hotel, e eles seguiram caminho nos jipes.

João Amadeus entregou um folheto promocional a Tiago, que se abria num mapa ilustrado de Tupinilândia. O desenho forçava a perspectiva para criar uma ilusão miniaturizada, dispondo a área do ponto de vista de quem chegava pelo norte. Eram cinco centros temáticos, espalhados ao redor da área central, e separados entre si por cinturões de área verde. O parque "País do Futuro" e o "Mundo Imperial Brasileiro" ficavam praticamente lado a lado, e eram os mais próximos do centro de Tupinilândia. À direita do centro (portanto, a leste) estava o "Reino Encantado de Vera Cruz", e acima dele havia um grande lago artificial, com uma ilha e passeios de barco. O parque com área mais extensa ficava acima do centro (ou seja, ao sul): era a "Terra da Aventura".

— Eu só não entendo esse estádio – disse Tiago, atento ao mapa. — Eu vi as plantas baixas e os conceituais dos parques, mas dessa coisa no centro não havia nada, e eu não entendo por que um estádio de futebol tão grande no meio da selva se...

Beto o fez baixar o mapa e erguer o rosto. Tiago ficou embasbacado. As plantas baixas que recebera não entregavam uma ideia concreta daquilo tudo. Visto à distância, do helicóptero, a selva não fornecia um parâmetro adequado de escala, sua proporção era enganosa: saber que teria mais do que o dobro do tamanho do Maracanã era uma coisa, mas vendo agora isso tudo a olho nu, a sensação de magnitude era ainda maior. Por fora, se impunha um aspecto brutalista e monolítico, típico dos shopping centers brasileiros. Tinha paredões com imensas esculturas murais de índios guerreiros, decorados com jardins verticais que faziam com que se misturasse visualmente com a paisagem da selva próxima, quase em simbiose. A única abertura visível era a entrada principal: um largo portal com pista dupla para veículos e passagens para pedestres. Havia três colossos índios, os "tibicueras", um de cada lado e o terceiro no centro, segurando um letreiro imponente onde se lia: *Tupinilândia – Centro Cívico Amadeus Severo*.

— Como assim? Não era pra ser um shopping center? – perguntou o advogado Sidney, confuso.

— É muito mais do que isso – garantiu João Amadeus.

Assim que cruzaram a cancela do pórtico veio um declive, e os veículos desceram por uma rampa. O Centro Cívico tinha quatro andares acima do térreo e mais seis subsolos, cada piso com um pé-direito de mais de dez metros de altura. Mas não era seu tamanho impressionante que provocava o maior espanto, e sim seu conteúdo: a arquitetura interna era uma mistura de modernismo carioca com a linguagem colonial, somadas à influência indígena. Linhas de ação ondulavam como se o concreto fosse maleável, e as passarelas e recantos de lazer possuíam muitos detalhes em madeira e bambu, do chão de parquês às luminárias. Chafarizes e pequenos canais artificiais arborizados davam um aspecto quase orgânico ao conjunto, mas era impossível absorver tanta informação de uma vez só. João Amadeus explicou que, exceto por Paulo Mendes da Rocha, que projetara as estruturas principais, apostara em arquitetos jovens e emergentes, como Isay Weinfeld, que fizera a área residencial, e Paulo Jacobsen, que projetara as áreas sociais, enquanto o paisagismo nas áreas verdes era de Fernando Chacel.

Tiago estava embasbacado. Se as antigas lojas de departamentos, com suas vitrines elaboradas, suas escadarias centrais e seus muitos andares, tinham uma estética de espetáculo que remetia ao teatro, o shopping center avança seu escopo para a linguagem do cinema: a horizontalidade e a iluminação dos grandes corredores tem algo de cinemascope, com a sucessão de lojas uma ao lado da outra sendo percorridas como um travelling. O Centro Cívico de Tupinilândia, porém, era muito mais do que isso: era uma cidade-shopping enclausurada, cujo design remetia aos futuros idealizados dos anos 60. No cinema americano, aliás, era comum o recurso do *matte painting*, uma técnica que consiste em pintar paisagens grandiosas com tinta fosca sobre vidro, e aplicá-las sobre cenas filmadas – a Cidade das Esmeraldas em *O mágico de Oz*, a mansão de Scarlett O'Hara em *...E o vento levou*, os interiores da Estrela da Morte em *Guerra nas estrelas*. E a sensação de incredulidade que Tiago tinha agora era a mesma provocada por esse efeito: sua mente lhe dizia que algo assim talvez até fosse possível em algum outro lugar, mas não no Brasil. Mas estava tudo ali, à sua frente. Atordoado, não sabia para onde olhar, ou como absorver aquilo.

— Sidney, meu querido, você pode chamar a minha cidade de "shopping center", se preferir – disse João Amadeus. — Quando inaugurarmos, será candidato ao posto de maior shopping center do mundo em área total, maior até do que o West Edmonton, no Canadá. Mas é muito mais do que isso. Pessoas irão viver aqui. Os funcionários do parque são os primeiros residentes fixos, mas em breve alugaremos espaço pra escritórios. Haverá uma escola, e talvez uma universidade. Temos praças de alimentação e áreas de convivência, temos serviços públicos completos. Os moradores trabalharão no parque, que sustentará a economia do Centro Cívico. Um lugar onde crime, favelas, poluição e pobreza serão abolidos, onde qualquer problema será resolvido pela inventividade da tecnologia.

— Isso é um tanto utópico – disse o advogado. — O ser humano é um bicho inquieto, você não tem como abolir isso.

— Bem, haverá um código de conduta. Bebedeiras e arruaças não serão toleradas, por exemplo. Mas eu acredito que, se você der às pessoas um lugar decente pra viverem, e as informações corretas pra melhorarem de vida, eles seguirão nesse caminho.

— Uma cidade privada – concluiu Tiago. — Como Fordlândia.

— Não, não como Fordlândia – retrucou João Amadeus. — Porque, ao contrário de Henry Ford, eu não poupei em pesquisas. O Centro Cívico será constantemente adaptado pra tudo o que houver de vanguarda. Sabe por que as pessoas gostam tanto dos shoppings? A climatização do interior nos faz esquecer da vida, do barulho do trânsito, a agressividade das ruas. Quando se está aqui dentro, não há mundo lá fora. Você passa o dia entre átrios arborizados e fontes, em praças de alimentação decoradas como uma vila de imperador romano. A fábrica foi o templo da modernidade, mas o shopping center é o templo dessa nossa era pós-moderna. Eu estou dando o passo seguinte: a cidade vai pra dentro do shopping agora. Aqui, vamos parar aqui. Deste ponto em diante só permitimos veículos elétricos. Estão vendo? Tupinilândia já está na vanguarda do combate à crise do petróleo.

Funcionários em sóbrios macacões azul-marinho, com detalhes verdes de estampa vegetal, os receberam com caipirinhas e canapés de camarão, todos muito gentis e atenciosos. Mas a atenção de Tiago foi distraída para algo se movimentando rápido à sua direita, e ele se virou a tempo de ver um monotrilho passar deslizando silencioso. E, olhando para o alto, viu o domo.

"Funcionário Acácio Ramos, dirija-se ao setor hoteleiro B546, Flávia Muniz solicita assistência", anunciou uma voz grave ecoando nos alto-falantes da cidade.

O domo era um mosaico geodésico composto de largas placas hexagonais de vidro temperado, sustentadas por uma estrutura de tramas de aço anodizado em forma de colmeia, com uma teia de colunas de sustentação. Sua função era banhar a área superior com luz natural. Tiago aproximou-se de um vão e olhou para baixo: ela iluminava até os níveis mais baixos.

O velho prosseguiu sua apresentação ao grupo, explicando como a umidade e a temperatura eram mantidos sob controle constante, não importasse o clima externo. A eletricidade para tudo aquilo vinha de uma ligação direta com a usina hidrelétrica de Curuá-Una. Explicou também que uma parte dos jardins superiores estava sendo testada para plantações autossustentáveis de frutas e vegetais hidropônicos, e a ideia era ter um pomar turístico no último nível, mais próximo da cúpula envidraçada do domo. Garantiu que não havia ali nada de experimental que oferecesse algum risco, nada que fosse estranho às técnicas já testadas de construção civil ou urbanismo. Aplicá-las é que era uma questão de dinheiro e vontade, e foi o que fez.

— Mas isso tudo se sustenta, financeiramente? - perguntou o advogado.

— O segredo pra diminuir os custos num empreendimento como esse é a automação - disse Flynguer. — Há coisas em que o toque humano é fundamental, principalmente nos serviços básicos de hotelaria, camareiras, cozinheiros. Temos equipes de eletricistas e de seguranças a postos. Mas todo o resto, do controle das atrações à vigilância, é automatizado e centralizado lá. - Apontou a Torre de Controle, que se situava no exato centro do domo, em parte ajudando a sustentar a cobertura envidraçada. Tirou o chapéu e acenou na direção dela.

A voz grave e onipresente ecoou por todo o parque: "Olá, João. Sim, eu estou vendo vocês. Sejam bem-vindos. Atenção, Tupinilândia, o seu Deus está entre nós".

O velho fez uma careta de desgosto.

— O Johan acha divertido fazer essa piada toda vez que eu entro no Centro Cívico - justificou-se Flynguer, constrangido. — Eu particularmente não gosto. Mas é inofensivo, não?

Não gosta, mas o provoca a fazer isso, pensou Tiago, a quem não escapou a semelhança daquela estrutura central com a de um panóptico. Sua atenção foi distraída pela chegada de uma procissão de Itaipus E400 da Gurgel, vermelhos – os modelos elétricos para duas pessoas. Cada um agora seguiria um caminho diferente, conforme seus afazeres no parque.

— Vocês três, meus queridos – disse Flynguer aos filhos e a Tiago. — Sei que devem estar cansados da viagem, então descansem um pouco. Instalei vocês no hotel do Mundo Imperial. Os demais vão para o Hotel Rondon, na Terra da Aventura. Jantar em duas horas? Reservei uma mesa pra nós no restaurante.

— Eu fico aqui, papai – disse Helena. — Preciso falar com o Johan, me certificar de que...

— Não é necessário, minha filha. Descanse que amanhã os convidados começam a chegar.

— Justamente por isso, papai, tem muita coisa ainda pra...

— Helena, não é o teu pai quem está pedindo. É o teu chefe quem está mandando. Vai pro teu quarto, toma um banho, fica um pouco conosco, com a tua família. É um grande momento pra todos nós, e eu tenho uma surpresa pra te contar.

— O senhor sabe que eu absolutamente detesto surpresas.

— É uma boa surpresa, querida. Agora, pelo amor de Deus, vá descansar.

Nossas principais atrações

Enquanto Beto tomava banho, Tiago explorou o frigobar, testando até onde o nacionalismo do velho Flynguer conseguia chegar. As quatro opções de refrigerante eram todas nacionais – guaraná Jesus, Sukita, guaraná Mineirinho e cajuína São Geraldo. Sobre o frigobar havia pequenas barras de chocolates Lacta, Garoto e Neugebauer, além de biscoitos salgados Piraquê e Aymoré. As miniaturas de bebidas alcoólicas ofereciam algumas cachaças de qualidade, mas os uísques eram inevitavelmente deprimentes, um quadro de dor que se completava com as vodcas nacionais, muito úteis para acender fogo de churrasqueira. Pegou novamente o folheto com o mapa e o abriu sobre a cama, atento à descrição de cada setor do parque.

MUNDO IMPERIAL BRASILEIRO™: reviva as glórias do nosso passado hospedando-se no majestoso HOTEL IMPERADOR D. PEDRO II. Reserve sua mesa no RESTAURANTE ILHA FISCAL e jante como um monarca! Seja arremessado para cima e para baixo no ELEVADOR LACERDA DO TERROR. Suba aos céus na RODA-GIGANTE PHEBO®! Venha ver o mais moderno espetáculo de mamulengos na FORTALEZA ARMORIAL GULLIVER®! Você irá gritar de medo se passar uma noite na TAVERNA SOLFIERI! Viva aventuras no MUNDO DA HIGIENE GRANADO®! E não deixe de visitar as elegantes lojas e restaurantes da nossa PRAÇA CENTRAL.

PARQUE PAÍS DO FUTURO™: voe ao lado de Santos Dumont no PAVILHÃO DA AVIAÇÃO VARIG™! Arrepie-se na MONTANHA-RUSSA GLASSLITE®! Combata nazistas e viaje pelo espaço com os mais modernos simuladores de voo da FLIPERÓPOLE GRADIENTE®! Explore o planeta no CINERAMA SUKITA® e o interior do corpo humano na BONECA

EVA! Venha conhecer a CASA DO FUTURO PROSDÓCIMO®! Corra pelas pistas do AUTORAMA COPERSUCAR®! Junte-se aos maiores jogadores de todos os tempos no PEBOLIM GIGANTE DA CBF®! Almoce dentro de um Douglas DC-7 no RESTAURANTE AVIAÇÃO®! E se as crianças vão adorar o MINIMUNDO LACTA®, não deixe de visitar as modernas lojas do PASSEIO MODERNISTA.

TERRA DA AVENTURA™: descubra os mistérios da Amazônia nos bangalôs do HOTEL ECOLÓGICO RONDON! Aventure-se com os PIRATAS DO BRASIL GUARANÁ BRAHMA®! Participe da caça ao tesouro na ILHA VAGA-LUME ou venha se divertir com o PASSEIO NO RIO SELVAGEM DA ESTRELA®. Não vá se engasgar de medo no TÚNEL DO TERROR BALA SOFT®! Dê um beijo no BARCO DO AMOR LAKA®! Explore a vida pré-histórica com os mais espetaculares dinossauros na nossa VIAGEM À AURORA DO MUNDO. Aventure-se nos carrinhos das MINAS DE PRATA H. STERN®! Veja as acrobacias sensacionais do SHOW DO VIGILANTE RODOVIÁRIO®! E não deixe de aproveitar as lojas ao longo da nossa CIDADE PERDIDA MARAJOARA.

REINO ENCANTADO DE VERA CRUZ: venha conosco ser criança outra vez! Acompanhe Rosa Maria pelas ilusões óticas do CASTELO ENCANTADO PIRAQUÊ®. Junte-se ao Urso-com-Música-na-Barriga no tabuleiro gigante do BOSQUE DE NANQUINOTE DA GROW®! E os pequenos vão adorar passear com LÚCIA JÁ-VOU-INDO e rodopiar no RODAMOINHO DA TURMA DO PERERÊ®. Descubra a CASA GIGANTE DE ITUBAÍNA®! Não deixe de levar as crianças na AVENTURA DO AVIÃO VERMELHO DA GAROTO®, e depois venha se refrescar nas nossas SORVETERIAS SETEVROS®. Passeie pelo superfantástico teleférico BALÃO MÁGICO®. Mas não esqueça de fazer suas compras nas lojas da nossa RUA PRINCIPAL.

Beto saiu do banho, enrolado num roupão.

— O teu pai comprou os direitos autorais da minha infância – disse Tiago.

— É bem impressionante, não? – disse Beto. — Eu ainda não tinha visto ao vivo.

— Me senti como Dorothy chegando na Cidade das Esmeraldas de Oz.

— Muito adequado pra dois "amigos de Dorothy", ah-ah! – Beto se sentou na cama, secando o cabelo. — Aliás, sabia que o L. Frank Baum era um entusiasta do merchandising? Criou uma associação e uma revista pra profissionalizar o vitrinismo. O papai vai gostar da sua metáfora, é o efeito que ele sempre quis provocar, esse deslumbre technicolor. Pena que não vai durar muito.

— O que que não vai durar muito?

— O parque. Tudo. O fracasso é inevitável.

Tiago o encarou atônito. Beto nunca havia feito nenhum juízo de valor sobre todo aquele empreendimento em que sua família estava envolvida. Perguntou o que ele queria dizer com isso.

— O meu pai acha que pode redesenhar o espírito do país pelo consumo. Só que o mundo mudou. No tempo dele, pedia-se que cada um construísse uma identidade privada, independente do mundo, que nos tornasse consumidores específicos. Você é o que compra. Mas hoje, somos encorajados a mudar o tempo todo. Não somos mais definidos pelas coisas que temos, mas pelo design que escolhemos pra elas. A cultura de consumo assumiu a lógica da moda: o carro do ano, a roupa da estação. Mas se o consumo é descartável, e a nossa identidade é definida pelo consumo, então a nossa identidade se torna descartável. E a própria ideia de "cultura de consumo" que o papai tem é problemática. Antigamente a cultura servia pra acrescentar algo à vida das pessoas. Agora se pede que ela seja vazia, sedativa, as pessoas querem só "sentar e desligar o cérebro".

— Meu Deus. Tu viraste o quê, um socialite socialista agora?

— A gente não tira um diploma em História da Arte sem algumas consequências, baby.

— Tu estás sendo elitista – criticou Tiago. — Se as pessoas vão ao cinema ver filmes bobos, ou leem um romance barato pra se distrair da rotina, eu entendo que isso pode ser raso, que deveriam acrescentar algo à vida e não só anestesiá-la, mas a vida não é um eterno cursinho de vestibular. O divertimento simples tem a sua função, e a capacidade de gerar ele...

— Hamsters correndo numa rodinha... - resmungou Beto, vestindo a camisa.

— E quando seria esse teu "antigamente", Beto? É essa moda agora de saudosismo dos anos 50? A época do conformismo e da paranoia que nenhum de nós viveu? E quantos dos teus amigos entendem dos quadros que compram? Duvido que esses playboys tenham alguma capacidade de fruição estética. Aposto que a maioria só pensa em decorar a parede pra receber elogio das visitas.

— Não, é pra lavar dinheiro mesmo - riu Beto. — É melhor você ir pro banho logo. Não vamos deixar o papai esperando.

Tiago suspirou. Entrou no banheiro e, enquanto se despia, observou os produtos que eram oferecidos numa bandeja sobre a pia de mármore: sabonetes Phebo e produtos de banho da Casa Granado do Rio de Janeiro ("fornecedores da família real brasileira"). Havia também um par de chinelos de borracha Havaianas, com a marca e as cores vibrantes de Tupinilândia – um bilhete explicativo dizia que "as modernas e elegantes sandálias de borracha são o equivalente brasileiro às tradicionais sandálias zori dos japoneses". Tiago riu. Chamar de "elegantes" aquelas sandálias de pedreiro era um pouco demais. Entrou no banho.

Sua Majestade

O Grande Hotel Imperador Pedro II fora erguido à semelhança dos hotéis cariocas de Joseph Gire, evocando ecos imperiais misturados a um modernismo dos anos 30, anterior à influência de Niemeyer, e projetado para ser o principal ponto de referência do Mundo Imperial Brasileiro. A joia de sua coroa era o Restaurante Ilha Fiscal, que se anunciava como uma reprodução fidedigna do ambiente interno do fatídico baile na ilha homônima, marco dos últimos dias da monarquia. Todas as mesas estavam postas como se esperassem uma legião de convidados, mas só uma era ocupada: nela, João Amadeus já os aguardava.

— É uma beleza, não é? – disse, ao ver Tiago e Beto entrarem. — Não poupei pesquisas!

Tiago olhou os janelões, as cortinas, a mobília, tudo muito impressionante. Mas a maior atração do restaurante não seria a elegante decoração belle époque ou o refinado cardápio de pratos típicos nacionais, e sim algo que se encontrava mais ao fundo, num recanto, ocupando uma posição de destaque: era um boneco assustadoramente realista do próprio imperador d. Pedro II, sentado numa poltrona de veludo cor de vinho e vestindo casaca preta, camisa e colete brancos. Uma reprodução exata de seu retrato, aos setenta e cinco anos, na pintura a óleo de Delfim da Câmara.

Era tão realista que Tiago aproximou-se dele como se esperasse que a qualquer momento o boneco fosse se levantar e cumprimentá-lo. Beto, que ouvira falar daquele boneco, mas ainda não o tinha visto ao vivo, estava igualmente impressionado. João Amadeus acenou para o garçom na entrada, que assentiu e pressionou um botão em seu púlpito.

O imperador moveu a cabeça e os encarou. Tiago saltou de susto.

"Bem-vindo à Tupinilândia", disse o boneco de d. Pedro II. "Em que posso servi-lo?"

— Deus do céu! - disse Tiago.

"Todas as crenças podem ser admitidas", respondeu, "desde que sejam sinceras."

Tiago voltou-se para João Amadeus e perguntou como aquilo era possível. O velho explicou que debaixo deles havia cinco computadores ligados ao boneco por fios, com um banco de dados de frases atribuídas a d. Pedro II e gravadas por um dublador. Tiago achou-lhe a voz um pouco fina, mas João Amadeus garantiu que assim confirmavam os registros históricos - não poupara pesquisas.

As lâmpadas do hotel piscaram. Foi uma leve oscilação na corrente elétrica, mas que teve como reação fazer d. Pedro II chacoalhar como se estivesse tendo um ataque epilético. Era um efeito particularmente perturbador. Todos recuaram, exceto o velho.

— Calma, calma, isso acontece - tranquilizou João Amadeus. — O sistema do parque está tendo alguns problemas com variações na corrente elétrica, mas isso será corrigido em breve. Só precisamos reiniciar o imperador. - Acenou para o maître, que concordou num meneio. — Pronto, voltou. Vamos, perguntem alguma coisa pra ele.

Tiago olhou para Beto, sentindo-se ao mesmo tempo empolgado e constrangido.

— Como está se sentindo, Majestade? - perguntou Tiago.

"Se não fosse imperador, desejaria ser professor", respondeu d. Pedro II. O boneco movia a cabeça sempre buscando a direção da voz mais próxima, cravando em seu interlocutor um olhar azul-claro ao mesmo tempo penetrante e vago - o "vale desconhecido" do olhar artificial dos bonecos. Uma série de pequenos cilindros pneumáticos conectados a um programa de repetições computadorizado garantia o movimento de pálpebras, maxilar e lábios, por baixo da pele esculpida com látex e espuma de poliuretano pintados à mão. O realismo era impressionante. E, para contínua surpresa de Tiago, o imperador devolveu a pergunta: "E você?".

— Bem, neste momento, eu estou com fome - disse Tiago.

O animatrônico ergueu o braço direito da poltrona, indicador erguido como se pronto a chamar o garçom, por um instante parecendo que iria de fato se levantar, e disse: "Venda-se o último brilhante da coroa, contanto que nenhum brasileiro morra de fome!".

Helena juntou-se a eles logo em seguida. Sentaram-se os quatro ao redor da mesa e ela entregou a Tiago uma pasta de papel com várias folhas grampeadas. Era a lista de todos os artistas temporários, de atores a acrobatas e cantores, incluindo passistas e músicos da bateria da Mocidade Independente de Padre Miguel, com ao menos um mestre-sala e uma porta-bandeira. Fariam uma versão reduzida do desfile que, quando o parque inaugurasse, seria apresentada todo final de tarde. Já os convidados só chegariam a partir do dia seguinte. A grande maioria já estava àquela hora em Altamira, vindo em voos fretados. Mais voos pousariam na manhã seguinte e haveria um movimento contínuo de ônibus ao longo de toda a quinta e a sexta-feira. Alguns, claro, estavam em Belém do Pará e viriam direto de helicóptero. Mas ainda não havia confirmação se Tancredo Neves viria.

— O senhor já contou pra ela da surpresa? – perguntou Beto.

— Ainda não – João Amadeus sorriu e virou-se para a filha. — As crianças chegam amanhã de manhã no meu jatinho.

Tiago podia ver os músculos do pescoço de Helena tencionando e desviou o olhar.

— E o senhor fez isso sem me consultar? – perguntou ela.

— Na verdade... – intrometeu-se Beto.

— Sim, fiz. É claro que fiz. Você seria contra, e as crianças precisam estar próximas da família agora – disse João Amadeus. — Estão em Belém com a dona Matilde. Chegam amanhã cedo.

— Eles vão perder um dia de aula – protestou Helena.

— Dois, na verdade, já que só chegam de volta terça pela manhã – corrigiu João Amadeus.

— O senhor não tinha o direito de passar por cima da minha autoridade e...

— Este parque foi feito pra crianças, e eles são meus netos. Eu quero os três aqui com a família, então é aqui que eles devem estar – João Amadeus elevou o tom. — Eu entendo o que você está passando, querida, eu já passei por isso quatro... não, três vezes. A geração do teu avô se afundou no trabalho e não conhecia os próprios filhos, e a meu modo eu tentei não repetir esse erro. Mas, se você continuar assim, as crianças vão crescer, e você terá perdido a melhor parte. Você não pode gerenciar a própria família como se fosse uma empresa.

— Por que não? Pensei que fosse uma tradição nossa – alfinetou.

— O erro de uma geração não justifica o de outra – disse João Amadeus, em tom conclusivo.

Helena olhou para Tiago, o único não membro da família na mesa, e suspirou.

— Não vai ser um fim de semana em família – disse Helena, ainda um pouco irritada. — Com o tanto de gente que eu e o senhor temos que receber, a última coisa que vou conseguir fazer vai ser passar um tempo com os meus filhos. Deus que me perdoe dizer isso, papai, mas eu já tenho bastante gente pra administrar nestes dias – ela olhou novamente para Tiago. — Eu devo estar parecendo uma mãe horrível pra você, não?

— Eu não... – Tiago balbuciou.

— Não se ofenda, não é nada pessoal, mas eu não gosto de discutir assuntos familiares com gente de fora, e não é algo que eu queira compartilhar com cada um que o Beto...

— Agora você está sendo grosseira, maninha – Beto a interrompeu.

Helena tomou um gole de vinho, comprimiu os lábios e olhou para o irmão. Pela primeira vez desde que a conhecera, Tiago viu uma sombra de insegurança nos gestos e no olhar dela. Sabia que Beto tinha uma admiração respeitosa pela figura dominadora da irmã, mas até então não havia parado para pensar em como Helena via o irmão: condescendente e protetora, de quem lamenta o inevitável e tenta diminuir os danos. Tiago tinha agora a impressão de que ela era, ali na mesa, a autoridade real, a primeira-ministra daquela pequena monarquia, onde o velho João Amadeus desempenhava o papel central e benevolente de rainha da Inglaterra. E Beto se contentava com seu aspecto decorativo e diplomático, o príncipe de Gales. O que fazia de Tiago uma figurativa Lady Di, enquanto assistia à rainha e sua Thatcher dos trópicos baterem as cabeças feito bodes rivais.

— Sim, tens razão. Me desculpe, Tiago – disse Helena, dirigindo-lhe seu olhar de ferro. — Como imagino que a essa altura você já sabe, estou passando por um divórcio bastante desagradável, que veio num momento sensível pra empresa. É apenas... coisa demais pra administrar, e eu não queria que as crianças sentissem isso – ela lançou um olhar de canto de olho para o pai. — Não queria que elas passassem pelo que nós passamos.

— Não foi tão mal assim, que eu me lembre – defendeu-se João Amadeus, com uma calma diplomática. — Pelo que me consta, me dou muito bem com as mães de vocês até hoje, aliás, me dou muito bem com todas as minhas ex-mulheres, oficiais ou não...

— Não com a italiana - lembrou Beto. — Cujo nome não convém pronunciar.

— Deus do céu, não a italiana – Helena riu pela primeira vez.

Tiago, que nada sabia das ex-esposas e ex-amantes do velho, distraiu-se com o garfo. Virou-o para olhar a marca: Tramontina. *Propriedade de Tupi-nilândia. Venda proibida.*

— Por que você não fica com as crianças neste fim de semana, Beto? – sugeriu o pai. — Fui eu quem insistiu pra que elas viessem, eu sei, mas elas gostam bastante de você.

— Claro, por que não? – Beto olhou para Tiago. — Adoro ser o "tio Beto".

Os garçons serviram os pratos – pirarucu assado ao molho de tangerina, com risoto ao leite de coco e castanhas. Não sabia dizer se era pela fome, mas Tiago achou tudo delicioso.

Sorriso americano

O despertador anunciou: oito da manhã. Sexta-feira. Luque se olhou no espelho, cansado. Não aguentava mais aquele trabalho, não aguentava mais Tupinilândia. Faria um ano morando ali. No começo, a ideia lhe pareceu sensacional, um emprego de sonho: trabalhar e viver dentro de uma cidade planejada com infraestrutura perfeita. Seria como viver dentro de um grande shopping center, algo com que ele se sentia muito à vontade. Conhecia o interior do Centro Cívico como poucos – dos quatro níveis superiores, com suas estações de tratamento e purificação de água, seus jardins de hidropônicos para consumo interno, aos seis andares abaixo da terra, com seus depósitos labirínticos, totalmente automatizados.

No começo, ficara impressionado com a sofisticação da ala hospitalar, suas salas de UTI e laboratório de manipulações. Empolgara-se com a qualidade do setor social, que lhe pareceu bastante completo: salão de jogos com mesas de sinuca, pista de boliche e fliperamas, bar com karaokê e uma cota de bebidas liberada diariamente para cada funcionário – havia até mesmo uma barbearia, um salão de beleza e uma academia completa. Os residentes fixos contavam com áreas de convivência familiar, providas de churrasqueiras elétricas e jardins, e uma miniescola equipada com projetores modernos e biblioteca atualizada para completar a formação dos funcionários com menor escolaridade, bem como para uso de seus filhos. Havia até mesmo um estádio esportivo na asa leste do Centro Cívico, com campo de futebol e arquibancadas com capacidade para até oito mil pessoas, num formato que lembrava a Bombonera de Buenos Aires: arquibancadas em três lados do campo, circundando um paredão onde os rostos de Pelé, Garrincha, Leônidas da Silva, Zico, Tostão e Sócrates foram esculpidos lado a lado como no monte Rushmore. Os planos eram de ter em breve dois times de futebol nativos – o Pau-Brasil e o Verde-Amarelo, para os quais uniformes já haviam sido confeccionados –, cujas partidas seriam integradas à programação. Havia um insólito Setor de Envasamento, pois o velho fechara um contrato de exclusividade de licenciamento de personagens com o guaraná Antarctica, de modo que, para redução de custos, o envasamento se dava ali dentro – garrafas de um litro e de duzentos e noventa mililitros com o rosto sorridente e onipresente do mascote, Artur Arara, impondo sua alegria a todos.

Uma vida perfeita. Regulada. Cronometrada. Planejada. Enclausurada.

Mesmo seu escritório era bastante agradável e completo. Ficava na Torre de Controle, logo ao lado da sala onde Johan e Demóstenes passavam o dia se bicando. Provido de equipamentos de transmissão de rádio e câmeras de tevê, suas melhores tardes eram passadas criando a programação musical da rádio interna do parque, a Rádio Tupinilândia, ou a sucessão de programas pré-gravados que eram exibidos nos canais do sistema interno de televisores, enquanto não comprassem uma antena forte o bastante para sintonizar ao menos na Globo – algo ao qual o velho era reticente.

Mas isso somente quando o velho, sempre a rondar em busca de algo em que pudesse meter o bedelho, não entrava ali e bagunçava sua cuidadosa seleção musical. Isso era uma das coisas que mais o enlouqueciam: o gerenciamento do velho João Amadeus sobre a menor das tarefas, um desejo obsessivo e sufocante por controle, que tirava de seu trabalho qualquer possibilidade criativa individual e o fazia um mero executor de tarefas. Começava a se questionar se fora uma boa ideia ter saído da agência de publicidade.

Seria por isso que estava tão cansado, tão exaurido, sentindo-se tão à beira de um colapso? Seria a falta de perspectivas naquela repetição infinita? Seria algo em seu apartamento funcional perfeito, que era exatamente igual ao apartamento funcional perfeito de colegas com cargos muito abaixo e muito acima do seu? Ou seria a recepção de sinal muito ruim dos televisores, que só sintonizavam direito o canal interno da cidade, naquele loop infinito de filmes nacionais que ele próprio programara e que, portanto, só traziam previsibilidade? Era como viver numa realidade paralela, isolada do mundo real. E havia dias em que ficava desesperado por uma coca-cola ou qualquer coisa que não tivesse a obrigação de ser de fabricação nacional. E uma vida social decente também viria a calhar, porque nas áreas sociais dos funcionários, aqueles recantos ajardinados e tranquilos onde a música era sempre uma bossa-nova anestésica, onde só havia outros residentes fixos com os quais socializar, dava-se conta de que já os conhecia todos, eram seus colegas, sempre as mesmas pessoas. Além disso, o problema de dormir no trabalho era o de estar disponível o tempo todo para qualquer contratempo. E na última vez que saiu de Tupinilândia, precisou voltar às pressas porque um eletricista ignorante resolveu nadar no açude das ariranhas.

O rádio portátil estalou em cima da cama.

— Luque, você está aí? – era a voz onipresente de Johan.

Era redundante responder. Era uma questão de responsabilidade estar sempre com o rádio por perto. A Torre de Controle sabia que ele estava dentro de seu apartamento funcional, no nível S2 do setor norte. Apertou o botão do comunicador interno ao lado do espelho do banheiro.

— Já estou indo – respondeu.

— Os primeiros visitantes estão chegando – repetiu Johan.

— *Já. Estou. Indo* – repetiu, devagar e com ênfase.

Olhou-se no espelho. Precisava sorrir. E ser otimista e positivo porque o discurso oficial era sempre de otimismo e positividade, e o alinhamento entre ideia e ação era essencial para criar a sensação de homogeneidade no planejamento. Era este o seu papel como gerente de marketing interno, afinal de contas: ser a encarnação do discurso oficial. Olhou-se no espelho e sorriu outra vez, ainda insatisfeito consigo mesmo e com aquele sorriso. Enfiou a mão no bolso, pegou o potinho de comprimidos receitados pelo médico. Um gole de água da torneira, água tratada dentro da própria cidade, tudo ali era autossuficiente, até ele era autossuficiente, como esses novos fornos autolimpantes – sim, era isto: ele era um autolimpante emocional. Pôs a cápsula na boca, um gole de água e se olhou no espelho mais uma vez. Tudo ficou mais colorido e alegre.

O parque abre

A vitrine da livraria exibia uma seleção de autores nacionais, de Machado de Assis a Erico Verissimo, e Tiago ficou imaginando se o seu futuro livro estaria exposto ali, se teria boas vendas ou ganharia boas resenhas, ou se seria descartado como uma peça de marketing didática e superficial, o que provavelmente o acusariam de ter escrito. O som súbito de água jorrando deu-lhe um susto, quebrando o silêncio daquela manhã de sexta-feira e o tirando de seu devaneio.

O folheto dizia que a Praça Central se inspirava nos antigos centros municipais brasileiros – como a praça Onze de Junho no Rio de Janeiro, ou a rua da Praia de Porto Alegre, onde João Amadeus passou sua infância. De fato, há no desenho dos prédios uma boa quantidade de elementos nostálgicos que conjuram a impressão de um lugar familiar, mas não específico, fazendo com que Tiago sentisse que já estivera ali antes mesmo de que tudo lhe parecesse novo. O período reproduzido é um tanto nebuloso, algo entre 1880 e 1920, quando todas as capitais brasileiras ambicionavam se tornar Paris nos trópicos. Aquela quadra era um amálgama dessas ambições. Sonhar com ares europeus por vergonha de se assumirem nativas.

As lojas estavam abrindo, preparando-se para o público que começava a chegar e se instalar no Grande Hotel. O chafariz que o assustara ficava no centro da praça, em que a água escorria dos olhos de outro tibicuera, um pouco menor do que os colossos do pórtico e vestido num uniforme monárquico. O velho lhe dissera que havia cinquenta tibicueras espalhados pelos parques, um para cada década de história do país, e garantia-se que não havia um que fosse igual ao outro, e uma caça ao tesouro na identificação de todos estava nos planos de atrações dos parques.

A estátua e o chafariz eram posicionados no centro da praça. Com o hotel se impondo no lado direito, seu entorno era ocupado por uma sucessão de lojas e restaurantes, como aquela réplica da Livraria do Globo ("fundada em 1883", dizia a fachada) cuja vitrine Tiago observava. Ao lado, havia uma filatélica da Casa da Moeda do Brasil, oferecendo desde reproduções de selos olho de boi a cédulas e moedas antigas para colecionadores, numa crônica da instabilidade econômica do país que ia dos réis aos cruzeiros para os cruzeiros novos, e agora de volta aos cruzeiros.

Mais adiante, a Pharmácia Granado reproduzia sua loja original da rua Primeiro de Março, no Rio dos tempos do imperador ("desde 1870", garantia a fachada), ao lado de uma Chocolateria Neugebauer ("desde 1891") e seguida pela Laticínios Aviação ("desde 1920"), onde as latas de manteiga, queijos e cafés eram dispostas ao redor de reproduções cromadas de aviões. A paraense Phebo ("desde 1930") ficava na quadra acima da praça, num sobrado de dois pisos de fachada em coloridas lajotas portuguesas, os sabonetes dispostos em arco-íris na vitrine em meio a exuberantes arranjos de alfazemas que perfumavam a rua.

No lado esquerdo da praça, o restaurante-bar da Cervejaria Bohemia ("desde 1846"), erguido nos moldes de uma estação ferroviária novecentista, de armações de ferro *art nouveau* e luminárias antigas, tinha como principal atrativo uma réplica em tamanho natural da *Baroneza*, a primeira locomotiva a vapor brasileira. Ao lado estava o bar da Cachaçaria Ypióca ("desde 1843"), e em meio a todo aquele delírio monárquico-republicano e sob o calor paraense, os funcionários do Mundo Imperial circulavam com roupas de época prontos a posar para fotos.

— Tiago, aqui! – João Amadeus o chamou, saindo de dentro de uma loja.

Tiago se aproximou. A fachada *art nouveau* da loja era decorada com colunas dóricas, anjinhos de mármore e muitos entalhes de madeira em simulações vegetais que emolduravam os vidros. No letreiro acima: Confeitaria do Custódio. Entraram. O interior era como uma viagem no tempo direto para o começo do século. A música de fundo era "Ó abre-alas" de Chiquinha Gonzaga.

— Que cheiro bom! – disse. — Parece biscoito que acabou de sair do forno.

— Sim! Nós fabricamos diversos aromas, que são bombeados pela ventilação dos parques, cada área com o seu aroma especial. De pipoca quentinha também. Ajuda a aumentar as vendas.

— Ah, esse cheiro não é de verdade então?

— Garoto, sabia que toda a produção mundial de morangos só dá conta de dois por cento do que é vendido como tendo esse sabor? Então provavelmente aquilo que as pessoas consideram "sabor morango" não seja real. Nada é muito "de verdade" na vida.

— Como dizia o meu professor na faculdade, a simulação sempre parece melhor do que o real.

— Coisa que qualquer um que vê as fotos nas lanchonetes confirma. Mas o café aqui é real, e os docinhos de confeitaria mais ainda. Chegaram agora cedo, direto da Casa Cavé no Rio de Janeiro, e estão fresquinhos. Como é só um evento teste, ainda não contratamos confeiteiros residentes, tudo precisa ser trazido. Vamos, peça algo.

— Eu tomei café da manhã não faz muito... – disse Tiago.

— Bobagem, um cafezinho e um pastel de santa clara não matam ninguém – disse João Amadeus, erguendo o dedo e pedindo ao atendente. Tirou um crachá do bolso e o entregou a Tiago. — Tome, isso aqui é pra você. Vai te dar acesso irrestrito a todas as áreas do parque. E aos brinquedos, claro. Os meus netos estão chegando, e me ocorreu que seria bom ter alguém *realmente* adulto acompanhando o Beto e as crianças.

— O Beto é mais esperto do que o senhor imagina.

— Eu sei – João Amadeus riu. — Mas é útil tanto pra ele quanto pra mim que faça o papel de desmiolado da família. Foi ideia dele trazer as crianças sem avisar a Helena, sabia? Mas eu achei melhor assumir a responsabilidade, você sabe, direcionar a fúria da minha mocinha.

A música foi interrompida: "João, precisamos de você", disse a mesma voz onipresente do Centro Cívico. "Estamos tendo aqueles problemas elétricos de novo, e o Miguel está te procurando. E você sabe, quando Cristo quer falar com seu Deus, é melhor ouvir."

— Quem? – Tiago perguntou.

— O coronel Miguel Soares Cristo, o nosso chefe de segurança – explicou João Amadeus, consultando as horas no relógio de pulso. — O.k., Johan, vou terminar este café e já vou.

"Você toma café demais. Isso ainda vai te dar uma úlcera", ecoou a voz.

— Você é o meu médico agora? – resmungou João Amadeus.

"Não, eu sou a voz da razão, o teu Grilo Falante", retrucou Johan, e desligou.

João Amadeus ergueu o braço para o atendente e tirou do bolso um maço de notas coloridas. Não que precisasse pagar a conta em seu próprio parque, mas gostava da brincadeira.

— Toma um dinheirinho pra comprar um doce pra você – falou a Tiago, no mesmo tom que usava com seus netos, e entregou-lhe notas coloridas de um, cinco, dez, cinquenta e cem, cada qual com o rosto de um personagem diferente dos quadrinhos de Tupinilândia.

— O que é isso? Parece dinheiro de Banco Imobiliário.

— São tupiniletas. É o nosso próprio dinheiro. Uma solução que encontramos pra driblar a inflação. Quando abrirmos, todas as nossas lojas só vão aceitar essa moeda. Os turistas trocarão os seus cruzeiros na chegada. Podem até levar pra casa, se pretenderem voltar, porque a ideia é que os preços em tupiniletas sejam sempre os mesmos. Só precisaremos atualizar as tabelas de conversão.

— Então tupiniletas valem mais do que dinheiro – concluiu Tiago com um sorriso, guardando as suas no bolso. Foi quando percebeu as câmeras.

— O parque inteiro é vigiado?

— Todas as áreas públicas são. Temos um sistema muito bom de vigilância. Venha comigo, você precisa conhecer o resto da equipe do parque. E quero conversar a sós com você, na verdade. Tem algo que preciso contar pro Beto e pra Helena e ainda não sei como que... é raro ter toda a família reunida, mas não quero pôr mais peso nos ombros de ninguém...

João Amadeus distraiu-se olhando o balcão da confeitaria, onde o funcionário tirava quindins e pastéis de santa clara de caixas de papelão e os ajeitava num vistoso expositor envidraçado. Tiago notou que o expositor se dividia em duas sessões: *monarquistas* e *republicanos*. Percebeu não só que eram os mesmos doces em ambos os lados, como também eram dispostos de modo idêntico.

— Os docinhos são iguais não importa de que lado estejam, não é? – perguntou.

— Hmm? Sim, claro que sim – disse o velho, olhar perdido, bebendo o último gole de café e terminando seu doce. — Neste país sempre são. Vamos?

Aeromóvel

Nas capitais brasileiras, não raro o tempo de viagem de um aeroporto até os centros urbanos chega a ser mais longo do que o próprio voo entre as cidades. Pensando nisso, ao longo da década de 70, o inventor gaúcho Oskar Coester largou o trabalho na Varig e se dedicou a desenvolver um novo sistema de transporte pneumático que se caracterizasse por leveza e agilidade. O sistema funcionaria com veículos tubulares em via elevada, semelhantes a monotrilhos. Inspirava-se em barcos à vela, mas onde a vela ficasse na parte inferior, dentro de uma tubulação com vento. Batizou-o de Aerodynamic Movement Elevated, ou Aeromóvel, e, com o apoio do governo e da Universidade Federal do Rio Grande do Sul em 1980, uma linha inaugural começou a ser construída na cidade de Porto Alegre. Passados dois anos, porém, o governo mudou: se por um lado o novo ministro dos Transportes achou tudo uma bobagem, por outro se dizia à boca pequena que as empresas de ônibus da capital gaúcha pressionaram pelo fim daquela experiência que ameaçava seus monopólios. Mas João Amadeus Flynguer estava atento. O sistema era perfeito para seu empreendimento: limpo, silencioso e plenamente automatizado, com capacidade para atender até vinte e cinco mil passageiros por hora. Em segredo, contratou Coester para implementar seu invento em Tupinilândia.

O carro parou em silêncio diante da plataforma elevada, e as portas se abriram. Uma voz suave anunciou: "Estação Centro Cívico" e, em seguida, complementou: "Crianças menores de dez anos devem estar acompanhadas". Os três saíram correndo apressados.

— Crianças! - chamou a babá, dona Matilde.

— Mas a gente já tem *onze*!

Helena os aguardava na plataforma ao lado do irmão. Abraçou os filhos, perguntou da viagem e se já tinham tomado café da manhã. Perguntou a dona Matilde se haviam se comportado. Mas os meninos só tinham olhos para aquele grande vão central, para o domo envidraçado e a Torre de Controle se impondo à visão.

— É isso que você e o vovô estavam construindo? – José perguntou à mãe.

— Parece um shopping grande – disse a menina. — Pessoas de verdade vão morar aqui?

— A Luísa não gosta de shopping – lembrou seu irmão Hugo.

— Eu *gosto* de shopping – protestou ela. — Eu não gosto é do monte de pessoas nele.

Mas era verdade, ela não estava tão impressionada assim, ao contrário de seus irmãos. Aquele lugar, em seu entendimento, era o que vinha drenando as forças de sua mãe, afastando-a da família, exigindo mais horas do que deveria se exigir da mãe de alguém. Era injusto e fazia com que nutrisse um sentimento rancoroso, ressentido, de competição com o parque. O fato de ser criação de seu avô e pertencer à sua família era irrelevante, ela não fazia essa associação. Para ela, Tupinilândia era como uma entidade maligna. Como nos filmes de aventura, era um altar para um deus caprichoso, onde muita coisa vinha sendo sacrificada. Olhou para a mãe, que conversava com a babá sobre os quartos onde ficariam hospedados e sobre o que comeriam de lanche da tarde, quando viu um carro elétrico se aproximar das escadarias na base da plataforma do aeromóvel. Na hora, reconheceu o indefectível terno branco e colete do avô, que desceu do carro, olhou para cima e abriu os braços.

— Vovô! – gritaram os trigêmeos, descendo aos pulos a escadaria.

O avô repetiu as mesmas perguntas da mãe: como foram de viagem, se já haviam comido, se estavam cansados e, o mais importante, o que queriam ver primeiro. Cada um queria uma coisa diferente, e o avô sugeriu que fizessem então uma votação. Luísa, sabendo que os gostos de seus irmãos tendiam a convergir em rumos opostos aos dela, previu que seria voto vencido e protestou:

— Nós não somos siameses!

Coube ao tio Beto intervir em favor da conciliação: propôs que cada um dos três escolhesse uma atração, que ele se dividiria com sua mãe e a babá para levá-los, mas Helena o interrompeu – ela precisava receber e guiar um grupo de patrocinadores em meia hora.

— O.k., eu fico com os meninos então – disse Beto – e a Matilde com a Luísa, que tal?

A babá, aliviada com a ideia de ter que zelar por só uma das crianças e não as três ao mesmo tempo, concordou rápido. Todos, incluindo as crianças, se voltaram para Helena.

— Estão esperando que eu dê a palavra final? - ela perguntou, sentindo-se acuada.

— Sem nenhum ponto negativo? Nenhuma iminência de catástrofe? - provocou Beto.

— Eu não... - a voz rachou, num tom inseguro e agudo de indignação que só sua família conseguia trazer à tona, uma dinâmica familiar que reservara a ela o papel de sempre objetar a tudo. Respirou fundo e olhou para os filhos. — Não, não vejo problema nenhum. Acho até que é melhor assim.

— De volta pro aeromóvel, crianças - animou-se Beto, comandando os sobrinhos.

— Esperem! - disse o avô, e, puxando sua melhor imitação de Silvio Santos, tirou um maço de tupiniletas do bolso: — "Quem quer dinheirooo?".

Feita a divisão de crianças, partiram. Helena acenou para eles, com um sorriso constrangido, ao lado do pai e de Tiago. Olhou para este último e lhe perguntou, de modo brusco e direto:

— Você deve estar tendo uma impressão horrível de mim até agora, não é?

— Eu não tenho que achar nada - disse Tiago.

— Todos nós somos gratos pelo seu esforço, querida - disse seu pai -, mas você está cobrando muito dos outros e de si mesma nisso tudo.

— Eu só quero que dê certo, papai.

— Eu também, princesa - disse João Amadeus. — Mas nem tudo vai dar certo. Aliás, pelo que o Johan me falou, algumas já não estão dando. É da natureza de algo assim que nem tudo funcione como deveria. Quando a Disneylândia inaugurou, nada funcionava direito. Eu sei, eu estava lá.

— Mas a Disneylândia ficava dentro de uma cidade normal - lembrou Helena. — Se algo der errado aqui, nós estamos muito longe da civilização.

— Minha filha - disse o velho, num sorriso condescendente -, aqui *nós somos* a civilização.

Controle

João, Helena e Tiago cruzaram a pé a praça em frente à Torre de Controle, cuja principal atração, entre canteiros ajardinados com flores e topiarias de Artur Arara e seus amigos, era um complexo relógio d'água de oito metros de altura, feito de vidro. João Amadeus explicou a Tiago que havia sido criados pelo físico e artista plástico francês Bernard Gitton, com a ideia de fundir artes e ciências, através de um sistema de sifões que dividiam a água colorida entre peças de vidro, sendo os cilindros para os minutos e os globos para as horas. Até o momento, só havia cinco como aquele no mundo todo. Dois estavam na Europa, e três no Brasil – sendo um em Tupinilândia e os demais nos shoppings Iguatemi de São Paulo e Porto Alegre.

— Você verá que arte e ciência são os dois pilares do nosso projeto – disse João Amadeus, empolgado. — Ao contrário de Henry Ford, não poupei em pesquisas.

E então, a Torre de Controle: seu projeto era de autoria do peruano Miguel Rodrigo Mazuré, em estilo brutalista, aproveitando conceitos nunca executados de um hotel na encosta de Machu Picchu. As portas envidraçadas da recepção se abriram automaticamente para os três. Uma mulher os esperava com uma planilha nas mãos, que foi entregue a João Amadeus enquanto todos entravam no elevador. "Controle", disse Helena ao elevador. A porta se fechou. Uma versão instrumental e sonolenta de "Aquarela do Brasil" começou a tocar, enquanto a secretária apontava na listagem quais convidados estavam chegando ao meio-dia e quais chegariam só no final da tarde.

— Os Jereissati chegam a que horas? – Helena perguntou, folheando a lista, e a secretária a ajudou a encontrar os nomes. Voltou-se para o pai: — O senhor não convidou o Jader Barbalho? Ele é o governador! Aliás, não tem nenhum político aqui, nem o seu amigo Andreazza. Por quê?

O velho suspirou.

— Pelo mesmo motivo que não quero ninguém da imprensa. Não é uma inauguração oficial, não quero política. É só um evento fechado, pros nossos amigos e patrocinadores – explicou.

— Se o Tancredo vier, não vamos ter como manter a imprensa de fora.

— Se o Tancredo vier.

O elevador parou, a porta abriu. Os três saíram para um corredor iluminado e cruzaram uma porta com o aviso "somente pessoal autorizado"; ali, João Amadeus passou um cartão e uma luz verde liberou o acesso. Entraram.

Tiago já havia visto aquela sala lá de baixo, do piso térreo do Centro Cívico, mas não sabia que ela era o centro de controle. A parede frontal era envidraçada num formato tríptico vertical, que dava visão para todo o interior da asa leste do domo – fosco por fora, translúcido por dentro. Na parede do fundo, oposta ao janelão, um *video wall* formado por cinquenta televisores de vinte polegadas exibia imagens de todas as áreas do parque em tempo real. As paredes laterais eram ocupadas por um mapa de Tupinilândia à esquerda e outro do Centro Cívico à direita. Várias mesas com multimonitores davam àquela sala a aparência de um pequeno centro de comando da NASA. E como estava frio ali dentro! Um termômetro digital na parede indicava: 18°C.

Um sujeito bastante atarefado estava imerso no que parecia ser a ilha principal, em frente aos janelões. À direita deles, e também bastante ocupado, estava Demóstenes do Nascimento, que viera com eles no helicóptero e os cumprimentou com um aceno desinteressado. No centro de tudo havia uma escultura curiosa, uma espécie de torre cilíndrica com o tamanho de um homem, toda segmentada e pintada num tom vermelho vivo, circundada por um anel que lhe pareceu formado por vários pufes plásticos alinhados. No geral, tinha a aparência de algo saído do filme *Tron*.

Por uma porta lateral, entrou um homem vestindo camisa cáqui e bermudas, apesar do frio. Tinha algo em torno de cinquenta anos, era magro, compacto e atlético para a idade, o cabelo cortado à escovinha e um vistoso bigode grisalho.

— João, aí está você! E o reforço na equipe de segurança que eu pedi?

— Tiago, este é o coronel Miguel Soares de Santo Cristo, o nosso chefe de segurança – apontou João Amadeus. — E o meu paranoico favorito.

— Não é paranoia, João, considerando tudo o que pode dar errado aqui – resmungou Miguel. — Estamos isolados no meio do Pará. Pessoas podem pegar insolação, podem passar mal com a comida, podem beber demais e brigar, crianças se perdem. Eu estou repetindo isso faz duas semanas. E se no passeio de rio alguém cair no fosso das ariranhas *de novo*? Os cálculos foram refeitos, e não acho que temos pessoal suficiente. Eu preciso de mais gente. Ainda dá tempo de contratarmos.

— Tem animais de verdade no parque? – perguntou Tiago.

Havia alguns, explicaram. Mas a ideia de manter um zoológico com animais de verdade foi praticamente abandonada. Cada animal possui um horário biológico diferente, o que é um problema quando as coisas precisam funcionar em horários marcados. Além disso, alguns animais tinham comportamentos inconvenientes, como atirar fezes nos visitantes. Mesmo assim, do projeto inicial, acabaram ficando apenas com um serpentário, um aviário e um macacário, além das ariranhas.

— São só três dias, Miguel. Vamos tocar o barco por três dias, depois analisamos as falhas e corrigimos, está bem? O que a "voz da razão" pensa disso?

O homem na ilha de controle principal girou na cadeira, virando-se para eles.

— Neste momento a "voz da razão" está mais preocupada em fazer os sistemas automáticos funcionarem – retrucou a mesma voz de timbre grave que Tiago escutava ecoar pelo parque até então. E completou: — Como *supostamente* deveriam.

Tinha cerca de quarenta anos. Vestia uma jaqueta cinza-chumbo de sarja sobre uma camisa branca de gola rulê, óculos de aros redondos, a cabeça calva e lustrosa. Tinha um ar levemente irritado, cansado, típico de gente pragmática e impaciente – e Tiago não conseguiu disfarçar sua surpresa ao notar que o homem era negro.

— Tiago, este é o nosso engenheiro-chefe, Johan Karl Riques da Silva – apresentou o velho.

— Ah, se eu ganhasse um cruzeiro cada vez que vejo essa cara de surpresa... – disse Johan. – ... com a inflação que estamos, eu continuaria na mesma. Não se iluda com o meu nome, *ich bin ein brasilianer*. E não querendo tranquilizar ninguém, que o meu papel aqui está longe de ser esse, mas ainda não está confirmado que o Tancredo virá, coronel, então vamos nos focar no problema que temos. Aquela falha nos telefones semana passada? Se repetiu nas portas de segurança ontem pela manhã, e agora se espalhou para o sistema de automação dos dinossauros e dos piratas. Se os bonecos tiverem um ataque epilético toda vez que a energia oscilar, teremos um problema.

De sua ilha de terminais, Demóstenes tomou as dores de seu sistema.

— Não se "repetiu", são coisas diferentes – disse. — São falhas elétricas, não de software.

— Falhas elétricas? – riu Johan. — Os brinquedos funcionam, mas os comandos não respondem como deveriam. É claro que é um problema de software. As três falhas repetiram o mesmo padrão, e os brinquedos ficaram não responsivos.

— O que quer dizer não responsivos? – questionou Tiago.

— Nós perdemos temporariamente o acesso remoto – explicou Johan.

— Mas eles estão funcionando agora? – perguntou João Amadeus, preocupado.

— Sim, os brinquedos estão funcionando, sempre estiveram. – Demóstenes revirou os olhos, irritado. — É só alguém ir até lá e operá-los diretamente. O sistema funciona.

— A *maldita* razão de termos centralizado tudo nesta *maldita* torre é justamente não precisar ter alguém lá operando os *malditos* brinquedos, *caralho!* – protestou Johan.

— Gente, calma – pediu Cristo.

Ocorreu a Tiago que era como assistir a uma partida de tênis, com ele, Helena, o velho e o coronel virando o rosto de um lado para o outro naquela discussão interminável. Quando Demóstenes bufou irritado, Tiago chegou até a sentar num daqueles pufes que circundavam a torre vermelha, pronto para assistir à tréplica. Dito e feito.

— A escala da programação aqui é maior do que a que os americanos usam pra mandar foguete pra Lua, está bem? Uma coisa desse tamanho nunca foi feita no Brasil – protestou Demóstenes. — E não é *um* sistema, são cinco, um pra cada parque e mais essa minicidade automatizada. Que vocês decidiram construir bem no meio da selva amazônica. A umidade se condensa no equipamento, o calor pode prejudicar o desempenho, existe um milhão de possibilidades físicas que podem prejudicar o funcionamento do sistema. E não fui eu quem escreveu o código da programação. Bem, talvez você tenha mexido em algo que não era pra mexer, e fez cagada – alfinetou, girando na cadeira de volta ao seu terminal, e dando as costas para Johan. — Sabe como é, quando não fazem na entrada... enfim.

— O que você ia dizer? – Johan se levantou da cadeira.

— Calma – disse João Amadeus. — Estamos recebendo os nossos primeiros visitantes e eu só preciso que o parque funcione por dois dias e meio, se não for pedir muito. Colocaremos pessoas operando diretamente os brinquedos que deram problema, paciência, e depois se revisa o sistema pra ver o que pode ter acontecido. Por falar nisso, minha filha... – apontou o *video wall*.

Helena viu numa das telas que o primeiro grupo de patrocinadores já estava reunido à sua espera. Por que ninguém a avisara antes? Saiu apressada com um único pedido: *façam funcionar*.

Tiago ergueu a mão, curioso: já que era seu o papel de biógrafo daquele empreendimento, queria entender como faziam para automatizar os parques e a cidade por aquela sala.

— Nós utilizamos um sistema chamado Abordagem Eletrônica Integrada – explicou Johan. — Foi desenvolvido primeiro pra uso militar, pra detectar o lançamento de mísseis, e depois foi adaptado pra parques temáticos no mundo todo. É o que a DisneyWorld usa, por exemplo. Ele monitora tudo, de passeios a consumo de energia, através de um sistema central de computadores. Isso faz com que qualquer brinquedo que apresente falhas seja imediatamente desligado.

— Que é o que está acontecendo – concluiu Tiago.

— Não. Os brinquedos não estão falhando. – Lançou um olhar de soslaio para Demóstenes. — É o sistema que está se desconectando deles, em ciclos regulares. Bem, é um sistema complexo.

Tiago não entendia muito de informática – não entendia quase nada, na verdade –, mas sabia o mínimo para supor que a quantidade de dados gerada por um sistema tão complexo assim deveria necessitar de computadores igualmente poderosos.

— Vocês devem ter um mainframe enorme.

— Bem, você está sentado nele, neste momento – disse João Amadeus.

Tiago se levantou num salto, constrangido e assustado ao mesmo tempo, e se voltou para aquela torre vermelha e segmentada. Esse era o mainframe do parque? Esse, explicou Johan, levantando-se de sua cadeira e se aproximando do grupo, era um Cray XMP, um supercomputador com dois processadores operando em conjunto, capazes de processar quatrocentos milhões de operações por segundo. A título de comparação, isso era uma capacidade de processamento mil vezes maior do que o mais moderno computador pessoal, como o recém-lançado Apple Macintosh. Ao redor das torres, estavam trinta e dois discos rígidos com capacidade de 1,2 gigabyte cada um, totalizando trinta e oito gigabytes de capacidade de armazenamento, com velocidade de transferência de um megabyte por segundo.

E antecipando-se à pergunta que inevitavelmente seria feita, João Amadeus respondeu:

— Catorze milhões de dólares – e sorriu. — Dez pelo computador, mais cento e vinte e cinco mil por cada disco rígido. Só não me peça pra converter isso em cruzeiros, que só ele próprio pra computar.

Tiago assoviou, impressionado. Johan explicou que, embora os brinquedos pudessem ser operados direto em suas áreas, todos possuíam acesso remoto, de modo que tudo podia ser gerido daquela sala usando o mínimo de pessoal. Um computador só não podia servir sorvete e fritar um bife, mas, de resto, até as bilheterias foram automatizadas, graças a essa nova tecnologia dos códigos de barras, aplicados nas cédulas de tupiniletas.

— Você não faz ideia da quantidade de máquinas que temos espalhadas por aqui – disse Johan. — Eu posso te mostrar o desenho da estrutura do nosso banco de dados. É como um sistema nervoso central, e cada parque possui os seus pontos de distribuição. Pra não sobrecarregar o sistema e o fluxo de dados, sabe? Eu posso desconectar um dos parques do sistema central, e deixá-lo sendo operado de modo independente, por um técnico no local. Ao todo, deve haver cerca de cem microcomputadores espalhados entre os quatro parques e o Centro Cívico.

— Todos fabricados no Brasil – completou João Amadeus, orgulhoso.

— Bem, os processadores são americanos – corrigiu Johan. — Mas de resto, sim.

Apontou as estações de trabalho da sala de controle: eram microcomputadores Cobra 210, produzidos no Rio de Janeiro. Cada um era composto de dois módulos idênticos: o primeiro continha o monitor, de doze polegadas, que podia exibir até vinte e seis linhas de texto, e o outro abrigava os drives de disquetes. Cada um possuía sessenta e quatro kilobytes de memória RAM, e máquinas como aquela estavam espalhadas por toda a Tupinilândia, em média vinte para cada área.

— O que faz com que, mesmo que desconectássemos o Cray, ainda assim cada parque teria uma capacidade combinada de processamento suficiente pra mantê-lo funcionando – anunciou, para então concluir: — Você não está entendo nada, né?

— Entendo que a coisa funciona – sorriu Tiago. — Mas vou ficar mais impressionado quando vir o resultado do trabalho disso tudo. – Voltou-se para João Amadeus: — O que faz com que eu me pergunte: e agora, qual seria o próximo assombro?

— Agora você vem comigo – disse João Amadeus. — Que o show vai começar.

País do Futuro

O Pavilhão da Aviação Varig era um domo de design futurista, de linhas de ação dramáticas e onduladas, cores vibrantes e efeitos cromados – um futuro dos anos 50, da Era do Jato. A entrada se dava por uma rampa que os conduzia a um salão enorme, dominado pelo bico e cabine em tamanho real de um Boeing 747-400 da Varig. Quando o primeiro grupo estava reunido e pronto para embarcar, uma sirene soava e o bico se erguia, como fazia na vida real para receber cargas. Era parte da ideia de João Amadeus que, mesmo nas antessalas de cada brinquedo, os hóspedes já fossem imersos na narrativa a que seriam apresentados. E só aquele efeito de entrada, o erguer do bico do Boeing, visualmente poderoso como era, fora caríssimo, necessitando que o salão da bilheteria tivesse um pé-direito muito alto. Mas Beto concluiu que valia a pena, pelo encanto deslumbrado que via no rosto dos hóspedes e no de seus sobrinhos.

Entraram. Carrinhos de visual futurista chegaram deslizando. A capacidade era de quatro ocupantes em cada, e neles se iniciava um passeio movido por trilhos engenhosamente ocultos, contando uma versão simplificada da história da aviação por meio de projeções e audioanimatrônicos, que incluíam uma volta pela Torre Eiffel ao lado do *14-Bis* pilotado por um boneco animatrônico de Santos Dumont, depois uma batalha aérea da FEB na Segunda Guerra Mundial e o embarque num jato. Na saída, Beto perguntou quem estava com sede.

O Passeio Modernista era a rua central do parque País do Futuro. Ali não havia nostalgia ou conto de fadas: as superfícies eram curvilíneas e sólidas, as estruturas eram massivas, sinuosas e frias. Desenhada por Olavo Redig de Campos, que não vivera o bastante para vê-la concretizada, era uma via ampla e larga, dominada por um estreito espelho d'água, de traço ondulado. Os ladrilhos azuis davam à água um tom ciano, contrastando com a brancura do concreto das lojas e restaurantes em seu entorno. Seus canteiros se alternavam entre gramados ondulantes de coloridos distintos e outros intensamente floridos, e haviam sido projetados por Burle Marx. O uso de aço inoxidável, alumínio polido e baquelite dava forma a objetos com linhas aerodinâmicas e futuristas, onde tudo era limpo, ordenado e dominado pela sinuosidade das *streamlines*, que buscavam traduzir nos objetos o sopro da velocidade e da potência tecnológica. Por trás de tudo, aquela sensação otimista de que, no futuro, a indústria privada poderá superar todos os problemas da sociedade, mesmo que fosse ela própria a causa geradora deles.

Ao final da rua, como se estivesse pronto para utilizá-la como pista de decolagem, havia um imenso quadrimotor Douglas DC-7 cromado, dentro do qual ficava o Restaurante Aviação. Entre as atrações principais, havia a Boneca Eva, uma réplica que circulava pelo país. Era uma escultura de mulher gigante, deitada de bruços, oferecendo a experiência de explorar o interior do corpo humano num festival de luzes e sons, construída pelo nada módico custo de quinhentos milhões de cruzeiros. Circundando o País do Futuro, a Montanha-Russa Grasslite seria anunciada como a maior da América Latina quando Tupinilândia fosse oficialmente inaugurada. O Cinerama Sukita, instalado num prédio que lembrava uma estação espacial sessentista, tinha sessões regulares de documentários com uma tecnologia de projeção tripla sobre tela curva – algo que já estava saindo de moda no exterior, mas que nunca havia propriamente chegado ao Brasil e, portanto, ainda era novidade aqui. E uma sala de cinema anunciava sessões de *Marcelo Zona Sul* e *Os Trapalhões no rabo do cometa*.

Já no Minimundo Lacta, barquinhos moviam-se por canais entre modernas maquetes audioanimatrônicas de grandes cidades brasileiras, acompanhados por uma grudenta versão musicada da "Canção do exílio" de Gonçalves Dias que parecia cantada por um coro de esquilos. Quem a escutasse ficava condenado a ter "minha terra tem palmeiras onde canta o sabiá" grudado na cabeça.

Porém, nada superava em bizarrice o Pebolim Gigante da CBF, onde os visitantes entravam dentro de um pebolim gigante e eram presos pelas costas a grandes barras transversais, que iam de um lado para o outro aleatoriamente, enquanto tentavam chutar bolas a gol e marcar pontos.

Mas os meninos estavam com sede. Havia a Frutaria Maguary e um quiosque de chás gelados do Mate Leão, mas, naturalmente, sendo crianças, preferiram algo mais colorido e artificial. A grande atração era a Fantástica Fábrica Frisante, uma lanchonete futurista operada pelo Bob's, cuja principal atração era um paredão com self-services de refrigerantes nacionais, organizados por regiões. Ali cada um podia se servir quantas vezes quisesse durante meia hora, se comprasse um dos grandes e coloridos copos plásticos personalizados com os personagens dos quadrinhos de *Tupinilândia*. Cada um se serviu de um sabor diferente: do Rio de Janeiro, Beto escolheu guaraná Mineirinho, José pegou Fruki Laranja do Rio Grande do Sul, e Hugo serviu-se no Mato Grosso com Marajá Limão.

Depois disso, os três se dirigiram à atração que os meninos mais ansiavam conhecer: um prédio baixo em forma de disco, com chamativas letras cromadas iluminadas onde se lia: FLIPERÓPOLE GRADIENTE. Os fliperamas foram a febre das praias no verão passado, e agora se consolidavam como a febre da década. O interior da Fliperópole era escuro, iluminado com neons por todo canto, tomado pelos sons eletrônicos de *pinballs* e fliperamas, enquanto "Computer World" do Kraftwerk tocava no som ambiente. Ali Beto sabia que era quase tudo importado: o nacionalismo de seu pai precisava fazer concessões tecnológicas aos estrangeiros.

— Nossa, tio, olha isso! Olha isso! – apontou Hugo, emocionado. — Entramos no futuro!

Em meio a tantas máquinas, as duas principais atrações eram nacionais, ao menos em parte: foram encomendadas e adaptadas sob medida para Tupinilândia, e eram as coisas mais genuinamente futuristas de todas aquelas traquitanas: o Senta a Pua! e o Xisto no Espaço. Baseavam-se em simuladores de voo de movimentos hidráulicos, do tipo que se usava para treinar pilotos militares e comerciais, fabricados na Inglaterra. As cabines estavam suspensas sobre plataformas Gough-Stewart, uma base de seis juntas prismáticas de macacos hidráulicos, que eram controladas conforme os movimentos do jogador. No Senta a Pua!, o jogador pilotava os P-47 Thunderbolts usados pela FEB na Segunda Guerra. Já Xisto no Espaço oferecia a temática espacial do livro de Lúcia Machado de Almeida, com uma simulação de campo de estrelas. Como eram equipamentos muito caros, havia somente quatro, dois para cada jogo, motivo pelo qual se formava uma fila. Mas a ação inteira de cada partida nunca durava mais do que quatro minutos, em parte pela inabilidade dos jogadores novatos, e assim a fila andou rápido.

— Alguém quer mais refrigerante? – perguntou Beto, depois de jogarem no brinquedo.

É claro que queriam. Voltaram às máquinas com seus copos plásticos em mãos e se serviram de mais: desta vez, Beto escolheu Gengibirra Cini do Paraná, José foi no Amazonas pegar guaraná Tuchaua, e Hugo escolheu Mate-Couro de Minas Gerais. Sentaram-se numa das mesas da lanchonete e observaram o movimento.

— Sabe, tio Beto, você é o nosso tio favorito – disse Hugo.

— Bem, convenhamos que eu faço por merecer.

— Um dia isso tudo vai ser de nós todos, não é mesmo?

— Ih, não, obrigado – Beto riu. — Eu deixo a minha parte pra vocês três.

— Ué, por quê?

— Meninos, marquem o que eu digo: isso aqui vai ser só dor de cabeça.

Os meninos balançaram a cabeça concordando em silêncio, ainda que não concordassem, nem faziam ideia de por que seu tio era pessimista em relação ao parque. José e Hugo tomaram mais um gole de seus refrigerantes e se entreolharam. Foi José quem lançou a pergunta:

— Você não vai morrer daquela doença, né?

Beto engasgou. Olhou atônito para o menino.

— Quê? Não, não vou. De onde saiu isso?

— É que o papai disse que todos os gays vão morrer de aids.

— O seu pai abandonou vocês e foi morar com a amante em Recife, querido - retrucou, com calma fingida e roncando o copo. — Em quem você acredita mais, nele ou em mim?

— É, tem razão. - O menino se encolheu nos ombros, cabisbaixo.

— Mas por que você acha que o parque vai dar errado, tio? - perguntou Hugo.

— Não acho que vai dar errado, querido. É só que, pra dar certo, o esforço vai ser tão grande que não vai valer a pena. Mas não contem isso pro vovô, ou ele fica triste. Isso aqui é tudo pra ele. Sabem, é uma coisa que passa de geração em geração na nossa família, essa vontade de fugir junto com o circo. O bisavô de vocês comprava salas de cinema, sabiam? Mas o avô de vocês foi além, e fez ele próprio um circo pra viver dentro. E esse é o problema. Sabem por quê?

— Porque agora ele não tem mais pra onde fugir? - Hugo perguntou.

— Exato, querido.

Terra da Aventura

— A senhora sabia que os alossauros caçavam em bandos? A senhora sabia que estauricossauro significa "lagarto Cruzeiro do Sul" e eles são os dinossauros mais antigos do mundo? A senhora sabia que cearadáctilo quer dizer "dente do Ceará"? A senhora sabia que...

A menina continuou, eufórica, quando as duas caminhavam para fora do pavilhão.

— Luisinha, minha querida, não é bonitinho uma menina saber todos esses nomes complicados e feios – disse a babá Matilde, cujo hábito de tratá-los no diminutivo, antes inócuo, agora a incomodava bastante. E ainda completou: — Vamos fazer um lanchinho agora?

Luísa suspirou, resignada. Em tempos recentes, começou a perceber que suas opiniões, seus comentários e sua voz, de modo geral, eram ignorados pelos adultos à sua volta. Principalmente depois do divórcio dos pais, sentia que sua presença na vida deles era apenas decorativa: alguém para ser apresentada nas fotos, alguém cuja presença era parte de um quadro maior ("a família feliz"), mas que, quando se movia por conta própria, não gerava interesse nenhum. Era apenas um incômodo. Suas vontades eram atendidas pelos adultos, que o faziam com a displicência de quem pressionava botões ou preenchia formulários. Ninguém realmente se importava.

Havia coisas das quais ela gostava mas não falava, esperando para ver se alguém perceberia. Ninguém percebia. Coisas que ela pensava e guardava para si, porque não adiantava dizer, já que ninguém escutaria. Foi emblemática a ocasião, a única de que se lembrava, em que saiu para jantar sozinha com seu pai, sem a companhia dos irmãos. Finalmente, ela pensara, poderia ser apenas ela, uma única pessoa, e não a terça parte de um coletivo chamado "as crianças", como eram apresentados em festas e ocasiões sociais. Ela olhou o cardápio e lembrou do continho que lera na escola e a fizera gostar de ler, da menina que queria comer lasanha. Pediria uma lasanha, sim, uma só para si, que não precisaria dividir com os irmãos. Mas seu pai insistiu que comessem camarões e ela riu da ironia, que só ela notava. Bastava resumir que ao final ela teve sua lasanha por birra, e seu pai contrariado ficou com os camarões, mas descontou a raiva no pobre do garçom que não tinha nada a ver com isso. Seu pai sempre descontava a raiva nos garçons. Seu tio Beto, que nunca escondeu a antipatia pelo cunhado, comentou uma vez que "um homem de verdade não pode perder a paciência com três coisas: mulher histérica, criança chorando e garçom atrapalhado".

Agora ela e a babá chegavam à praça de alimentação da área de compras, com seus sobrados estilizados como as ruínas de uma cidade perdida marajoara, em tons terrosos alaranjados, padrões indígenas, telhados de palha e flâmulas balançando ao vento. Garçons e garçonetes, fantasiados de índios, corriam de um lado para o outro de patins a entregar lanches, e dona Matilde resmungou que aquelas roupas "estavam muito curtas, quase indecentes". Mas Luísa achou o lugar lindo, aventuresco, realmente empolgante. As janelas das lojas ao longo da rua eram repletas de mostruários coloridos, lustrosos, brilhantes, as portas estavam abertas, as prateleiras lotadas, cada detalhe criando uma sensação de conforto e intimidade. E então escutaram uma música.

Vote no brigadeiro, que é bonito e é solteiro!

A placa anunciava: BRIGADERIA EDUARDO GOMES. Era uma loja de doces, decorada com cartazes em versão pop art de uma campanha política que ninguém mais lembrava. A babá Matilde estancou no caminho, chocada. Isso era da sua época! Arrebatada pela memória, foi como se voltasse à juventude: o brigadeiro! Que homem lindo! Pena que falava tanta bobagem na campanha e não se elegeu. Ela mesma fora uma das muitas que, apaixonadas pelo galante militar que se candidatou à presidência em 1945, se reuniram para fazer aqueles docinhos de leite condensado e chocolate que serviam em seus comícios, entrando para a história como "docinhos de brigadeiro".

— O vovô disse que lá no Sul chamam de "negrinho" – lembrou Luísa.

— Hmm. Corja de getulistas – retrucou a babá, arrastando a menina loja de doces adentro.

Nas prateleiras, os brigadeiros eram dispostos em bandejas metálicas coloridas, cada um dentro de forminhas de papel que fazia com que parecessem flores. Eram uma extravagância de anilina em cores que a mãe natureza não fornece, senão por insuspeitos meios químicos: do chocolate tradicional aos beijinhos de coco, brigadeiros brancos, cajuzinhos, mas também em sabores de frutas como morango, cupuaçu, café, tangerina, abacaxi, doce de leite, ameixa e pitanga. Dona Matilde, de tão emocionada, foi pegando compulsivamente um de cada, sempre perguntando a Luísa: quer um desse? E desse? Acho que vou pegar desse, quer também?

Depois, sentadas na varanda da brigaderia, Luísa notou que sua mãe passava pela rua guiando um grupo de homens em camisas polo e bermudas, mas não disse nada à babá. Sabia que a mãe não iria gostar de ser importunada.

O cenário simulava um depósito de cargas de um porto, com pilhas labirínticas de contêineres ao fundo, guindastes, cordas e passarelas. Era amplo como um lote de estúdio de cinema, todo coberto, uma plateia com capacidade para trezentas pessoas que no momento abrigava apenas cinquenta, mas era um bom público inicial. De microfone em mãos, a apresentadora explicava à plateia que o que veriam agora seria como o *making-of* dos "enlatados" americanos, as séries de tevê que povoavam a programação nacional, mas com um gostinho mais brasileiro. Enfatizou que era tudo feito por profissionais com anos de experiência e que ninguém deveria se arriscar a tentar reproduzir aquilo sem o devido preparo. Eis o nosso cenário, ela disse à plateia: o terminal de carga de um porto, onde contrabandistas estão tentando trazer mercadorias ilegais ao país. O policial de plantão pediu socorro por rádio, mas foi rendido e feito prisioneiro pelos temíveis bandidos.

— É hora de entrar o nosso astro!

Era sua deixa. Leonardo baixou os visores e pôs as mãos enluvadas no volante da motocicleta preta e amarela, cores da polícia rodoviária. Os alto-falantes reproduziram latidos de cachorro. Um cão pastor de lenço no pescoço entrou correndo e atacou um dos "bandidos" em cena. Leonardo roncou o motor e acelerou – estava a cerca de cem metros dos fundos do palco, distância suficiente para aquela acrobacia. A moto correu, saltou por uma rampa e rompeu a parede de papel, para que ele surgisse triunfante no palco, a moto saltando no ar. Bateu no chão, faíscas, deu uma volta, inclinou a moto e a equilibrou com o pé, pose heroica. A plateia bateu palmas. Os bandidos sacaram suas pistolas e deram tiros que só existiam nos efeitos sonoros. Ele se atirou para trás de um caixote, sacou sua arma cenográfica e "disparou", derrubando uns, enquanto outros vieram em sua direção e encenaram uma troca acrobática de socos, pulos e pontapés, alguns resultando em ágeis piruetas cartunescas. Ao final, o "vilão" pegava uma misteriosa bolsa e saía correndo na direção de um jipe. Ele atirou, e um dispositivo hidráulico fez o jipe saltar nas rodas traseiras e capotar se enchendo de chamas, sem nunca realmente tocar o chão. Uma voz gritou: "Corta!". Palmas.

O cão, quebrando o script, urinou numa parte do cenário.

— Senhoras e senhores, o Vigilante Rodoviário! – anunciou a apresentadora.

Mais palmas. Leonardo ergueu as mãos, recebendo a saudação, e pegou o microfone.

— Obrigado, obrigado. Agora, por favor, precisaremos de um grupo de voluntários, um grupo de voluntários pra testar a magia da televisão, quem se habilita?

Era tudo encenado, ele sabia que devia escolher um grupo específico, os sete homens de meia-idade usando bermuda e camiseta que eram ciceroneados por Helena Flynguer. Eles entraram, e vestiram fantasias de cientistas por sobre as roupas comuns.

— Vamos lá, pessoal, vamos pôr pra fora o ator que existe em vocês, vamos mostrar o seu talento! – pediu ao grupo, que descia da arquibancada para entrar no palco, enquanto o cenário atrás deles, da pilha labiríntica de contêineres, abria-se lateralmente, revelando por trás outro cenário, uma base aérea com torres do tamanho de prédios de três andares e um foguete numa plataforma de lançamento, com cerca de trinta metros de altura. — A coisa mais importante numa filmagem é seguir as suas instruções. Isso, e se divertir aos montes também. Vocês estão se divertindo? O senhor está se divertindo? Venha aqui, qual o seu nome? Vamos fazer uma cena pra plateia, eu atiro no senhor, e o senhor morre. Vamos lá? Faça a sua melhor cena de morte, senhor!

Sacou a pistola e o efeito sonoro de um tiro ecoou na arena. Entrando no espírito da brincadeira, o homem fingiu o tiro, dobrou os joelhos e se atirou ao chão. Leonardo esticou o braço para ajudá-lo a se levantar, e pediu palmas para ele. A plateia aplaudiu. Então se voltou para Helena.

— E a senhorita agora, me ajuda numa demonstração? Vamos mostrar como se dá um soco cenográfico. Vamos, tente me acertar um soco.

Helena o encarou, nervosa. Não haviam combinado nada disso. Não estava no script.

— Vamos, vamos, tente me acertar um soco.

Ela obedeceu. Ele caiu para trás de imediato. Ela o acertara? Não sentira nenhum impacto na mão, mas ele caíra de um jeito tão verossímil que ela ficou em dúvida.

— Eu... te acertei?

— Nossa, que mão pesada a senhorita tem, hein, patroa? – disse Leonardo, piscando o olho para ela. — Mas tudo bem, já levei piores. Vamos, vamos de novo. Com mais força agora.

Ela obedeceu. Dessa vez, teve certeza de que não acertara: ele recuou o pescoço a tempo, mas fingiu cambalear, caiu de costas no chão jogando o peso das pernas para o alto, deu uma cambalhota usando a cabeça como eixo e caiu de barriga, num movimento digno do Pernalonga.

A plateia riu, e Helena respirou aliviada. Leonardo se levantou num salto. O cenário atrás dele já estava montado, pronto para a segunda parte da apresentação. Pegou de volta o microfone e pediu uma salva de palmas para seus voluntários, dando outra piscada de olho para Helena. Ela o encarou, entre a surpresa e a incredulidade: é típico de quem confia bastante nas próprias habilidades físicas, Leonardo era brincalhão e gostava de improvisar. E como acontecia com atores, era difícil dizer se estava só brincando ou se realmente estava flertando com ela.

Tiago passou a tarde flanando pelos quatro parques. Impressionava-o a tecnologia de cada atração. Muitas eram novidades somente no Brasil, mas ainda assim traziam aquela sensação palpável de terem finalmente chegado ao futuro. Explorava agora o interior de uma das onipresentes lojas oficiais de Tupinilândia, olhando a etiqueta de cada produto para testar o alcance das intenções nacionalistas do velho Flynguer. Eram camisetas, mochilas, tênis, estojos, lancheiras de plástico e agendas escolares, lápis, canetas e carimbos, todos estampados com o rosto sorridente de Artur Arara e seus amigos nas cores vibrantes de Tupinilândia. Também havia cereais matinais licenciados, minichicletes coloridos, espuma de banho com embalagens no formato dos personagens e cabeças desatarraxáveis, caixas de biscoitos crocantes e bebidas instantâneas. Pedro Pede Suco era uma dessas, uma caixa com tabletes solidificados que vinham na ponta de varetas plásticas – a ideia era serem mexidas num copo de água com gás até dissolverem. Na embalagem, o rosto sorridente de d. Pedro II dizia: *quero já!*

A música de fundo foi interrompida.

"Tiago, o João pediu pra te ver", disse a voz de Johan.

— Tu sempre anuncias isso pra cidade inteira? – protestou, indignado.

"É claro que não, criatura, eu posso segmentar o isolamento do áudio", respondeu. "Só quem está nessa loja me escuta. Vai, não deixa o velho esperando, ele está no aquário. Você sabe onde é?"

— Não tem nenhum aquário no meu livreto.

"É porque não está pronto ainda. Eu te dou as indicações."

Aquário

Tiago olhou para cima, para o topo daquela parede de vidro composta por um mosaico de largas placas de vidro reforçado, com a altura de um prédio de três andares. Spots de luz instalados ao longo do leito do lago criavam uma iluminação de efeito dramático sobre algumas rochas. Seu olho captou um movimento: um cardume brilhante que passou nadando rápido, seguido por um peixe-boi, que parou diante dele e o observou curioso. Tiago e o peixe-boi se encararam, como se cada um estivesse um pouco surpreso de ver o outro ali. Então o animal nadou para longe, e mais adiante na água, a sombra imponente se revelou, imóvel e majestosa no fundo: um U-boat alemão, repousado sobre uma rocha, inclinado, com o bico apontando para cima. Tiago aproximou-se do vidro, tentando vê-lo melhor: havia um rombo na popa, uma bandeira nazista tremulando dramaticamente da torre do periscópio e o nome U-507 pintado no casco.

— Isso tudo é real? – perguntou a si mesmo, em voz alta. — Ou é uma projeção?

Havia perdido a capacidade de distinguir o que eram efeitos e o que era realidade ali.

— É claro que é real – disse uma voz nas sombras.

Olhou para o lado. João Amadeus estava sentado num conjunto de poltronas ao redor de uma mesinha, com uma luminária o ladeando, um copo cheio de refrigerante de um tom rosa elétrico e um exemplar do *Pato Donald* em mãos. Tiago não o notara ali, ainda não havia dado maior atenção àquele lugar, que por enquanto só podia ser acessado por dentro do Centro Cívico. Era um salão luxuoso, com um balcão de bar, um mezanino, mesas e cadeiras, tudo ligeiramente art déco, com suas linhas de ação geométricas e altivas.

Foi quando notou que os cartazes decorando as paredes, iluminados como se fossem estreias de cinema, eram antigos cartazes do DIP getulista com propagandas de guerra. Uma mão gigante esmagando um submarino nazi sob o lema "abrindo caminho para a vitória!". Um soldado heroico sob a bandeira brasileira dizendo "se não és reservista, ainda não és brasileiro!". Homens armados marchando sob a frase "guerra e equipamento". Uma mão moribunda que se erguia do mar, ao lado de um quepe da Marinha do Brasil boiando, onde se lia: "Este marinheiro do Brasil morreu... o que você tem feito até agora nesta luta pela liberdade?".

— Aqui será um restaurante? - perguntou Tiago.

— Sim, mas ainda não decidimos o nome - disse João Amadeus. — Que achou?

— É bem impressionante - apontou o aquário. — Onde estamos exatamente? Onde é isso?

O que estavam olhando era o fundo do lago artificial, explicou o velho. Naquele ponto específico, tinha mais de trinta metros de profundidade, para abrigar um passeio de submergível que ainda não estava pronto. Pensavam em acrescentar uma caravela naufragada ao fundo do lago.

— É um bocado de água - observou Tiago.

— O lago é formado por águas represadas do rio Xingu - explicou João Amadeus. — Isso garante que elas se renovem, mas podemos sempre fechá-lo em caso de cheias. E muitos peixes, pra garantir a limpeza natural das algas. Todas espécies nativas, claro.

— E esse submarino? Tem história? - Tiago sorriu. — Tudo aqui parece ter uma história.

João Amadeus sorriu.

— Esse submarino é uma réplica, claro. O original está perto do litoral de Santa Catarina. Foi o desgraçado que matou mais de seiscentos brasileiros em três dias na costa de Sergipe em 1942. Gosto da ideia de ter o submarino exposto ali, como um criminoso no cadafalso - disse o velho. — Você não faz ideia de como era boa a sensação.

— Qual? - perguntou Tiago, sentando-se na poltrona em frente ao velho.

— A de ter certeza absoluta de algo na vida, de sair às ruas e pedir por vingança e retaliação, por guerra e por sangue - disse o velho, apontando os cartazes de propaganda. — Eu vi as fotos dos corpos que foram dar nas praias do Nordeste, dos passageiros dos navios afundados. Havia crianças, inclusive. Os rostos comidos pelos peixes. Os desgraçados... e imaginar que tinha gente neste mesmo país nutrindo simpatia por eles. Tem até hoje, né? Você me perguntou uma vez se eu queria ter ido para a guerra, e eu desconversei. Mas a verdade é que eu queria. Se não tivesse sido escolhido, acho que teria sido voluntário. Não sei. Eu queria matar nazistas.

— E matou? – provocou Tiago.

O velho ficou em silêncio, mas por fim confessou:

— Matei. Matei com gosto. – Baixou a cabeça constrangido, pondo-se a folhear seu *Pato Donald*. — Na Itália, às vezes eu ia com outros oficiais no acampamento dos americanos, assistir aos filmes e desenhos, sabe? O Disney foi um que produziu muita coisa pros soldados. Os favoritos do pessoal eram sempre os do Pato Donald. – Ele ficou pensativo por um instante. — Com o final da guerra... bem, a sua geração não faz ideia do choque que foi. Digo, descobrir que existiam campos de concentração. Pode imaginar isso? A lógica industrial de eficiência e produtividade, a filosofia da linha de montagem, aplicada pra fabricar morte? É a essência do fascismo, e uma consequência natural dele, quando o culto à eficiência se soma ao culto da violência. Monstros, todos eles. Como algo tão indescritivelmente cruel pode ter sido concebido de forma tão racional, tão planificada? Henry Ford, esse grande monstro. Equiparou o ser humano a uma peça de máquina.

O velho entrou em outro de seus silêncios.

— Você gosta do Pato Donald, Tiago?

— Eu gosto, sim. Na verdade... – Tiago encolheu os ombros. — Ainda quando morava no Rio, uma vez dei um pulo em São Paulo pra tentar uma vaga como roteirista na Abril.

— Ah, que coisa. Veja só – o velho pareceu profundamente surpreso com isso. — Você e eu temos mais coisas em comum, afinal. Se eu soubesse disso, teria te contratado antes! Já temos histórias pra seis edições de *Tupinilândia*, mas sempre se pode encaixar algo. Mas, enfim, a minha irmã, como você bem sabe, também gostava muito do Pato Donald. Adorava, pra ser sincero. Eu sempre a levava quando tinha algum desenho novo passando nos nossos cinemas. Quando a Abril lançou a revista dele nos anos 50... eu me apeguei um pouco ao personagem, confesso. Não é preciso nenhum psicólogo pra concluir que era uma forma que eu tinha de manter viva a lembrança dela. Mas eu fiz terapia mesmo assim. Hoje em dia é comum, mas, pra minha geração, era coisa pra mulheres, ou pra gente louca, era vergonhoso até admitir. Mas, voltando ao Pato Donald, você deve ter notado que as histórias nunca são propriamente creditadas, não se sabia quem era o autor, ou em que país foram feitas. Mas com o tempo, a gente vai identificando os estilos. Algumas histórias sobressaíam, dava pra notar que um artista era melhor que os outros naquela rede de anonimatos. O "bom artista do pato", era como os fãs apelidaram. Mas hoje em dia ele já recebe o crédito, porque agora isso chama público. Você conhece o trabalho dele, suponho? Me refiro a Carl Barks.

— Nossa, sim. Adoro as histórias. A das galinhas dos ovos quadrados é a minha favorita.

— Sim! É muito boa mesmo. Mas sabe o que é que faz as histórias dele serem tão boas? Ele tem uma sensibilidade proletária, de alguém que sobreviveu à Grande Depressão, uma coisa meio Steinbeck. E ele descreve os patos como humanos, não como animais. Humanos que, por acaso, são desenhados como patos. Se o Donald precisa de uma pena, não arranca do traseiro. E comem peru no Natal. Mas não é só isso, claro. As histórias trazem uma sucessão de absurdos tão originais e tão fantasiosos, e numa frequência tão intensa, que acabam formando um padrão. Você pode perceber um equilíbrio quase simétrico entre uma tensão realista e um humor pastelão, que faz com que você não só se prepare pra próxima loucura, como se predisponha a aceitá-la, a aceitar o que a história te trouxer contanto que fuja sempre à normalidade. Porque a normalidade são as horas perdidas no trânsito, subindo no elevador, obedecendo à rotina diária, a burocracia do trabalho, a previsibilidade da vida doméstica. Bah! Quem desdenha dos prazeres da imaginação são eunucos mentais, castrados que creem que a sua castidade provém de uma escolha elevada, e não de uma limitação intelectual. Gado pra abastecer essa grande máquina de moer gente que é o nosso país. Mas Carl Barks... – apontou o gibi do Pato Donald – ...ele viu o absurdo das engrenagens da nossa rotina, ele conhecia a ânsia do homem comum pelo maravilhoso. Talvez tenha sido um dos escritores mais geniais deste século, mas nunca vai receber o devido crédito. E salvou a minha sanidade.

Ofereceu-lhe daquele refrigerante. Tiago bebeu, o líquido cor-de-rosa e borbulhante, gosto de tutti frutti, de um doce fulminante. Não conseguiu tomar o segundo gole, mas o velho adorava.

— Isso foi algo que eu notei em você, rapaz. Desde o começo - continuou João Amadeus. — Você também é um homem de imaginação. Naquele artigo que escreveu sobre mim, sobre o Disney e o Rio de Janeiro, havia muita coisa ali que eu não te falei, lacunas que você preencheu com a sua própria criatividade e deram vida e alma pras memórias desconexas de um velho nostálgico. É o que faremos aqui. Não quero criar só um parque temático, quero criar um parque onde o tema será a narrativa que irá ordenar o mundo e moldar a nossa experiência de vida.

Suspirou. Tomou outro gole de refrigerante e contemplou o aquário em silêncio. Tiago leu a revistinha que tinha em mãos: era uma edição de agosto do ano anterior. A primeira história se chamava "Na Era da Informática", em que Donald e Margarida visitam uma feira de computação. Depois de levar um sermão da namorada, de que vive no século passado e não sabe aproveitar as maravilhas tecnológicas do seu tempo, Donald acaba virando, para surpresa dela, um programador de jogos. Não havia indicação de autoria, mas Tiago reconheceu o traço de Irineu Soares Rodrigues, um de seus artistas nacionais favoritos, com quem já tinha conversado em mais de uma ocasião.

— Ele voltou – disse João Amadeus, quebrando o silêncio.

— Quem voltou? – perguntou Tiago, distraído, folheando a revistinha.

— O câncer.

Tiago o encarou, assustado. Era ainda para muitos uma palavra proibida, impronunciável. Um estigma, uma sentença. Abriu a boca e gaguejou. O que se diz numa hora dessas?

— Poucas pessoas sabem disso, mas eu passei por uma cirurgia no ano passado – explicou João Amadeus. — A Helena e o Beto sabem, claro. Cada um reagiu a seu modo. A minha filha passou a se dedicar a este parque como se a minha vida dependesse disso. Já o Beto entrou numa clínica de reabilitação e depois se reaproximou de você. Agora... eu não quero contar a eles neste final de semana, mas talvez não haja outra oportunidade, tão cedo, de ter os dois reunidos. Ou talvez eu nem devesse contar. Qual o propósito?

— O senhor vai voltar a fazer tratamento?

— Eu já estou fazendo. No último subsolo da Torre de Controle há o que talvez seja a unidade de tratamento particular mais moderna deste país. – Tomou outro gole de refrigerante. — Mas mesmo isso depende de coisas além do nosso alcance, não? Eu sou um otimista, um utopista, acredito que um dia será perfeitamente tratável. Mas esse dia não é hoje, e eu não tenho muito tempo pra ficar esperando. Então, o que você acha? Conto ou não conto?

Tiago encolheu os ombros. Não queria a responsabilidade dessa resposta. Olhou para o aquário. Era fácil entender por que o velho escolhia ali para se isolar da agitação do parque: havia uma tranquilidade serena na visão do fundo do lago. Uma sensação de eternidade.

— Não conte – sugeriu Tiago. — Não agora, pelo menos. Espere mais uma semana, espere isso tudo passar, o peso disso tudo sair dos ombros deles, e só então fale. Mesmo que seja por telefone. Eles virão até o senhor depois disso, de um modo ou de outro.

João Amadeus assentiu com um meneio, tomou outro gole de refrigerante e olhou para o salão vazio onde estavam. Comentou que amanhã seria um dia cheio. E como fazia sempre quando dava um assunto por encerrado, puxava outro sem nenhuma relação, tirado de algum almanaque:

— Sabia que a rã dos bosques sobrevive no inverno com até setenta por cento do corpo congelado?

Reino Encantado

Manhã. Sábado. Um céu e sol perfeitos prometiam um dia perfeito, e Tupinilândia se preparava para ter seu primeiro dia completo de funcionamento. Até então, tudo havia funcionado *quase* à perfeição, mas Johan não estava satisfeito – nunca estava, era seu trabalho não estar. O projeto daquele parque era um desafio logístico: um quebra-cabeça de informações e sistemas que, para ser operado com um mínimo de efetividade, precisava de um labirinto de metadados no qual poucos sabiam navegar com precisão além dele. Não que esse tipo de desafio fosse intimidar alguém como ele, que aprendeu alemão e inglês aos oito anos, deixando de ser João Carlos para ser Johan Karl, ao se mudar com os pais adotivos para a terra que lhe deu a oportunidade de ser uma pessoa, e não uma estatística. E ele gostava de desafios, conquanto estes seguissem um padrão lógico: que lhe fosse entregue um sistema falho era uma trapaça, uma quebra na relação de causa e consequência inaceitável para sua mente de engenheiro eletrônico.

Até o dia anterior, só duas atrações tinham apresentado falhas e precisaram ser operadas manualmente. Demóstenes havia corrigido o problema no mesmo dia, e lhe garantira que não se repetiria. Mas Johan tinha suas dúvidas. Em sua ilha de terminais na Torre de Controle, executou uma checagem dos sistemas de cada parque, um por um. Logo no primeiro, apareceram problemas.

PAFUT	STATUS
PAV_AVIACAO	SIST. ATIVO
MONT_RUSSA	NAO-RESP
CINERAMA	SIST. ATIVO
PEBOLIM	SIST. ATIVO
FLIPEROPOLE	SIST. ATIVO

MINIMUNDO	NAO-RESP
CASA_FUTURO	SIST. ATIVO
BONECA_EVA	SIST. ATIVO

E aquele incompetente do Demóstenes garantira que isso não ocorreria de novo! Por mais que Johan fosse compreensivo com sua situação – o criador do programa que geria os parques, um analista de sistemas paulista chamado Pedro Ishioka, morrera atropelado no início do ano anterior, e Demóstenes precisou substituí-lo às pressas –, era inadmissível que algo assim continuasse ocorrendo às vésperas da inauguração. E ainda por cima, de forma repetida.

O coronel Cristo entrou na sala com um copo de café na mão.

— Cadê aquele filho da puta do Demóstenes? – perguntou Johan.

— Não sei. Ele não ia embora hoje? O que houve agora?

Johan apontou os monitores: agora eram dois brinquedos do País do Futuro que não estavam mais respondendo à Torre de Controle. O coronel sorriu.

— Então o País do Futuro está dando... como você disse aquela vez? Quando a bola do fliperama trancou e você ficou tentando virar a mesa?

— "Tilt". Mas não tem uma mesa que eu possa virar aqui, Miguel. Não dá tempo de contratar e treinar mais gente pra operar o equipamento. E se os brinquedos trancarem de novo, no meio da operação? Ninguém gosta de ficar preso numa montanha-russa. Já pensou ficar com o Tancredo preso na roda-gigante?

— Calma. Coisas assim acontecem o tempo todo em parques de diversões – tranquilizou o coronel. — E ninguém morre por isso.

Beto acompanhou outra vez seus sobrinhos nos parques. Não era só pela promessa de ajudar dona Matilde a lidar com os três. Gostava de ficar com as crianças – visitar um parque de diversões acompanhado por elas sempre adicionava uma perspectiva diferente à experiência. Tiago o acompanhou. Os seis passeavam sentados num vagaroso trenzinho coberto, elétrico, de cinco carros conectados, esculpido em acrílico na forma de uma lagarta – a locomotiva era a cabeça, com sua peruca morena, laço nos cabelos, rosto sorridente e bracinhos gorduchos levando brotos de alface num cesto. Iam da estação do aeromóvel até o centro do parque.

— Meio lerdo isto aqui, não? – comentou Tiago.

— É a Lúcia Já-Vou-Indo, é pra ser lerdo – disse Beto. — Não conhece o livro?

— Não. É recente? Não tem mais criança na minha família.

— De uma escritora paulista, a Maria Heloísa Penteado. Muito bonitinho – apontou os sobrinhos. — As crianças leram quando tinham uns seis anos. Aqui, puxa a cordinha. Vamos descer.

Os seis desceram. A Rua Principal do Reino Encantado de Vera Cruz era uma via larga de quatro longas quadras, que conduzia ao majestoso castelo no final. Cada loja, atração ou restaurante fora construído com traços caricatos e exagerados de desenho animado, angulares e arredondados, de um colorido intenso, tudo concebido pelo carnavalesco Fernando Pinto, da Mocidade Independente de Padre Miguel. Era como entrar no cenário de um filme expressionista alemão desenhado por um confeiteiro de bolos. Funcionários desafiavam o calor paraense dentro de fantasias ventiladas de personagens infantis. Ali estava Artur Arara em frente à sua casa, tal qual desenhada nas páginas de *Tupinilândia*, e tendo ao seu lado a marreca Andaraí e seu amigo Cauã, o Pato-do-Mato. Ali estavam a onça Galileu, o coelho Geraldinho e o macaco Alan, saídos diretos das páginas da *Turma do Pererê* de Ziraldo, em frente ao Rodamoinho da Turma do Pererê, uma espécie de carrossel de múltiplos eixos, onde as crianças entravam em carros na forma de xícaras que também giravam em torno de si mesmas, e tudo isso girava ao redor de um grande boneco animatrônico de Pererê.

— Ou podiam chamar isso de "Passeio do Vômito e Labirintite" – observou Tiago.

Ouviu gritos empolgados de crianças acima de sua cabeça. Movendo-se suspenso por cabos, o teleférico do Balão Mágico dava voltas por cima do parque. Chegavam agora em frente a um castelo de contos de fadas. Como tudo ali, era estilizado: as torres, com cerca de trinta metros de altura, pareciam feitas de açúcar e chocolate. Hugo e Luísa ficaram empolgados, José resmungou que era brinquedo para criancinhas. Beto os convenceu prometendo sorvetes para quem o acompanhasse.

Logo na entrada, foram recepcionados pelos bonecos do Mágico, com sua toga e chapéu pontudo, a bebê Rosa Maria e um anão azul. O trio de animatrônicos os convidava a entrar pela porta em cujo umbral se lia CASTELO ENCANTADO PIRAQUÊ. Planejado desde o começo para ser uma das principais atrações patrocinadas, o castelo explorava os padrões geométricos das embalagens de biscoito criadas por Lygia Pape. Logo no salão de entrada, eram projetados num paredão padrões geométricos compostos de diferentes biscoitos, movendo-se constantemente pelas paredes que assumiam diferentes combinações. Beto e Tiago conduziram as crianças pelos andares: na Galeria Mágica do primeiro piso havia espelhos e lentes gigantes que distorciam, mudavam seus tamanhos ou trocavam suas cabeças; o Túnel Vórtex era uma passarela suspensa no centro de um corredor cilíndrico, onde luzes e projeções giratórias criavam um efeito semelhante ao clímax de *2001: Uma odisseia no espaço*; na Sala Elétrica, uma lâmpada de plasma fazia raios de estática saltarem da ponta de seus dedos. E no último andar, deixaram-se perder no Labirinto dos Espelhos.

— Verissimo é o escritor favorito do papai – Beto explicou a Tiago, ao saírem do castelo. — Eles chegaram a se encontrar. Lembro que perguntei na ocasião sobre o que eles conversaram. E o papai me respondeu: "Falamos de três 'D': dinossauros, Disney e direitos autorais". Acabou comprando os direitos de todos os seus livros infantis, papai sempre viu grande potencial em parques de diversões, filmes, produtos licenciados em geral. Ah, esse aqui imagino que você conheça?

Estavam diante de uma das atrações mais modernas do parque, a Aventura do Avião Vermelho da Garoto. Assemelhava-se a uma cabine de ônibus espacial que, quando fechada, comportava até quarenta pessoas por vez. Cada visitante recebia um óculos 3-D ao entrar, e o aviso de não tirar os cintos de segurança. A projeção em *live-action*, encomendada por João Amadeus e produzida com exclusividade para o parque, embarcava no avião do livro de Erico Verissimo por voos vertiginosos pela China, África, Índia e até a Lua. A sincronia entre as imagens projetadas e os movimentos mecânicos pneumáticos da cabine criavam um efeito de vertigem nos espectadores, que gerava uma conexão direta com a ação mostrada na tela. E todos saíam do brinquedo querendo loucamente levar o urso Ruivo, ou o boneco Chocolate de lembrança, espertamente postos à venda na lojinha.

Na saída, notaram uma agitação se formando na Rua Principal, acompanhada de música.

"Comandando uma astronave rasgando o céu, vou pisando em estrelas, constelações/ deixa longe o mundo aflito e a bomba H. Corpo livre no infinito eu vou na estrada do sol…"

— Meu Deus, eu… eu conheço essa música… – Tiago, surpreso.

Vinha um carro alegórico pela rua: um jato dourado com cabeça de gavião, no topo do qual um figurante vestia a versão heroica de um macacão de aviador, com um moderno capacete de piloto de viseiras espelhadas que ocultavam seus olhos, e na testa pintada a letra A com um par de asas.

— Alô, alô, Sumaré, alô, IntelSat! Atenção, turbina número 1! Atenção, turbina número 2! Atenção, meus cadetes, atenção, crianças de todo o Brasil! - anunciava, de microfone nas mãos, atraindo uma torrente de crianças e adultos jovens. — Alô, Oiapoque, alô, Chuí! Atenção, Guanabara, aqui fala o Capitão Aza, comandante-chefe das forças armadas infantis do Brasil!

Tiago tapou a boca com a mão e começou a chorar em silêncio, emocionado.

— Tiago, você está bem? - perguntou Beto, preocupado.

— Só me dê um momento... - respirou fundo, soltou o ar dos pulmões devagar. — Eu... sim, é só que... desculpe, é que o programa do Capitão Aza foi muito importante pra mim... numa época muito difícil da minha vida. - Ele limpou os olhos com as costas da mão. — Eu... eu tinha dez anos quando o meu pai morreu e... eu tinha esquecido o quanto...

— Você quer ir ali falar com ele?

— Não, não! - Tiago ficou constrangido. — Deixe o capitão pras crianças.

— Sabia que o meu pai o conheceu na Segunda Guerra? - lembrou Beto. — Digo, o verdadeiro. Se chamava Capitão Azambuja, por isso o "Aza". Foi um piloto de caça da FAB. Dizem que salvou muitos colegas fazendo manobras incríveis distraindo os nazistas. Mas foi abatido em combate.

— O teu pai tem uma relação mal resolvida com a passagem dele pela guerra, não? Por tudo o que sei, comeram o pão que o diabo amassou por lá, mas ele parece ter gostado.

— Baby, se você não notou ainda, o meu pai é uma pessoa bem estranha e contraditória - disse Beto. — Você pode queimar neurônios tentando encontrar coerência interna no pensamento dele, ou pode deixar isso pra lá e irmos todos tomar o sorvete que prometi.

Apontou a placa: SORVETERIA SETEVROS. Tiago contou que as principais marcas nacionais de sorvete já estavam nas mãos de multinacionais estrangeiras, e sorvete não era tão simples de se mandar trazer dos quatro cantos do país; a solução foi encomendar a produção de uma sorveteria local. Escolheram a Sorvetes Cairú de Belém do Pará, que tinha a vantagem de oferecer sabores de frutas típicas do Norte. Beto pediu de graviola, Tiago de carimbó e dona Matilde escolheu sorvete de bacuri, mas as crianças se dividiram entre sabores tradicionais, como chocolate e morango. Os sorvetes, servidos em copinhos, eram decorados com estrelas de açúcar colorido e salpicados de cristais brilhosos e crocantes, que lhes davam um ar mágico.

— Então - perguntou Tiago -, qual era o teu desenho favorito do Capitão Aza?

— Eu não era muito de assistir televisão, pra ser sincero - disse Beto. — Passei parte da infância na França, sabe? E, além do mais, vivíamos viajando.

Um barulho chamou a atenção deles: a Aventura do Avião Vermelho havia desligado em pleno funcionamento, e a porta não abria. As pessoas davam batidas por dentro, nervosas. Um funcionário do parque passou correndo e destravou o brinquedo, liberando os visitantes. Uma mulher desceu e beijou o chão, um casal saiu com as pernas bambas, e logo estourou em gargalhadas. Apesar dos contratempos, a maioria ali não se sentia tão viva assim fazia vários anos.

— Eu falei que isso podia acontecer, eu falei - resmungou Johan, girando em sua cadeira, na direção da estação de trabalho de Demóstenes. — E então, qual a desculpa agora?

Demóstenes suspirou. Não iria repetir pela enésima vez a questão da complexidade do sistema como um todo. Que havia um problema na execução dos programas de acesso remoto, estava claro, mas disse que precisava ainda compreender a extensão desse problema, verificando se ele se repetia em outros aspectos do sistema. Precisava que sua equipe fizesse um *debugging* nas linhas de código, para então substituir o software.

— Então, basicamente, o programa que vocês desenvolveram tem um defeito, vocês até sabem qual, mas não sabem exatamente onde? - simplificou Johan. — Ou, o que é pior, não sabem qual o alcance das implicações dele.

— Não entendo - disse o velho. — Se sabemos onde está o erro, por que não corrigir?

— Não dá pra trocar os pneus de um carro em andamento - explicou Demóstenes. — Teríamos que deixar os brinquedos off-line e reinstalar o software em cada terminal.

— Um por um? - o coronel Cristo se desesperou. — Não temos gente o bastante...

— Calma - pediu João Amadeus. — Era previsto que surgissem problemas. É pra isso que fizemos um evento teste, não? Não acho que os brinquedos vão todos entrar em pane ao mesmo tempo. E mesmo que entrem, existe um ciclo, correto?

Demóstenes e Johan confirmaram que sim: cada brinquedo que apresentava pane ficava cerca de duas a três horas desconectado da rede até voltar ao normal, tempo durante o qual ainda podia ser operado diretamente. Todos os brinquedos afetados até agora voltaram a funcionar como se nada tivesse acontecido. O problema era se a falha de sistema afetasse algum serviço básico, como a rede de distribuição elétrica, ou alguma das subestações. E ninguém queria ter que lidar com Tancredo Neves preso na roda-gigante por duas horas, como bem lembrou Johan.

— Mas o Tancredo vem? – perguntou Demóstenes.

— Se vier, será amanhã de manhã. Reservamos a suíte do Grande Hotel – disse Johan.

Demóstenes suspirou. Apontou uma pilha de disquetes de 5" ¼ sobre sua mesa e disse que não tinha como resolver aquilo tudo sozinho. Gravara um relatório e precisava levar para sua equipe em São Paulo, que depuraria os dados. Ia pegar a última barca para Altamira agora no final da tarde, e o avião em Belém na manhã seguinte. Sua previsão de volta era na terça-feira, mas, enquanto isso, seu computador ficaria ligado fazendo um debug completo do sistema, e não deveria ser desligado em hipótese alguma. Achava improvável que a falha do sistema afetasse a distribuição de energia da torre.

Quando Demóstenes saiu, foi o coronel Cristo quem entrou.

— Então, querem um relatório do dia? – perguntou aos dois, com um bloco de anotações nas mãos. — Tivemos três crianças engasgadas com bala Soft e cinco casos de insolação. Uma mulher vomitou no navio-pirata no meio do balanço, foi caótico. Tivemos um caso de furto também, mas já foi resolvido. Ah, e a corrente elétrica do hotel oscilou de novo. D. Pedro apavorou o almoço do pessoal com outro dos seus ataques epiléticos.

— Bem, podia ser pior – disse João Amadeus.

— Qual era a situação no macacário? – perguntou Johan.

— Ah, sim. Os macacos estavam trepando na frente das crianças – o coronel suspirou. — Eu avisei, animal vivo é sempre um problema.

Se era só aquilo, João Amadeus ponderou, então estavam indo bem. Lembrou de perguntar a Johan por que disse a Demóstenes que Tancredo talvez viesse no dia seguinte, se agora já sabiam que não seria mais o caso. O engenheiro-chefe ergueu os ombros: ninguém lhe dissera ainda qual era a posição oficial a ser passada para os funcionários. E, apontando uma das telas do *video wall*, lembrou:

— Aliás, não vai deixar o teu outro convidado esperando.

Sr. Diretas

A cabeça calva, cabelos brancos nas têmporas, de postura solene, observava a paisagem do parque pelas janelas do restaurante quando João Amadeus entrou. Além dos empregados, estavam somente os dois ali, e o deputado voltou-se para ele com a mão estendida e um sorriso.

— É uma pena que o Tancredo não possa vir - disse o deputado. — Mas ele prometeu que estará na inauguração. Certamente vai se maravilhar com isso tudo.

— Esperamos que sim. Como ele está de saúde? - perguntou João Amadeus.

— Tem febre, ao que parece. E, pelo que dona Risoleta me disse, com umas dores no abdômen que vão e vêm. O dr. Garcia Lima tem receitado antibióticos e aconselhou repouso. Mas, se você o conhece, sabe que ele não é de se queixar - disse o deputado. — Ele rodou o mundo se encontrando com presidentes, nos assegurando uma transição tranquila. Isso cansa.

João assentiu. Sua simpatia pelo presidente da Câmara não ocultava seu desconforto com o mundo político pelo qual fora obrigado a transitar, desde que assumira os negócios da família dez anos antes. A justificativa para não chamar políticos e autoridades era de que executava apenas um evento teste, não uma inauguração oficial, mas a verdade é que queria ter uma primeira apreciação de seu empreendimento sem a presença dos sanguessugas e papagaios de pirata habituais, que vinham na esteira das figuras maiores. Queria manter seu microcosmo impoluto, livre da realidade que o rodeava.

— E como fomos com o Reagan e o FMI? – perguntou João Amadeus.

O homem suspirou. Os militares saíam do governo deixando de herança uma dívida impagável com o FMI de 45,3 bilhões de dólares, que começaria a vencer naquele ano. O governo enviara uma nova carta de intenções, cheia de metas que todo mundo sabia serem inatingíveis, e que os americanos não estavam dispostos a referendar. Mas Tancredo foi inflexível: se os americanos não nos apoiassem, o Brasil teria que romper com o FMI, o que resultaria num duro golpe contra a redemocratização, na perda do controle da inflação e na explosão de problemas sociais, com consequências econômicas globais. Os americanos cederam, e as linhas de crédito do país se mantiveram abertas – por enquanto.

João Amadeus escutou tudo isso, engoliu em seco e olhou temeroso para seu parque através das janelas: a economia do país era uma bomba-relógio. Tupinilândia nascia como muitos brasileiros: endividada desde o berço, e com péssimas perspectivas de sobrevivência.

O garçom veio avisar que um mensageiro trouxera um envelope para ser entregue em mãos ao senhor presidente da Câmara dos Deputados. O deputado consentiu com um aceno e o rapaz entrou: era um homem de cerca de trinta anos, vestindo calça e camisa social como qualquer office boy de escritório de advocacia. João Amadeus o observou desconfiado, nunca o vira até então. Perguntou seu nome. Chamava-se William, e entregou o envelope, sem remetente. Era volumoso e um pouco pesado. O rapaz pediu licença para se retirar.

— Não, não dou licença – disse. — Fique aqui do meu lado, por favor.

Fez menção de abrir o lacre e hesitou. Correu os olhos pela mesa, em busca de uma faca. Pegou uma, e abriu o lacre. De dentro do envelope saíram fotos em preto e branco, grandes ampliações que mostravam a entrada de um prédio, uma das atrações do parque.

"Museu Brasileiro da Vergonha."

João Amadeus se levantou da mesa, furioso.

— De que se trata isso?

William estufou o peito e bateu continência, sorrindo satisfeito.

— Com os cumprimentos do general Newton Kruel.

— Tirem esse fascistinha daqui – ordenou aos empregados.

William foi retirado pelos seguranças. O presidente da Câmara olhou para as fotos com ar grave e preocupado, e disse que, se aquilo era real, precisava ver com seus próprios olhos. João Amadeus suspirou desgostoso, concordando: o general Kruel, não tendo sido convidado para o batismo de seu parque, enviara-lhe a roca envenenada que amaldiçoaria seu reino.

Mãos às costas, o presidente da Câmara avançou pelo corredor em passos lentos. Os animatrônicos eram assustadoramente realistas, com movimentos peitorais simulando respiração pesada, olhos espantados em pânico fixos no vazio, alguns ali parecendo prestes a gritar. A nudez de alguns bonecos era igualmente chocante, com o toque realista de pelos pubianos, que acresciam insinuações sádico-eróticas. Ao longo do corredor, outros dioramas hiper-realistas anunciavam: PAU DE ARARA. PIMENTINHA. GELADEIRA. Mais adiante, parou em frente de um em particular. No painel explicativo, lia-se: CADEIRA DO DRAGÃO. O boneco nu estava sentado numa cadeira revestida de zinco, fios ligados aos genitais, ouvidos, pés e mãos, enquanto o animatrônico do torturador girava uma manivela; o boneco nu tremia em convulsões, zumbidos e efeitos de luz, criando uma percepção verossímil de eletrochoques, sangue escorrendo de sua boca para simular uma língua mordida com violência. Havia hematomas e marcas de queimaduras de cigarro por todo o seu corpo. O presidente da Câmara aproximou-se do vidro do diorama. O boneco lhe era familiar.

— Esse é... esse é o frei Tito?

Cobriu a boca, horrorizado. Olhou para o animatrônico do torturador, cujos lábios se moviam repetindo "aqui é a sucursal do inferno". A plaquinha indicativa dizia: "Coronel Brilhante Ustra, codinome dr. Tibiriçá, chefe do DOI-CODI de São Paulo, torturador". E supervisionando tudo estava um boneco que reconhecia muito bem: o do general Sylvio Frota, representante maior da linha dura do Exército. Frota se opusera à redemocratização e fora exonerado pelo então presidente, o general Geisel, do qual se afastou por considerá-lo "muito de esquerda". Mais adiante no corredor, atrás de paredes de vidro, mais dioramas. COROA DE CRISTO: o animatrônico de uma mulher nua com uma fita de aço em torno do crânio, sendo apertada pelo boneco torturador com uma tarraxa; sangue escorre por sua cabeça, enquanto outro boneco introduz ratazanas dentro de sua vagina. CRUCIFICAÇÃO. POÇO DE PETRÓLEO. TELEFONE. CORREDOR POLONÊS. Os robôs reproduziam seu moto-perpétuo de dor como bonecos natalinos de shoppings.

— Você vai mostrar isso para crianças? – perguntou, horrorizado. Os dois caminhavam a passos lentos pelo interior do Museu da Vergonha acompanhados por dois seguranças. O prédio baixo e feio de dois andares, de ares burocráticos de repartição pública, ficava numa área isolada, uma pequena clareira acessível por uma estradinha, fora do mapa e da área dos quatro parques. João Amadeus não sabia ainda como ela seria integrada às atrações, ou como sua visitação seria organizada.

— A entrada será vetada pra menores de dezoito, é claro – disse o velho Flynguer.

— Você *perdeu a cabeça*?

João Amadeus sorriu. É claro que não, respondeu. Via seu trabalho ali nos parques como o de reconstruir a imagem que o país tinha de si mesmo *apesar* de sua história, e não *com* ela. Mas é aí que mora o perigo: ignorar o lado sombrio seria correr o risco de repeti-lo. Então tentou confiná-lo, condensá-lo, porque os horrores até se diluem na rotina do dia a dia, mas saltam aos olhos de forma violenta quando são devidamente agrupados, organizados e chamados por seus verdadeiros nomes. De certo modo, é como pôr a marca de Caim em quem a fez por merecer.

— Isso tudo é muito vulgar – disse o deputado.

— Com certeza é vulgar. E indecente – retrucou João Amadeus, com um inédito tom seco e brutal na voz. — Mas é este o ponto: vinte anos atrás, nos deixamos tomar por uma corja de fascistas, que agora nos entregam um país quebrado e travado no tempo. E o preço do nosso resgate foi anistiar os nossos próprios captores dos crimes que cometeram. Isso – apontou os dioramas – é o legado de vinte anos sendo governados por uma gangue de psicopatas e pervertidos. Mas não estou sendo seletivo. Temos uma galeria pro carniceiro do Filinto Müller mais adiante, e outra pros crimes de guerra do conde d'Eu na Guerra do Paraguai.

— João, você sabe muito bem que ninguém tem mais nojo e ódio da ditadura do que eu – disse o deputado –, mas não se pode fazer política com o fígado, conservando o rancor e ressentimentos na geladeira. Mesmo depois da transição, enquanto não tivermos a estabilidade garantida, essa provocação... é um risco que não vale ser corrido. Se o Tancredo vier aqui, e a existência desse museu vier à público... imagine você como vão reagir os militares? Mesmo os que apoiam a abertura. A nossa democracia nem começou ainda. Isso beira a irresponsabilidade.

— Entendo que você esteja decepcionado comigo.

— Você criou um problema desnecessário aqui. Nada disso deve vir a público, está entendendo? Ao menos enquanto não houver uma nova constituição que nos dê certas garantias. Não passamos os últimos cinco anos batalhando tanto pra pôr as coisas a perder por uma... provocação inconsequente. Você tem que me dar garantias, João.

João Amadeus suspirou.

— É claro que sim. Eu entendo, não sou louco. Mas isso tudo... – apontou o museu – ... era algo que eu precisava fazer. Que precisava ser posto no devido lugar deste parque.

Antes de saírem do prédio, o presidente da Câmara olhou uma última vez para seu interior.

— O que foi? – perguntou Flynguer.

— Pelo visto, não é só na política que os mortos governam os vivos.

Krenak

Outro dia chegava ao fim em Tupinilândia, os hóspedes se recolhiam aos hotéis, e Tiago observava os homens e mulheres das equipes de limpeza, em uniformes safári cor cáqui, estilo Jânio Quadros – o popular "pijânio" –, de vassouras nas mãos, fazendo seu serviço. Havia muitas lixeiras em Tupinilândia, uma a cada vinte e seis passos, segundo o estudo encomendado, que dizia ser essa a distância máxima que uma pessoa segurava seu lixo. Então um funcionário com rádio veio até ele informar que seu Deus estava à sua espera.

João estava outra vez sentado em sua poltrona, diante do paredão de vidro do Aquário, melancólico, com uma bebida ao lado e um gibi nas mãos, quando Tiago o encontrou. Ao entrar, cruzara com Sidney Magalhães, o advogado do consórcio de patrocinadores, que passou por ele com cara de poucos amigos. Tiago sentou-se na poltrona e olhou o aquário: era noite, e a luz não vinha mais de cima, por meios naturais, mas por lâmpadas estrategicamente posicionadas no fundo do lago, que criavam um efeito dramático sobre o U-boat.

— Já soube? – perguntou o velho Flynguer, sem tirar os olhos de sua revistinha.

— Que o Tancredo não vem? Soube faz pouco.

— Não, da visita que tivemos.

— Ah, sim. Fiquei sabendo. O coronel Cristo me explicou sobre a "área secreta" também. Não acreditei quando me disseram, então fui lá dar uma olhada. Acabei de voltar, na verdade.

— E o que achou?

Tiago hesitou antes de responder.

— Pode falar, rapaz. Seja sincero.

— Você não faria um museu do Holocausto com animatrônicos numa câmara de gás, você não faria um... sei lá, uma "Pizzaria Auschwitz" ou um

"Hotel Senzala". Quando você os mostra assim, como atrações hiper-realistas de parque de diversões, você está tirando o elemento humano da situação. Você os transforma num objeto desprovido de contexto emocional.

— Desprovido de contexto? Há placas explicativas por todo lado.

— Mas é uma espécie de pornografia de violência. É uma superexposição que anestesia a nossa indignação. Na primeira vez choca, na segunda acostuma, na terceira normaliza.

— Hmm, é um bom argumento - disse o velho. — Cortinas. Cortinas são a solução. Tens razão, as pessoas não devem ser superexpostas àquilo. Cortinas devem abrir e mostrar por pouco tempo cada diorama, o bastante pra provocar horror, mas não familiaridade.

— Tu não entendes, João. Esse não é o lugar nem a forma... não é algo que se cobre ingresso pra entrar, como se o delegado Fleury fosse a macaca Monga. Isso é a nossa realidade atual. Essas pessoas existem e vieram de algum lugar bem próximo. O problema dos nazistas do Indiana Jones não é o maniqueísmo porque, porra, são nazistas, hoje em dia são mais um símbolo do que uma coisa real. Mas a questão é que, se tirar o elemento humano e transformá-los em caricaturas, tu perdes o que torna possível identificar essa gente e essa mentalidade no nosso dia a dia. Porque o regime militar vai acabar, mas a mentalidade autoritária e paranoica que gerou tudo isso é atemporal.

— Essa gente torturou criança na frente dos pais, enfiava rato em mulher, e você acha que eles devem ser tratados com alguma forma de respeito? - João elevou a voz.

— Não foi isso que eu disse, tu não estás entendendo.

— Sabe como foi o processo de desnazificação da Alemanha? - perguntou João. — Os aliados fotografaram os cadáveres dos campos de concentração e os puseram em cartazes nas cidades. "Quem é o culpado disso?" A pessoa se aproximava para ler e estava escrito: "VOCÊ é o culpado disso!". Então pegavam alemães na rua aleatoriamente, homem ou mulher, e os levavam pra enterrar os corpos. Pra esfregar a cara deles naquilo que tinham feito por omissão ou conivência.

— É uma situação diferente. E é um pouco de exagero traçar uma comparação aqui...

— Mas você mesmo já a traçou. Naquele seu artigo, lembra? - disse o velho. — Entenda uma coisa, rapaz, nenhum regime autoritário de terror se instaura sem conivência de uma parcela da população. Quando os militares fizeram a tortura ser uma política de Estado, eles transformaram os torturadores em "intocáveis". Pra isso acontecer num sistema burocrático como o nosso, foi preciso a conivência de juízes, dando credibilidade a processos absurdos, de advogados dando crédito e ares de legalidade, foi preciso ter ajuda de médicos e enfermeiras nos hospitais fraudando autópsias e falsificando laudos, foi preciso ter gente com dinheiro no bolso no empresariado, financiando essa máquina toda. E claro, civis que espionassem e denunciassem voluntariamente. Essa violência de que você fala já foi normalizada, institucionalizada, burocratizada. Pegá-la e transformar num circo de horrores grotesco é uma forma intencional de tirar dela essa máscara de normalidade.

— Não sei se concordo com isso. E quanto ao meu artigo, ainda assim é diferente. Eu sei que fiz aquela comparação, mas eu pensava no fator totalitário. O nazismo tem o elemento étnico, era uma ideologia de supremacia racial, no final das contas.

— Você esquece da nossa história com a escravidão – lembrou João Amadeus. — A abolição foi feita sem nenhuma reparação. E a colonização alemã e italiana era uma questão racial, criada com a intenção de branquear a população. Um processo de eugenia.

— Mas isso foi na República Velha, João. Nem tu eras nascido ainda.

— Mas alguns dos nossos líderes eram. O racismo oficial da República Velha, o fascismo do Estado Novo, você não vê? Foram os elementos culturais formadores da geração que deu o golpe de 1964, da geração que comanda este país.

— Mas *tu fazes parte* da geração que comanda o país, agora – Tiago suspirou, desconfortável em assumir o papel de advogado do diabo. — Olhe, longe de mim querer defender o governo, mas quando falamos de políticas raciais, como no nazismo, estamos falando de políticas de segregação e confinamento de grupos que o Estado considere "racialmente indesejáveis".

— Diga isso aos índios. Imagino que você nunca ouviu falar do Relatório Figueiredo?

— É algo a ver com o presidente?

Não era. O Relatório Figueiredo fora produzido em 1967 pelo procurador-geral Jader de Figueiredo Correa, já com a ditadura instaurada e a pedido do próprio governo, para averiguar denúncias dentro do Serviço de Proteção ao Índio. Figueiredo e sua equipe haviam percorrido mais de dezesseis mil quilômetros, visitado cento e trinta postos indígenas em todo o Brasil e produzido sete mil páginas de denúncias, divididas em trinta tomos de registros chocantes. A repercussão fora grande, embora mais na imprensa estrangeira do que na nacional. Naquele ano seria baixado o AI-5 e a repressão entraria em sua fase mais dura. Em pouco tempo, o relatório desapareceu num incêndio oportuno.

O que ele mostrava era que tribos inteiras foram exterminadas, homens escravizados, mulheres prostituídas à força. Assassinatos, torturas praticadas por proprietários de terras e agentes do Estado. Alguns fazendeiros fizeram "doações" de açúcar misturado com estricnina, outros, de farinha com arsênico. Em algumas aldeias, aviões largavam brinquedos de criança inoculados com vírus de varíola e sarampo. Noutras, pistoleiros armados de metralhadoras e Winchesters 44 praticavam caçadas humanas. No Maranhão, uma nação indígena inteira fora extinta. O IPES, Instituto de Pesquisa e Estudos Sociais, criado pelos Estados Unidos para integrar os movimentos brasileiros de direita e "deter o avanço do comunismo soviético no Ocidente", havia traçado um plano estratégico de ocupação do território nacional – e os índios estavam no meio do caminho, atrapalhando.

— Em outras palavras, uma versão brasileira da "solução final". E como sempre ocorre nesse tipo de política, são decisões tomadas sem registros de ordens oficiais, de modo a não incriminar o governo – lembrou João. — Mas isso foi algo que depois, quando assumi os negócios no lugar do papai, já não pensava muito.

— Até algo acontecer em Minas – lembrou Tiago.

— Sim, em Minas Gerais. Eu decidi que visitaria um por um todos os nossos negócios, dos cinemas às imobiliárias, passando pelas obras da empreiteira. Era esse o tipo de gestor que eu queria que enxergassem em mim, alguém que se faz presente, que todos os meus funcionários soubessem quem eu era, que pudessem dizer que me conheciam. Quebrar aquela imagem de playboy que as colunas sociais fizeram de mim, entende?

Aconteceu por acaso, na construção de uma rodovia no Pará. Conflitos com índios eram comuns nesse tipo de obra, mas soube-se que muitos problemas foram evitados graças à intermediação de um intérprete, Pedro, ele próprio índio. João Amadeus quis conhecê-lo, mas não era mais possível: o sujeito havia sido preso por embriaguez e desaparecera. Mas como assim, desaparecera? A história era um pouco mais complexa: havia um oficial do Exército, um cabo que trabalhava num posto indígena próximo, que se interessara pela esposa de Pedro. Numa noite, convidara Pedro para sair e beber, tomaram sua cachacinha, Pedro voltou bêbado para casa e, na manhã seguinte, o mesmo cabo do Exército apareceu com o cacique ao lado, acusando-o de embriaguez. Acontecia que Pedro e o cacique também tinham seus atritos, e este último se aliou ao cabo para prejudicá-lo. Pedro fora preso, "enviado a Krenak", e nunca mais se ouviu falar dele.

O que era Krenak? Ninguém sabia dizer exatamente. João Amadeus escutou aquela história com um distanciamento quase indiferente, apenas mais um pedaço da colcha de retalhos de histórias cruéis que se entrelaçavam na construção do país. Mas pouco tempo depois, estava em Minas Gerais, cavalgando na fazenda de um dos muitos sócios de seu falecido pai, quando aquele nome voltou a ser mencionado. "Isso aqui era tudo terra dos índios krenaks", disseram-lhe. A Funai havia cedido aquelas terras aos fazendeiros locais, que em troca entregaram ao governo federal uma fazenda, a Fazenda Guarani. E João Amadeus se perguntou: para que a Funai iria querer uma fazenda? Ora, para ter onde enfiar todos os índios da região que seriam realocados com a cessão das terras, e mais os que vinham de todo o país para a antiga prisão indígena conhecida como Reformatório Krenak. Uma prisão étnica, concluiu João. Recomendaram que ele não se intrometesse no assunto, mas seu nome abria portas. Conseguiu chegar até o ex-encarregado da Fazenda Guarani, um índio do Alto Xingu criado entre brancos, que havia estudado com a mãe de Darcy Ribeiro e que fora demitido da Funai por tentar ajudar os índios que estavam aprisionados.

Nunca entendeu, nem questionou, por que diabos a Funai entregava voluntariamente terras indígenas a fazendeiros, era uma política aplicada em todo o país. Mas o que faziam com os índios que precisavam ser realocados? Foram jogados em vagões de trem de carga feito animais, e concentrados na Fazenda Guarani, que assumiu também o papel do antigo reformatório: ser o local de destino de todo indígena envolvido em litígio. O local era frio, e faltava comida. Uma família expulsa de terras tomadas por fazendeiros na Bahia fora parar ali. Índios acusados de "vadiagem", fosse lá o que isso significasse, iam parar ali. Toda manhã, o cabo Vicente, chefe militar do local, reunia os índios em fila indiana antes do café, e os punha para marchar sob ameaça de cassetetes e cães treinados, para executar trabalho escravo. A desobediência era punida com a solitária. Era-lhes proibido sair da área da fazenda, e quem tentava sair era caçado, laçado e trazido de volta arrastado por cavalos. O ex-encarregado tentou alertar o presidente da Funai daqueles excessos, mas este se resumiu a lhe perguntar: "Por que salvar estes índios que já estão condenados à morte?".

Para a grande maioria dos confinados, não havia registros sequer de qual crime haviam cometido. Muitos não falavam português e, ao mesmo tempo, se proibia que falassem suas próprias línguas, por desconfiança dos guardas. Um índio urubu-kaápor foi torturado quase até a morte para confessar um crime, mas nem entendia português para saber o que lhe perguntavam, nem os guardas entendiam sua língua para saber se estava confessando ou não. Era uma espiral doentia de loucura.

— Me diga que não era um campo de concentração, Tiago – disse o velho, o queixo tremendo de raiva. — Dentro do *meu* país, na *minha própria* época.

João Amadeus usou o peso de seu nome para conseguir chegar até a Fazenda Guarani. Quis ir pessoalmente, naquele modo obstinado que tinha de fazer as coisas do seu jeito. Procurou o novo encarregado e perguntou pelo índio Pedro, vindo do Pará. O encarregado ficou surpreso: "Que coincidência". Pedro tentara fugir outra vez, e era punido naquele exato momento no "tronco", que não era o mesmo dos tempos da escravidão. Era uma prensa de madeira, em que, através de um sistema de polias, lentamente se esmagava o tornozelo da vítima. Quando chegou até ele, Pedro já havia desmaiado de dor: a sevícia havia sido levada ao extremo, e os ossos estavam fraturados.

— Essa imagem me persegue até hoje – concluiu.

— O que aconteceu com ele? – perguntou Tiago.

— Pedro? Cheguei a pensar em como fazer pra tirá-lo de lá, mas nem houve tempo pra isso. Morreu de infecção depois que foi enfiado na solitária. Foi o que me disseram. Mas eu poderia tê-lo salvado, se tivesse chegado antes. Se tivesse *me importado* antes. Eu poderia... ter feito mais.

Os dois ficaram em silêncio por algum tempo. Tiago olhou para o aquário. Um peixe-boi cruzou sua visão. Seria o mesmo de antes? Não fazia diferença. O velho pegou a revistinha e começou a folheá-la, era um número recente do *Tio Patinhas*. Depois a deixou de lado.

— A previsão é de chuva – lembrou. — Digo, chover já chove todo dia no final da tarde, mas parece que vai vir chuva grossa na segunda. Os hóspedes e os temporários já terão ido todos embora até o meio da tarde de domingo. Daremos depois uma festa pros funcionários à tardinha, no Restaurante Ilha Fiscal. Espero que você esteja conosco.

— É claro. Será um prazer.

— Você contou algo pro Beto?

— Sobre?

— Aquela nossa conversa.

— Não, claro que não.

— É tudo questão de planejamento, acho. De encontrar o timing correto. – João Amadeus tomou um gole de refrigerante e olhou para cima, para a pintura no teto do restaurante. — Sabe, na sua última noite antes de morrer, o Walt Disney desenhava os planos pra DisneyWorld no teto da sua cama no hospital. Determinado até o fim em fazer com que o seu último trabalho fosse o seu melhor. Agora, quer ouvir uma história interessante? Segundo relatos, duas semanas depois dele já ter morrido, os chefes de departamento do estúdio foram chamados pra uma sala de projeção, com assentos marcados com o nome de cada um. Pra que assistissem a um filme. E quem aparecia nesse filme? O próprio Disney, falando de projetos pro futuro. Era um vídeo recente, que ele provavelmente tinha gravado já sabendo que estava nas últimas. E falava misteriosamente, apontando e se dirigindo àquelas pessoas que ele sabia que estariam ali na sala de projeção. Mas o mais curioso foi isso: no final, encerrou com um sorriso malicioso, dizendo que os veria em breve.

Devolveu a revistinha para a pilha de gibis sobre a mesa e se deixou afundar no sofá, em silêncio. Tiago sentiu que era a deixa para ir embora e se levantou.

— Acho que vou indo pro hotel agora – disse, se despedindo, e caminhou para a saída.

—Ah, Tiago... – chamou o velho, com um sorriso malandro. — Nos vemos em breve.

Domingo

Beto passou a manhã de domingo irritado. Com a previsão de mau tempo na segunda-feira, Helena decidiu que os filhos voltariam já no domingo, não os queria voando no jatinho da família sobre a selva amazônica na chuva. Dona Matilde os levaria na balsa de volta a Altamira, e de lá para Belém viajariam em voo comercial. Mas, para Beto, era só mais um desdobramento da personalidade autoritária e controladora da irmã, que mais prezava uma semana irrelevante de volta às aulas do que a união familiar. Foi a caminho do almoço, com Tiago a seu lado, que o caminho de Beto cruzou com o de Helena dentro do Centro Cívico, na praça do relógio d'água diante da Torre. Ela vinha acompanhada por Luque, e os dois discutiam a festa dos funcionários que teriam à tarde.

— O que de tão importante você acha que vai acontecer numa primeira semana de aulas que os coitados não podem passar mais um tempo com a gente? - protestou Beto, que já chegou disparando. — Com tudo o que passamos com o papai no ano passado! Qual o seu problema?

— "Passamos"? - ela riu, irônica. — Não lembro de ter ver no hospital uma única vez.

— Você sabe onde eu estava. Além do mais, eu ajudei a animar o papai antes e depois, o que é mais que você sabe fazer, com esse teu humor de general.

— Tá, Roberto, eu não quero discutir isso com você.

— Mas e as crianças, pô? A gente mal consegue ver os três, e até parece que vão rodar de ano por perder dois ou três dias de aula.

— A vida tem regras, Roberto, eles precisam entender que não se pode fazer o que se quer.

Beto fez cara de nojo e balançou a cabeça, desconsolado.

— Ainda vou viver pra te ver instalando um cartão de ponto na casa e botar uniforme neles.

— Não vou escutar isso de alguém que não sabe o que é criar um filho, ainda mais três.

— E é você quem vai me explicar, maninha? – Beto fez o sorriso que era antessala de sua maldade. — O teu trabalho foi só parir e pagar as contas, a gente sabe que quem cria é dona Matilde.

— Isso não é verdade! – Helena, indignada, elevou o tom de voz.

Tiago e Luque se entreolharam, constrangidos com aquele fogo cruzado. Beto continuou:

— É mesmo? Então me diz, quem é o ídolo atual do José?

— Renato Portaluppi – ela sorriu. Sabia disso, pois havia mandado comprar a camisa número 7 do Grêmio no Natal.

— De quem são as histórias em quadrinhos que o Hugo desenha?

— Do Superpato. - Ela cruzou os braços confiante. Sabia disso, pois seu filho vivia pedindo que lhe comprassem aquelas revistinhas.

— E quem é a paixão secreta da Luísa?

O sorriso de Helena se desfez. Sua filha nunca dissera nada a respeito. Tentou pensar nos presentes de Natal que a menina pedira. Mas não havia nada indicativo. Algum dos Menudos, talvez?

— O Tob do Balão Mágico – disse Beto, triunfante. — Tem coisas, querida, que pra saber você tem que conversar com eles, não basta mandar alguém comprar.

— Seu babaca. Como todo mundo, você aparece na vida dessas crianças pelo quê? Um dia a cada mês? E acha que pode vir cagar regra sobre como eu cuido dos meus filhos?

— Bem, então eu vou lá passear um tempinho a mais com eles, antes que você nos afaste deles como parece afastar todo mundo da tua vida.

— Vai tomar bem no meio do teu cu, Beto.

— Vou sim, obrigado! Só não te digo o mesmo, maninha, que uma coisa boa dessas a gente não deseja pra quem não merece.

Luque segurou o riso, e olhou nervoso para Tiago.

— Preciso falar com você sobre aquele negócio – Tiago disse a Luque.

Beto virou as costas para a irmã e foi embora, enquanto Helena voltou-se para os dois, respirou fundo, disse para Luque "seguir a programação" e partiu na direção oposta.

— Tem algum negócio mesmo, ou foi só pra desconversar? - Luque perguntou a Tiago.

— Só pra desconversar. Nessa família são todos meio loucos.

— E vem dizer isso pra mim? Eu trabalho com eles vai fazer mais de um ano, e já não aguento mais. – Luque consultou o relógio. — Pra onde você está indo agora? Vai ter um almoço de gerentes no País do Futuro. Depois tenho que fazer hora até essa bendita festa.

Tiago decidiu ir com ele. Seria bom se afastar um pouco dos Flynguer mesmo.

Quase duas horas depois, estava no Restaurante Aviação, dentro do Douglas DC-7 que nunca levantaria voo, terminando seu filé na manteiga e conversando com Luque e outros funcionários. Como invariavelmente ocorre num almoço entre colegas, o assunto principal era reclamar do trabalho. Luque lhe contava o quão centralizador era o velho Flynguer, que dizia querer deixar seu "toque pessoal" em tudo. O que terminava sempre redirecionando o trabalho de todos até tolhê-los criativamente, e transformar algo que poderia ser empolgante, como realização pessoal, numa mera execução tarefeira. E o que dizer do "perfeccionismo" do velho? Insistir em pontos absolutamente irrelevantes usando a busca pela perfeição como desculpa, por um lado parecia um processo de catar piolho no trabalho alheio; por outro, parecia uma falta de compromisso com o processo como um todo. E Luque não aguentava mais o humor de João Amadeus – Tiago vira somente o lado paternal, o avô bondoso do parque de diversões. Que esperasse só para ver o velho entrar no modo CEO. A filha tinha de onde puxar aquele temperamento.

— Ele é tão controlador, que você não faz ideia - disse Luque. — Estamos desenvolvendo até um vocabulário próprio pros funcionários, sabia? Chamamos de "TupiniFala".

— Por causa do Orwell? – perguntou Tiago.

— Quem? - Luque não fazia ideia do que ele estava falando. — Não, por causa da Disney mesmo. É totalmente copiada da DisneySpeak que eles usam hoje nos parques. Nós só pegamos o manual de funcionários deles e traduzimos ou adaptamos os termos. Por exemplo, os clientes são sempre "hóspedes". E se algo der errado, jamais devemos usar a palavra "acidente", apenas "incidente". Não há uniformes, mas "figurinos", não se está "de serviço", mas "no palco", as atrações não são brinquedos, mas sempre "aventuras". E nós não temos funcionários, e sim "membros do elenco", que nunca devem sair do personagem, nunca se sentar à vista dos hóspedes, e se alguém pedir direções, nunca apontar com o dedo, mas com a mão inteira.

Foram interrompidos pelo garçom: telefone para Tiago. Levantou-se de sua mesa e caminhou até a cabine do piloto, onde sentou-se na cadeira achando aquilo tudo muito divertido. No painel de controles do avião havia um monitor, e o rosto de Johan surgiu na tela.

— Alô, Tiago? O Roberto está aí com você?

— Não, por quê?

— Aconteceu uma coisa. Precisamos dele com certa urgência.

— Por quê? O que houve?

— São os netos do velho.

Tiago sentiu um calafrio.

— Puta merda. O que aconteceu?

— As crianças fugiram.

— QUÊ?

Nem Johan sabia explicar direito o que aconteceu. A babá, dona Matilde, havia ligado de Altamira, aos prantos. Ao que parece, a pobre senhora estava meio mal do estômago por causa de algo que comera no almoço – alguns hóspedes haviam mesmo reclamado do camarão ao alho no restaurante do Reino Encantado – e foi ao banheiro assim que entraram na balsa. Não se sabe como, ficou ou foi trancada, e as crianças desembarcaram antes da balsa partir. O que significa que estavam sozinhas no parque fazia mais de uma hora.

— Bem, não são criancinhas, os três já têm onze anos.

— O problema é: quem vai dar a notícia pra Helena? Queremos encontrar os moleques antes – explicou Johan. — Estamos aqui tentando localizar os pirralhos pelos monitores, mas seria bom ter algum rosto familiar pra buscar e trazer os três de volta. Se você os vir, nos avise.

— Sim, pode deixar – disse Tiago, desligando.

E mais essa, agora.

Eram quase quatro da tarde, e o céu até pouco tempo antes limpo se enuviava. Três aviões fretados e cinco helicópteros particulares já haviam pousado e decolado do aeroporto, e ao menos doze ônibus executivos se revezaram indo e vindo de Altamira, até que o último dos hóspedes e funcionários temporários tivesse partido. Os que ficaram no parque eram designers, engenheiros, publicitários, ilustradores, artistas plásticos e uma equipe da Grow responsável pelo desenvolvimento dos brinquedos do parque – cerca de trezentos colaboradores, no total – reunidos no auditório do Grande Hotel Imperador D. Pedro II para uma prestação de contas final. Cada equipe apresentaria a parte que lhe coube criar de Tupinilândia e, depois, passariam todos para uma comemoração faustosa no restaurante do hotel, à base de muita bebida liberada. A noite prometia.

Helena Flynguer estava cansada. Eram os últimos momentos de um projeto mastodôntico que consumira cinco anos de sua vida, de uma concepção quase surreal de tão complexa. Era o projeto de vida de seu pai, algo que, nas palavras que escutara do próprio, seria a primeira coisa que construiriam que não precisava existir para uma função prática, existia por existir, por capricho estético. Um capricho de custos astronômicos e execução quase inviável, possibilitado apenas porque seu pai nascera numa posição muito específica de privilégio.

— Ou como o meu pai gosta de dizer: "A excentricidade não é prerrogativa dos milionários, e sim sua obrigação cultural" – disse Helena, a voz ecoando no auditório e provocando risos na plateia.

Mal desceu do palco do auditório, um funcionário veio lhe avisar que havia um telefonema urgente para ela. Um dia, pensou, gostaria de receber alguma mensagem que não fosse urgente. Seus pés doíam de tanto andar naqueles malditos saltos o final de semana inteiro. Saiu por uma portinha lateral e caminhou até a sala da gerência do hotel. Estava vazia no momento, mas tinha um televisor em que o rosto preocupado de seu pai era exibido, direto da sala de Luque na Torre de Controle.

— Eles fizeram O QUÊ? – foi sua reação imediata.

— Helena, já passei um sermão nos três. Até o Beto, imagine só, passou um sermão neles.

João Amadeus explicou que as crianças haviam sido encontradas por Tiago na Fliperópole, muito compenetradas em jogar, alheias à confusão que haviam armado, e trazidas até o Centro Cívico.

— Não sei se é necessário mais um sermão que...

— Uma ova que não! São MEUS filhos, não seus, papai, não do Beto nem de mais ninguém. E eu não acredito que vocês levaram quatro horas... QUATRO HORAS pra me avisar!? – falava quase aos gritos, no ponto de sua fúria que nem mesmo seu pai gostava de afrontar. — Onde eles estão agora? Ponha os três na tela.

As crianças apareceram no televisor lado a lado, Luísa à frente.

— Mamãe está furiosa com vocês – disse Helena, tentando controlar o tom. — Por que vocês fizeram isso? Vocês sabem a preocupação que deram ao vovô e a todo mundo?

— Você disse que a gente ficaria até segunda – falou Luísa. — A gente não queria ir embora.

— Minha flor, vai chover, mamãe não quer vocês voando com chuva nem ilhados aqui.

— Você quer é se livrar da gente – acusou Luísa.

— É, é sim – José fez coro. Hugo se calou.

— Como é que é?

— Você não quer mais ver a gente porque o papai foi embora – a menina continuou. Calibrava um tom de desdém na voz que era, em parte, uma imitação do tom de voz que já vira a própria mãe usar. — A gente é só um problema pra vocês. Você mesma disse que tudo teria sido bem mais fácil se você não tivesse a gente.

— Eu nunca disse isso, minha filha.

— Disse sim! Eu escutei! Você disse isso no telefone aquele dia *que eu sei*!

Helena ficou horrorizada. Vasculhou sua memória, tentando lembrar que telefonema poderia ter sido esse. A conversa com o advogado, dizendo que divórcios eram sempre mais complicados quando envolviam filhos. Queria estipular visitas mensais do ex-marido às crianças, mas ele não queria se obrigar a ir e vir tantas vezes de Recife. Por insistência do pai de Helena, haviam casado em regime de separação de bens, e o desgraçado agora falava até em pedir pensão alimentícia, para poder "manter o padrão de vida". Pensava que essa conversa com o advogado pelo telefone fora feita no escritório, não em casa. Agora era óbvio que se enganara, naquela rotina louca em que as fronteiras entre casa e trabalho eram tão borradas que praticamente inexistiam. Deveria ter sido mais cuidadosa.

— Não é verdade, minha filha, não foi isso que eu quis dizer.

— É verdade sim, você está mentindo de novo pra gente! Você é uma mentirosa!

— Não fale assim comigo nesse tom, mocinha.

— Não é justo – disse Hugo, enfim se pronunciando, quase aos prantos. Era sempre o mais emotivo dos três. — Por que os outros podem ficar aqui, e nós temos que ir embora? Não é justo!

— Porque vocês têm colégio.

— Foda-se o colégio! – disse José.

— Chega! Os três estão de castigo.

— Você não manda mais na gente! – berrou Luísa. — Nós vamos fugir de novo. Nós vamos fugir *sempre*!

— O.k., gente, vamos nos acalmar – disse João Amadeus, afastando as crianças do monitor. — Minha filha, deixe que eu resolvo isso. Você tem muita coisa com que se preocupar.

Helena limpou as lágrimas com as costas das mãos.

— O senhor tem que vir aqui fazer o encerramento, papai.

— Eu vou me atrasar um pouco, estamos resolvendo uns problemas aqui – disse o velho. — Qualquer coisa, eu faço o meu discurso depois, no restaurante. Deixe que eu resolvo tudo por aqui. Talvez você esteja sendo muito dura com as crianças, esse divórcio está sendo traumático pra todos.

— Sim, todo mundo acha que sabe como criar o filho dos outros – resmungou Helena.

Desligou. A voz do palestrante escoava abafada pelo corredor. Ela teve uma súbita percepção do próprio cansaço: dos ombros doloridos e tensos, dos pés torturados num par de saltos. Tirou os sapatos, sentindo na carne dolorida dos pés a maciez do carpete, sentou-se na cadeira e os massageou, depois apoiou os cotovelos na grande mesa senhorial do gerente do hotel e, sentindo-se mais sozinha do que jamais esteve até então em sua vida, começou a chorar em silêncio.

— Você está bem?

Ela ergueu o rosto, assustada. Havia um homem parado à porta da sala da gerência. Enxugou as lágrimas e piscou. Era Leonardo, vestido com suas roupas de Vigilante Rodoviário, jaqueta perfecto de couro preto, capacete nas mãos. Ela inspirou e soltou o ar dos pulmões devagar.

— Vou ficar. Você não devia estar no auditório?

— Eu sou um dos últimos a se apresentar. – Ele balançou os ombros, despreocupado. — Olhe, desculpe me intrometer, eu não quis ser indiscreto. Mas se tiver alguma coisa que eu possa fazer pra ajudar... quer uma água ou um café?

— Não, obrigada. Na verdade, até tem, sim. Me diga com sinceridade, o que você acha disso tudo? Desse parque? Não te parece tudo um absurdo?

— Que é absurdo é, uai – ele sorriu. — Mas o dinheiro não é meu, então acho tudo ótimo.

Ela riu, tanto pela observação quanto pelo sotaque dele que escapava.

— Mas ter a ideia é fácil, difícil é fazer acontecer – observou Leonardo. — E, pelo que eu soube, me desculpe a indiscrição, quem fez isso acontecer foi você. E não deve ter sido fácil.

— Não foi. Homens não gostam de receber ordens de uma mulher, isso é um fato. Se o meu pai eleva a voz, ele é firme e determinado. Se eu faço o mesmo, sou a louca insensível. O meu marido vai embora e mal vê os filhos, ninguém acha isso estranho. Mas eu tenho que estar sempre em dois lugares ao mesmo tempo – ela suspirou. — Você tem família, Leonardo?

— Tenho os meus pais, lá em São José do Rio Preto. Eu visito os dois de vez em quando, mas não muito que é pra não perder a paciência com o velho. Sabe, eu fugi com o circo quando tinha quinze anos, ele nunca aceitou muito bem isso. Vida de artista, essas coisas.

— Ah, sim. Você trabalhou na tevê, não foi? Li algo no seu currículo.

— Olhe, dona Helena... a gente tem que saber as nossas limitações. Eu sou um canastrão, foi o que me disseram, e é verdade mesmo, não vou mentir, não sou bom em decorar texto e fazer cara de tristeza. Mas eu gosto do movimento, sabe? Da ação. Vou te dizer, a adrenalina que a gente sente quando está lá girando dentro de um globo da morte, só não digo que é melhor do que sexo porque seria uma injustiça com a melhor coisa que Deus pôs no mundo, com todo o respeito.

Helena conteve um sorriso, e pareceu-lhe que Leonardo também. A sala estava escura, iluminada apenas pela luz que vinha do corredor e por um abajur amarelado sobre a mesa, então não dava para ver o rosto dele muito bem.

— E você nunca se machucou? – perguntou ela.

— Ah, um monte. Uma vez me cortei que quase rasguei a barriga, acho que o meu estômago só não caiu pra fora por questão de milímetros, foi o que me disseram. Quer ver a cicatriz?

Ela queria. Ele abriu o zíper do perfecto de couro e levantou a camiseta branca que usava por baixo, exibindo uma cicatriz enorme sobre o abdômen que, Helena não pôde deixar de perceber, era bastante definido. Ela o encarou sorrindo e murmurou:

— Você está flertando comigo, sr. Alencar?

— Depende. Eu corro o risco de perder o meu emprego nisso?

— Talvez. Nunca se sabe.

— Bem... correr riscos é o meu ganha-pão.

Helena foi até a porta da sala e a fechou.

Lobo Mau

João Amadeus desligou a câmera e se virou para os netos, as três crianças tensas e chorosas ao lado do tio. Olhou para Beto, também emburrado e teimoso. Não era o melhor momento para forçar uma reunião familiar no Restaurante Ilha Fiscal, mas as equipes de limpeza do Centro Cívico já haviam terminado o trabalho, e tudo ali entraria em modo automático em breve, assim que ele e Johan fossem para a festa.

— Talvez fosse melhor levar os três pra passear – sugeriu Tiago, falando baixo. — Sei que não é exatamente um castigo, mas talvez seja melhor do que…

— Sim, sim, você tem razão – concordou o velho. — Ainda tem gente em alguns parques, recolhendo as coisas e fazendo a limpeza, mas os brinquedos são automatizados. Vou pedir pro Johan lhe dar acesso operacional. Obrigado por tudo. É importante ter um… um adulto cuidando desses quatro.

Tiago sorriu. Voltou-se para Beto e as crianças, e sugeriu um passeio para aliviar aquele clima ruim. Talvez os dinossauros? Ele ainda não tinha visitado os dinossauros da Terra da Aventura, soube que Luísa era uma grande especialista no assunto, talvez ela pudesse guiá-los. A menina sorriu e se animou: sim, os dinossauros eram uma ótima ideia. Era só pegar o aeromóvel do Centro Cívico até o País do Futuro, e de lá embarcar na linha circular até a Terra da Aventura. Tiago sorriu com a própria ideia. Isso mesmo, um passeio: nada melhor do que dinossauros para distrair as crianças.

Os cinco saíram, e João Amadeus foi deixado sozinho com Johan. Este lhe apresentou uma lista das falhas do sistema que ocorreram ao longo do final de semana. Todos os brinquedos e áreas do parque seguiram um mesmo padrão: desconexão do acesso remoto por duas a três horas, e depois de volta ao perfeito funcionamento. Era como se houvesse um programa de teste oculto rodando, e esse programa estivesse detectando falhas uma por uma. Era uma possibilidade. Talvez houvesse realmente um programa de teste perdido, esquecido nos milhões de linhas de código do sistema, e talvez Demóstenes estivesse com medo de ter que revisar o código linha por linha.

Os dois foram interrompidos pela entrada abrupta do coronel Miguel Cristo, irritado.

— Alguém mais percebeu que os telefones pararam de funcionar?

— Quando? - Johan perguntou.

— Agora, neste instante - disse o coronel. — Eu estava na minha sala falando com a portaria sul, quando a ligação caiu. Tentei de novo, mas não funciona. Parece que tem uma equipe de imprensa vindo pela entrada principal. Um jornal de São Paulo, não entendi qual, sempre confundo os nomes. Aparentemente, alguém acha que o Tancredo Neves está aqui.

João Amadeus tirou o telefone do gancho e escutou o sinal de linha. Discou o número da recepção sul, mas a ligação não se completou. Enquanto Johan conferia o sistema nos monitores, o telefone tocou.

— Ué.

João Amadeus atendeu. Era a portaria principal. Outra equipe de imprensa, uma retransmissora afiliada à Globo, queria entrar mas não estavam na lista de convidados. João Amadeus ficou furioso: mas como? Ele já havia acertado a gravação do especial de inauguração do parque no mês que vem, eles sabiam que não deveriam vir hoje. O velho suspirou, desconsolado, autorizou a entrada e desligou - depois eu me entendo com o Roberto Marinho, garantiu.

— Pode tentar fazer outra ligação, por favor? - pediu o coronel Cristo.

Discou o número da recepção do Grande Hotel Imperador. O sinal chamou, mas ninguém atendeu do outro lado. Que bagunça era essa? Os dois se voltaram para Johan.

— É o ciclo de falhas de novo - disse ele. — As linhas de telefone caíram em quase todo o parque, exceto no Mundo Imperial e no Centro Cívico.

— Então conserte.

— Não tenho como! - protestou Johan. — É o que venho dizendo o final de semana todo. Quando essa porcaria começa, não tem o que fazer, exceto esperar.

No aeromóvel, a meio caminho Tiago percebeu que as crianças, e nisso já incluía Beto, estavam quietas e emburradas. Olhou pelas janelas e conferiu a hora no relógio de pulso, viu que o tempo escurecia mais rápido do que o entardecer, e a chuva prometida para segunda talvez se adiantasse.

Os cinco desembarcaram no País do Futuro sem precisar descer da estação, suspensa a quinze metros do solo. Atravessaram uma passarela e pegaram o outro aeromóvel da linha circular, que os deixaria na Terra da Aventura. No vagão, reencontrou Luque, que ia pelo mesmo caminho.

— Me avisaram pelo rádio que tem gente da imprensa chegando por todo lado – explicou. — Parece que alguém vazou pra eles que o Tancredo ia vir.

— Mas ele nem veio – disse Tiago.

— Eu sei, mas eles não sabem disso – resmungou Luque. — E não queremos que divulguem nada do parque ainda. A entrada sul é pela Terra da Aventura, aliás é estranho que tenham vindo de carro, e não de helicóptero ou na balsa, mas dá pra entender que querem nos pegar de surpresa. Ou pegar o Tancredo de surpresa, sei lá. O circo habitual da imprensa.

— O que o velho disse?

— Não sei. Fui avisado pelo rádio, parece que estamos tendo problemas com os telefones do Centro Cívico, eles não conseguem ligar de lá – Luque consultou o relógio. — Merda, e eu devia estar no hotel agora, pra minha apresentação.

O aeromóvel deslizou suave e silencioso pela trilha elevada, cruzando a faixa de vegetação nativa que separava os parques uns dos outros. Com o tempo escurecendo, a pista elevada era toda iluminada por holofotes que faziam a vegetação ser ressaltada, e davam a sensação de que corriam por uma trilha de luz. Ecos de um trovão ribombaram ao longe. Podia ver das janelas as luzes da Terra da Aventura, o mais largo dos quatro parques, devido à extensão da área dos brinquedos.

Já podia ver a estação iluminada se aproximando, quando o aeromóvel começou a reduzir a velocidade, e então parou. "Epa", disse Beto, acordando de seu torpor.

Em seguida, as luzes da pista elevada se apagaram, e toda a Terra da Aventura mergulhou na semiescuridão silenciosa e cinzenta que antecede as chuvas. Ao longe, podiam ver as áreas dos outros três parques e o Centro Cívico ainda iluminados.

— Que porra é essa agora? – berrou Johan na sala de controle. Olhou para o *video wall*, escurecido nas câmeras que mostravam a Terra da Aventura. — O aeromóvel também está parando em todo o parque.

Em seguida foi a vez do Reino Encantado entrar em blecaute, com as respectivas telas no *video wall* escurecendo uma por uma, em sequência.

— O.k., *agora* estou ficando preocupado – disse o velho.

— Sabe o que parece? Que os computadores estão ficando doentes – disse o coronel.

— Certo, Miguel... – desconversou o velho.

— Falo sério, é como gripe. Vai passando de um pro outro cada vez mais rápido. Não faça essa cara, João. Não te parece o padrão de uma contaminação por doença infecciosa?

— São máquinas - disse João Amadeus. — Feitas de plástico e fios de cobre. Não adoecem. Não existe "gripe de computador", não tem como eles serem infectados ou coisa assim.

Johan escutou isso e teve um princípio de vertigem, seguido por um disparo de adrenalina. Levantou-se de súbito e olhou em volta da sala de controle e para o *video wall* como se estivesse em busca de algo. Agora eram as telas do País do Futuro que se apagavam uma a uma.

— O que foi? - o velho perguntou, assustado. — Johan, fale conosco!

— Teoria do Autômato Autorreplicável de Von Neumann – disse Johan, falando muito rápido. — Em teoria, um programa de computador poderia ser desenhado pra se autorreplicar. Isso foi feito de modo experimental nos anos 70 pelos americanos, nos servidores da Arpanet. E há uns dois ou três anos, um colegial entediado criou um programa autorreplicável para Apple DOS, mas era inofensivo. A lógica é a mesma de um autômato celular, um modelo algébrico de matemática discreta, como o do "Jogo da Vida" desenvolvido por Conway nos anos 70 que...

— Em português, porra! - protestou João Amadeus.

— O que eu quero dizer é que se alguém fizer um programa autorreplicável maligno, então, sim, os computadores ficariam "doentes", porque ele funcionaria do mesmo modo que um vírus. Só que pra isso ele precisaria ser transportado por meio físico. Como disquetes, ou...

Disparou pela sala em passos largos até o computador de Demóstenes. Arregalou os olhos, saltou sobre a CPU e puxou o cabo de rede com tanta força que o arrebentou.

Virou o monitor para João e o coronel.

```
Instalacao completa
ativar REVEC/anaue.exe
ativo
ativar TERAV/anaue.exe
```

```
ativo
ativar PAFUT/anaue.exe
ativo
ativar MUIMP/anaue.exe
ativo
ativar CENTRCIV/anaue.exe
FALHA NA COMUNICACAO
```

— Ativo? Como assim, ativo? - o coronel Cristo se enfureceu. — Isso é um programa?

— Instalado pelas nossas costas – concluiu Johan.

João Amadeus olhou para o *video wall* e percebeu que os monitores que mostravam o Mundo Imperial ainda estavam ligados, ainda havia energia elétrica rodando naquele parque e dentro do hotel.

— Mas não faz sentido. Se estão todos ativos, por que o Mundo Imperial ainda tem luz?

— A única explicação possível é porque querem assim – disse Johan. — É onde estão quase todos os funcionários. E eu já tinha ativado o terminal do hotel pro controle remoto do parque.

— Puta merda – resmungou João Amadeus.

— "Querem"? – irritou-se o coronel. — Como assim, "querem"? Quem é que quer? E que merda é essa de "anáue-ponto-ê-xis-ê" que aparece aqui? - apontou o monitor.

O velho respirou fundo, com um calafrio na espinha.

— É *anauê*.

Tiros. Gritos.

Helena e Leonardo olharam para a porta, correram até ela e espiaram pelo corredor. Pessoas vinham correndo da sala de conferência, assustadas por homens uniformizados que davam tiros para o alto, conduzindo-as em pânico para o restaurante do hotel. Viram o advogado, Sidney Magalhães, passar correndo e tropeçar, sendo chutado por um dos soldados para que levantasse. Por instinto de proteção, Leonardo puxou Helena de volta para dentro da sala da gerência, encostou a porta e ficou espiando por uma fresta. Logo à frente estava a saída de emergência, os dois poderiam fugir por ali, mas os soldados avançaram pelo corredor.

— Vá pra baixo da mesa - murmurou, empurrando Helena. — Agora!

Ela não questionou. Escondeu-se debaixo da larga escrivaninha, que era fechada na parte da frente. Leonardo pegou o açucareiro da bandeja de café e virou um pouco sobre o tampo da mesa, preparando uma trilha estreita. Inclinou-se no instante em que a porta foi aberta com um chute.

— Epa, chame o capitão, tem mais um aqui! – disse um dos soldados.

Leonardo levantou a cabeça rápido e fingiu surpresa. O capitão era um homem robusto, de bigode, chegou já apontando uma pistola para ele. Foi quando os dois soldados reconheceram a fantasia de Leonardo.

— Ora, se não é o Vigilante Rodoviário em pessoa! Ha!

— Estava todo inclinado ali na mesa, muito suspeito – disse o soldado.

— É mesmo? O que você está fazendo aqui, hein? – olhou ao redor. — Tem mais alguém aqui?

— Não, senhor, só vim dar um teco, foi a primeira sala vazia que encontrei – disse Leonardo, fungando e coçando o nariz com insistência. Não era tão mau ator assim.

O capitão olhou para a trilha branca sobre a mesa, e olhou para Leonardo. Fez cara de nojo, agarrou-o pela gola do perfecto e o puxou para fora da sala, resmungando que artista era tudo drogado mesmo, e que o pusessem no restaurante junto com os outros.

Saíram os três, deixando a porta aberta.

Minutos depois, Helena corria pelas escadas de incêndio, descalça e desesperada. Desceu até o nível térreo, mas hesitou antes de abrir a porta corta-fogo: não sabia quem podia estar no saguão a uma hora dessas. Girou a maçaneta devagar e abriu uma fresta. Espiou. Viu homens uniformizados entrando no lobby, todos vestidos de modo igual: camisas verdes, calças brancas, gravatas negras e braçadeiras com um símbolo que ela não conseguia identificar, semelhante a uma letra E pontiaguda. Também havia alguém sentado na mesa de recepção, operando os dois terminais de computador que se conectavam à rede interna. Ela se arriscou a abrir a porta só um pouquinho mais: reconheceu o TI do parque, Demóstenes do Nascimento, seu corpo magro e macilento metido num daqueles uniformes antiquados. A porta giratória rodou, e mais homens uniformizados entraram no saguão, dirigindo-se para o restaurante. Pelas janelas abertas da recepção, ela viu um veículo blindado cruzar a frente do hotel e seguir seu caminho, em direção ao Centro Cívico. Fechou a porta corta-fogo e subiu as escadas, desesperada, até chegar ao quarto andar. Helena abriu a porta da suíte presidencial com seu crachá, que era um dos poucos que davam acesso irrestrito a qualquer tranca eletrônica do parque. Olhou ao redor em busca de um telefone. Encontrou-o sobre uma mesinha luís-quinze ao lado da cama. Discou o ramal da sala de operações na Torre de Controle.

— Alô? Papai? Johan?

— Helena! – era a voz de seu pai. Escutou ao fundo o coronel Cristo perguntando por que o telefone dela estava funcionando, e Johan explicou que pelo visto o Centro Cívico não estava fazendo chamadas, mas ainda as recebia. — Minha filha, onde você está? O que está acontecendo aí? Espere. Johan, ponha ela no viva-voz.

Helena respirou fundo, tentando se controlar para que não gaguejasse: contou o que viu, dos funcionários sendo levados como reféns, dos uniformes padronizados dos soldados, e que Demóstenes do Nascimento, que deveria estar num voo para São Paulo a essa hora, operava os terminais da recepção do hotel. Houve uma confusão entre as vozes dos três homens, discutindo sobre ativar ou não um protocolo de contingência. Helena ficou confusa: que protocolo era esse, que ela nunca ouvira falar? João Amadeus explicou que se tratava de isolar o Centro Cívico. Ninguém entraria ou sairia, uma contingência pensada para o caso de enchentes ou – João Amadeus hesitou em admitir – algum tipo de revolta externa.

— Mas isso pressupunha que tivéssemos o controle externo do parque, João – lembrou-lhe o coronel Cristo. — O que, no momento, não temos.

— Como assim, não controlamos o parque? – Helena se desesperou.

— Querida, estamos isolados aqui – explicou o pai. — Fora do Centro Cívico, o Mundo Imperial é o único parque onde os telefones funcionam, mas a conexão com Altamira está cortada. Johan, acho melhor ativar o protocolo.

— Pra ser sincero, João – era a voz de Johan –, eu já acabei de ativar.

— Papai… – Helena o chamou, a voz hesitante. Era a primeira vez em muito tempo que não sabia o que fazer, que não estava mais no controle da situação. — O que eu faço?

— Helena, aqui é o coronel Cristo – disse a voz grave do coronel. — Nós precisamos que…

A ligação foi cortada. Ela olhou assustada para o telefone em sua mão, e o depositou de volta no gancho. No mesmo instante, ele tocou. Ela saltou com o susto. Atendeu. A princípio, silêncio. Apenas uma respiração. Então alguém no outro lado da linha suspirou e finalmente falou:

— Quem está aí?

Ela reconheceu a voz de Demóstenes, mas não disse nada. Ele ameaçou:

— Fique aí e não faça nada. Estamos indo te buscar.

A fileira de veículos atravessou o Mundo Imperial e seguiu caminho pela estrada que levava até o portão de entrada do Centro Cívico. Mas havia algo errado ali, e os veículos pararam. O portão, com seus índios gigantes de concreto, o nome *Tupinilândia: Centro Cívico Amadeus Severo* em letras grandes e grossas, estava fechado. E não por uma cortina de ferro comum, mas por uma comporta pesada e imponente, como as usadas em canais de rios ou para conter enchentes. Uma sirene soava em seu interior, como um submarino submergindo. Não era algo que poderiam derrubar à força.

Um veículo blindado de transporte de pessoal, que vinha mais atrás, passou ao largo dos jipes e vans enfileirados. O EE-11 Urutu parou diante das comportas do Centro Cívico e abriu suas portas, liberando dez homens armados, com suas calças brancas e camisas verdes impecáveis, que formaram duas fileiras paralelas e ergueram os braços, mãos espalmadas ao alto, num grito uníssono de *anauê* em saudação ao último homem a desembarcar do blindado.

Botas e luvas de cavalariano, fardão de general de três estrelas. Rosto comum: cabeça redonda, sobrancelhas felpudas, olheiras fundas e escuras, bochechas já um pouco caídas pela idade, como se sua face estivesse num lento processo de derretimento. Recebeu a saudação e atravessou a fileira de soldados caminhando até a frente do portão, dando-se conta das câmeras de vigilância que estavam voltadas para ele. Olhou para o alto, tirando o quepe e revelando os cabelos brancos volumosos e revoltos. Vasculhando suas memórias de infância, sorriu com a ironia.

— "Porquinhos, porquinhos..." – murmurou – "... abram a porta, que eu quero entrar."

Ouviu um estalo elétrico, e notou um de seus homens conversando pelo rádio com os soldados no hotel. Seu assessor pessoal, cabo Gutierrez, veio apressado até ele e murmurou em seu ouvido: Tancredo Neves não veio. O general Newton Kruel suspirou, irritado. Olhou para as comportas, para os homens enfileirados no aguardo de seu comando, chupou os dentes num cacoete reflexivo e girou o dedo no ar, ordenando uma meia-volta.

Episódio 3
Não verás país nenhum

A pista elevada

Tiago bocejou. Já fazia quase dez minutos que o aeromóvel estava parado ali, na pista elevada, à distância de não mais do que uns duzentos metros da estação de desembarque. As crianças estavam ficando entediadas, o dia já havia enegrecido e uma garoa começava a cair.

— O que é esse "arúga"? - perguntou Hugo.

— Como assim?

— Não estão ouvindo? Lá longe, parece que estão chamando: "aruuuga, aruuuga".

Os adultos se levantaram, escutando a sirene que ecoava distante pelo anoitecer, por baixo do tamborilar da chuva. Luque ficou agitado.

— Tudo bem, é só a sirene de contenção - tranquilizou a todos. — O Centro Cívico está sendo fechado, provavelmente estão todos no hotel. Não vejo a necessidade disso, mas...

Tiago cogitou se seria possível saírem do aeromóvel e simplesmente caminhar pelos trilhos até a estação, e depois finalmente descer para terra firme. Luque foi contra a ideia: a energia poderia voltar a qualquer momento, e seriam atropelados pelo próprio aeromóvel. E Beto achou isso ainda mais arriscado com as crianças.

— Tio, olhe, uma luz - alertou José, apontando para baixo.

Uma fileira de três caminhonetes e um jipe vinha pela estrada. Passaram bem abaixo deles, entre os arcos da pista elevada. Escrito na carroceria estava o nome de um jornal paulista, que Tiago reconheceu com certo calafrio supersticioso. Pararam cinquenta metros adiante, alguém desceu de um carro e foi conversar com o motorista de outro. Pareciam perdidos, o que era de esperar com aquela área do parque toda às escuras.

— Alguém deveria avisar esse pessoal que o Tancredo não veio - comentou Tiago.

— Deus do céu... - suspirou Beto. — E o papai não queria imprensa hoje.

— Talvez um de nós devesse ir ali falar com eles - sugeriu Luque.

Sim, parecia o ideal a ser feito. Ao menos assim alguém poderia avisar a Torre de Controle sobre onde estavam. Luque fez menção de puxar a alavanca de emergência do carro dianteiro, mas Beto o alertou de que não, melhor era abrirem a porta do segundo carro, o traseiro - o aeromóvel era composto -, e saírem por trás, afinal se a luz voltasse nesse meio-tempo, melhor era ser deixado para trás do que atropelado. Luque concordou. Foram até o carro traseiro, puxaram a alavanca que destravava a porta, abriram. O vento e as gotas finas de chuva os atingiram no rosto. Beto se propôs a ir junto com Luque, já que poderia falar com os jornalistas em nome da família, e pediu a Tiago para ficar com as crianças.

As bordas de concreto da pista, embora estreitas, tinham espaço o bastante para que os dois caminhassem com cautela por elas, apoiando-se na fuselagem do aeromóvel. Foi o que fizeram. Assim que deixaram o aeromóvel para trás, saltaram para o meio do trilho e começaram a gritar e acenar.

Luzes de lanternas se voltaram para cima, primeiro para o aeromóvel, depois para os dois, iluminando seus rostos e tornando difícil enxergar direito quem estava lá embaixo. Houve uma conversa trocada aos gritos, em que se entendeu que os de baixo estavam perdidos, e as pessoas ali em cima estavam ilhadas. As lanternas vasculharam o aeromóvel, a pista elevada e as pilastras que a sustentavam, até se focarem na margem esquerda da estrada, nem dez metros distante de onde Beto e Luque se encontravam, onde a pilastra possuía uma escada de manutenção feita de semicírculos de metal cravados no concreto. Luque e Beto foram até ela, desceram e se juntaram aos homens nos carros, conversando com eles.

Tiago não conseguia escutar direito o que diziam, mas falavam sobre a falta de luz. Uma das crianças tinha um binóculo na mochila, que dividiam entre si observando os adultos abaixo.

— Que carros estranhos eles usam - comentou Hugo. — Parece do Exército.

— Deve ser pra andar melhor na estrada - sugeriu José.

— E que roupas estranhas também - percebeu Luísa. — Se vestem todos iguais.

— Como assim? - perguntou Tiago, pegando o binóculo emprestado.

Calças brancas, camisas verdes, gravatas pretas. De onde ele conhecia aquilo? Vasculhou sua memória visual, suas pesquisas históricas.

O reconhecimento lhe veio com um calafrio. Talvez fosse parte de mais alguma encenação saudosista e vingativa do velho Flynguer? Mas não era para serem da imprensa? Não fazia nenhum sentido, a não ser que... Não, não era possível.

— Que foi, Tiago? – perguntou Hugo, ansioso, notando o pavor em seu rosto.

Tiago foi até a porta do aeromóvel e começou a gritar. Luque e Beto conversavam com os engravatados, em especial com um moreno de bigode e cabelo escovinha. Ao ouvirem os gritos de Tiago, os dois se voltaram na sua direção, de costas para os soldados, tentando escutar. Mas tudo o que compreendiam era "entrega a lista, entrega a lista".

— Que lista? – Luque gritou de volta. Não viu o homem de bigode erguer a pistola contra sua nuca e disparar. Na noite, houve um clarão e um estampido. As crianças gritaram de susto e Tiago fez com que se abaixassem nos assentos, mas ele próprio espiou, a tempo de ver mais tiros sendo disparados, agora na direção da mata, para onde Beto havia corrido. Outros homens igualmente encamisados de verde desciam de uma das vans e apontavam lanternas para o chão, iluminando o corpo inerte de Luque e a poça vermelha de sangue.

Hugo começou a chorar baixinho, e sua irmã o abraçou. Tiago engatinhou pelo chão do aeromóvel olhando ao redor, em busca de qualquer coisa que servisse de defesa. Aproximou-se da porta aberta e espiou para fora. Os homens lá embaixo discutiam entre si e falavam pelo rádio. Reclamavam da falta de luz, de estarem perdidos pelo caminho. O bigode mandou outro encamisado, um ruivo, subir a escadinha da pilastra até o aeromóvel.

Tiago murmurou para as crianças irem para a frente do carro, enquanto ele engatinhava até a traseira, e ficou espiando pela janela. Uma luz distante, a norte, chamou sua atenção: a energia estava voltando em algumas partes da Terra da Aventura. A cabeça do soldado ruivo surgiu no concreto da pista elevada, esbaforida, vindo pela escadinha de metal da pilastra atrás do carro.

Então as luzes verdes e azuis da pista elevada se acenderam mais a leste, e vieram até eles como uma onda, iluminando toda a vegetação. O ruivo já estava de pé sobre os trilhos. De sua janela, Tiago viu que trazia uma arma na mão. As luzes do aeromóvel se acenderam, e as crianças soltaram um suspiro aliviado. O soldado ruivo começou a correr. O aeromóvel começou a deslizar, muito devagar no começo. O ruivo subiu na margem de concreto da pista, dando palmadas com a mão aberta na lataria do aeromóvel, como um passageiro que tenta chamar o ônibus que parte sem ele, por fim chegando até a porta aberta, e já enfiando um primeiro pé para dentro do veículo, sem perceber que Tiago estava ali parado, à sua espera.

Então Tiago o empurrou.

O ruivo caiu de uma altura de cerca de quinze metros, esborrachando-se no cascalho da estrada abaixo. Os outros soldados gritaram. Alguns dispararam suas pistolas e metralhadoras, estilhaçando os vidros do veículo, que se afastava ganhando velocidade. Tiago deitou-se no chão e gritou para que as crianças fizessem o mesmo. Deitado, não teria como ver que o oficial de bigode, furioso, buscava às pressas na traseira de uma das vans o lança-rojão AT-4, ajoelhava-se no chão, fazia mira e disparava. Tiago não viu sequer o rastro fumacento que cortou o ar e atingiu a traseira do carro onde estava, o segundo do comboio do aeromóvel, mas sentiu o estouro de chamas e vidros ao seu redor. Não sabia o que havia acontecido, mas sabia que era algo grave: o impacto, o estouro ensurdecedor, o calor súbito, os cacos de vidro que voaram sobre ele e a inclinação estranha que o carro parecia assumir, forçando a sanfona que o ligava ao primeiro módulo a se esticar. Seu ato reflexo foi o de se agarrar a qualquer coisa e tentar se erguer. Gritou para que as crianças se segurassem também, saltou pela sanfona até a segurança do primeiro carro e olhou para trás e percebeu que não havia mais segurança alguma. O carro traseiro, em chamas, havia se inclinado demais, e por fim virou e caiu, forçando e torcendo a sanfona e fazendo o carro dianteiro também virar de lado e despencar, veloz, do topo da pista elevada para a densa selva amazônica que dominava o parque.

Helena

Helena correu os olhos pela suíte presidencial. Precisava pensar rápido: cama, lençóis, cortinas, armário, televisor. A decoração era muito semelhante à do Copacabana Palace, um hotel que ela conhecia bem. Televisor! Ligou o aparelho e girou o dial, lembrando que era possível ver a recepção do hotel e os corredores principais de cada andar, nos últimos canais. Ali estava: Demóstenes do Nascimento, o maldito gerente de TI do parque, metido num uniforme militar, sentado na recepção do hotel, operando os terminais. Girou o dial; viu o corredor do andar, e o elevador se movimentando. Podiam saber onde estava – Demóstenes deve ter visto a linha do quarto ativa, pelo terminal da recepção –, mas não sabiam ainda quem ela era, não havia câmeras dentro dos quartos. Sabia que, se saísse para o corredor, seria vista por eles. Pegou um abajur, livrou-se da pantalha, mas manteve a lâmpada atarraxada. A varanda espaçosa lhe pareceu uma boa opção de esconderijo. Abriu as portas, sentindo o hálito quente do anoitecer paraense, e escondeu-se do lado de fora, contra a parede.

Escutou alguém forçar a porta, sem conseguir abrir. Um estalo do rádio, a voz abafada. O bipe eletrônico da porta sendo destravada. A porta abriu, mas o carpete abafou os passos. Ouviu a porta do banheiro. Uma trombada na mesinha de vidro, um resmungo. Estava se aproximando da porta da varanda. O rádio estalou. "O general está voltando. Todos para o restaurante."

— Entendido – disse a voz, denunciando sua posição ao lado da porta, ao lado de Helena.

Ela o atacou. Bateu-lhe com o abajur na cabeça, com o lado da lâmpada, que quebrou e lhe rasgou o rosto. O homem gritou de dor e puxou o gatilho – uma submetralhadora com silenciador –, disparando dois tiros que estilhaçaram a mesinha de vidro e os vasos decorativos, cujos cacos de cerâmica voaram, espalhando-se pelo carpete. Helena o golpeou nas mãos, fazendo a arma voar longe, indo cair mais adiante. Então o homem a segurou pelo braço.

— Você me cortou, sua vaca!

Acertou um soco no rosto de Helena que a desnorteou. Ela se virou para o aparador, onde havia um vaso de flores ainda intacto. Ele a agarrou com uma mão pelos cabelos, puxando-a, e com a outra a segurou pelo pescoço. Helena lhe acertou um golpe no queixo com a base da mão, enquanto lhe torcia o pulso com a outra. Depois, um cotovelão, e derrubou o homem sobre uma poltrona. Olhou para a metralhadora, caída no carpete, separada deles por uma faixa de cacos de vidro. A adrenalina a fez agir sem pensar: correu sobre os cacos, sentiu os rasgões de dor na sola dos pés, caiu sobre a metralhadora.

O homem já se levantava novamente, quando ela se virou e lhe apontou a arma.

— Cuidado, boneca, que isso não é brinquedo – disse o soldado, erguendo as mãos. — Vamos lá, entregue isso pra mim que tudo vai ficar bem. Você nem sabe o que tem nas mãos, meu anjo, vai acabar se machucando com isso.

Mas sua cabeça operava de modo pragmático: não iria perder tempo discutindo. Ela sorriu condescendente e puxou o gatilho, alvejando-o com três disparos rápidos no peito. O homem caiu morto sobre o sofá.

Ela se arrastou até o televisor e o ligou novamente. Demóstenes ainda estava na recepção, mas não havia escutado os tiros, graças aos silenciadores. Mancou até o televisor, os pés manchando o carpete com sangue, e o ligou, atenta ao canal que exibia a recepção do hotel. Lembrou de ir até o frigobar do quarto, buscou as vodcas e uísques nacionais, foi até o banheiro e abriu as torneiras da banheira. Arrancou um a um os cacos de vidro da sola dos pés, lavou-os com água para limpar e com vodca para desinfetar. A dor a fez cerrar os dentes, mas aguentou. Nada novo comparado às cólicas renais terríveis que tivera no ano anterior.

As crianças. Precisava saber onde estavam, como estavam. Precisava chegar até um telefone e falar novamente com a Torre de Controle. Então escutou o som distante de carros freando e voltou para a sala, atenta ao televisor. Havia pessoas chegando no lobby, e Demóstenes se levantara da mesa da recepção. Um sentimento intenso cresceu dentro dela.

Helena Flynguer, aos trinta e quatro anos, estava sobrecarregada de trabalho, enfrentava um divórcio, um pai se recuperando do câncer, brigara com o irmão, não sabia onde estavam seus filhos, seus funcionários haviam sido sequestrados, e tinha uma metralhadora em mãos.

Olhou o corpo do soldado morto e começou a ter ideias.

As portas duplas do Restaurante Ilha Fiscal foram abertas de supetão e alguns dos funcionários mantidos de refém gritaram com o susto. O general Newton Kruel entrou e olhou o saguão, notando que ninguém tocara na mesa de doces e salgados que havia sido preparada para a ocasião. Aproximou-se, pegou um canapé e o meteu na boca. Salmão, uma delícia. Essa gente sabe gastar dinheiro. Buscou uma caderneta no bolso do fardão e leu aos reféns um discurso preparado.

— "Devido ao legado de arrogância e ingratidão da corporação Flynguer com um regime que lhe estendeu a mão, ela receberá agora uma lição sobre o verdadeiro exercício de poder. E vocês serão as testemunhas" – fechou a caderneta. — Pois bem, agora... onde está o sr. Flynguer?

Os reféns se entreolharam, confusos. O general começou a caminhar entre eles.

— João Amadeus Flynguer? Nascido em Porto Alegre em 1923? – passou em frente a Leonardo, que desviou o rosto para não encará-lo nos olhos. — Lutou na Força Expedicionária Brasileira entre 1942 e 1945. – Passou em frente ao advogado Sidney Magalhães, que também desviou o olhar. — Formado em História e Literatura Ibérica pela Universidade de Harvard em 1948. Presidente da Flynguer S. A. desde 1975. Casado três vezes... Pai de dois filhos...

Kruel parou diante do boneco animatrônico de d. Pedro II e inclinou o rosto como um cão atordoado, com um sorriso confuso: aquilo não fazia sentido para ele. Que espécie de louco gastaria tanto tempo e dinheiro com uma bobagem daquelas?

"Chega", disse a voz do velho, ecoando imponente pelo salão. "Essa loucura deve parar. O que você quer, Kruel? O Tancredo? O Tancredo não está aqui. Ele nunca veio."

O general olhou ao redor, confuso. Demorou a perceber que a voz vinha de alto-falantes.

— Isso eu já soube, mas não tem importância. Ele teria sido um bônus, no final das contas. Você tem algo muito mais valioso aqui. Abra as suas portas e me deixe entrar na sua bela casa. Faça isso, e ninguém precisará se machucar.

O general acenou para o cabo Gutierrez, seu assistente. Murmurou que não iria dialogar assim com Flynguer, como se o outro fosse a voz de Deus. Gutierrez disse que havia câmeras e monitores no auditório. Ao ouvir a palavra "câmeras", o general sorriu: mandou Gutierrez preparar aquele equipamento, então. Queria tratar com João Amadeus Flynguer no tête-à-tête.

O rádio estalou. Era Demóstenes.

— General, é melhor o senhor vir aqui ver isso.

Kruel não gostou daquele tom de alerta. Voltou para a recepção do hotel, onde dois de seus soldados estavam parados, assustados, em frente ao elevador. Olhou para dentro: ali estava um de seus homens, com o rosto rasgado por um corte, o corpo crivado de balas, caído sentado.

A primeira coisa de que Tiago se deu conta foi o cheiro de plástico queimando, o aroma que sua geração crescera identificando como sinônimo de perigo. Sentiu braços o erguerem, braços adultos, e uma das crianças respondendo que estava bem. Quando deu por si, estava deitado na grama, o carro dianteiro do aeromóvel tombado à sua frente, e o carro traseiro, em chamas, distante uns bons nove metros. Olhou ao redor e viu as três crianças de pé, apesar de Hugo estar com o rosto sujo do sangue que escorria de uma ferida na têmpora, o que deixara seus irmãos impressionados.

— É um corte superficial – disse um homem. — Mas era bom vocês verem um médico. Batida na cabeça, nunca se sabe. Vai que você fica louquinho.

As crianças riram. Tiago se endireitou, ainda zonzo, e reconheceu o mesmo figurante vestido de Capitão Aza que vira no Reino Encantado no dia anterior. Receoso, perguntou o que ele fazia ali.

O ator explicou que tinha passado o sábado inteiro circulando num só parque, e não queria ir embora sem antes conhecer o resto de Tupinilândia, mesmo que isso o atrasasse para a festa no hotel. Mas então faltou luz em todo o lugar, e ele acabou se perdendo. Quando a luz voltou, escutou tiros e uma explosão. Correu para os destroços a tempo de encontrar Tiago e as crianças.

— Quem é Beto? – perguntou. — As crianças não param de me perguntar se ele está bem.

Tiago resumiu a situação para ele. Possivelmente, as crianças viram um homem ser morto, passaram por um tiroteio e despencaram de um monotrilho de quinze metros de altura, havia bastante material para estresse

198

pós-traumático e não queria piorar a situação. Pelo que sabia, Beto poderia estar vivo ainda – vira-o correr para a mata, antes de tudo. Não havia como ter certeza.

— O tio Beto está bem – disse Tiago. — Eu vi quando ele correu pra dentro do mato.

— Mas como você sabe que eles não foram atrás dele? – Luísa se desesperou.

— É! Podem ter dado um tiro nele – disse Hugo.

— Não tem por que a gente imaginar o pior, crianças – disse o figurante de Capitão Aza.

— Aliás, qual é o teu nome? – Tiago perguntou-lhe.

— Sou o Capitão Aza, ora. Comandante em chefe das forças armadas infantis do...

— Não, eu quis dizer, o teu nome de verdade.

— Amigo, eu trabalho com crianças faz mais de dez anos. Se tem uma coisa que a gente aprende é nunca sair do personagem, entende? Não quebrar o encanto. Depois de tudo o que me disse que essas crianças acabaram de passar, mais ainda.

— Mas você consegue enxergar alguma coisa com esse capacete?

— Consegui enxergar vocês, não consegui?

Tiago deu de ombros. Começou a cair uma chuva fina e ele olhou ao redor: estavam próximos de um passeio de cascalho, com luminárias e canteiros que lembravam as aleias do Jardim Botânico do Rio; um caminho longo planejado para ser cruzado pelos carros elétricos do parque, ligando as áreas mais afastadas da Terra da Aventura. À esquerda, o "Capitão Aza" garantiu que o caminho daria na estrada por onde os carros dos soldados viriam. A solução era seguir o caminho à direita, fosse para onde fosse.

— Eu já passei por aqui – disse Luísa.

— E o que tem pro lado de lá? – perguntou Tiago.

— O pavilhão dos dinossauros.

— Bem, qualquer lugar é melhor do que nenhum – concluiu.

A ira de Kruel

Baias de carga e descarga, entradas auxiliares, aberturas do aeromóvel, túneis de manutenção, foram todos fechados e selados. As comportas do portão principal eram travadas por cilindros de aço maciços, como um cofre, e o tornavam impenetrável. Os geradores internos foram ligados. Na Torre de Controle, João Amadeus caminhava impaciente ao redor da sala de controle, quando o coronel Cristo entrou, acompanhado de dois seguranças uniformizados do parque.

— E então?

— Tem vinte e dois dos nossos aqui dentro, no Centro Cívico – disse o coronel. — Vinte dos meus homens da segurança, um figurante e a dona Ivone da limpeza. Todo o Centro Cívico está isolado. Exceto por uma parte, é claro.

O túnel debaixo da Arena, lembrou João, preocupado. Mesmo as áreas de manutenção mais inacessíveis ao público ainda assim ganhavam um tratamento cênico, ora desenhadas como o interior de submarinos, ora como corredores de estações espaciais. O túnel de manutenção subterrâneo construído debaixo da arena esportiva abrigaria um aeromóvel exclusivo para os funcionários entrarem e saírem do Centro Cívico, mas ainda estava incompleto. Era uma rota de fuga aberta, mas os invasores não tinham como saber sobre ela, porque Demóstenes certamente não sabia: as obras estavam paradas desde o começo do ano, antes de ele entrar como engenheiro substituto. Ao pensar em seu traidor terceirizado, João Amadeus começou a rir. Johan olhou para o coronel Cristo preocupado, girando o dedo ao redor da têmpora, em sinal de questionamento.

— João, você está bem? – perguntou o coronel.

— Acabei de me dar conta – disse o velho – de que a pessoa nesta sala que mais insistia em dizer que o sistema funcionava era justamente quem o corrompia por dentro.

O telefone tocou. Era Helena. Estava escondida no Café do Custódio, do outro lado da Praça Central. Falava rápido e estava agitada. Conseguiu sair do hotel, e dali tinha uma boa visão da movimentação no entorno. Eram cerca de quarenta soldados armados naquela área, todos vestidos na mesma combinação de calça branca com camisa verde. Alguns estavam colocando braçadeiras com o sinal de soma matemática, o que não fazia nenhum sentido. Quem era essa gente?

— Não é um sinal de soma – explicou o velho. — É um sigma.

O símbolo da Ação Integralista Brasileira. Depois da Segunda Guerra, os integralistas brasileiros haviam se abrigado sob o manto do Partido Populista, só dissolvido já na ditadura, quando se incorporaram aos quadros políticos da Arena, o partido de sustentação do regime militar. Mas isso quanto aos civis. Seus integrantes militares nunca precisaram se movimentar, sempre estiveram colados à cadeia de comando. Era de imaginar que já estivessem agora mais velhos do que Newton Kruel. Qual era o sentido daquela pantomima saudosista? Fazer um último gesto de afirmação, antes de caírem no esquecimento? Contudo, Helena tinha outra preocupação mais urgente: seus filhos.

— Ah... sim, estamos trabalhando nisso – João Amadeus hesitou. — Eles ficaram trancados no aeromóvel, lá pela Terra da Aventura. Johan, temos como passar na tela?

Eles não podiam movimentar as câmeras, mas agora que a energia voltava nos parques, podiam ao menos acessar suas imagens. Johan digitou alguns comandos em seu terminal e acompanhou a imagem no monitor ao seu lado, onde a tela se dividia em quatro segmentos. Fez uma careta e foi apertando a seta para baixo, indo de uma em uma por todas as câmeras da região.

— Ah, João...

— Só ponha na tela, por favor – insistiu o velho.

O mosaico de imagens do *video wall* foi preenchido com diferentes imagens da Terra da Aventura, que iam saltando de uma câmera a outra mostrando áreas vazias.

— O que você está fazendo? – perguntou João Amadeus.

— Estou procurando o aeromóvel – disse Johan. Olhou o mapa do parque na parede, com um tracejado de pequenas lâmpadas criando todo o percurso dos aeromóveis. A lâmpada próxima à estação Terra de Aventura piscava sem parar, como se o carro estivesse parado ali. — Não entendo, aqui diz que ele ainda está lá, mas não aparece nada na tela.

— O aeromóvel não pode ter sumido – resmungou Flynguer.

Mas era o que havia acontecido: o carro composto do aeromóvel desaparecera. Não estava em nenhuma das estações, nem no ponto que o sistema de localização indicava. Uma das telas, contudo, mostrava algo mais problemático: uma segunda coluna daqueles veículos de imprensa suspeitos, que vinha pela estrada de manutenção interna, juntando-se aos demais no Mundo Imperial.

— Onde eles tinham parado, mesmo? – perguntou o coronel Cristo, coçando o bigode.

Johan pôs na tela uma imagem do ponto indicado pelo sensor, onde a pista elevada cruzava sobre aquela mesma estada de manutenção. O coronel pensou ter visto algo, perguntou se tinham como ver por outro ângulo. Johan chamou outra câmera, logo abaixo da pilastra. Ali! Havia um veículo ali. Uma van, com uma das portas abertas, e um homem parado de pé ao lado, fumando um cigarro e olhando para o matagal como se esperasse o retorno de alguém.

— Hmm, certo. Melhor não dizer nada pra Helena ainda – pediu.

Mas o telefone estava no viva-voz. Ela gritou:

— Não dizer O QUÊ?

João Amadeus inventou uma mentira: que haviam desembarcado do aeromóvel e não conseguiam encontrá-los pelos monitores. Mas ela não acreditou e insistiu: onde estavam seus filhos?

O ramal na mesa de Johan tocou. Atendeu. Depois de meio minuto, gritou:

— Seu filho da puta racista e asqueroso, quem pensa que é pra me dizer o que... – grunhiu Johan, então tapou o bocal do telefone e se virou para Flynguer. — João, é o Demóstenes na linha. Estão transmitindo uma imagem num dos nossos canais internos e pediram que, por cortesia, a gente transmita de volta também. Querem discutir os "termos da nossa rendição".

João e o coronel Cristo se entreolharam, atônitos.

— Temos como transmitir algo daqui? – perguntou ao coronel.

— Você não está pensando em...

— Ele quer conversar cara a cara, conversaremos cara a cara – determinou Flynguer. — Johan, temos como transmitir algo daqui?

— Sim, o equipamento de vídeo está na sala do Luque, no final do corredor.

Mandaram dois seguranças buscar as câmeras. Depois pegou o telefone, tirou do viva-voz e pediu que Helena procurasse um aparelho televisor próximo, sintonizasse no canal interno do parque e ligasse de volta para eles no final da transmissão. Em seguida, os seguranças do coronel Cristo voltaram, trazendo o equipamento de filmagem para dentro da sala de controle. Perguntou: estavam todos prontos? Então já podia transmitir. Johan assentiu, digitou alguns comandos, e uma imagem surgiu formada inteira pelo mosaico de monitores do *video wall*.

O rosto sorridente do general Newton Kruel.

— Ah, Flynguer, meu caro. Conhece o provérbio que diz que "a vingança é um prato que se come frio"? Pois então... - comprimiu os lábios, raivoso. - ... aqui no Pará *nunca faz frio*.

No auditório do hotel, o general dividia-se entre o rosto de João Amadeus Flynguer projetado no telão do auditório, como numa tela de cinema, a câmera que agora o filmava, e um televisor exibindo sua própria transmissão, para conferir seu enquadramento. O general adquiriu uma súbita consciência de seu corpo no espaço, afastou-se um passo, até que a câmera o enquadrasse do peito para cima. Demóstenes suspirou: aquela brincadeira estava sendo uma enorme perda de tempo.

— De que se trata esse ataque? - perguntou Flynguer. — O que você fez com o meu pessoal?

— Tenho certeza de que deixei as minhas intenções claras, meu querido - disse Kruel, gesticulando de modo teatral. — Você achou que iríamos aceitar quietos ver o país ser entregue ao comunismo, que aceitaríamos sermos tratados como criminosos comuns, seu vermelho desgraçado, agentezinho de Moscou? Eu te privei do controle deste parque, e logo pretendo te privar do controle desta tua cidade. Isso não ficou claro e simples?

— E o que você espera conseguir com isso, Kruel?

— O mesmo que você - disse o general. — Ou você acha que passou despercebida por mim a sua movimentação em Brasília, com o governo, com empresários? Posso imaginar o custo de tudo isso aqui. Gente como você não ata ponto sem nó, e de que forma isso se tornará viável? Você acha que não percebemos o que você estava armando, seu socialistazinho do caralho?

— Do que você está falando? - perguntou João Amadeus.

— Ah, essa é a pergunta que vale ouro, não é mesmo? - riu Kruel. — Eu também pretendo fazer desta cidade um exemplo pro país. Só não vai ser o exemplo que você pensou.

— Este homem é um demente - protestou o coronel Cristo.

— Ah, veja só, temos um morto-vivo aqui! - O general pareceu se divertir ao reconhecer o coronel. — Coronel Miguel Soares Cristo, confesso que não estou surpreso de ver um subversivo como você por aqui. E a sua senhora, vai bem? Aproveitando bem a pensão de viúva?

— Seu filho da puta desgraçado, você é o único traidor da pátria aqui!

— Quem você está chamando de traidor? - berrou Kruel. — Traição foi o que o Geisel e o Golbery fizeram, escanteando o Sylvio Frota! Aqueles dois, marionetes dos russos, deixando o país à mercê do comunismo internacional, com essa ridícula abertura política! E você vem falar de traição *pra mim*? Eu vou te mostrar o que eu faço com vocês, comunas de merda!

Acenou para alguém fora do enquadramento, e quem surgiu foi Sidney Magalhães, o advogado do consórcio de financiadores do parque. Kruel sacou a própria arma, uma pistola 9mm de fabricação nacional, e com uma mão a pressionou contra a têmpora do advogado, enquanto o segurava pelo pescoço com a outra.

— "Eu mando e não peço, eu gosto de mandar" - disse o general, sorridente. — "E se não me obedecerem, eu posso me zangar; e sopro e bufo e jogo tudo pelo ar!"

— Sr. Flynguer... - choramingou Sidney, tenso e inchado.

— Seu maníaco! - berrou João Amadeus.

— Vamos pôr as coisas em termos claros! - continuou o general, arreganhando os dentes. — Eu lhe dou meia hora, entendeu? Meia hora. Ou você abre as suas portas e nos entrega o con... - A pistola disparou, estourando a cabeça de Sidney e manchando tanto o rosto do general quanto a tela da câmera com um violento borrifo viscoso e vermelho. Johan saltou de susto, João Amadeus, horrorizado, cobriu a boca com a mão, o coronel Cristo cerrou os punhos. — Ah, merda! - gritou Kruel. — Merda, merda de pistola nacional! Merda!

Alguém tentou limpar a lente da câmera, o que só serviu para borrar ainda mais a imagem.

— Feche o close em mim, Gutierrez. Isso. Muito bem, Flynguer, essa não era a minha intenção, mas paciência, está dado o recado - resmungou Kruel. — Você me entrega a cidade, ou eu matarei um funcionário seu a cada meia hora.

— Seu psicopata, pervertido, fascista desgraçado! - berrou Flynguer. — Esse homem tinha família! Tinha mulher e dois filhos pequenos! Eu vou afogar cada um de vocês num barril da sua própria merda! Está me ouvindo, Kruel? Você vai pagar por isso!

— Não, Flynguer - riu o general. — Já está tudo pago, por você. Meia hora, ouviu?

João Amadeus cerrou os beiços, respirou fundo e soltou o ar dos pulmões devagar.

— Se eu abrir as portas, você solta os meus funcionários?

— Livres pra voar.

— Que garantia eu tenho de que cumprirá com a sua palavra?

— Nenhuma. A meu ver, você simplesmente não tem alternativa.

João Amadeus olhou para Johan e o coronel Cristo. Nenhum dos dois esboçou reação.

— Eu preciso de ao menos uma hora, Kruel - disse Flynguer. — O sistema de contenção foi ativado, e ele só pode ser desativado manualmente. Vamos precisar desligar o gerador de energia, e você está com todo o meu pessoal reunido aí. Preciso de tempo.

Ouviram Kruel resmungar alguma coisa com seus homens.

— Tempo é um luxo do qual você não dispõe, Flynguer - disse o general. — Eu lhe dou quarenta e cinco minutos. Desligando.

A transmissão se encerrou, e os três se entreolharam.

O telefone tocou outra vez: era Helena. Seu tom foi frio, intenso e agressivo:

— Onde. Estão. Meus. Filhos?

Johan chamou de volta à tela as câmeras da Terra da Aventura. O homem que fumava ao lado do carro sumira, como aliás, também o carro.

Viagem à aurora do mundo

A trilha logo os levou a um muro coberto de hera, cuja única abertura era um vistoso portão de ferro trançado, como se por ali se entrasse numa propriedade antiga. Acima do portão, em letras de metal, lia-se "Vila do Destino". Logo além dele, numa praça arborizada com samambaias e palmeiras, exposto ao tempo, a réplica do esqueleto completo de um desses dinossauros grandes como elefantes, cujo longo pescoço era curvado em arco sobre a trilha pela qual os visitantes necessariamente precisavam cruzar.

— Que monstrinho. Qual será o nome dele, hein? – perguntou Tiago

— É um pescossauro – disse José, trocando olhares com o irmão.

— Ah... é esse o nome mesmo? – Tiago olhou o esqueleto, boquiaberto. Era incrível como as crianças se davam ao trabalho de decorar o nome dessas coisas.

— Não, é um titanossauro – disse Luísa, irritada. — Eles tão só gozando com você.

Tiago sorriu, condescendente com os meninos, e olhou para cima: para além do esqueleto, grossos troncos artificiais se misturavam a árvores reais para criar uma ilusão de ambiente pré-histórico, e ocultar parcialmente a entrada do pavilhão, grande como um centro de eventos. A marquise sobre a bilheteria anunciava a atração como se fosse a estreia de um filme, num letreiro grande e erodido com ares pré-históricos: VIAGEM À AURORA DO MUNDO.

— Ah! Esse livro eu li – disse Tiago, sorrindo.

Depois das portas duplas da entrada, pesadas como portas de museu, viram-se numa recepção decorada como o hall de uma antiga mansão, em que não faltavam poltronas, cômodas, abajures e lustres. Lembrou-se de algo que o velho dizia: que a narrativa já começa na antessala dos brinquedos, e os acompanha até a saída, a narrativa não é o brinquedo, é todo o espaço que o envolve. Em destaque à esquerda havia um telão dentro de uma estrutura retrofuturista, cheia de pistões, transistores e fios se movendo, o próprio telão afixado sobre uma moldura de resina feita para se assemelhar a uma escultura de cristal, uma mistura de exagero e maravilha como atração de shopping center – na prática, era apenas um telão. O filme que era projetado automaticamente pelo sistema mostrava um tiranossauro em *stop motion* perseguindo vaqueiros no deserto, cena extraída do filme *O vale de Gwangi*. Do outro lado, a bilheteria estava vazia, e não havia telefone.

— A gente entra por ali – disse Luísa, apontando uma porta dupla grande de madeira.

— Será que não tem um telefone no lado de dentro? – cogitou o ator do Capitão Aza.

— Acho pouco provável – descartou Tiago.

Escutaram o som de pneus no cascalho. Hugo, que ficara cuidando da porta, veio correndo avisar que viu um daqueles carros "dos bandidos" parar lá na entrada. Tiago olhou ao redor: só havia um lugar onde poderiam se esconder: para dentro do pavilhão. Tentou abrir aquelas portas duplas, mas estavam trancadas. Foi quando notou a trava magnética ao lado, com uma luz vermelha acesa, e lembrou de seu crachá de acesso. Buscou-o no bolso e o pressionou contra o sensor. A luz ficou verde, os cinco entraram, Tiago fechou a porta e cuidou de verificar se a trava trancaria de volta. Luz vermelha: fechada. Talvez isso os despistasse.

Ali dentro atravessava-se uma passarela elevada por sobre um corredor amplo, uma espécie de gabinete de curiosidades repleto de fósseis de dinossauros, painéis didáticos, monitores exibindo cenas de filmes em *stop motion*, e o boneco de um homem sentado diante de uma escrivaninha, com a caneta na mão, uma pilha de livros de paleontologia sobre a mesa, olhando fixo para a frente. Mais perto, Tiago reconheceu quem o boneco retratava: Erico Verissimo. Ao passarem diante dele, um sensor de movimento na passarela os captou. O animatrônico ergueu o rosto na direção deles e disse:

"Em meados de 1939, quando me pilhei sentado diante da máquina de escrever, em meio a algumas dezenas de livros sobre a pré-história, e procurando tirar deles elementos para uma fantasia em torno dos monstros antediluvianos, cheguei de novo à mesma conclusão." O boneco largou a caneta e ergueu o braço indicando a passagem à sua direita, num gesto afetuoso e convidativo. "Mais cedo ou mais tarde, o homem acaba satisfazendo os caprichos de menino."

A porta dupla foi chacoalhada atrás deles: os integralistas tentavam entrar. Tiago pôs o indicador nos lábios pedindo silêncio. Escutaram os homens conversando entre si, discutindo se quem procuravam não teria se escondido ali dentro. Veio um estalo de estática de rádio, e a voz de quem imaginaram ser o líder do trio.

— Demóstenes, aqui é o William – disse a voz, detrás da porta. — Tem como ver uma coisa pra nós? Veja se tem alguém dentro do pavilhão dos dinossauros. Não, não encontramos os corpos, por isso. Ah, você está vendo? Estão aqui dentro? Maravilha. Então nos faça um favor e destrave essa porra dessa porta. Sim, isso. Não, não tenho. Como assim, que código? Como vou saber qual é o código, é uma porta. Não tem aí uma lista, um manual? Arre, está bem, eu espero.

Os cinco se entreolharam, e Tiago indicou com o rosto a passagem. Não havia outra opção, e aceitaram o convite de Erico Verissimo, entrando no interior do pavilhão.

A paisagem selvagem ali dentro era digna de um set de cinema. As selvas artificiais às vezes parecem mais reais do que a própria realidade: palmeiras gigantes, samambaias enormes, trepadeiras, cipós, inclinações rochosas, maravilhas esculpidas em resina e madeira, com folhas de tecido em armações metálicas. Tudo era tão meticuloso e preciso quanto real. Havia uma fileira de carrinhos, com capacidade para quatro ocupantes cada, aguardando para iniciar seu percurso sobre o trilho semioculto no chão. Ao lado havia um posto de comando, uma cabine com um painel de vidro, sensível ao toque, com quatro monitores em preto e branco, mostrando diferentes pontos do trajeto.

— Se eles podem nos ver, não adianta nos escondermos – concluiu o ator do Capitão Aza.

— Eu já vim aqui antes, tenho uma ideia – disse Luísa.

Tiago olhou para trás, para a passarela. Não tinham muito tempo, e qualquer ideia lhe parecia boa, mesmo que vinda de uma criança de onze anos.

— A gente vai ter que se separar, mas, se vocês fizerem direitinho o que eu disser, não tem perigo – disse a menina. — É só não ficar no caminho deles.

— Deles quem? – perguntou Tiago.

— Dos dinossauros, ora – ela sorriu, e apontou a cabine de controle ao lado dos carrinhos. — E eu fico ali, cuidando pelos monitores pra quando for a hora certa.

— Nem pensar – disse Tiago. — Não vou te deixar sozinha pra correr o risco de eles...

— Alguém mais aqui sabe a diferença entre um estauricossauro e um estiracossauro? – ela perguntou, muito indignada em seus onze anos, pondo as mãos na cintura. Os homens, adultos e meninos, ficaram em silêncio. — Então só eu sei quais os botões certos que tem que apertar. Vamos lá, eu vou dizer exatamente onde cada um precisa ficar.

O tenente William Perdigueiro começou a ficar impaciente. Pegou o rádio outra vez.

— Ô meu querido, é pra hoje?

"Eu tô procurando, caralho", resmungou Demóstenes pelo rádio.

— Eles estão ali dentro ainda, pelo menos?

Demóstenes resmungou que ou cuidava das câmeras, ou procurava o número de código daquela tranca, duas coisas ao mesmo tempo não conseguia fazer. William ajudaria muito se procurasse na fechadura para ver se tinha algum número de código. William garantiu que não havia. "Tá, eu vou desligar as trancas desse parque todo então", avisou Demóstenes pelo rádio.

Por que não fez isso desde o começo, resmungou William consigo mesmo, e chamou seus dois soldados, Chico e Adamastor. A tranca passou do vermelho ao verde, e ele empurrou a porta. Atravessaram a longa passarela-museu e passaram em frente ao animatrônico de Erico Verissimo – "Em meados de 1939, quando me pilhei..." –, até o trio cruzar a passagem e entrar na área de selva artificial. Viram os carrinhos e os trilhos conduzindo para dentro da mata. William pegou o rádio.

— Ô Demóstenes, dê uma olhada aí e me diga se vê alguma coisa.

Silêncio no rádio. William o chamou de novo.

— Demóstenes?

"Tem um menino parado no meio de uma das clareiras. Parece assustado. Peraí, tô vendo o outro também. Acho que se perderam."

— Tá, tranquilo, a gente pega todos eles.

"Só cuida que ali dentro tem vários caminhos que..."

— Pode deixar, sem problema, a gente cuida. É só seguir o caminho dos trilhos. Silêncio no rádio agora, câmbio desligo.

E desligou. Tivesse dado tempo, teria escutado Demóstenes explicar que os trilhos se bifurcam e se reconectam para que mais de um carrinho percorra os trajetos ao mesmo tempo, de modo paralelo sem se chocarem.

Mas isso eles descobriram por conta própria quando, mal avançaram dez metros dentro daquela mata artificial fechada, mergulhados em sons gravados de pássaros e insetos e animais estranhos, encontraram a primeira bifurcação dos trilhos. William fez sinal para seus homens, mandando Adamastor ir para um lado, e Chico continuar com ele. Logo mais adiante, contudo, outra vez os trilhos se bifurcavam, um indo para dentro de uma caverna – um trecho criado para funcionar como um pequeno "túnel do terror" – e o outro seguindo pelo lado externo, subindo para um aclive. William olhou para cima: o teto côncavo do pavilhão fora pintado para simular o céu poente, entrecruzado por barras de sustentação com spots luminosos que criavam efeitos dramáticos de luz sobre a mata, alto-falantes ocultos em todo canto criando uma cacofonia de pios, grunhidos e zunidos de insetos. Mandou Chico entrar no túnel, enquanto ele próprio decidiu subir aquele aclive, para ver se era possível ter uma visão melhor.

José estava sentado na borda lateral da clareira, de costas para as folhagens, cuidando da outra extremidade, onde passava o trilho. Se surgisse alguém, seria por ali. Olhou ao redor, observando as marcas no chão que sua irmã disse para que ficasse de olho. E numa provocação típica dela: "Veja se não te assusta também". Mas o medo é sempre maior na antecipação. Foi quando notou que seu tênis havia desamarrado e se ajoelhou. Pegou as duas pontas, fez o nó inicial, depois as orelhas do coelhinho e, quando olhou para a frente, viu um dos soldados ali parado, e se endireitou.

— Ah, aí está você – disse Adamastor, estendendo-lhe o braço. — Não te assustes, moleque. Venha comigo, ninguém vai te machucar. Onde está o teu pai?

— Em Recife – disse José, caminhando de lado, ao longo da borda de folhagens.

— Ah, certo, bom pra ele – disse Adamastor, aproximando-se devagar de José, com medo de que o garoto disparasse correndo. — Mas venha comigo, tem gente te procurando.

— Tem não.

— Não complique a minha vida, moleque - Adamastor pôs a mão sobre o coldre.

José recuou mais um pouco.

— O que você tanto olha?

— O teu sapato desamarrou.

Adamastor olhou para os próprios pés e escutou um estrondo. Quando olhou para cima novamente, viu as árvores se abrirem como se estivessem sendo derrubadas, e um alossauro, uma monstruosidade de quatro metros de altura e nove de comprimento, saltou sobre ele. Adamastor gritou de susto, recuou, tropeçou nos trilhos e caiu no chão, arrastando-se de costas para longe do boneco, para o outro lado da clareira. O alossauro era um animatrônico magnífico e aterrador, de pele amarela salpicada de calosidades negras, avermelhado no pescoço, elevação óssea em frente aos olhos que o deixavam ainda mais monstruoso. Ato contínuo, baixou o corpo e abriu a boca, fazendo seu rugido ensurdecedor preencher os alto-falantes. José apontou o soldado com o dedo e riu.

— Seu merdinha – disse Adamastor. — Tá rindo de quê?

— De uma coisa que a minha irmã me contou.

— Ah, é? O quê?

— Que alossauros caçam em bando.

As árvores do outro da clareira também se abriram, e um segundo boneco saltou. Adamastor estava em cima das outras marcas, e dessa vez a pata desceu sobre sua perna, pondo nela a pressão de quase uma tonelada do boneco. O rugido do segundo alossauro ecoou nos alto-falantes ao mesmo tempo que o homem gritou de dor e pânico. Quando o braço hidráulico, pintado de verde-musgo para se ocultar entre as folhagens, começou a recolher de volta os dois imensos animatrônicos, Tiago saiu correndo do meio dos arbustos, chutou o rosto de Adamastor e o desarmou.

No púlpito da entrada, Luísa soltou uma risadinha ao ver o homem gritando nas câmeras. Algo lhe dizia que devia se envergonhar pela satisfação maldosa em ver o coitado gritar de pânico, mas naquele momento ela se divertia. Observou o outro integralista entrar no túnel de arma na mão e parar, assustado, ao escutar os rugidos dos alossauros, provavelmente se perguntando se teria escutado um grito humano misturado ao som. Luísa observou o painel de vidro à sua frente, sensível ao toque, e pressionou o botão "estauricossauro" com um risinho de satisfação.

A entrada do túnel se fechou, como se uma pedra houvesse rolado. O soldado Chico sacou sua pistola, apontando-a para as sombras. Um par de olhos brilhantes surgiu no escuro, e pareciam olhar para ele. Recuou. Um chiado réptil às suas costas fez com que se virasse e visse outro par de olhos o encarando. Um som de vapor. Cheiro de fumaça de gelo seco. E então uma luz piscou à sua esquerda, no lusco-fusco teve a impressão de ver algo bípede, do tamanho de um lobo – e branco como um –, passar de um lado ao outro num salto. Disse a si mesmo que eram só brinquedos para assustar crianças, mas, ao caminhar em direção à saída no outro lado do túnel, esqueceu que era um homem alto e de pé onde só passavam carrinhos com gente sentada. Um estauricossauro planejado para saltar por cima dos visitantes acabou o atingindo em cheio na cabeça, e ele gritou por socorro. Outro boneco saltou à sua frente, e ele pôde ver que o corpo de pele branca e réptil tinha grandes manchas vermelhas de bordas pretas nas costas, com olhos amarelos luminosos. De susto em susto, e com os estauricossauros saltando por todo canto ao seu redor, acabou tropeçando num dos bonecos e caiu sobre o braço hidráulico estendido de outro. Quando o sistema se recolheu, prensou-o na altura das costelas. A força do maquinário foi forte o bastante para lhe quebrar um osso, e ele gritou de dor pedindo socorro.

William ouviu os gritos e veio correndo. Entrou no túnel pelo lado de saída e puxou o boneco do estauricossauro para cima, forçando o braço hidráulico a se abrir. Chico se arrastou para fora da prensa e William soltou o mecanismo, deixando o boneco se recolher de volta ao seu espaço na parede, que fechou em seguida. Depois ajudou Chico a caminhar para fora do túnel, seguindo o caminho do trilho. Ao saírem para a luz, mais estauricossauros saltaram das folhagens ao redor, como se os estivessem cercando. Chico gritou de pavor.

— Qual o problema contigo? – ralhou o tenente William. — São bonecos, caralho! – Sacou sua pistola e deu um tiro na cabeça de um estauricossauro próximo, quebrando a mola do maxilar e o fazendo ficar com a boca caída. O animal, junto com os demais, se recolheu de volta à mata.

Hugo escutou um barulho que lhe pareceu um tiro, mas ficou na dúvida: era um estampido seco e curto, diferente daquele estouro dramático e ribombante que se escutava nos filmes. Além do mais, os sons de grunhidos, silvos e zunidos de selva embaralhavam tudo. Ali onde estava era um barranco artificial de dez metros de altura, onde o trilho dos carrinhos descia num ângulo agudo e se chocava contra o espelho d'água lá embaixo, feito para dar um banho nos visitantes. Alguns metros à sua frente, estava um ninho com ovos de estegossauro – num dos ovos, já chocado, um filhote de estegossauro movia-se perpetuamente tentando sair da casca. A mãe estegossauro, o corpo maciço de placas ósseas dispostas ao longo da coluna vertebral, repetia o movimento de ondular a cabecinha pequena de um lado, e o rabo pontudo com esporões de quase um metro, do outro. No lado oposto do trilho, um trio de ovirraptores, cabeças azuis e corpos amarelos e vermelhos, cada qual do tamanho de uma motocicleta, subiam e desciam as cabeças de cristas rígidas, abrindo e fechando mandíbulas de bico de pássaro, como se cobiçassem os ovos. José os achou bonitos, como pássaros exóticos. Quase se distraiu a ponto de não notar a aproximação dos dois homens.

— Ô moleque, venha pra cá, saia daí – disse William, estendendo a mão e o chamando.

— Quem são vocês? – perguntou Hugo.

— Venha pra cá e a gente conversa.

— Não vou, não.

William suspirou.

— Fique aqui – disse para o soldado Chico, e avançou na direção do garoto.

— Vá embora! – gritou Hugo, se agachando e se encolhendo no chão.

— Deixe de pirraça, guri – resmungou William.

Então os ovirraptores mudaram seu movimento, curvando o corpo como se fossem avançar sobre o ninho de ovos e soltando um trinado de pássaro. William notou a mudança de padrão nos bonecos, quase como se tivessem vida própria, e se virou para os animais com a mão sobre o coldre da pistola. O que não notou foi que o estegossauro tinha um eixo abaixo dele, que girou o grande boneco, fazendo a cauda com esporões chicotear o ar – logo acima dos carrinhos, que deveriam cair dali para a piscina. Mas não havia carrinhos, e William, que estava de pé e de costas para o barranco, recebeu o golpe da cauda do estegossauro e caiu de frente, cara no chão.

— Falei que esses brinquedos são perigosos – disse o soldado Chico.

Não notou atrás de si o figurante vestido de Capitão Aza, oculto nas folhagens, nem quando este saltou sobre suas costas. Os dois homens lutaram, com desvantagem para Chico, que tinha uma costela quebrada. William se levantou, viu os dois homens lutando e sacou a pistola. Já Tiago, que vinha seguindo o caminho dos trilhos, viu a arma e gritou um alerta. O ator do Capitão Aza deu uma chave de braço em Chico no mesmo instante em que William puxou o gatilho – a bala atingiu Chico no ombro. O Capitão Aza o largou, deixando o integralista cair grunhindo de dor, com a mão no ombro ferido. Furioso por ter acertado seu próprio homem, William disparou de novo.

A bala atingiu o ator do Capitão Aza na barriga. Tiago gritou *não*. O menino Hugo, indignado, num acesso de raiva empurrou o tenente William

Perdigueiro com as duas mãos, fazendo o integralista rolar barranco abaixo com um grito agudo, indo se estabacar no espelho d'água.

Tiago chamou Hugo de volta. Perguntou ao ator como ele estava.

— Não sei. Acho que pegou de raspão. Posso caminhar - respondeu.

— Vamos voltar pra entrada e sair daqui.

José juntou-se a eles, e refizeram o trajeto de volta até a entrada, na plataforma dos carrinhos, onde Luísa os aguardava. Tiago os levou para a saída, temendo que armadilha, perigo ou aventura os aguardaria no final de mais um túnel escuro. Uma preocupação desnecessária: saíram na loja de lembrancinhas, claro. Destravaram uma porta, atravessaram o lobby e o jardim. O carro dos integralistas estava ali parado, de portas abertas, mas não tinham a chave. Luísa consultou o mapa e sugeriu seguirem por uma trilha de manutenção que os levaria a uma praça de alimentação a céu aberto, onde talvez encontrassem um telefone.

— Garota esperta - disse Tiago, e seguiram por aquele caminho.

Molhado e cheio de luxações, o tenente William Perdigueiro mancou para fora do prédio até seu carro. Seu rádio havia molhado, mas tinha outro ali. Chamou Demóstenes na recepção do hotel e avisou que precisava pedir reforço. Quando, surpreso, ele perguntou por que precisava de reforços, William respirou fundo, engolindo junto o orgulho próprio, e suspirou.

— O Jair caiu e morreu, o Adamastor quebrou a perna, o Chico levou um tiro no ombro.

"O que aconteceu com as armas de vocês?", perguntou Demóstenes.

— A minha molhou. As deles foram levadas.

"Você está me dizendo que três crianças desarmaram e renderam vocês?"

— Tinha mais gente com eles.

"Quem? Quantos?"

— Ahn... um homem vestido de Capitão Aza.

Risos no rádio.

"Olhe, William, o general não vai querer escutar que vocês foram batidos pelo Capitão Aza comandando um bando de crianças, o.k.? Tem uma patrulha no País do Futuro, leve os teus homens até lá e aguarde novas instruções. E William? Veja se não faz mais merda, tá bom? Anauê!"

William desligou o rádio, furioso.

Teoria dos Jogos

João Amadeus mentira: não havia nenhuma necessidade de se desligar os geradores para abrir as portas do parque, mas isso fez com que ganhasse tempo. Helena continuava escondida na Confeitaria do Custódio, com o telefone nas mãos, sua ligação aberta no viva-voz da sala de controle, enquanto os outros três se entreolhavam, buscando soluções para uma situação desesperançada.

Quando um minuto de silêncio se formou no grupo, Johan notou a pilha de revistas sobre sua mesa, que incluía uma edição importada da *PC Magazine* e a nacional *Revista Micro Sistemas*. Foi esta última que chamou sua atenção. Era a edição de janeiro daquele ano, e a chamada de capa, "Jogos: os mais importantes programas do mercado", listava os jogos de computador mais interessantes do momento, como o Frogger; a *Micro Sistemas* promovia também os que eram programados pela equipe da própria revista, para linhas de computador Sinclair, Apple e TRS-80. Foi quando a ideia lhe veio como uma pancada na cabeça e rompeu o silêncio da sala.

— Minimax - disse, pensando em voz alta. — É a única lógica possível aqui.

— O que é isso? - perguntou João Amadeus.

— Uma regra básica da teoria dos jogos - explicou Johan - pra minimizar a perda máxima caso se chegue ao pior cenário possível. Se o jogador A percebe um movimento que o leva à vitória, então essa é sempre a sua melhor jogada. Porém, se o jogador B identifica uma jogada que pode levar o seu adversário à vitória enquanto há outra que conduz a um empate, então o melhor movimento pro jogador B é o que leva ao empate. Minimização da perda máxima. Minimax.

— E qual é o pior cenário possível? - perguntou o coronel. — Sermos todos mortos?

— Perder o controle da torre – João Amadeus, captando o raciocínio. — Planejamos a torre para evitar que ocorresse o mesmo que aconteceu em Fordlândia. Ela foi feita pra resistir a tentativas de invasão, estamos seguros aqui dentro. Mas não temos o controle dos parques e, o mais importante, não controlamos as linhas de telefone. Manter a torre não serviria de nada, a princípio.

— Mas se eu reiniciar o servidor, podemos retomar o controle do sistema do parque – propôs Johan. — Teremos uma janela de tempo de alguns minutos, em que eu posso bloquear o acesso de Demóstenes nos terminais do hotel enquanto o sistema reinicia.

— Mas ele poderia retomar o controle por outro computador? – perguntou Helena no viva-voz.

— Teria que ir pro terminal de outro parque – disse Johan. — Eu poderia desconectar e conectar cada parque, sucessivamente, mas ficaríamos nesse jogo até que alguém cometa um erro. O que precisamos é garantir que eles não façam isso. Precisaríamos criar a distração perfeita. Dar o que eles mais querem: acesso ao Centro Cívico.

— Fora de cogitação! – protestou João Amadeus.

— Não, eu sei aonde ele está querendo chegar – disse o coronel. — Uma vez que os soldados estejam aqui dentro, podemos ativar a contenção outra vez. E trancá-los aqui. Um empate.

— Eles não vão deixar os reféns desassistidos.

— Não, mas serão bem menos homens – garantiu o coronel. — Eu e os seguranças podemos nos deslocar pelo túnel para o lado de fora e cuidar disso. Claro, se eles morderem a isca.

— Pelo que sei de Newton Kruel, ele até que é esperto, mas não é um líder experiente – disse João Amadeus. — Ele nunca sequer serviu em combate. A não ser que alguém considere jogar cavalo em cima de manifestante como uma experiência militar válida. Como todo extremista, ele segue um padrão de pensamento bidimensional. Ele *vai* morder a isca. Só tem um problema, não? Alguém precisa ficar aqui dentro operando o parque.

Johan suspirou, retirou os óculos e os limpou com um lenço.

— Eu fico. Fazer o quê? Já vi filme americano o bastante pra saber que, nessas situações, o negrão é sempre o primeiro que se fode.

— Não diga isso. Eu vou ficar aqui com você – disse João Amadeus. — É a mim que Kruel quer, mais do que qualquer outro. Isso faz de mim uma isca até melhor.

O coronel os lembrou de que, se conseguissem fazer os telefones funcionarem direito, os dois poderiam chamar o helicóptero em Altamira e abandonar a torre pelo telhado da antena, acima do domo de vidro. Helena, que escutava tudo pelo viva-voz, perguntou quanto tempo ainda tinham.

— Uns vinte e cinco minutos – respondeu seu pai. — Mais ou menos.

O coronel consultou o relógio, preocupado. Não havia tempo a perder. Rádios, confere, escopetas, confere, pistolas, confere. Despediu-se de João Amadeus e Johan, desceu a torre e se reuniu com os seguranças. Tinham que correr para chegar até a arena esportiva na asa leste, encontrar a passagem que levava ao túnel de manutenção subterrâneo, de lá emergir no parque País do Futuro – e só então poderiam se deslocar até o Mundo Imperial. Era muito percurso para pouco tempo, mas era o único plano que tinham. E enquanto cruzava os corredores e praças internas, o coronel Miguel Soares Cristo não conseguia deixar de olhar para cima, para aquele imenso domo geodésico com suas placas de vidro. Aquilo o deslumbrou desde o primeiro momento que o viu pronto, e não conseguia afastar a sensação de que era a última vez que o veria por dentro.

O ator vestido de Capitão Aza parou, pôs a mão sobre a ferida na barriga e respirou devagar. A bala havia atravessado a carne na altura das costelas, entrando de um lado e saindo do outro. Tiago o instigou a aguentar só mais um pouco, já estavam chegando. Ele grunhiu, balançou a cabeça em sinal positivo, e seguiram. Tiago ofereceu o braço como apoio, mas começou a rir.

— O que foi?

— Nada, só uma coisa que me ocorreu agora - disse Tiago. — Se, quando eu tinha onze anos, alguém me dissesse que um dia eu estaria numa cidade perdida no meio da Amazônia, cercado de dinossauros e combatendo nazistas junto do Capitão Aza, eu teria achado besteira.

— Bem, aqui é Tupinilândia - disse o homem. — É o lugar onde essas coisas acontecem.

A chuva começou a engrossar quando eles chegaram à área aberta do Hotel Rondon, um conjunto de bangalôs e instalações em diferentes níveis de altura, ligados por passarelas e praças e pontes de corda como um vilarejo suspenso na selva. Entraram na área aberta do restaurante, com suas mesas de madeira redondas e guarda-sóis de palha, iluminados por postes imitando lampiões, à beira do lago artificial do parque. O restaurante estava com as luzes acesas e o interior vazio. Era impossível que não houvesse também um telefone por ali.

— Vocês deviam me deixar aqui – disse o ator. — Eu não consigo mais caminhar, e vou só atrasar vocês. Quando encontrarem um telefone, mandem alguém me buscar.

— Não sei se é uma boa ideia – rejeitou Tiago.

— Você sabe que é – retrucou, num tom muito firme. Apontou a porta do restaurante: — Eu almocei ali hoje. É um bom esconderijo. Vamos.

Entraram. Tiago encontrou uma mesa no fundo, com um longo banco acolchoado, e o ajudou a se deitar. Ele e as crianças entraram na cozinha, em busca de algo para beber. Encontrou um refrigerador cheio de garrafinhas de refrigerante de caju São Geraldo e levou para o homem, que as bebeu com gosto, sedento.

— Sabe, eu gostava muito do programa do Capitão Aza quando era pequeno – disse Tiago, sentando-se ao seu lado. — O meu pai era da Força Aérea, e depois que ele desapareceu em 1968... bem, assistir ao programa passou a ser o ponto alto do meu dia. Ele visitou a minha escola uma vez, o Capitão Aza. Veio com um bombeiro, um policial militar e um pracinha da FEB. Quando a gente é criança, aceita essas coisas do jeito que elas são, não faz diferença o país ser uma ditadura pra quem nunca conheceu nada diferente. Mesmo quando o pai da gente desaparece por causa disso.

— Bem, eu sou militar, você sabe... – disse ele, mostrando o emblema da Força Aérea na fantasia de Capitão Aza – ... e uma coisa não tem necessariamente a ver com a outra. Todo país tem forças armadas... nem todos são uma ditadura. É uma questão de... de poder.

— Você vai me dizer que "o poder corrompe"... – concluiu Tiago.

— Isso seria dizer o óbvio, mas não necessariamente. – Ele balançou a cabeça. — O poder atrai os corruptíveis. E poder pelo poder se torna um... um exercício de força. Se não houvesse o comunismo... teriam que inventar outra coisa. Pra justificar o desmando – ele respirava com dificuldade. — Esse refrigerante é bom. Me veja outro.

Tiago pegou outra garrafinha de São Geraldo.

— Tu até agora não me disseste o teu nome – observou.

— Mas eu já... já falei. Sou o Capitão Aza. Comandante em chefe... das forças armadas infantis. É importante... nunca sair... do personagem. Você sabe – ele sorriu. — Pelas crianças.

Tiago concordou, balançando a cabeça. Por um instante, pensou em tirar-lhe o capacete, ver qual era o verdadeiro rosto por trás do personagem, mas isso seria trair aquela encenação para ambos. Limpou as lágrimas discretamente. Luísa veio perguntar como estava o Capitão Aza.

— Ele está muito cansado – disse Tiago. — Vai ficar aqui descansando, até encontrar alguém pra buscá-lo.

— Os telefones não funcionam – disse a menina. — Já tentei.

Tiago suspirou. A única esperança era chegar até o Centro Cívico, ou irem para outro parque. Um trovão ribombou, e o barulho da chuva foi ficando cada vez mais forte. Luísa foi para a janela do restaurante, olhar para o lado de fora. Os meninos entravam e saíam da cozinha sem parar.

— Olhe, tem um carro ali – apontou Luísa. — Não podemos usar?

Tiago aproximou-se da janela. Era um dos veículos elétricos de manutenção, um modelo Itaipu E150 da Gurgel, com carroceria em fibra de vidro num bizarro formato de trapézio e somente dois assentos, apesar de contar com um espaço de um metro atrás dos bancos para bagagem. Aquele ali em específico era um jipe, de um vermelho-vivo. Estava guardado debaixo da marquise de uma lanchonete, mas havia um problema: era conversível. Precisariam esperar a chuva diminuir de intensidade. Mas Hugo e José não paravam quietos, e Tiago perguntou o que tanto faziam entrando e saindo da cozinha sem parar.

— Estamos pondo a mesa! – disse Hugo.

— Estava cheio de comida lá dentro – justificou José, apontando a mesa.

— Minha nossa – disse Tiago.

Os garotos fizeram uma pilha de guloseimas sobre a mesa: pães de queijo, bolos de rolo, pudins, gelatinas, uma torta Marta Rocha, cocadas, pastéis e salgadinhos. José abriu uma caixa de pirulitos de caramelo Zorro e uma garrafa de guaraná Cyrilla.

— Quer alguma coisa, Tiago? – perguntou Hugo. — Venha, é por conta da casa!

Outro raio lampejou. Não iriam a lugar algum enquanto aquela chuva não diminuísse. E de qualquer modo, depois de toda aquela agitação, até que estava com fome. Sentou-se com as crianças e se serviu de uma fatia de Marta Rocha.

Quarenta e cinco minutos se passaram. O general Newton Kruel se virou para a sua câmera e sorriu. Um de seus soldados ligou para o ramal da Torre de Controle, pedindo comunicação. Em seguida, o rosto de João Amadeus Flynguer foi projetado no telão do auditório do hotel.

— O seu tempo acabou, Flynguer – disse o general.

— Estamos desativando a contenção, Kruel – respondeu João Amadeus, olhando da câmera para alguém atrás de si. — O portão se abrirá em... quarenta segundos. Você tem acesso às câmeras externas do parque, você mesmo pode ver isso e confirmar.

O general chamou Demóstenes no rádio. Este, da recepção do hotel, vasculhou o mapa de câmeras do parque até encontrar uma que mostrasse o portão de entrada do Centro Cívico.

— Está fechado ainda, general – disse Demóstenes, acenando para um de seus homens, que trouxe outro refém em frente à câmera: era Leonardo, ainda vestido de Vigilante Rodoviário.

— Aqui, filme isso, Gutierrez – o general falou para seu assistente, puxou Leonardo contra si e pressionou o cano da arma na têmpora do rapaz. — Lamento, mas eu sou um homem de palavra.

— Quinze segundos! – João Amadeus se desesperou.

— Eu disse: o tempo acabou. – Kruel puxou o gatilho. Leonardo fechou os olhos e cerrou os dentes com força, mas nada aconteceu. Kruel fez uma careta e, tirando a pistola da cabeça de Leonardo, resmungou: — Merda! Malditas pistolas de fabricação nacional!

O rádio estalou.

— General, o portão está abrindo!

Kruel olhou para seus homens, para a pistola, para a câmera, comprimiu os lábios irritado e assentiu com um meneio. A câmera foi desligada. Ele atravessou o corredor até o Restaurante Ilha Fiscal distribuindo ordens a seus homens. Como esperado, separou seis para ficarem cuidando dos reféns, enquanto o resto embarcava nos veículos e formava uma coluna, pronta para partir em direção ao Centro Cívico. Na recepção do hotel, Demóstenes perguntou se deveria ir ou ficar ali. O general parou para pensar na questão: se o deixasse dentro daquela sala de controle, poderia controlar os parques melhor do que ali no hotel? Não havia nenhum risco de, nesse meio-tempo, o velho Flynguer pedir ajuda pelo telefone?

— Sem dúvida, senhor – disse Demóstenes. — A velocidade de resposta, inclusive, será bem maior. E o senhor vai poder ver o parque todo de uma só vez, pelo *video wall*.

— Então junte as tuas coisas e venha conosco.

Mas não podia abandonar seu posto e deixá-lo desassistido, mesmo que por pouco tempo. Alguém precisava tomar conta do sistema e cuidar das câmeras de vigilância. Chamou pelo rádio, perguntando se alguém ali entendia de computadores. Um dos seis soldados que cuidavam dos reféns no restaurante se apresentou. Chamava-se Paranhos.

— Então você entende de computadores, soldado? – perguntou Demóstenes.

— Eu fiz um daqueles cursos por correspondência, sabe?

— Que curso por correspondência? Aqueles das revistinhas?

— Esse mesmo. Recortei o cupom e mandei pelo correio, o material chegou em pouco...

— Sei, sei. Nunca conheci quem tivesse feito um. Mas já tem curso de computação nelas?

— Na verdade, fiz o curso de rádios transistores, televisão eletrônica e tevê em cores – admitiu Paranhos. — Mas é tudo meio parecido, né não?

Demóstenes o encarou por um longo momento, se questionando se o homem fazia uma piada ou falava a sério, até concluir que falava a sério. Mas ansiava por retornar à sua estação de trabalho na Torre de Controle, ver o velho Flynguer encarar a ruína de sua megalomania centralizadora ou a cara de pamonha de Johan – aquele crioulo arrogante, pensou, todo metido a esperto, que passava o dia lhe dando ordens só porque sabia falar três línguas! Iria pessoalmente atirá-lo do alto da torre. No somatório geral de suas intenções, sorriu e disse:

— Sim, é tudo parecido. Qualquer coisa você me chama pelo rádio.

Revoluções por minuto

A movimentação de homens e veículos não passou despercebida por Helena. Do outro lado da praça, espiava tudo detrás das vitrines da Confeitaria do Custódio. A chuva havia parado. Estava longe demais para que a percebessem, mas ainda assim foi cautelosa: abriu a porta e saiu para a rua, passando levemente encurvada diante dos sobrados das lojas. A luz dos postes art déco se somava à da iluminação dramática da praça, em tons de azul e verde que davam um colorido exagerado e surreal ao ambiente noturno do parque. Parou em frente à vitrine da loja oficial de produtos Tupinilândia. A porta estava trancada, mas seu crachá resolveu o problema.

Entrou. Na rádio interna, sintonizada na estação oficial do parque, tocava a introdução de bateria e sintetizadores de "Revoluções por minuto", do RPM, uma banda que estourara no ano anterior. A primeira coisa que Helena fez foi tirar as bandagens dos pés. Pegou uma garrafa de água mineral e os lavou, secando-os numa toalha colorida com o rosto (sempre sorridente) de Artur Arara. Nos alto-falantes entrou a guitarra, e a voz de Paulo Ricardo começou a cantar.

> *Sinais de vida no país vizinho*
> *Eu já não ando mais sozinho*
> *Toca o telefone*
> *Chega um telegrama enfim*

Tirou o vestido de festa, já sujo e rasgado em algumas partes, soltou o sutiã. Buscou nos cabides uma regata branca de seu tamanho e calças jeans *baggy*, para se movimentar melhor. Livrou-se dos brincos, lavou o rosto, tirou a maquiagem, cara limpa. Prendeu os cabelos num rabo de cavalo.

Ouvimos qualquer coisa de Brasília
Rumores falam em guerrilha
Foto no jornal
Cadeia nacional, uou!

Refez as bandagens nos pés, calçou meias macias e foi até a prateleira de calçados. Escolheu um par de tênis Montreal nas cores azul e verde do parque, com o rosto feliz de Artur Arara bordado nas laterais, e o nome *Tupinilândia* escrito na borda de borracha da sola.

Viola o canto ingênuo do caboclo
Caiu o santo do pau oco
Foge pro riacho
Foge que eu te acho sim

Por fim conferiu os dois pentes de balas que pegou do soldado morto no hotel – noventa tiros em cada um, além do que já havia na metralhadora. Estava pronta.

Era hora de resgatar seus filhos.

Atravessou a praça e chegou em frente ao hotel, onde ficara um único veículo. Não havia ninguém dentro do carro. Abriu a porta do motorista e viu que a chave fora deixada na direção, o que seria ótimo não fosse por um único detalhe: Helena não sabia dirigir. Ela nunca gostou e, numa vida particularmente privilegiada, nunca precisou. Sempre teve motoristas que dirigissem por ela. Precisava esperar o coronel Cristo chegar com seus homens, o que aconteceria a qualquer momento.

Fechou a porta devagar e, olhando a lateral do carro, deu-se conta de um detalhe: o nome do jornal que identificava o veículo não fora pintado na lataria, como de costume. Fora impresso num largo adesivo plastificado, colado. Parecia coisa bastante recente. Estava inclusive se soltando numa das pontas, por causa da umidade. Ela pegou aquela ponta solta e a puxou, descolando um grande naco do adesivo e revelando a marca original oculta por baixo: o desenho de uma caveira de olhos vermelhos sobre um par de ossos cruzados e a inscrição "Scuderie Detetive Le Cocq" acima da sigla E. M. Mesmo Helena, que não era leitora da seção policial dos jornais do Sudeste, sabia que aquela sigla para "Esquadrão Motorizado" havia ganhado outro significado no imaginário popular: *esquadrão da morte*. Ela foi tomada pelo pânico. E onde estava o coronel Cristo?

Dane-se. Decidiu entrar.

Na recepção do hotel, o soldado Paranhos acompanhava a caravana de veículos que entravam no Centro Cívico quando seu rádio apitou. Era o tenente William Perdigueiro, perguntando quem estava nos computadores da recepção do hotel.

— Aqui é o soldado Paranhos, tenente.

"Me faça um favor, eu estou aqui na Terra da Aventura, você consegue ver se tem alguma movimentação próxima? Tipo algum carro saindo daqui, ou algum grupo de pessoas? Câmbio."

— Só um minuto, senhor.

Paranhos tentou lembrar os comandos que Demóstenes lhe explicara para vasculhar as câmeras. Foi apertando as setas do teclado, fazendo a imagem no televisor ao seu lado ir pulando de uma a outra. Numa delas viu passar um homem e três crianças subindo num pequeno carro vermelho. Tentou voltar a imagem, pressionando as teclas de setas, mas o sistema parou de responder e surgiu uma mensagem na tela: SEM REDE.

— Ah... peraí, tenente – disse Paranhos, hesitante. — Demóstenes, na escuta? Eu estou...

Nunca chegou a completar a frase: não viu o extintor de incêndio vindo contra sua cabeça, pelas mãos de Helena. Caiu atordoado contra o teclado e dali para o chão, tentou erguer a mão em defesa, e ela saltou sobre ele e meteu o cano do silenciador da metralhadora contra seu queixo.

— Agora me escute – ela sussurrou, olhando rapidamente ao redor. — Vou te fazer umas perguntas, e se você me responder bonitinho, eu prometo que não te mato. Tá bom assim?

Apavorado, Paranhos balançou a cabeça em concordância. Para começar, ela foi logo perguntando quem eram eles afinal, e o que queriam. Paranhos gaguejou e contou o que sabia: nem todos ali eram militares, havia também policiais civis, do antigo esquadrão da morte liderado pelo falecido delegado Fleury. Todos vinham sendo realocados nos últimos anos, conforme a transição democrática se consolidava, e principalmente depois da anistia. Muitos trabalharam nos DOI-CODI ou no SNI, e tinham em comum a insatisfação pelo modo com que vinham sendo descartados, aglutinando-se ao redor da figura do general Kruel. Eles não sabiam quais eram exatamente os planos do general, mas sabiam que eram grandes e ambiciosos e incluíam tirar aquela cidade das mãos de "um bando de empresários comunistas" e fazer dela um exemplo para o país. Que exemplo seria esse, Paranhos não sabia dizer. Ele ali era só um soldado. Mas confiava em seu general.

— Com quem você estava falando no rádio agora há pouco?

— Com o tenente William Perdigueiro – disse Paranhos. — Ele está lá pra baixo, na Terra da Aventura, caçando umas crianças que fugiram.

— Como é que é? – ela empurrou ainda mais o queixo dele com o cano da arma.

— É só o que eu sei, eu juro! Eles derrubaram um aeromóvel dos trilhos, havia umas crianças dentro e elas fugiram. Eu não sei de mais nada, eu juro que...

Helena o metralhou, e o corpo de Paranhos amoleceu sobre a cadeira. Ela o empurrou para longe e pegou o telefone, discando o ramal da sala de controle na torre. Olhou as câmeras do interior do hotel, uma delas mostrando os reféns no restaurante. Contou só mais cinco soldados.

Johan atendeu.

— Cadê o coronel Cristo que não chega? – ela perguntou.

— Está indo – disse Johan. — É que apareceu uma patrulha no caminho e...

— Não vou esperar. Tive uma ideia, mas preciso de uma ajudinha.

As mulheres já haviam tirado os sapatos. A maioria dos reféns, acuados contra as paredes e os cantos do restaurante, havia se sentado no chão, uns poucos permaneciam de pé. A mesa do buffet continuava posta e intocada, todos estavam muito tensos para ter fome. Os cinco integralistas conversavam entre si, mas, de resto, reinava o silêncio. Foi quando uma voz fina se projetou.

"Deus que me conceda este último desejo: paz e prosperidade para o Brasil."

Os soldados se voltaram para os reféns.

— Quem falou isso?

Ninguém respondeu. A voz fina ecoou de novo: "A política é a guerra entre os interesses individuais". Vinha do animatrônico de d. Pedro II. Sentado em seu trono, o boneco ligara sozinho. Três soldados se aproximaram dele.

— Vossa Majestade está dando defeito – disse um soldado.

A luz oscilou e o boneco começou a ter um de seus pequenos surtos de espasmos elétricos que pareciam um ataque epiléptico, e os integralistas pararam de rir. Quando o boneco se desligou e seu corpo animatrônico relaxou no trono, um dos soldados se aproximou, cutucando com o dedo o látex do rosto do imperador, e levou o rádio à boca:

— Ô Paranhos, isso é alguma brincadeira sua aí na frente?

O vidro de uma das janelas irrompeu em tiros, acertando tanto o integralista com o rádio na mão quanto o boneco; no primeiro, o peito estourou em pequenos pipocos rubros; no segundo, o látex rasgou em estouros faiscantes. Os reféns, quase todos sentados, gritaram de medo e se atiraram ao chão. Uma bala atingiu de raspão uma funcionária. Os outros soldados se afastaram das janelas e recuaram para a porta de entrada do restaurante.

— Uma ova que eu vou esperar sentado por isso! - gritou um dos soldados. Pegou uma funcionária do parque pelos cabelos e a fez ficar de pé, usando-a como escudo humano conforme ia de janela em janela. A mulher tentou gritar, mas o homem a ameaçou: — Cala a boca ou leva um tiro aqui mesmo! De onde veio? Onde é que está?

A essa altura, Helena já tinha saído do jardim ao redor do restaurante e corrido de volta para dentro do hotel por uma porta lateral de serviço. Voltou para o corredor que dava acesso ao foyer do restaurante. Sua respiração estava cada vez mais rápida, já não pensava mais de modo calculado. Queria fazer barulho, queria sangue. Contava com que os integralistas restantes ficariam distraídos pelo chilique do colega. Chegando ao foyer, agachou-se atrás de um dos grandes vasos de cerâmica marajoara que decoravam o ambiente, e observou a porta entreaberta do restaurante. Podia ver um dos integralistas agachado logo atrás, mas estava de costas para ela, olhando para dentro, para o soldado surtado. Helena disparou uma rajada, acertou o homem e correu para trás de outro dos grandes vasos de plantas. Um integralista, pondo o braço para fora, disparou na direção do primeiro vaso onde ela havia se escondido. Dava cobertura para que seu colega saísse correndo do restaurante, gritando e disparando para todo lado, sem olhar direito para onde ia - tropeçou no tapete e caiu, dando com o queixo na mesinha de revistas do foyer, e dali não se levantou mais.

Bem, isso simplifica as coisas, pensou Helena. Pelas suas contas, restavam só mais dois.

O integralista estava no meio do salão, próximo à mesa de canapés, descontrolado. Uma hora apontava o cano da arma para a cabeça da mulher, noutra baixava o braço, ansioso com a movimentação e os tiroteios na porta. Mas Leonardo, agachado entre os reféns, se manteve atento. Seu olhar cruzou com o de outro refém do lado oposto do salão, um mulato enorme em trajes de cozinheiro, e houve um entendimento silencioso entre os dois, selado numa troca de olhares. Num dos momentos em que o integralista em surto baixou o braço, Leonardo avançou. Saltou sobre o soldado e segurou seu braço, forçando a arma para baixo. Num reflexo de autodefesa, o integralista soltou a mulher e Leonardo acertou-lhe uma cabeçada no queixo. O homem puxou o gatilho, disparando ao léu e pegando de raspão na perna de um figurante vestido de Judoka. O cozinheiro veio em auxílio de Leonardo e agarrou o integralista pelas costas. Os dois o desarmaram e o imobilizaram. Agachado na porta, o último integralista viu o pequeno levante entre os reféns e passou a recarregar nervosamente sua arma. Deixou o pente de balas cair, pegou-o do chão, meteu na arma, que disparou sozinha e acertou seu pé. Gritou de dor. Helena, que agora entrava no restaurante, cutucou-o pelas costas com a metralhadora. Chorando, o homem largou a arma.

Os dois integralistas foram amarrados em cadeiras, e Leonardo ajudou a recolher suas armas e distribuí-las entre os que eram parte da equipe de segurança do parque. Houve uma discussão sobre o que fazer e para onde ir. Não iriam esperar pela volta do general, e alguns sugeriram que fossem embora o quanto antes, e esperassem pelos ônibus de turismo no pórtico da entrada principal. Alguém levantou a hipótese de que poderia haver mais integralistas lá, e seria melhor tentar estabelecer contato com a Torre de Controle antes, para verificar a área. Mas todos concordaram que era melhor saírem dali o mais rápido possível.

Na frente do hotel, atravessando a praça, chegava agora o coronel Cristo e seus homens, ofegantes. Contou que havia uma patrulha no meio do País do Futuro, um grupo pequeno de integralistas bloqueando o caminho. Esperaram, até que por sorte veio um superior num jipe, que os reuniu e os levou para outro canto do parque, e isso permitiu que seguissem adiante.

— Viemos em marcha desde lá - disse o coronel, bufando, num tom de quem esperava algum reconhecimento. — Foi difícil, mas chegamos. O que aconteceu? Onde estão os integralistas?

— Já resolvemos isso - disse Helena. — Mas precisamos tirar essa gente daqui.

— Está bem. Posso cuidar disso - ofereceu-se o coronel.

— Não, eu preciso do senhor - ela o segurou pelo braço. — O senhor sabe onde o aeromóvel parou, não? E suponho que saiba dirigir. Além disso, preciso de alguém que conheça bem as estradas internas do parque.

Vendo a movimentação dos dois, Leonardo se aproximou.

— Aonde vocês estão indo?

— Procurar os meus filhos e o meu irmão - disse Helena.

— Quer que eu vá junto?

Ela parou e o encarou, como se avaliasse a conveniência de sua presença. Ela não sabia o que encontraria, e um par de braços extras poderia ser útil.

— Você sabe usar uma arma? – perguntou Helena.

— Só cenográficas – respondeu Leonardo.

— Tudo bem, eu te ensino no caminho.

Uma noite no monte Calvo

João Amadeus olhou os monitores do *video wall* ansioso. Os integralistas e seus carros já estavam a caminho, mas onde estava o coronel Cristo? Chamou-o pelo rádio. Não obteve resposta. Pediu a Johan para mostrar alguma imagem do País do Futuro, da área mais próxima possível da saída do túnel de manutenção. Johan pôs na tela imagens do Passeio Modernista, do entorno do Douglas DC-7, e então se deram conta do problema: havia uma patrulha ali. Um grupo de cinco ou seis integralistas armados rondando a área. O coronel não tinha como passar por eles sem chamar atenção e, quando o fizesse, Kruel saberia da armadilha.

— Não podemos esperar mais, João – disse Johan.

— Ah, meu Deus... - suspirou o velho. — Está bem. Seja o que Deus quiser.

— Ou o que Amadeus quiser.

Johan levantou-se de sua estação de trabalho e encarou o *mainframe*, o monstrengo vermelho e negro no centro da sala formado pelo computador Cray e seus discos rígidos. Foi até o painel de luz na parede, respirou fundo e o abriu, baixando a chave geral.

A sala mergulhou na escuridão, embora o brilho azul e vermelho da decoração em neon no interior do Centro Cívico ainda a banhasse. Johan contou dez segundos e levantou a chave geral. A luz voltou, os monitores piscaram, o servidor voltou a zumbir. Os computadores ligaram e iniciaram seu autoteste de checagem, para então oferecer o traço pulsante na tela de fósforo verde.

```
command.com
load bios
memory set
system status
ok_
```

— E agora? – João Amadeus perguntou.

— Agora eu tenho que correr. – Johan sentou-se em seu terminal e digitou furiosamente alguns comandos. — Os parques ficarão todos off-line enquanto o sistema não entrar, então vamos primeiro reiniciar o sistema do parque. Conectar automaticamente todos os sistemas? Não, obrigado. Conectar manualmente. País do Futuro, o.k. Terra da Aventura, o.k. Reino Encantado, o.k. Mundo Imperial, não. Pronto, eles foram neutralizados. Agora são como ratos num labirinto. O *nosso* labirinto.

João Amadeus aproximou-se da parede de vidro e olhou para baixo.

— Eles já estão entrando aqui. Merda. Não podemos mais esperar pelo coronel Cristo – pegou um rádio e se dirigiu à porta. — Vou descer.

— Hein? Como assim? – Johan teve um sobressalto. — João, o que você vai fazer?

— Ganhar tempo.

O blindado EE-II Urutu entrou no Centro Cívico e desceu a rampa, logo saiu da pista e invadiu com suas rodas enlameadas a área de pedestres do piso térreo, indo parar somente na praça do relógio d'água, em frente à Torre de Controle. O veículo manobrou, abriu suas portas traseiras e despejou dez homens em impecáveis calças brancas e camisas verdes engomadas, que se enfileiraram e fizeram o gesto do "anauê".

O general Newton Kruel, muito satisfeito, sorriu e acenou de volta aos seus soldados: agora sim, uma entrada digna de nota. Caminhou na direção da torre. Notou que, do lado de dentro da porta de vidro da recepção, havia alguém à sua espera. Ao se aproximar, viu que era o próprio João Amadeus Flynguer ali parado. Em seu aguardo, quem diria?

— Cara a cara, finalmente – disse Kruel, com um olhar irritado para a tranca eletrônica piscando na porta de vidro. — Ou quase. Precisaremos passar por isso outra vez? Lobo Mau e a casa de tijolos dos porquinhos? Parece que a vida não é nenhum conto de fadas, afinal.

— Você esqueceu como a história termina, general – disse João. — O Lobo Mau entra sim na casa de tijolos, mas pela chaminé. E quando desce, encontra um caldeirão de água fervente.

— Sei. Certo. Chega dessa bobagem. Abra a porta.

— Infelizmente, no momento eu não posso – mentiu Flynguer. — Nós tivemos que reiniciar o sistema, de modo que tudo aqui na torre está desligado. É questão de minutos, o senhor sabe como são os computadores, levam algum tempo pra iniciar. Um tempo que podemos usar pra nos conhecermos melhor, general. Eu confesso que sei muito pouco sobre você. Não que houvesse interesse maior meu. Uma coisa que eu descobri cedo na vida é que todos os totalitários se parecem, qualquer que seja o nome que dão pra si. Nazistas, fascistas, stalinistas... ou integralistas. Vamos lá, Kruel. Suas fantasias são ridículas, isso tudo é uma encenação e nós dois sabemos disso, porque de encenações eu entendo. O que você veio *realmente* fazer aqui? O que acha que pode fazer com a *minha* cidade? Sequestrar o Tancredo? Interromper a redemocratização?

Kruel olhou para cima e para os lados, analisando a porta, tocou no vidro com as mãos abertas, uma leve pressão com a ponta dos dedos como se analisasse sua resistência, sorriu mordendo o lábio e encarou João Amadeus.

— A população inteira do Vaticano não passa de novecentas pessoas – disse. — O principado de Mônaco não tem mais do que dois quilômetros quadrados. A República de San Marino vive, basicamente, do turismo. Tenho certeza de que isso já ocorreu a você: o quão estranho é que um país, do tamanho do Brasil, não tenha nenhum tipo de enclave dentro? Eu acompanhei a sua movimentação em Brasília. Eu sei o que você está planejando. Imagino que muita gente já está lambendo os beiços pela sua cidadezinha utópica, o seu pequeno principado. Pois bem, Flynguer, tenho uma novidade pra te contar: você não verá país nenhum. Eu vou pegá-lo pra mim.

João Amadeus chacoalhou a cabeça como se não acreditasse no que ouvia.

— Por Deus, homem, você bebe? Continuo sem fazer ideia do que está falando.

— Ah, conte outra! As suas idas e vindas com o Mário Andreazza? As conversas com o Ulysses Guimarães? Eu ainda recebo os informes do SNI, Flynguer. Eles sabem o que você está planejando: criar um enclave autônomo. Um pequeno paraíso fiscal no coração do Brasil.

João Amadeus comprimiu os lábios e riu para dentro, balançando a cabeça.

— Kruel, você pirou de vez? Isso é absurdo! O que eu negociei foram isenções de impostos pra fazer aqui uma zona franca, como a de Manaus. Um enclave? É ridículo. Mais do que isso, é crime de lesa-pátria. Eu sei que tenho fama de megalomaníaco, mas isso seria demais até mesmo pra mim. – E então se deu conta de um detalhe. — O que te fez pensar que *você* teria um enclave aqui?

— Pensa que é o único com amigos bem posicionados? Eu também tenho os meus contatos. Com uma lei complementar aqui ou ali, o governo federal pode criar outra cidade-Estado, como era com a Guanabara até pouco tempo atrás. Em breve a constituição vai ser reescrita, não vai? Já se fala em dividir Goiás e criar um novo estado, então o que os impediria de emancipar este lugar? Além do que, convenhamos, ter um paraíso fiscal assim tão pertinho é uma grande ideia. Só não será você que vai controlar isso.

— Eu desisto. É um caleidoscópio de loucura que não vou nem mais tentar entender. De qualquer modo, vai ter que passar por mim antes de qualquer coisa.

— Não vai ser muito difícil.

Demóstenes desceu de um dos jipes e veio até eles com o rádio nas mãos. João Amadeus o cumprimentou, mas o outro preferiu ignorá-lo e se dirigiu apenas ao general.

— Senhor, o que estamos esperando?

— Parece que o sistema deles foi reiniciado – Kruel apontou a tranca da porta de vidro, com sua luz vermelha acesa. — Estamos esperando tudo retornar. Aliás, já não deu tempo que chegue? Não vá fazer nenhum truque, Flynguer. Uma palavrinha minha no rádio e os seus funcionários...

— Hein? Como assim? – o sangue de Demóstenes gelou. — O sistema foi reiniciado?

Pegou o rádio e chamou Paranhos, sem receber resposta.

— Por quê? – perguntou o general. — O que isso significa?

Demóstenes não lhe respondeu. Ele e o general Kruel se entreolharam, e ao mesmo tempo se viraram para João Amadeus, que ergueu a mão e deu tchauzinho.

— É UMA ARMADILHA! – berrou Demóstenes.

Kruel sacou a pistola, apontou para a cabeça de João Amadeus e disparou uma, duas, três, cinco vezes. O velho não se moveu. Cada tiro acrescentou uma pequena mancha branca no vidro à prova de balas, sem nenhum resultado maior. Dos quatro cantos da parede, placas de aço fecharam-se sobre a porta de vidro num losango decrescente, enquanto um trio de cilindros de concreto se erguia do chão logo à frente. Kruel berrou ordens: matem todos no hotel, todos! Iam aprender a não se meter com ele!

— Senhor, não estão respondendo no hotel – disse Demóstenes.

Como era possível? O general guardou o rádio e berrou para que seus homens voltassem aos veículos: "Recuar, recuar!". Ele próprio não esperou pelos outros e subiu num dos jipes acelerando pelos corredores, derrubando bancos e lixeiras até voltarem à rampa de entrada, onde as pesadas comportas de contenção já estavam se fechando outra vez. O jipe mais à frente acelerou, mas chegou a tempo apenas de bater de frente quebrando os faróis, sem nem provocar um arranhão ou impedir sua clausura. O jipe com o general veio logo atrás. Ele desceu e pôs a mão sobre o metal frio.

— Tem que haver outra forma de abrir. Demóstenes!

Mas Demóstenes balançou a cabeça em sinal negativo. Estavam presos ali dentro.

Beto

O Gurgel X-12 freou na estrada em frente à interseção com a pista elevada, e os três desceram, lanternas nas mãos. Encontraram um corpo caído, de rosto contra o chão, morto. O coronel agachou-se e o virou: era Luque.

— Tem vidro quebrado aqui – disse Leonardo, próximo à pilastra da pista elevada.

Subiu a escadinha de metal até atingir o topo da pista, enquanto o coronel carregava o corpo do publicitário para a traseira do jipe. Helena avançou mato adentro, lanterna nas mãos. Ocorreu-lhe uma imprudência: gritar. "Beto! Luísa! Hugo! José!", sua voz ecoava na mata, até escutar um grunhido próximo. Jogou o foco de luz de um lado ao outro, procurando a origem daquele som, até reconhecer o irmão caído ao lado de uma árvore, oculto em meio aos arbustos, pálido como a morte. Ela se agachou ao seu lado, ele abriu os olhos e sorriu.

— Oi, maninha – e se moveu, grunhindo de dor.

Levara dois tiros de raspão no braço, e num outro disparo a bala atravessara sua coxa. Fizera um torniquete com o cinto, para estancar o sangramento, mas ainda assim havia perdido muito sangue. Helena gritou pelo coronel Cristo, que a ajudou a levantar Beto e carregá-lo até o jipe.

— Você consegue andar? – perguntou o coronel.

— Preciso de um drinque – disse Beto.

— O que aconteceu aqui?

Ele contou o que vira: quando se deu conta de que os homens estavam armados já era tarde, que Tiago tentou alertá-los gritando do aeromóvel, que viu apontarem uma arma para Luque e saiu correndo para o meio do mato, ouviu tiros, sentiu tiros, escutou uma explosão. Ele tentou ficar quieto no seu canto, por sorte aqueles homens não tinham lanternas e não o encontraram, e depois partiram. Escutou-os falando pelo rádio, escutou nomes: William Perdigueiro, Chico, Adamastor, general Kruel, as saudações de "anauê". Foi quando associou uma coisa a outra: Kruel, o interventor nomeado pelo governo, que passava os dias num hotel de Belém, que seu pai uma vez comentou que era um simpatizante nazista ou algo do tipo. E as crianças? Onde estavam as crianças?

Beto começou a chorar.

— É minha culpa, é tudo minha culpa – murmurou ele.

— O que é sua culpa, Beto? – perguntou Helena.

— Os militares... tudo... eu contei pro Vitinho Venturinni... que namorava a Maria Flor, filha do dr. Andrada... que é amiga da Magali Kruel, filha do general...

— Como assim, o que você contou?

— Falei brincando... mas acho que ele pensou que eu falava a sério...

— O quê? O que você disse?

— Que a única forma do parque dar certo era se papai fizesse dele um paraíso fiscal, tipo Mônaco... e que nem era uma má ideia, já que vão reescrever a constituição... e ele levou a sério! Acho que ele realmente levou a sério e eu... é tudo minha culpa! - voltou a chorar.

Helena abraçou o irmão e beijou-lhe a testa.

— Querido... - ela suspirou. — Você é um idiota, mas eu te amo. Não fique paranoico se culpando. O nosso gerente de informática trabalha pro SNI. Eles reprogramaram o sistema pra nos tirar do controle, e se infiltraram no parque disfarçados em veículos de imprensa. Kruel pretende nos usar pra criar um incidente que prejudique o Tancredo. Simples assim.

— Golpes de Estado já começaram com menos - disse o coronel.

— São só um bando de saudosistas de uma época que nunca existiu - insistiu Helena. — Agora, temos que te levar pra uma enfermaria.

Leonardo desceu da pista elevada e se juntou a eles. Contou que lá de cima conseguiu ver onde o aeromóvel caíra, mas que parecia estar vazio. Helena se agitou, quis ir até o local no mesmo instante. Os dois andaram mato adentro até alcançar a área onde os carros compostos do aeromóvel, agora separados, jaziam. Foi com certo alívio que não encontraram nenhum corpo.

— O Tiago deve estar com as crianças - concluiu Beto, ao retornarem para o jipe.

Tiago! Helena havia se esquecido da existência dele. Agora era sua esperança.

— Será que não conseguem encontrá-los pelos monitores?

Mas aquele parque era muito grande. A área de cada brinquedo – os dinossauros, os piratas, o passeio de rio – era enorme, e ainda contavam com um jardim botânico. Para baixo, a oeste, havia um lago, havia os vaivéns do rio artificial e, para além dele, o Reino Encantado. Mas havia também a questão urgente de levar seu irmão para ter atendimento médico, o que atualmente só seria possível ao norte, no Mundo Imperial. O coronel propôs continuar sozinho a busca pelas crianças, mas Helena se opôs: não iria delegar mais nada relacionado aos seus filhos enquanto não os tivesse a salvo.

João Amadeus entrou apressado na sala de controle, encontrando Johan ao telefone.

— Onde você estava, João? Preciso de ajuda aqui – disse Johan. — Liguei pro nosso pessoal em Altamira. Estão mandando seis ônibus-leito pra buscar os funcionários. E segurança armada. *Muita* segurança armada.

— O que aconteceu com os ônibus que estavam estacionados na entrada dos parques?

— Os pneus foram esvaziados.

O velho suspirou. Queria saber se era possível ter uma relação de quantos integralistas ficaram fora do Centro Cívico, mas Johan era um só, e não conseguia dar conta de tudo. Havia uma patrulha no País do Futuro, que agora se deslocava pelo parque, não sabia dizer para onde. E além disso havia outra questão: nem todos os funcionários estavam no hotel quando o sistema falhou, e havia alguns, principalmente das equipes de limpeza e segurança, espalhados pelos parques ainda.

— Os aeromóveis funcionam? – perguntou.

— Você quer dizer, quando não desaparecem do mapa? Funcionam.

— Então passe a mensagem por rádio pro pessoal da segurança. Vamos concentrar todos os funcionários na Fortaleza Armorial e evacuar o parque pelo portão norte.

— A Fortaleza Armorial? – questionou Johan. — Por que lá?

— Bem, é a coisa mais próxima que temos de uma fortaleza, não?

— Alguma notícia da Helena e do coronel Cristo?

— Ainda não.

Um bipe insistente tocou na sala: era o interfone da portaria térrea, um sistema bastante moderno, com câmera e monitor. João Amadeus pediu que Johan pusesse a chamada no *video wall*, e surgiu a imagem, num preto e branco de tons azulados, do rosto do general Kruel.

— Quando eu entrar aí, Flynguer, e eu vou entrar aí cedo ou tarde, te juro, vou arrancar as tuas unhas uma por uma, meu querido. Você vai ver o que é um "porão da ditadura" de verdade, e não aqueles bonecos que você arranjou.

— Kruel, eu não matei fascistas na guerra pra me dobrar pra um deles dentro da minha própria cidade. Estou cortando a energia elétrica e a água de todo o Centro Cívico, exceto desta torre. Aliás, por curiosidade... - João Amadeus sorriu. — Quantos dias será que os seus homens aguentarão antes de começarem a se matar? Nem as privadas vão funcionar mais. Eu prometi que afogaria vocês na própria merda, não prometi? E eu sempre cumpro as minhas promessas.

— Você não se meta comigo, seu filho da puta! - berrou o general.

— "Violento foste em vida, violento será o teu fim" - disse João Amadeus. — "Que a vergonha que te acompanhou em vida te siga na morte." Adeus, general. Sofra e morra.

Encerrou a transmissão. A iluminação das áreas públicas foi se apagando, restando apenas a sinalização de emergência, a iluminação neon azulada do domo de vidro, e a Torre de Controle. Escutaram um ribombar e a torre tremeu. João perguntou o que estava acontecendo lá embaixo. Johan chamou a imagem na tela: usavam o blindado como aríete, arrancando os dois cilindros de concreto da entrada. Em seguida, alguém desceu de um dos jipes com um lança-rojões e mirou para cima, em direção à parede de vidro da sala de controle.

João Amadeus pôs a mão sobre o ombro de Johan e o pressionou, um gesto de despedida, prevendo o pior. Mas não: o general impediu seu homem de disparar para cima - sabia que, se destruíssem aquela sala, acabaria com suas chances de sair daquela cidade. O soldado com o lança-rojões mirou então contra a portaria e disparou. A explosão chacoalhou a torre inteira e fez a parede de vidro tremer. Johan deu zoom nas câmeras de segurança: a porta de aço havia amassado, o vidro atrás dela tinha quebrado, mas ela continuava no lugar.

— Se eles arrombarem aquela porta, o que mais nos resta? - perguntou o velho.

— Eu já bloqueei o acesso ao elevador em todos os andares, menos no nosso - explicou Johan. — Há uma porta reforçada nas escadarias pra cada andar, com trancas eletrônicas. Eles não são loucos de usarem aquele troço dentro do prédio e provocar um incêndio, então isso vai nos dar algum tempo.

— Espero que você já tenha chamado o helicóptero.

— Não me subestime – Johan sorriu. — Foi a primeira coisa que eu fiz.

Trinta metros abaixo, na praça do relógio em frente à torre, o general Kruel bufava numa explosão de raiva proporcional à sua impotência: anunciava aos berros que iria "massacrar" Flynguer, detalhando aos gritos como iria torturar e matar cada membro de sua família e seus empregados.

— Passem a ordem! Passem a ordem, ouviram? – gritou para seus homens. — Pra quem estiver do lado de fora dessa porcaria, digam que é pra passar na bala, entenderam? Matem todos! Quem não está conosco, está contra nós. Matem toda essa corja de comunistas! Passem a ordem!

O cabo Gutierrez, seu assistente e um de seus homens mais fiéis, tentou chamar-lhe à razão.

— Senhor, se fizermos isso, vamos perder o nosso potencial de barganha.

— Barganha o caralho! – berrou o general. — Eu vou mostrar pra esse comuna desgraçado que ele mexeu com a pessoa errada! Estão ouvindo? Eu! Quero! Sangue! Homem ou mulher, adulto ou criança, não faz diferença. Matem todos! Aquelas crianças de quem o Perdigueiro estava atrás, cadê? Mande degolar aquelas crianças. Quero ver o que o velho vai achar disso! Quero ver!

— Mas, senhor... isso não é muito...?

Kruel sacou seu revólver e deu dois tiros em Gutierrez.

Demóstenes, que estava ao seu lado, ficou pálido e trancou a respiração ao ver o cabo cair morto aos seus pés. Os soldados ao redor se voltaram para eles, atônitos.

— Alguém mais quer questionar o meu comando ou as minhas ordens? – perguntou o general, revólver nas mãos, num tom suave e muito calmo. Voltou-se para Demóstenes: — Por gentileza. *Passe a minha ordem.*

Kruel guardou a pistola e olhou para o corpo de Gutierrez à sua frente. Seu rosto primeiro se contorceu, assimilando o resultado de seu destempero, para então gesticular com a mão, como se afastasse qualquer possibilidade de autocrítica. Apontou o corpo de Gutierrez.

— E tirem esse comunista da minha frente.

O coronel Cristo abriu um mapa do parque sobre o capô do jipe e mostrou onde estavam. O aeromóvel havia despencado a poucos metros dali e, considerando a presença dos integralistas naquela estrada, era natural imaginar que Tiago e as crianças tivessem ido para o outro lado, em direção ao lago ou ao pavilhão dos dinossauros. Se seguissem mais adiante, em direção noroeste, iam acabar chegando ao Reino Encantado. Precisavam levar Beto para uma enfermaria o quanto antes. Havia acabado de falar com a Torre de Controle, e estavam montando uma enfermaria de emergência dentro da Fortaleza Armorial, no extremo oposto de onde estavam agora. Segundo Johan, os integralistas que rondavam o País do Futuro estavam se deslocando, em algum ponto entre o Mundo Imperial e o Reino Encantado – marcou uma região no mapa. O coronel propôs levar Beto consigo, mas precisavam encontrar um veículo ágil para Helena e Leonardo iniciarem a busca pelas crianças.

Sem problemas, garantiu Leonardo: sabia exatamente onde encontrar um.

Castelo das ilusões

Os meninos perguntaram se podiam ficar de pé no bagageiro do jipe elétrico, e Tiago não viu problema nisso. Luísa ia sentada ao seu lado, enquanto ele observava apreensivo o indicador da bateria, quase no fim. A menina parecia preocupada, e Tiago tentou distraí-la.

— Tu te saístes muito bem lá com os dinossauros, Luísa. Como tu sabes tantas coisas?

— Eu gosto de ler. Eu leio muitas revistas – ela respondeu.

— O papai diz que a Luísa é a rainha da "cultura inútil" – Hugo se intrometeu.

— Não diga bobagens – repreendeu Tiago, atento à estradinha que acompanhava o contorno do lago. — Não existe cultura inútil, inútil é quem não tem cultura.

Os faróis do Itaipu E150 iluminavam a estrada auxiliar, mas não havia como saber muito bem se estavam indo na direção certa. Mantinha as luzes do domo como referência, à sua direita, e fazia pouco a estrada passara por um istmo que separava a parte maior do lago artificial da parte menor e mais funda, que abrigava o submarino afundado e o aquário. Por seus cálculos, o Reino Encantado estava em algum lugar à sua frente.

— Olha só, se o tio Beto ainda estiver vivo... – perguntou Luísa.

— O tio Beto está bem, tenho certeza – Tiago a tranquilizou.

— Sim, mas... quando a gente sair daqui... você vai continuar sendo namorado dele?

Tiago olhou para a menina. Não levava jeito com crianças nem com o modo direto de suas perguntas, mas se havia uma coisa que aprendera naquele final de semana é que ninguém naquela família parecia ter muito jeito com elas também. As luzes então voltaram ao longo da estrada, a Ilha

Vaga-Lume se iluminou no centro do lago à sua esquerda e o castelo do Reino Encantado mais distante, à frente.

— Fica bonito à noite, não acham? - perguntou às crianças.

— Você não me respondeu, Tiago... - insistiu Luísa.

— Ah... o seu tio Beto é uma pessoa complicada...

— A mamãe diz que ele poderia ser muito mais do que é, se quisesse.

— Eu acho que o tio Beto podia ser ator, né? - disse Hugo, de pé na traseira.

— Pois é, ele mente superbem - concordou José. — Faz aquela cara de sério e conta as coisas mais absurdas como se fosse verdade. Mente até melhor do que a gente!

— Como assim? Vocês são muito mentirosos, meninos?

— Não - mentiu Hugo.

Tiago riu.

— É, eu acho que o teu tio Beto ainda não encontrou o lugar dele, é só isso. Algumas pessoas levam mais tempo do que outras. Vocês vão ver quando chegarem na idade de escolher faculdade. Vocês já sabem o que querem ser quando crescerem?

— Eu quero ser desenhista - contou Hugo. — Quero desenhar as histórias do Pato Donald.

— O papai diz que são só patinhos bobinhos - José retrucou, maldoso, e Hugo se retraiu.

— Bem, alguém tem que desenhá-los, não? - Tiago retrucou, pensando que uma das maravilhas de ter sido filho único era que não teve irmãos lhe aporrinhando na infância. — Tu podes desenhar pro teu vô. Podes desenhar histórias pra *Tupinilândia*.

— Ah, acho que não... esse é o brinquedo do vovô, "e ele não gosta muito de emprestar".

— De onde tu tiraste isso?

— O tio Beto que disse.

— Mas, então... - insistiu Luísa. — Você e o tio Beto vão continuar namorando?

— Não sei, Luísa - desconversou Tiago. — Tu queres que a gente continue?

— Ah, você é legal! - disse Hugo.

— E você faz o tio Beto parecer menos doido - completou José.

— Ah, certo - Tiago riu outra vez. — E tu, Luísa, o que vais querer ser quando crescer?

Mas ela não respondeu. Estava olhando para o retrovisor.

— Tiago, tem uma luz lá atrás, acho que tem um carro vindo.

Ele olhou para trás e soltou um palavrão. Mandou os meninos segurarem firmes e pisou fundo no acelerador, mas a velocidade não ia além de quarenta quilômetros por hora. Ultrapassaram um painel com o mapa do parque, anunciando que já estavam dentro do Reino Encantado de Vera Cruz – podia sentir que a textura de terra batida da estrada fora trocada pelo chão suave de asfalto e lajotas.

— Alguém viu aquele mapa? – Tiago perguntou, olhando para o retrovisor. — Para qual lado?

— Dobre à direita na próxima! – gritou Hugo.

Então a bateria do Itaipu morreu e ele começou a desacelerar. Os quatro olharam para trás: o carro, fosse quem fosse, continuava se aproximando. Tiago pisou no freio e desceu, as crianças o seguiram. Iluminadas à noite, as torres coloridas do Castelo Encantado Piraquê se impunham sobre eles como uma assombração de conto de fadas: estavam atrás de uma atração murada, que ficava nos fundos do castelo. Tiago encontrou uma porta de serviço com a inscrição "somente pessoal autorizado" e uma tranca magnética. Tiago passou seu crachá na porta, mas nada aconteceu. Escutaram uma freada, pneus derrapando e uma voz masculina – que logo reconheceram como sendo daquele mesmo tenente que os perseguiu no pavilhão dos dinossauros – gritando "parem!". Luísa gritou de susto. Tiago se deu conta de que estava passando o crachá pelo lado errado. Virou-o, passou na tranca e a luz verde salvadora se acendeu. Os quatro entraram correndo e fecharam a porta, sem ver a placa logo acima que anunciava: BOSQUE DE NANQUINOTE DA GROW.

O bipe eletrônico num de seus monitores chamou a atenção de Johan.

— Há! Encontrei eles! – anunciou, empolgado.

João Amadeus recurvou-se sobre a tela e leu o novo registro no *logfile*:

`id 313 / novo acesso / re-bn0003`

— O crachá do Tiago foi usado pra abrir a porta de manutenção do Bosque de Nanquinote.

— Consegue acessar as câmeras? – perguntou João Amadeus.

A Torre de Controle e a parede de vidro estremeceram outra vez. As câmeras de segurança mostravam a portaria do térreo: agora arremetiam o Urutu contra a comporta protetora.

Johan digitou alguns comandos no teclado, enquanto João Amadeus buscava o rádio para alertar Helena. No *video wall*, surgiram imagens internas do Bosque de Nanquinote, uma atração que compartilhava o espaço com o Castelo Encantado. Podia ver Tiago e seus três netos andando juntos e desorientados pelo bosque, que fora projetado como um grande jogo de tabuleiro em escala natural, funcionando como um labirinto para crianças pequenas. O mais preocupante, contudo, era o que viam do lado de fora, atrás do muro: quatro integralistas armados, tentando arrombar a mesma porta de acesso por onde Tiago e as crianças haviam entrado.

— Merda - disse João Amadeus, ansioso. — Tem algum modo de entrarmos em contato com eles sem chamar atenção?

— Sim, estou cuidando disso - Johan pôs os fones de ouvido com microfone. — Mas era bom você avisar a Helena. Ela com aquela metralhadora viria a calhar agora.

João Amadeus chamou a filha pelo rádio, mas não houve resposta. Olhou os monitores, ansioso. Onde estava sua filha agora? Era muita coisa ao mesmo tempo, e não sabia no que se concentrar. A torre estremeceu com mais um golpe do blindado. Chamou Helena no rádio outra vez.

Ela atendeu.

João Amadeus não conseguiu escutar direito, pois havia cães latindo ao fundo e um ronco incômodo de motor de moto. João contou-lhe a boa e a má notícia: encontrara Tiago e as crianças, mas os integralistas os encurralaram no bosque atrás do Castelo Encantado. "Certo, eu e o Leo estamos indo pra lá agora mesmo", ela respondeu.

Leo? Quem era Leo? Bem, não fazia diferença. O importante era que chegassem logo. A torre estremeceu mais uma vez. Olhou os monitores e viu que as portas de aço haviam cedido, e um dos integralistas entrava agora no lobby, forçando a abertura pelo lado de dentro para os demais.

Tiago e as crianças avançaram por uma trilha de tijolos com numerações luminosas no chão, ladeada por árvores, arbustos e buganvílias que os forçavam a seguir aquele caminho ladrilhado. Até poderiam tentar saltar por aqueles arbustos e arranjos, mas, naquela pouca luz, arriscavam-se a cair em alguma vala ou tropeçar em equipamentos hidráulicos. Além do mais, aquela trilha era um passeio para crianças pequenas, o quão complexo poderia ser?

Seguiram apressados, até seu trajeto ser interrompido por um enorme urso antropomórfico que surgiu detrás de uma árvore. Luísa gritou de susto.

Tiago se postou na frente das crianças, protetor. O urso virou o rosto na direção deles, abriu a boca e soltou as quatro notas iniciais da Quinta Sinfonia de Beethoven.

— O.k., isso foi meio perturbador – disse Tiago, e olhou para trás preocupado, pois os integralistas haviam parado de chutar a porta de manutenção. — Vamos, pessoal.

"Psst, Tiago!"

Ele encarou o boneco, surpreso. Ou estava delirando pelo cansaço, ou o Urso-com-Música-na-Barriga o havia chamado pelo nome. Ele se aproximou, cauteloso.

"Não, Tiago. É o Johan. À sua esquerda, olhe pra cima. Tem uma câmera e um alto-falante."

— Ah, finalmente! Nós estamos...

"Eu sei onde vocês estão", interrompeu. "Podemos ver daqui. Os integralistas estão dando a volta pelo castelo. Vão entrar pelo pátio frontal, temos pouco tempo. Na árvore atrás do Urso tem um interfone. Você precisa fazer exatamente o que eu lhe disser, e depois pegue as crianças e entre no aeromóvel mais próximo."

— Tá brincando? Não vamos entrar naquela ratoeira de novo.

"Tiago, nós controlamos o parque agora. O coronel Cristo está organizando os funcionários na Fortaleza Armorial, temos seguranças armados lá. É a área mais segura em toda a Tupinilândia no momento."

— Certo, certo – disse Tiago, um pouco desconfortável por estar conversando com um urso animatrônico. — O que você quer que eu faça?

"Vou te ditar algumas palavras, e você precisa repeti-las exatamente como eu disser."

O tenente William Perdigueiro sacou seu revólver e mandou seus homens o seguirem. Atravessou o pórtico do Castelo, passou pelo animatrônico do Mágico e já pensava em cruzar direto até o pátio interno que levava ao Bosque de Nanquinote, quando escutaram a voz de Tiago vindo de dentro do saguão do castelo: "Crianças, rápido, aqui".

William chamou seus homens e indicou a porta com a cabeça. Entraram a tempo de escutar Tiago falando "Pro terceiro andar, rápido" e ver as portas dos elevadores se fecharem.

— Odilon, venha comigo – apontou as escadas rolantes. — Vamos indo andar por andar. Valentino, você espera aqui. Cuide da porta do elevador.

O cabo Valentino obedeceu. Ficou atento à porta do elevador por não mais que um minuto e meio, até notar algo nas paredes: o padrão formado por biscoitos estava se movendo. A princípio, a projeção parecia estabelecer combinações aleatórias, mas então começaram a surgir símbolos reconhecíveis: um sigma se tornando uma suástica se tornando uma caveira. Aquilo o deixou levemente incomodado, mas distraído o bastante para não ver que Tiago e as crianças passavam pelo pátio no lado de fora, atravessando o portão e a ponte levadiça do castelo e enfim saindo pela Rua Principal do Reino Encantado.

A essa altura, William e seus homens já estavam no terceiro andar, perdendo-se dentro do Labirinto dos Espelhos, a cada vez que escutavam a voz de Tiago e das crianças sussurrando em volumes diferentes. O labirinto escuro, com cada espelho emoldurado em neons que alternavam suas cores gradualmente, criavam a impressão surreal de um exército sincronizado de reflexos perdidos num negrume infinito, marcado por molduras luminosas como um jogo de Atari. Em diferentes pontos do labirinto, os dois soldados se perdiam. O piso, liso e escorregadio, revelou-se também de um grosso vidro fosco, por baixo do qual setas de neon verde se acenderam, indicando um caminho. Mas, ao dobrar uma "esquina" de espelhos, William levou um tiro. A bala passou de raspão por seu braço e trincou o espelho logo atrás dele, criando uma teia no vidro que se multiplicou imediatamente ao seu redor. De pistola na mão, William disparou por reflexo. O soldado Odilon recebeu o tiro na barriga, recuou apavorado e caiu sobre um dos espelhos do corredor lateral, estilhaçando-o por completo e acrescentando uma sequência de lacunas negras ao padrão daquele corredor.

— Porra, de novo não! – protestou William, segurando o braço ferido.

Tiago e as crianças caminhavam a passos rápidos pela Rua Principal, em meio àquelas casas e sobrados cartunescos, cuja iluminação noturna reforçava ainda mais o exagero surreal de um desenho animado. Havia um silêncio fantasmagórico nas ruas, a quietude sinistra de todo o parque de diversões vazio, só interrompido quando a música da rádio interna vazava de uma loja ou outra.

Passaram as xícaras malucas de Pererê, a casa dos Três Porquinhos Pobres, e o trenzinho de Lúcia Já-Vou-Indo. Atrás de si, próximo ao castelo lá no fundo da rua, escutaram os gritos distantes dos integralistas, e então o estampido seco de tiros dados para o alto.

— Corram, o mais rápido que puderem! – Tiago instigou as três crianças.

Luísa escutou um ronco de motor e olhou para trás: os soldados embarcavam no jipe, prontos a partir em perseguição. Tiago e as crianças chegaram à praça no começo da Rua Principal, um jardim planejado com topiarias de Artur Arara, Andaraí, Cauã e o professor Tukano, rodeado por lojas de brinquedos, docerias e livrarias, e logo à frente a escadaria e as escadas rolantes que levavam à estação elevada do aeromóvel. Faltava pouco. Mas outro jipe branco surgiu ao lado da escadaria, e mais três integralistas saltaram do veículo, em suas calças impecáveis e camisas verdes engomadas. Tiago estava no meio da praça, e as três crianças se amontoaram às suas costas. Atrás dele, o jipe do tenente William freou bruscamente e parou na extremidade da praça, cercando-os. William Perdigueiro saltou do carro furioso, ainda segurando o braço ferido pelo tiro de raspão.

— São os netos do velho! — gritou William.

Os alto-falantes de toda a praça zuniram com um sinal de estática, fazendo todos ao redor se recurvarem com os tímpanos doloridos. Seguiu-se uma introdução de clarinete de sete notas, e um coro de vozes masculinas começou a cantar:

De noite ou de dia, firme no volante
Vai pela rodovia, bravo vigilante (pam-pam-pam-pam)

Latidos de cães. Os soldados foram surpreendidos por uma matilha de cães pastores, todos de lenço vermelho no pescoço, que avançaram contra os integralistas na entrada da escadaria. Logo atrás deles, saindo de um canteiro numa entrada espetaculosa, um homem de jaqueta perfecto e capacete saltou de moto. E na garupa, a metralhadora na mão direita e a esquerda firmemente abraçada em seu motoqueiro de jaqueta de couro, estava Helena Flynguer.

— Aquela... é a mamãe? – perguntou Luísa, boquiaberta.

Guardando toda a estrada, forte e confiante
É o nosso camarada, bravo vigilante (pam-pam-pam-pam)

Leonardo assoviou para os cães, que largaram os integralistas e se juntaram a ele. Helena desceu de sua garupa, gritou para Tiago e seus filhos se abaixarem e abriu fogo contra os soldados. No outro lado da praça, incrédulos, o tenente William Perdigueiro e seus homens se atiraram para trás do jipe, sacaram as pistolas e revidaram, disparando meio a esmo.

O seu olhar amigo
é um farol que avisa do perigo

Leonardo avançou na direção do jipe, empinou a roda traseira e girou a moto acertando o rosto de William, queimando-o com os canos quentes. O cabo Valentino sacou a pistola e disparou sem ver bem para onde. Leonardo encolheu-se sobre a moto, deu a volta no jipe e avançou contra o soldado, levantando a roda dianteira e fazendo a moto cair sobre o integralista. Depois sacou a pistola que Helena lhe dera e disparou nos pneus do jipe.

Audaz e temerário, pra agir a cada instante
Da estrada é o vigilante: Vigilante… Rodoviário!

Veio até o centro da praça onde Tiago e as crianças estavam, quase como se fosse passar por cima deles, baixou o pino de apoio com o pé e freou, dando um cavalinho de pau e saltando para cair de pé diante deles. Assoviou chamando os cães e tirou o capacete, fazendo uma mesura para sua pequena plateia. Os cães, muito bem adestrados, repetiram a saudação.

— Uau – os trigêmeos ficaram embasbacados.

Helena perguntou se estavam todos bem. Chorosa, Luísa pediu desculpas por terem brigado, e os trigêmeos abraçaram a mãe. Mas não podiam perder tempo, o parque seria evacuado e precisavam chegar à Fortaleza Armorial, onde os funcionários esperavam pelos ônibus.

— Vamos entrar no aeromóvel… de novo? - questionou Hugo, preocupado.

— A mamãe vai com vocês - ela disse, tranquilizando os trigêmeos. — Não vou mais sair de perto de vocês até que estejam todos seguros - ela se voltou para Tiago. — Obrigada por tudo.

— Mas o Tiago vai junto com a gente, não vai? - Luísa perguntou.

— Vou sim, não se preocupem.

Tiago lembrou de avisar que havia um ator ferido e em estado de choque no restaurante do Hotel Rondon, e que alguém precisava buscá-lo. Helena passou o aviso ao coronel Cristo pelo rádio.

— E eles, vão no aeromóvel também? - José apontou Leonardo e os cães.

— Não se preocupem conosco – disse Leonardo –, nós encontramos vocês todos lá.

Dito isso, subiu na moto, assoviou para os cães, acelerou e foi embora, sendo acompanhado pelo olhar atento de Helena. Percebeu que Tiago a encarava com um sorriso.

— O que foi? – ela enrubesceu.

— É a moto, a jaqueta de couro ou o tamanho do carisma?

— Não… cedo ou tarde, um Flynguer acaba fugindo com o circo.

Tocata e fuga

Se, no total, o Centro Cívico tinha quatro pavimentos acima do térreo, todos com um pé-direito altíssimo, na Torre de Controle os integralistas descobriram que o pé-direito era menor e que, graças ao ângulo do domo de vidro, ela tinha ao todo sete andares. Demóstenes sabia disso, claro, mas não seria ele que iria conter a empolgação do general quando a porta de aço finalmente caiu. Pior ainda: as escadarias não eram contínuas. Tendo o fosso do elevador no centro, ao chegar a cada andar, para acessar o lance que levaria ao seguinte era preciso sempre cruzar o corredor central de cada piso, com portas de travas magnéticas em ambos os lados, que precisariam ser arrombadas. Não eram reforçadas, mas eram o suficiente para segurar seu avanço às raias da irritação.

Agora, por exemplo, tinham acabado de chegar ao terceiro andar, arrombando a porta que os levaria ao quarto – e a sala de controle ficava no sexto. No *video wall*, Johan acompanhava seu avanço apreensivo, enquanto tentava dar conta de tudo o mais que acontecia nos parques ao mesmo tempo. Do lado de fora da sala de controle, dona Ivone da limpeza e o figurante vestido de Artur Arara, com o cabeção debaixo do braço, aguardavam assustados.

— O helicóptero está quase chegando. Temos que ir – Johan avisou.

João Amadeus respirou fundo. Lembrou que havia uma última coisa que era preciso fazer, para garantir que os integralistas não conseguissem mais acessar o sistema.

— Mas eu já apaguei o perfil do Demóstenes do nosso servidor. Ele não sabe a minha senha.

— Eles vão acabar encontrando outra forma, cedo ou tarde – retrucou o velho, dirigindo-se até a caixa vermelha de um extintor de incêndio. — Eu falava sério quando disse que iria enterrá-los vivos. – Pegou o martelinho preso na corrente ao lado e quebrou o vidro. Não buscou o extintor de incêndio, mas a machadinha que o acompanhava. Hesitou. — Tem certeza de que os aeromóveis vão continuar funcionando? E as trancas magnéticas?

— Os aeromóveis podem ser operados dentro dos próprios carros ainda. E as trancas do Centro Cívico vão todas travar na posição atual – Johan explicou. — De resto, cada parque pode operar fora do sistema, o japa projetou tudo isso muito bem, antes de ser atropelado... – Johan se calou, acometido por uma conclusão óbvia quanto ao destino do sr. Ishioka, o primeiro engenheiro que havia desenhado o sistema. — Aliás, algo me diz que aquilo não foi acidente.

— Sim, agora tenho certeza de que não foi.

Mas havia uma última coisa a ser feita, que era deixar as trancas liberadas do sexto andar até o terraço da antena. E João Amadeus pediu mais um favor pessoal; que deixasse o elevador operando com acesso ao sexto subsolo da torre.

— A clínica? Agora? Pra quê? Há enfermeiros vindo nos ônibus, o que você precisa de lá?

— Só faça o que eu estou pedindo, eu explico depois.

Johan assentiu. Foi até seu terminal e selecionou um a um os códigos de todas as portas que precisavam para escapar, deixando-as destravadas. Ouviu um vidro quebrando e se assustou, mas era só João Amadeus pegando a machadinha do outro extintor da sala. Quando Johan terminou com os computadores, o velho Flynguer entregou-lhe a segunda machadinha e comentou:

— Não diga que não é um sonho antigo teu.

Johan suspirou. Aceitou a machadinha, e os dois então se acercaram, um de cada lado, da torre vermelha e negra do Cray XMP. Johan perguntou uma última vez:

— Catorze milhões de dólares, João. Tem certeza de que quer fazer isso?

— Você sabe melhor do que ninguém, meu amigo – o velho sorriu –, que, neste parque, isso foi o troco do manobrista.

Ergueu a machadinha e deu o primeiro golpe no servidor; Johan o imitou, golpeando de cada lado numa sequência ininterrupta de prazer luddita, esmigalhando as placas e os discos rígidos. Nos terminais, as janelas começaram a acusar "erro de conexão ao servidor", enquanto os monitores do *video wall* piscavam conforme suas imagens eram substituídas pelo chuvisco cinzento de estática.

O aeromóvel parou na estação Mundo Imperial e os cinco desceram. Os seguranças do parque cuidavam do entorno da escadaria, e um jipe os aguardava para levá-los à enfermaria na Fortaleza Armorial. O coronel Cristo avisou Helena, pelo rádio, que os funcionários que ainda estavam dispersos pelos quatro parques estavam sendo recolhidos.

Enquanto cruzavam a Praça Central, Tiago lançou um olhar melancólico para as lojas, a estátua de Tibicuera, o carrossel, a locomotiva da cervejaria, a fachada do Grande Hotel, e perguntou-se qual seria o futuro daqueles parques, se haveria ainda um modo de salvar tudo aquilo, de fazer aquele sonho funcionar apesar dos custos exorbitantes que se acumulavam, numa perspectiva de crise econômica sem fim.

Em frente à Fortaleza Armorial, gigantescos mamulengos audioanimatrônicos pareciam vigiar a entrada, imponentes. O coronel Cristo chegou até eles, rádio nas mãos, avisando que os ônibus estavam a caminho, e uma equipe de segurança particular estava vindo de helicóptero de Belém, para ajudar no resgate de quem quer que tivesse ficado perdido pelos parques.

— E o meu irmão?

— Ele está lá dentro – disse o coronel. — Demos uma dose de morfina pra ele.

— E o meu pai?

O coronel Cristo apontou com o rosto o Centro Cívico: de onde estavam, as luzes do domo de vidro e do telhado da torre deixavam escapar a luminescência neon de seu interior, fazendo com que brilhasse como um colorido estádio de futebol na noite amazônica. Ouviram batidas intensas e abafadas se aproximando. Hugo e José o viram primeiro, e apontaram no céu noturno as luzes que se aproximavam. Tiago olhou para cima: o helicóptero, o elegante Agusta A109 que os trouxera, cruzou o ar acima deles, dirigindo-se direto ao domo de vidro.

Johan empurrou a barra antipânico da porta do terraço abrindo-a e sentindo o vento noturno bater forte contra o rosto. Era incrível que, mesmo acompanhando a construção do parque quase desde o começo, ainda havia alguns lugares onde nunca estivera em Tupinilândia, e aquele era um deles: o terraço da torre, um quadrado de concreto que abrigava a torre da antena de um lado e o heliporto do outro, com um grande H pintado no concreto. Ficava apenas um metro e meio acima das imensas placas de vidro hexagonais encaixadas em estrutura de colmeia.

Ocorreu-lhe que do alto, à noite, ter os quatro parques ao redor iluminados no oceano de negrume da selva era uma visão e tanto. Devia ter vindo ali antes.

O helicóptero pousou e a porta foi aberta. Um segurança da empreiteira desceu e acenou para todos entrarem logo. Dona Ivone da limpeza e o figurante de Artur Arara entraram primeiro. Johan foi em seguida, abaixando-se, receoso das hélices – detestava voar de helicóptero –, mas então olhou para trás. Por algum motivo, João Amadeus continuava parado na porta.

— João, venha logo – acenou Johan.

Mas o velho balançou a cabeça em sinal negativo. Johan ergueu os ombros, questionando-o.

— O capitão afunda com o navio – afirmou Flynguer.

— Quê? Não seja ridículo, isso não é navio e cidades não afundam. Venha logo.

— Não – insistiu o velho. — Eu sei o que estou fazendo. Lamento, Johan.

Johan pediu um minuto ao segurança. Desceu do helicóptero e voltou para onde João Amadeus teimosamente empacara. Trabalhavam juntos havia mais de três anos, numa relação franca e direta que fizera de Johan um dos poucos ali para o qual o temperamento do velho nunca fora um problema. E o conhecia muito bem agora para saber que não o faria mudar de opinião.

— Se está pensando em fazer o que eu acho que está pensando, e eu sei que você é louco o bastante pra isso... bem, isso já vinha sendo planejado há tempos, não? – perguntou Johan. — Você mesmo disse uma vez que não pretendia mais sair de Tupinilândia.

— Eu fiz este lugar pra mim, antes de qualquer outro.

— Sim, como um faraó! João Amadeus, você é a pessoa mais louca com quem eu já trabalhei – disse Johan. — E digo isso como elogio. - Estendeu-lhe a mão. — Foi uma honra.

— Johan Karl, a honra foi minha – João o cumprimentou. — Nós fizemos um belo labirinto aqui, mas, cedo ou tarde, Dédalo precisa voar embora. Adeus.

Os dois se abraçaram. Johan embarcou no helicóptero, e João Amadeus observou a aeronave levantar voo como quem vê o último bote salva-vidas partir. Olhou ao redor, para o domo iluminado. Escutou o silêncio da noite e sentiu o vento no rosto. Respirou fundo.

Sim. Era assim que devia ser.

Aquarela do Brasil

Tiago não ficou surpreso quando soube que João Amadeus se recusara a embarcar. Fazia sentido e, do pouco que o conhecera, era não só previsível: para um homem que passara a vida buscando uma narrativa que desse sentido à sua vida, era a única opção possível.

Mas Helena entrou em surto. Em sua cabeça, já organizava um plano, já esquematizava como fazer para juntar os seguranças, invadir o Centro Cívico, matar todos aqueles integralistas desgraçados, resgatar seu pai antes que fosse tarde demais. E então Tiago decidiu contar o que ela ainda não sabia, e que o velho não tivera tempo de dizer. Ela ficou imediatamente abatida, como se o peso de todos os acontecimentos daquela noite e dos últimos cinco anos finalmente a alcançasse.

Quanto a Beto, pôs-se a chorar em desespero, descontrolado.

— O que aconteceu, Tiago? – Luísa perguntou.

Ele olhou os trigêmeos. Não era sua responsabilidade, e nem sabia se lhe cabia esse papel, mas alguém tinha que lhes dizer alguma coisa, e a única coisa que lhe ocorreu foi dizer a verdade: que seu avô não quis ir embora. Que estava muito doente já fazia algum tempo, e havia planejado morrer ali dentro desde o começo, terminar os seus dias dentro da cidade que construiu.

Para sua surpresa, as crianças não choraram: ficaram tristes, claro, olharam para as luzes distantes do Centro Cívico com um respeito solene, e então, tomados por uma súbita noção de responsabilidade e maturidade emocional, os três se dividiram entre abraçar e consolar a mãe e o tio. Alguém tinha que ser adulto naquela família.

João Amadeus Flynguer sabia exatamente o que fazer. Voltou para o sexto andar, entrou na sala de controle, pegou a câmera móvel que vinham utilizando e a empurrou de volta para o estúdio de Luque, na sala ao lado. Os canais de rádio e tevê da cidade eram todos analógicos e não dependiam dos sistemas do parque. Pegou seu rádio e chamou o coronel Cristo.

— Diga pros meus filhos sintonizarem no canal interno do parque – orientou.

Ligou a câmera e iniciou a transmissão, operando os equipamentos que ele próprio aprendera a manusear de tanto que interferia no trabalho do falecido Luque. Seu rosto apareceu nos três monitores da sala, todos sintonizados no canal interno. Chamou o coronel Cristo pelo rádio, certificando-se de que seus filhos o estivessem assistindo.

— Estamos todos assistindo, João – o coronel confirmou.

Ele respirou fundo, e olhou para a câmera.

— Quando eu fiz este parque, gostaria de poder dizer que foi pras crianças, pro público, mas a verdade é que eu o fiz pra mim mesmo, antes de mais ninguém. Eu o fiz pra que, ao menos num pequeno espaço isolado, um lugar assim pudesse existir. Um país que todos imaginam que um dia poderá ser, que poderia ter sido, mas que aqueles que poderiam fazê-lo não têm interesse algum. A verdade é que somos todos escravos do mesmo sistema. Vocês foram criados pra pensar como escravos e louvar o esforço que os oprime como se fosse o trabalho que os liberta. Eu pensei que podia quebrar esse ciclo. Pensei que eu tinha os meios e as condições de construir o meu próprio paracosmos, e que ele serviria de modelo ao resto. Por um instante, por três dias, eu me senti como naquele pináculo de *Fantasia*, pensei que poderia controlar os astros e o cosmo, e que poderia extrair algo de bom disso. Já se disse que este país é uma máquina de moer gente. Mas chega uma hora em que alguém tem que fazer essa máquina parar. Infelizmente, esse dia não será hoje, mas não vou deixar que a minha criação se torne mais uma engrenagem dessa máquina.

Ele fez uma pausa. Podia escutar os gritos, os integralistas que estavam quase chegando.

— Helena. Roberto. Meus filhos, vocês sabem o quanto eu os amo. Luísa, Hugo, José, o vovô sempre estará pensando em vocês, onde quer que esteja. Agora... Helena, eu quero que você se certifique de que todos sejam indenizados por tudo o que houve aqui. Que não lhes falte nada. Haverá problemas, haverá custos, haverá processos. Nós já conversamos sobre essa possibilidade. Mas você sabe o que *realmente* importava pra mim. Nunca se esqueça disso, não esqueça o que o nosso nome significa.

Não esqueça o que ele faz, ou o peso que ele tem. E se *eles*, você sabe quem são, algum dia esquecerem... ah, minha princesa... *esmague-os* com esse peso. De resto, bem... essa empresa sempre foi um monstro grande demais pra mim, não deixe que se torne grande demais pra você. Não tenha apego. Queime o que for preciso. Quando alguém fica do nosso tamanho, se cair, leva muita gente junto, é assim em qualquer lugar. E eles não vão deixar que isso aconteça, não se preocupe. Confio em você. Aos demais, a todos que estão me assistindo: eu só peço, de coração, a todos vocês, que não me julguem com muita severidade. Eu quis dar a vocês algo que fosse verdadeiro, real, que os fizesse ter orgulho de serem filhos desta terra, e não mais escravos dela. Por favor, nunca digam que não foi um objetivo desprovido de mérito. Adeus.

Encerrou a transmissão, desligou a câmera. Vasculhou as fitas cassete da rádio, e procurou uma em especial, sua favorita. O rádio estalou, chamando-o.

— Papai... – era Helena, no mesmo tom choroso de quando era pequena, e acordava de pesadelos se sentindo desamparada, esperando que os pais viessem abraçá-la – ... eu te amo.

— Também te amo, minha filha – respondeu, e desligou o rádio.

Inseriu a fita no aparelho da rádio. Pegou uma chave de fenda, entrou no elevador, e desceu até o sexto e último nível do subsolo da torre. Com todas as portas de acesso travadas, a única forma de se entrar ali seria agora pelo elevador, o que o deixava seguro por algum tempo. Tirou a chave de fenda do bolso, abriu o painel do elevador e girou a alavanca manual que o desativava.

Saiu empurrando as portas até chegar à pequena clínica particular, que mandara montar para seu uso exclusivo desde que se recuperara do primeiro tumor. No centro da sala, em meio aos equipamentos comuns a uma UTI, estava a grande câmara cilíndrica, disposta levemente inclinada, com extremidades arredondadas que lhe davam ares de uma cápsula futurista – "Branca de Neve do espaço", foi como Johan chamou aquilo. Nada ali era um grande segredo, embora poucos soubessem a real aplicação de todos aqueles aparelhos médicos. Johan e o coronel sabiam, Helena não. Além, claro, dos seus médicos particulares. E tampouco aquela tecnologia era alguma novidade, pois fora aplicada nos primeiros voluntários no final dos anos 60. Era seu resultado que ainda permanecia uma incógnita. Mas isso, pensou, era problema para o futuro resolver.

João Amadeus Flynguer tirou primeiro os calçados e depois despiu-se de suas roupas. Ajustou o ar-condicionado no máximo, não que fizesse diferença, mas para já ir se acostumando. Conhecia muito bem os procedimentos, era a coisa que mais vinha pesquisando nos últimos meses, sua mais recente obsessão. No armário, buscou as seringas que já foram deixadas preparadas, e procurou a veia para injetar o anticoagulante em si mesmo.

Abriu o tampo da câmara e se acomodou em seu interior, prendendo os sensores no peito. Buscou a veia do braço direito e a perfurou com a primeira agulha, que começou a puxar seu sangue. A dificuldade maior foi posicionar o braço esquerdo movimentando o direito o mínimo possível, mas conseguiu – a vantagem de ter a pele cada vez mais fina com a idade era que as veias estavam bem visíveis. Em instantes, a segunda agulha bombearia o composto vitrificante à base de glicerina, assim que seu batimento cardíaco fosse baixo o suficiente para que o aparelho o considerasse clinicamente morto. Ele já havia previsto essa questão, e antes de entrar na câmara, abrira dois cilindros de isoflurano, um composto de éter halogenado usado para anestesias que agora tomava conta da sala.

O cheiro era docinho.

Brasil,
Meu Brasil brasileiro
Meu mulato inzoneiro
Vou cantar-te nos meus versos

Sorriu ao escutar a música, que preenchia os alto-falantes de toda a Tupinilândia a pleno volume. Era sua versão favorita da "Aquarela do Brasil" de Ary Barroso, na voz de Aloysio Oliveira. A mesma usada no filme *Alô, amigos* de 1942, no qual Walt Disney apresentava o resultado de sua viagem pela América Latina. Começou a ficar sonolento. Não sentia mais as extremidades. Pontos luminosos surgiram em sua visão. Sono.

O mundo de sua infância só podia ser devidamente lembrado no preto e branco das fotografias nas páginas dos álbuns de família e nos filmes do Cine Baltimore e no contraste das pedras dos calçadões cariocas em seus mosaicos ondulados e de sua irmã Cleia vestida como uma pequena Shirley Temple ah doce e gentil Cleia pedindo para que a levasse para assistir ao Carlitos e ao Pato Donald e que lhe mandasse cartões-postais da Itália ah doce e gentil Cleia que a teimosia de seu pai e do conservador médico da família com seus conhecimentos defasados a condenaram a uma eterna infância que era uma eterna Era de Ouro ou uma Antiguidade Neoclássica com sua cota de idealizações simplistas e um sorriso opressor de boa vontade.

Ô Brasil, samba que dá
Bamboleio que faz gingar
Ô Brasil, do meu amor
Terra de Nosso Senhor

No fundo, sabe que só está sonhando e que não há nenhuma Tupinilândia, que não está deitado nu dentro de uma câmara em pleno processo criônico, no subsolo de uma cidade que ele próprio construiu no meio da Amazônia paraense, isso tudo é absurdo, seu nome é João Amadeus Flynguer, ele tem dezenove anos e seus pais são um casal de americanos bem-sucedidos no ramo elétrico que acabaram de se mudar de Porto Alegre para o Rio de Janeiro e num impulso João Amadeus abre o tampo da câmara e salta para fora antes que seja tarde demais para reverter o processo e é nesse momento que percebe que não está nu, pois veste sua melhor fatiota e está pronto para receber Walt Disney em sua casa, mas há um problema, um problema grave: não há nada à sua frente exceto a alva infinidade do vazio de uma página branca e está completamente sozinho.

Ah, abre a cortina do passado
Tira a Mãe Preta do cerrado
Bota o Rei Congo no congado
Brasil, Brasil
Pra mim, pra mim

Não, não está sozinho: Cleia está ao seu lado, vestida como Shirley Temple e lhe estendendo o braço para que a tome pela mão, e diz "vamos?", mesmo que não tenham para onde ir, pois à sua frente só há o vazio. Ora, diz ela, você sabe o que fazer, é só chamar. Sim, é verdade: arregaça as mangas até os cotovelos e começa a apontar para o alto em diferentes direções, como um maestro conjurando o cosmo do alto de um pináculo, move-se no ritmo do cavaquinho e da viola e ele vem: um grande pincel de pelo de camelo, pincel de qualidade, úmido de tinta multicolorida. Toma a mão de sua irmã e os dois pisam no vazio enquanto o pincel dança e samba à sua frente, já não mais no ritmo da "Aquarela do Brasil" e sim do "Tico-Tico no fubá", cada volta do pincel acrescenta mais um degrau na escadaria, sempre a tempo de que seus pés nunca pisem no vácuo, sempre no último minuto. O pincel ondula as linhas do calçadão de Copacabana e da Floresta Amazônica, cria dinossauros e duendes e Erico Verissimo que escreve em sua mesa – veja, Cleia, é o autor daqueles livros de que você tanto gosta! – e o escritor os vê passar e diz que mais cedo ou mais tarde o homem acaba satisfazendo os caprichos do menino. O pincel se agita cada vez mais rápido diante dos dois, erguendo prédios modernos e castelos encantados e montanhas ocultas e selvas misteriosas, onde a pequena Helena está em sua cama assustada com pesadelos e pede que ele a abrace e Roberto vem correndo pular em seu colo e pedir que ele conte de novo aquela história de quando conheceu Walt Disney, mas não é preciso que conte nada, pois olhe ali se não é o próprio Walt Disney quem passa voando nas asas de um papagaio, e quem vem lá se não é Johan com um volante nas mãos chacoalhando os ombros e dançando em trenzinho com todo o pessoal do parque, quem diria que o coronel Cristo tem tanto samba no pé e Artur Arara abre as asas sobre a cidade e sorri, enquanto de cada janela surgem mais e mais dançarinos, e ergue-se gigantesca feito um leviatã sobre aquele mundo em glória ninguém menos do que Carmen Miranda, que conta que muita gente cai à toa, muitos caem com razão, pois a saudade é uma garoa caindo no coração, e o tico-tico tá outra vez aqui comendo meu fubá pois o tico--tico tem que se alimentá; os prédios e árvores dançam e os pássaros cantam e o pincel segue ilustrando seu caminho technicolor. De mãos dadas, João Amadeus e Cleia Flynguer seguem cada vez mais longe, rumo ao horizonte infinito da imaginação.

Heliporto

Tiago e Leonardo ajudaram Beto a entrar no helicóptero, o que ele fez mancando e um pouco delirante pela morfina. Em seguida, entraram as crianças, e Helena perguntou se Tiago se importaria de ficar junto delas por mais algum tempo. Ela não pretendia sair dos parques antes do último funcionário embarcar nos ônibus. É o que seu pai gostaria que fosse feito.

— Tu vais ficar bem? - Tiago pergunta, preocupado.

— O coronel Cristo e os seguranças vão ficar comigo - ela o tranquiliza.

— E o Leo também. A propósito, Tiago, muito obrigado por tudo o que você fez neste final de semana. Por ter cuidado dos meus filhos, principalmente. Eu peço desculpas se te julguei mal.

— Não tem do que se desculpar, eu sei que tu estavas sob muita pressão.

Ela assente com um meneio, e os dois se despedem. Helena o observa entrar no helicóptero, a aeronave ligar as hélices e então levantar voo rumo à Altamira. Ela se volta para o sul, para o Centro Cívico iluminado na noite.

Leonardo pergunta o que vai acontecer agora, principalmente com aqueles soldados presos lá dentro. Ela dá de ombros. Aqueles lá são a última de suas preocupações. Se dependesse dela, ficariam ali para sempre, até o final dos tempos.

Já pode antever um pesadelo jurídico e financeiro que durará meses, ao passo que haverá muita gente interessada em fazer com que nada daquilo jamais se torne público. Isso não será o maior problema. Ela sabe exatamente com quem falar, para quais redações ligar, o quanto será necessário comprar de espaço publicitário em cada jornal. Tem os números no rolodex de seu escritório. Vai sair caro, claro, mas nada que duas gerações de sua família já não vinham fazendo havia trinta anos.

Ou como seu pai sempre dizia: se não passar na tevê, nunca aconteceu.

SEGUNDA PARTE

Mundo perdido

O poder da nostalgia

Por Artur Alan Flinguer*

Num dia desses, meu filho voltou de uma festa vestindo uma camiseta do Tears for Fears, usando All-Star e uma jaqueta jeans que me fez perguntar de que máquina do tempo ele tinha saído. Ele tem dezoito anos. E me explicou que era uma festa muito popular, temática dos anos 80, que acontece sempre com um tópico pontual: um filme, um brinquedo, uma celebridade. Ele falou isso suspirando, dizendo que aquilo sim foi uma época boa, a melhor música, os melhores filmes. E eu fiquei me perguntando: como é possível que esse guri possa pensar isso, de uma década que nem sequer viveu? Sim, eu tenho um filho de dezoito anos. Aliás, se tenho um conselho para vocês é este: ter filhos no meio de um mestrado não é a melhor estratégia. Sei do que falo, tive dois.

Mas, piada à parte, é uma questão intrigante: o que houve nos anos 80 que fez com que ele grudasse na cultura popular de um modo que continua nos afetando até hoje, e despertando saudosismo em quem não o viveu? Como é possível ter nostalgia por uma época que não foi a sua?

Essa história começa no país favorito dos nossos políticos: a Suíça. Antes do queijo, do relógio cuco e da lavagem de dinheiro, o que fez a fortuna suíça foi o fornecimento de soldados altamente qualificados aos reinos

---

* Transcrição da palestra apresentada em junho de 2015, em Pelotas (RS), como parte do seminário de pesquisas "O futuro do passado: Arqueologias do século XX", promovido pelo Laboratório de Ensino e Pesquisa de Antropologia e Arqueologia (LEPAARQ) da Universidade Federal de Pelotas.

vizinhos. A medicina da época, contudo, notou que esses mercenários começaram a desenvolver uma forma peculiar de melancolia, uma saudade da terra natal, presente também entre jovens estudantes, ou empregados que mudavam de cidade. Essa "doença" os levava a criar imagens idealizadas da realidade que antes viviam, perdendo o contato com o presente e se tornando indiferentes ao confundir o real e o imaginário. Para esse fenômeno, a medicina da época tomou emprestado do grego homérico os conceitos de *nostós* – "reencontro, retorno ao lar" – e *álgos* – "dor, sofrimento" –, e cunharam a palavra "nostalgia".

Mas a nostalgia não é o desejo por um lugar, e sim por um tempo e uma época diferentes dos nossos, que geralmente associamos ao passado, embora também haja a nostalgia prospectiva, a saudade pelas visões de futuro que já se tornaram obsoletas. Num sentido mais amplo, o sentimento nostálgico é uma forma de nos rebelarmos contra a velocidade do nosso tempo, desse progresso que se foca nas melhorias para o futuro sem refletir sobre o passado. E a romantização dos sentimentos foi também uma resposta do século XIX ao racionalismo dos iluministas do século XVIII. Não é coincidência, por exemplo, que o mesmo século XIX dos românticos viu surgir o fenômeno do nacionalismo. As duas coisas se conectam. Mas, para funcionar, o objeto da nostalgia romântica precisa estar sempre *distante*, além do tempo e do espaço presentes, perdidos lá longe em brumas de um passado distante, ou então em terras perdidas, de utopias onde o tempo nunca passa.

A pesquisadora russa Svetlana Boym costuma separar a nostalgia em dois tipos: a *reflexiva* e a *restauradora*. A nostalgia reflexiva é focada na própria experiência nostálgica, que pode ser tanto prazerosa quanto irônica. Ela se apoia no anseio em si, não se apega a detalhes e sim a simbolismos, habita espaços diferentes ao mesmo tempo e retarda eternamente o retorno nostálgico, para melhor aproveitar o sentimento. Já a nostalgia restauradora é focada na obsessão do "retorno ao lar" e nem sequer percebe a si mesma como nostalgia. Ela se vê como uma "verdade" ou "tradição" a ser protegida, onde só existem duas narrativas possíveis: a do "retorno às origens" e a da "conspiração". Essas duas tipologias, quando aplicadas à história, são o que nos permite distinguir, por exemplo, entre a ideia de uma "memória nacional", onde há uma única narrativa linear, e uma "memória social", formada por diversas narrativas coletivas que marcam nossa memória individual, mas não a define.

Mas aonde quero chegar com isso?

Bem, o século XX acabou. Nós vivemos no "mundo do futuro" de nossos pais e avós, temos computadores de bolso, redes de informação e sistemas automatizados. Ninguém inventou ainda o skate voador, mas há esperanças. Quantas datas da ficção científica de nossas infâncias já deixamos para trás? Quantos apocalipses, odisseias no espaço, ou anos em que faríamos contato? Chegamos, e agora que cá estamos, para onde apontamos nossas visões? Na última virada de século, olhava-se para os futuros possíveis. Nesta, nos apegamos à nostalgia. O que aconteceu?

Aconteceu a industrialização e a cultura de massa, que gerou um dos grandes fenômenos do século XX: a privatização e a internalização da nostalgia. O desejo do "retorno ao lar" foi substituído pelo desejo de retorno à própria infância, fazendo com que cada vez mais a nostalgia se tornasse desajustada não com o progresso em si, mas com a noção que tínhamos de maturidade. E eu tenho a coleção de bonequinhos para provar. Ou alguém acha que foi coincidência que todas as gerações nascidas depois da Segunda Guerra, dos que hoje são sessentões aos *millennials* de vinte e poucos anos, tenham sido sempre consideradas mimadas, narcisistas e imaturas pela geração imediatamente anterior?

Mas então por que, especificamente, os anos 80? Nos Estados Unidos, foi um período de intenso consumismo e conformismo onde, não por coincidência, imperava um saudosismo dos anos 50. Para nós no Brasil, foi a "década perdida" da hiperinflação, governos impopulares e não eleitos, filmes hiperviolentos e uma cultura televisiva sexualizada, tomada, de modo geral, pela falta de noção e senso de responsabilidade. Claro, a nostalgia do passado é a nostalgia da própria infância, mas o que ocorreu ali que fez com que esse saudosismo esteja se prolongando por muito mais tempo do que seria esperado?

Primeiro: foi a última década sem internet, celulares ou a conectividade que nos faz ficar interligados e disponíveis o tempo todo. A última década em que, para falar com alguém, você precisava esperar a pessoa chegar em casa. A internet foi lançada comercialmente em 1995, e seu impacto sociocultural e econômico é ainda hoje, exatos vinte anos depois, muito recente para ser medido. A primeira geração nascida depois da internet está chegando ao mercado de trabalho agora, e a última transformação tão radical assim no modo de pensar a sociedade foi a linha de montagem de Henry Ford. O impacto da internet equivale ao do Iluminismo, que levou à Revolução Francesa. Então, meus caros, nós que nascemos antes dela somos todos *Ancien Régime*.

E vocês, que nasceram na década de 80, foram a última geração que conheceu o mundo anterior e teve tempo de se adaptar ao mundo novo, e a primeira a ter *invertido* a ordem do fluxo de conhecimento. O novo estereótipo da criança que ensina os pais a mexer no computador.

E temos também a questão do consumo. Como disse antes, o século XX privatizou a nostalgia, e fez isso graças a dois fatores: a Revolução Industrial e o crescente processo de idealização da infância. Toda geração pós-industrial teve seus brinquedos e heróis de preferência, fosse Zorro, Tarzan, Superman, Vigilante Rodoviário, Mickey ou Donald. Mas, ao chegar aos anos 80, o acúmulo cultural já era tanto que podia se tornar autorreferente: *Guerra nas estrelas* e *Indiana Jones* são os primeiros filmes a fazer, de modo consciente, uma colagem de referências às histórias que vieram antes, a linguagem pós-moderna por excelência. Ou, como disse o próprio Spielberg: "Eu sofro de uma doença chamada nostalgia terminal".

O caso é que *Guerra nas estrelas* foi o maior, mais rápido e intenso caso de licenciamento de marca já visto até então. Eu sou dessa geração, quando os bonequinhos viraram febre. E as fabricantes de brinquedos ficaram loucas atrás de outros filmes ou séries cujos brinquedos pudessem comercializar. A Mattel, que deixou passar a oportunidade de fabricar os brinquedos de *Guerra nas estrelas*, decidiu criar seus próprios personagens, um universo de guerreiros bárbaros num planeta distante. Mas um personagem não é nada sem uma narrativa, e para isso foi criado um desenho animado que lhes desse contexto, história e pano de fundo. Quando *He-Man e os defensores do Universo* foi lançado como linha de brinquedos em 1981, foi o ponto de partida para uma década em que, ao invés de produzir brinquedos com base em filmes e séries, estes passaram a ser produzidos para justificar novas linhas de brinquedos.

Quem foi criança naquela época lembra o impacto que isso teve. A indústria de entretenimento percebeu o que Walt Disney já sabia havia décadas: que toda e qualquer experiência humana, por mais incoerente que seja, adquire maior sentido quando se insere numa *narrativa*.

Desse ponto em diante, a mercantilização da cultura infantil atingiu seu auge. Um verdadeiro big bang de novos mundos e universos de personagens, uma enxurrada de cosmogonias em forma de desenhos animados, bonecos articulados, roupas e cadernos em comerciais apelativos que induziam a pedir ao papai e à mamãe que comprassem, ou você nunca mais seria feliz outra vez. *ThunderCats, SilverHawks, She-Ra, Ursinhos Carinhosos,*

Ursinhos Gummy, Tartarugas Ninja, e até mesmo personagens violentos e inadequados para crianças, como *Rambo* e *Robocop,* tornaram-se heróis feitos de plástico. Plástico que, como já disse Svetlana Boym, é o material ao mesmo tempo flexível e indestrutível do futuro, o arauto da cultura pop do pós-guerra e o símbolo internacional da estética kitsch.

E não podemos esquecer também a questão dos video games. O cinema surgiu como uma curiosidade da Revolução Industrial, evoluiu para um passatempo e levou vinte anos até começar a explorar todo o seu potencial de linguagem e ser aceito como uma nova forma de expressão artística. O video game percorre um caminho semelhante na revolução informática. Nossos Ataris e Odisseys equivaleram aos primeiros curtas-metragens. *Pong* foi *A chegada do trem na estação, Pac-Man* foi o *Viagem à Lua* de Méliès. *River Raid* e *Space Invaders* foram como os curtas de Chaplin, e *Super Mario Bros* foi a descoberta do som. E hoje, trinta anos depois, fala-se que o video game vive sua Era de Ouro. Para aqueles que acompanharam a revolução tecnológica dos últimos trinta anos, a sensação de transitoriedade, de progresso desenfreado e de tempo irreversível é ainda mais intensa.

O que nos traz aos dias atuais, onde a pós-modernidade, essa releitura consciente de si mesma, resgatou a nostalgia e a casou com a cultura pop. Mas a manteve presa dentro de "citações" e de "referências" que a tornaram apenas um estilo decorativo, não uma linguagem nova. Vemos isso em trechos de músicas dos anos 80 que são "sampleados" em canções novas, vemos isso nas releituras de personagens infantojuvenis que são revistos sob a ótica sombria de nossa obsessão com o "realismo". Também vemos isso nessas refilmagens redundantes e constrangidas de filmes vindos de uma década que era, convenhamos, bastante irresponsável, cheia de violências cruéis e preconceitos tão arraigados na época que mal os percebíamos. E que agora, quando os revisitamos com olhar crítico, os reproduzimos numa lógica irônica e nos esquecemos de que o efeito original de catarse não vinha da ironia, mas da sinceridade desses elementos, fossem positivos ou negativos.

Então, a pós-modernidade fez da nostalgia uma reprodução, não uma imersão. E isso acontece porque a nostalgia é, essencialmente, história sem sentimento de culpa. E aceita desse modo, ela se torna uma abdicação da responsabilidade pessoal. Esquecemos que, socialmente, os anos 80 foram uma época de preconceitos intensos. Misoginia, racismo, homofobia, tudo mostrado de um modo tão agressivo que tinha o efeito prático de silenciar qualquer voz dissonante. Como a censura, isso tinha o efeito prático, anos depois, de gerar o famoso fenômeno da falsa memória, de um problema que não existia porque "ninguém falava nele". Silenciar a dissonância é sempre uma forma de apagá-la. Então, ao abraçarmos a nostalgia, temos que aceitar essa outra temporalidade não em sua forma idealizada, mas em todas as suas inconsequências e inconveniências. Precisamos compreender a *sinceridade* de uma época para realmente ver sua beleza e seu horror.

É isso o que torna o estudo da nostalgia um projeto tão interessante quanto complexo por sua interdisciplinaridade. O que nos torna humanos não é nossa memória natural, não é a simples lembrança em si. Isso é apenas percepção, algo que os animais também possuem. O que nos faz humanos é nossa memória *cultural*, que nos torna capazes de atribuir sentido a símbolos, e que faz com que significados sejam gerados em nossa mente sem a necessidade de um estímulo externo. Somos mais do que animais, somos animais com cultura. É por isso que ela é tão vigiada, resguardada, reconstruída e, no caso do Brasil, intencionalmente negligenciada por sucessivos governos. Sem contexto, a nostalgia se torna uma ferramenta de alienação e autoritarismo. Façam o teste e percebam: o ataque à memória e à cultura é o primeiro passo de um governo autoritário, em todas as épocas, qualquer que seja a posição ideológica. Porque nossa memória cultural é um material tão sensível e volátil quanto combustível. Esse combustível alimenta o sistema, mas também pode se tornar o coquetel molotov que o incendiará. Obrigado.

Alguém tem alguma pergunta?

Episódio 4
Uma nova esperança

Tempos líquidos

Soltou um grito que fez seus colegas de trabalho pularem das cadeiras, no segundo piso do velho casarão histórico. Artur desligou o celular, olhou em volta com um sorriso faceiro e alisou a barba que o fazia parecer mais velho do que realmente era. Seus colegas, arqueólogos como ele, perguntaram se estava bem. Garantiu que sim: era uma boa notícia, que não podia revelar ainda.

Consultou o relógio e contou as horas até o fim do expediente. Faltando quinze para as seis, concluiu que não tinha mais condições de dar atenção à papelada, melhor sair agora e compensar chegando cedo no dia seguinte. Despediu-se dos colegas, desceu as escadas do segundo piso da sede estadual do IPHAN, o Instituto do Patrimônio Histórico e Artístico Nacional. Artur pôs os fones e botou para tocar sua playlist favorita, uma combinação de retrowave contemporâneo com clássicos de synthpop. Sua forma de se proteger do presente era se isolar num passado auditivo idealizado, e no momento em que saiu para a rua e caminhou no já intenso fluxo de final de tarde na avenida Independência, Kraftwerk anunciou com voz sintética em seus ouvidos: "*We're functioning automatic and we are dancing mechanic, we are the robots*".

Ainda não era possível dizer, sem o devido distanciamento histórico, o que diabos acontecia no país naquele ano de 2016. Havia a sensação palpável de que algo terminara, ao mesmo tempo que se descobria não haver nada para pôr em seu lugar. O governo patinava em escândalos de corrupção e a economia afundava, mas era difícil aceitar a ideia, promovida com entusiasmo um tanto *intenso demais* pela imprensa, de que a solução residia no vice-presidente – um septuagenário político de carreira, cuja figura gótica lembrava um mordomo de filmes de terror. De uma hora para outra, abandonou o governo que até então apoiara e juntou-se à oposição, que viu um modo de subir ao poder sem passar pelo incômodo de uma eleição. Mas todo aquele senso de urgência, que se dizia necessário para "salvar o país", vinha ao mesmo tempo que grampos telefônicos vazados à imprensa indicavam justamente o contrário: que tudo seria um grande pacto para salvar unicamente a classe política de ir para trás das grades. *"Ja tvoi sluga, ja tvoi rabotnik."*

Artur tinha suas opiniões políticas – não tão radicais quanto a de uns, nem tão condescendentes quanto a de outros, mas a ideia de um governo não eleito, num país de tão pouco histórico democrático, era uma possibilidade que o assustava.

Como se não bastasse, calhava de viver em Porto Alegre – "capital da depressão e do xis-coração", como gostava de apresentar sua cidade. Tudo ali parecia apodrecer a olhos vistos, tomado por uma onda de violência histórica, infraestrutura em colapso, obras públicas tão atrasadas que se incorporavam à paisagem com tons pós-apocalípticos. No caminho para casa, passou em frente ao que um dia fora o histórico Teatro da Ospa, onde durante a ditadura a peça *Roda Viva* de Chico Buarque fora interrompida por militares, e os atores, sequestrados. No lugar, havia agora um indiferente arranha-céu de concreto e vidro, indistinguível dos demais, como o que se erguia algumas quadras abaixo, no local que um dia abrigou o Cine Baltimore de sua infância. Às vezes tinha a sensação de viver numa distopia. O futuro de sua infância prometia coisas melhores.

E ainda assim, Artur estava tão feliz que quase se sentia culpado. Parou a música, tirou o celular do bolso e ligou para seu amigo pessoal e colega naquele projeto.

— Adivinhe. Fomos aprovados.

— Como assim? A bolsa de pesquisa?

— A própria. Acabei de ficar sabendo.

— Nossa, isso é ótimo. Mas tem que esperar sair o dinheiro, agora. Essas coisas demoram.

— Não, não. A fundação é privada. O dinheiro já é nosso.

— Sério? Que maravilha. E agora? Vai largar o IPHAN?

— Não sei, calma. Não quer me encontrar e tomar um café aqui por perto?

— Pode ser, eu estou saindo da faculdade daqui a pouco. Tu estás onde?

— Acabei de sair do IPHAN. Não tem ninguém em casa a essa hora. Estou meio à toa, na verdade.

— Certo. Me encontre ali na Palavraria em meia hora, então. Pode ser?

— Combinado.

Ao dobrar a esquina, descendo a lomba da Fernandes Vieira, estava tão distraído que quase escorregou num amontoado daquelas flores de ipê-roxo que certa vez, anos atrás, fizeram sua esposa cair e quebrar o braço. Pensar em Clarice o fez lembrar de ligar para ela, mas ela não atendeu. Ainda devia estar no consultório. Chegou à esquina com a Vasco da Gama e, enquanto esperava o sinal, lançou um olhar melancólico em direção à casa cor de laranja da Espaço Vídeo, uma das últimas videolocadoras ainda ativas na cidade. O sinal fechou, atravessou. A Palavraria era sua livraria favorita no bairro, e ao entrar buscou seu lugar de sempre: o nicho das poltronas acolchoadas, protegidas por pilhas de livros ilustrados e jornais. Pediu um café e um quindim – às favas com a dieta, hoje era o dia para ser condescendente consigo mesmo – e aguardou seu amigo.

Artur Alan Flinguer tinha quarenta e três anos e vivia com a mulher e os filhos no Bom Fim, em Porto Alegre, num enorme apartamento que ganharam de herança da família da esposa. Ele próprio morara naquele bairro a vida toda, acompanhando seus ciclos desde o período final de sua efervescência cultural, entre os anos 80 e 90, até a decadência na virada do século, chegando à recente gentrificação. De certo modo, aquilo era o que sempre o motivara na carreira: a sensação de ser testemunha de mudanças que ninguém mais parecia notar. Artur era bacharel em arqueologia, com mestrado e doutorado em memória social e patrimônio cultural. Mas a crise econômica, que vinha fazendo minguar as bolsas de incentivo por todo o país, fez com que se afastasse da vida acadêmica por um tempo. Havia dois anos, passara num concurso para arqueólogo temporário do IPHAN-RS. Encontrara abrigo atrás de pilhas de inspeções e pareceres. Qualquer coisa que se construísse no estado, de farmácias de esquina a espigões envidraçados, de rodovias a torres de transmissão de energia elétrica, precisava ser avaliada e liberada por eles antes, o que os deixava em rota de colisão com as empreiteiras. Que não queriam saber se este ou aquele casarão tinha algum valor histórico, ou se havia restos arqueológicos debaixo da terra: costumava dizer que, se encontrassem uma civilização perdida debaixo do terreno, de muito bom grado a concretariam para construir um shopping. E ainda tinham que escutar sucessivos governos municipais, que nem sequer entendiam as funções do IPHAN, dizerem que eram "entraves" ao progresso do país. Mas a paixão de Artur sempre fora a pesquisa, e se ainda mantinha ligações com o mundo acadêmico – lecionava todas as terças à noite numa universidade – era somente para manter aquela chama viva.

Mas a roda da fortuna girou e as coisas mudaram: o novo coordenador da pós-graduação era ninguém menos do que seu antigo mentor nos tempos de bolsista. Incentivado por ele, teve a ideia de organizar e propor um laboratório de estudos interdisciplinares sobre nostalgia. Depois da aprovação da Capes, agora o laboratório finalmente tomava forma com a conquista de uma generosa bolsa privada de financiamento para pesquisa – que os manteria por pelo menos dois anos. Essa era a notícia que havia recebido naquela tarde, e que o fizera gritar de alegria.

A porta da livraria abriu. Artur ergueu o braço num aceno. Um homem com mais de quarenta anos, rosto redondo e sorriso empolgado, sentou-se à sua frente.

— Vamos lá, me conte tudo. Quero saber dos detalhes. Vão nos dar acesso aos parques?

Donald Kastensmidt era texano de Houston, estava no Brasil havia mais de quinze anos e tinha um sotaque tão sutil que muitos o tomavam não por estrangeiro, mas por nativo de outra região. Era formado em engenharia elétrica e computação pela Rice University, com mestrado em comunicação social já no Brasil. Trabalhava com desenvolvimento de jogos, lecionava "Narrativas e tecnologia" na Faculdade de Jogos Digitais, e era o autor de *Video games e literatura: Novas perspectivas em narrativas não lineares*, onde explorava o que chamava de "aplicações narrativas sobre espaços virtuais". Ele e Artur se conheciam havia anos, quando Donald tentou organizar um grupo de pais jogadores de RPG no colégio de seus filhos. A amizade, selada por inúmeras partidas de *Dungeons & Dragons* ao longo dos anos, agora finalmente passaria ao campo acadêmico.

— Vão nos dar tudo o que sugerimos no projeto. Já falei com o Klimt – explicou Artur, referindo-se ao coordenador da pós-graduação da Faculdade de Arqueologia. — A faculdade vai nos ceder uma sala e, com o dinheiro da Fundação, vamos poder selecionar dois bolsistas. Alguém se apaixonou pela proposta e quer tudo em andamento este ano ainda, já no próximo semestre.

— Nossa – Donald balançou a cabeça, impressionado. — Bacana isso, hein? Muito legal mesmo. Já contou pra Clarice?

— Ela não atende o celular, deve estar com um paciente. Tu foste o primeiro com quem falei.

— Que honra – Donald acenou para a moça no balcão ao fundo e pediu um expresso. Voltou-se para Artur e perguntou-lhe o principal: — Então, vai largar o IPHAN e voltar pra faculdade?

— Acho que sim. Não dá pra conciliar as duas coisas. As crianças cresceram, e eu já passei da idade de me equilibrar em três turnos – ele respirou fundo e sorriu. — Uma coisa dessas não cai no colo da gente toda hora. E, de todo modo, o meu contrato no IPHAN é temporário. O estranho é que com essa crise, está tudo tão merda pra todo mundo que eu fico até constrangido de admitir o quanto estou feliz.

— Bobagem. Sei o quanto esse projeto significa pra ti.

— Sim, é verdade.

Era uma obsessão antiga, nascida de um elemento crucial de sua infância: os dez números da revista *Tupinilândia*, publicados entre junho de 1984 e março de 1985, cuja última edição mencionava vagamente um parque de diversões inspirado em seus personagens. Na longa lista de fenômenos de curta duração dos anos 80, a linha de produtos Tupinilândia era uma das menos lembradas. Fora espremida entre a febre do video game Atari nos Natais de 1983 e 1984, e a fascinação pelo cometa Halley em 1986, que no Brasil incluíra quadrinhos de uma heroica "Família Halley" com produtos licenciados que iam desde roupas de cama a iogurtes. Mas, para Artur, que na época tinha onze anos, a revista *Tupinilândia* tivera dois apelos muito particulares: primeiro que o protagonista das histórias, uma arara antropomórfica, compartilhava do mesmo nome que ele; e segundo, eram produzidas por uma fundação de sobrenome quase idêntico ao seu: a Fundação Flynguer.

Já era adulto quando reencontrou, na casa dos pais, uma caixa com sua velha coleção de dez edições, guardadas com tanto cuidado que pareciam ainda novas. Nas páginas, encontrou anúncios de antigos produtos licenciados, que passou a procurar em antiquários ou na internet ao longo dos anos. Era uma extensa e constrangida obsessão que, entre um item e outro, o levou a pagar quase duzentos reais por uma caixa recheada de memorabilia, incluindo cadernos, canetas, adesivos, revistas de colorir e duas caixas de balas cítricas azedinhas que chegou a experimentar escondido e descobriu, para sua surpresa, que se mantinham comestíveis – não se fazem mais conservantes como os de antigamente. Nessas horas, era bom ter se casado com uma psicóloga.

Tudo mudou há três anos. Vasculhando velhas fitas VHS num sebo, encontrou uma espécie de minidocumentário intitulado *Tupinilândia: como chegamos até aqui*. Superada a dificuldade de transpor a fita para um computador, algo com o que Donald o ajudara, assistiu ao vídeo. O que viu foi Nanquinote, o calunga criado por Erico Verissimo nos livros infantis da Livraria do Globo, aparecer ao lado de ninguém menos do que o próprio João Amadeus Flynguer, o falecido patriarca da empreiteira que levava seu nome. Interagindo um com o outro, os dois apresentavam as quatro áreas de um parque temático prestes a ser inaugurado.

Foi como um chamado, uma explosão mental. Artur passou a pesquisar ostensivamente sobre o assunto – uma obsessão que, como um vírus, se espalhou para quem estava mais próximo, como colegas de departamento e amigos pessoais para o qual mostrou o vídeo. A ideia de que havia um parque de diversões completo, abandonado e esquecido a poucos quilômetros de Altamira, no interior do Pará, era emocionante. E agora, o timing não poderia ser mais perfeito: havia a possibilidade real de que a região do parque fosse cedo ou tarde afogada pela hidrelétrica de Belo Monte, o que acrescentou urgência à proposta de um mapeamento virtual das ruínas.

— Isso tudo não é só saudosismo, né? - perguntou Donald. — Eu imagino que deve ter algo pessoal bastante importante nisso tudo.

— Já te contei que o meu pai era alcoólatra, não? - lembrou Artur. — Ele não era agressivo, nunca nos bateu, nem na minha mãe, que eu saiba. Mas no tempo que tinha pra passar com a família, ficava imprestável, tinha reações exageradas pra tudo, dava chiliques, sempre um constrangimento. A gente escutava o som da latinha abrindo e já ficávamos tensos. Mas nunca nos faltou nada em termos materiais. Principalmente em brinquedos e revistinhas. Eu tive uma infância materialista numa década especialmente materialista. Acho que recebia melhores conselhos do He-Man no final de cada episódio do que recebi do meu pai a vida toda. Você também tinha? Os bonecos do He-Man?

— Não, não - disse Donald. — Lembre que eu sou três anos mais velho do que você, e quando a gente é criança é uma diferença grande. Eu vivi a febre dos bonequinhos de Star Wars e dos G. I. Joe... aquela bobagem bem americana militarista, bem "era Reagan"...

— Nós também tivemos isso. Aqui se chamavam Comandos em Ação.

— É mesmo? Bem, o He-Man virou moda bem quando eu parei de brincar com bonecos. Os anos 80 foram mais a minha adolescência. Depeche Mode, The Cure, filmes do John Hugues. - Donald tomou seu café e pediu outro. — Mas eu entendo o que você quer dizer. A minha vida no colégio foi horrível. O *high school* nos Estados Unidos é um inferno. Eu acho que aqui no Brasil, se a minha filha vir uma briga de pátio de colégio por ano, já é muito. Lá era *todo* dia. O clichê que vocês veem nos filmes? Não é um cliché, aquilo é a realidade. Vocês não fazem ideia do nível que o bullying podia chegar por lá, já naquela época. É uma mentalidade doentia. Eu cheguei a ficar quase suicida, numa época. Sabe o que me salvou?

— Não, o quê?

— O RPG. Eu fiz mais amigos, amigos de verdade, jogando *Dungeons & Dragons* do que imaginaria fazer na escola.

— Bem, disso eu sou testemunha.

— Sim, e isso é outra coisa – lembrou Donald. — Quando eu cheguei ao Brasil, já no *primeiro dia* o pessoal do trabalho me convidou pra sair e tomar um chope. E me apresentavam às suas esposas e namoradas, e eu pensava: como assim, aqui os nerds todos têm namoradas? Que país é este? Ah-ah. Bem, é por coisas assim que eu amo este lugar. E, se depender de mim, nunca mais volto.

O segundo expresso chegou, e Donald ergueu a xícara.

— Mas, falando em voltas: um brinde. Ao teu retorno à academia.

— De volta ao ninho de cobras – Artur ergueu a xícara.

— Não era o Indiana Jones que tinha fobia de cobras?

— Devia ser uma metáfora. Ele fugia dos alunos pulando pela janela, lembra?

— É compreensível.

Lara

— Então esqueçam o que viram nos filmes – disse Artur aos seus alunos de arqueologia do primeiro semestre em história, o mesmo discurso que repetia todo ano –, nenhum de vocês aqui será o Indiana Jones ou a Lara Croft brasileiros, não vão ter que fugir de animais selvagens nem correr pelas ruínas de cidades perdidas. O trabalho do arqueólogo se dá atrás de uma mesa, é lento, burocrático e pode ser bastante tedioso para quem não tiver paixão pelo que faz. A não ser, claro, quando vier um deputado ou vereador pedir pra vocês liberarem aquele terreninho no centro histórico, só porque a empreiteira que pagou a campanha dele quer construir logo outra dessas horrendas torres de vidro. Nesses casos, e somente nesses casos – ele tirou um chicote da gaveta –, isso pode vir a ser necessário.

Os alunos riram. O sinal tocou, e Artur os dispensou. Hoje era um grande dia: o dinheiro da bolsa fora liberado, os computadores foram levados para a sala de seu novo laboratório, ele já havia selecionado o primeiro dos dois estagiários – um rapaz cheio de ideias espevitadas e radicais, amigo de seus filhos –, e dali a algumas horas o Grupo de Estudos em Memória Urbana iria se reunir em sua casa num jantar – onde receberia o coordenador da pós-graduação, seu velho mentor nos tempos de estudante.

Sua filha mandou uma mensagem, pedindo carona para voltar. Sua aula já estava terminando na sala ao lado, com outro membro do grupo de estudos, o professor Marcos Tavares, que ministrava a cadeira de Patrimônio Histórico-Cultural. Artur respondeu que a esperaria no saguão.

Lara era a mais velha, ainda que entre ela e Júnior houvesse pouco mais de um ano de diferença. Quando nasceu, em 1996, Artur e Clarice estavam no último ano de seus mestrados, e quando Júnior veio logo depois, iniciavam seus doutorados. Claro, nenhum dos filhos estava em seus planos – quem em sã consciência planejaria se dividir entre dois bebês e suas dissertações?

A certa altura, algumas escolhas se tornaram inevitáveis: uma bolsa para Artur participar das escavações de uma cidade greco-romana na Palestina significou três meses longe de casa e dos filhos. Queriam que ele voltasse para mais seis meses, mas não podia fazer isso com Clarice. Além disso, havia a questão financeira: enquanto duraram suas bolsas, conseguiam equilibrar as contas. Terminadas as faculdades, era preciso se humilhar e pedir dinheiro aos seus pais, ou encontrar um meio-termo entre a vida profissional e a familiar. Artur montou uma empresa com alguns colegas, que lhe permitia aceitar serviços esporádicos de licenciamento ambiental. Mas não tinha ilusões: atendendo seus pacientes, Clarice já ganhava mais do que ele, e a economia que se fazia com creches e babás tendo um deles em casa era significativa. Indiana Jones certamente não passou por isso. Mas Artur tampouco se arrependia: aqueles anos com os filhos em casa, vendo-os crescer, foram alguns dos melhores de sua vida. E, por via das dúvidas, Clarice fez uma laqueadura. Artur a princípio foi contra: e se no futuro bater uma dor de ninho vazio, e quiserem outro? Mas ela foi taxativa: "Só se tu engravidares dessa vez".

Lara chegou, a seu modo toda animada e esportiva, deu-lhe um beijo no rosto e foram conversando até o carro. Ele a conhecia o bastante para saber que tinha alguma novidade para contar.

— Então, paizinho, vocês já escolheram o segundo estagiário?

— Ai, ai. O que tu andaste tramando? Outro amigo de vocês? Eu gostei do Benjamin, mas o Donald e o Marcos ainda nem o conheceram. Vamos com calma.

— Ah, mas a sugestão que eu ia dar vocês todos já conhecem bem...

— Como assim?

— Bem, o teu grupo está virando um clube do Bolinha, não acha? Seria bom ter alguém pra pôr o macharedo na linha.

— E esse alguém seria...?

— Eu.

Artur suspirou. Abriu a boca para dizer algo, mas a filha o interrompeu:

— Eu sei o que tu vais dizer, pai. Que não quer ser acusado de nepotismo. Mas o professor Marcos não se importa, e o tio Donald é certo que não vai se importar. Eu já falei com o professor Klimt, e ele disse...

— Você falou com o coordenador da pós-graduação sem me perguntar antes?

— Claro, ué. Se ele fosse contra, eu não ia te deixar numa saia justa, né? Sabe o que ele disse? Que essa parceria com a Fundação Flynguer vai injetar grana o suficiente nos laboratórios do curso, para que um nepotismozinho aqui ou ali não incomode ninguém. Sério, pai, tu achaste que eu ia ficar sentada te vendo viajar prum parque de diversões no meio da selva? Eu preciso ser parte disso, e se tu tens algo contra, não deveria ter me batizado com nome de arqueóloga de video game.

— A outra opção de nome era Cléo, mas tu não terias virado faraó por isso.

— Cléo? Por que Cléo, meu Deus?

— De Cleópatra. Eu era viciado em dois jogos quando tu nasceste, e tua mãe disse que eu podia escolher o nome. O outro jogo era *Civilization II*.

Artur se resignou. Conhecia bem a filha para saber que tinha pouca escolha. Ela fizera escotismo por toda a infância, adorava filmes de ação, passara a infância escutando o pai falar de Tupinilândia e não desistiria enquanto não escutasse um "sim".

No caminho para casa, parou o carro na quadra de baixo. Precisava buscar uma encomenda na livraria do bairro, e Lara o acompanhou. Entrou na Palavraria e pediu o livro que cobiçava havia meses: uma edição enorme, do tipo que necessita da mesa de um monge copista para ser lida, de *A modernidade impressa*, de Paula Ramos. Artur o abriu no balcão e mostrou para a filha as ilustrações de obras infantis de Erico Verissimo, em edições originais editadas pela Livraria do Globo de Porto Alegre.

— Veja só. Quando você olha isso, tudo faz sentido – disse Artur, apontando as ilustrações. — As obsessões do velho Flynguer, o criador de Tupinilândia. Era o espírito da época na juventude dele. Nos anos 30, todo mundo estava deslumbrado com os desenhos da Disney e com os seriados de aventura norte-americanos. E os livros infantojuvenis do Erico Verissimo dialogavam com isso. – Artur virou a página, mostrando várias capas de livros *pulp*. — Ele organizou coletâneas de aventura e histórias policiais para a Livraria do Globo, e ajudou a popularizar a literatura inglesa e norte-americana. Huxley, Conrad, Conan Doyle...

— Mas ele era a única pessoa que sabia inglês no país?

— Não é isso. É que o cenário brasileiro era muito dominado pela literatura francesa e portuguesa, e a Livraria do Globo precisava se diferenciar, então pegou o catálogo dos americanos. Olhe este aqui... *Três meses no século 81*, de Jerônimo Monteyro. Um dos primeiros autores brasileiros de ficção científica. Ele também foi tradutor na Editora Abril, o responsável por inventar os nomes brasileiros de vários personagens como "Tio Patinhas" e "Irmãos Metralha".

— Adoro como você faz parecer que tudo se encaixa, como se fosse inevitável – Lara disse.

— Sim, mas a vida só faz sentido quando começa a ser narrada.

Tirou a carteira do bolso e entregou o cartão para o barbudo do caixa, que lhe perguntou se pagaria no débito ou no crédito. Artur brincou: parcele até onde der, que a crise está braba. O atendente comentou que ele próprio sabia bem disso, já que a livraria ia fechar no final do ano. Artur ficou chocado: a livraria ia fechar? A crise, talvez; a competição com as vendas pela internet, provavelmente; o aluguel alto, com certeza. O bairro passava por um processo intenso de gentrificação, eram os novos tempos. Mas isso era uma faca de dois gumes. Por um lado, o comércio de rua crescia porque ninguém mais queria viver isolado dentro dos shopping centers e espigões de vidro, e com mais gente caminhando nas ruas, diminuíam os assaltos. Por outro, o processo elevava os aluguéis a cada nova hamburgueria gourmet, empurrando os comerciantes para o limite. A especulação imobiliária criava um ciclo vicioso que se iniciava na revalorização e terminava em autofagia.

Seu contrato no IPHAN era temporário e Artur não teria como saber se seria prorrogado; a mudança para a universidade dava-lhe certa estabilidade, mas ele ainda pensava se não tinha havido uma traição aos seus princípios, no modo como as coisas se deram. Afinal, um arqueólogo ganhar uma bolsa de uma família de empreiteiros era uma dicotomia, como um restaurante vegano ser financiado por um frigorífico. São polos de interesse opostos, um dedicado a preservar a memória, o outro a substituí-la ou muitas vezes apenas apagá-la. Não que o mundo viva numa realidade maniqueísta – e alguém poderia argumentar que a Estrela da Morte de *Guerra nas estrelas* ou a Torre de Mordor em *O senhor dos anéis* foram grandes geradores de empregos –, mas a realidade era que, no Brasil, a especulação imobiliária, que, com frequência histórica, derrubava casas com os moradores ainda dentro, nunca fez papel de heroína de trama alguma.

Olhou para o interior da livraria, desolado. Seus filhos haviam crescido ali dentro, ele se acostumou a encontrar amigos naquelas poltronas. Era um nostálgico em estado terminal, e já começava a sentir falta do que ainda estava ali. Ao voltar desanimado para o carro, Lara o consolou: não conhecia nenhum aforismo que pudesse servir para aquela ocasião, nenhuma pérola de sabedoria que pudesse animar seu pai, então preferiu ser pragmática: "Pense no pudim de sorvete da mãe".

Jantar

O som macio do ar entrando na garrafa, após a rolha ser arrancada, ecoou pela mesa. Os cálices foram servidos e distribuídos entre os presentes com um brinde. Artur provou do vinho e ergueu as sobrancelhas, surpreso: era delicioso. Pegou a garrafa trazida pelo coordenador da pós-graduação: era um Casa Silva Quinta Generación, safra 2010.

— Senti que a ocasião pedia algo especial – justificou o professor Klimt.

Artur concordou com um meneio. Não era grande conhecedor de vinhos e nunca gastava mais do que quarenta reais numa garrafa. Não sabia quanto aquela ali custava, e ficou inseguro entre tratar o vinho com um descaso fingido, como se estivesse acostumado a beber coisa boa assim, ou se deveria tratá-lo com reverência.

— Sabe o que é um mistério pra mim? – disse Clarice, ao seu lado. — Que tão pouca gente lembre desse parque, se quase levou à falência uma empreiteira que é tão grande quanto a Odebrecht. Devia ter muito dinheiro envolvido. E dinheiro público, não duvido.

— Mas quem dá conta de lembrar todos os escândalos deste país? Ainda mais na época, no meio da redemocratização, com o Tancredo morrendo sem assumir? – lembrou Klimt.

Grandalhão e robusto, fora um homem atlético que se entregara aos vinhos ao passar dos sessenta, com uma filosofal barba branca e a franja grisalha caída sobre a testa num floreio. Ex-secretário municipal de Cultura nos anos 90, o atual coordenador da pós-graduação era, ao mesmo tempo, uma figura carismática e dominadora, que definia suas atuais posições políticas como sendo "nem de esquerda nem de direita, mas ao sul de tudo, que o buraco é mais embaixo".

— Vocês aqui não têm idade pra lembrar, mas quanto dinheiro acham que foi lavado na ponte Rio-Niterói? Ou em Itaipu, e nunca ficamos sabendo? – continuou. — Teve um irmão de general metido na compra de locomotivas nos anos 70, teve aquela empresa de crédito imobiliário em 82, o famoso "grupo Delfin". Ganharam bilhões do BNH e faliram em seguida. Isso vinha nos jornais e desaparecia rápido, pois quem é que vai investigar governo militar, correndo o risco de ser suicidado depois? Tudo era abafado. E se o escândalo envolvesse empresa de amigo do dono do jornal, aí é que não repercutia mesmo. O que não passasse na televisão, não tinha sequer acontecido.

Os demais concordaram com um gole de vinho. Aquele jantar era para ter acontecido mais cedo no ano, mas o ritmo de final de semestre na faculdade complicou a agenda de todos. Ao grupo, juntava-se também Marcos Tavares, o professor de Lara, um arquiteto com mestrado e doutorado em museologia, com interesse específico por "ruínas contemporâneas". Era o autor de *Cidades-fantasma do Brasil*, sendo ele próprio de Minas do Camaquã, uma cidade praticamente fantasma.

— E esses nossos bolsistas, hein? – Marcos perguntou. — Não vão vir?

O telefone tocou. Clarice se levantou para atender, e Artur aproveitou para verificar o andamento da comida na cozinha. Era ali que o jantar estava sendo preparado por dona Úrsula, que somava funções de empregada e cozinheira no apartamento de seus sogros, e viera naquela noite para ajudá-los com os convidados. Clarice entrou logo atrás.

— Era a Lara, já está chegando. Parece que se desencontraram – ela olhou o relógio da parede. — Mais uns cinco minutos e acho que podemos começar a servir. Está tudo bem?

— Ah, acho que sim – Artur sorriu, ansioso. — Por quê? Não parece estar?

— Amor, relaxe. Vá chamar o Júnior.

Saiu da cozinha e foi até o quarto convertido em saleta de televisão, onde o filho mais novo, de dezoito anos, jogava video game. Júnior havia herdado a timidez congênita do pai, mas, desde que saíra do armário no ano anterior, vinha se tornando mais sociável e menos arredio. Prometera que se juntaria à mesa quando os outros chegassem. A saleta ecoava sons abafados de vozes, correria e luta, que cessaram no momento em que Artur entrou. Olhou a tela: o personagem andava pelas ruas de uma cidade que lhe pareceu familiar.

— Onde é isso? – perguntou ao filho.

— Paris. Na época da Revolução Francesa.

— É um daqueles jogos de... como se chama mesmo?

— Mundo aberto, pai.

Artur adorava a sonoridade da nomenclatura: mundo aberto, ou *sand-box*. Uma cidade fotorrealista inteira, dentro da tela, podendo ser navegada à vontade. Seu filho não fazia ideia do quanto isso era espetacular para ele, que na infância precisara imaginar cenários nos traços luminosos de seu Atari. Mas agora, podia ver aquela tecnologia migrando do entretenimento para o campo acadêmico. Ainda não fazia ideia de como seria, na prática, o processo de mapeamento digital que havia proposto para o parque Tupini-lândia. A tecnologia era muito nova, era algo que iriam descobrir conforme o andamento das coisas. Mas, uma vez tendo recolhido o material bruto, em alguns anos estaria andando virtualmente pelos parques do modo como haviam sido planejados por João Amadeus Flynguer em 1985.

Sentiu um toque no ombro.

— Amor? – era Clarice. — A Lara e o rapaz aquele já estão subindo, vou pedir pra dona Úrsula começar a servir. Júnior, vamos?

— Se você não me chamar de Júnior na frente das pessoas, eu até vou.

— Então venha pra mesa, *Arturzinho*.

O rapaz revirou os olhos.

— Vou só terminar esta missão, antes.

— Isso salva de onde você parou, que eu sei – ela se encaminhou para o Playstation, postou-se na frente do televisor e pressionou o botão de desligar. O rapaz protestou, e ela lhe lançou o olhar universal da ameaça materna silenciosa. — Pra mesa, todo mundo.

Artur voltou à sala de jantar, pegando fragmentos da conversa entre os professores.

— ... não importa que a imprensa tenha chamado de "movimento democrático" – dizia o professor Klimt. — Foi golpe. Foi claramente um golpe, do começo ao fim.

— Mas com apoio de grande parte da população – ponderou Marcos.

— Sim, mas não existe golpe de Estado sem apoio popular. Ou muito menos da imprensa.

Artur os interrompeu, sugerindo que, ao menos naquela noite, evitassem falar da política atual. Aquela era uma noite de comemorações, a única coisa boa que provavelmente aconteceria naquele ano, e não queria contaminá-la com uma enxurrada de lamentações pelo futuro do país. Os três professores o olharam, confusos.

— Estávamos falando do golpe militar de 64 – explicou Klimt.

— Ah, hmm... certo. Desculpe - Artur corou.

Barulho de chaves, a porta abriu. Sua filha entrou como sempre fazia, com um espalhafatoso aviso de "ah, cheguei" destinado a alertar qualquer pessoa num raio de dez metros sobre sua presença.

— Desculpem a demora, é que nos desencontramos - disse Lara, largando as chaves sobre o aparador da entrada. — Eu fui buscar o Benjamin de carro, e ele já estava vindo de bicicleta.

Ela deu lugar a um rapaz muito sério, alto e magro, usando óculos e com o cabelo moreno cortado num daqueles volumosos cortes hipster que estavam na moda, um misto de topete de Tintim e o corte da juventude nazista. A camisa social xadrez, de mangas arregaçadas, deixava aparecer ao longo do braço a tatuagem colorida de um velocirraptor saltando do mato, sob a frase *clever girl*. Tinha uma mochila nas costas e um capacete de bicicleta nas mãos. Artur já o conhecia, se não pela entrevista que fizera com ele alguns dias antes, pelo tanto que seus filhos falavam do rapaz: que era um prodígio, que conhecia todo mundo no meio artístico da cidade, que tinha um perfil numa rede social com mais de um milhão de seguidores - o Pudim Desinformado, que casava fotos de pudins com notícias falsas que se divulgava na internet –, que estava sempre nesta ou naquela passeata e tinha a capacidade (que Artur perdera depois dos trinta anos) de se indignar com basicamente tudo ao mesmo tempo, o tempo todo. O rapaz conversava sobre qualquer assunto com propriedade, tinha sempre uma edição recente da *piauí* ou da *Attitude* na mochila; era, enfim, tudo o que seus filhos consideravam descolado. Artur o apresentou aos demais: Benjamin Saidenberg, o outro estagiário.

O rapaz pediu desculpas pelo atraso, largou a mochila e foi apresentado aos demais, exceto por Lara, sua colega de faculdade, e Júnior, com quem tinha amigos em comum e se conheciam de baladas. A comida então foi servida.

— Sabe o que eu não entendo até hoje? - disse Donald, enquanto era servido de um prato de cordeiro com purê de mandioquinha. — Como ninguém mais se interessou por esse lugar até hoje? Mesmo lá, no Pará. Nenhuma pesquisa, nenhum estudo, nenhuma reportagem?

— Não é tão simples assim - explicou Artur. — Primeiro que o parque continua sendo uma propriedade particular até hoje, embora seja nebuloso dizer quem é o dono atual da área. E parece que a Flynguer S. A. nunca deixou ninguém entrar lá antes, exceto funcionários da empresa. E segundo que até poucos meses atrás, todo o município de Amadeus Severo continuava sendo considerado área de segurança nacional pelo Ministério da Defesa, mesmo estando abandonado.

— O que isso quer dizer?

— É uma classificação que se estabelece por decreto presidencial – explicou Klimt. — Permite que, dentro de uma área estabelecida, sejam revogados os princípios constitucionais, a legislação civil e as liberdades individuais.

— Meu Deus! – Clarice ficou espantada. — E isso ainda existe no Brasil?

— Geralmente se aplica em regiões estratégicas, como fronteiras ou hidrelétricas.

— Pelo que entendi – retomou Artur –, isso foi feito na época pra agilizar a construção do parque. Só que depois nunca houve uma movimentação pra revogar isso. E é uma coisa que só pode ser feita por um presidente da República. Aliás, pelo contrário, parece que sempre se manteve muito segredo sobre o que aconteceu lá nos anos 80. E com a ajuda de todos os governos.

É notório, lembrou, que no último dia de seus mandatos, os presidentes assinem sem ler direito a papelada que lhes colocam na frente. Em 2003, o presidente Fernando Henrique assinara um decreto que determinava "sigilo eterno" sobre documentos sensíveis. Fosse o que fosse, nunca mais se tornaria público. Mas agora, uma situação semelhante também os beneficiara: nos últimos dias antes da votação do impeachment, a presidenta Dilma assinara outro decreto, um que desclassificou o município de Amadeus Severo como área de segurança nacional. E na atual confusão, com o novo presidente e a oposição saltando para o poder feito piratas dando butim num navio recém-capturado, o decreto passou despercebido.

— Mas ninguém faz ideia do que pode ter acontecido? - insistiu Clarice.

— Houve boatos, pelo que pesquisei – complementou Artur —, de um atentado. Era uma coisa frequente na época. Teve alguém que morreu, não? Eu devia ter uns cinco ou seis anos...

— Ah, a bomba que matou a secretaria da OAB - lembrou Klimt. — Houve vários. Na Assembleia do Rio morreu gente também. E a do atentado do Riocentro, a mais famosa. E ninguém nunca foi preso ou condenado até hoje por nada disso.

— Mas matar alguém como João Amadeus Flynguer? - questiona Marcos.

— Seria como, sei lá, o sequestro do Abílio Diniz. Não teria como não repercutir.

286

— Que se saiba, ele morreu de câncer – lembrou Artur. — Pouco antes da morte do Tancredo; então, se houve algo, a coisa se perdeu no meio da comoção.

— Ou vai ver ele foi congelado, como o Disney – riu Donald.

— Nah... eu sou partidário da conspiração! Pra mim, mataram o Flynguer e abafaram tudo depois – disse Klimt. — Vocês aqui não devem saber, eram todos muito novos, mas nessa época havia um grupo mais linha-dura entre os militares, para o qual até a Globo era chamada de comunista. Puseram uma bomba no portão da casa do Roberto Marinho. Ninguém sabe que fim levou essa história, mas posso imaginar que ele estalou os dedos e o governo foi correndo para resolver. Ora, governo nenhum, seja ditadura ou democracia, é bobo de brincar com as pessoas que mandam de fato no país. Então, não tenham dúvidas, o que quer que tenha acontecido com o velho Flynguer em Tupinilândia, podem ter certeza de que a família resolveu tudo muito bem resolvido.

— Uma plutocracia, na verdade – disse Benjamin, manifestando-se pela primeira vez.

— Hein? – os demais se voltaram para ele.

— O senhor disse "ditadura ou democracia" – retomou o rapaz. — Mas na verdade nós vivemos numa plutocracia. Nos convencem de que é uma democracia, fazem eleições onde nos oferecem os seus candidatos predeterminados, mas toda vez que chegamos perto de uma mudança de fato... – ele estalou os dedos. – ... a democracia é cancelada na base de gás lacrimogêneo e bombas de efeito moral. E quem vive numa sociedade fascista geralmente não sabe que está dentro de uma.

O resto da mesa o olhou em silêncio, enquanto Artur e sua filha, que já estavam a par das opiniões do rapaz, trocaram um olhar cúmplice.

— Eu entendo a indignação, mas dizer que já vivemos no fascismo é um pouco de exagero – disse Marcos. — Afinal, vamos ter eleições ainda este ano.

O rapaz falou com muita calma, como se estivesse explicando algo óbvio para uma criança.

— Primeiro passo: temos culto da ordem através da violência? Em 2013, todo mundo viu na internet os vídeos que a tevê não mostrou, da polícia baixando o pau em manifestantes pacíficos que depois os jornais chamavam de "vândalos", sempre usando a desculpa de que "havia grupos infiltrados". Segundo passo: desprezo por grupos vulneráveis e minorias? Entrem nos comentários de qualquer site e digam qual a diferença daquilo pro "minuto do ódio" que Orwell descrevia no *1984*. Terceiro e último passo: coesão social através do uso paranoico do nacionalismo? Agora temos manifestantes de verde e amarelo pedindo o *seu* país de volta *para si*, gente que protesta contra a corrupção num dia e vai presa por corrupção no outro. Então, confere. Um país de fascistas.

Artur pigarreou, e achou melhor interromper.

— Ninguém aqui nega que o país está passando por uma onda reacionária, Benjamin, mas creio que se deve tomar cuidado com simplificações que põem coisas diferentes no mesmo balaio. A política não é uma disputa entre anjos e demônios.

— O meu ponto não é qual lado está certo, professor, é a questão da ilusão de democracia que vivemos – continuou o rapaz. — Olhe esse seu parque, por exemplo. Uma coisa assim só teria sido feita numa ditadura, porque era preciso um governo autoritário que passasse por cima de qualquer fiscalização. E o que nós tivemos dois anos atrás? Uma Copa do Mundo, com estádios faraônicos erguidos por todo o país. Até no meio da Amazônia. E onde houvesse protesto, o governo reagia na base da porrada, e baixou uma lei equiparando manifestantes a terroristas. Enquanto a imprensa faz o seu velho jogo de omissão e ênfase, como se ainda pautasse a discussão.

— Não sei se entendi o que tu quiseste dizer – disse Marcos, irritado.

— Estamos no século XXI, professor. Ninguém mais lê jornal impresso. E assistir noticiário na tevê é coisa de gente velha, sinceramente. Tevê é muito século XX.

— Bem, guri, e se tu fosses o presidente do mundo, o que tu farias? – provocou Klimt.

— Acho que não é mais uma questão de esquerda ou direita, professor. Acho que é uma questão de conflito de gerações. Com todo o respeito aos senhores, que são velhos, mas quem cresceu durante a Guerra Fria foi educado numa mentalidade de "o bem contra o mal" que já não existe mais. E com a internet, eles não têm mais condições de compreender o mundo moderno. Então, acho que quem não vai estar por aqui nos próximos trinta anos não deveria decidir o futuro da minha geração. Os *baby boomers* vivem no passado e sequestraram o nosso futuro, então eu acho que a solução seria cortar os direitos políticos de todo mundo com mais de sessenta anos.

Artur chegou a engasgar com o vinho. Klimt gargalhou. Marcos e Donald se entreolharam.

— Uma ditadura da juventude, então? - questionou Klimt. — De *millennials* que desconhecem o passado e morrem de medo do futuro? Que interessante...

— Me deixem fora disso - disse Artur. — Eu sou "geração X".

— Essas classificações só servem nos Estados Unidos... - lembrou Lara. — No Brasil...

— Acho que ele só estava sendo irônico - falou Clarice, tentando amenizar.

— Não, não uso mais ironia - disse Benjamin. — Ironia é muito século XX.

— O.k., agora eu perdi o fio da meada - disse Donald, confuso.

— Cinismo e distanciamento irônico foram uma marca da pós-modernidade - explicou Benjamin. — A tendência agora é o retorno à sinceridade direta. A pós-modernidade é muito século XX também.

— Deus do céu, e eu mal me acostumei com ela - riu o professor Klimt.

Júnior suspirou:

— Porque até pra jantar nessa família tem que ler a bibliografia.

— A modernidade é a estética da maior parte do século XX - explicou seu pai. — Uma consequência da Revolução Industrial e, grosso modo, uma "busca pela verdade", sobretudo nas artes. O pós-moderno é a desconstrução disso. É uma colagem, onde você reconhece que tudo já foi feito antes, então a originalidade surge da ironia de perceber isso. Pense nos filmes do Tarantino ou do Spielberg, onde cada cena remete a filmes antigos a que eles assistiam.

— E eu acho que o cordeiro ficou ótimo - disse Clarice.

Benjamin olhou para o seu próprio prato, onde a comida estava quase intocada.

— Ah, querido - ela comentou -, tu és vegetariano? Desculpe, eu esqueci de perguntar.

— Eu? Não, por quê? Ah, desculpe, é que eu me empolgo mesmo e esqueço de comer.

— Ah, Artur, você tem que fazer mais jantares como esse! - disse o professor Klimt, cortando um pedaço do carré de cordeiro, que lambuzou no purê de mandioquinha e comeu. — Mas sempre convidando esse guri. Como tu disseste que é o teu nome mesmo? Saidenberg? Por acaso é neto do velho Abraão Saidenberg?

— Ah... sim, é o meu avô - disse Benjamin.

— Ah, mas isso explica *muita coisa*! - riu Klimt. — Como vai aquele velho anarquista?

— Vai bem, mas ele está mais pra socialista libertário, agora.

Clarice perguntou se alguém queria repetir o prato, e anunciou que havia pudim de sorvete para a sobremesa. Júnior perguntou algo sobre quem havia desenhado a tatuagem de velocirraptor em seu braço. O esforço conjunto de mãe e filho fez a conversa sair de assuntos acadêmicos para temas mais digestivos. Donald contava aos demais a respeito de suas palestras sobre RPG em colégios públicos e como, cansado de se deparar com videocassetes e velhos televisores de tubo, acabara instalando uma placa RCA em seu laptop. Clarice serviu-lhe pudim de sorvete e perguntou se com isso não podia lhes fazer um grande favor e passar os velhos vídeos de família para DVD, pois sabe-se lá quanto tempo mais aquelas fitas durariam.

Foi Lara quem, terminado o momento da sobremesa, sugeriu ao pai que mostrasse às visitas "seu pequeno museu", aquela sua coleção particular que dera início a tudo. Foram todos até a saleta de tevê. Artur acendeu a luz da prateleira, com pequenos spots iluminando os itens que eram guardados dentro de nichos envidraçados como numa exposição.

Ali havia uma lancheira e garrafa térmica de plástico, uma caixa de lápis de cor nunca utilizada, um baralho, cadernos de folhas pautadas, adesivos, chaveiros, canecas, todos com a marca Tupinilândia; uma caixinha de balas crocantes de Artur Arara sabor cereja, outra de Pedro Pede Suco, e uma de balas quebra-queixos do professor Tukano, sabor frutas tropicais. Havia também uma série de grandes e vistosos copos plásticos promocionais com os personagens de Tupinilândia, uma colher de servir sorvete da Sorveteria Setevros, uma xícara de café e pires da Confeitaria do Custódio e, no fim, a fatídica fita VHS. Artur tirou de um armário uma pasta de couro com folhas plásticas e a abriu. Ali estavam todas as suas dez edições originais de *Tupinilândia*, em perfeito estado de conservação. Com cuidado, retirou um exemplar para que os outros folheassem, enquanto Donald olhou com interesse a coleção dos copos plásticos de refrigerante.

— Eu tinha os do Michael Jackson – lembrou.

— Esse também teve no Brasil.

— E essa sua série está completa?

— Falta só um, que nunca consegui encontrar – disse Artur. — O que tem Magalhães, o pinguim exilado. Li em algum lugar que ele foi criado pra gerar empatia com um eventual público de turistas argentinos, mas só apareceu numa história.

Em seguida, o professor Klimt foi o primeiro a anunciar que precisava ir, dando o sinal de debandada para os demais também se despedirem.

Enquanto Artur chamava um táxi para levar a empregada, Donald ofereceu uma carona a Benjamin, com Clarice sugerindo que deixasse a bicicleta no prédio e a buscasse no dia seguinte – achava perigoso que o rapaz, com a cidade naquele estado pré-apocalíptico, saísse pedalando à noite. Mas Benjamin garantiu que estava acostumado. Além disso, explicou, evitava ao máximo andar de carro: era uma coisa muito século XX.

— Que figura – comentou Clarice, quase uma hora depois, já se deitando na cama. — Onde vocês arranjaram esse menino?

— É colega de faculdade da Lara – explicou Artur. — Mas o Júnior já o conhecia, acho que daqueles amigos com quem ele anda de skate.

— Foi uma noite divertida – ela disse. — Eu gostei. Tu estás feliz?

— Bastante.

— Tu mereces – ela o beijou no rosto. — Eu sei os sacrifícios que tu fizeste na tua carreira pelas crianças. Acho que é o momento certo agora, pra aproveitar essa oportunidade.

Ela apagou a luz do abajur e deram boa-noite um para o outro. Na rua, um carro arrancou cantando pneus – provavelmente mais um furto em frente ao prédio, mas tudo bem, acontecia o tempo todo. Uma voz gritou distante – mas tudo bem, já aprendera a discernir entre grito de bêbado e grito de assalto. Estava quase entrando no primeiro estágio do sono, quando o telefone tocou.

Quem ligaria àquela hora? Talvez fosse uma emergência. Melhor atender logo.

— Alô? – disse Artur.

— Alô? Desculpe estar ligando tão tarde da noite, mas eu gostaria de falar com o professor Artur Alan Flinguer, ele se encontra?

Era uma voz elegante e delicada, com o cacoete que alguns tinham de americanizar seu nome e chamá-lo de "Ártur Álan" ao invés da sonoridade mais brasileira, "Artúr Alân". Respondeu que era ele próprio falando. E podia saber, pelo tom de voz, que o outro estava sorrindo.

— Ah, ótimo. Não nos conhecemos ainda, professor, mas creio que somos parentes.

Tio rico

O apartamento de seiscentos metros quadrados em Ipanema, no Rio de Janeiro, tinha ares sóbrios e monásticos que lembravam um museu, impressão reforçada pela coleção de arte espalhando quadros, esculturas e instalações por todo canto. Olhava-se para um lado e ali estava uma obra de Rubens Gerchman ou Carlos Vergara, se tomasse distância corria o risco de trombar numa escultura de Maria Martins. Num canto da parede, uma pequena colagem de Duke Lee com a bandeira brasileira anunciava: "Hoje é sempre ontem". Artur e Donald encolheram os cotovelos como se estivessem numa loja de cristais. No meio da sala havia um homem vestindo uma túnica de seda vermelha, mangas compridas que chegavam até o chão, fumando um cigarro. Estava imóvel, contemplando o mar, e logo ao entrar Artur e Donald pensaram por um momento que fosse uma instalação artística também. Mas então Roberto Flynguer virou-se para eles e sorriu.

— Artur Alan, filho de Alexandre, neto de Alberto, bisneto de Amador Francis Flynguer, que chegou no Brasil no final do século XIX – fez uma pausa para dar uma tragada, e soprou a fumaça do cigarro. — Em 1906 chamou o primo Amadeus Severo pra trabalhar com ele na instalação dos bondes elétricos de Porto Alegre. Depois investiu mal o dinheiro, veio a queda da bolsa em 1929, os dois brigaram e nunca mais se falaram. Mas deixe-me ver, se o seu bisavô era primo-irmão do meu avô, isso significa que os seus tetravôs e os meus trisavós eram os mesmos. – Estendeu a mão para cumprimentá-lo. — Isso faz de mim o seu primo-tio de terceiro grau e você é meu… ahn… primo-sobrinho de terceiro grau, é isso?

— Não faço a menor ideia, mas é um prazer conhecê-lo – disse Artur, cumprimentando-o.

— É uma arvore genealógica e tanto, essa de vocês – disse Donald, apertando sua mão.

Beto assentiu com um sorriso. Aos sessenta anos, era um homem magro e pálido, de modos afáveis e gentis, as entradas evidenciando a calvície tornada inevitável, levando os cabelos rarefeitos a ser cortados curtos, bem rente. Havia mesmo algo de monástico em sua figura. Como diretor presidente da Fundação Flynguer, financiava com muita paixão e pouco método peças de teatro, eventos culturais, exposições de fotografia e artes plásticas, que depois se convertiam em luxuosos e cobiçados livros de arte, em capa dura, que nunca cobriam seus custos – dizia que, se aquilo não lhe dava retorno financeiro, ao menos dava-lhe um propósito na vida. Mas quando soube do projeto de mapeamento digital proposto por Artur – e mais ainda quando viu seu sobrenome –, foi como ser tomado novamente por uma febre que julgava já ter superado.

— Ela se espalha, não é mesmo? Como um vírus. Uma epidemia – disse.

— Desculpe, do que estamos falando? – disse Artur, atônito.

— O parque. A ideia. O *meme*. – Beto olhou fixamente para os dois, tragou mais uma vez e amassou o cigarro num cinzeiro próximo. — Claro que não me refiro a memes de internet, pelo amor de Deus. A menor unidade da memória é o meme, que é para ela como o gene é para a genética. É assim que Tupinilândia começa. E então se espalha, e contamina e nos deixa maravilhados com a mera hipótese da sua existência. Mas se o estudo da memética descobriu uma coisa, foi que os memes se movem em grupo. Tupinilândia traz consigo uma estética, uma paleta de cores, um conjunto de ideias e valores específicos, pensados pelo meu pai. O espírito de uma época, antes de tudo. De uma época em que ainda se pensava na possibilidade de futuros melhores. E o fenômeno da variação memética cresce quando o meme se transmite de forma descuidada. – Beto desviou o olhar e exclamou, de súbito: — Gente, mas ainda não serviram nada pra vocês? Me desculpem. Só um instante.

Pegou o telefone e deu ordens à secretária. Depois os convidou a passarem para seu estúdio, decorado como uma sala rococó do século XVIII. Artur e Donald sentaram-se em duas poltronas luís-quinze, enquanto Roberto sentou-se num sofá e cruzou as pernas, deixando à mostra a sola vermelha dos tênis de camurça Louboutin.

— Do que estávamos falando mesmo? – perguntou.

Artur e Donald se entreolharam.

— Não tenho bem certeza, pra ser sincero...

A porta se abriu e a secretária ofereceu-lhes café, água e guaraná Jesus Zero.

— Quantos anos você tem, Artur? Se não for indiscreto da minha parte perguntar.

— De modo nenhum, tenho quarenta e três.

— Mas você tem a idade dos meus sobrinhos! Cruzes, como o tempo passa. Lá se foram mais de trinta anos. Ah, provem isso aqui – apontou as latas do refrigerante. — Eu ainda não sei se gosto ou não, mas estou obcecado com a cor. É tão *vibrante*. Sabe, é uma pena que esses refrigerantes regionais sejam tão difíceis de encontrar em outras partes do país. Já tomou refrigerante de caju? Esse sim, eu adoro. Era a bebida favorita do papai. Se o parque tivesse aberto, ele tinha umas ideias ótimas de franquias, que teriam ajudado a popularizar todas essas marcas. Mas hoje em dia a Coca-Cola já deve ter comprado todas.

— Tu chegaste a conhecer Tupinilândia? – perguntou Donald.

— Querido, eu estava lá quando tudo deu errado – bebeu um gole do refrigerante. — Eu quase morri, pra ser mais preciso. E perdi o meu pai no processo.

— Sr. Flynguer, o que...

— Me chame de Beto.

— Beto – corrigiu-se Artur. — O que exatamente aconteceu em Tupinilândia?

Roberto respirou fundo e soltou o ar dos pulmões devagar.

— Isso não pode sair desta sala, compreendem?

Contou-lhes de modo resumido o incidente com os integralistas e os reféns. De como seu pai sacrificou-se ficando dentro da cidade, para dar tempo de evacuarem o parque. De como negociaram com os militares para conseguir recuperar seu corpo – era seu desejo ter sido enterrado no parque, mas isso ficou inviável. Seu corpo estava atualmente nos Estados Unidos, com uma empresa do Arizona que preservava pessoas congeladas desde os anos 70.

E Beto contou também como tudo fora fechado e ninguém nunca tocara no assunto, a tal ponto que ele nem sequer sabia dizer se os militares envolvidos haviam sido presos ou que fim levaram – fiava-se na palavra de sua irmã, que assumira a responsabilidade toda para si, e de tão paranoica que ficou até investiu numa firma de segurança privada, em sociedade com um amigo da família, o coronel Cristo, já falecido.

— Se querem saber, eu acho que ela... – passou os dedos pela garganta num gesto rápido. — Todos eles! Porque ela me disse uma vez que nunca mais nenhum daqueles homens cruzaria o caminho da nossa família, e eu nunca mais ouvi falar do assunto. Um amigo jornalista chegou a pesquisar, mas não encontrou nada. "Sigilo eterno." Há dessas coisas, o que se pode fazer? Eu não nasci pra brutalidade, nasci pra cultura. E é por isso que o seu projeto... quando eu li, me enlouqueceu. Sabe quando você precisa de algo, mas não sabe ainda o que é, e então descobre e parece que a sua cabeça explode? Eu nunca mais voltei a Tupinilândia, sabe? Não acordado, pelo menos. Foram anos e anos de terapia, voltando para aquele parque nos meus sonhos. Eu fico agoniado cada vez que leio sobre essa hidrelétrica inundar a região. Acho até que estamos metidos no meio do consórcio, eu realmente não sei mais de onde sai o nosso dinheiro, só sei que ele vem. Mas vamos falar do que os trouxe aqui, sim? Eu queria conhecer vocês pessoalmente, claro. Mas também anunciar que vamos financiar essa "expedição de campo" pra muito além da bolsa de pesquisas. Sabe, os Flynguer têm uma relação visceral com tecnologia, quase um fetiche. O vovô foi um dos primeiros a importar aparelhos de gravação de som no Brasil, foi um grande patrocinador do cinema brasileiro também. E o meu pai, bem, o meu pai fez o que fez. Ele dizia que "fugir com o circo" estava no nosso sangue. Mas agora percebo que passei a minha vida fugindo *do* circo. É hora de mudar isso, e mapear Tupinilândia, reconstruí-la como um espaço virtual seria uma homenagem digna ao sonho que papai teve.

Beto tomou outro gole de refrigerante e prometeu buscar seus contatos e pedir todos os favores possíveis. Aquele projeto era especial para ele. Faria com que tivessem tudo o que de mais moderno fosse necessário. Havia preparado para eles um dossiê reunindo tudo de material que ainda tinham sobre o parque – mapas, fotos, artes conceituais, plantas baixas. E as despesas da viagem seriam inteiramente financiadas pela Fundação, claro.

Era o mínimo que podia fazer. Afinal, estavam em família.

Realidades

Pio de pássaros, sol nas árvores, céu azul e limpo. Artur olhava para cima, para o topo das árvores da floresta equatorial. O jipe estava estacionado de um lado. Do outro, o grande apatossauro, que dormia ao redor do ninho, levantou o pescoço e olhou em sua direção. O dinossauro olhou para os ovos, para ele, e então começou a se levantar, vindo em sua direção. Artur sentiu um arrepio na espinha. Ocorreu-lhe que coisa maravilhosa é a tecnologia: quanto mais ela avança no futuro, mais a utilizamos para reconstruir o passado. O apatossauro se aproximou com ares inquisitivos, esticou o pescoço até quase tocar seu rosto, abrindo e fechando as grandes narinas. Então se levantou nas patas traseiras e Artur ergueu o rosto deslumbrado, observando o animal arrancar folhas do topo das árvores: sua altura era praticamente a de um prédio. Um edifício vivo.

Foi Proust quem primeiro definiu a "virtualidade" como a memória do que é real mas não atual, ideal porém não abstrato; e por muito tempo, "realidade virtual" referiu-se ao espaço que personagens e objetos ocupam sobre o palco do teatro. Mas a ideia de um espaço físico como um ambiente de imersão narrativa foi depois explorada por Walt Disney em seus parques temáticos: cada brinquedo como uma sucessão de cenários, o visitante imerso numa história do momento em que entra na fila até o túnel de saída. Nos anos 80, vieram os primeiros experimentos de mapeamento que, décadas depois, resultariam no Street View do Google Maps e seria cooptado pela indústria de games, com a ideia de "realidade virtual" sendo usada no entretenimento doméstico. Ele e os filhos jogam jogos em que podem explorar livremente cenários reconstruídos em tamanho natural – Roma durante a Renascença, o Velho Oeste americano, os campos de batalha da Segunda Guerra.

Mas as possibilidades acadêmicas também são incríveis. Por que não mapear o Rio de Janeiro do século XIX e tomar café com Olavo Bilac na

Confeitaria Colombo? Ou levar seus alunos para um engenho de açúcar pernambucano, lhes mostrar o funcionamento de uma casa-grande e senzala sem poupá-los da crueldade cotidiana da escravidão? No caso específico de seu trabalho, poderia catalogar a arquitetura de cada cidade – antes que as empreiteiras e incorporadoras imobiliárias os pusessem todos para viver num labirinto distópico de torres de vidro e condomínios-pombais.

O apatossauro o cheira, perde o interesse, provavelmente conclui que Artur não lhe faz nenhuma ameaça, e lhe dá as costas. A gigantesca cauda chicoteia o ar acima de sua cabeça, fazendo Artur se encolher. O animal já está a se deitar de volta no ninho quando Artur tem a nítida impressão de que escutou o som da geladeira abrir, e retira os óculos de realidade virtual.

De volta à sua cozinha, no meio da madrugada, sentado à mesa onde deixara um sanduíche pela metade ao lado do jornal do dia. Pulou de susto: havia um homem em sua cozinha. De cuecas. Era Benjamin, com a garrafa de suco de abacaxi nas mãos.

— Ah, desculpe, professor, eu não quis incomodá-lo.

Se tivessem lhe dito que naqueles meses de convívio, além de seu bolsista o rapaz também se tornaria um candidato a genro, talvez tivesse hesitado na contratação. Mas todos na família gostavam dele, de suas ideias radicais e das longas discussões que trazia para a mesa de jantar. Além disso, Benji era um entusiasta de novas tecnologias, e vinha lhe apresentando aos lançamentos e às discussões acadêmicas mais recentes sobre aplicações de realidade virtual e video games. Mas, claro, tudo tem seu limite.

— Deus do céu, Benji. Que susto.

— O senhor parecia tão imerso, não quis interromper...

— Tudo bem, só bebe o teu suco e vai logo.

— Na verdade não é pra mim, eu... onde ficam os copos mesmo?

— Ali em cima – apontou o armário.

Artur e Clarice gostavam de imaginar que, por terem sido pais jovens, fossem mais "modernos" e "descolados" do que outros pais. Ou, ao menos, mais do que os seus próprios foram. Mas agora seus filhos saíam daquela fase adolescente, em que todo rebento vê seus progenitores como criaturas regradoras e inoportunas, e se encaminhavam para se tornar jovens adultos. Talvez, se a economia colaborasse, saíssem do ninho. E isso trazia novos limites para serem testados. Perguntou a si mesmo: até onde estava disposto a ser o "pai legal"? Seus primos mais velhos contavam que, nos anos 80, era costume pegar as chaves de algum apartamento numa imobiliária e fazer proveito do imóvel vazio. Artur já fora da época do "melhor em casa do que na rua", mas isso ainda era uma ideia válida para essa nova geração? Não havia outro lugar, não? Se soubesse disso, seu sogro concordaria ou ia rir da ironia, do carma? Em que momento é razoável ter um chilique?

— O senhor se importa se eu levar um pouco do pudim? Não é pra mim.

— Pode levar. Os pratos ficam ali embaixo. Só bota um calção da próxima vez, certo?

— Foi mal, professor. Achamos que vocês já estavam dormindo – cortou duas grossas fatias de pudim e colocou sobre tigelas de sobremesa. — Ah... não acordamos vocês, espero?

— Não, eu já estava acordado, por quê? – Artur deu-se conta do óbvio, largou os óculos sobre a mesa e suspirou. — Arre. Só espero que vocês estejam usando camisinha.

— Estamos sim, não se preocupe.

— Era uma pergunta retórica, Benji. Não precisava ter respondido.

— Ah. Foi mal.

Benjamin saiu da cozinha. Artur olhou para o sanduíche e percebeu que estava sem fome. Pegou o jornal, revendo as notícias do dia: manifestações pacíficas contra o novo presidente foram reprimidas à base de muita bala de borracha e gás, a polícia justificando que havia "vândalos infiltrados" no protesto – seus filhos lhe mostraram um vídeo onde se via claramente que a polícia começava o ataque de modo gratuito, mas aparentemente esse vídeo não chegara a nenhuma redação. Mais um ministro caía por escândalos de corrupção e fingia-se surpresa, como se pudesse ser diferente vindo daquele bando de... Artur largou o jornal, chocado. Meu Deus: já chegara à idade de se emputecer com as notícias e reclamar feito um velho? O que viria depois? Mandar correntes de whatsapp?

Pôs os óculos de volta e fugiu para outra realidade.

Guarulhos

Outubro. Os quatro mil quilômetros que separam Porto Alegre, no sul do país, de Belém do Pará, no norte, equivalem a cruzar a Europa de uma ponta a outra. E uma vez que não há voos diretos entre as duas cidades, a viagem vertical empreendida por Artur e sua equipe – Donald, Marcos e seus dois bolsistas Lara e Benjamin – significava mais de sete horas de viagem, duas das quais ficaram parados em São Paulo, no aeroporto de Guarulhos, esperando pela conexão. Passava um pouco das oito da manhã e o voo só sairia às dez, com expectativa de chegada às duas da tarde. Além disso, precisavam encarar a realidade de terem que se contentar com a terrível comida de bordo.

— Almoço bom era o que serviam antigamente na Varig – lembrou Marcos. — E os talheres? Eram de verdade, não de plástico como hoje. Era normal as pessoas levarem consigo.

— Ah, então foi daí que surgiram aqueles garfos lá na tua casa? – provocou Artur.

Marcos gargalhou e desconversou, perguntando o que Artur estava lendo na viagem.

— "Há momentos, meu jovem" – Artur leu em voz alta –, "em que um sujeito precisa marcar sua posição pela justiça e pelos direitos humanos, ou você nunca mais se sentirá limpo outra vez" – mostrou aos demais o exemplar de *O mundo perdido*, de Conan Doyle. — E vocês?

Lara havia trazido um celular cheio de músicas, e os demais compraram revistas na banca do aeroporto. Benjamin mostrou-lhes a sua, uma edição especial da *Superinteressante* chamada "21 Mitos sobre a Ditadura Militar". Chamou a atenção dos demais para uma matéria, intitulada "Ditadura militar enriqueceu grandes empreiteiras".

— Vejam só isso – apontou a página da revista.

Até a década de 60, empreiteiras como a Flynguer S. A. não ultrapassavam seus limites regionais. Quando o presidente Costa e Silva impediu empresas estrangeiras de participarem das obras públicas do país – empreendimentos faraônicos como Angra, Itaipu, a ponte Rio-Niterói e a Transamazônica –, as empreiteiras se tornaram grandes monopólios ligados intimamente ao Estado e com pouca ou nenhuma forma de controle. O primeiro salto da Flynguer foi a construção do prédio-sede da Petrobras, no Rio. Os contatos com o governo levaram a novos projetos, do aeroporto do Galeão à usina nuclear de Angra. Em 1973, já era a quarta maior empreiteira em faturamento.

— Isso quer dizer o quê? – perguntou Marcos. — Que tem dinheiro de propina bancando essa nossa brincadeira toda?

— Pelo que entendi – disse Artur –, o dinheiro da Fundação Flynguer vem de fundos de investimento criados pelo próprio João Amadeus quando ainda estava vivo. Então, estamos sendo financiados por um dinheiro aplicado há mais de trinta anos, provavelmente vindo do bolso do governo militar, em retribuição a muita propina paga em contrapartida. Até porque governos e empreiteiras estão colados um no outro desde que o país se industrializou. – Guardou o livro na mochila, olhou a hora e se levantou da mesa. — Vou buscar um café.

Andando pelos corredores do aeroporto, passou por uma livraria em que a visão rápida do nome "Flynguer" o fez parar em frente aos mais vendidos, naquela seção de obras empresariais que se confundem com as de autoajuda: *O trator & e o executivo: Como esmagar a concorrência e dominar o mercado*, de Helena Flynguer, CEO – "a mesma autora de *Quem mexeu no meu queijo vai pagar caro por isso*".

Entrou na cafeteria, pediu um expresso para levar e folheou uma revista da semana enquanto aguardava chamarem seu nome. A impressão que tinha ao ler as notícias era que a mudança de governo trocara o corrupto pelo corruptor, transformando o governo num balcão de negócios. A revista fingia surpresa e seu editorial minimizava as denúncias em prol da governabilidade, como se empenhados em garantir que tudo estava normal. Ao virar a página, se deparou com um imenso e caro anúncio estatal de página dupla.

O que mais o incomodava era a sensação crescente de um discurso autoritário, que com a proximidade das eleições municipais estava se tornando onipresente e insuportável. Como arqueólogo, conhecia história muito bem para saber como o desespero econômico podia ser facilmente direcionado para limpezas sociais.

Chamaram seu nome na cafeteria, entregaram o expresso. Quando ergueu a cabeça para olhar o balcão, teve a nítida impressão de que o homem sentado à sua frente o estivera observando, mas escondera o rosto detrás do jornal pouco antes de ser encarado. Artur buscou seu café e o olhou de canto de olho, incomodado. Será que se conheciam de algum lugar? Tinha essa sensação com frequência, sempre na dúvida se era melhor cumprimentar um desconhecido e passar por louco, ou ignorar um conhecido e passar por mal-educado.

Com o café nas mãos, voltou. Não teria dado maior atenção a esse incidente se não tivesse notado a coincidência de que o mesmo sujeito embarcara junto com eles naquele voo. Não comentou nada com os demais, podia ser apenas paranoia sua, mas marcou mentalmente onde o homem havia se sentado – um tipo loiro e oleoso, de rosto redondo.

A certa altura, Artur se levantou para buscar algo no bagageiro acima do assento e o olhou de canto de olho. O homem, percebendo-se observado, virou o rosto. Artur desviou o olhar. Voltou para seu assento, pôs os fones e tentou se concentrar na leitura, enquanto o monitor à sua frente mostrava o ícone do avião atravessando lentamente um mapa aéreo.

Belém

Belém do Pará tinha cheiro de chuva – um permanente cheiro de umidade mesmo quando não estava chovendo, que se somava a um aroma onipresente de coentro. Artur chegou na expectativa de que se sentiria como num país estrangeiro. Mas, do pouco que viu da cidade, pelas janelas dos táxis que tomaram no aeroporto Val de Cans até o hotel, sentia-se numa grande cidade pequena de interior, vendo casas de madeira coladas umas nas outras, ruelas de chão batido, comércio popular e placas de madeira pintadas à mão vendendo açaí. Mas então o táxi entrou numa grande avenida e por um instante pensou estar de volta a Porto Alegre – as mesmas ruas arborizadas, o mesmo ar decadente no centro histórico banhado pelo rio.

O táxi os deixou em frente ao hotel, instalado num prédio histórico português do século XVIII. Não havia necessidade de desfazer as malas, já que a previsão era de partirem no dia seguinte, então combinaram de se encontrar no bar do hotel dali a pouco.

Artur deixou-se cair sobre a cama, contemplou o teto com um sorriso abobado e riu. Dera-se conta de que, em questão de horas, estaria visitando as ruínas de uma cidade perdida no meio da selva amazônica. Claro, a cidade estava perdida havia apenas trinta anos, mas ainda assim era algo que nem em seus sonhos mais fantasiosos dos tempos de faculdade pensou que pudesse ocorrer. Ao menos, não no Brasil. Levantou-se, foi até o banheiro, olhou-se no espelho e decidiu: vamos tirar essa barba e voltar no tempo um pouco.

Lara gritou fininho.

Estavam na praça interna do hotel, com seus ares de fortaleza colonial rodeada pelas paredes de pedras nuas, com seus jardins de palmeiras exuberantes, decoração de cerâmicas marajoaras e caipirinhas de cachaça de jambu em mãos. O grupo todo se voltou para Artur.

— Alguém está chegando na crise da meia-idade mais cedo – provocou Donald.

— Espere, tenho que mandar uma foto pro meu irmão – disse Lara, erguendo o celular. — Hashtag: "eu sou você amanhã". Credo, não tinha notado como vocês são parecidos. Acho que agora nunca mais consigo fazer o Júnior pensar que era adotado.

— Tu fazias o Júnior pensar que era adotado? – disse Benjamin, chocado.

— Só quando ele pisava nos meus calos, cunhadinho. Eu não era tão má assim.

Artur pediu uma caipirinha de cachaça de jambu também, percebendo o calor. Do aeroporto ao táxi, e do táxi para o hotel, havia sido até então protegido por sucessivos ares-condicionados. Agora, na área aberta, sentia-se submergir num calor úmido e abafado diferente do que estava acostumado. Se os verões de Porto Alegre pareciam queimar a pele feito carne na churrasqueira, ali sentia-se sendo cozido por dentro, como feijão numa panela de pressão.

Quando o garçom trouxe sua bebida, lembrou de tirar o celular do modo avião. Imediatamente começaram a tocar avisos de mensagens: Clarice perguntando se haviam chegado bem, e um professor da Faculdade Federal de Arqueologia do Pará, chamado Ernesto Danillo, que soube de sua vinda a Belém através do professor Klimt, que conseguira seu número com ele. Dizia ter lido um artigo seu na revista da Sociedade Brasileira de Arqueologia e gostaria muito de conhecê-lo pessoalmente.

— Alguma novidade? – perguntou Donald.

— Tem um cara querendo nos conhecer, é arqueólogo também – disse Artur. — Mas pensei em aproveitar essa nossa tarde livre e dar uma volta, só pra poder dizer que conhecemos algo de Belém antes de sairmos pra campo. Não queria perder muito tempo fazendo social.

— Por que não damos uma volta no Mercado Ver-o-Peso – disse Marcos – e já marca com ele de nos encontrar por lá?

— Boa – disse Artur, respondendo à mensagem. Mandou outra também para o professor Klimt perguntando quem era esse tal de Ernesto Danillo que estava tão interessado em conhecê-lo. Por mais que fosse um ciúme infantil, era inevitável pensar que Tupinilândia fosse algo pessoal, somente dele. Sentia-se no direito de clamar por ela antes de qualquer outro.

O táxi os deixou em frente ao prédio azul do Mercado do Peixe, com suas torres art nouveau e estruturas de ferro importadas, reminiscentes de um tempo em que as capitais brasileiras competiam para ver quem melhor imitava Paris. Passavam pela área da Feira Livre, com suas bancas multicoloridas de frutas e ervas, carroças carregadas de pupunhas em degradês do laranja ao vermelho, e sacas abarrotadas de açaí, quando Artur recebeu outra mensagem. Era uma resposta de Ernesto Danillo. Aceitava o convite de encontrá-lo no mercado e já estava indo para lá.

— Olhe só pra isso – disse Lara, empolgada no setor de ervas, com os potinhos coloridos de banhos de cheiro, pendurados por barbantes e identificados com rótulos obscuros como "cheiro do Pará", "atrativo do amor" e "chora-nos-meus-pés". Levou um punhado como lembrança.

Na área de alimentação, debaixo dos toldos brancos padronizados, Artur e Lara sentaram-se diante de um balcão e pediram um peixe frito. O professor Marcos queria comprar uma camiseta do Remo, e depois procurar pelo quiosque da Sorveteria Cairú, que lhe disseram ser ali perto. Donald foi junto. Já Benjamin decidiu voltar para a área da Feira Livre. Enquanto aguardava a comida, Artur viu que o professor Klimt respondera à sua mensagem.

Artur
Quem é Ernesto Danillo? 14h52

Klimt
Não sei. Por quê? 15h37

Aliás, como está Belém? Não saia daí sem provar o pato no tucupi. Bote na conta do teu tio rico. 15h38

Artur
Professor de arqueologia na federal do Pará que quer nos conhecer. Marquei de encontrar com ele aqui no Ver-o-Peso. Disse que pegou o meu número contigo. 15h55

Pato no tucupi, anotado.
"Eu não vou pagar esse pato", ahaha. 15h55

Artur guardou o celular. O atendente largou à sua frente um prato com uma posta de peixe frito e uma tigela de açaí. Olhou ao redor e viu, para sua surpresa, que as duas coisas eram comidas em paralelo, numa combinação agridoce. E quando provou o açaí, percebeu que aquelas polpas congeladas que encontrava nos supermercados do sul do país não chegavam aos pés da coisa real, e que esse era o primeiro açaí digno do nome que experimentava. Estava tão delicioso que lamentou, irritado, a interrupção provocada pelo celular. Atendeu. Era Ernesto Danillo, avisando que havia chegado ao Ver-o-Peso e perguntava onde ele estava. Artur olhou ao redor e ergueu o braço. Viu um homem erguer o braço em retorno. Quando Ernesto se aproximou do balcão, cumprimentou-o.

— Ah, finalmente! Dr. Flinguer, eu presumo? – disse Ernesto.

— Pode me chamar de Artur.

Ernesto aparentava uns trinta e tantos, tinha porte atlético e um maxilar quadrado de herói de quadrinhos. Falava com sotaque paulista, explicou que vivia em Belém havia pouco tempo, lecionando na pós-graduação em arqueologia da universidade federal. Artur apresentou sua filha e ficou esperando que Ernesto puxasse logo o assunto que o trazia.

— Então, vocês estão aqui pra procurar Tupinilândia, não?

— Procurar não seria bem a palavra – disse Artur, sentindo as espetadas de seu ciúme possessivo. — Já que todo mundo sabe onde ela está.

— Ah, "todo mundo" seria um exagero. Ninguém vai para aqueles lados faz uns trinta anos, aliás quase ninguém mais sabe ou lembra que existe um parque de diversões abandonado ali perto de Altamira. Eu mesmo só fiquei sabendo não faz muito tempo, quando começaram as obras de Belo Monte. Já tentei viajar até lá, mas as estradas de acesso foram tomadas pela selva faz décadas, o único acesso hoje é pelo rio ou por ar, mas nem o Exército nem a empreiteira permitiram a entrada por anos – apontou para Artur. — Claro, nesse ponto pra você deve ter sido mais fácil.

— Ah, por causa do meu sobrenome? Não, não sou parente. Digo, até sou, mas muito, muito distante. Acho que foi o momento certo. A soma da tecnologia que temos hoje, do momento político... um golpe de sorte, eu diria.

— Não foi golpe – disse Ernesto. — Foi destino, se você acredita nessas coisas.

Artur sentiu o celular vibrar no bolso.

— Ter timing é tudo na vida, isso é verdade – Ernesto sorriu. Era um homem de modos agradáveis. — Imagino que vocês já partem logo pra lá, não? Desculpe se pareço intrometido, mas Tupinilândia pra mim sempre foi uma espécie de segredo a céu aberto, como aliás Fordlândia também. Mas Fordlândia é mais fácil de se visitar, se você considerar nove horas por rio como fácil, ha-ha. E ainda é habitada, ao contrário de Tupinilândia – Ernesto não parava de falar. O celular de Artur vibrou outra vez, e ele o puxou discretamente do bolso abrindo as mensagens, alternando os olhos entre a tela do celular e o rosto de seu interlocutor, assentindo com a cabeça, temendo passar por mal-educado. — É uma coisa fantástica, mas ao mesmo tempo triste – continuou Ernesto –, que algo assim fique apodrecendo a céu aberto. Às vezes é de pensar se o descaso é intencional. Uma falta de patriotismo, não acha?

— Sim, com certeza – Artur concordou sem prestar muita atenção.

Era o professor Klimt.

Klimt
Eu realmente não sei de quem tu estás falando.
Não passei o teu celular para ninguém. 16h10

Até fui olhar aqui no site da federal do Pará. Não tem
nenhum Ernesto Danillo no corpo docente. 16h11

Artur fechou a tela do celular, encarou Ernesto com um sorriso e, quando o outro parou de falar por um instante, lançou a pergunta:

— Tu disseste que leciona na federal, não é? Qual disciplina?

— Ah, sim... é a parte mais de legislação... tipo, hmm... tombamento.

Artur ergueu a sobrancelha, suspeitoso.

— Tipo tombamento de sítios arqueológicos?

— É, sim. Exatamente isso.

— Que interessante. Não imaginei que houvesse uma cadeira específica só pra isso - Artur lançou a isca. — Deve ser muita burocracia, não?

— Bastante, realmente. Nesse país... pff – Ernesto ergueu as mãos.

— Ainda mais que um sítio arqueológico já é área protegida, e nem precisa ser tombado.

Ernesto ficou em silêncio.

— Tu não és arqueólogo coisa nenhuma, não?

— Bem, professor, posso lhe confessar uma coisa? – Ernesto murmurou, erguendo o dedo indicador como se o chamasse para mais perto. — Preferia que isso se desse de modo mais sutil.

Artur se virou para olhar. Um homem havia chegado perto deles, pondo-se ao lado de Lara sem que ela percebesse – sua filha estava distraída mexendo no celular, como se não tivesse percebido nem escutado nada. Quando Artur se voltou novamente para seu interlocutor, viu que um segundo homem havia chegado às costas de Ernesto e levantou rapidamente a camisa, mostrando o revólver na cintura, por dentro da calça.

— Diga pra ela que nós dois vamos dar uma caminhada – Ernesto murmurou, muito baixo.

Artur se voltou para Lara.

— Ah, eu e o professor Danillo vamos dar uma caminhada pra conversar – tocou no ombro de Lara, que encarou o pai e percebeu algo tenso no olhar dele. — Trocar umas ideias.

— E a tua comida, pai?

— Guarde o meu lugar. Eu já volto.

Ela concordou com um aceno de cabeça, olhou para Ernesto e para o homem atrás dele, sorriu e disse: "Claro". Voltou a mexer no celular no mesmo instante. Ernesto puxou delicadamente Artur pelo braço e os dois saíram caminhando, com a dupla de seguranças pondo-se um à frente e outro atrás, de modo pouco discreto. Os quatro caminharam na direção da Feira Livre.

— Pra onde estamos indo?

— Pra um lugar onde possamos ter uma conversa tranquila.

— Sobre o quê?

— Sobre coisas que deviam ser deixadas onde estão. Nós tínhamos um trato com vocês.

— Do que tu estás falando, pelo amor de Deus?

— Não se faça de desentendido, professor.

— Não – Artur estancou a caminhada. — Não vou continuar.

— Eu te dou duas opções. Ou você vem conosco em silêncio até o carro que está nos esperando... – ele tirou uma pequena faca do bolso e a pressionou contra a barriga de Artur – ... ou te mando pra emergência do hospital, e talvez possamos conversar com a sua filha depois.

Lara
Benji, acho que meu pai tá sendo assaltado 16h13

Benjamin
QUÊ???????
Onde vcs tão? 16h14

Lara
Levaram ele pro lado da feira.
Seqestro relmpago 16h13

— Escute, se é dinheiro que vocês querem... – Artur murmurou.

— Não se faça de desentendido. Você sabe que não se trata de dinheiro. Se trata de dar um recado. Nós tínhamos um acordo. Vocês deveriam deixar Tupinilândia em paz. Agora vamos, o.k.?

Artur o encarou. Não acreditava que isso estivesse acontecendo de verdade. Olhou para a frente, para o segurança que ia abrindo caminho, e olhou para trás, para o outro segurança que vinha em sua esteira. Foi quando percebeu que Lara estava os seguindo também. Artur balançou a cabeça em sinal negativo, desesperado: poderia aceitar qualquer coisa que fizessem com ele, mas não queria sua filha metida no meio. Então parou de caminhar outra vez, irritando Ernesto.

— Você está testando a minha paciência! – protestou, faca na mão.

No momento seguinte, Benjamin apareceu, segurou o pulso de Ernesto e o torceu, fazendo com que largasse a faca, e então golpeou com o cotovelo em seu estômago e depois em sua clavícula. Fez Ernesto cair contra uma banca de frutas, fazendo rolar cajás, buritis e cachos de pupunhas. Uma senhora gordinha fugiu correndo, gritando "é assalto, é assalto!", o primeiro guarda-costas pulou sobre Benjamin e o segurou, pondo as duas mãos em seu pescoço, um feirante se meteu na história, batendo nas costas do homem com uma manta de pirarucu salgado. Benjamin segurou o pulso do guarda-costas e o puxou para baixo, cotovelo no estômago, cotovelo no ombro, e o homem se curvou, levou três chutes repetidos no meio das pernas e Benjamin o empurrou contra uma fileira de sacas de açaí, que se espalharam pelo chão.

— Polícia! Alguém chame a polícia! – berrou Lara.

O segundo guarda-costas sacou uma pistola e deu dois tiros para o alto – gritaria, correria e pânico – e aproveitou a confusão para sair correndo. Atônito com tudo aquilo, Artur olhava sem reação, sem saber o que fazer. Foi quando viu Ernesto fugindo e, por instinto, foi atrás dele.

— Pega! – gritou Artur. — Pega ladrão!

Alguns passantes tentaram agarrar Ernesto, que abriu caminho empurrando tudo e todos para os lados, sobre as bancas de frutas e ervas, fazendo rolar os vidrinhos de banhos de cheiro atrás dele. Artur pisou num deles, escorregou, perdeu o equilíbrio e quase caiu. Ernesto saiu do meio das barracas e atravessou correndo a avenida, na direção do Mercado de Carnes, fazendo um ônibus da linha Águas Lindas frear brusco, derrubando seus passageiros uns sobre os outros e levando o linha Marambaia que vinha logo atrás bater em sua traseira, quebrando os faróis.

Artur surgiu logo atrás e pulou sobre Ernesto, a adrenalina em seu sangue afastando qualquer bom senso ou prudência de sua mente, fazendo renascer memórias adormecidas da adolescência, de quando sabia lutar judô. Os dois caíram no chão, no asfalto áspero, trocando socos no meio da avenida Castilhos França, entre buzinas e freadas de motoristas atônitos. Mas Ernesto não só era maior, como mais jovem e mais bem preparado fisicamente. Acertou um soco em Artur que o deixou tonto, levantou-se e abriu a porta de um carro que parou ao seu lado, um Honda Civic preto de vidros escuros, não sem antes se virar para Artur, erguer o braço e dizer:

— Anauê, filhadaputa!

Entrou, fechou a porta e o carro acelerou cantando os pneus. Dobrou a esquina, entrando na avenida Portugal, e desapareceu a toda a velocidade. Benjamin e Lara atravessaram a rua e vieram ajudá-lo a se levantar. Outros passantes perguntaram se estavam bem, se haviam levado alguma coisa. A polícia não havia aparecido ainda.

— Eu estou bem – garantiu Artur.

— Pai, tem certeza? Nossa, estou tremendo até agora.

Mas ele estava calmo. Por mais estranho que fosse aos outros, Artur tinha essa qualidade de uma tranquilidade quase ofensiva nesses momentos. Poderia quase derreter de ansiedade na expectativa, mas, quando episódios assim estouravam ao seu redor, tinha a rara e perturbadora qualidade da calma.

Levou a mão ao estômago dolorido e grunhiu.

— Aquele filho da puta me acertou bem na barriga. E eu estou bem mais fora de forma do que pensava.

Policiais finalmente apareceram. Perguntaram se queriam prestar queixa, e para isso teriam que ir até a delegacia mais próxima. Mas os três ponderaram: prestar queixas contra o quê? Nada fora levado. Poderiam considerar aquilo uma tentativa de sequestro relâmpago malsucedida. E ainda que Artur pudesse apontar e descrever os suspeitos, como explicar para o delegado que ele fora atacado pelo que provavelmente era uma espécie de criptointegralistas? Tinham acabado de chegar de viagem. Estavam cansados e, agora, assustados, e iriam partir no dia seguinte.

— Não, não vale a pena – concluiu Artur.

Seu celular tocou: Marcos e Donald perguntando onde estavam. Quando os encontrou, os dois vinham bem distraídos, caminhando no mesmo passo e tendo nas mãos seus copinhos da Sorveteria Cairú, se refrescando com seus sorvetes de bacuri e carimbó.

— Melhor sorvete que já comi – disse Donald.

— E digo mais: melhor sorvete que já comi – repetiu Marcos.

Ao ver o estado de transtorno dos demais, se perguntaram: haviam perdido alguma coisa?

C-105 Amazonas

Na manhã seguinte, um carro alugado pela Fundação Flynguer os levou de volta à área do aeroporto, mas dessa vez para entrar na base aérea de Belém, onde já eram aguardados. Artur tentou falar com Beto Flynguer na noite anterior, mas ele estaria fora a noite toda, na abertura de uma exposição de fotos na Fundação. Deixou recado, mas ainda não recebera respostas. Ali na base aérea foram apresentados aos dois militares que os acompanhariam durante a expedição: o quieto e austero sargento Geraldo Goldsmith, e o falante e empolgado cabo Ulisses de Souza Bastos, que foi logo pedindo que, por favor, não o chamassem de cabo USB. Ambos eram do Primeiro Esquadrão de Transporte Aéreo, sediado na base de Belém – "Esquadrão Tracajá: 'devagar eu chego lá'" –, que realizava missões de transporte aeroterrestre, lançamento de cargas, ajuda humanitária e de socorro. Lara perguntou se algum deles já havia voado para Amadeus Severo.

— Égua! Nunca! – respondeu o cabo Ulisses. — Mas já passamos perto, quando vamos levar coisas pros índios, e do alto dá pra ver as ruínas.

— Tem gente morando lá agora? – perguntou Artur.

— Acho que não. Nem os índios vão pra lá.

O sargento Goldsmith explicou que a pista de pouso era o ponto mais acessível da região, pois ainda era utilizada de tempos em tempos. Havia também uma estrada que levava até os arredores, saindo da Transamazônica perto de Anapu, mas o governo não cuidava dela, e boa parte estava tomada pela selva havia mais de vinte anos. Mesmo com as obras de Belo Monte nas proximidades, Amadeus Severo continuava sendo uma região muito isolada, sem nenhum tipo de administração nem interesse do governo. Houve uma empresa, a Liderança Táxi-Aéreo, que levava mantimentos de tempos em tempos para uns ribeirinhos, remédios e coisas assim, e era somente por isso que a pista de pouso era mantida num estado razoável. Mas a empresa falira havia dois anos. Era provável que ninguém entrasse em Amadeus Severo havia décadas.

— Mas também, que ideia bem doida, construir um shopping center no meio da selva – comentou o cabo Ulisses. — Coisa de quem gosta de rasgar dinheiro.

Os dois soldados ajudaram a enfiar o equipamento na traseira do par de jipes Wrangler cedidos pela Fundação Flynguer. Contudo, o esquadrão Tracajá não contava com uma aeronave grande o bastante para levar os jipes e, para isso, o comando da Quinta Força Aérea deslocara de Manaus uma aeronave do Primeiro Esquadrão do Nono grupo de Aviação ($1^{\circ}/9^{\circ}$ GaV) – o Esquadrão Arara.

Era esse avião que Artur, embasbacado, observava agora.

O Airbus CASA C-295 era um grandioso bimotor turbo-hélice para transporte de médio alcance, de fabricação espanhola, designado pela FAB como C-105 Amazonas. Com a fuselagem pintada num padrão camuflado de cinza e verde-oliva, tinha capacidade de carga de mais de nove toneladas. As asas eram posicionadas acima da fuselagem, e não abaixo como de costume, e de cada lado as nacelas abrigavam motores Hamilton Standard 586-F, equipados com robustas hélices de seis pás, negras e afiadas, cujas pontas eram pintadas de vermelho e lhe davam os ares de um grande pássaro avançando com suas garras. Da rampa traseira, baixada para entrarem os jipes, desceu uma mulher jovem, de rosto magro e cabelos morenos presos num rabo de cavalo, vestindo um macacão de aviador, que foi logo se apresentando: major-aviadora Tamara Andrade, líder do Esquadrão Arara.

O Arara cumpria as mesmas missões de transporte e assistência para comunidades isoladas, lançamento de cargas e ajuda humanitária que seus colegas do Tracajá, mas era voltado às fronteiras. Seriam ela e seu C-105 Amazonas que os levariam até a pista de pouso de Amadeus Severo.

— Pista pequena e arriscada pra uma aeronave desse tamanho, mas vamos fazer o possível.

— O possível pra quê? – perguntou Donald.

— Pra gente não morrer no pouso! - ela riu. — Vamos, todos a bordo.

Artur subiu a escadinha da porta lateral, ao lado da cabine, olhando impressionado para as hélices negras. Logo que entraram, foram apresentados à tenente-aviadora Karla, uma ruiva de pele muito clara e sardenta, que indicou os bancos retráteis de costas para as janelas ao longo do avião, onde deveriam se sentar. Os bancos eram presos à fuselagem num trançado de lona vermelha, e como Artur foi o primeiro a subir, sentou-se mais ao fundo, diante dos faróis do primeiro jipe. Estava visivelmente nervoso e se atrapalhou para prender o cinto de segurança azul. Foi preciso que o sargento Geraldo o ajudasse. Em seguida Lara sentou-se ao seu lado, travou o cinto e deu-lhe um sorriso tranquilizador.

— Pai – ela o chamou. — Isso tudo deve estar sendo muito louco pra ti, não?

— Um pouco. Em que sentido tu te referes?

— De viajar pra um lugar que por tanto tempo tu pensaste que só existisse na tua cabeça.

— Ah, isso sim. De certa forma, sim.

— Não era nisso que tu estavas pensando?

— Estava pensando que nunca fui pra Disney. Isso é estranho?

— Olha, eu acho que a maioria das pessoas no planeta não foi nem nunca irá pra Disneylândia. Dá pra viver sem isso.

Os motores foram ligados e as hélices começaram a girar. O avião taxiou pela pista, posicionando-se e aguardando liberação. Começou a acelerar. O zumbido do vento nas hélices foi se tornando mais agudo, e enfim o C-105 Amazonas se ergueu no ar. Artur olhou pelas janelas, vendo Belém do Pará ficar cada vez distante.

A percepção de que a Amazônia é um espaço natural necessário à manutenção do ecossistema do planeta, e que por isso deve ser preservada, é muito recente. No século XIX, Alexander von Humboldt profetizara que ela estava "destinada a se tornar o celeiro do mundo". No início do século XX, quando Henry Ford anunciou a construção de Fordlândia, a imprensa viu nisso um embate entre a modernidade e o mundo primitivo. Se tivesse obtido sucesso, seu plano teria sido ampliar Fordlândia até que "toda a selva estivesse industrializada" – o que fez com que Monteiro Lobato o declarasse um "Jesus Cristo da indústria".

Essa visão foi um convite e um desafio para muitos. O mito do El Dorado enlouqueceu o conquistador espanhol Aguirre, a "cólera dos deuses", e séculos depois se refletia na ambição do coronel Percy Fawcett de encontrar a Cidade Perdida de Z – uma ideia malvista pelo marechal Cândido Rondon não pela loucura em si, mas por acreditar que, se houvesse uma cidade perdida na Amazônia, ela deveria ser descoberta apenas por um brasileiro. Rondon havia organizado a expedição que levava seu nome, na companhia do ex-presidente norte-americano Theodore Roosevelt – que quase morreu em suas corredeiras, para depois escrever que a selva era "totalmente indiferente ao bem e ao mal, desenvolvendo seus fins ou a falta deles com total desprezo pela dor e pelas tristezas". A selva desafiaria também o cineasta alemão Werner Herzog durante as filmagens de *Fitzcarraldo* – em que fez um navio inteiro subir uma montanha pelo puro impacto da imagem na tela do cinema. "A natureza aqui é violenta", dissera Herzog, "vejo fornicação e asfixia, afogamento e luta pela sobrevivência. As árvores estão em estado de miséria, os pássaros estão em estado de miséria. Eles não cantam, apenas gritam de dor."

Assim, Artur conseguia compreender, mesmo sem concordar, a linha de pensamento que levou João Amadeus Flynguer a acreditar, de modo tão convicto, que seu sonho de consumismo nacionalista e utópico não poderia estar em nenhum outro lugar que não fosse a Amazônia. E de todos os segredos envolvendo Tupinilândia, o mais obviamente escondido era o de sua própria construção: algo daquele tamanho, com aquele escopo, erguido numa área tão inacessível quanto hostil, não poderia ter sido feito sem uma grande cota de sangue. Roberto Flynguer dizia que seu pai fazia questão de estar presente no funeral de cada empregado que perdia a vida pelo parque, mas nunca dissera quantos funerais foram. Que João Amadeus Flynguer tenha, por longos períodos, morado diretamente na área em construção na primeira metade dos anos 80, deixava algo implícito. Da mesma forma como se dizia que cada pilar da ponte Rio-Niterói era também um túmulo. Obras faraônicas não são feitas sem um custo humano – os faraós sabiam, e os judeus no Egito que o digam. Sem falar nos notórios atritos com índios durante a construção da rodovia Transamazônica.

Não havia registros de problemas com comunidades indígenas na construção de Tupinilândia, mas, como tudo na época da ditadura, a falta de registro não significa a ausência do ocorrido, muito pelo contrário. Era algo que estava implícito nas fotos que vira, mostrando o perímetro dos parques formado por um muro alto e eletrificado no topo. Sem falar no impacto ecológico – agora que estava a poucas horas de finalmente ver com seus próprios olhos aquele espaço quase mítico com que fantasiara durante toda a sua infância, Artur começava a se dar conta da monstruosidade que Tupinilândia simbolizava, e no estrago que poderia ter causado à região, se tivesse sido bem-sucedida.

Mas o tempo para reflexões já passara: estavam prestes a pousar, e a informação de que a pista de pouso era um pouco mais curta e um pouco mais estreita do que seria recomendável não ajudava ninguém a ficar tranquilo. Das janelas, só o que viam era selva, selva e mais selva – chegando cada vez mais perto. Foi quase de susto que a pista de terra alaranjada surgiu nas janelas laterais – era o que restara da antiga pista de pouso do aeroporto inacabado. Donald e Marcos haviam se curvado, apoiando os cotovelos sobre os joelhos e baixando a cabeça, e Artur não sabia dizer se estavam passando mal ou rezando. Trocou olhares com sua filha: ela estava sorrindo.

— "Iarrú" – disse Lara.

O avião tocou no solo, levantando nuvens de poeira laranja que giravam em espirais atrás dele, engolindo-o, para depois a nave sair de dentro delas e deixá-las para trás. Os reversos foram ativados. Se voar sentado de lado era uma experiência nova para eles, sentir o impacto lateral da freada contra a inércia de seus corpos foi como se estivessem sendo centrifugados.

Então o avião parou. O sargento Gilberto e o cabo Ulisses se levantaram, esticaram os braços, passaram de lado pelos jipes e abriram as portas laterais traseiras, convidando-os a sair.

Heranças

Há mais de trinta anos que Magali Fiel, ex-secretária municipal de Cultura e atual vereadora suplente do município catarinense de Pomerode, reúne num jantar os amigos e apoiadores de seu pai. Os convites são exclusivos e os convidados são seletos, muitos deles vindo de outros estados. Os jantares ocorrem sempre no primeiro semestre – no dia 31 de março, ainda que o evento histórico referenciado tenha ocorrido no dia seguinte, 1º de abril. Empresários, militares aposentados, um ex-presidente da Fiesp, antigas figuras políticas de cabelo cor de acaju e outras, mais jovens, saudosas de um tempo que não necessariamente viveram, mas que mesmo assim consideram ideal, uma época de ordem e progresso, de verdades inquestionáveis e onde cada um sabia seu lugar, ame-o ou deixe-o. Sendo a palavra "golpe" proibida naquela casa, celebravam a autoproclamada "Revolução de 64" ou "Revolução Redentora". E ali reunidos, faziam generosas doações para a manutenção de uma utopia secreta e oculta: a de que os ideais de sua revolução durariam para sempre.

Mas os convidados iam minguando ano a ano, conforme a idade e o tempo avançavam, e com eles minguavam também as doações, tão necessárias. E era no pai que, naquele momento, Magali pensava, copo de uísque na mão, quando se aproximou da janela de seu quarto no segundo pavimento da casa, de onde podia enxergar toda a área externa da propriedade – as floreiras, as espreguiçadeiras de plástico, a piscina com o grande sigma desenhado com ladrilhos negros no fundo.

O telefone tocou. Ela atendeu.

— Sim, é ela. Isso, isso mesmo. Certo… Aham. Como? Financiados, você diz? Mas de onde eles são? Daqui do Sul? Hmm. Certo, eu vou ver o que posso fazer. Isso, isso mesmo. Qual o seu nome mesmo? Ernesto. Obrigado por nos avisar, Ernesto. Sim. *Anauê*.

Ela desligou o telefone e encarou os porta-retratos sobre a cômoda: uma foto do pai e, ao lado, outra do marido, o sobrenome de um trocado pelo sobrenome do outro em razão das conveniências sociais e políticas dos últimos trinta anos. Ela buscou numa velha caderneta um número específico, um número que ela sabia que só poderia ser acessado em casos extremos, sob sérios riscos para todos os envolvidos. Chamou.

— Boa tarde. Aqui é Magali Fiel, eu gostaria de falar com dona Helena Flynguer, por favor – disse ao secretário que a atendeu, e reforçou: — É urgente.

Enquanto aguardava, folheou aquela velha caderneta de contatos, onde mantinha um recorte de jornal já amarelado pelo tempo, com a notícia: "Militares desaparecem na selva", seguido da legenda: "Governo não se pronunciou ainda". A data era de maio de 1985, quando o país chorava a morte do presidente eleito Tancredo Neves. É incrível como fatos e eventos podem passar desapercebidos em meio a comoções nacionais.

Alguém atendeu do outro lado da linha, e Magali falou:

— Querida, achei que nós tivéssemos um acordo.

Homem na floresta

O jipe avançou pela estrada auxiliar. Artur e Lara iam no primeiro carro, conduzido pelo sargento Goldsmith, enquanto os demais vinham logo atrás, no veículo dirigido pelo cabo Ulisses. Haviam cruzado o primeiro portal, onde a escultura gigante de Artur Arara resistia, de asas abertas, suja e sem cor. Passaram por um prédio auxiliar já retomado pela floresta, com metade da parede derrubada por um tronco e a carcaça de um velho ônibus de turismo.

O jipe passou por baixo das elegantes arcadas em *streamline* que sustentavam a linha circular do aeromóvel, e chegou à praça diante da estação de aeromóvel do Reino Encantado. Tupinilândia se revelava em toda a sua glória decadente: tomada de vegetação, árvores e arbustos que cresceram em lugares não planejados, as antigas topiarias já disformes como um jardim abandonado, brinquedos descoloridos e quebrados, janelas tomadas de musgo. Artur pediu que parassem o jipe: ficou de pé, apoiando-se na moldura do para-brisa, tirou os óculos escuros e olhou em volta, embasbacado.

Há nos parques abandonados uma aura estranha, como se a pretensão de ser um espaço de alegria eterna e ininterrupta conduzisse sempre, inexoravelmente, a um abandono macabro. As lojas e casas estilizadas, que um dia foram coloridas como cartuns, haviam desbotado e esmaecido. Trinta anos entregue à natureza selvagem fizera com que plantas crescessem entre fendas nas paredes, da cabeça de bonecos, no meio de carrosséis, e a vegetação original se agigantou, os longos galhos projetando sombras, cipós e musgo. Algumas árvores eram tão grandes que a Rua Principal do Reino Encantado parecia miniaturizada. Mas, ao contrário de outras áreas do parque, que pareciam apenas abandonadas, ali a invasão da natureza e o efeito do tempo ampliava o clima de conto de fadas. Uma simbiose que reforçava a aparência de uma ilustração antiga de livro infantil hiper-realista, algo que fugira ao controle até se tornar selvagem. Tinha sua própria beleza, assustadora e empolgante. E acima, dominando tudo, estavam as torres do Castelo Encantado, desbotadas e vigilantes.

— Nossa – disse Lara, impressionada. — Imagine o que não custou tudo isso.

— Onde o senhor vai querer montar a base, dr. Flinguer? – perguntou o sargento.

Artur olhou ao redor. Qualquer uma daquelas lojas abandonadas serviria, mas uma lhe pareceu especial: a versão cartunesca, de dois pisos, de uma loja da Livraria do Globo. Donald tentou empurrar a porta de vidro, mas pareceu emperrada e ele desistiu. O cabo Ulisses aproximou-se e deu um pé na porta, arrebentando-a.

— Hmm, vamos tentar destruir o menos possível, está bem? – pediu Marcos.

O cabo pediu desculpas, mas de todo modo entraram. O interior da livraria era como uma cápsula do tempo distorcida, um sobrado mantido fechado desde os anos 80. Abriram espaço numa mesa e largaram suas mochilas sobre ela.

— Talvez seja melhor se montarmos acampamento numa área externa, não? – sugeriu Donald. — Digo, quantos tipos diferentes de insetos pode haver aqui?

— Égua, professor! – disse o cabo Ulisses. — Só te digo vai! O senhor não sobrevive uma noite ao enxame de carapanã que deve ter no lado de fora.

— Enxame de quê? – assustou-se Marcos.

— Mosquitos – explicou o sargento. — Uns monstrinhos.

Lara pegou um livro da prateleira e o folheou, mas o exemplar se desmanchou em suas mãos. Benji abriu uma maleta e começou a tirar o equipamento eletrônico de dentro dela.

— Vocês são descendentes de americanos também, não? – perguntou a Lara.

— Cunhadinho, eu sou *trineta* de americanos, e só pelo lado do pai. No meio do caminho teve português, italiano, uruguaio, e pelo lado da mãe uma bisa índia e um avô mulato, o que só nisso já junta quatro continentes. E os próprios Flynguer, os originais, pelo que sei, vinham da França. Brasileiro tem essa mania de querer ser purista na descendência, só não diz que é daqui mesmo, bem brasileiro.

— Vocês não vão acreditar – disse o cabo Ulisses –, ainda tem luz funcionando aqui.

Havia ligado o carregador de uma bateria numa tomada, mesmo sob o risco de um curto-circuito. O início do trabalho, porém, seria deixado para o dia seguinte. Antes precisavam fazer um reconhecimento dos parques, determinar o que estava acessível e o que o tempo havia destruído. A única área fora de seus planos seria justo a maior de todas, o Centro Cívico. Concordaram junto à Fundação Flynguer em deixar sua exploração para o próximo semestre, quando viriam acompanhados de engenheiros que determinariam a segurança do local. Não que a possibilidade de ir e vir várias vezes de Tupinilândia incomodasse Artur.

Alguém bateu palmas do lado de fora.

— Ô de casa!

Pegos no susto, todos se viraram ao mesmo tempo.

Havia um homem em frente à vitrine da livraria. O grupo se entreolhou, surpreso. Artur saiu e o cumprimentou. Era um homem nos seus sessenta anos, de rosto encovado e bem barbeado, marcas de queimadura no lado direito da face, a cabeça calva mas com os rastros de cabelos grisalhos cortados rente ao crânio. Vestia uma manta negra e puída, bem velha, usava calças largas, calçava sandálias e tinha no rosto largos óculos de lente alaranjada. Andava se apoiando com um cajado longo que usava debaixo do braço, como uma muleta. Disse que se chamava Carlos Valdisnei da Silva, mas todos ali o conheciam como seu Valdisnei.

— Nós vimos o avião pousando hoje de manhã lá da nossa vila, na beira do Xingu – disse, e apontou a esmo para oeste. — Antigamente tinha um aviãozinho que pousava de tempos em tempos, nunca soubemos o motivo, já faz um par de anos que parou de vir. Mas esses grandões do Exército eu nunca tinha visto por aqui. De onde vocês são, que mal lhes pergunte, senhores?

Artur apresentou a si e aos demais, e o homem pareceu particularmente impressionado ao escutar o sobrenome Flinguer – e Artur, de novo, explicou que era só um parentesco distante.

— Os Flynguer construíram essas coisas, não foi? - disse o velho. — Tem esse nome escrito por tudo aqui. Que mal lhes pergunte, o que eles querem com este lugar abandonado por Deus?

— Vamos fazer um último registro de Tupinilândia, mapear os parques, antes que... - ele hesitou, receoso de dar um tom apocalíptico às suas palavras. — Bem, imagino que o senhor saiba que isso tudo aqui corre o risco de ser inundado por uma represa, cedo ou tarde.

— Sim, ouvi falar. Achei que o avião talvez tivesse relação com isso.

— O senhor mora aqui?

— No parque? Não, ninguém mora aqui – disse seu Valdisnei. — Os índios acham que esta terra é ruim, sabe? As pessoas dizem que escutam vozes, veem coisas se movendo sozinhas... não, a maioria da gente nem gosta de chegar perto.

— O senhor sabe alguma coisa sobre a área desses parques? – perguntou Artur.

— Pra lhe ser sincero, sei sim – disse seu Valdisnei. — Eu vinha aqui com o meu filho quando era mais moço, sempre encontrávamos algo que dava pra reaproveitar. Mas depois que ele morreu, parei de vir – e dito isso, ficou em silêncio, com o olhar vago e os olhos úmidos.

Artur, Donald e Marcos se compadeceram do velho – eram todos pais, para quem a morte de um filho é sempre uma possibilidade inominável de terror. Mas Lara não se impressionou e, sempre suspeitosa – afinal, um dia antes seu pai sofrera uma tentativa de sequestro –, tentou mandar-lhe uma mensagem em código, ao comentar com o velho Valdisnei:

— Que cajado bem grande esse que o senhor tem.

— É pra me apoiar melhor.

— Ah, sim – lembrou Artur. — Por causa das ruínas? O que dá pra dizer das estruturas daqui? O hotel, o castelo, os pavilhões... são seguros?

O velho garantiu que tudo se mantinha de pé, se era isso que ele queria saber. Mas deveriam tomar cuidado nos canais do velho passeio de rio, havia uma área que era um açude de ariranhas, que são uns bichos tranquilos na maior parte do tempo, exceto se invadirem o território delas.

— E que óculos bem grandes esses que o senhor tem - insistiu Lara.

— É pra enxergar melhor nesse sol - disse o velho.

— Lara... - Artur lançou um olhar reprovador à filha. — Aliás, como a luz ainda funciona?

Valdisnei explicou que a ligação com a hidrelétrica de Curuá-Una se mantinha até hoje, algo de que a própria vila de pescadores se beneficiava. A não ser onde o tempo e a selva possam ter comido a fiação, havia energia elétrica pelos parques todos.

— Até no Centro Cívico? - perguntou Marcos. — Me refiro ao domo.

— Melhor ficarem longe daquele domo - disse o velho, num tom sombrio. — Quem entrou, nunca saiu. Não que haja coisa do outro mundo ali, isso não sei dizer porque eu mesmo nunca entrei, mas está abandonado há tanto tempo... Ninguém sabe em quais condições. Ele é cavado pro fundo, vocês devem saber, e depois de trinta anos, as coisas desabam.

— Não se preocupe, não temos planos de entrar no domo... - garantiu Artur.

— Ah, ótimo.

— Ao menos, por enquanto - completou Marcos.

— Como assim?

— O domo fica pra depois - explicou Artur. — Pro ano que vem. É muita coisa pra se fazer numa única expedição.

O velho pareceu mais tranquilo. Ofereceu-se para voltar na manhã seguinte e guiá-los pelos parques, se quisessem - uma oferta que foi aceita de bom grado. Também lhes mostrou onde ficava o painel de luz central do Reino Encantado, numa casamata próxima à estação do aeromóvel, de modo que, com a troca de um fusível, a energia dos postes foi ligada de novo pela primeira vez em trinta anos. A maioria das luminárias não ligou, algumas lâmpadas estouraram, mas as poucas que se acenderam deram um ar levemente feérico de ilustração de livro infantil. O velho anunciou que precisava ir, pois o sol já estava começando a se pôr. Ofereceram-lhe uma carona nos jipes, para levá-lo até a vila de pescadores, mas ele recusou. Estava acostumado com aquelas trilhas, sabia por onde atalhar o caminho e que lugares evitar. Despediram-se, ao que Donald comentou:

— Que sujeito simpático, não acham?

O sol também se punha no Rio de Janeiro, onde as paredes e o piso do apartamento vibravam ao som de música clássica tocada no último volume – "O aprendiz de feiticeiro", de Dukas –, enquanto Roberto Flynguer observava o mar de Ipanema do alto, envolto numa toga de cetim vermelho-sangue. Fechou os olhos e respirou fundo, absorvendo a música. Quando os abriu, sua secretária estava do seu lado, com um telefone nas mãos. Ela abriu a boca e ele não escutou nada. O que foi? Ela abriu a boca outra vez e ele continuou sem escutar nada. A música estava tão entranhada nele que Beto esquecia que ela vinha de caixas de som, e não de sua cabeça. Pegou o controle e desligou.

— O que foi?

— Telefone pro senhor.

Atendeu. Mal disse "alô", e sua irmã disparou a pergunta, no tom suave, firme e de uma condescendência irritante que sempre usava com ele:

"Querido, o *que foi* que você fez?". Roberto explicou que era para ser uma surpresa, afinal com essa história de Belo Monte inundar toda a região era uma questão de tempo até que tudo se perdesse para sempre, e que, como presidente da Fundação, não via necessidade de consultá-la para isso – sabia que ela seria contra, como sempre foi contra resgatarem qualquer coisa do antigo parque do pai. Ele compreendia, claro, que tudo o que envolvia Tupinilândia era um trauma para ela, era reviver um pesadelo jurídico e financeiro que preferia esquecer. Mas era do legado de sua família que estavam falando. Além disso, não havia ninguém mais por lá fazia muito tempo, então qual era o problema?

Ela escutou isso tudo em silêncio, suspirou e disse:

— O problema, Beto querido, não é nem você não saber a merda que fez. O problema é que agora sou eu quem vai ter que limpar.

Minimundo

O sol nasceu para seu segundo dia em Tupinilândia, e o grupo se preparou para o início do trabalho, dividindo-se em dois times: Donald e Benji se encarregariam do mapeamento topográfico, sendo acompanhados pelo cabo Ulisses, enquanto os demais – Artur, Lara e Marcos – cuidariam de fazer o registro fotográfico, acompanhados pelo sargento Goldsmith.

— Qual parque a gente faz primeiro? – perguntou Benji.

— Já que estamos todos aqui, vamos começar pelo Reino Encantado – sugeriu Artur.

Benji concordou. Subiu num dos jipes, ligou o tablet fornecido pela Fundação Flynguer e o conectou ao LIDAR, que afixou no painel do jipe. O LIDAR era uma tecnologia que funcionava de modo parecido com os radares, mas usando ondas de laser pulsado para determinar distâncias em relação a objetos. Combinado com o software de SLAM geoespacial — Simultaneous Localization and Mapping, ou "Localização e Mapeamento Simultâneo", em bom português — e usando a livraria como ponto central de referência, o pulso de laser começou a construir na tela do tablet uma imagem das casas mais próximas, semelhante a uma planta baixa de tons esverdeados contra um fundo negro, com profundidade em três dimensões.

— Que coisa sensacional - disse Donald, olhando a tela do tablet por sobre o ombro de Benjamin. — Qual é o alcance dele?

— O grid tem dez por dez metros – disse Benjamin. — Ele refina o mapeamento conforme se move, mas tu vês que não pega objetos pequenos, no interior das lojas. Isso é contigo, professor.

— Ah, sim. Eu cuido dessa parte – disse Donald, descendo do jipe.

O cabo Ulisses pisou de leve no acelerador, e o veículo avançou lentamente pela Rua Principal. Donald ligou seu tablet, onde afixou o periférico semelhante a uma lente oblonga, de cor azul metálica. Entrou no brinquedo mais próximo – era a casa dos Três Porquinhos Pobres de Erico Verissimo, com sua mobília cartunesca e animatrônicos abandonados – e ativou o aparelho. A imagem foi surgindo na tela do tablet como uma filmagem, sobre o qual um grid quadriculado se formava conforme movia a lente para os lados. O software fazia uma reconstrução volumétrica do espaço com seis graus de liberdade, três de translação e três de rotação, e como resultado a sala era reproduzida com precisão fotográfica. Donald podia girá-la em vários ângulos correndo o dedo pela tela.

Artur observou o primeiro grupo iniciar o trabalho e se voltou para sua filha, dizendo que era hora de começarem sua parte. Subiram no segundo jipe e prepararam a câmera, uma Nokia Ozo que foi acoplada na moldura do para-brisa do Wrangler. Segundo Lara, a câmera se parecia com uma maraca, enquanto Artur se referia a ela como "a navezinha espacial". Tinha o aspecto de um bulbo preto e fosco, e abrigava oito câmeras que, em conjunto, fechavam uma visão de trezentos e sessenta graus em três dimensões, em alta definição e a trinta frames por segundo. Cada uma daquelas belezinhas custava cerca de sessenta mil dólares, e a Fundação lhes fornecera três, junto com os discos rígidos necessários para armazenar uma quantidade imensa de imagens. Duas câmeras ficaram com Artur e Lara, e a terceira estava com Benjamin. Traçou uma rota no mapa que possibilitasse fotografar todas as vias principais, e apontou à frente, feito um general dando ordem de avanço para um exército.

Seu Valdisnei apareceu no final da manhã, quando Benjamin e Donald terminavam de mapear o Reino Encantado. Como prometido, ofereceu-se para guiá-los, uma oferta que aceitaram de bom grado – o maior conhecedor da geografia do parque era Artur, que já havia partido com seu time para os lados da Terra da Aventura. O velho subiu no jipe e os guiou.

A ação do tempo e a degradação provocadas pela selva amazônica afetavam de modos distintos a estética de cada um dos quatro parques. No País do Futuro, a arquitetura inspirada no modernismo brasileiro era agora violentamente contrabalanceada pelo avanço da selva. Isso provocara um inesperado e interessante efeito visual colateral: fazia dele uma síntese estética de como seria um pós-apocalipse de design genuinamente brasileiro.

No Passeio Modernista, o espelho d'água seco fora tomado de mato e os galhos retorcidos das árvores venciam o concreto. Quase todos os vidros ali estavam quebrados, aliás era um problema daquela opção pelo excesso de vidros, e o País do Futuro era um dos que mais havia sofrido a ação do tempo, com a umidade e a selva invadindo inclementes pelas janelas rompidas. Ao final da rua, o velho Douglas DC-7 que abrigou um restaurante tinha as quatro hélices emaranhadas entre árvores, como se houvesse sobrevivido a um pouso forçado.

Passaram em frente ao portão cuja placa anunciava: MINIMUNDO LACTA. Donald ficou eufórico: um minimundo! Seu espírito de jogador de RPG o tornava naturalmente atraído por maquetes e miniaturas. Perguntou a Valdisnei se ele já havia entrado ali.

— Ninguém entra aí dentro há trinta anos, professor.

— Me ajude a abrir essa porta, então. Acho que está emperrada – disse Donald.

O jipe parou ao lado dos dois. O cabo Ulisses puxou o freio de mão e Benjamin desceu, abriu o bagageiro e tirou dele o que, aos olhos de Valdisnei, parecia ser uma espécie de câmera oblonga do tamanho de um tênis, preta e fosca. Mas então o rapaz puxou quatro braços do aparelho, e de cada braço abriu um par de hélices.

— O que... o que é aquilo ali? – o velho perguntou, perturbado.

— Aquilo? É um drone – disse Donald. — É uma espécie de... como vou explicar? É como uma câmera que voa. Uma aeronave não tripulada.

— E voa mesmo?

— Voa.

— E filma mesmo?

— Filma.

— Mas vai muito longe?

— Esse aqui? Uns sete quilômetros – respondeu Benjamin, escutando a conversa. — Mas se a bateria ficar muito baixa, ele automaticamente volta pro ponto de onde veio.

Donald chamou de novo o velho para que o ajudasse a empurrar a porta do Minimundo. Valdisnei fez força – era um homem forte para sua idade – e a porta cedeu. Quando Donald entrou, foi atrás também, não sem antes lançar um último olhar preocupado para Benjamin e o drone. Lá dentro, os dois passaram pelo saguão de espera, pelos carrinhos sobre trilhos onde visitantes andaram somente por dois dias. Donald olhou o caminho escuro que o passeio percorria.

— Será que a luz funciona aqui também?

— Vou dar uma olhada no painel de luz – disse Valdisnei. — Eu trouxe uns fusíveis.

Do lado de fora, Ulisses observava impressionado Benjamin segurando nas mãos o joystick com o celular acoplado, que controlava o drone. O Mavic Pro se elevou no ar sobre o Passeio Modernista. O cabo Ulisses alertou para tomar cuidado com os galhos, mas não havia necessidade: o aparelho tinha sensores que analisavam o ambiente, e se recusava a avançar nas direções onde sentia haver obstáculos. O drone deu uma volta pela área. Benjamin viu na tela do celular o domo de vidro do Centro Cívico aparecer à distância.

— Já que não vamos entrar lá – disse Benji –, vamos bisbilhotar por cima.

Com um zumbido elétrico, o interior do Minimundo se iluminou de novo pela primeira vez em trinta anos. Resguardadas do sol e da umidade, as cores vivas ainda se mantinham nos bonecos e nas maquetes, e a maioria dos equipamentos ainda funcionava.

Avançaram por uma enorme reconstrução do centro de Salvador, com uma miniatura do Elevador Lacerda da altura de um homem. No diorama seguinte, a maquete reproduzia o centro do Rio de Janeiro, dos Arcos da Lapa à Cinelândia, e vinha envolta por um grande painel do Cristo Redentor pintado em perspectiva forçada. Em cada diorama, o impressionante grau de detalhes, que chegava a incluir as pichações e a poluição visual das cidades, fazia com que Donald se sentisse um vilão gigante do *Spectreman*. Havia outro aspecto curioso também: dos carros às roupas dos pequenos bonequinhos que se moviam nas maquetes, eram miniaturas contemporâneas ao momento de suas criações, pequenos retratos das grandes metrópoles brasileiras congeladas nos anos 80. E por todo canto aqueles bonequinhos articulados cantavam em coro uma música grudenta e animada, repetida em loop: "Minha terra tem palmeiras, onde canta o sabiá…".

Aos olhos de Donald, tudo aquilo era uma declaração de amor ao caos urbano brasileiro, uma representação de sua capacidade afetiva e acolhedora. Era a mesma impressão que teve na primeira vez que veio ao Brasil, no final dos anos 90. Claro que era um país mais pobre do que sua terra, e mais pobre do que era o Brasil de agora, mas havia uma cordialidade que não encontrava em sua terra natal. Um lugar onde seus filhos cresciam longe da competitividade social agressiva de seus compatriotas, cultivada desde o berço no ambiente segregado das *high schools*, onde ninguém nunca era branco o bastante, vencedor o bastante para ser deixado em paz. Pois eram ensinados que deviam ser sempre os melhores em tudo, já que viviam no melhor país do mundo; onde se devia desprezar os perdedores, pois só deve haver vencedores no melhor país do mundo; e constantemente saudar a bandeira e idolatrá-la, aquela que é a bandeira do melhor país do mundo; e entregar redações na escola justificando por que viviam no melhor país do mundo – mesmo que ninguém ali tenha visitado outro país, alguns nem mesmo outros estados. E caso ocorresse de seu país entrar em guerra, algo tão certo quanto o sol nascer, nunca, jamais questionar por que se estava em guerra eterna. Porque quando sua identidade cultural se ancora na supremacia, você já chegou ao fascismo sem passar pela autocracia.

Por isso ele amava o Brasil. Ali não precisava trabalhar oitenta horas por semana e abdicar de uma vida pessoal. E seus amigos brasileiros ainda perguntavam por que saiu de lá, por que decidiu vir logo para cá, neste lugar perdido e violento.

O rádio chiou. O sinal ali dentro era ruim, e Donald o pressionou no ouvido.

"... dentro... tem gente..."

Era a voz de Benjamin, num tom empolgado e meio assustado.

— Benji? Onde vocês estão? Não estou conseguindo entender.

"... domo. Estamos... ilmando... domo... ente lá dentro."

Donald não conseguiu entender, e avisou que já estava saindo.

— Aconteceu alguma coisa? - perguntou Valdisnei.

— Não sei, não entendi nada, mas é melhor voltarmos – guardou o rádio na presilha do cinto. — Eles viram alguma coisa no domo, não entendi bem.

— Espere! O senhor está escutando isso também?

O velho ergueu o dedo e olhou em volta, como se procurasse por algo, e Donald também olhou ao redor, mas não viu nada: estavam no meio de um diorama da avenida Paulista. Então sentiu um impacto contundente contra seu crânio, que o deixou tonto e o fez perder o equilíbrio. Tropeçou dois passos e tentou se apoiar em algum daqueles prédios que tinham sua altura, mas estava em frente ao parque Trianon e sua mão buscou apoio no vazio. Sentiu outro impacto, dessa vez nas costas, e então tombou, caindo de costas por sobre a réplica do Masp.

Do lado de fora, em frente ao pavilhão da Fliperópole Gradiente, Benjamin e Ulisses olhavam a pequena tela do celular incrédulos. Pelo rádio, tentaram avisar o professor Artur, mas também haviam entrado em algum lugar onde o sinal era péssimo. Foi quando o cabo Ulisses percebeu Valdisnei, que vinha correndo até eles, mancando com sua muleta de tronco, parecendo desesperado. Os dois desceram do jipe e foram ao seu encontro. O homem se curvou, apoiando-se nos joelhos.

— O que houve, homem? - perguntou Ulisses, oferecendo-lhe apoio e o segurando pelo ombro. — O que aconteceu? Cadê o professor?

— Ele... se machucou... e... - o velho respirou fundo, recuperando o fôlego.

— Como assim? - Benjamin ficou desconfiado. — Se machucou como?

— Não sei... acho que ele caiu... e bateu a cabeça...

— Calma. Respire, meu senhor – disse o cabo Ulisses. — Onde ele está agora?

Valdisnei respirou fundo e endireitou a postura com uma expressão maldosa no rosto.

— No inferno - tirou uma pistola de um bolso e deu um tiro no cabo Ulisses, acertando-o de raspão no ombro. Benjamin avançou, mas o velho pressionou o cano da pistola contra a têmpora do soldado.

— Não, não. Você se mexe, ele morre. Vá lá dentro buscar o americano e traga ele até aqui. Vá bem quietinho, ou arrebento a cabeça desse merdinha. Deixe o rádio comigo.

Benjamin olhou para o Minimundo, receoso.

— Agora! - berrou Valdisnei.

Benjamin largou o rádio no chão, afastou-se devagar e caminhou na direção do Minimundo. Quando estava a uma boa distância, o velho soltou Ulisses, que grunhiu de dor e caiu de joelhos no chão, segurando a ferida no ombro. O velho pegou o rádio, mudou para outra frequência.

— Adamastor, na escuta?

"Positivo."

— Tudo sob controle aqui. Mande o pessoal cuidar dos outros. *Anauê*.

"*Anauê*."

Raptados

Tudo em Tupinilândia era desenhado para gerar imagens de adoração, narrativas morais, emoções fortes e um senso de pertencimento – todos estes, elementos religiosos. Isso não deve ter passado despercebido em sua concepção original. O lucro de empreendimentos assim vem da necessidade do retorno constante do público, de turistas que se identificam com aqueles símbolos e retornam para repetir suas experiências, seus brinquedos e passeios preferidos, suas marcas favoritas. Na prática, o consumo ritual que hoje se chama "fidelização" é indistinto da devoção religiosa – ou, no caso de lugares turísticos como os parques de diversões, ao de uma peregrinação. Já na Idade Média, Santiago de Compostela vivia da hospedagem de peregrinos e da venda de souvenirs. E há aqueles que visitam seus locais de devoção regularmente. Mickey e Donald são símbolos tão presentes numa infância quanto os do batismo e da primeira comunhão – e, a depender das roupas e brinquedos de uma criança, até chegam antes. Há mais em comum entre os peregrinos de Aparecida e os da DisneyWorld do que se imagina: cada qual persegue uma forma de experiência transcendente. Quanto a Artur, que se considerava agnóstico, nesse momento sua religião era Tupinilândia.

O bonequinho caído atraiu sua atenção. Estavam na Terra da Aventura, na área de compras chamada Cidade Perdida Marajoara, onde a ação do tempo e a invasão da natureza davam-lhe ares ainda mais autênticos de decadência ruinosa, o abandono das lojas de prateleiras vazias evocando uma evacuação estilo Chernobyl. O grupo de Artur parou o jipe em frente a uma praça, cercada de luminárias que imitavam as antigas lâmpadas a óleo das cidades coloniais. Estavam diante de um grande casarão português, ladeado de palmeiras, com uma imponente torre de pedra e canhões. O pórtico de ferro aramado, quase inteiramente coberto por trepadeiras e flores nativas, expunha um mastro de navio de cujo cesto de gávea tremulava uma muito desbotada bandeira de caveira e ossos cruzados. Mesmo assim, ainda havia certa pompa no letreiro, anunciando: PIRATAS DO BRASIL.

— Opa, vamos entrar nesse! – Marcos propôs, empolgado.

Desceram do jipe, pegaram a câmera Ozo, algumas lanternas e entraram. Depois do saguão da bilheteria havia uma passagem sombria conduzia por um longo túnel, construído para que se parecesse com o interior da masmorra de uma fortaleza colonial. Lá dentro, apenas escuridão. Lara apontou a luz para um nicho, onde jazia o boneco audioanimatrônico de um prisioneiro acorrentado.

— Meio sinistro isso – comentou. — Não tem como ligar a luz aqui também?

Artur abriu seu tablet, onde estavam as plantas baixas do parque digitalizadas, e mostrou onde ficava a caixa de luz do prédio, do lado de fora; o sargento Geraldo se encarregou disso.

Cinco minutos depois, os lampiões foram ligados em sequência no interior do pavilhão, iluminando o caminho túnel adentro. Seguiram. No percurso, passaram por nichos iluminados exibindo canhões, esqueletos e prisioneiros, até chegarem a um píer. Ali, os visitantes de outrora embarcariam em botes motorizados, que por sua vez andariam sobre trilhos submersos, percorrendo uma série de saguões com painéis animados. Exceto que a água secara havia muitos anos, e os canais não tinham mais do que um metro de profundidade, com uma pintura azul que simulava o oceano.

Era claramente uma cópia de sua versão americana, mas ao menos a imitava também na qualidade. O primeiro diorama era uma reconstituição colonial do porto de Santos no ano de 1591, com os moradores reunidos na igreja enquanto a cidade é saqueada pelo pirata Thomas Cavendish – a iluminação, dramática como uma pintura de Rembrandt.

Mais adiante, no diorama seguinte, tinha-se de um lado o porto de Recife, e do outro o navio do pirata James Lancaster, canhões prontos a disparar. Outro saguão, outro diorama: a população do Rio de Janeiro cercando o prédio onde o pirata francês Du Clerc era encurralado e morto. Um último diorama continuava no Rio de Janeiro, dessa vez sob ataque de Duguay-Trouin.

O rádio estalou. Era a voz de Benji, mas não conseguiram entender nada.

— O que ele disse? – Artur perguntou.

— Não sei, mas parecia empolgado – notou Marcos.

Enquanto Artur e Lara fotografavam os interiores, ele se propôs a sair do prédio para escutar melhor o rádio, e o sargento Geraldo Goldsmith o acompanhou. Os dois fizeram o caminho de volta, e já chegavam no píer de embarque dos barquinhos, prestes a voltar pelo túnel da masmorra, quando todo o interior do pavilhão ficou escuro.

— E mais essa, agora – resmungou Marcos.

— Bem que achei que aquele fusível ia dar merda – disse o sargento.

— Dá pra trocar de novo?

— Não vale a pena, professor. Vai acabar dando curto-circuito e provocando um incêndio nisso aqui – vasculhou a mochila. — O senhor está com a sua lanterna?

— Sim, aqui na minha mochila.

Do fundo do brinquedo, Lara e Artur os chamaram.

— Estamos aqui ainda! – Marcos gritou em resposta

— Fiquem onde estão, não se mexam! – pediu o sargento. — Vamos buscar vocês!

Pegaram as lanternas, acenderam, retornaram. Tinham acabado de passar pelo diorama do porto de Santos, quando a luz voltou.

— Ué?

— Talvez exista um gerador auxiliar, tipo luzes de emergência – sugeriu Marcos.

— Não estou gostando disso, professor. Vai dar incêndio nessa porra – disse o sargento.

Virou brusco para a igreja da cidade, onde os bonecos que retratavam os brasileiros imploravam clemência aos piratas ingleses invasores.

— Que foi? – disse Marcos, tenso.

— Pensei ter visto uma coisa se mexer.

— Puta merda, só o que falta é ter entrado um bicho aqui dentro.

Mas o sargento Goldsmith vira alguma coisa. Não disse nada, tanto para não assustar Marcos quanto para não chamar atenção, mas pegou nas mãos o rifle que trazia a tiracolo e lentamente puxou a trava de segurança. Escutaram o estalo elétrico de um rádio. Marcos pensou que fosse o seu e o levou ao rosto, mas não era o rádio deles.

— Acho que vi um dos bonecos se mexer – sussurrou o sargento.

— São robôs de mais de trinta anos, sargento – disse Marcos, virando-se para o diorama. A reconstituição de época era bastante detalhada tanto nos figurinos quanto nos objetos de cena, era praticamente como observar um cuidadoso set de filmagens prestes a começar a ação. — É pouco provável que ainda funcionem depois de tanto tempo. Mesmo aqui dentro, toda a parte elétrica já...

— ALI! – gritou o sargento, assustando Marcos.

— O quê?

— Tem alguém escondido ali dentro da igreja – apontou. — Está vendo, professor?

Marcos se voltou para a igreja. Não conseguia ver nada.

— Pode sair daí, malandro – gritou o sargento. — Estou te vendo! – E então tossiu.

— Sargento, eu não... – Marcos sentiu algo úmido bater no seu rosto, e achou que o sargento havia cuspido nele. — Mas o que...?

Virou-se para o sargento, e viu que a ponta serrilhada de uma lança havia saído pelo peito de Geraldo Goldsmith. Havia sangue saindo copiosamente de sua boca, e ao tossir outra vez, engasgado, cuspiu mais sangue sobre Marcos. No lado oposto à vila de Santos, no diorama da fragata inglesa, havia homens de pé no tombadilho, movendo-se entre os bonecos inanimados. Marcos olhou para a vila e viu mais homens revelando-se em meio aos animatrônicos dos piratas. O sargento Goldsmith oscilou, tossiu outra vez e, por fim, caiu morto.

Artur e Lara estavam no centro do passeio, quando escutaram o sargento gritando com alguém. O primeiro pensamento de Artur foi que um animal os atacara, e se culpou pela imprudência de terem entrado naquele brinquedo, sem antever o que mais pudesse ter se abrigado lá dentro – talvez um felino de grande porte, até mesmo um ninho de cobras. Ou talvez aquele acende-apaga tivesse provocado um curto-circuito? De todo modo, seu instinto fez com que pusesse a mão sobre o ombro da filha, pronto para o que quer que fosse. Alguém vinha correndo aos gritos e, na confusão, reconheceram Marcos pela camisa azul do Remo.

— Corram! Corram! – gritava.

— Mas o que...?

Lara olhou para cima, para o diorama de animatrônicos, pegou o pai pelo braço e o puxou: alguns bonecos estavam se movendo e revelavam pistolas e metralhadoras bem pouco condizentes com o período histórico que deveriam retratar.

Os dois correram. Seguiram sempre em frente, esquecendo que nesses brinquedos a trilha é quase sempre circular, pois os carrinhos voltam ao ponto de partida para novos visitantes. Estavam já na boca do túnel de masmorra, e homens armados vinham pelo lado de início do diorama.

— Pai, cadê o Marcos? - gritou Lara, horrorizada. — Cadê o sargento?

Mas Artur não olhou para trás. Pegou a filha pela mão e a puxou para o túnel, correndo até chegar à bilheteria e, uma vez lá, atravessou as portas de entrada do pavilhão sem olhar para trás e saiu para o pátio externo, até a praça onde haviam deixado o jipe estacionado.

Havia mais gente ali. Velhos jipes militares, rapazes jovens engravatados em camisas verde-oliva e calças impecavelmente brancas, apesar de estarem no meio da selva, todos armados. Um homem se destacou à frente do grupo, e Artur o reconheceu na mesma hora.

— Dr. Flinguer, eu presumo? Ou posso te chamar agora só de Artur?

— Ernesto Danillo - reconheceu Artur. — Como... como tu chegaste aqui?

— Não tão rápido quanto vocês, infelizmente - disse ele, sorrindo. — Os nossos recursos são um pouco mais limitados do que os da Fundação Flynguer, mas o que nos falta em dinheiro, sobra em patriotismo. E, claro, paciência pra encarar horas de estrada e horas de balsa pelo rio Xingu. Mas, enfim... estão todos aqui agora. - Ernesto voltou-se para os carros. Neles, Artur viu Donald sentado cabisbaixo, com metade do rosto ensanguentado, o cabo Ulisses pressionando uma compressa contra o ombro direito ferido, e Benjamin, com as mãos amarradas. Ernesto olhou por cima do ombro de Artur, para o pavilhão dos Piratas do Brasil, de onde saía o professor Marcos sob a mira de armas, e o corpo do sargento Goldsmith sendo carregado. — Veio mais alguém com vocês?

Artur não respondeu. Ver o corpo do sargento o perturbou.

— Professor? Artur? - Ernesto estalou os dedos, impertinente. — Eu perguntei...

— Calma, Ernesto, estão todos aqui - disse uma voz em meio aos homens, no que o velho seu Valdisnei surgiu, já não mais mancando apoiado em seu pedaço de tronco, e sim andando a passo firme e muito ereto. — São os mesmos que chegaram ontem, todos eles.

— Ah, sim, senhor interventor - Ernesto recuou, respeitoso. — Desculpe.

O homem chegou diante de Artur, observou-o de cima a baixo e então lhe acertou um soco no rosto. Lara segurou o pai e em seguida fez menção de avançar sobre Valdisnei, mas Artur a impediu, segurando-a pelo braço, enquanto mais armas eram apontadas.

— Faz anos que sonho em socar um Flynguer.

— Não somos parentes, seu animal! - protestou Lara.

O velho deu um tapa no rosto de Lara, puxou uma pistola, agarrou-a pelos cabelos e pressionou o cano contra sua garganta. Artur ficou de joelhos e ergueu as mãos, implorando calma.

— Ah, menina - rosnou o velho. — O que eu já lidei com estudantezinhos do teu tipo, nos bons e velhos tempos. Se você soubesse o que a gente fazia com gente como você, ia voltar correndo pra casa, tirava essas calças e aprendia o teu lugar.

— Não a machuque! - gritou Benjamin.

— E desde quando você dá ordens aqui, moleque? - rosnou, largando Lara.

Artur abraçou a filha, tanto para protegê-la quanto para evitar que provocasse o homem.

— Quem... quem tu és de verdade? O que vocês querem da gente? - perguntou Artur.

O homem o encarou, analítico. Guardou a pistola e se endireitou, mãos na cintura.

— O meu nome é William Perdigueiro. Mas você vai me chamar de interventor Perdigueiro, agora. Eu não quero nada com gente da tua laia, seu comunista de merda. Por mim, matava todos aqui e agora. Mas regras são regras, e mesmo uns vermes como vocês merecem um julgamento - acenou para seus homens. — Levem todos eles. Vamos.

Artur, Lara e Marcos foram enfiados num jipe, trocando olhares silenciosos com os outros três colegas. Os carros seguiram por estradas auxiliares em direção leste, passando ao longo do Centro Cívico e entrando de volta no País do Futuro, dirigindo-se para dentro de um galpão abandonado. Dentro do galpão havia um enorme buraco aberto no chão, com uma rampa de concreto por onde desceram, percorrendo o que lhes parecia um túnel inacabado. Pararam numa igualmente incompleta estação subterrânea, desembarcaram, subiram os degraus de uma escada rolante desligada, até chegarem a outro túnel que terminava numa porta de contenção.

Ernesto pressionou o botão de um interfone ao lado da porta e se identificou. Com um bipe elétrico, ela foi destravada. Olhou para Artur e os demais e sorriu, provocando-os:

— Bem-vindos a Tupinilândia, seus vagabundos.

Episódio 5
A terra em que o dia parou

Fatos alternativos

O interior do Centro Cívico do modo como Artur o conhecia – através de fotos promocionais encenadas, coloridas e vibrantes, que nunca chegaram a vir a público – não correspondia mais à realidade. Em sua versão original tinha a ingenuidade empolgada, otimista e sempre mentirosa dos empreendimentos imobiliários antes de terem sua capacidade testada. Mas, como ocorria muito com a arquitetura da época em que tinha sido criado, aquele futuro geométrico ficara datado, com um ar de cansaço e vulgaridade estéril que o brasileiro aprendeu a associar aos prédios públicos do período. "Atenção", uma voz ecoou ubíqua pelos saguões, "tudo continua normal."

Eles saíram numa das muitas praças públicas, com suas colunas de granito, canteiros floridos e piso de porcelanato, refletindo a luz do sol que entrava pelo vão entre os andares. Rostos curiosos se viraram para eles, pessoas que iam de um lado a outro parecendo ocupadas, vestindo macacões azuis e verdes. Outros estavam mais relaxados, vestindo roupas casuais que, das ombreiras às calças, passando por *mullets* e permanentes, pareciam parados no tempo há três décadas.

— Gente do céu, em que ano esse povo vive? – Lara perguntou em voz alta.

— Calem a boca – ralhou um dos soldados. — Não falem com ninguém!

Os soldados os enfileiraram para que subissem por uma longa e larga escada rolante, e Artur olhou para cima: estavam no quinto subsolo. Cada andar tinha um pé-direito altíssimo, grande o bastante para abrigar mezaninos envidraçados – num deles, uma espécie de cantina, onde outros cidadãos faziam suas refeições, todos ao mesmo tempo parando e os encarando conforme passavam. E havia os banners: longos painéis com desenhos de Artur Arara e seus amigos. Não eram mais as artes promocionais criadas originalmente para os parques, e sim reproduções mais amadoras, como um produto pirata ou uma pintura de mural de creche. Sorrindo, Artur Arara alertava: "Quem não vive para servir Tupinilândia, não serve para viver em Tupinilândia".

Foram direcionados para um espaço entre duas lojas, como se estivessem sendo levados ao banheiro. Mas ali o caminho se abria num corredor espaçoso de ares funcionais. O chão, de um porcelanato negro brilhante, refletia a luz das lâmpadas fluorescentes do teto, enquanto o concreto nas paredes era coberto por placas acrílicas brancas em sequências geométricas. Outro corredor, uma porta, e o grupo todo foi empurrado para dentro de uma sala de aula, com mesas, carteiras, prateleiras de livros escolares. Suspenso na parede havia um velho televisor de tubo com um videocassete. Ernesto apontou Ulisses, que foi separado do grupo.

— Ei, pra onde estão levando ele? - Benjamin protestou.

— Pra enfermaria, cuidar daquele ombro - disse Ernesto. — Não somos animais, ao contrário de vocês comunistas. E ele é soldado, afinal. Um enfermeiro verá os demais.

Os soldados levaram Ulisses, ficando apenas Ernesto e um guarda-costas, que ligou o televisor, pôs uma fita VHS no videocassete, apertou o play do controle remoto, disse que voltava logo e saiu, fechando a porta. A tela do televisor ficou azul. Surgiu a imagem de um prisma, na mais tosca computação gráfica, atravessado por um feixe de luz que se converteu nas cores do arco-íris, enquanto um narrador de voz solene anunciou: "Ajuste agora as cores e o som do seu vídeo".

— Só o que faltava, nos fazer assistir desenho numa hora dessas - resmungou Donald, que puxou uma cadeira no canto e se sentou, pressionando a ferida ensanguentada na cabeça.

Mas não era desenho: surgiu a imagem, de cores levemente desajustadas, da bandeira brasileira desfraldada sob o título "História – Aula 14" e um trecho calmo de música clássica. Então, sob a bandeira brasileira, sobrepôs-se outra, azul com um círculo branco, dentro do qual havia um sigma grego. A música se tornou épica ao surgir outro título.

"A formação da República Integralista do Brasil."

— Se isso é o que estou pensando - disse Artur, com o cacoete de segurar o queixo com uma mão e o cotovelo com outra –, estamos fodidos.

Uma narradora de voz didática, professoral e tranquila, começou a falar:

"Em 1985, com a morte de Tancredo Neves e a recusa do presidente Figueiredo em passar a faixa ao vice José Sarney, instaurou-se o caos no Brasil.

Guerrilheiros comunistas infiltrados, disfarçados como médicos comunitários, padres e jornalistas, aproveitaram para fazer o que não conseguiram em 1964: tomar de assalto as principais capitais do país, mergulhando a nação na guerra civil. O movimento foi financiado pelo empresário comunista João Amadeus Flynguer, e liderado nas trincheiras por Miguel Arraes no Nordeste e Leonel Brizola no Sul, com apoio militar de comunistas russos e cubanos. O país foi dividido ao meio. Mas eles não contavam com um detalhe: na cidade paraense de Amadeus Severo, o general Newton Kruel reunia os mais fiéis soldados brasileiros para se opor à invasão."

Surgiu a narradora, de corte chanel e usando uma blusa azul, uma moça jovem, loira e viçosa, ao menos na época em que o vídeo fora produzido. A legenda a identificava apenas como professora Magali. Estava diante de uma tela como se apresentasse a previsão do tempo, interagindo com animações toscas que mostravam os principais avanços e recuos de uma guerra fictícia. Ao descrever a invasão comunista sobre o Nordeste, fazia expressões de dor e preocupação exageradas, detalhando as perfídias comunistas e os crimes horríveis que cometiam – "torturas desumanas, eletrochoques em crianças, animais vivos inseridos dentro de mulheres!". Mas seu rosto se iluminava quando o valente exército do Movimento Integralismo Livre, sob a firme e sábia liderança do general Kruel, empurrava-os de volta ao litoral, refazendo o mapa do país.

— Eu não estou entendendo – disse Lara –, isso é pra ser sério, é pra ser uma piada, ou...

— Shhh... – interrompeu seu pai. — Vamos escutar.

A mulher continuou: "Diante da incapacidade do governo central de restabelecer a ordem, a ONU colocou a Amazônia sob sua proteção. Por fim, em 22 de setembro de 1988, foi assinado o Acordo de Armistício Brasileiro. Tendo restaurado a ordem e mantendo os ideais da Revolução Redentora vivos, o general Newton Kruel foi nomeado, através do Ato Institucional Número Dezoito, como presidente vitalício do Brasil, tendo o general Sylvio Frota como seu vice...". As datas e números apareciam com destaque, e a mulher falava devagar e pausado, como quem espera o tempo de seu interlocutor anotar o que escuta.

Surgiu um mapa: a maior parte da região Norte estava marcada como "área internacional", enquanto uma faixa que abarcava as regiões Sul, Sudeste e Centro-Oeste, subindo até um pedaço do Pará, era denominada "República Integralista do Brasil". Já a região Nordeste, parte de Minas

Gerais e parte do norte do Pará eram denominadas "República Popular do Brasil" – "ou, como é mais conhecido", continuou a mulher, "o Brasil Oriental". Surgiu uma imagem antiga do general Kruel, supostamente discursando para uma multidão, que podia ser escutada em apupos e aplausos, e dizendo: "Um acordo de paz definitivo não foi e nunca será assinado, enquanto não livrarmos o solo sagrado brasileiro da ameaça comunista".

Volta a professora Magali, explicando que dali surgiu a iniciativa do governo federal de criar o Plano dos Três Faróis, estabelecendo uma tríade de cidades fortificadas, "com a função de proteger nossas fronteiras contra o avanço comunista". No mapa, surgiram três pontos: o Rio de Janeiro, de volta à condição de cidade-Estado, sob o nome de Estado da Guanabara; Niquelândia, em Goiás, elevada a Estado do Porangatu; e por último Amadeus Severo, no Pará, como Estado de Tupinilândia.

— Niquelândia? – perguntou Benjamin. — A troco de quê, Niquelândia?

— Sinceramente, acho que só apontaram no mapa algum lugar no meio do caminho – cogitou Artur. — Que calhou de terminar com "lândia".

O vídeo era antigo, pelos efeitos gráficos poderia ser facilmente situado nos anos 90. Ao final, a professora Magali chamava para o vídeo seguinte: "... e na próxima aula, vamos aprender sobre como a Guerra de Secessão do Sul nos anos 90 levou à criação da hoje extinta República do Uruguai do Norte, atualmente uma zona neutra denominada Terra de Ninguém. *Anauê!*". Voltou a bandeira integralista sob fanfarras, e o vídeo se encerrou. Artur apoiou os cotovelos sobre os joelhos e segurou a cabeça entre as mãos. Lara perguntou se ele estava bem, mas ele não respondeu.

— Esses integralistas – disse Benjamin, receoso – são, tipo, antissemitas também?

— Eram. Não sei se ainda são – disse Artur. — O fundador deles nos anos 30 foi o primeiro tradutor dos *Protocolos dos sábios de Sião*. E o general Kruel foi nazista antes de ser integralista – ergueu o rosto e suspirou. — Mas não temos como prever nada. Não sabemos nada sobre essa gente, ou o quão isolados são. Ao que tudo indica, estão presos aqui há trinta anos, alimentados por paranoias anticomunistas dos tempos da Guerra Fria, e baseando-se numa ideologia dos anos 30. É como... é como...

— É como voltar à casa dos meus avós – disse Marcos.

— Ou ao meu colégio – resmungou Donald, apoiando a cabeça nas mãos.

Artur se levantou da cadeira e foi até a estante de livros. Talvez houvesse ali algo que pudesse ajudá-lo a entender melhor onde foram parar. Havia obras de Gustavo Barroso, Miguel Reale e Plínio Salgado, conspirações maçônicas e, claro, uma cópia dos *Protocolos dos sábios de Sião*. Havia livros infantis também, produzidos exclusivamente para a cidade, como *O general é nosso pai*, *Nós vamos para onde o general nos levar* e *Obrigado, meu doce general*, todos publicados por uma pequena editora de Porto Alegre, conhecida nos anos 80 por editar livros de negação do Holocausto.

Sobre a estante, um cartaz com o rosto sorridente de Artur Arara anuncia: "Você não precisa conhecer pra saber que é ruim. Fique em Tupinilândia. Fique seguro".

A porta foi aberta. Ernesto Danillo entrou, acompanhado de vários rapazes e um enfermeiro.

— … então vejam bem que os comunistas dirão qualquer coisa que for necessário pra enganá-los e confundi-los – dizia ao entrar. — Eles elaboram uma mentira muito detalhada, que cada um decora antes de sair a campo. – Parou diante de Artur e o encarou, sorrindo. — Fazem isso porque sabem que, no dia que derrubarem Tupinilândia, as portas pra tomada completa do Brasil pelos russos estarão abertas. Agora…

Artur reconheceu um dos homens ao redor de Ernesto: era o mesmo que viu na cafeteria do aeroporto de Guarulhos, que tomou o avião com eles para Belém.

— Ele! - Artur apontou o rapaz. — Tu estavas comigo no avião!

O homem tirou o cassetete da cinta e golpeou Artur na barriga. Protetora, Lara avançou na direção do pai, mas Benjamin a segurou.

— Vejo que vocês já se conhecem - disse Ernesto. Virou-se para os seus homens: — O consumidor Carlos Cataguazes tem sido um dos nossos agentes mais corajosos. Ele se infiltrou no Brasil Oriental e acompanhou de perto a movimentação desses agentes comunistas. Foi graças a ele que pudemos nos antecipar à sua chegada. Cacá… - voltou-se para o rapaz. — Você irá receber a Medalha do Pacificador por isso.

— Tu és um verme e um mentiroso, Ernesto - disse Artur, grunhindo e protegendo a barriga dolorida. — Tu estavas lá fora, tu sabes a verdade, e mesmo assim…

Ernesto ergueu o cassetete, fazendo Artur se calar, e então inclinou o rosto de lado, esticando o pescoço como um cachorro curioso que tenta compreender algo. Sorriu e piscou.

— Levem esse daqui - apontou Artur com o cassetete. — E a menina também.

— Não! - gritou Benjamin.

Ernesto sacou uma pistola de fabricação nacional e apontou para o rapaz.

— Dessa vez eu não vou hesitar, judeuzinho - resmungou.

Benjamin recuou, enquanto Artur, erguido pelos soldados, o encarava balançando o rosto em sinal negativo: não valia a pena. Outros dois integralistas se acercaram de Lara e a levaram.

— Pra onde estão levando os dois? - perguntou Marcos.

— Pra serem julgados, é claro - respondeu Ernesto. — Pelo crime de traição à pátria. Aqui em Tupinilândia não há julgamento às escuras, vocês podem assistir, se quiserem - apontou o aparelho televisor. — Basta sintonizarem no canal 12, Rede Tupinilândia. Agora... esse aqui é o Nestor - apontou um rapaz negro, de uns vinte anos, que estava atrás dele vestindo um jaleco branco. — Ele vai cuidar de vocês. Não tentem fazer nenhuma bobagem, porque vocês estão sendo vigiados - apontou a câmera de segurança no canto superior da sala. — Consumidor Nestor, esses três aí são dispensáveis. Se fizerem qualquer besteira, você sabe o que fazer. Anauê!

— Anauê! - respondeu o rapaz, erguendo o braço.

Uma voz ecoou por todo o lugar: "Atenção. Tupinilândia convida todos os seus consumidores a participarem do julgamento na arena esportiva. Não deixe o seu ódio no sofá, traga-o para as ruas! Lembre-se: a sua participação vale pontos".

Saíram todos, deixando Donald, Benjamin e Marcos sob a custódia do enfermeiro. Nestor tinha um rosto quadrado de traços gentis, os cabelos curtos e encaracolados num permanente afro que o faziam parecer Michael Jackson na capa de *Billie Jean*. Consultou o relógio no pulso - de plástico, com ponteiros, e um desenho de Artur Arara cujos braços indicavam horas e minutos - e disse: "Está quase na hora". Dirigiu-se ao televisor e girou o botão até sintonizar o canal interno da cidade, onde era exibido naquele momento um antigo episódio de *He-Man e os mestres do Universo*, já chegando ao fim. Por algum motivo, Nestor aumentou o volume ao máximo, até que ficasse ensurdecedor. O rapaz se dirigiu ao quadro-negro, pegou um giz e escreveu:

As câmeras desta sala não funcionam.

Em seguida, desfez a mensagem com o apagador. Benjamin gesticulou com o indicador sobre os lábios: silêncio? No que Nestor concordou com a cabeça. Repetiu o gesto para Donald e Marcos, que compreenderam: a sala estava grampeada. Donald caminhou em direção ao quadro-negro, pegou o outro pedaço de giz e escreveu: *Por que estão nos avisando?*

Nestor apagou a mensagem em seguida. Olhou ao redor da sala, buscou na gaveta de uma escrivaninha um caderno de folhas pautadas – na capa, uma ilustração de Artur Arara e a marreca Andaraí, felizes e sorridentes – e uma caneta. Escreveu, arrancou a folha e entregou para Donald.

Porque vocês são a nossa primeira chance em anos.

Donald escreveu: *Chance de quê?*

De irmos embora daqui.

Benjamin, olhando para o televisor, viu que o desenho acabara num corte abrupto.

— Ei! Eles tiraram a parte com o conselho do He-Man no final! – protestou.

A imagem foi substituída por um cartão, repetindo por escrito o mesmo aviso:

NÃO DEIXE O SEU ÓDIO NO SOFÁ. TRAGA-O PARA AS RUAS!
A SUA PARTICIPAÇÃO VALE PONTOS.

Arena

Artur e Lara foram levados em direção à arena esportiva do Centro Cívico e mantidos dentro de um vestiário, as frias lajotas brancas decoradas com grafismos indígenas em vermelho-urucum. Aquela voz onipresente, que era como se a própria cidade falasse, soou outra vez: "Atenção, consumidores: compareçam à arena. A sua participação vale pontos". Ernesto Danillo entrou no vestiário acompanhado de guardas, e sorriu provocativo.

— Tu nasceste aqui – concluiu Artur.

— Tupinilandês de pai e mãe – confirmou Ernesto.

— Então deve ter sido um choque – continuou Artur – sair da cidade e descobrir que tudo isso é uma grande mentira. Como a caverna de Platão.

— Ah, os delírios que esses comunistas inventam! – Ernesto riu, voltando-se para seus homens. — Vejam só! Eles se apegam à sua "versão da verdade" até o fim!

Artur percebeu que era inútil discutir. A voz da cidade repetiu: "Atenção, Tupinilândia...". O rádio na cintura de Ernesto estalou. Apontou os dois e mandou que os levassem.

Artur e Lara foram conduzidos por um túnel como atletas prestes a entrar em campo – e era de fato um campo, com um gramado sintético verde-vivo. Assim que saíram para a luz, olharam em volta. A arena esportiva era pequena, num formato que lembrava a Bombonera de Buenos Aires: tinha três anéis de arquibancadas, de modo que as pessoas na terceira precisavam olhar para baixo para ver o campo. Artur, que vira fotos antigas da arena, notou de imediato a principal mudança: o mural que acompanhava a extensão do campo, com rostos ao estilo do monte Rushmore, fora alterado. No lugar dos jogadores de futebol, estava o rosto dos generais Castelo Branco, Costa e Silva, Médici, Geisel e Figueiredo, ao que se somava um sexto: o general Newton Kruel. Três grandes telões foram afixados acima do paredão, presos à base do domo de vidro. Artur olhou as arquibancadas e tentou uma estimativa por alto: duas, talvez três mil pessoas.

"Meu Deus", murmurou. Lembrou dos animais nos zoológicos, andando em círculos dentro de suas jaulas, feito loucos. Três mil pessoas isoladas dentro de um gigantesco shopping center por trinta anos?

Uma banda marcial tocou tambores cujo som, ampliado nos alto-falantes, fazia o lugar tremer sob seu ritmo. Na arquibancada central, um grupo executava uma dancinha coreografada, cantando em coro: "seja patriota, proteja a cidade/ quem obedece ao general/ é patriota de verdade". Artur e Lara foram deixados no centro do gramado, sob a mira de fuzis, em frente a um palanque com um púlpito e um microfone, de costas para o mural.

A voz da cidade anunciou: "Agora falará o interventor".

Surgiu a figura de William Perdigueiro, ex-Valdisnei. Muito diferente da que conheceram, nada manco e vestindo camisa parda, calças brancas e braçadeira com o sigma integralista. Ergueu o braço fazendo a saudação romana, silenciando as arquibancadas, e saudou a todos com um "anauê".

— Consumidores! - sua voz ecoou pela arena com treinada teatralidade. — Por meses tem crescido um burburinho, principalmente entre os jovens, desprovidos da experiência das gerações mais sábias, questionando as intenções do governo, questionando... pasmem... a própria existência da ameaça comunista! Pois eis que chega até nós uma prova inconteste da perfídia do inimigo. E pergunto: qual é mesmo o nome do traidor? Qual o nome que, desde a escola, todo tupinilandês sabe que é o nome da própria traição, da maldade comunista?

"Flynguer!", gritou o povo das arquibancadas.

— E agora, Tupinilândia - continuou ele –, temos aqui dois prisioneiros, dois subversivos que tentaram se infiltrar se passando por pesquisadores. E quais são os seus nomes, senão o nome dos traidores? - Uma vaia ecoou das arquibancadas. — Digam, neguem se forem capazes, que os seus nomes são Artur e Lara Flynguer!

Um microfone foi trazido para os dois.

— É Flinguer com "i", não com ípsilon! - gritou Artur. — Não somos parentes!

— Mentirosos! - gritou o interventor. — Vocês são dois subversivos, que vieram se infiltrar em Tupinilândia para instaurar o comunismo soviético na nossa cidade e roubar as nossas propriedades! Não podem negar isso! Mas aqui é Tupinilândia e todos, mesmo um maldito comuna, têm o direito a um julgamento justo. O que cada um tem a dizer em sua defesa?

— Não existe mais União Soviética! A Guerra Fria acabou! - berrou Artur, desesperado. — Vocês são todos loucos! Isso é um hospício! Um hospício!

O microfone de Artur foi cortado. O interventor fez um muxoxo.

— Era de esperar que dissessem isso - voltou-se para a plateia. — A primeira coisa que um subversivo faz é negar a verdade, pra tentar nos afundar nas suas teorias conspiratórias. Mas não acreditaremos nas suas mentiras! Mostre, Tupinilândia, mostre aos comunistas a sua *verdade!*

Ergueu os braços apontando os três telões acima de sua cabeça. Nas telas, surgiu a bandeira azul do Integralismo seguida por um guincho mecânico ensurdecedor, um som agressivo que era como um tapa na cara, predispondo qualquer um à irritação. Surgiu uma face que Artur reconheceu na hora, de tanto que o vira em fotos: o rosto de João Amadeus Flynguer. Sua imagem fora editada das mesmas fitas VHS de apresentação do parque, uma das quais ele tinha em sua coleção particular. Mas pouco do que ele dizia podia ser escutado, pois a plateia começou a vaiá-lo e a gritar em coro: "Pilantra! Traidor! Ladrão! Vagabundo! Veado! Terrorista! Feminista! Comunista! Sionista! Argentino! Judeu! Ateu!".

— Ah, merda - murmurou Artur, dando-se conta do óbvio.

— O que foi? O que está acontecendo? - perguntou Lara. — Não estou entendendo nada.

A bem da verdade, os "dois minutos de ódio" não foram uma ideia concebida originalmente por George Orwell, e sim por governos europeus durante a Primeira Guerra Mundial. Mas ninguém explicitou sua função melhor do que ele: a frustração e a raiva violentas derivadas de uma existência controlada e miserável precisam ser canalizadas para algum lugar, de modo a entregar à população uma válvula de escape, mesmo que fosse um inimigo muitas vezes inexistente - a lógica que guia o mundo desde sempre, do ódio religioso ao político. Em diferentes graus, funcionava sempre da mesma forma, em exemplos tão díspares quanto os usados pela Coreia do Norte, pelos tabloides ingleses ou pelas Igrejas neopentecostais brasileiras. Sua matéria-prima era a alienação, algo que se esperava que fosse superado pela tecnologia, mas que, pelo contrário, ela só amplificou. Se uma aplicação desse conceito vinha funcionando em sociedades tidas como democráticas, o que se diria do seu efeito dentro de uma comunidade pequena e isolada como aquela, vivendo sob uma bolha de vidro?

Os Dois Minutos de Ódio terminaram.

— A verdade foi exposta, e contra fatos não há argumentos! – bradou o interventor Perdigueiro. — Agora, Tupinilândia, é hora de termos um veredito!

"Veredito! Veredito! Veredito!", a plateia gritou em coro. Numa sociedade infantilizada, tudo virava espetáculo: era como o programa de auditório do inferno. A voz de Tupinilândia anunciou: "Atenção para o toque de cinco segundos". Veio uma contagem regressiva nos telões, números cromados em computação gráfica antiquada. Pareceu óbvio para Artur e Lara que aquele evento era tão constante que adquirira um aspecto ritual, como a introdução de um show de calouros. Surgiu o primeiro rosto no telão esquerdo: "Com vocês, o ministro da Justiça, coronel Brilhante Ustra", anunciou o narrador. Veio o segundo rosto, no telão da direita: "E agora, o ministro da Defesa, general Sylvio Frota". E por último, no telão central surgiu um rosto envelhecido, vasta cabeleira branca e óculos escuros: "E agora, o presidente da República, general Newton Kruel". A plateia ululou.

— Isso é impossível – Artur disse a Lara. — Esses três morreram faz décadas.

— Pai, sério que tu não estás percebendo? – Ela apontou os telões. — Aquela cacura velha no meio acho que não, mas os outros dois nas pontas são bonecos, pai. Animatrônicos.

Artur olhou os telões novamente. Lara tinha razão, e agora não conseguia mais enxergá-los senão como bonecos. Virou-se para a plateia, atônito: como era possível que não percebessem? Mas era lógico: sua filha vinha de uma geração acostumada ao hiper-realismo dos efeitos digitais, para o qual os antigos efeitos sempre seriam falsos. No século XIX, os espectadores de *A chegada do trem na estação* fugiam em pânico. Já ele crescera alimentado por imagens de composições fotográficas realistas e marionetes animatrônicas, quando Christopher Reeve voando como Super-Homem, o mais básico truque de tela verde, era o ápice do realismo – seu "senso de real" tinha uma base analógica, que só foi alterada quando ele, já adulto, aos vinte anos, assistiu a *Jurassic Park* pela primeira vez. Se ele próprio não percebera isso numa primeira olhada, que meios aquela gente, presa numa época anterior à revolução digital, teria para perceber que eram governados por marionetes mecânicas?

— Excelentíssimos senhores do júri – chamou o interventor. — Ame-os ou deixe-os?

"Deixe-os", respondeu o ministro Ustra.

"Deixe-os", respondeu o ministro Frota.

— Senhor presidente, a decisão e a sentença, como sempre, são suas – disse Perdigueiro.

— "Deixe-os" – disse o general Kruel, sorrindo. Lara tinha razão, talvez ele fosse o único dos três a ser real. — Eu os condeno pelo crime de subversão.

A plateia aplaudiu, e Artur e Lara se entreolharam angustiados.

Refúgio dos Refugos

Benjamin, Donald e Marcos assistiram ao julgamento dos Flinguer pelo televisor da sala de aula e aguardaram por quase duas horas até que a porta fosse aberta novamente. Nestor voltara empurrando um carrinho de hotel com comida, acompanhado de uma moça morena de vinte e poucos anos, baixinha e de grandes olhos verdes, também ela empurrando um carrinho.

— Essa é a Rosa, e ela vai servir o jantar – disse, falando alto.

Fechou a porta. Tiraram os pratos de comida e largaram sobre as mesas junto de um jarro de refrigerante. Puxaram as toalhas dos carrinhos, revelando a parte de baixo vazia. Conforme o combinado, Benjamin e Donald entraram debaixo de cada um. "Não vá comer tudo", disseram brincando a Marcos, antes de o carrinho ser coberto pela toalha. E assim os dois saíram da sala, ocultos dentro dos carrinhos, empurrados pelos corredores. Só poderiam levar dois por vez, então era uma escolha prática: Donald e Benjamin eram os que tinham o melhor conhecimento técnico de eletrônicos e eram, portanto, os mais úteis àquele pequeno grupo de tupinilandeses subversivos.

"Atenção: tudo está normal", ecoou a voz da cidade, mais uma vez. Dentro do carrinho, não podiam dizer para onde estavam indo. Em algum momento entraram num elevador, sentiram que desciam ainda mais aos andares subterrâneos da cidade, saíram para um corredor de piso metálico rugoso, uma porta se abriu com um silvo elétrico, e então lhes avisaram que já podiam sair.

Estavam num depósito. Diversos caixotes de papelão se agrupavam em grandes fardos, equilibrados sobre paletes por prateleiras que chegavam a nove metros de altura. Havia um grupo de dez jovens ali, todos na faixa dos vinte anos ou menos, e todos usando os mesmos macacões verdes sobre camisetas azuis – dos quais um se destacou em relação aos demais, assumindo uma clara liderança. Era um rapaz magrelo, de rosto triangular e sorriso malandro. Os cabelos eram tão perfeitamente penteados com gel que o fazia parecer a paródia de um filho bem-comportado, com uma expressividade elástica que lhe dava os ares de um filho perdido de Dick Van Dyke e Nuno Leal Maia.

— Ah! Os nossos comunistas favoritos! Sejam bem-vindos ao nosso cafofo, o nosso cantinho secreto. Sejam bem-vindos ao "Refúgio dos Refugos" – pôs uma mão na cintura e fez um salamaleque exagerado. — O Nestor e a Rosa vocês já conhecem, esses aqui são o resto do pessoal – apontou os demais à sua volta. — Mas não é bom vocês saberem o nome de ninguém além do necessário, na verdade. Exceto o meu. José Carlos de Oliveira, encantado em conhecê-los. Mas podem me chamar de Zeca. Agora… quem é o brasileiro e quem é o americano? Eu escutei lá na torre que um de vocês é um americano *de verdade*.

— Sou eu – disse Donald.

Um suspiro impressionado percorreu o grupo.

— Então sabe falar inglês desde pequeno? Fala algo em inglês pra gente ver.

— Ahn… *hi, my name is Donald Kastensmidt, and you're all a bunch of wackos.*

Outro suspiro impressionado.

— O que ele falou? – perguntou um.

— Acho que disse o nome dele – respondeu outro.

— O nome dele é Donald? Como o Pato Donald? – agitou-se um terceiro.

Zeca pediu calma ao grupo, e se voltou para Donald e Benjamin, irônico:

— É um grande prazer, sou muito fã dos seus desenhos animados, mas agora, se não se importam, temos pouco tempo. Não se preocupem, as câmeras desta ala não funcionam há anos, e nós precisamos saber…

— "Que porra tá acontecendo aqui", talvez? – interrompeu Benjamin. — Vocês poderiam começar respondendo a algumas perguntas nossas. A começar pelo óbvio: é todo mundo louco neste lugar? Por que deveríamos confiar em vocês? Aliás, quem diabos são vocês?

Zeca mordeu o lábio e bateu uma palma na outra, esfregando as mãos, ansioso. Olhou para os demais e pediu que "trouxessem o livro". Explicou que o motivo pelo qual se denominavam "refugos" era porque quase todos ali eram órfãos, alguns desde a primeira infância, outros já quando mais crescidos, conforme seus pais foram sendo alvos dos expurgos sazonais que ocorriam, conforme a inquietação com a ameaça comunista crescia ou diminuía. E todos eles, cada um a seu modo, aprenderam a detestar aquela cidade tanto quanto a esconder muito bem seu descontentamento.

Rosa, por exemplo: seu pai foi expurgado quando ainda era pequena, e sua mãe morrera alguns anos antes. Tinha uma irmã caçula, ainda em idade escolar, e economizava para comprar acesso para as duas nas cantinas dos níveis superiores, onde a comida era de verdade, e não aquelas bolotas de ração farinhenta. Trabalhava na cozinha da Torre de Controle, e vinha fazendo o teste para tentar um cargo administrativo. Mesmo que pontuasse bem, descobriu há pouco que uma cláusula no CoPro-TFP – o Código de Proteção às Tradições, Famílias e Propriedades – proibia que moças solteiras trabalhassem sem autorização dos pais, motivo pelo qual vinha sendo rejeitada todo ano.

Zeca apontou um rapaz magro e tímido que se escondia no canto: aquele era Afonsinho, filho de um dos grandões do conselho da cidade, o tenente Adamastor dos Santos. Seu pai, quando bebia, batia na mulher e no filho desde sempre, até a ocasião, alguns anos antes, em que a mãe de Afonsinho pulou do último andar no vão principal. Era um dos poucos na cidade que sabia mexer num computador, e por isso trabalhava na sala de controle da torre. Isso fazia dele um dos mais valiosos integrantes ali: foi quem mapeou as câmeras da cidade que já não funcionavam mais.

Já com o enfermeiro Nestor fora diferente: a lei proibia um rapaz negro de namorar uma menina branca sem autorização por escrito da família da moça – assim estava escrito no CoPro-TFP. Mas calhou de Nestor se apaixonar por Gabriela, que estava prometida em casamento ao general. Só escapou de ser julgado na arena porque vinha de uma das últimas famílias negras que sobreviveram aos expurgos, e precisavam dele para poder dizer que não havia racismo em Tupinilândia. Também descobrira que a notoriedade era uma forma de proteção: ótimo dançarino, tornara-se muito querido na cidade, fazendo imitações de Michael Jackson em festas públicas.

— Mostra aí, Nestor! – pediu Zeca.

Nestor fez um *moonwalk*, meteu a mão no meio das pernas e soltou um grito agudo: *aw!*

Donald e Benjamin se entreolharam.

— E tu nessa história? – perguntou Benjamin.

— Eu? Meu querido, eu sou o Senhor das Músicas, o Mestre dos Desenhos, o Deus dos Filmes – apontou para si mesmo com os polegares. — Os meus pais sumiram há dois anos, um dia simplesmente não voltaram mais pro nosso apartamento. Me disseram que eles morreram, não sei como nem por quê, mas me garantiram que *tudo continuaria normal*. E eu estou até aqui – apontou o pescoço – com essa palhaçada, desde o dia em que descobri que é uma palhaçada. O livro? Quem trouxe o livro? – virou-se para os demais.

— Gente, me digam que alguém lembrou de trazer o livro?

Afonsinho entregou-lhe um grosso calhamaço de capa amarelo-ovo, que Zeca repassou para Donald e Benjamin: era o *Almanaque Abril 93*.

— Esse livro supostamente é do ano em que eu nasci – disse Zeca. — Encontrei alguns anos atrás, revirando os arquivos do Departamento de História Oficial. O que diz nele é verdade?

— Olha, eu nasci nesse ano também – disse Benjamin –, mas ninguém mais lê almanaques ou enciclopédias. Tudo isso tem na internet, agora.

— O que é internet? – perguntou Rosa.

— Foco, gente, foco – disse Zeca. — O que nos importa saber é se é verdade o que diz nele. Que os militares saíram do governo em 85. Que nunca houve uma invasão comunista no Brasil. Que a ditadura já acabou há mais de trinta anos.

— Bem, isso é verdade – respondeu Benjamin.

— E os comunistas? – perguntou Afonsinho.

— A União Soviética acabou – disse Donald. — A Alemanha foi unificada. E a China é o centro do capitalismo hoje em dia. Só tem Cuba, acho...

— Cuba? O Fidel Castro ainda tá vivo? – perguntou José.

— Sim, mas os Estados Unidos reataram com Cuba este ano – disse Donald. — E o presidente americano, aliás, é negro.

Nestor gritou agudo: *hee hee!* As perguntas vieram numa velocidade sedenta: e a hiperinflação? Acabou. E a crise econômica? Também acabou, mas agora tem outra. E o FMI? Não, o Brasil não deve mais para o FMI. E o Ulysses Guimarães morreu mesmo? Morreu. E o Brizola, ainda está vivo? O Michael Jackson ficou mesmo branco? O Spielberg já ganhou um Oscar? O Renato Gaúcho ainda joga? O Brasil já foi tetra? Sim, na Copa de 94 nos Estados Unidos, e penta em 2002 no Japão. A última Copa aliás foi no Brasil, mas nós perdemos pra Alemanha. Por quanto? Sete a um. Um uivo impressionado percorreu o grupo.

— Quem é o presidente do Brasil hoje?

— Olha, essa é uma questão complicada no momento...

— Calma, gente, é muita pergunta pro pouco tempo que temos – Zeca levantou os braços, pedindo silêncio. — Se nada do que nos ensinaram aconteceu, então onde ficam os ministros do tribunal? Onde o presidente Kruel vive?

— Vocês estão falando dos bonecos? - perguntou Donald.

Um silêncio incrédulo tomou o grupo.

— Que bonecos?

— Olhe, o presidente de vocês eu não sei, mas os outros dois eram bonecos.

— Viu? Eu sempre disse que tinha algo errado com eles – murmurou Rosa. — Era muito estranho que só o general parecia envelhecer, mas nãããããão, vocês diziam que era impressão minha...

— Aqueles óculos escuros enganam - comentou Afonsinho.

Mas havia uma conclusão óbvia a ser tirada: se nada da história de Tupinilândia era verdade, então onde vivia o general Kruel todo esse tempo? Devia estar com mais de noventa anos. Costumava "visitar" Tupinilândia com frequência, sendo elogiado por sua disposição e vitalidade em empreender longas viagens naquela idade. Mas em privado, onde se sabia não haver escutas, comentava-se que sua aparência estava cada vez mais decrépita. Quando fazia essas visitas, as atenções voltavam-se sempre para sua jovem esposa Gabriela - aquela por quem Nestor se apaixonara na adolescência. Aos vinte e um, era uma das selecionadas desde o berço para serem primeiras-damas dos membros do alto escalão – posto que costumava ser renovado conforme elas passavam da idade dos trinta. Era considerado uma honra entre as famílias da cidade ter uma filha naquela posição, ainda que sua função oficial fosse somente sorrir, ser bela, acenar para a multidão e parir filhos.

Cada resposta levantava outra questão: se os ministros Fleury e Frota eram bonecos, quem os manipulava? Onde eram guardados? O grupo mergulhou num burburinho de conjecturas.

— Gente, por favor... - pediu Zeca, e voltou-se para Benjamin e Donald. — Vocês dois... eu trabalho no sexto andar da torre, tenho uma ilha de edição completa, televisores, videocassetes, eu faço toda a programação da rádio e da tevê. E o Afonsinho ali fica na sala ao lado, junto com o velho Demóstenes. Se conseguirmos de volta o equipamento de vocês, teria como, sei lá, fazer a antena conectar com algum satélite, como nos filmes? E sintonizar no noticiário?

Benjamin e Donald se entreolharam.

— A placa RCA no meu laptop pode fazer isso - lembrou Donald –, mas ainda assim tem a questão de se ter acesso à internet. Espere... - uma conclusão óbvia lhe veio à mente, e segurou o braço de Benjamin. — Lembra como o Ernesto entrou em contato conosco em Belém? Ele mandou uma mensagem por whatsapp pro Artur.

— E quanto chegamos, o velho já estava nos esperando – lembrou Benjamin.

— Ernesto? – perguntou Zeca. — Vocês estão falando do Ernesto Danillo?

— Vocês o conhecem?

— Quem não conhece aquele escroto?

Todos ali concordaram em grunhidos. Eram quase dez anos mais novos do que Ernesto, mas lembravam-se bem das brincadeiras maldosas e sem graça que sofriam quando pequenos nas mãos dele e seus amigos, principalmente depois que ingressavam na Juventude Integralista Livre, da qual Ernesto era presidente vitalício, mesmo já chegando aos trinta. Os membros da JIL eram dos poucos autorizados a sair de Tupinilândia, para assuntos que só o alto escalão do governo sabia.

O fato, reforçou Donald, é que se Ernesto usa um celular para se comunicar com a cidade, então há celulares modernos ali dentro. Alguém perguntou o que era um celular, mas foi ignorado. Benjamin lembrou o professor de que se os seus próprios celulares não pegavam ali no meio da selva, tampouco os integralistas conseguiriam. Apostaria suas fichas num roteador via satélite, com um sinal de alcance limitado. E só havia um lugar na cidade onde poderia estar: a Torre de Controle.

— Como é isso, esse roteador? – perguntou Zeca.

— Uma caixa de plástico do tamanho de um livro – explicou Benjamin. — Com uma anteninha pequena que fica levantada e...

— Umas luzinhas que piscam o tempo todo? – sugeriu Zeca. — Tem um assim na minha sala, na mesa do meu chefe. Nunca soube o que era, e ele nunca me disse.

— Ótimo – disse Donald. — Se conseguirem pegar de volta o meu laptop, posso baixar uns vídeos de retrospectivas anuais e repassar pra ilha de edição na sua sala.

— Tem certeza, professor? – perguntou Benjamin. — Digo, vai funcionar?

— Benji, eu já preenchi um currículo Lattes, o que pode ser mais complicado do que isso? Mas e quanto ao Artur e à Lara? – voltou-se para Zeca.

— Não se preocupem – garantiu Zeca. — As execuções são o evento mais importante do ano na cidade, e são transmitidas ao vivo. Eles não vão matá-los se não puderem mostrar pras câmeras, e eu tenho como interromper a programação.

— Parece que vocês já pensaram em tudo – observou Donald.

— Vocês são os primeiros que aparecem aqui em... o quê? Seis anos? Da última vez eu era adolescente ainda, quanto vieram aqueles espiões se dizendo do IBGE para fazer o censo e... ah, bem, agora sabemos que diziam a verdade, acho.

— O que aconteceu com eles? – perguntou Benji.

— Foram condenados à morte, claro. O tribunal da arena nunca absolveu ninguém. E Tupinilândia é área de segurança nacional, aqui todas as penas são de morte. Mas o fato é que esperamos por uma oportunidade assim faz tempo, e vocês talvez sejam a única que teremos – consultou o relógio. — Mas precisam voltar agora. Não se preocupem, dou um jeitinho de levar vocês pra torre amanhã.

— Vamos precisar do nosso equipamento – lembrou Donald.

— Eu dou um jeitinho nisso também.

— Tu dás muitos jeitinhos, pelo visto.

— Quando o governo quiser acabar com a malandragem, vai ter que fuzilar todos os otários antes. Mas daí não sobra ninguém pra acreditar no governo. Agora, até amanhã.

Ilha de edição

Na manhã seguinte, às dez horas, a barca do interventor avançava pelo lago artificial que dividia o Reino Encantado da Terra da Aventura, escoltada por quatro lanchas. Chamada de TupiniBalsa, era uma balsa de cinquenta e sete metros de comprimento com três deques, desenhada no que a década de 80 considerou futurista antes de se determinar como cafona. Sua função original era a de ser uma lanchonete flutuante, grande o bastante para ter quatro salões, banheiros e cozinha, além dos terraços. Seus alto-falantes espalhavam a voz de Rosana pela região, tocando "O amor e o poder" a todo volume, enquanto num de seus salões Artur e Lara foram deixados sozinhos, amarrados em cadeiras, de costas um para o outro.

— É tudo minha culpa – lamentou-se Artur. — Eu e as minhas obsessões infantis…

— Pai…

— Eu nunca devia ter deixado que tu viesses junto. Fui um idiota.

— Pai…

— Deslumbrado demais pra me dar conta do perigo que…

— PAI! – ela gritou.

— Opa! O que foi?

— Se tu parar de te mexer um pouco, eu acho que consigo desatar o nó das cordas nos teus pulsos – ela disse, tateando as mãos de seu pai e tentando olhar por sobre o ombro. — Esses idiotas não parecem muito bons, as minhas estão até meio frouxas.

— Ah, sério? Tem certeza disso?

— Eu fui escoteira por cinco anos, esqueceu? Até ganhei uma medalha por isso.

— Querida, não querendo fazer pouco das tuas habilidades, mas eles davam medalha pra qualquer coisa. Tu caramelizaste um bife à milanesa e ganhou uma medalha mesmo assim.

— Não era minha culpa se a vaca da Catarina trocou o sal pelo açúcar. - Os dedos tatearam puxando a corda nos pulsos do pai. — Ah, peraí... Pronto. Vê se consegue soltar uma das mãos.

Artur puxou o braço e ergueu a mão livre no ar, surpreso.

— Ahá! - Ele se empolgou, soltando a outra mão, e virando-se na cadeira para afrouxar as amarras nos punhos de Lara. — Pelo menos alguém nessa família tem capacidade de sobrevivência.

— Não passei a infância engessando os braços e levando pontos pra virar patricinha.

— Eu que o diga - esgarçou o nó nos pulsos dela. — Pronto. Ah, droga, tem gente vindo.

Passos rangeram no piso do deque. Artur enrolou rápido a corda ao redor dos punhos de Lara, ela própria segurando a corda entre os dedos para que não percebessem que estava solta, e fez o mesmo nele. A porta foi aberta, e Cacá Cataguazes apareceu, empurrando para dentro da sala o cabo Ulisses, braço direito enfaixado, que logo foi empurrado saguão adentro e amarrado a uma terceira cadeira. O integralista saiu trancando a porta e deixando os três sozinhos ali.

— Ulisses! O que houve? - perguntou Artur.

O cabo contou que na enfermaria fizeram-lhe um curativo, a bala havia pegado de raspão, e depois de assistir ao julgamento dos dois num televisor, recebeu a visita do próprio interventor Perdigueiro. O interventor explicou-lhe que também fora soldado do Exército, e que, por cortesia, lhe faria uma barganha: se optasse por se juntar à cidade, negando toda a sua vida pregressa, dizendo ter sofrido uma lavagem cerebral dos comunistas, seria publicamente perdoado e poderia viver ali com eles - contanto que jamais questionasse em público a verdade do governo.

— E o que tu respondeste? - perguntou Artur.

— Eu fiz juramento à bandeira e ao país! - disse Ulisses. — Não vou renegar o meu país! Que se fodam esses loucos, não vou entrar nessa doideira não!

A balsa diminuiu de velocidade e sentiram que manobrava. Os três olharam pelas janelas, vendo que ela entrava numa espécie de canal estreito, ou um rio. Passaram por uma árvore com uma gigantesca anaconda, imóvel e rija como uma escultura - o que de fato era. Uma ponte em ruínas, cujos pilares eram grandes cabeças de índios. Então passaram por um grande bangalô com deque sobre a água, cheio de grafismos marajoaras e uma placa, cuja cor já se apagava com o tempo, onde se lia: PASSEIO NO RIO SELVAGEM DA ESTRELA.

— Ulisses, se eu soltar as tuas mãos – perguntou Artur –, tu consegues usar uma arma?

— Égua, professor! Se o senhor sabe como nos tirar daqui, dou tiro até com os pés.

"Atenção, Tupinilândia, dentro em breve começará a execução", ecoou a voz por todo o interior da cidade. "Quem assistir na arena, lembre-se: a sua participação conta pontos."

Em fila, Donald, Benjamin e Marcos caminhavam com as mãos algemadas às costas, atravessando aqueles sinistros e bem iluminados corredores auxiliares do subsolo. Nestor ia na frente, conduzindo-os, outro dos refugos ia atrás. Se alguém perguntasse, estavam levando os prisioneiros para gravar depoimentos "confessando seus crimes" – havia um auditório no terceiro andar da Torre de Controle. Entraram pela portaria do subsolo 4, a menos vigiada, e tomaram o elevador até o sexto andar. Nestor bateu na porta da Semat – Secretaria Municipal de Marketing de Tupinilândia – e esperou que abrissem. Surgiu Rosa, mandando entrarem rápido.

A sala era comprida, tendo numa ponta a ilha de edição e na outra, uma sequência de prateleiras de metal, alinhadas, com centenas de caixas de fitas VHS e cassetes, catalogados por gênero e em ordem alfabética. Ao centro, a porta à prova de som da sala da rádio, cujo interior podia ser visto por uma janela. Zeca estava sentado numa cadeira giratória, um grande headphone no pescoço, atento aos três monitores na parede. Ao entrarem, girou na cadeira e abriu os braços de modo teatral, girou as mãos no ar e apontou a mesa ao seu lado, como um mago que revela um truque: ali estavam seus celulares, um dos tablets e um dos laptops.

— Afonsinho nos "emprestou" da sala de controle ali do lado - disse Zeca. — Mas vocês precisam ser rápidos, antes que o dr. Demóstenes dê pela falta deles. Do que mais precisam?

Donald olhou o equipamento e suspirou preocupado.

— É o laptop errado - disse. — Esse é um dos que a Fundação nos emprestou. Tem que ser o meu. Ele estava na minha mochila, os guardas devem ter pegado.

Zeca fez uma careta preocupada, pediu um instante. Pegou o telefone e chamou o ramal de Afonsinho, na sala ao lado. Pediu que viesse até a sala da Semat com urgência, e evitou dar mais detalhes, caso aquela linha estivesse grampeada. Mas Afonsinho desconversou.

360

— Não, tia, não tenho como fazer isso agora, estou no trabalho – disse Afonsinho. — Mas a porta *ficou aberta*, se você puder ir lá e fazer isso pra mim. Eu deixei o leite em cima da mesa, é só a senhora ir lá e pegar – e desligou em seguida.

Zeca entendeu o recado. Voltou-se para Donald.

— Como eu faço pra saber qual é o treco certo?

— É o que tem um adesivo dos Simpsons – explicou Donald.

— O que é isso?

— Ah. Um desenho. Com pessoas amarelas. Não tem como errar.

— Certo – Zeca olhou para o relógio, ansioso. — Fiquem todos aqui. Já volto.

— Espere – chamou Donald. — Se der, traga um mouse!

— O que é um "máuse"? Gente, eu quase nunca entro naquela sala. Sejam práticos.

— Deixa pra lá. Se preocupe só com o laptop.

Zeca saiu da sala para o corredor. Olhou de um lado a outro: dois oficiais do governo conversavam com uma secretária na sala ao fundo, do lado oposto. Caminhou até a porta da sala de controle. A luz da trava eletrônica estava verde, Afonsinho a deixara aberta para ele. Empurrou, e a porta deslizou em silêncio para trás.

À sua esquerda, o *video wall* mostrava em cada tela um ponto diferente do interior da cidade, e algumas poucas mostravam o lado externo. No outro extremo, em frente à parede de vidro e de costas para ele, fones de ouvido na cabeça, estava o velho Demóstenes em sua ilha de terminais, atento às imagens de um monitor. Havia somente mais duas pessoas na sala, ambas absortas em suas ilhas de computadores, de costas para a entrada e com fones de ouvido. Uma delas era Afonsinho, que girou na cadeira e o encarou em silêncio, apontando com os olhos para uma mesa no fundo, onde os equipamentos apreendidos foram empilhados. Zeca caminhou sorrateiro até a mesa, e logo encontrou o laptop adesivado com personagens amarelos. Não imaginava que um computador pudesse ser tão leve. Teve uma ideia: puxou a camisa para fora da cintura e o enfiou por baixo, nas costas, prendendo a camisa de volta. Já ia embora, quando Demóstenes girou na cadeira e o surpreendeu.

— Zeca?

— Senhor! – ficou imóvel e muito reto.

— Consumidor Oliveira, o que o senhor está fazendo aqui?

Aos sessenta anos, Demóstenes do Nascimento ganhara uma papada que fazia seu queixo desaparecer e pintava os cabelos de acaju. Olhou Zeca de cima a baixo.

— Só vim tirar uma dúvida com o Afonsinho sobre a transmissão...

— Você ainda não tem autorização pra estar aqui – disse o velho. — E você sabe disso. Vamos lá, eu não sou o tenente Adamastor, garotos, não vou gritar com vocês, mas vocês sabem o que ele ou qualquer um dos oficiais diria se te encontrasse aqui. E em segundo lugar, estamos prestes a começar a transmissão e você deveria estar lá cuidando pra que tudo saísse dentro do normal – ele sorriu. — O presidente Kruel vai estar assistindo. Já pensou se o sinal sai do ar bem na hora? Vai acabar sobrando pra você. E não queremos isso, não é, rapaz?

— Não, senhor, de modo algum. Eu só queria saber se o Afonsinho... bem, não é importante, eu pergunto mais tarde. Me desculpe.

— Tudo bem, mas vá logo antes que a transmissão comece.

— Sim, senhor – disse Zeca, encaminhando-se para a porta.

Estava quase com a mão na maçaneta, quando Demóstenes o chamou de novo.

— Espere um pouco, como foi que você entrou sem eu saber?

— Ah... eu...

— Eu que abri pra ele – disse Afonsinho.

Demóstenes olhou de um garoto para o outro, irritado.

— Nunca mais faça isso – disse, e se virou de volta para sua mesa.

— Não, senhor. Desculpe, senhor.

Zeca respirou aliviado e saiu. Cruzou o corredor, entrou na sua sala e trancou a porta. Entregou o laptop para Donald. A rede era "redentora64", sinal aberto. Donald conectou os cabos RCA na placa de tevê de seu laptop e num dos televisores, que por sua vez estava conectado ao videocassete.

— Que anos eu procuro pelas retrospectivas? – perguntou Donald.

O professor Marcos, que se ocupara de bisbilhotar a coleção de VHS no fundo da sala, sugeriu alguns: 1989, 1994, 2001, 2002, 2009... mas era melhor evitar a Copa do Mundo em 2014, ou poriam em risco a suspensão de descrença do público.

Enquanto Donald e Benjamin trabalhavam, Marcos voltou sua atenção para as prateleiras. Notou que ali quase não havia mais artistas brasileiros, algo curioso, dada a mentalidade nacionalista dos integralistas. Mas Zeca explicou que a maioria estava na caixa dos censurados e a mostrou, num canto. Os cassetes misturados eram etiquetados com anotações em pincel atômico feitas pelo antigo supervisor da sala: Chico Buarque (comunista), Elis Regina (drogada), Ney Matogrosso (veado), Rita Lee (mau exemplo), Caetano Veloso (subversivo), e assim por diante. Mas alguns o governo permitia incondicionalmente, como Roberto Carlos e Agnaldo Timóteo, embora Zeca nunca soubesse dizer o motivo. As músicas estrangeiras tinham a vantagem de, como ninguém sabia inglês na cidade, não oferecer riscos. Já nas fitas VHS, havia muitos filmes e seriados norte-americanos dublados, e várias telenovelas brasileiras catalogadas por emissora e ano. Marcos notou que nada ia além de 1988.

— É que em 88 os comunistas bombardearam Hollywood e... - Zeca hesitou, dando-se conta do óbvio numa voz tristonha: — Ah... nada disso aconteceu, não foi?

— Olha pelo lado bom, amor - disse Rosa. — Trinta anos de filmes que a gente não viu.

— Sim, tem razão - ele a abraçou e a beijou no rosto. — Vai ser a primeira coisa que vamos fazer quando sairmos daqui: ir ao cinema. E a segunda vai ser conhecer a Bahia.

Zeca olhou para os monitores. Num deles se exibia o canal oficial, que transmitia um episódio do desenho *Spiral Zone*, mas os outros mostravam a transmissão direta da TupiniBalsa, que aguardava para entrar no ar. Havia porém uma agitação estranha, um corre-corre desesperado.

— Ué. O que aconteceu lá?

Uma sirene de alerta começou a tocar. Nestor, Rosa e Zeca entraram em pânico.

— Não, não, não! - gritou Zeca, correndo para a mesa de edição, empurrando Benjamin e Donald para o canto, e apertando um botão que cortou a transmissão e escureceu os monitores da sala. — Não é possível! Tinha que ser logo hoje?

— O que foi? - Benjamin se alarmou. — O que está acontecendo?

Zeca pressionou outro botão, e a imagem do canal oficial foi interrompida por um cartão, onde um Artur Arara preocupado dizia ALERTA em letras garrafais. Escutaram passos apressados no corredor. A voz de Demóstenes ecoou pela cidade: "Atenção, não há motivo para pânico".

— Engraçado que ele só diz isso quando há - resmungou Zeca, colocando os fones de ouvido, atento à imagem da câmera externa na barca. Apontou a tela, batendo com o dedo no vidro do monitor, que mostrava o que lhes pareceu ser um helicóptero voando no horizonte, vindo em direção à cidade.

— O que está acontecendo? - Donald insistiu. — Mudança de planos?

— Vai ter que ser, se não sobrar ninguém vivo do lado de fora. O que é bem possível agora.

River Raid

A ideia original do Passeio no Rio Selvagem da Estrela, segundo o que Artur lera nos projetos do parque, era o de ter animais vivos como num safári. Os altos custos operacionais demoveram João Amadeus Flynguer da ideia felliniana de manter elefantes indianos e girafas africanas no meio da selva amazônica, sem falar de questões de adaptação dos animais. Exceto por alguns poucos viveiros, como o serpentário e um macacário, todo o resto fora resolvido com animatrônicos resistentes em tours guiados. Com a desativação e o abandono do parque, todos os viveiros foram fechados e os animais removidos, exceto num lugar: as ariranhas, que já estavam em seu habitat natural e plenamente adaptadas. Sua área ficava à beira do lago, isolada por um açude semicircular feito para impedir que escapassem. E era ao lado desse açude que a imensa barca-lanchonete do interventor estava ancorada, acompanhada de algumas lanchas. No deque superior, feito para servir como área externa para refeições, foi estendida uma prancha longa o bastante para que aquele que caísse de sua ponta o fizesse direto para dentro das águas do açude, onde as ariranhas agora nadavam ansiosas, agitadas por aquela presença intrusa.

— Já me disseram que ariranha é um bicho pacífico – murmurou Ulisses, enquanto os três subiam uma escadinha, escoltados na ponta da pistola por Cacá Cataguazes. — Só atacam quando se sentem ameaçadas. Daí dizem que até onça foge de medo.

— Se alguém cair bem no meio do tanque delas, Ulisses – disse Lara, logo atrás deles –, pode apostar que elas vão se sentir ameaçadas.

Os três entraram na área aberta do deque superior. A prancha para o açude estava logo à frente deles, com um soldado de cada lado. Acima, no terceiro deque, protegido do sol paraense por uma cobertura de lona, o interventor Perdigueiro os observava, fardado no uniforme integralista, sob a bandeira azul do sigma. Voltava-se não para os condenados abaixo de si, e sim para o câmera ao seu lado, enquanto ensaiava seu discurso.

— Agora, pra fazer uso das palavras do mestre Barroso – disse o interventor Perdigueiro –, "nem à esquerda nem à direita, mas sempre à frente". Artur Alan Flinguer, você é acusado de subversão e por isso eu o condeno... hein? O que foi? O que vocês estão...

Os guardas, o câmera, a equipe de apoio, até mesmo Artur, Lara e Ulisses, todos olhavam para cima, para o céu na direção norte, de onde ecoavam batidas surdas e repetitivas – um tud-tud-tud característico dos helicópteros, mas num tom mais grave e pesado, de aeronave grande.

Um soldado, que servia de vigia numa gávea improvisada no terceiro deque, levou o binóculo ao rosto e ajustou as lentes. Imediatamente reconheceu as duas aeronaves que se aproximavam: a primeira era um helicóptero de carga de hélices duplas, que sua cultura militar associava ao transporte de tropas americanas no Vietnã, e o outro era um modelo menor, porém robusto, que seu treinamento para emergências o ensinara a identificar como um EC225 Super Puma da Eurocopter.

O que só podia significar uma coisa, o pior possível que podia lhes acontecer.

O soldado sabia muito bem quem era. Todo tupinilandês sabia. Era um nome que temiam desde pequenos, utilizado por mães e pais como ameaça para evocar obediência. Um nome que fazia crianças se mijarem nas calças e adultos se benzerem, e até mesmo o interventor entrava em pânico ao escutá-lo. Era um nome que fazia todo tupinilandês se deitar no chão e abraçar os joelhos em posição fetal, desejando nunca ter nascido. Era *ela*. O vigia era jovem, uma criança ainda na última vez que passara pela cidade como um furacão. Tinha agora o nome, a palavra que era um alerta e uma ameaça, trancado na garganta. A voz lhe faltou. Seu lábio inferior tremeu num balbucio, as mãos afrouxaram e deixaram o binóculo escorregar entre os dedos e cair de suas mãos. *Era ela*. Sua respiração acelerou como um asmático em busca por ar. O diabo em pessoa, a morte certa. *Era ela*. Um colega pôs a mão em seu ombro, tentando acalmá-lo e perguntando "o que foi, o que houve?". O vigia se voltou para o outro, abriu a boca e gritou, a plenos pulmões e cheio de pavor:

— HEEELLLEEENNNAAA!!!!

Artur não entendeu o que estava acontecendo, mas era a oportunidade que esperavam: enquanto todos olhavam para cima e entravam em pânico, parou de fingir que tinha as mãos amarradas e, segurando a corda que as habilidades escoteiras de Lara transformaram num laço, laçou o pescoço de Cacá Cataguazes ao seu lado e o puxou, quase o estrangulando e o usando como escudo. Cataguazes largou a metralhadora e Ulisses imediatamente a pegou, apontando para os integralistas.

— Seus idiotas! – gritou o interventor Perdigueiro. — Nós vamos todos morrer se não sairmos daqui! Embora, embora!

A TupiniBalsa ligou os motores e começou a se mover devagar, fazendo Artur perder o equilíbrio. Cataguazes, mantido como escudo, acertou-o com o cotovelo no estômago, e Artur foi para trás puxando a corda e o homem pelo pescoço. Os dois giraram como dançarinos e caíram por sobre a prancha, o integralista por cima de Artur dando uma cambalhota involuntária, seu peso fazendo a ponta da prancha se dobrar para baixo e impulsioná-lo para o alto, arremessando-o dentro do açude. Artur, de costas, escorregou junto, tentando se agarrar em algo mas não encontrando nada. Sentiu o vazio do ar, o choque contra a água, e então se viu mergulhado nela.

Dentro do açude das ariranhas.

Não era muito fundo – sentiu a ponta de sua botina chafurdar no fundo lodoso da água. Emergiu, olhou em volta. De um lado, o açude em si era uma parede de concreto se projetando um metro e meio acima da água, alto o suficiente para manter as ariranhas – e ele próprio – incapazes de atingir o topo. Atrás de si, Cacá Cataguazes estava a algumas braçadas de distância, no meio do açude. Nas margens, as ariranhas, agitadas e irritadas, entraram na água.

Lara não pensou duas vezes: dependurando-se no lado externo do corrimão, escorregou pelo janelão de vidro inclinado até descer no deque inferior, e dele saltou da balsa para o topo da barreira de concreto do açude, que tinha três palmos de grossura. Ela deitou o corpo ao longo de sua extensão, enrolou uma ponta da corda ao redor da mão e esticou o braço para baixo, oferecendo o laço. Olhou apreensiva para a água: as ariranhas nadavam na direção deles. Artur esticou a mão na direção da filha, agarrando o laço. Ela puxou, fechando a corda em torno dos dedos do pai como uma alça, e o puxou, mas ele era um homem pesado para ela. Lara sentiu os músculos nas omoplatas arderem, e usou o peso de seu corpo a seu favor, até conseguir erguer o pai acima da água o suficiente para que ele alcançasse o topo com as próprias mãos. Quando Artur conseguiu firmá-las na beira, ela o ajudou a escalar o topo do açude.

Na água, Cataguazes gritou pedindo por socorro. Artur e Lara deitaram-se no concreto e esticaram os braços, oferecendo ajuda. Mas o homem nadava mal, e o pânico o atrapalhava ainda mais. As ariranhas o alcançaram e se lançaram ferozes contra ele. Uma mordeu seu braço, outra, seu pescoço. Agitando-se na tentativa de se livrar daquelas lontras gigantes, acabou afundando, conforme um terceiro e um quarto animal também se juntavam ao ataque. Era tarde demais para ele.

Distraídos pela cena horrível, os dois não perceberam o que vinha em sua direção pelo outro lado: tendo o capitão da balsa e o interventor saltado para uma lancha auxiliar, voltando a toda a velocidade para o lago, deixaram a TupiniBalsa à deriva com todos os seus homens a bordo, ignorantes de que seu papel era servir de distração. Sem controle, a balsa voltava em direção à barreira do açude, e acabou chocando-se de leve contra ela. Os integralistas, sem comando, não estavam mais preocupados com os Flinguer: discutiam entre si e olhavam para o céu, tensos. E o cabo Ulisses estava de pé na beira do deque inferior, confuso sobre o que deveria fazer.

— Eu pulo pra fora ou vocês pulam pra dentro?

Não tiveram tempo de responder: vindo do alto, uma saraivada de tiros pesados de metralhadora varou a balsa de um lado ao outro. Ulisses se abaixou. Lara e Artur, no desespero, acabaram pulando de volta para dentro da balsa. No deque acima deles, um integralista em pânico se atirou nas águas do lago e fugiu nadando, enquanto outros davam tiros para o alto. Artur pegou Ulisses pelo braço bom e o puxou, junto com Lara, para dentro do salão-restaurante da balsa.

— Égua! – gritou o soldado. — Aqui a gente só leva farelo!

Os três buscaram abrigo se atirando para trás do velho balcão da lanchonete.

— Que porra está acontecendo lá fora? – gritou Lara, indignada.

Grande Irmã

São Paulo, três dias antes.

Estava reunida com seus advogados quando a secretária veio avisar que havia um telefonema urgente que precisava atender. Atendeu. Do outro lado da linha, uma voz que mal lembrava de já ter escutado fazia uma cobrança: "Querida, achei que nós tivéssemos um acordo". Sim, ela promete que vai resolver tudo. Desliga o telefone, suspira.

Helena Flynguer, sessenta e seis anos. Dois casamentos, três filhos e cinco netos. Mais de trinta e nove executivos seus indiciados pela Polícia Federal na operação Amor de Mãe, que investigava pagamento de propina a políticos, em troca da aprovação de leis e facilitações em contratos de obras públicas. Os cabelos, assumidos brancos, eram cortados curtos. O rosto com pouca maquiagem, um sóbrio tailleur preto. É uma monja no vestir, como diz Leonardo, seu segundo marido. O rosto de esfinge é de reações poucas e calculadas, o resultado de trinta anos sendo mais dura do que os durões, mais esperta do que os espertalhões. Os advogados a esperam na sala, uma longa e interminável reunião com diretores do departamento que cuidava dos repasses a deputados, prefeitos, governadores e senadores de todas as tendências políticas. Nada disso legalmente declarado, claro. Era a máquina que fazia a roda de sua empresa girar desde antes de ela nascer.

Uma máquina que, agora, por motivos que nem sabia mais dizer como (mas que também já não fazia mais diferença), parou de ser azeitada. Os tempos mudaram. A roda não girava do mesmo modo que antes. O que vier agora seria diferente, e ela já está cansada de se reinventar.

Decide encerrar mais cedo aquela reunião. A verdade é que, se mantivera aquela extravagância por tanto tempo – quanto, trinta anos? –, fora somente para honrar a memória de alguém que já não estava mais ali para se importar. E se estivesse, talvez não se importasse tanto. Sondou seus sentimentos, chegou a uma conclusão emocional oposta à de seu irmão: Tupinilândia não significava mais nada para ela. Era hora de exumá-la, cremá-la e espalhar as cinzas.

E acabar de uma vez por todas com aqueles desgraçados.

Altamira, três dias depois.

O par de helicópteros cruza os céus sobre a Floresta Amazônica, alinhados feito duas valquírias vingativas, a batida ritmada de suas hélices como tambores de guerra. Um deles traz pendurado um jipe Wrangler de câmbio automático; no outro, uma equipe de segurança privada, uniformes negros, nos ombros o brasão do leão rompante com o nome *Segurança Cristo*, empresa que ela montara junto com o hoje falecido coronel ainda nos anos 80 — alguns ali, já veteranos de excursões anteriores a Tupinilândia. Todos estão armados como um pequeno exército.

Helena Flynguer, sessenta e seis anos. A artrite reumatoide mantida sob controle à base de muito pilates e hidroginástica; o estresse, com frequentes sessões de tiro ao alvo; o útero retirado depois da descoberta de um mioma. Botinas, calças militares, camiseta regata verde, jaqueta, boné e uma vontade insana de esmagar todos os fascistas desgraçados que encontrar pelo caminho.

Entraram no espaço aéreo dos parques pelo oeste. Sentada no assento do copiloto, Helena avista o rio artificial, onde se via claramente o topo do terceiro deque da TupiniBalsa em frente ao açude das ariranhas. Merda, pensou: cheguei tarde demais, já estão jogando os coitados para as ariranhas. Quatro lanchas fugiram em disparada, ziguezagueando o percurso do passeio de rio até saírem de volta para a lagoa, e de lá para o píer no Reino Encantado. O piloto do outro helicóptero pergunta quais são suas ordens.

— Sigam o combinado e me esperem no ponto de encontro - diz ela. — Eu cuido disso.

Ela tirou os fones, soltou o cinto e saiu do assento de copiloto para o interior da cabine, onde o sargento Ibuki, um nissei parrudo de quarenta anos, veterano de outras duas incursões a Tupinilândia, comanda os outros quatro paramilitares. Ainda que aquele Super Puma fosse um modelo civil, fora facilmente personalizado para suas necessidades, acrescido de uma metralhadora FN MAG com cartuchos de 7.62 milímetros, detrás do qual o sargento já se posicionava, quando viu o brilho no olhar de sua chefe. Perguntou se queria assumir a arma. Ela sorriu, e ele cedeu seu lugar.

Helena a segurou com as duas mãos, o gatilho adaptado parecendo o puxador triangular de seu aparelho de remada na academia. Lembrou das histórias que seu pai lhe contava na infância, dos tempos servindo com a FEB na Itália, das tomadas de Fornovo di Taro e Monte Castelo. O que seu pai dizia mesmo? Lembrou, as palavras saindo de sua boca:

— "Não há dia ruim pra se matar nazistas."

Sorriu cerrando os dentes, e puxou o gatilho.

Os tiros e as hélices do helicóptero criavam uma sincronia de batucada. Artur, Lara e Ulisses se mantiveram abrigados detrás do balcão enquanto uma saraivada incandescente varava o deque desenhando trilhas pontilhadas, como se a balsa fosse um grande modelo de papel destacável. Uma bala atingiu um freezer vertical, um jorro de latas de guaraná Tuchaua se espalhou pelo deque. Um soldado integralista atravessou o saguão gritando e chorando, pisou numa lata, caiu no chão, levantou-se e seguiu caminho quase sem parar de gritar e chorar.

E então as latas começaram a rolar todas na mesma direção.

— Isso não tem como ser bom sinal – disse Lara.

— Ulisses, tu consegues nadar com esse braço?

— E faz diferença agora, professor? A gente se acoca e vai.

Os três saíram de trás do balcão, caminhando agachados em fila até a porta que dava para o deque. A inclinação da balsa ia ficando cada vez mais acentuada, e a água já invadia parte do deque. Artur propôs: no três? Contaram um-dois-três, correram pela área externa do deque e se atiraram na água. Artur e Lara puxaram Ulisses pela gola da farda para que chegassem todos até a margem.

Esconderam-se atrás de um tibicuera tombado. Artur olhou por cima da estátua e viu que a TupiniBalsa adernava cada vez mais rápido, metade do casco já dentro da água. Integralistas nadavam para longe em todas as direções, feito ratos. Os tiros cessaram e o helicóptero, pairando acima da balsa feito um predador cansado de brincar com a comida, girou até ficar com a lateral voltada para eles. Artur agitou os braços, pedindo que não atirassem. A porta do helicóptero foi aberta e, de megafone em mãos, apareceu Helena. Sua voz ribombou metálica:

— Professor Flinguer. Apesar das circunstâncias, é um prazer conhecê-lo.

O homem que queria ser rei

A salvo dentro do Centro Cívico, William Perdigueiro atravessou furioso a praça do relógio d'água distribuindo ordens para seus homens. A primeira foi de que dessem uma conferida no estado dos três prisioneiros que ainda lhes restavam, a segunda, que preparassem o auditório para uma transmissão externa. Entrou na Torre de Controle, onde Ernesto Danillo o alcançou. Perdigueiro ordenou que Ernesto mandasse uma mensagem para o pessoal de Belém e descobrisse o que estava acontecendo, porque o acordo fora rompido. Quando o elevador parou no terceiro andar, o interventor segurou a porta e o impediu de sair.

— Espere - apertou o botão do sexto andar. — Antes, fala ali com aquele moleque que cuida das transmissões, qual o nome mesmo? O que ficou no lugar do velho Sampaio depois do AVC. Se a Helena está aqui, ela vai querer falar com o general. Diz pra ele preparar a conexão com "Brasília". Anauê!

— Anauê! - Ernesto fez a saudação romana e seguiu no elevador até o sexto andar.

Abriu a porta da Semat de supetão, fazendo Zeca pular da cadeira assustado. Olhou desconfiado ao redor da sala, mas não havia mais ninguém ali além deles. Zeca, que aprendera a se proteger incorporando a arrogância nativa dos burocratas da torre, fez a pergunta que mais se escutava naquele prédio:

— Você tem autorização pra estar aqui?

— Estou sob ordens do interventor - disse Ernesto, com a autoridade de quem não pede licença. — Abra três canais pra videoconferência fechada. O auditório do terceiro andar, o Hotel Imperador lá fora no parque, e o gabinete do presidente em Brasília. Entendeu?

— Sim, eu sei fazer o meu trabalho - retrucou Zeca.

— Sabe mesmo? Que bom pra você.

Ernesto saiu. Zeca pegou o telefone no mesmo instante e ligou para Afonsinho, na sala ao lado, perguntando o que diabos estava acontecendo.

Enquanto seus homens conectavam o equipamento no auditório do Grande Hotel Imperador D. Pedro II, Helena circulou pela área em ruínas, entrou no Restaurante Ilha Fiscal e observou as marcas de tiros nas paredes. Mesas e cadeiras estavam recolhidas aos cantos, e o velho animatrônico do imperador jazia na mesma posição em que estava da última vez que fora ligado, o látex no rosto já seco e quebradiço, o rosto caído como se estivesse contemplando melancolicamente o chão. Artur e Lara, entrando logo atrás, perguntaram o que, afinal, acontecera ali depois do incidente em 85.

Helena contou que, mesmo estando presos dentro do Centro Cívico, era questão de tempo até que os integralistas encontrassem uma saída. Nos dois dias seguintes ao incidente, houve pressões dentro e fora do governo para que se buscasse uma solução à brasileira – um grande "deixa pra lá". Mas Helena não estava disposta a esquecer. Queria cabeças rolando. Mas também queria o corpo de seu pai, que os integralistas não sabiam que havia ficado lá dentro. Quando conseguiu entrar em contato com Kruel, deixou a situação bem clara: o que quer que negociassem com o governo, não faria diferença para ela. Se saíssem dali de dentro, ela iria se certificar de que estivessem todos mortos em dois meses. Se tocassem no corpo de seu pai, cuidaria pessoalmente para que cada parente vivo dos que estavam ali dentro, cada esposa ou filho ou irmãos ou pais idosos tivesse suas vidas destruídas até a indigência debaixo de uma ponte.

Mas, no meio dessa bagunça, Tancredo Neves morreu sem tomar posse, e o país em choque viu um vice-presidente que ninguém queria assumir o governo. A busca por uma solução rápida e pacífica para um escândalo que ninguém queria que estourasse fez com que tudo fosse empurrado para debaixo do tapete da forma mais satisfatória para ambos: contanto que os integralistas nunca saíssem dali de dentro, Helena os deixaria em paz. Em troca, o resgate financeiro da Flynguer S. A. seria facilitado com todos os empréstimos, medidas provisórias e benefícios fiscais que os governos brasileiros costumam distribuir a seus amigos.

E em troca do corpo de seu pai, deixaria que suas famílias vivessem ali com eles.

Eram cerca de setenta homens dentro do Centro Cívico, mais outros vinte ou trinta, entre civis e militares, que se envolveram diretamente naquela conspiração. Suas famílias – esposas, filhos de diferentes idades, pais idosos, alguns irmãos e cunhados – foram levadas para Tupinilândia, constituindo uma população inicial de cerca de quatrocentas pessoas. Para eles, os integralistas contaram com o auxílio de uma rede externa de simpatizantes, organizados pela filha mais velha do general Kruel, Magali, que ao longo dos anos enviou-lhes regularmente suprimentos, desde comida e remédios a eletrônicos. Mas também Helena cuidou do seu lado: a empresa de segurança privada não só zelava pela integridade de sua família e funcionários, como manteve escritórios nas cidades mais próximas – Altamira, Paracajá, Medicilândia e Senador José Porfírio –, encarregados tanto de coibir o acesso quanto de caçar e matar qualquer um que tentasse sair.

Mas as coisas mudaram no início dos anos 90, quando um grupo de adolescentes escapou de Tupinilândia e só foram encontrados já em Belém do Pará. Foi quando ela soube pela primeira vez da realidade paralela que os integralistas construíam no interior do Centro Cívico. Ficou claro que os adultos estavam a par da realidade, mas que as crianças, os idosos e muitas das esposas, não. E dentro daquele imenso shopping center, criaram um Brasil paralelo onde podiam ser os heróis de uma guerra que nunca aconteceu, sob uma ameaça que nunca existiu, fingindo que o regime militar ainda governava. Um lugar onde os anos 80 nunca terminassem.

— Espera, o que aconteceu com esses adolescentes? – perguntou Lara, horrorizada.

— Nós os ajudamos a se reintegrar à realidade – disse Helena. — Não sou um monstro.

— Tenho minhas dúvidas - retrucou a menina. — O que tu estás nos dizendo é que vocês sabem de tudo isso desde os anos 90, e deixaram a coisa continuar. Sendo que mais gente deve ter tentado fugir daqui esses anos todos.

— Foi escolha deles – Helena deu de ombros.

— Escolha deles uma ova! - protestou Lara. — Tem gente que vive literalmente sob uma bolha de vidro! Isso é absurdo! Um completo absurdo! E como tu deixaste que isso acontecesse? Tu não tens mais um senso ético ou moral, mulher? Meu Deus... - ela apontou o dedo para Helena. — Pessoas como tu são tudo o que há de mais errado neste país! Amoral, corrupta e ainda por cima conivente com esses psicopatas!

Artur pensou em pedir calma às duas, mas, do que conhecia de sua filha pelos debates da faculdade e do que sabia de Helena Flynguer, algo lhe disse para ficar fora disso.

— Eu salvei a sua vida, queridinha - lembrou Helena. — Devia ser mais agradecida.

— Tu nos tiraste da armadilha que tu mesma armaste, por pura omissão!

— E quem é você pra me julgar, menina? - vociferou Helena. — Esses desgraçados mataram o meu pai, atiraram no meu irmão, ameaçaram os meus filhos e quase arruinaram a minha empresa. Se estivesse no meu lugar, tendo os meios e o dinheiro pra isso, vai me dizer que não teria feito o mesmo? E o que você acha que sabe da vida, menina? Tenho três vezes a tua idade!

— Tudo o que eu sei é que não somos nós a geração de sociopatas moralmente falidos que ferraram as coisas - disse Lara. — Bah! O Benji nessas horas tem razão. Não se deve confiar em ninguém com mais de trinta anos.

— Esse é o garoto que estou tentando salvar? - Helena perguntou. — Ah, eu não tenho *tempo* pra essa *bobagem* de conflito de gerações agora! O que uma pirralha mimada pensa que sabe sobre como é ser alguém na minha posição, na época em que eu vivi, tendo que lidar com essa gente? Você não sabe de tudo o que eu já passei pra chegar até aqui.

— Eu sei, por isso desprezo gente como você - disse Lara. — O que vocês se tornaram.

— Na minha época, tínhamos mais respeito pelos mais velhos.

— Talvez na sua época eles fossem mais respeitáveis - ela retrucou.

As duas se encararam num silêncio gélido, só interrompido quando um dos seguranças veio avisar Helena que a ligação estava pronta. Ela saiu do restaurante, e Artur e Lara foram logo atrás.

— Tu pegaste um pouco pesado - Artur murmurou para a filha.

— Ninguém pegou leve com a gente até agora, pai - retrucou.

Entraram no auditório, onde os homens de Helena já haviam conectado o equipamento.

O rosto do interventor Perdigueiro surgiu projetado no telão do auditório.

— Bom dia, William - disse Helena. — Uma pena você ainda estar vivo.

— Sua *vaca!* - Perdigueiro berrou no telão. — Você rompeu o nosso acordo!

Ela suspirou.

— Querido, não quero conversar com você, não - disse com muita calma, dispensando-o num gesto displicente com a mão. — Não trato com subalterno.

Vá chamar o general. Sei que ele ainda está vivo aí com vocês. Só ponha ele na tela, sim?

Em sua sala na Torre de Controle, Zeca recuou do monitor, surpreso não apenas em ver o interventor ser tratado com tanto desdém, mas por escutar aquilo: *ele ainda está vivo aí com vocês*. Isso poderia funcionar melhor do que qualquer retrospectiva, e seu senso de oportunidade venceu a prudência. Olhou o monitor do canal interno da cidade, onde se voltava a exibir o desenho interrompido, olhou para as demais telas, cada qual com os três canais fechados da teleconferência.

Pressionou o botão. O desenho animado foi interrompido e surgiu a cartela com o rosto sorridente de Artur Arara: ATENÇÃO. Zeca conectou os cabos de uma transmissão na outra e pressionou os botões que faziam a transmissão fechada entrar no canal interno da cidade. Fechado em sua sala de edição, tratou de fazer os cortes necessários, indo de uma câmera a outra, ora enquadrando o rosto de Helena, ora o do interventor.

Uma mensagem piscava no canto superior direito: AO VIVO.

— Não fale assim comigo! - protestava Perdigueiro. — Você me respeite!

— *Como é que é?* Querido, não gostei do seu tom - disse Helena. — A não ser que vocês queiram morrer de fome, acho bom cuidar melhor de como fala comigo. Se elevar a voz outra vez, eu te garanto que nenhum avião de socorro pousa mais aqui, entendeu?

William ficou em silêncio.

— Eu quero ouvir um "sim, senhora" - insistiu Helena.

— "Sim, senhora."

— Ótimo. Então veja se faz jus ao seu nome, seja um bom cachorrinho e chame logo o general, que a conversa aqui é de gente grande, tá bom, meu bem?

— Estamos preparando o general... senhora - disse William. — Tenha um pouco de paciência, ele já passou dos noventa, a saúde dele já não é mais a mesma.

— Diga ao general pra nos agradecer por isso. Ele não teria durado tanto se não fosse a clínica médica que o *meu* pai deixou montada nesta cidade.

Nestor caminhava pelas ruas internas, quando passou pela janela envidraçada da cantina e percebeu que todos haviam parado de comer, observando o monitor da tevê oficial. Entrou ali dentro e se juntou em silêncio aos demais. Surgiu o rosto do general na tela, a lente dos óculos escuros refletindo a câmera, os cantos dos lábios e os beiços caídos pela idade.

— General, acho que já é o quê? A terceira ou quarta vez que nos falamos? – disse Helena. — Já esgotamos os adjetivos que temos um pro outro, então vou ser clara e direta.

— Você rompeu o acordo – murmurou o general. — Você os mandou aqui.

— Eu falei com a sua filha, general. Falei com a Magali essa semana. Os carregamentos serão cada vez menores e logo vão acabar. E, cedo ou tarde, vocês sabem bem que Belo Monte vai acabar inundando isso tudo aqui. Você sabe melhor do que ninguém como essas coisas funcionam. As empresas como a minha não atendem ao governo, o governo é que existe pra nos atender. Mas as coisas mudaram aqui do lado de fora, o dinheiro acabou. Se vocês planejam todos morrer de fome ou afogados pela represa, a escolha é de vocês. Mas há três pessoas aí dentro que não têm nada a ver com isso, que nem deveriam estar aí, e vieram contra a minha vontade. Não há o que ser feito, e vocês devem libertá-las agora. Porque, se não fizerem isso, vocês vão perder o pouco de esperança, o fiapo de ajuda que ainda podem conseguir de mim, do governo ou de qualquer outra pessoa ou instituição aqui do lado de fora.

Na sala de seu pequeno apartamento no quarto subsolo, Glorinha, de nove anos, chamou sua irmã Rosa: vem cá ver isso, mana, vem cá ver! Rosa foi até a sala e, ao ver aquela conversa, pegou o telefone e começou a ligar para os seus amigos do Refúgio dos Refugos, perguntando a mesma coisa: vocês estão vendo o que eu estou vendo? Liguem a tevê agora!

— Você... não ofereceu nada – disse o general, no televisor. — Você tem que oferecer algo.

— Eu ofereço a minha palavra de que vocês podem voltar pra vida real aqui fora, sem retaliações da minha parte. Uma anistia ampla, geral e irrestrita pra todos que eram daquela época, se estiverem vivos ainda. Já os mais jovens, estes nunca me fizeram nada, eles só estão presos aí dentro porque vocês querem, afinal de contas. Por mim, podem ir embora daqui quando quiserem. Não tenho nada contra eles. Você sabe que não vai viver muito tempo mais, general. Mas essas crianças todas aí dentro, elas não merecem uma chance? Conhecer o mundo real, aqui do lado de fora? Viver uma vida normal? A ditadura acabou há trinta anos, general.

— Cedo ou tarde, todo mundo morre – disse o general. — Povo pode ser gado, mas esse é o *meu* gado, e eu decido quando eles vão ou não pro abate. Você quebrou o acordo e nos mandou esses pesquisadores. Agora é tarde. Eles devem morrer. Todos devemos morrer. Essa é a única verdade do mundo. Prefiro ver a minha cidade morta a vê-la vivendo num país de comunistas.

— Seu velho bitolado de merda – resmungou Helena. — Esta cidade não é *sua*, pra começo de conversa. Foi construída *pelo meu pai*. Você vive pela obra dele.

— Se o acordo acabou, então vá embora – disse o general. — Não há mais nada pra você aqui. Deixe-nos morrer em paz. Chega, cansei, desliguem essa merda. – Virou-se para alguém ao seu lado. Para surpresa de todos que o assistiam, tirou a dentadura e gritou: — Gabriela, traz o meu mingau!

A tela escureceu.

Na cantina, Nestor viu as pessoas rindo. No apartamento funcional de Rosa, ela e a irmã riram juntas pela primeira vez em anos, e apontando o monitor, a menina mais nova repetia às gargalhadas: "Gabriela, traz o meu mingau!". Até mesmo Zeca, fechado em sua sala de edição, segurou o riso. Estava achando tudo aquilo tão engraçado que não viu a porta ser aberta, não viu Ernesto Danillo chegar logo atrás dele, agarrá-lo pela gola do macacão azul e puxá-lo com violência, atirando-o no chão. Mesmo assim, por provocação, Zeca continuou rindo, gargalhando.

— Seu filho da puta! O que foi que você fez? – berrou Ernesto. — O que você fez?

E a cada pergunta que gritava, correspondia um chute em Zeca, que se protegeu encolhendo o corpo no chão. Teria matado o rapaz a chutes ali mesmo, se dois soldados não viessem correndo segurar Ernesto pelos braços. Outros levantaram Zeca do chão.

Da porta da sala de controle, Afonsinho viu assustado quando seu amigo foi levado para fora da sala, a camisa rasgada, um risco vermelho tingindo o chão do corredor e um sorriso com um dente a menos, gargalhando e gritando: "Gabriela, traz o meu mingau!".

Zona espiral

O sargento Iuri Ibuki abriu a planta baixa do Centro Cívico sobre a mesa. Helena e Artur se debruçaram sobre ela, enquanto a milícia de paramilitares fazia um reconhecimento da área do parque, indo recolher os outros dois jipes, deixados onde estavam desde o sequestro. Lara e Ulisses observavam tudo do canto da sala.

— Quando nos levaram, entramos por aqui – Artur apontou o túnel debaixo da arena. — E pelo caminho que fizemos, fomos deixados numa sala de aula mais ou menos aqui.

Todas as saídas do Centro Cívico – o portão principal, as baias de carga e descarga, os túneis de manutenção e a passagem do aeromóvel – estavam seladas e não eram abertas fazia trinta anos, e o túnel debaixo da arena era fortemente vigiado. Mas havia uma exceção: uma passagem, próxima ao lago artificial, que levava às instalações de um restaurante-aquário nunca inaugurado. Por ali, podiam acessar túneis de manutenção que saíam no terceiro subsolo do Centro Cívico.

O sargento Ibuki apontou os pontos vermelhos no mapa, que indicavam câmeras de segurança que estavam desativadas desde a última vez que visitaram o parque. Com isso, podiam traçar um caminho seguro até a beira do lago.

— Vocês não vão entrar atirando pra todo lado, espero? – disse Artur. — Tem gente lá dentro que não tem nada a ver com isso, que não tem nem como entender o que está acontecendo.

Helena e Ibuki se entreolharam.

— Seremos discretos – ela garantiu, com um sorriso pouco convincente. — Agora, o nosso helicóptero maior volta pra Altamira assim que entardecer. Vocês três deveriam voltar junto.

Mas Artur, Lara e o cabo Ulisses se recusaram: só voltariam quando os outros três estivessem a salvo também. Helena grunhiu num consentimento resignado. Deu ordem para recolherem tudo, pois a base de suas operações mudaria para o Reino Encantado. Quando caísse a noite, entrariam.

Na sala de controle da torre, a porta foi aberta e Demóstenes entrou acompanhado do secretário de Combate à Subversão, Adamastor dos Santos, pai de Afonsinho – bem na hora em que o garoto se preparava para encerrar seu expediente e voltar para seu apartamento. Sentindo-se acuado, tentou disfarçar o nervosismo.

— Afonsinho, você e o Zeca eram bastante próximos, não? – Demóstenes lembrou. — Você notou alguma mudança nele, algum tipo de insatisfação, que levantasse suspeitas?

— Ele alguma vez já criticou o governo na sua frente? – perguntou seu pai, incisivo.

— Não, senhor, não que eu percebesse, senhor. Até fiquei surpreso quando soube.

Demóstenes observou o secretário Adamastor, que consentiu com um aceno. Então perguntou a Afonsinho se por acaso sabia operar os equipamentos de rádio e tevê da Semat. O garoto respondeu, reticente, que sim. Zeca lhe mostrara uma coisa ou outra.

— A programação não vai ser problema – explicou Demóstenes. — Ele sempre deixava tudo adiantado em uma semana, mas convém você revisar, ver se não há nada de subversivo nas fitas... até lá você tem tempo de se acostumar melhor com o equipamento. O importante é cuidar da transmissão de hoje à noite, quando o interventor for...

— Desculpe, doutor, vocês estão me transferindo para a Semat? – perguntou Afonsinho.

— Não, não, ainda não. Você continua aqui conosco, mas vai se dividindo entre as duas coisas, até ir pegando o jeito. E até o conselho decidir o que fazer em definitivo.

— E eu ganho um aumento, já que vou acumular as duas coisas?

— Que é isso, moleque? – disse-lhe o pai. — O dr. Demóstenes lhe oferece uma oportunidade dessas, e você já vem falar em aumento?

— Mas é que eu...

— Consumidor Afonso, nós estamos lhe dando um desafio – disse Demóstenes, assumindo um tom formal. — E se você se mostrar à altura dele, lembre-se: isso conta pontos no futuro.

— Ah, certo... mas e o que vai acontecer com o Zeca?

— Ele será julgado na arena amanhã pela manhã – disse seu pai.

— Então, você pode já começar agora? – perguntou Demóstenes. — O interventor vai passar uma mensagem à cidade daqui a pouco, e precisamos que alguém fique de plantão naquela sala pelas próximas duas ou três horas. A mensagem será gravada, nós entregaremos a fita pra você assim que ficar pronta.

— Agora, já? Mas eu estava indo pra casa agora – lembrou Afonsinho. — Eu tenho que voltar à meia-noite, o senhor me escalou pro plantão noturno do *video wall* hoje.

— Como eu disse, é um desafio... – Demóstenes desconversou e deu-lhe um tapinha nas costas. — Mas não se preocupe, vou pedir pra cantina dos oficiais te mandar uma pizza. E um guaraná, que tal? Adoro pizza com guaraná. Pode ser?

Mas não esperou que Afonsinho respondesse. Dando o assunto por encerrado, ele e o secretário Adamastor saíram da sala.

O sol se pôs. O helicóptero maior voltou vazio para Altamira, ficando o Super Puma pousado em frente ao portal de entrada de Tupinilândia. Helena e sua pequena milícia de seis homens avançaram pelas ruínas inacabadas do Sítio do Picapau Amarelo. Cruzaram a casa da fazenda, o restaurante de Dona Benta, e adentraram as obras do túnel do terror Caverna da Cuca. Lá, uma porta de ferro se abriu para um fosso úmido, com uma escada de metal corrugado que descia em espiral para baixo da terra, ao redor de um tibicuera de trinta metros. Pequenas câmeras em seus coletes transmitiam para o laptop deixado com Artur, que, ao lado de Lara e Ulisses, acompanhavam tudo abrigados dentro de uma das lojas do Reino Encantado.

Helena avisou que começariam a descida e pediu silêncio no rádio. Na tela do laptop, Artur via o paredão de concreto que sustentava a parte mais funda do lago, feita para o passeio de submarino que não chegou a sair do papel. Mas quando Helena e seus homens já estavam na metade da escadaria, tanto o rádio quanto as imagens começaram a falhar. Todo aquele concreto e metal estava dificultando a comunicação. Lara pegou o rádio e tentou outras frequências.

"... chegando agora. Tem três lá dentro. Aguardando, câmbio", disse uma voz masculina.

Lara olhou para seu pai e Ulisses. Não parecia a voz do sargento Ibuki. Por precaução, desligaram as lanternas, baixaram o laptop e se ocultaram detrás dos balcões. Artur engatinhou até a janela e olhou para fora. Não havia mais ninguém além deles ali. O rádio estalou de novo.

"Só precisamos do piloto, os outros dois podem matar, câmbio."

— Meu Deus, eles estão indo atrás do helicóptero – murmurou Lara.

"E os que foram pro aquário?"

"O pessoal da JIL cuida deles, câmbio anauê."

Lara mudou a frequência outra vez, tentando avisar os outros. Só chiado. No laptop, viam que Helena e seus homens ainda avançavam pelos túneis de manutenção.

— Alguém tem que ir lá avisá-los – decidiu Artur, pegando o rádio.

— Sozinho? Nem a pau que vou te deixar ir sozinho – disse Lara.

— Ei, eu sou o pai aqui, tu és a filha - retrucou –, sou eu que tenho que me preocupar com a tua segurança. Pode parecer incrível pra ti agora, mas eu sobrevivi vinte e quatro anos neste país antes de tu nasceres. Além do mais, o Ulisses está com o ombro imobilizado, e pode precisar de ajuda.

— Não, eu estou bem, professor - retrucou o soldado.

Artur revirou os olhos. Não queria discutir. Pegou um rádio e uma lanterna, e pediu que Ulisses ficasse atento ao laptop. Foi com Lara até o Sítio do Picapau Amarelo, entrou na Caverna da Cuca e encontrou a porta de manutenção. Os dois desceram o fosso apressados, torcendo para conseguir alcançar Helena e os outros antes que fosse tarde demais.

Um corredor, caixas, outro corredor, uma porta blindada. Vencido o percurso, Helena e seus homens entraram no que um dia teria sido o depósito do Restaurante Aquário, para em seguida avançarem por uma cozinha espaçosa, com longas mesas cromadas e armários vazios. Avançavam devagar e com cautela, e foi ali na cozinha que se viram alcançados por Artur e Lara, que tiveram armas rapidamente apontadas para eles e receberam um olhar furioso de Helena:

— Que merda vocês estão fazendo aqui? Mandei que ficassem lá em cima.

Artur contou que os integralistas já sabiam de sua chegada e os aguardavam. Helena soltou um palavrão. Olhou para seus homens, olhou para a metralhadora em suas mãos, e deu de ombros: armas por armas, eles também tinham as suas, e eram melhores.

— Tu estás louca, mulher? - protestou Lara. — Um tiroteio? Num *aquário*?

— É como jogo da velha. Num jogo onde não se tem como ganhar, o melhor é não jogar. É por isso que eu sei que eles não vão atirar – insistiu ela.
— Não se preocupe, já pensamos nisso. Agora, pelo amor de Deus, não me causem mais problemas. Se vão vir conosco, fiquem pra trás, longe da linha de tiro. Ou voltem – e, dito isso, deu ordem para seus homens continuarem.

Atravessaram a porta da cozinha e entraram no restaurante. Estava diferente do que Helena se lembrava: a primeira área parecia um estúdio de televisão, com mesas de maquiagem, refletores e um painel de fundo que reproduzia o Palácio do Planalto em Brasília. Outros painéis, largados num canto, traziam vistas noturnas e diurnas de várias cidades, com buraquinhos onde pequenas lâmpadas eram inseridas para simular movimento e luz, como fundos de *talk-show*.

Avançaram. A segunda área, onde seu pai costumava sentar para ler quadrinhos, mantinha o velho balcão de bar com seus bancos e armário de bebidas, mas as mesas foram trocadas por longos sofás, uma mesa de jantar para oito pessoas, mobília residencial. A mudança mais radical, contudo, era a decoração nas paredes: os antigos cartazes de propaganda da Segunda Guerra do governo Vargas foram trocados por outros, ainda que da mesma época. Num deles, um soldado de capacete verde aponta o leitor, dizendo: "O Brasil precisa de você! Fora do Integralismo, não existe Nacionalismo!". Noutro, um homem bruto, de camisa vermelha e faca nas mãos, avança predatório sobre uma mulher caída: "Deixarás que este comunista mate a liberdade do teu Brasil?". Num terceiro, um sigma de ferro é pregado a marretadas por um integralista sobre o mapa do Brasil sob a palavra "Anauê!".

— Meu Deus – Lara comentou, horrorizada, quando seu pai apontou a lanterna para os cartazes. — Que tipo de gente é essa?

Escutaram o eco de uma respiração cansada e profunda, com longas pausas. Pressentindo algo ruim, Artur pegou sua filha pelo pulso e a puxou para um canto, próximo ao balcão do bar. Logo depois, uma luz azulada banhou de súbito o salão inteiro, vinda das lâmpadas no fundo do lago artificial. Tomados de susto, Helena e seus homens apontaram as armas à sua frente.

E, no meio do saguão, estava o general Newton Kruel.

Estava sentado numa cadeira de rodas, com um tanque de oxigênio acoplado, a máscara de plástico numa mão e um revólver na outra. A cadeira era conduzida por uma jovem loira e muito bonita. A seus pés, um menino de quatro anos brincava. O general parecia menor e mais esquálido, os braços muito finos e frágeis, a pele muito pálida.

— Helena Flynguer... depois de tantos anos... – pôs a máscara e respirou fundo o oxigênio. — Nós finalmente... nos encontramos... cara a cara.

— Não posso dizer que seja um prazer – disse Helena. — Você sabia tão bem quanto eu que um dia isso teria que chegar ao fim. Já é um milagre que tenha durado tanto. Entregue os três pesquisadores e nós vamos embora. Vocês ficam livres pra morrerem e se matarem em paz.

— Eu acho... que já não é... – puxou a máscara, respirou o oxigênio outra vez – ... mais possível... voltar atrás... agora.

Escondido atrás do balcão do bar, Artur engatinhou até a ponta e espiou para fora. Viu quando, vindos das sombras às costas do general, os rapazes da Juventude Integralista Livre surgiram armados, com Ernesto Danillo à frente. Armas foram apontadas de um lado a outro. Voltou a se esconder, e gesticulou para a filha pedindo que ficasse em silêncio.

— Não me parece um bom lugar pra um tiroteio, general – a voz de Helena ecoou pelo salão. — O lago é abastecido pelo rio Xingu. A água só vai parar quando estiver nivelada. Estamos três andares debaixo da terra, e há três mais abaixo de nós. Basta um tiro, e você afoga o teu povo.

O velho puxou outra vez a máscara de oxigênio, sua respiração pesada ecoando no silêncio do saguão, e então acenou para o menino, batendo com a mão espalmada na coxa.

— Newtinho, vem cá com o papai – disse o velho, e o garoto sentou-se em seu colo. A mão esquerda do general ainda segurava a pistola, que apontou para as placas de vidro do aquário. — "Meu povo..." – repetiu ele, como se achasse a ideia em si muito engraçada. — Povo é gado, minha querida... E cedo ou tarde, gado vai pro abatedouro... É pra isso que ele serve... É pra isso que existem... Que diferença faria no mundo? Mas disse bem: é o *meu* povo... O *meu* gado... Ele existe pra me servir, e não vou dá-lo pra vocês... não quero que vivam num mundo sem integralismo...

Helena pôs o dedo no gatilho, olhou as placas de vidro do aquário, olhou o menino no colo do general, feito um escudo humano. Comprimiu os lábios de raiva.

— General, você é o pedaço de merda mais nojento que já nasceu neste país – ela disse. — E considerando o país, é um feito e tanto.

Helena largou sua arma no chão, e deu ordem a seus homens que fizessem o mesmo. Os integralistas recolheram as armas, e o general começou a rir com sua voz fraca, precisando tomar outra golfada de oxigênio.

Mandou o menino sair de seu colo, apontou a pistola para o aquário e disparou. A bala mal deixou uma marca fosca no vidro. Sorriu para Helena.

— De uma coisa não posso reclamar do teu pai. Ele fazia as coisas pra durarem.

Ernesto Danillo e outro soldado pegaram Helena pelos braços, um de cada lado, e a levaram embora como prisioneira. O sargento Ibuki e seus demais seguranças foram levados logo atrás, cada um cercado por outros dois. Temos um bom estoque, comemorou Ernesto, para muitos julgamentos na arena nas próximas semanas. Os demais integralistas bateram continência ao general e saíram. O próprio general disse à menina que empurrava sua cadeira que estava muito cansado e agora iria dormir. As luzes no fundo do lago foram apagadas, o antigo restaurante do aquário mergulhou outra vez na escuridão e no silêncio. E ninguém lembrou de Artur e Lara atrás do balcão do bar.

Pai e filha esperaram mais alguns minutos.

— E agora? - ela perguntou. — O que a gente faz?

— Vamos embora daqui - murmurou Artur. — Lá em cima pensamos em algo.

Agachados, os dois caminharam com cautela, contornando o balcão do bar e os sofás. Com Helena tendo sido levada como refém, ocorria a Artur que a opção mais sensata agora era tentar chamar o escritório da Flynguer S. A. em Altamira. Os integralistas não perderiam a oportunidade de executá-la numa grande apresentação pública no dia seguinte, e, com alguma sorte, daria tempo de a empreiteira mandar mais seguranças armados.

Escutaram o som de um televisor sendo ligado, e a risada aguda do Esqueleto ecoou no saguão. Os dois olharam para trás. Newtinho estava sentado diante do televisor. O menino olhou para os dois e, indiferente, continuou assistindo ao desenho do He-Man.

Lara pegou o pai pelo braço, chamando-o para irem embora, quando notou que havia mais alguém ali: atrás do menino, de pé, olhando diretamente para eles, estava Gabriela, a jovem esposa do general. Encararam-se. Ela avançou calma até eles e ergueu o braço, apontando algo atrás de si.

— Há uma porta - disse. — Se quiserem entrar.

Artur não sabia o que responder, nem se deveria confiar nela.

— Tu dizes... entrar na cidade?

— Procurem pela Rosa, no subsolo 4, apartamento quatro-zero-quatro.

— Quem é ela? - perguntou Lara.

— Uma amiga de infância. Alguém em quem eu confio.

— E por que nós confiaríamos em ti?

Gabriela olhou para o filho, assistindo televisão indiferente a tudo.

— Vocês querem buscar os seus amigos, não querem? E depois, vão sair por onde? Eu posso ajudar vocês a saírem, com uma condição: me levarem junto. Eu e o meu filho.

— Se tu queres fugir, por que já não fugiu antes?

— Tentei uma vez – disse ela, falando baixo. — Mas, quando cheguei lá fora, não sabia pra onde ir. Não havia pra onde ir. E eles me encontraram. Mas vocês... vocês vieram de lá. Vocês sabem pra onde ir, não sabem? Me levem junto, por favor. Nada pode ser pior do que viver aqui.

Aceitaram a oferta dela. Gabriela conduziu os dois até uma porta, explicou que era um corredor de serviço, já vazio naquele horário, que levaria a outro corredor, terminando numa porta blindada. Ela pôs um crachá nas mãos de Artur: era um crachá de oficial, que lhes daria acesso a todas as áreas da cidade. Mas, uma vez que entrassem nas áreas públicas do Centro Cívico, deveriam tomar cuidado com os guardas: havia três por andar, em rondas cíclicas.

— Por favor, não se esqueçam de mim – insistiu. — E do meu filho.

Artur garantiu que não esqueceriam. Colocou o crachá contra o sensor da porta blindada que Gabriela lhe indicou e viu a pequena luz vermelha se tornar verde. A porta destravou com um silvo. Assim que os dois atravessaram, a porta se fechou e travou de novo.

Artur e Lara estavam agora num longo corredor cinzento e vazio, com chão frio de granito e paredes mal iluminadas. Cruzaram-no a passos rápidos. Outra porta. Crachá. Luz verde. Passaram. A porta se fechou atrás deles. Artur e Lara estavam agora livres dentro do Centro Cívico de Tupinilândia.

Centro Cívico

Era uma sensação estranha, a de se caminhar por um shopping vazio, à noite, escutando o eco dos próprios passos, o apito regular e distante dos walkie-talkies de vigias noturnos, o som áspero da enceradeira sempre pilotada por um funcionário entediado no andar superior.

Contudo, no Centro Cívico de Tupinilândia, todas as luzes das áreas públicas eram apagadas, exceto as molduras neon nas escadas rolantes, nos canteiros de flores, nos umbrais das passagens e nas vitrines de algumas lojas, banhando tudo numa aura de videoclipe *synthwave*. E com trilha sonora: num volume mais baixo, sem competir com o burburinho diurno, a rádio oficial da cidade ecoava nos corredores. Artur logo reconheceu a batida da caixa de ritmos e sintetizadores de "Blue Monday", do New Order.

How does it feel, to treat me like you do? Cidades têm personalidades próprias, e Tupinilândia não era diferente. Quanto mais compreendia aquele lugar, mais a percebia como um ser vivo e pensante: idealista e otimista em sua juventude, aspirando ao futuro, sintonizada com as novidades; mas cujo acúmulo de frustrações tornara conservadora e pessimista na velhice, fechada e defasada, sem mais contato com a realidade de um mundo com o qual entrou em descompasso. Era triste. E de certo modo, refletia o espírito de muitas cidades brasileiras que conhecera. "*Those who came before me/ Lived trough their vocations/ From the past until completion/ They'll turn away no more.*"

— Essa eu sempre botava nas minhas reuniões dançantes – lembrou.

— O que era uma reunião dançante? – perguntou Lara.

Ele suspirou. O estalo de um walkie-talkie denunciava a aproximação de um segurança. Os dois se encolheram atrás de uma grossa pilastra de granito, e Lara apontou a escada rolante mais próxima. Engatinharam até os primeiros degraus e desceram agachados, para o subsolo 4.

Meia hora antes, na sala da Semat, Afonsinho acumulava funções e comia pizza quando percebeu uma grande movimentação no corredor do lado de fora. Abriu a porta e viu que havia gente entrando e saindo da sala de controle, mas ninguém o chamou, então ficou onde estava, substituindo Zeca, aguardando que lhe entregassem o que quer que fosse que iriam lhe entregar. Um pouco mais tarde, o dr. Demóstenes bateu na porta e disse que Afonsinho já podia voltar à sala de controle, fazendo seu plantão no *video wall*. A mensagem do interventor à cidade estava sendo gravada, uma fita cassete lhe seria entregue dali a uma hora.

— Ah, e Afonsinho... sobre aquela transmissão que vocês todos devem ter visto... - disse Demóstenes. — Aquele não era o verdadeiro general. Era um ator se passando por ele, um truque dos comunistas pra nos confundir e nos fazer perder a confiança no general. Entendeu?

— Sim, doutor.

Meia hora depois, Afonsinho olhava atentamente o *video wall*, cumprindo seu plantão, olhando os corredores e praças vazias do Centro Cívico à noite na esperança de ver algo que justificasse aquela agitação toda da última hora. Havia sido, afinal de contas, um dia cheio de eventos.

Foi quando viu um pequeno grupo de soldados integralistas surgir na ala oeste, andando apressados enquanto conduziam sete pessoas que não conseguia dizer quem eram. Sumiram rápido ao entrar nos corredores de manutenção do terceiro subsolo. E então o silêncio e o tédio retornaram.

Logo depois, notou duas pessoas andando agachadas próximo às escadas rolantes, esgueirando-se pelos cantos. Pelo teclado, chamou câmeras, deu zoom, e reconheceu o professor Flinguer e sua filha. Esgueiravam-se pelo quarto subsolo, e Afonsinho sabia exatamente para quem ligar. Pegou o telefone e discou um número.

— Rosa? É o Afonso. Escuta com atenção o que eu vou te dizer.

Artur e Lara evitavam se expor ficando no meio do corredor, e andavam colados às vitrines envidraçadas das lojas, cujos produtos pareciam velhos e intocados. Escutaram estalido de rádios, som de muitos passos. Um grupo grande vinha se aproximando. Precisavam se esconder. Artur apontou as portas de uma cantina, um mezanino que se projetava sobre um dos vãos livres, como um deque fechado. Usou seu crachá para abrir a porta e os dois se esconderam ali dentro, onde tudo estava escuro exceto pela luz de um velho televisor de tubo deixado ligado, exibindo uma reprise de *Dona Beija*.

Os dois se esconderam debaixo das mesas e viram um grupo de soldados integralistas passar pelas janelas, levando alguém algemado, usando uma peruca de cabelos brancos que lembrava muito os cabelos do velho general Kruel. Não conseguiram ver quem era. Depois que os soldados passaram, Artur se levantou de debaixo da mesa e viu algo atrás do balcão da cantina que o animou.

— Pai! – Lara sussurrou, assustada. — O que tu estás fazendo?

— Tem todos ali – justificou, empolgado. — A coleção completa!

Ela perguntou do que ele estava falando, e seu pai tirou de detrás do balcão uma pilha de copos plásticos de refrigerante, um dentro do outro, pintados com diferentes artes coloridas de Artur Arara e seus amigos. Tirou um de dentro do outro até encontrar o que buscava: o mais raro de todos, o copo de Magalhães, o pinguim exilado. Sorriu feito uma criança na noite de Natal.

— Pai! – Lara murmurou. — Te abaixa! Tem mais alguém vindo!

Uma moça baixinha e cabeçuda, de cabelos castanho-escuros curtos e olhos grandes e expressivos, passou pela janela no lado de fora da cantina. Os dois se esconderam debaixo de outra mesa. A luz vermelha da trava eletrônica ficou verde, a porta abriu e ela entrou.

— Professor? Professor Flinguer? Eu sei que vocês estão aqui – disse ela, sussurrando. — O meu nome é Rosa. Seria bom vocês virem comigo, se quiserem continuar vivos.

Os dois saíram de debaixo das mesas.

O núcleo duro do poder

O local é uma sala no quinto andar da Torre de Controle, ao lado do escritório do interventor. Ao redor de uma mesa onde o mais jovem já avança na casa dos sessenta anos, estão reunidos os oito oficiais de mais alta patente do governo. Todos homens, claro, e todos já grisalhos.

Do lado de fora da sala, Ernesto Danillo aguarda impaciente o fim da reunião. Aos trinta, é já um tanto velho para continuar sendo o líder da Juventude Integralista Livre, mas ao mesmo tempo considerado jovem demais pelos "cabeças brancas" para participar daquelas reuniões. Mesmo que seja um dos poucos na cidade a saber a verdade, de que o regime militar acabou há trinta anos. Para ele sempre foi uma questão de patriotismo, somada a uma alta dose de utopia: o mundo exterior era o império da baderna e da vagabundagem, e somente ali, em Tupinilândia, era possível construir uma sociedade correta, justa para com quem merece, de valores sólidos e imutáveis. Esse era o sonho do general, e ele compartilhava desse sonho. Mas se havia alguma coisa que essa crise toda provara, era que estava na hora dos cabeças brancas largarem o osso. Enquanto isso, aguardava.

Detrás daquela porta, o interventor William Perdigueiro presidia a sessão. Ao redor da mesa estavam os oficiais mais antigos dentre os habitantes originais: o secretário de Controle Demóstenes do Nascimento ao seu lado direito; o secretário de Combate à Subversão Adamastor dos Santos, pai de Afonsinho; o gerente de Controle do Consumo Valentino Baptista; e o secretário de Caça aos Comunistas Francisco Casoy, o Chico. O único que não podia comparecer era o secretário da Propaganda, coronel Eliseu Sampaio, entrevado depois de um AVC.

Foi o coronel Adamastor quem tocou no assunto que mais os preocupava: a subversão. Já naquela tarde, durante o horário do recreio da escolinha, a professora relatou que as crianças gritavam "Gabriela, traz o meu mingau" para as merendeiras. O cabo Valentino disse ter visto essa mesma frase escrita na parede do mictório da Torre de Controle – da própria Torre de Controle! Não duvidava de que algo mais apareceria nas paredes dos outros banheiros da cidade.

— Não se preocupem – disse Perdigueiro. — Preparei um vídeo para convencê-los de que foi tudo uma farsa, só uma trucagem de câmeras feita com um ator, para nos confundir.

— Eles estão perdendo o respeito pela autoridade, Demóstenes! - protestou Adamastor, batendo na mesa. — O precedente foi aberto. E o Ernesto está ali fora no corredor, com a garotada da JIL. Não tenham dúvidas de que os jovens dos "cabeças pretas" vão querer usar isso como argumento, pra ocuparem mais espaço na cadeia de comando.

— Precisamos de algo que cale a boca do povo – disse Chico. — Que sirva de exemplo.

— Nós temos Helena - lembrou o interventor. — Nós finalmente temos Helena.

Demóstenes lembrou-lhe que eles não podiam simplesmente julgar e matar Helena Flynguer, como fizeram com outros invasores externos nas últimas décadas. Ela era diferente, era dona de uma das maiores empreiteiras do país. Sua morte geraria uma investigação, talvez até uma intervenção federal – do governo *de verdade*, era bom lembrar.

Mas Perdigueiro lembrou-lhes de que agora tinham um helicóptero. Poderiam usá-lo para forjar um acidente aéreo, sempre uma forma prática de se livrar de quem era ao mesmo tempo muito incômodo para continuar vivo, mas muito graúdo para desaparecer – vide o general Castelo Branco, ou Ulysses Guimarães. Ninguém questiona um acidente aéreo. As pessoas já têm um medo natural de voar, estão predispostas a aceitar que tragédias ocorram.

— Isso não dará conta da subversão – lembrou Adamastor.

— Agradeça àquele pirralho amigo do seu filho por isso – grunhiu um secretário.

— O Zeca? Ele servirá de exemplo amanhã – disse o interventor. — É sempre traumático quando um residente muito benquisto acaba executado. Mas serve pra colocar as coisas em perspectiva pro povo. E ele é um exemplo perfeito, se pararem pra pensar: todo mundo na cidade o conhece desde pequeno, mas ele não tem mais uma família que venha protestar a sua morte.

Contudo, foi o cabo Valentino quem lhes lembrou de outra questão importante, não só vital para o futuro da cidade, mas que parecia rondar o pensamento dos membros daquela própria mesa: uma vez eliminada a ameaça de Helena sobre suas cabeças, o que impediria alguns dos oficiais mais antigos de simplesmente desertar para o mundo exterior?

Silêncio na mesa.

O interventor Perdigueiro encarou Valentino. A questão era uma ameaça velada, como se já visse por trás de seus olhos o próprio espírito de deserção, e lembrou-lhe de que fazia trinta anos que haviam abandonado o país e se isolado ali. Que não só o país havia mudado, mas que, fora dos muros de Tupinilândia, não possuíam absolutamente nada. Que suas tupiniletas valiam tanto quanto as notas de um tabuleiro de Banco Imobiliário. E que era melhor reinar ali do que mendigar no lado de fora.

— A própria ideia de deserção já é, em si, uma traição – lembrou o interventor.

Perdigueiro encerrou a reunião. Conforme os demais saíam da sala, puxou Demóstenes para um canto. Sabia que, de sua sala de controle, tinha acesso à única linha telefônica que os conectava ao mundo exterior, e ao único computador que tinha acesso à internet em toda a cidade.

— Já faz trinta anos, mas vale a pena verificar – disse. — Eu tinha alguma coisinha aplicada numa poupança do Bamerindus. Você pode me fazer um favor e verificar como anda isso?

— William, mas você acabou de dizer...

— Escuta, Demóstenes – o interventor apertou seu braço –, o general está velho, ninguém vive pra sempre. E só Deus sabe o que vai acontecer no dia em que ele se for. É bom ter opções em aberto. Se chegar o momento... metade do dinheiro será seu, está bem?

Demóstenes gaguejou "sim".

O interventor saiu da sala e viu Ernesto à sua espera na porta. Pôs uma fita VHS nas mãos do rapaz e mandou que levasse um recado para Afonsinho, lá na sala de controle: era para ele ir imediatamente à ilha de edição da Semat, interromper a novela e colocar aquela fita no ar.

No apartamento de Rosa, sua irmã mais nova, inquieta, não parava de fazer perguntas: eles são comunistas? Eles vão roubar a nossa casa? Rosa mandou a menina ficar quieta. Ofereceu banho e jantar aos dois, e os macacões azuis que eram uniformes de trabalho para alguns tupinilandeses – havia uma hierarquia sutil estabelecida pelas roupas, que Artur não tivera tempo ainda de compreender. Depois colocou a mesa, uma refeição frugal mas que para elas era um verdadeiro banquete. Glorinha perguntou à irmã se estavam comemorando algo, mas Rosa não quis confessar a verdade: que era a última refeição que as duas fariam ali, pois o dia seguinte seria o último que passariam naquela cidade, qualquer que fosse seu futuro.

— Ele foi preso. Provavelmente vai ser julgado na arena amanhã – disse Rosa.

— Ele quem? – perguntou Lara.

— O Zeca. O meu namorado. Ele é... – ela olhou para Glorinha, e concluiu que não fazia mais diferença esconder isso da menina agora. — Ele é como que um líder nosso. Ele nos organizou e nos incentivou. Até tentamos montar um grupo de teatro, fazíamos encontros secretos nos depósitos do último subsolo, contávamos as nossas histórias, as histórias que não nos deixam falar em público. Se não fosse por ele, eu já teria... sei lá. Pulado no vão, como a mãe do Afonsinho. Como tantos outros fazem o tempo todo, e ninguém nunca fala nada. É melhor correr riscos lá fora do que continuar aqui dentro. Qualquer lugar tem que ser melhor do que viver aqui.

— Vocês não estão sozinhos – disse Artur. — Deve haver vários outros que pensam assim, mas não falam por medo. E há quem já tenha conseguido fugir. Vocês...

Então Rosa desabou: começou a chorar, disse que se Zeca fosse morto, ela não sabia o que faria da vida. Não conseguiria aguentar mais um ano vivendo ali dentro sem ele. Que eles precisavam ajudá-los a escapar, sair dali a qualquer custo. Que eles eram a primeira oportunidade que tinham naquela geração, e talvez fossem a única que teriam por mais tantos anos por vir.

Batidas na porta. Artur e Lara correram a se esconder no quarto. Rosa se recompôs, atravessou a sala, tensa, e abriu a porta. Era Nestor.

— O Afonsinho me ligou – sussurrou ele.

Ela o fez entrar rápido, pois o toque de recolher já estava ativo àquela hora. Chamou Artur e Lara, e os apresentou. Nestor quis saber como haviam entrado, e os dois contaram da ajuda recebida da primeira-dama. O rosto de Nestor se iluminou ao ouvir o nome de Gabriela.

— Consegui falar muito rápido com o Zeca hoje no final da tarde, quando levei o jantar dele – disse Nestor. — Ele disse pra nós pegarmos os professores, aproveitar que vão estar quase todos nas arquibancadas vendo o julgamento, e fugir pelo túnel debaixo da arena.

— Mas vai estar vigiada – disse Rosa.

— *Just beat it* – disse Nestor, batendo o punho contra a mão aberta. — Não vão ser mais do que dois ou três guardas, a gente dá conta.

— Mas e o Zeca? A gente não pode deixá-lo pra trás – ela insistiu.

— Não tem o que fazer, Rosa – disse Nestor. — Ele expôs o general ao ridículo. Não importa que explicação inventem dessa vez, ainda assim as pessoas vão continuar dizendo "traz o meu mingau" e rindo. E o governo nunca vai perdoar o Zeca por isso. Ele disse pra seguirmos adiante, irmos todos pra Bahia, como sempre falamos. Temos que fazer isso por ele.

Artur se intrometeu na conversa. Queria saber onde estavam Marcos, Donald e Benjamin. Estavam bem, garantiu-lhes Nestor. Planejava tirá-los da sala de aula onde eram mantidos presos e trazê-los junto – haviam garantido que um avião da FAB pousaria no final da próxima manhã.

— Sim, minha nossa... – disse Artur. — Eu havia esquecido do nosso avião.

O telefone tocou, Rosa atendeu. Era Afonsinho, perguntando se estava tudo certo, se conseguira encontrar os Flinguer. Falou rápido, disse que precisava desligar, pois o estavam chamando na sala de edição e era melhor ela ligar a tevê. Rosa obedeceu.

Nem meio minuto depois, a novela no televisor foi interrompida por um cartão com o rosto sorridente de Artur Arara, sobre os dizeres: ATENÇÃO. Surgiu o rosto do interventor Perdigueiro.

— Atenção, povo de Tupinilândia: uma grande vitória em nome do Brasil e na guerra contra o comunismo ocorreu nesta noite – disse ele. — Helena Flynguer, a filha e herdeira do traidor João Amadeus Flynguer, acaba de ser capturada, ao tentar invadir a nossa cidade, e será julgada amanhã. Agora, sei que vocês devem estar se perguntando o que foi aquele vídeo a que vocês assistiram esta noite. Mas podem dormir tranquilos, consumidores. Não passava de uma notícia falsa, uma transmissão subversiva feita pra confundir o leal povo da nossa cidade. Aquele não era o general, e sim um ator contratado pelos comunistas pra ridicularizá-lo. O nosso amado general está muito bem. Quanto ao ator... ele não será mais um problema. Vejam por vocês mesmos.

A imagem mostrou um homem amarrado a uma cadeira, cabisbaixo, com uma peruca de cabelos brancos idênticos aos do general e óculos escuros escondendo o rosto. Uma maquiagem acrescentava manchas à sua pele, na tentativa de fazê-lo parecer mais velho, mas era obviamente um homem muito mais jovem fantasiado de general Kruel. Então a câmera se afastou, mostrando os buracos de bala no peito e as manchas escuras de sangue seco na camisa azul-marinho. Estava morto.

Rosa tapou a boca com as mãos, Lara soltou um grito curto, segurou o choro e começou a soluçar, enquanto seu pai a abraçava em silêncio. Pois todos ali reconheceram aquela camisa do clube do Remo: era o professor Marcos.

— Amanhã, às nove da manhã – continuou o interventor –, todos estão convidados à arena, para o julgamento da traidora Helena. E lembrem-se: a sua participação vale pontos.

A transmissão retomou a novela. O grupo ficou em silêncio na sala.

— O julgamento... – murmurou Artur, tendo uma ideia.

Perguntou se Lara ainda estava com o rádio. Ela o entregou ao pai.

— Ulisses? Alô, cabo Ulisses? É o Artur. Câmbio.

"Na escuta! Professor? O senhor está vivo! Onde vocês estão?"

— Dentro da cidade, Ulisses. E você?

"Aqui no parque ainda. Eu não sei o que fazer, professor."

— Ulisses, escute, procure aquele mapa do parque, com as plantas baixas, está bem? Assim que amanhecer, preciso que você vá pra um lugar específico. O jipe está aí com você ainda? Veja se tem gasolina o bastante naquele galão. E leve uma arma.

"Está bem. Mas o que tenho que procurar nesse mapa?"

— Acho que aparece como MV na planta baixa. Fica em algum lugar à esquerda do Centro Cívico, entre o País do Futuro e a ponta leste da Terra da Aventura. Está me entendendo?

"Sim, professor. Mas o que é MV?"

— É uma sigla. Pra "Museu da Vergonha".

Lara perguntou o que seu pai estava planejando. Ele sorriu.

— Uma forma de derrubar Tupinilândia – disse Artur. — Pra sempre.

Episódio 6
De volta para o futuro

Futuro do pretérito

Tupinilândia, uma semana antes.

Com sua voz sintetizada, o despertador anunciou: oito da manhã. Zeca olhou-se no espelho, ciente de que não aguentava mais viver em Tupinilândia. Faria dois anos já que seus pais haviam desaparecido, e não sabia dizer se o choque do desaparecimento era maior pela normalidade com que a cidade aceitara aquela ausência repentina.

Preparou seu café da manhã, mas deu-se conta de que havia acabado o leite em pó e não comprara mais. Não queria gastar indo nas cantinas dos níveis superiores, embora agora pudesse se dar esse luxo, mas tampouco estava com vontade de encarar a ração que serviam nas cantinas do subsolo, bolotas secas e farinhentas de origem duvidosa e que, dizia-se, eram feitas de comida velha. Não é que fosse pão-duro, mas tinha seus motivos para ser econômico: queria ajudar Rosa e a irmã a comprarem um apartamento melhor, nos níveis superiores, mais próximo do domo e da luz natural, e que lhes daria acesso gratuito às cantinas superiores.

Pegou o walkman – um dos poucos luxos que se permitiu com suas parcas tupiniletas –, pôs uma das fitas cassete gravada às escondidas em sua sala da Semat, numa seleção de artistas censurados pelo governo, e saiu para o trabalho: "Apesar de você amanhã há de ser outro dia/ Eu pergunto a você onde vai se esconder da enorme euforia/ Como vai proibir quando o galo insistir em cantar/ Água nova brotando e a gente se amando sem parar".

No caminho, andando pelas ruas da cidade até a Torre de Controle, passou pelas inúmeras lojas, com suas roupas, artigos de decoração e utensílios domésticos que eram quase sempre os mesmos exceto por mudanças de cores regulares, anunciadas com estardalhaço pelo governo. Havia as semanas de bazares também, onde cada família deveria se desfazer de algo antigo para abrir espaço para o novo. E de tempos em tempos, para marcar datas comemorativas, o governo abria um dos inúmeros lotes de memorabília guardados nos depósitos subterrâneos da cidade, e os anunciava com estardalhaço. Afinal, era preciso dar algo para os tupinilandeses desejarem, que os fizesse economizar e gastar as tupiniletas acumuladas e que mantivesse a roda em movimento. Era preciso evitar a todo custo que chegassem à conclusão lógica de que seu trabalho e suas economias eram parte de uma existência cíclica que nunca chegava a lugar nenhum. Porque, se isso acontecesse – e nos últimos anos, vinha ocorrendo com frequência cada vez maior –, era mais um que pulava nos vãos, mais um aviso nos alto-falantes alertando que "tudo estava normal", mais um enterro apressado e um nome que deveria ser rapidamente esquecido. Assim, tentava-se evitar a depressão sistemática de seus habitantes mantendo-os num estado de constante euforia, e a cada novo anúncio a população entrava em frenesi: novos brinquedos para suas crianças, estatuetas decorativas, pratos e copos e talheres e camisetas sempre com o rosto furiosamente feliz de Artur Arara e seus amigos.

E então vinham os anúncios da loteria, onde o ganhador teria direito a passar algumas horas do lado de fora da cidade, sob forte proteção militar para evitar ataques dos comunistas, e talvez até se divertir em algum dos poucos brinquedos que eram conservados pelo governo. E se alguém se perguntasse por que uma cidade-Estado, último bastião no combate à invasão comunista, era cercada por parques de diversões, recebia a resposta-padrão: de que era uma forma de enganar o inimigo, fazendo-o crer que ali era uma terra abandonada. Inimigo este que, de tempos em tempos, surgia capturado nos arredores da cidade, disfarçado de médicos sanitaristas ou agentes do IBGE, que eram sempre desmascarados a tempo pelos agentes do integralismo e eliminados em vistosas cerimônias públicas na arena. E ainda assim, não era isso o que mais incomodava Zeca.

Ao final da manhã, Afonsinho bateu na porta de sua sala e os dois saíram juntos para almoçar, descendo as escadas rolantes até a cantina no subsolo, onde haviam combinado de encontrar Rosa e Nestor. Entre colheradas da ração, queriam saber: como foi a reunião com o pai de Afonsinho, o coronel Adamastor? A lei impede os consumidores de Tupinilândia de formarem grupos não familiares maiores do que quatro pessoas em áreas públicas, e na prática qualquer reunião que não fosse expressamente autorizada pelo governo era proibida. Zeca enviara uma petição ao secretário de Combate à Subversão pedindo uma autorização para que montassem um grupo de encontros de órfãos na cidade – uma forma de oficializar a existência do Refúgio dos Refugos. Mas o coronel olhou aquilo com suspeita: afinal, salvo um ou outro caso, os órfãos da cidade eram filhos de apátridas ou expurgados, e não lhe parecia boa ideia permitir que se reunissem.

— Acho importante, senhor – Zeca justificara na ocasião –, com todo o respeito, que o pessoal mais jovem tenha um espaço pra conversar e trocar ideias.

— Esse espaço já existe. É só se filiarem à Juventude Integralista Livre.

— Mas é um grupo social, senhor, não queremos fazer política.

— Mas a Juventude Integralista não é filiada a nenhum partido político, Zeca. Ela existe justamente pra orientar e conduzir toda essa... angústia que vocês jovens têm. Olhe, eu entendo, já fui jovem um dia e vocês estão na idade de questionar e querer mudar as coisas. Mas com o tempo, idade e experiência, vão perceber que as decisões corretas já foram todas tomadas. E quanto à JIL, você sabia que ela já foi considerada até mesmo um movimento de oposição?

— Então deve ter sido a oposição mais a favor de que já se teve notícia – resmungou Zeca.

— Olhe esse tom, garoto – alertou o coronel. — Isso é subversão.

Zeca ficara visivelmente frustrado. O coronel suspirou, abriu uma gaveta e pôs sobre a mesa um bonequinho dourado de Cauã, o Pato-do-Mato, um dos personagens mais queridos daquele universo infantil usado para educar as crianças da cidade. Zeca o encarou, confuso.

— Vamos lá, rapaz, anime-se. Olhe só... – baixou o tom de voz, pronto para uma confidência. — Oficialmente, eu não poderia lhe dizer isso, mas vou lhe contar essa novidade em primeira mão. Fica só entre nós dois, está bem? O governo vai abrir um dos lotes mais antigos do depósito, do tempo da fundação da cidade, pras comemorações do aniversário do general. E vamos comercializar esse bonequinho do pato Cauã, original de 1986. Edição limitada, será caríssimo, só os melhores dentre os melhores irão tê-lo na sua coleção, mas haverá um desconto pros funcionários da torre que quiserem comprar em pré-venda. Que me diz?

Zeca o encarou, incrédulo.

— Sinceramente, acho uma idiotice pagar por algo que já estava aqui dentro o tempo todo.

O coronel fechou a cara e guardou a estatueta.

— Olhe, Zeca, eu tenho feito vista grossa pra muitas coisas. Inclusive, o controle do consumo me alertou de que você não tem cumprido a sua cota mensal...

No dia anterior, Zeca recebera uma advertência do gerente de controle de consumo: fazia tempos que não o viam adquirindo nada nas lojas da cidade. Zeca explicou que vinha economizando para ajudar Rosa a comprar um apartamento mais elevado, e então o secretário disse que seu altruísmo era muito poético, muito bonito, mas já dizia o general Kruel em seu livro de ideias: o altruísmo não era uma ideia racional, pois ia contra a sobrevivência individual, e por isso devia ser condenado. E tirou da gaveta o famoso livro do general Kruel sobre os benefícios do egoísmo racional. Zeca disse que havia lido aquele livro na escola, mas o secretário insistiu: então releia, irá clarear suas ideias. E encerrou a conversa dizendo que queria vê-lo comprando nas lojas da cidade em breve; afinal, não era racional privar-se de ter coisas novas e bonitas o tempo todo.

— Você não está autorizado a fazer reuniões, e ponto-final – encerrou Adamastor. — Se alguma coisa chegar aos meus ouvidos, você receberá uma advertência de subversão. Você já tem uma, pelo que sei, de quando era adolescente. Se chegar a três, sabe o que isso significa: julgamento na arena. E você sabe o resultado que isso pode ter. Não vá seguir os passos dos teus pais.

E era isso. Ao escutarem seu relato no almoço, os demais suspiraram resignados, já não tinham muitas esperanças. Nestor cogitou se o próprio Afonsinho pedisse ao pai não facilitaria as coisas, mas Zeca rejeitou a ideia – sabia o quanto seu amigo morria de medo do próprio pai. Não, os Refugos continuariam na clandestinidade. E quando o horário de almoço acabou e todos se despediram, murmurou para Rosa: me encontre no lugar de sempre. Ela assentiu.

A tarde passou, e o expediente se encerrou. O anoitecer sob o domo de Tupinilândia era cor de neon rosa e azul, e no último andar da cidade, colados às placas de vidro hexagonais do domo, havia jardins de hidropônicos e pomares. O acesso era restrito, mas à noite, quando começa o toque de recolher e não se espera que ninguém esteja nas áreas públicas, é um dos locais favoritos de Zeca. Ali observava os neons refletidos no vidro do domo, ali escutava músicas proibidas em seu walkman, e era ali também que Rosa o encontrava, onde sabiam estar seguros, pois Afonsinho, que tinha acesso ao *video wall*, garantia que exatamente naquele canto as câmeras tinham queimado havia anos e ninguém nunca se incomodara de consertar.

E naquela vez, a última noite em que subiu ali para ver a cidade adormecida, Rosa juntou-se a ele logo em seguida. Ele pediu para ela escutar aquela música que encontrara nos arquivos e gravara na fita, e compartilharam os fones de ouvido: "Que sonha com a volta/ Do irmão do Henfil/ Com tanta gente que partiu/ Num rabo de foguete/ Chora! A nossa Pátria Mãe gentil/ Choram Marias e Clarisses/ No solo do Brasil". Quem será esse Henfil cujo irmão partiu? Não sabem, mas sabem como é ver partirem aqueles que amam sem nem saber o que aconteceu. E ali Zeca a beijou, como tantas outras vezes, e confessou que, apesar de tudo, saíra da reunião com o secretário de espírito renovado, sentindo-se liberado. Se todas as portas estavam fechadas, só havia um caminho a seguir: fugir da cidade na primeira oportunidade que surgisse.

Ela ficou preocupada: e a selva? E os comunistas? E a guerra? Zeca deu de ombros: nada poderia ser pior do que ficarem presos ali dentro, vivendo sem sentido. Cedo ou tarde, quem não se contentasse em ter seu espírito esmagado pela subserviência terminaria morto, como aqueles comunistas disfarçados de técnicos do IBGE que vieram alguns anos antes. E talvez nem existisse ameaça mais. Talvez fosse uma grande mentira, feita por quem não queria admitir que o mundo com o qual se acostumara já havia acabado. Sim, tinham que fugir. Só precisavam de um bom plano. E que a oportunidade certa surgisse.

Tupinilândia, uma semana depois.

Zeca foi enviado para a sala de aula junto de Benjamin e Donald durante a madrugada. Donald estava deprimido depois de ver Marcos morto na televisão, e os dois rapazes tentavam distraí-lo, Zeca querendo saber em detalhes tudo o que acontecera no mundo real "durante sua ausência" que, no caso, fora de uma vida toda.

— Sabe o que é engraçado? – Donald respondeu. — Quando saí do Texas e vim pro Brasil, queria viver neste país onde as pessoas trabalhavam pra investir em casas na praia, e não em abrigos nucleares subterrâneos. E agora vou morrer dentro de um deles.

— Este lugar é um pesadelo - suspirou Benjamin. — Parece que conseguiram juntar tudo o que há de pior no país e jogaram aqui dentro - voltou-se para Zeca. — Não sei como você aguentou tanto tempo.

Zeca ergueu os ombros. Havia crescido ali e, quando se é criança, não se tem parâmetros do que é bom ou ruim. Não se sente falta do que nunca se soube que não se tem; a gente aceita o mundo do modo como nos apresentam. Para ele, aquilo sempre foi o Brasil.

— Mas não há nada de brasileiro num lugar que não tem ruas - disse Donald, girando o dedo no ar. — Isso aqui é uma torta feita de várias camadas de ideias ruins, importadas sem critério.

— Mas acho que vocês têm alguma chance de saírem daqui. Já eu... - Zeca olhou o mapa do Brasil na parede. — Os meus amigos e eu planejávamos conhecer a Bahia. Vocês já foram à Bahia?

Passos no corredor.

— Bem, se algum de vocês sair vivo daqui - disse Zeca. — Visitem a Bahia por mim.

A porta abriu, e Ernesto Danillo entrou acompanhado de soldados, separou Zeca dos outros e o levou. No caminho, contou-lhe que haviam capturado Helena Flynguer na noite anterior, e ele seria julgado junto com ela. Sob escolta, Zeca atravessou as áreas públicas do Centro Cívico, sua presença atraindo olhares: quem passasse por ele, parava e olhava. Levaram-no rumo à Arena, adentrando corredores que conduziram ao vestiário. Quando foi empurrado e largado ali dentro, Zeca se viu cara a cara com aquela que foram ensinados a temer e detestar desde criança. Agora, sentada num banco, cabisbaixa e irritada, ao lado do sargento Ibuki e seus paramilitares, Helena adquiria uma materialidade humana e banal. Ela o encarou, confusa:

— E você, quem é?

— Eu? Eu não sou ninguém importante - ele sorriu. — Mas a senhora é Helena Flynguer, não é? O flagelo do general, o diabo encarnado *et cetera*.

— É assim que me chamam aqui?

— Nas brincadeiras da escola, era. - Ele caminhou pelo vestiário, olhando os desenhos vermelhos e verdes nos ladrilhos. — Que coisa. Acredita que mesmo depois de todos esses anos, nunca tinha entrado aqui? É o vestiário do meu time. Nós temos dois times na cidade, a senhora deve saber, o Verde-Amarelo e o Pau-Brasil. Mas pau-brasil é vermelho, essa é a cor do time, e como vermelho é cor de comunista, o Verde-Amarelo acabou se tornando o time "oficial" da cidade. Os jogos são sempre arranjados, sabe? Pro Pau-Brasil perder. Então, só de implicância, o povo torce pro Pau-Brasil, mesmo sabendo que o time nunca vai ganhar nada. Que coisa, não?

Ela suspirou, irritada. Não estava interessada no futebol da cidade.

— O que você fez pra acabar aqui?

— Ah, uma besteirinha à toa - abriu um sorriso. — Transmiti ao vivo pra toda a cidade a conversa da senhora com o general Kruel. E agora vamos ser executados juntos.

— E você parece achar isso divertido, já que não para de sorrir.

— É que, depois de tanto tempo, eu finalmente entendi o que *realmente* deixa essa gente abalada. É a única coisa que não podem controlar, porque é a única coisa que eles não têm. Por isso que eles sentem tanto medo disso. E no final das contas, é o que vai acabar com eles.

— E o que seria isso, posso saber?

— Senso de humor, dona - ele sorriu. — Eu vou fazer a cidade inteira rir da cara deles.

Subversivos

Nestor se aproximou do soldado de guarda e, num tom severo, disse que era procurado na Secretaria de Combate à Subversão – o tipo de recado que atinge consciências culpadas. Não se preocupe que o Pedrão ali substitui você, disse-lhe Nestor, apontando o rapaz imenso que o acompanhava, de ombros largos estilo armário duplex. O soldado integralista assentiu e saiu apressado. Era o tempo que os dois precisavam. Ao entrarem na sala de aula, Donald e Benjamin os encararam, surpresos. Era hora de partir.

— Como assim? Sem disfarces? – perguntou Donald. — Não precisamos sair escondidos?

— Temos cinco, talvez dez minutos – disse Nestor, enquanto desembrulhava uma trouxa de roupas, revelando três macacões azuis de tupinilandeses. — Vistam isso.

Os dois obedeceram. Em seguida, caminhavam apressados pelos corredores do Centro Cívico, enquanto a voz de Demóstenes chamava nos alto-falantes: "Atenção, Tupinilândia convida a todos os seus consumidores para participarem do julgamento na arena esportiva. Não deixe o seu ódio no sofá, traga-o para as ruas! Lembre-se: a sua participação vale pontos". Desceram até o quarto subsolo e bateram à porta do apartamento de Rosa. Ali dentro estavam Artur e Lara.

— Professor! Lara! – Benjamin era o mais empolgado. — Vocês estão vivos!

— Não achou que a gente ia te deixar pra trás, né, cunhadinho? – ela riu.

A campainha tocou outra vez. Era Afonsinho, que vinha apressado pois tinha que chegar logo ao trabalho – seria novamente o responsável por cuidar da transmissão dos julgamentos. Como Artur havia pedido, trouxera escondido da sala de controle aquela pequena "câmera que voa". E havia encontrado outra coisa interessante: a fita VHS que Zeca gravara, com as retrospectivas.

— Ótimo – disse Artur. — Isso vai deixar a plateia ainda mais aturdida.

Consultaram os relógios: ao meio-dia, o mesmo C-105 Amazonas do Esquadrão Arara que os trouxera ao parque pousaria e ficaria à sua espera. Eram quase dez horas. O tempo era apertado.

— Vai dar - garantiu Artur.

Tudo dependia de quão chocantes seriam as cenas que entregaria para a cidade, mas tinha confiança de que ninguém ficaria indiferente ao seu plano. Ele mesmo guardava aquela memória de quando, em 1981, aos sete anos, viu pela primeira vez as imagens que inspiravam seu plano. Uma plateia presa à percepção de realismo dos anos 80 seria o público perfeito.

Saíram, o pequeno grupo se movimentando discreto pelas entranhas da cidade, descendo até o sexto e último subsolo. Para não levantarem suspeitas, atravessaram a praça aos poucos, em duplas. A entrada da torre no sexto subsolo era a menos movimentada, quase ninguém entrava por ali e não contava sequer com uma recepcionista. A moderna enfermaria que o velho Flynguer montara ali havia muito já fora levada para os aposentos do general, e o espaço agora servia de depósito para equipamentos velhos. Entre monitores antigos e eletrônicos quebrados, Donald reconheceu os restos de um imenso Cray XMP. O grupo se espremeu como pôde dentro do elevador, para evitar terem que usá-lo muitas vezes e diminuir as chances de alguém os encontrar entre idas e vindas.

Rosa pressionou o botão do sexto andar. O elevador começou a subir: S5, S4, S3. Uma música em inglês começou a tocar, toda sintetizadores e teclado eletrônico: *"there's a power that comes from deep inside of you…"*. Empolgado, Artur reconheceu a música de abertura de *Jayce e os guerreiros do espaço*. Meu Deus, ele tinha os bonequinhos disso! Explica para a filha que era sobre um guri em busca do pai, que tomava parte em um grupo de heróis, a "Liga Relâmpago", pilotando veículos com escavadeiras e motosserras, contra um grupo de vilões feito de vegetais, os "Monstroides", que…

— Pouco ecológico isso aí, hein, pai? - comentou Lara.

— Que coisa mais século XX - observou Benjamin.

— Bem, *eram* os anos 80… - Artur ergueu os ombros, constrangido.

O elevador passou pelo S2 e S1. O nível térreo era o mais tenso, era onde havia a maior probabilidade de alguém tomar o elevador naquele horário. O marcador mostrou o T. Em seguida saltou para o segundo. Passaram. Respiraram aliviados: terceiro, quarto andar. Então o elevador parou no quinto andar. Afonsinho e Rosa seguraram o fôlego. Era onde ficava o gabinete do interventor. A porta abriu. Não havia ninguém. Dez longos segundos até a porta fechar outra vez. Seguiram caminho.

Chegaram ao sexto andar e saíram todos. Enquanto os demais entravam na sala da Semat, Artur e Benjamin seguiram pelas escadas para o andar seguinte, até o terraço que se abria para o heliporto e a antena acima do domo. Artur foi liberando a passagem com seu crachá até a última porta, onde se lia "Heliporto: somente pessoal autorizado".

Ao empurrar a porta, foram tomados pelo vento matinal, o sol já quente brilhando sobre as enormes placas de vidro hexagonais do domo. O H pintado sobre o concreto estava desbotado, e, ao lado da porta, erguia-se a antena. Enquanto Benjamin punha o drone no chão e o ligava, Artur chamou o cabo Ulisses pelo rádio. Observaram o aparelho levantar voo e partir em direção sudoeste. Na tela do tablet acoplado ao joystick, Benjamin via a mata por cima, e logo encontrou o jipe Wrangler avançando pelas estradas auxiliares, onde Ulisses dava graças aos céus pelo câmbio automático que o permitia dirigir mesmo com o braço enfaixado.

"Não deixe o seu ódio no sofá, traga-o para a arena!", disse a voz pela cidade. "Lembre-se: a sua participação vale pontos."

A porta do vestiário foi aberta por um grupo de soldados integralistas, e Ernesto Danillo entrou logo atrás. Parou diante de Zeca e Helena, segurando as mãos nas costas como se quisesse exibir o peito coberto de medalhas que, num olhar rápido, Helena percebeu serem antigos brindes do parque Tupinilândia. Foram distraídos pelos risinhos contidos e nervosos dos soldados. Os homens se cutucavam apontando o desenho na parede, feito com batom: uma caricatura do general Kruel, rodeado de passaralhos gotejantes, dizendo "traz o meu mingau".

— Quem *foi* que fez *isso*? - berrou, furioso. — Quem foi que desenhou *caralinhos voadores* na parede do vestiário? - Encarou Helena. — Foi você?

— Como se eu fosse me dar ao trabalho.

Ernesto encarou Zeca:

— Foi você!

— Eu não uso batom - respondeu, segurando o riso.

Danillo deu-lhe um soco no estômago. Zeca ficou sem ar, mas, quando se ergueu, continuou sorrindo. Ernesto apontou para o rapaz e para Helena, ordenando que os soldados os levassem. Quanto ao sargento Ibuki e seus homens, disse que seriam "guardados para mais tarde".

De punhos amarrados, Zeca e Helena foram conduzidos pelo corredor que levava ao gramado da arena, sob o ribombar dos tambores tocados pela banda marcial. Ao saírem para a claridade, sob o sol forte que atravessava o domo, receberam uma grande vaia da plateia. Mesmo assim, Zeca ergueu os braços e os abanou, como se as vaias fossem aplausos. Nas arquibancadas, alguns acharam graça e bateram palmas.

"Pare o carro, Ulisses", Artur alertou pelo rádio.

O soldado obedeceu. Viu o drone, que voava à frente do jipe indicando o caminho, se erguer no ar e sumir avançando à frente. Estava próximo da ponta leste do Centro Cívico, e podia ouvir ecos da plateia ululando na arena. O rádio apitou. Artur o avisou de que havia um jipe parado em frente ao prédio, mas sem ninguém dentro. Ulisses avançou com o carro.

"Peraí, puta merda, tem alguém saindo do prédio!", Artur gritou.

Era tarde demais. Já o estava vendo: um integralista saía pela porta frontal e abrira a porta do jipe sem entrar, ajoelhando-se para pegar algo no banco do motorista. Ulisses pisou no acelerador e o integralista, que ouvira o barulho do motor se aproximando, tentou sair do carro e correr mas foi atingido em cheio, arrebentado contra o para-choque e arremessado longe com a freada.

Ulisses pegou a pistola, saiu do carro e foi verificar o estado do integralista. Estava morto. Enfiou a pistola no coldre, tirou o galão de gasolina do banco de trás e caminhou para a porta de entrada do prédio. O drone voava ao seu redor, acompanhando-o. O rádio bipou: "Segure a porta pra gente". Ulisses entrou primeiro, segurou a porta e o drone entrou logo em seguida. Mesmo ali dentro, ouviam-se os ecos e bumbos da arena esportiva.

"Eles devem estar no segundo salão à direita", disse Artur. "Fique preparado, vamos distraí-los." Ulisses largou o galão num canto próximo à bilheteria. O drone avançou pelo corredor principal, parando em frente ao pórtico do segundo salão à direita, e voltou.

"Três homens. Um soldado e dois câmeras", avisou Artur.

— Que foi aquilo? – uma voz veio do salão. — Vocês viram aquilo?

— Não, não vi. Era um bicho? – disse outra voz.

— Algo voando, não vi direito. Não está escutando isso? Parece um inseto.

— Vá lá e tire daqui – pediu a segunda voz. — Depois do fiasco de ontem, se alguma coisa atrapalhar essa transmissão, os próximos na arena seremos nós.

O drone ficou parado no centro do salão de entrada, com seu zumbido constante. O soldado veio caminhando cauteloso, e Ulisses, que se escondera dentro da galeria imediatamente anterior, esperou que o homem passasse por ele. Mirou a pistola e o derrubou com dois tiros nas costas. O barulho dos disparos ecoou dentro do museu. Ulisses correu ao segundo salão e os pegou de surpresa.

Havia dois homens ali, com fones de ouvido na cabeça, operando um par de câmeras.

— Só te digo vai, que o primeiro que se mexer leva o farelo! – ameaçou Ulisses. — Agora, vocês façam exatamente o que eu disser, ou não saem vivos daqui.

No canal oficial de Tupinilândia, o desenho animado chegava ao fim e Afonsinho aguardava o sinal do rádio para pôr o vídeo no ar, quando escutou baterem na porta – que ele, por prudência, deixara chaveada. Lara e Donald se esconderam na saleta de rádio, e Rosa foi abrir a porta.

Era Demóstenes.

— Por que a porta está trancada?

— Senhor? Não sei, por segurança. Por quê, aconteceu alguma coisa?

— Vamos começar em três minutos, e antes de voltar pra minha sala só quero me certificar de que está tudo certo aqui. Não queremos outra confusão como a de ontem – ele olhou para Rosa, logo atrás de si. — E você não tem autorização pra estar aqui, mocinha.

— Eu preciso dela, senhor – disse Afonsinho. — Pra me ajudar com o equipamento. Estou um pouco nervoso, porque nunca fiz isso antes, e o senhor sabe que…

Demóstenes olhou de Afonsinho para Rosa, e sorriu malicioso.

— Não esperou nem o cadáver esfriar, hein, malandro? Certo, certo. Tomem cuidado, nada de falhas, certo?

Afonsinho garantiu que daria tudo certo. Demóstenes já se voltara para a porta, pronto para sair e retornar à sua sala, quando percebeu algo errado: o laptop de Donald, com o chamativo adesivo dos Simpsons, estava mal escondido numa prateleira de um canto.

— Como aquilo veio parar aqui?

Antes que alguém lhe respondesse, levou uma violenta pancada na cabeça que o deixou tonto. Levou a mão à nuca, olhou os dedos sujos de sangue e se virou: Rosa segurava nas mãos um troféu Ararito, cujo bico proeminente estava agora vermelho-sangue.

— Filha da... – balbuciou, mas Rosa o golpeou outra vez, agora no rosto, fazendo o homem perder o equilíbrio, tropeçar nos próprios pés e desabar no chão batendo contra uma prateleira de fitas VHS, que caíram por sobre seu corpo.

— Meu Deus, Rosa, o que você fez? – gritou Afonsinho, apavorado.

— Esse filho da puta passava a mão na minha bunda desde que eu tinha nove anos – ela resmungou, largando o troféu ensanguentado. — Lara, Donald, já podem sair.

— Mas ele tem que estar na sala de controle em... em... – Afonsinho se desesperou e olhou o monitor que exibia o horário. — Em dois minutos! O que a gente vai fazer agora?

Estava agitado e ansioso, mas Rosa o acalmou: ele tinha acesso à sala de controle, não tinha? Era só entrar ali e assumir o lugar do velho. Caso o outro assistente perguntasse algo, era só dizer que Demóstenes estava ali na sala da Semat, pois queria cuidar pessoalmente da transmissão.

— Não te preocupa, a Lara e o professor podem cuidar do equipamento, não podem? Então eu vou ali pra sala de controle contigo. Se aquele assistente criar problemas, a gente dá um jeito.

— Como assim? O que a gente vai fazer? – disse Afonsinho, cada vez mais ansioso.

Ela sorriu, tranquilizando-o.

— Começar uma revolução, ora. Foi pra isso que levantei da cama hoje.

Animatrônicos

"Agora irá falar o interventor." A banda marcial parou de rufar seus tambores quando o interventor foi anunciado. Perdigueiro subiu no palanque, mas lhe ocorreu que a voz de Demóstenes parecera diferente ao anunciar seu nome. Olhou acima, atrás de si, para os três telões. Tudo parecia normal, e ele se deixou levar. Ergueu o braço e saudou o público num "anauê".

— Consumidores - anunciou, teatral -, hoje será um dia histórico. Hoje, temos aqui entre nós aquela que tem sido o flagelo de Tupinilândia, a encarnação máxima do mal: Helena Flynguer! - fez uma pausa para que a plateia vaiasse e berrasse de ódio. — Mas também é um dia triste, pois julgaremos um dos nossos, um filho desta cidade que traiu o seu país e a sua gente, se aliou aos mais sórdidos dos subversivos, com o objetivo de desmoralizar o nosso amado general transmitindo uma montagem, totalmente falsa: o consumidor José Carlos de Oliveira.

Para seu incômodo, a plateia não vaiou Zeca com o mesmo entusiasmo, alguns setores das arquibancadas até mesmo ficaram em silêncio. Perdigueiro não levava em conta que o rapaz era benquisto na cidade. Como responsável pelos entretenimentos, não raro Zeca atendia a pedidos na rádio ou na tevê com este ou aquele filme favorito, agradando os moradores em seus aniversários. Perdigueiro sentiu o baque, e desconversou.

— Provas irrefutáveis foram encontradas com o consumidor Oliveira: músicas subversivas, escutadas de modo clandestino, que corromperam o seu caráter e o levaram à subversão. Mas aqui não somos comunistas - continuou o interventor -, aqui damos aos nossos cidadãos a chance de um julgamento justo. José de Oliveira, você tem algo a dizer em sua defesa?

Era uma encenação, claro: criado e vivido sua vida inteira em Tupinilândia, Zeca vira julgamentos o suficiente, com cidadãos se descabelando em pedidos de misericórdia, depois de lhes ter sido dito que seus casos eram sempre únicos, que, se mostrassem arrependimento genuíno, receberiam a clemência do general. Mas sabia que a cidade nunca absolvera ninguém. Contudo, desde o momento em que saíra do túnel, Zeca também sabia que as câmeras focariam seu rosto, então treinou a expressão mais tristonha e miserável possível – até mesmo, bom ator que era, fazendo algumas lágrimas escorrerem de seu rosto. Um soldado aproximou-se dele com um microfone.

— Eu gostaria de falar algo sim e, depois, que seja o que os juízes quiserem – disse Zeca. — Eu... eu só gostaria de dizer... – deu uma fungada, com a voz chorosa – ... do fundo do meu coração, para o nosso amado líder, o general Kruel...

Ernesto Danillo, a postos no gramado, deu-se conta do óbvio. Olhou para o interventor, preocupado, gesticulando para que cortassem o microfone. Não houve tempo. Zeca gritou:

— "Gabriééélaaa!!! Traz o meu mingau!"

A plateia explodiu em gargalhadas e bateu palmas. Ernesto avançou contra Zeca, deu-lhe um soco no estômago que o fez ficar sem ar e cair de joelhos, pegou o microfone e o pressionou contra seu rosto. No palanque, Perdigueiro protestou, a atitude impulsiva de Ernesto estava só piorando tudo, fazendo aquela cena na frente de todos.

— Vamos, implora pela tua vida, desgraçado! – berrou Ernesto, no microfone.

— O quê? O general é desdentado?

Mais gargalhadas. O microfone foi cortado. Perdigueiro tomou a palavra, na esperança de fazer o ritual voltar à sua normalidade:

— Eu te pergunto, Tupinilândia: quem é o traidor da pátria?

Ninguém respondeu. Muitos ainda gargalhavam. "Traz o meu mingau!", gritou alguém nas arquibancadas. Mais risos.

— Eu te pergunto, Tupinilândia: quem não merece perdão?

Alguém gritou "salve Zeca", e formou-se um coro: *salve Zeca, salve Zeca*. Perdigueiro ainda tentava retomar o controle ("consumidores, por favor, consumidores..."), mas poucas coisas são mais voláteis do que a mentalidade de manada de um estádio de futebol. E no confronto entre um governante impopular com uma arquibancada brasileira, cedo ou tarde o público em coro entra em sua fase anal, ao que os gritos evoluíram para "Perdigueiro, vai tomar no cu" em instantes. Estava perdendo o controle cada vez mais rápido, sabia disso, e mandou rodarem o vídeo.

Nos três telões acima de sua cabeça, surgiu a costumeira imagem da bandeira azul do integralismo, seguida pelo guincho mecânico ensurdecedor, feito para predispor a plateia à irritação, mas que no caso serviu apenas para silenciar o coro ofensivo. No gramado, de mãos amarradas, Helena assistia àquele circo incompreensível com um misto de indiferença e incômodo, mas ficou surpresa ao ver o rosto de seu pai ser projetado no telão.

O minuto de ódio, contudo, não ocorreu como previsto. Liberado do ciclo repetitivo e mecânico de sua própria histeria, tendo assistido havia pouco Zeca fazer piada da própria morte em vez de implorar por sua vida, o povo nas arquibancadas via-se tomado por um recém-adquirido senso de absurdo. Não houve os gritos e ofensas costumeiros, e sem eles escutaram João Amadeus Flynguer dizer-lhes: um país de escravos, liderado por um bando de cafonas retrógrados, que os manteria assim até o fim de seus dias, sendo preciso conquistar uma mente por vez para libertá-lo.

Ao final do vídeo, apenas silêncio.

As coisas estavam ficando estranhas numa velocidade muito rápida, concluiu o interventor, e era melhor seguir a programação. Pensou em puxar o costumeiro coro de "veredito", mas agora temia o que poderia escutar se incitasse mais a plateia. E enquanto isso, ali estava Helena, mãos amarradas – a melhor chance que tinha em anos de fazer uma grande afirmação política, consolidar sua posição de herdeiro natural do general Kruel, uma oportunidade sendo desperdiçada. A única esperança de trazer a plateia de volta ao controle residia agora no general. Temia a reação que sua mera aparição poderia gerar, mas era tarde demais para voltar atrás.

"Atenção, Tupinilândia, para o toque de cinco segundos."

Veio a contagem regressiva, a imagem dos números cromados, os três rostos surgindo em sucessão: "Com vocês, o ministro da Justiça, coronel Brilhante Ustra", anunciou aquela voz que definitivamente *não era* a de Demóstenes. Perdigueiro ia querer uma boa explicação daquele desgraçado para que não estivesse na sala de controle num momento como aquele. "E agora, o ministro da Defesa, general Sylvio Frota." E se estivesse fugindo? Maldito, filho da puta, pensou. A poupança no Bamerindus! Só podia ser!

Na tela do centro veio o rosto envelhecido, vasta cabeleira branca, óculos escuros escondendo as olheiras profundas: "O presidente da República, general Newton Kruel". E, assim que seu rosto surgiu, a plateia gargalhou. O general, confuso, perguntou o que estava acontecendo. As arquibancadas cantaram em coro: "Ó Gabriela, é o general/ eu tô com fome, já quero o meu mingau!".

Chega disso, pensou Perdigueiro. Isso já passou do ponto.

— Excelentíssimos senhores do júri – disse ao microfone, tentando silenciar o canto. — O primeiro julgado de hoje é José de Oliveira, que se mostrou convicto do seu crime de subversão. O que Tupinilândia dirá a ele? Ame-o ou deixe-o?

O sinal foi dado. Fora da cidade, um galão fora esvaziado e um fósforo aceso. Dentro dela, um suspiro apavorado percorreu a plateia da arena, reação que Perdigueiro não entendeu, até se virar para os telões acima dele. Então levou as mãos ao rosto em desespero, quando compreendeu que tudo estava irremediavelmente perdido.

Os ministros estavam em chamas.

O general Sylvio Frota tinha a boca aberta e os olhos revirados para cima como num grito de horror, o látex derretendo e escorrendo por seu rosto numa gosma alaranjada, revelando o esqueleto metálico do boneco animatrônico, o quepe afundando sobre a cabeça conforme o volume diminuía, os óculos baixando e por fim caindo do rosto, a arcada dentária ficando saliente.

Já o rosto do coronel Ustra começou a inchar, empurrando as órbitas e a língua para fora, a borracha do rosto cada vez mais estufada, enquanto do salão do museu o cabo Ulisses garantiu a sonoplastia dando horríveis gritos guturais, até que, para surpresa de todos, a cabeça estourou, lançando pedaços viscosos de látex alaranjado contra a câmera. Também nele a estrutura metálica, ainda envolta em chamas, ficou visível.

E, na torre, Donald apertou o play.

Da lama ao caos

A data no vídeo marca o dia 2 de outubro de 1990. "Da porta de Branden-burgo, ao vivo, fala o repórter Pedro Bial." Surge o jornalista diante da mul-tidão, dizendo que, havia exatamente meia hora, a Alemanha era uma só nação. Corte. A data indica o ano de 1991. Volta o rosto de Sérgio Chapelin apresentando o *Jornal Nacional*: "Setenta e quatro anos depois, a bandeira vermelha desce o mastro no Kremlin: a União Soviética não existe mais".

Nas arquibancadas, a parte mais jovem da plateia assistia ao vídeo es-tupefata, e outra parte, mais velha, constrangida. Nova data: o ano agora é 1994. "O presidente Itamar Franco exibiu o dinheiro novo para os fotógra-fos como se fosse um troféu: quarenta reais para passar o final de semana." Corte. Roberto Baggio, camisa azul da seleção da Itália, se prepara para ba-ter um pênalti e erra, o locutor se esgoela aos gritos: "*É tetra, é tetra!*". Um suspiro percorre a multidão.

William Perdigueiro sabia que agora era questão de tempo até tudo des-cambar para a violência. Aproveitou que a plateia estava hipnotizada pela transmissão, desceu do palanque e ordenou a seus guarda-costas pessoais que chamassem o helicóptero. Pegou Helena Flynguer pelo braço, dizendo a Ernesto Danillo e seus rapazes que pegassem Zeca também e os escol-tassem todos de volta à Torre de Controle. Não sabia o que poderia acon-tecer no caminho.

Quando a multidão viu que o interventor estava se retirando, Perdigueiro foi vaiado, e os guardas atacaram quem se manifestava. Outros vieram em defesa dos manifestantes, e em pouco tempo começou a pancadaria.

Pelos corredores da arena, Nestor seguia com os demais Refugos rumo aos vestiários, alguns com armas roubadas dos depósitos, alguns com bar-ras de ferro e porretes. Ia vestindo a jaqueta vermelha que usava em suas apresentações, caminhando logo atrás do gigantesco Pedrão, que empurrava e afastava quem ficasse no caminho. Avançavam com a excitação de iminência de algo, de quando todas as regras estão suspensas e qualquer coisa pode acontecer. Ao chegarem diante da porta do vestiário do time do Pau-Brasil, onde quatro soldados integralistas se mantinham de guarda, alheios ao caos que estourava lá em cima, estes pensaram que Nestor vinha se preparar para alguma de suas apresentações. Os soldados se encararam, confusos. Nestor meteu a mão no bolso. Os soldados, assustados, pegaram seus cassetetes. Nestor tirou uma moeda de tupinileta e a arremessou com o polegar. A moeda rodopiou no ar e bateu na cara de um dos soldados.

— Porra, Nestor, que merda é essa?

Era o sinal. Os Refugos avançaram contra os guardas. Na pancadaria, os quatro integralistas acabaram se rendendo, levaram algumas bordoadas e fugiram correndo. Os Refugos arrombaram a porta, libertando o sargento Ibuki e os outros cinco seguranças da Flynguer S. A. O rádio de Nestor apitou. Era Rosa, avisando que o interventor saíra do estádio naquele momento, levando Zeca e Helena com ele. "Cuidado. O pessoal do Ernesto está com eles."

Mas nenhum pedido por cuidado iria se interpor entre anos de rancores acumulados por Nestor e seus amigos contra os rapazes da JIL — tudo de que precisavam era uma desculpa. Com os milicianos de Helena somados ao grupo, correram para a saída, a tempo de ver Perdigueiro e seus homens saindo apressados da arena.

"Atenção, Tupinilândia", anunciou a voz de Afonsinho, "o interventor está fugindo."

— Desgraçado, filho da puta! - resmungou Perdigueiro, olhando para trás e vendo os Refugos e os seguranças de Helena em seu encalço.

Instigou seus homens a acelerar o passo, mas então Zeca fingiu tropeçar e atirou-se no chão. Ernesto o agarrou pela gola do macacão azul.

— Levanta, desgraçado!

— Deu preguiça...

— Se tocar nele, te arrebento! - gritou Nestor.

— Isso é subversão! - gritou Ernesto.

Uma barra de ferro voou, passando a centímetros de sua cabeça.

— Vem cá que eu te subverto, queridão! - gritou uma garota.

— Deixem ele! - berrou o interventor, já quase correndo e levando Helena de arrasto.

A comitiva do interventor acelerou o passo, com a Juventude Integralista protegendo sua retaguarda. Nestor desamarrou os pulsos de Zeca, cuja primeira pergunta foi saber onde estavam Rosa e Afonsinho.

— Na torre – explicou Nestor. — Eles estão coordenando tudo com os professores.

— Mas o interventor está indo pra torre!

O vídeo nos telões agora era o de menos. Da sala de controle, Rosa, Lara e Donald observavam a multidão nas arquibancadas se espancando. Era hora de irem embora. Lara chamou o pai pelo rádio, para que ele e Benjamin descessem do telhado. Já o pobre coitado do assistente de Demóstenes, ao ser acuado pelo grupo na sala de controle, entrou em pânico, gritando que seriam todos condenados na arena no dia seguinte.

— Não tem dia seguinte, seu idiota! – gritou Rosa. — Acabou! Vamos embora daqui!

O rapaz tentou agredir Rosa e pulou no pescoço da garota, procurando estrangulá-la. Lara agarrou-se às suas costas tentando fazer com que a soltasse, e os dois rolaram no chão. Lara aplicou-lhe um mata-leão e o imobilizou, a tempo de seu pai e Benjamin entrarem na sala e perguntarem o que estava acontecendo. Amarraram os pulsos do rapaz com fita adesiva e Rosa disse para Afonsinho sair do computador, que precisavam ir embora dali já.

— Não, esperem! – Artur o impediu. — Afonsinho, você tem como abrir os portões!

— Da cidade inteira?

— É a única forma de garantir que os integralistas não virão atrás da gente.

No *video wall*, vários ângulos da pancadaria na arena eram mostrados, enquanto algumas telas exibiam interiores da cidade. Numa, via-se a praça do relógio d'água em frente à Torre de Controle. Problemas: o interventor e sua escolta estavam chegando, trazendo Helena Flynguer a tiracolo. Viram-no dar ordens a Ernesto e os rapazes da JIL, balançando o dedo em sinal negativo: "Ninguém entra, ninguém sai". Ernesto e seus rapazes ficaram ali embaixo de guarda, em frente à portaria da Torre, enquanto Perdigueiro pegava Helena pelo braço e a puxava recepção adentro, junto de seus dois guarda-costas, para em seguida chamar o elevador, sob o olhar apavorado das recepcionistas.

Enquanto isso, viram que Nestor e os Refugos, junto do sargento Ibuki e seus homens, já alcançavam os integralistas de Ernesto na praça do relógio d'água. Noutra tela, viram Zeca descendo as escadas rolantes para o piso inferior, passando por baixo de Ernesto e seus rapazes sem que ninguém percebesse, e entrando na recepção do subsolo 1. Assim que o viu entrar, Afonsinho digitou alguns comandos e travou todas as portas. Com o elevador ocupado, Zeca subiu pelas escadas e, ao passar pela portaria do térreo, avisou as meninas da recepção para irem embora.

— Consegui! – Afonsinho anunciou, empolgado.

Uma sirene de alerta ecoou pela cidade, tendo o efeito de distrair a população que se espancava nas arquibancadas. Os portões da cidade abriam-se pela primeira vez na vida de muitos ali. Pelo *video wall*, viram que, conforme as pessoas saíam da arena, a pancadaria se espalhava por outros pontos da cidade, um oceano de rixas antigas sendo resolvidas. A maioria, contudo, se confrontava com a realidade de que o mundo exterior agora estava acessível.

— Onde está a Helena? – Artur perguntou.

Em resposta, o elevador abriu as portas, anunciando suave: "Sexto andar".

— Demóstenes, que merda você fez? – berrou Perdigueiro.

Viu a porta aberta na sala de controle e aquele povo todo lá dentro. Seu olhar cruzou com o de Artur. Sacou a pistola e puxou o gatilho – nada aconteceu.

— Maldita pistola nacional! – gritou, frustrado.

— Eu não estou com eles! – berrou o assistente de Demóstenes. — Eu não estou com eles! – E saiu correndo em pânico, pulsos amarrados, para fora da sala de controle. No susto, Perdigueiro ergueu o braço e no balanço a arma disparou: a bala atingiu o rapaz na cabeça num tiro tão certeiro que, se fosse intencional, nunca teria acertado. Artur se jogou contra a porta para fechá-la, mas a perna do assistente morto ficou no caminho, impedindo. Do lado de fora, um segurança do interventor empurrava a porta.

— Alguém me ajude! – gritou Artur.

Um dos seguranças tentou meter a pistola pela abertura da porta, Benjamin bateu em sua mão com um teclado e fez a arma cair no chão, para dentro da sala. Pegou a pistola, meteu na porta entreaberta e disparou a esmo, fazendo todos que estavam no corredor se abaixarem. Não vou ficar aqui parada para tomar um tiro, pensou Helena; tentou fugir em direção às escadas mas foi impedida por Perdigueiro, que a agarrou pelos cabelos.

— Esqueçam eles! – berrou Perdigueiro. — Pra cima, pra cima.

O interventor abriu a porta das escadarias com seu crachá e subiu acompanhado pelos dois soldados. Espiando pela porta, Artur os viu sumirem escadas acima. Lara o cutucou.

— Pai... nós temos que fazer alguma coisa.

Artur sentou-se no chão, de costas contra a porta, e a encarou confuso. Era muita coisa se passando em sua cabeça, estava atordoado com uma sucessão de eventos cujo controle saíra das mãos de todos, e custou a entender que Lara se referia a Helena Flynguer.

— Não podemos deixar que ela seja levada - disse a garota. — Sabe-se lá o que ele vai fazer.

— Sim. Tem razão. Eu vou lá - Artur propôs. — Vou tentar negociar com ele.

— Vou contigo, professor - disse Benjamin, conferindo quantas balas ainda havia na pistola. — Já que sou praticamente o teu segurança pessoal, agora.

— Maravilha, sempre quis ter o meu próprio Race Bannon.

— Quem é esse?

— Esqueça - Artur revirou os olhos. — Essas crianças de hoje, sinceramente.

Abriram a porta da sala de controle e tomaram o cuidado de tirar o corpo do pobre coitado do assistente do meio do caminho. Quando a porta da escadaria do andar inferior foi aberta, Zeca chegou esbaforido ao corredor. Rosa correu para abraçá-lo e beijá-lo, mas ele fez um gesto para que ela esperasse:

— Calma, deixa eu recuperar o fôlego - curvou-se, apoiando as mãos nos joelhos e respirando fundo. — É tanta escada rolante aqui, fazia tempos que eu não subia uma normal. Pronto, agora sim.

Abraçou-a e beijou-a e, quando viu os demais todos ali ao redor, perguntou se estavam todos bem e onde haviam ido parar Helena e o interventor. Ao saber que tinham acabado de subir ao topo do domo, ficou surpreso: o que diabos o interventor ia querer fazer lá em cima? Quase como resposta, ouviram a batida distante das hélices do helicóptero. Zeca então olhou para o corredor à sua volta, viu a porta aberta de sua antiga sala e perguntou: o que era aquela mancha de sangue que se estendia da porta da Semat até as escadas para o sétimo andar?

Domo

Os "cabeças brancas" do governo chegaram apressados à praça do relógio d'água, tomando o cuidado de desviar daquele grupo de jovens armados de porretes, que ficava provocando e acuando Ernesto e os rapazes da JIL. Mas, quando o secretário Adamastor fez menção de entrar na recepção da torre, Ernesto barrou seu caminho.

— Consumidor Danillo, o que significa isso?

— Ordens do interventor, secretário. Ninguém entra, ninguém sai.

— Seu idiota. Será que não está vendo? - berrou o secretário Casoy, apontando para cima. — Ele está fugindo! O traíra desgraçado está fugindo!

Olharam todos para cima, atraídos pelo som das batidas de hélices. O Super Puma, tomado na noite anterior, surgiu logo acima do domo. Ernesto não acreditou no que viu, mas, ainda assim, gaguejou repetindo que tinha suas ordens, e ordens eram ordens.

— Se vai me impedir, atire - Adamastor ameaçou, abrindo caminho até a porta de vidro.

Mas a porta não abriu. A recepção estava vazia, as recepcionistas haviam ido embora. Digitou o número da sala de controle no interfone e mandou abrir. Reconheceu a voz de seu filho.

— Desculpe, pai - disse Afonsinho. — Mas não posso abrir a porta.

— Guri, abra essa porta agora, ou eu juro que você vai se arrepender por isso.

— Adeus, pai.

O interfone desligou. Adamastor olhou para cima novamente, para o helicóptero circundando o domo, e grunhiu furioso. Ele e os outros dois secretários se entreolharam.

— Não sei vocês - disse Adamastor –, mas depois desses anos todos tendo que aguentar esse filho da puta do Perdigueiro, se ele acha que vai escapar assim e nos deixar pra trás, ele está muito enganado. E quanto a você... – voltou-se para Ernesto. — Vocês garotos não queriam assumir mais compromissos na cidade? Está aí. Tupinilândia é toda de vocês.

William Perdigueiro empurrou a porta metálica com o ombro e puxou Helena junto. O Super Puma, pairando ao redor, girou no ar e pousou no heliporto. A porta lateral da aeronave foi aberta. Dois integralistas estavam a bordo, um deles mantendo o piloto sob a mira de uma arma. Mas havia mais alguém ali em cima também, à sua espera: era Demóstenes, pressionando um pano contra a cabeça ensanguentada.

— Onde você está indo, Perdigueiro? Me leve junto!

— Merda - Perdigueiro pegou Helena pelo braço e a puxou.

— O que você está pensando? - ela protestou. — Não vou entrar nisso aí contigo!

— Vai sim - disse William. — E quando chegarmos em Altamira, vamos negociar, está me entendendo? O preço de tudo isso ser esquecido. Entre.

Abaixaram as cabeças para desviar das hélices, e o soldado a bordo ajudou a puxar Helena para dentro. Mas quando Perdigueiro foi fazer o mesmo, Demóstenes se agarrou em seu braço.

— Você tem que me levar junto, William! Você não pode me deixar aqui!

— Me larga, caralho! - e acenou para seus guarda-costas.

Os dois homens puxaram Demóstenes para longe do interventor, e o fizeram com tanta força que o coitado foi praticamente arremessado longe, perdendo o equilíbrio e tropeçando nos próprios pés até cair para fora da laje de concreto do heliponto - uma queda de só um metro e meio de altura. Demóstenes bateu de costas contra uma das grandes placas hexagonais de vidro, que trincou com o impacto mas pareceu aguentar seu peso.

— Desgraçado! - gritou. — O Bamerindus quebrou! Está me ouvindo? Quebrou!

Perdigueiro hesitou ao subir no helicóptero e o observou, tentando escutar o que dizia. Demóstenes tentou se erguer delicadamente, mas o vidro foi trincando mais e mais conforme se equilibrava, primeiro de quatro, depois de joelhos. O vidro enfim cedeu, e Demóstenes despencou cidade abaixo, no mesmo instante em que Artur e Benjamin chegavam ao telhado.

— Arre, e mais essa agora - o interventor resmungou.

Assoviou para os seguranças, que avançaram contra os dois. Não estavam armados, e Benjamin se adiantou, atacando a dupla sozinho. No primeiro soco que um dos guarda-costas tentou lhe dar, Benjamin torceu e depois lhe quebrou o braço, jogando-o contra o segundo oponente. Perdigueiro concluiu que estava perdendo tempo e deu ordens ao piloto para partir. Helena escutou isso e, decidida a não ficar à mercê daquele homem nem mais um instante, cometeu uma loucura: se levantou e saltou para fora do helicóptero. Uma queda pequena, a aeronave mal começara a se erguer, mas em sua idade qualquer queda já era um risco; lembrou-se apenas de proteger o rosto e rezar para não quebrar a bacia. Artur ajudou Helena a se levantar.

Perdigueiro soltou um palavrão, mas não voltaria para pegá-la. Para ele, Tupinilândia havia acabado, era hora de ir embora. Ergueu o braço no gesto de dar uma banana, o Super Puma se elevou no ar, girou apontando a oeste e partiu voando por sobre o domo.

— Pelo menos, acabou — disse Artur.

Então algumas placas de vidro do domo arrebentaram de baixo para cima, irrompendo em tiros de grosso calibre que atingiram o rotor de cauda. O Super Puma perdeu o controle e começou a girar em torno de si mesmo cada vez mais rápido, o vento forte trazendo junto os gritos de pânico de William Perdigueiro. Artur e Benjamin puxaram Helena de volta para dentro da torre, enquanto em seu giro descontrolado a cauda bateu contra o domo, a aeronave virou, a hélice se arrebentou contra o vidro e o Super Puma despencou de ponta-cabeça em dois pedaços, levando junto uma chuva de vidro e aço anodizado. Pedaços da cauda em chamas caíram por sobre as escadas rolantes, enquanto o corpo principal do helicóptero despencava no vão por entre os pisos, só parando ao atingir o piso do sexto subsolo, quando então tudo tremeu e a subsequente bola de fogo que se elevou em cogumelo espalhou fumaça e chamas por toda a ala oeste.

Na sala de controle, observavam o *video wall* impressionados, enquanto na parede de vidro se via lá embaixo a população da cidade correndo em pânico por passarelas e corredores, voltando a seus apartamentos em busca de pertences pessoais antes de abandonarem Tupinilândia.

— Eu tenho que pegar a Glorinha - disse Rosa, lembrando da irmã -, eu mandei que ela ficasse em casa. Zeca, temos que buscá-la.

Quando Artur e Benjamin entraram na sala de controle, fizeram Helena se sentar numa cadeira e alguém providenciou um copo d'água. Perguntaram se estava bem. Ela garantiu que sim, ao menos nenhuma parte de seu corpo parecia doer mais do que o esperado. Provavelmente estaria coberta de hematomas em alguns minutos, qualquer batidinha já a deixava roxa, e aquele salto do helicóptero para a pista certamente cobraria seu custo.

— Mas já passei por coisa pior – garantiu.

Donald lembrou-lhes que, com o fogo se espalhando, em breve o interior da cidade ficaria coberto de fumaça, e era bom irem embora logo. Pelo rádio, Nestor avisou que Ernesto e os rapazes da JIL haviam ido embora, e o pessoal dos Refugos ia seguir com o plano de fugir pelo túnel de manutenção embaixo da arena.

— Benji, vão tu e o Donald com eles – pediu Artur. — Eles vão precisar de alguém pra mostrar o caminho até a pista de pouso.

— Ué, o senhor não vai junto? – perguntou Zeca.

— Eu e a Lara temos uma promessa pra cumprir. De ajudar quem nos ajudou.

— E ela é tão prisioneira aqui quanto todo o resto – lembrou Lara.

— Estão falando daquela menina? – perguntou Helena. — Vocês dois pretendem entrar sozinhos no covil daquele arremedo de nazista? Esperem um pouco.

Helena pegou o rádio, chamou o sargento Ibuki e seus homens, e comunicou que sairiam pela passagem do aquário por onde haviam entrado.

— Gente, a conversa está ótima – interrompeu Zeca –, mas nós temos *realmente* que ir embora. Afonsinho, quer fazer as honras?

O garoto pegou o microfone, abriu o canal de áudio interno da cidade, e fez o último pronunciamento de sua história: "Atenção, Tupinilândia, a cidade deve ser evacuada imediatamente. Repito: a cidade deve ser evacuada imediatamente".

Naufrágio

Em pouco mais de uma hora, a população de Tupinilândia descobriu que vivia uma mentira por trinta anos, partiu para a pancadaria, viu seus governantes fugirem e as portas da cidade se abrirem para o mundo exterior, testemunhou um desastre aéreo que se alastrava como incêndio e escutou o aviso de que o único lugar que conheceram na vida deveria ser evacuado. Fizeram então a única coisa que seria sensata numa situação dessas: entraram em pânico.

Artur, Lara e Helena atravessavam a cidade a passos rápidos, rodeados pelo sargento Ibuki e sua equipe de segurança. Muitos moradores voltavam para seus apartamentos tentando salvar alguns pertences antes da evacuação, de modo que subiam e desciam as escadarias se acotovelando, e pelo menos uma pessoa rolara pelas escadas rolantes, ferindo-se gravemente. Outros, ainda esperançosos de salvar a cidade, tentavam conter as chamas provocadas pela queda do helicóptero na asa oeste da cidade. Alguns, com certa dose de sensatez até, invadiram o refeitório e pegaram a comida que estava estocada, tendo em vista que nem sequer sabiam direito para onde ir no momento em que saíssem da cidade. Outros simplesmente saqueavam as lojas, e, quando chegavam ao terceiro subsolo, passaram por um homem carregando um velho televisor de tubo.

— O que ele imagina que vai fazer com aquilo no meio da selva? – perguntou Artur.

Lara comentou que era como se alguém aproveitasse para roubar os talheres do *Titanic* em pleno naufrágio. E com direito a orquestra até o fim: a rádio oficial continuava rodando no automático, agora tocando "Love to Hate You" do Erasure como trilha sonora de seu próprio apocalipse.

Estavam já no extremo da ala oeste quando, por um instante, Artur temeu que tivesse se perdido, mas logo reconheceu a porta auxiliar por onde ele e Lara haviam saído na noite anterior. Pressionou seu crachá contra o sensor, luz verde, o grupo todo entrou, cruzando o mesmo longo corredor pelo qual ele e Lara haviam passado na noite anterior. Ao final, outra porta de contenção. Luz vermelha, crachá, luz verde. A última porta abriu.

Escutaram o estampido seco de um tiro. Em seguida outro.

O sargento Ibuki sacou a pistola e se postou com seus homens à frente do grupo, que entrou novamente no foyer do Restaurante Aquário. As luzes no fundo do lago artificial estavam acesas, banhavam tudo num lume azul, que somava ao tom laranja das luminárias antigas do salão. Sentado em sua cadeira de rodas, encostada no paredão de vidro do próprio aquário, estava o general Newton Kruel, com seu respirador ao lado, e a pistola ainda fumegante na mão. A seus pés, jaziam os corpos de Gabriela e Newtinho, cada qual com um tiro certeiro na cabeça. Lara cobriu a boca com as mãos:

— Meu Deus...

O general pegou a máscara do respirador e puxou o ar. A outra mão repousava em algo volumoso sobre seu peito. O velho decrépito sorria de um modo obcecado. Helena fez menção de avançar contra ele, mas o sargento Ibuki a impediu, pois percebera o que o general segurava contra o peito: três granadas, unidas entre si por um cordão.

— Três gerações de Flinguers – disse – contra três gerações de Kruels. Que oportuno que as coisas terminem assim... pensaram que iam fugir? Pensaram que iam... levar os dois? Mas não vão. Sem o integralismo... não há nacionalismo. E não há futuro... sem nacionalismo. Não pode haver.

O velho sugou todo o ar que seus fracos pulmões conseguiam reter, puxando para si o último fôlego da voz de comando militar. Seu corpo todo tremia de um ódio irracional. O som de sua voz se elevou num crescendo. Era como se recuperasse, naquele último instante, o vigor da juventude:

— "Do coração do inferno, eu te apunhalo! Em nome do ódio, cuspo meu último suspiro em ti! Dos confins mais distantes despejai, ó vós, intrépidas ondas de *toda a minha vida pregressa*, e coroai *esse enorme vagalhão de minha morte!*"

Puxou o cordão. Artur puxou a filha contra si e a derrubou, protegendo-a com o corpo. Newton Kruel explodiu, e seus pedaços se espalharam pelo salão. Dois paramilitares caíram mortos, atingidos por estilhaços. Os demais, incluindo Helena e o sargento Ibuki, não sofreram nenhum arranhão. Quando Artur se ergueu, não acreditou que tivesse saído ileso daquilo.

— O teu santo é forte, pai – disse Lara.

E então veio o primeiro estalo. Todos se voltaram para o aquário: as placas de vidro mais próximas de onde ficara o general estavam todas trincadas, e em estalos abruptos, uma teia de rachaduras se espalhava gradualmente de placa em placa. Pequenos jatos começaram a surgir, expelidos com a violência da pressão de toneladas de água do lago. Um grosso naco de vidro foi cuspido com força, acertando uma luminária. Artur tirou o walkie-talkie da cintura e o depositou nas mãos de sua filha, segurando-a com força pelo braço:

— Corra. Não olhe pra trás. E não pare até chegar do lado de fora.

Todos correram de volta por onde entraram. Carpete ensopando, crachá nas mãos, Artur abriu a primeira porta de contenção, vamos, vamos, outro naco de vidro quase o atingiu, luz verde, porta aberta, o último a passar fecha a porta, porta fechada. Na metade do longo corredor, um estrondo ensurdecedor fez tremer tudo. Olhando para trás, Artur via jatos d'água sob pressão esguichando pelas bordas da porta – teria sido projetada para conter algo assim? Teria sido alguma vez testada? Outra porta, luz vermelha, crachá na mão, a porta no fundo estoura e vem acompanhada por um vagalhão. Luz verde, a porta abre, correm.

No que saíram correndo pela praça, o vagalhão d'água os atingiu pelas costas, derrubando-os e fazendo com que fossem levados numa correnteza. Lara foi a mais rápida: não tendo sido atingida pela água, já estava a uma boa distância de corrida quando parou, olhou para trás e voltou. Artur se agarrou a uma fileira de bancos cimentados no piso de granito, Helena Flynguer se abraçou a uma pilastra, e o sargento Ibuki veio escorrendo logo atrás. Artur tentou segurá-lo pela gola do colete mas não conseguiu, e Ibuki passou por ele, indo bater de costas contra a balaustrada de vidro do parapeito do andar. O vidro trincou com o impacto e estourou com a força da água, mas Ibuki se agarrou às varetas de metal entrecruzadas que sustentavam o parapeito, para não despencar. Outros dois homens passaram levados pela correnteza e bateram contra Ibuki, fazendo o metal entortar e então ceder, e o sargento e seus homens despencaram com o fluxo de água.

Helena manteve-se abraçada ao pilar. Apenas dois metros a separavam do banco cimentado onde Artur se agarrara, mas com o parapeito arrebentado e virado numa cascata, ela tinha medo de não ter forças nas pernas para cobrir aquela distância sem escorregar e ser levada na correnteza que corria cada vez mais violenta a seus pés.

— Pai! - gritou Lara. Havia quebrado a vitrine de uma loja e pegado alguns lençóis, cujas pontas amarrou com um de seus nós de escoteira, jogando a outra ponta para o pai, por sobre o banco. Artur segurou numa ponta e atirou a outra para Helena, que a pegou e saiu da proteção da pilastra. Escorregou, caiu de costas e foi levada pela água até a beira do parapeito, mas não largou o lençol. Artur a puxou de volta até que ela conseguisse se agarrar ao banco. Os dois foram se movendo devagar até o lado seguro daquela fileira de bancos, onde o fluxo de água que corria por baixo era menor, e enfim ficaram em relativa segurança.

Sabiam que a água só ia parar quando atingisse o mesmo nível do rio Xingu, e estavam no terceiro subsolo. A cascata que se formara pelo vão ia ficando mais volumosa a cada instante, e quando atingiu as escadas rolantes, quem subia por elas vindos dos níveis inferiores rolou de volta pelos degraus. Logo, a pressão da água fez a escada rolante inteira se desprender, e como eram dispostas em zigue-zague, caiu sobre as duas abaixo, num efeito dominó. Escutaram gritos.

Uma vitrine estourou perto deles: a água tomava conta dos corredores auxiliares e vinha agora por trás, empurrando os manequins contra os vidros, invadindo as lojas, oficinas e cantinas. Artur poderia até mesmo jurar que viu um peixe-boi passar em meio às águas, levado pelo turbilhão. Em seguida, um tremor chacoalhou a cidade inteira, todas as luzes se apagaram e um uivo uníssono de pânico percorreu a cidade. Escadas rolantes pararam, elevadores trancaram. Placas de gesso começaram a se desprender do teto, desabando pelos corredores. As águas haviam atingido o setor energético no sexto subsolo e estourado os geradores.

Fuga do século XX

E mais essa agora, pensou Zeca.

Havia pouco, ele e Rosa tinham descido aos saltos pelas escadas rolantes descendentes, enquanto o povo se acotovelava e se empurrava nas escadarias ascendentes. Correram até o apartamento de Rosa, onde Glorinha os recebeu com um berro de susto, apavorada, repetindo sem parar: "Mana, o rosto dos ministros na tevê derreteu!". Pegaram as mochilas escolares da marreca Andaraí, que Rosa deixara preparadas no sofá, com lanches numa merendeira plástica e uma garrafa térmica cheia de refresco, mudas de roupa e algumas lembranças familiares afetivas. Zeca havia posto uma mochila nas costas e dado a outra para Rosa; pegou a menina pela mão e saíram todos a correr pelos corredores, trombando com pessoas em pânico e tentando evitar soldados integralistas — o que os forçou, muitas vezes, a ir na direção oposta à que queriam. Isso tudo até o chão tremer, a luz apagar e se verem todos tateando no escuro.

— Calma, gente - pediu Zeca. — Eu sei onde estamos.

Não sabia, mas não era hora de atiçar pânico alheio. De todo modo, pela direção que seguiam, sabia que a parede à sua direita era o lado interno da cidade, então bastava se manter nela até encontrar um corredor largo o bastante, pois todos os corredores internos mais largos conduziam de algum modo às áreas públicas. Os três deram-se as mãos, alguém trombou em Zeca e foi preciso socar a esmo à sua frente para abrir caminho, enquanto sentia seus pés chapinharem em água.

— Tem algo vazando - disse Glorinha.

A claridade natural que vinha dos fossos de luz os ajudou a se localizarem, tão cedo seus olhos se acostumaram com a baixa luminosidade. Saíram numa praça, alívio. Mas ainda estavam no quarto subsolo, ainda a meia Tupinilândia de distância do túnel da arena, e havia um som de cascata perto dali. Rosa olhou para baixo, para o vão da cidade, e viu que o último subsolo já havia desaparecido debaixo da água, que agora avançava para o quinto subsolo.

— Zeca, a água está subindo muito rápido – ela alertou. — Não vamos chegar ao túnel da arena antes dela nos alcançar.

Teriam que procurar outra saída. Seguiram o fluxo das pessoas que passavam por eles, e Zeca pegou Glorinha no colo para que andassem mais rápido. Rosa não os deixou subir pelas escadas rolantes, que achou muito estreitas, preferindo a escadaria fixa de concreto. Não deram atenção ao casal que passou correndo por eles, dando um empurrão em Zeca para abrir caminho. O homem, que vestia a farda de oficial integralista, ia puxando uma mulher pela mão, e esta, por sua vez, levava uma maleta esturricada. No meio da escada o homem parou e se virou para os três, encarando-os.

— José! – gritou. — Seu grande filho da puta!

Era só o que faltava, pensou Zeca: o coronel Adamastor, secretário de Combate à Subversão e pai de Afonsinho. Mas Rosa só conseguia notar que aquela era a esposa do interventor Perdigueiro.

— Bem que o Afonsinho desconfiava!

O secretário Adamastor não quis conversa: meteu a mão no coldre, sacou um revólver e apontou para os três, mas levou dois tiros no peito antes que conseguisse puxar o gatilho. Cambaleou, caiu pelos degraus levando junto a maleta da mulher, que se abriu espalhando uma enxurrada colorida de cédulas de tupiniletas. A mulher gritou, porém foi pragmática e seguiu caminho sozinha.

Zeca olhou para trás de si: Helena Flynguer vinha de pistola em punho, tendo Artur e Lara consigo. Reunido, o grupo ponderou que agora não dava mais tempo para chegarem ao túnel antes que fosse inundado, mas eram em conjunto as pessoas mais odiadas de Tupinilândia, e não seria seguro saírem pelo portão principal.

— Se todas as portas foram abertas - lembrou Helena –, podemos sair pelas garagens.

Os seis subiram por uma sólida escadaria de concreto e não pararam até atingir o térreo; dali, correram para a asa leste. Helena dava o caminho, conduzindo-os até uma pista de concreto que acompanhava o entorno da arena, indo desembocar numa passagem de serviço que terminava numa antiga área de carga e descarga. As portas de contenção estavam recolhidas, restando somente um portão comum de grade, destrancado.

E ali, mantidos para os desfiles sazonais da cidade, conservados em perfeito estado por trinta anos, estavam os velhos jipes do parque de diversões, modelo Gurgel X-12, ano 1984, o chassi de fibra pintado de amarelo e azul com a velha marca "Tupinilândia" bem visível sobre os capôs.

— Minha nossa! – os olhos de Artur brilharam. — E em estado de colecionador!

Havia também latões de gasolina. Artur foi logo conferindo o odômetro e enchendo o tanque de um jipe, enquanto os demais abriam os portões. Ligou o motor: funciona. Helena sentou-se ao seu lado no banco do carona, e os mais jovens atrás, e partiram. A meio caminho da pista de pouso, o rádio estalou, e escutaram a voz da tenente-aviadora Karla. Fazia apenas quatro dias que a haviam escutado, mas pareciam semanas. Chamava por eles, avisando que seu C-105 Amazonas os aguardava na pista de pouso.

— Diga que estamos a caminho – Artur pediu, com um sorriso de alívio.
— E avise que vamos levar alguns passageiros a mais conosco.

C-105 Amazonas

Parado na pista, o grandioso cargueiro bimotor turbo-hélice os aguardava com a rampa traseira baixada. De pé nela, o cabo Ulisses acenou-lhes com seu braço bom. Zeca, Rosa e Glorinha estavam embasbacados: era a primeira vez que viam um avião de verdade tão de perto. Assim que Artur desceu do jipe, o cabo Ulisses veio até eles e explicou que todos estavam bem, Donald e Benjamin já estavam ali dentro com mais um monte da rapaziada dos Refugos, aguardavam somente pelos seis para partir – mas precisava de ajuda para explicar às duas pilotos o que havia acontecido ali.

A tenente-aviadora Karla desceu a rampa traseira logo em seguida.

— O que foi que aconteceu aqui? – perguntou ela. — O que foi que aconteceu lá, que fumaceira é aquela? E quem é esse povo todo?

— É uma história *bem* complicada – explicou Artur. — O sargento Goldsmith e o professor Marcos... eles morreram. E essas pessoas...

— Considere-os como se fossem desabrigados pela enchente – atalhou Helena. — Eu me responsabilizo por qualquer questão envolvendo essa gente, qualquer burocracia que...

— A senhora me desculpe, mas eu nem sei quem você é – disse a tenente.

— Eu sou a Helena Flynguer. Da construtora Flynguer.

— Égua! A dos estádios da Copa? Das delações premiadas? – A tenente ergueu uma sobrancelha, suspeita. — O que a senhora está fazendo *aqui*?

— Falei que é uma história complicada – disse o cabo Ulisses.

— Tenente, se me permite - Lara se intrometeu na conversa –, a qualquer momento, é possível que apareçam algumas centenas de pessoas desesperadas, algumas delas talvez armadas, e se a gente não embarcar e der no pé logo de uma vez, isso aqui vai virar um filme de ataque zumbi.

A tenente Karla suspirou.

— É certo que eu e a major vamos nos incomodar com isso. Mas então, bora logo. – Ela apontou a rampa traseira com o polegar. — Já deixei entrar uns que chegaram agora há pouco antes de vocês, e onde passa boi, passa boiada, não é o que se diz? Todos a bordo.

Entraram. A rampa traseira foi fechada, o avião começou a virar na pista e se preparar para decolar. Lara sentou-se ao lado esquerdo do pai e o abraçou. Benjamin sentara-se ao seu lado direito, e Artur também o abraçou: tinham sorte de estarem vivos, afinal. Sentado à sua frente, Donald parecia exausto, mas conversava com Afonsinho sobre computadores. Já os tupinilandeses dos Refugos oscilavam entre estados de medo e exaltação – era a primeira vez que voariam. No seu canto, Helena Flynguer havia fechado os olhos, em busca de uma paz interna que a isolasse do mundo exterior. Artur perguntou-lhe se ela estava bem, mas as hélices zuniram mais intensas.

— Tripulação, preparar pra decolar – avisou a major-aviadora Tamara.

Os mais jovens ululuaram. Zeca beijou Rosa, e Nestor gritou agudo: *aw!* O avião acelerou e levantaram voo. Artur olhou pela janela. Tupinilândia ficava para trás, com uma coluna de fumaça se erguendo à distância, e a realidade concreta de sua existência mergulhava de volta nas brumas nebulosas das intenções que a haviam concebido e depois deturpado; ela agora era devolvida à sua existência hipotética, quase mítica.

O avião estabilizou o voo. Pronto, estava encerrado, era o fim. Respirou fundo e soltou o ar dos pulmões devagar. Os jovens tupinilandeses olhavam empolgados pelas janelas, para a selva amazônica que era como um oceano vegetal abaixo deles. Próximo à porta dianteira, um dos rapazes estava cabisbaixo, cobrindo o rosto com a mão ensanguentada, e havia sangue no seu macacão azul. Era hora de cuidar dos feridos. Artur perguntou se havia algum estojo de primeiros socorros por ali.

— Talvez as pilotos saibam dizer – sugeriu Benjamin.

— Tem razão. - Artur abriu o cinto, levantou-se e se dirigiu à cabine das pilotos, no caminho colocando a mão sobre o ombro do rapaz que parecia ferido e perguntando: — Tu estás bem?

O rapaz ergueu o rosto. Era Ernesto Danillo. Vestia um macacão igual ao usado pelos rapazes dos Refugos, com manchas de sangue. Os dois se encararam em silêncio, sem dizerem nada um ao outro. Alguns se cutucavam e apontavam, murmurando como *ele* havia entrado ali, alguém murmurou que já estava ali quando entraram, havia sido o primeiro a chegar.

Ninguém esboçou nenhuma reação hostil, nem lhe dirigiu a palavra – estavam todos muito cansados para isso.

Foi com uma boa dose de pavor que perceberam que estava armado.

— Você destruiu tudo – Ernesto murmurou para Artur, encarando-o fixo. — Tudo.

Ernesto se levantou, segurando-se com uma mão na barra de apoio e deixando evidente a arma em sua outra mão. Mesmo os que estavam mais desatentos o haviam notado agora.

— Qual é o *teu* problema? – vociferou Artur. — Tu conhecias o lado de fora. Tu sabias que era tudo mentira, o tempo todo! O que tu esperavas que fosse acontecer? Que isso se manteria pra sempre? O que tu ganhavas com isso tudo?

— Eu ganhava respeito! – berrou Ernesto. — Ou vai me dizer que a vida é melhor do lado de fora? Acha que eu não lia os jornais? Mas em Tupinilândia as pessoas sabiam quem eu era, sabiam com quem estavam falando! Do lado de fora eu sou só mais um na multidão, mas lá dentro as chances estavam *ao meu favor*. Eu era "O" Ernesto Danillo. Eu poderia ter sido secretário. Meu Deus, eu podia ter chegado a interventor um dia. Mas quem eu sou aqui fora, agora? Quem é você? Só aquela vaca ali – apontou Helena com a pistola –, que já nasceu herdeira, já nasceu dona do mundo. Você teria feito a mesma coisa no meu lugar. Melhor reinar em Tupinilândia do que servir no Brasil. Você vai me dizer que não teria feito o mesmo? Eu sei que todo mundo pensa igual a mim.

— A gente julga o mundo por nós mesmos, Ernesto. – Artur recuou quando Ernesto lhe apontou a arma. — Abaixe isso. Acabou. Tupinilândia acabou. Essa loucura acabou.

O rosto de Ernesto tremeu de raiva.

— Quer saber? Só acaba quando *eu* quiser que acabe! Te afasta!

Artur obedeceu. Ernesto enfiou a pistola na cintura, segurou-se na barra de apoio e, para horror geral, abriu a porta lateral dianteira. Como voavam a menos de oito mil pés, a cabine não fora pressurizada. Isso não impediu os gritos de pânico, e a major-aviadora Tamara Andrade, em sua cadeira do piloto, berrou para a cabine um "que porra está acontecendo aí atrás?".

— Que merda tu pensas que está fazendo? – Artur berrou, a voz abafada pelo barulho.

— Operação Condor, Flinguer! – gritou, com um sorriso de satisfação. — Já ouviu falar? De como se fazia um comunista voar! Que tal? Vamos acabar com isso, eu e você. Juntos! Você salta comigo do avião, e eles vivem. Ou então *eu vou derrubar essa merda* com todo mundo dentro! Não me provoque, que você sabe do que eu sou capaz! Eu derrubo essa merda, está me ouvindo?

Artur olhou para a filha. Lara balançava o rosto em sinal negativo, em pânico. Ela havia herdado dele a mesma capacidade de manter a tranquilidade em ocasiões tensas, mas, naquele momento, estava com medo. Porém seu pai, como sempre fazia, era tomado de uma tranquilidade serena, um senso de inevitabilidade e calma, que o fez dizer à filha que tudo estava bem, que tudo ficaria bem. Ainda que, claro, fosse óbvio que não estava, e não havia como ficar.

— Não, não... - Lara murmurou. — Não pode terminar assim. Não assim.

— Está tudo bem - insistiu Artur, tranquilizador. Olhou primeiro para a porta do avião aberta, e depois para Ernesto, que lhe apontava a arma: — Se nós vamos, nós vamos juntos.

Helena se levantou. Por reflexo, Ernesto, apontou a arma para ela.

— Pare com isso, menino! - disse ela. — Ele não tem nada a ver com isso. Fui eu quem atormentou vocês esses anos todos. Eu, Helena, a filha de João Amadeus, "o traidor". Você sabe disso, você foi ensinado assim, Ernesto. Você aprendeu isso na escola. Vamos, deixe o professor fora disso. Ele não é meu parente e caiu de gaiato nessa história, e você sabe que é verdade. Sou eu quem vocês sempre quiseram matar. Vamos lá. Hoje foi o último dia de Tupinilândia, e você pode terminar encerrando como nem o general Kruel conseguiu. Vamos, você sabe que é assim que deve ser.

Naquele instante, Ernesto hesitou. E, de costas para a cabine, não viu nem escutou, meio minuto antes, a major Tamara murmurar a ordem para a tenente Karla assumir o comando; não viu nem quando ela pegou uma chave inglesa do tamanho de um antebraço, nem quando soltou o cinto de segurança e se esquivou para fora do assento. E no instante em que Ernesto hesitou a major saiu da cabine e, com um movimento elíptico, golpeou seu braço armado.

Tudo foi muito rápido: a pistola apontada para baixo, o tiro que acertou de raspão na perna de Zeca, a arma que caiu no chão; Ernesto que se abraçou em Artur e jogou todo o seu peso na direção da porta aberta; e Artur buscando qualquer coisa na qual pudesse se agarrar enquanto os dois se inclinavam para fora do avião. Benjamin, na ponta de seu assento, recurvado e ansioso, esperando o momento de saltar sobre os dois e segurando o antebraço esquerdo de Artur, esticado em desespero na busca por apoio; e Lara e a major, logo atrás, segurando Benjamin pelo cinto. Tudo isso a dois mil e quinhentos metros de altitude.

Um motor que ruge pode ser mais belo do que a Vitória de Samotrácia, mas não quando ele está prestes a triturar você. Em velocidade de cruzeiro, o C-105 Amazonas atinge até quatrocentos e oitenta quilômetros por hora. Posicionadas acima da fuselagem, cada asa tem uma nacela cuja hélice de seis pás quase desaparece numa sombra negra, zumbindo ao vento como um liquidificador. Artur estava com o corpo quase completamente para fora do avião. Benjamin segurava seus braços, e Ernesto Danillo agarrava-se às suas costas, fincando os dedos em seus ombros. A energia e o destemor de seu movimento agressivo, agora que confrontados com a consequência prática de se saltar para a morte, arrefecem para um instinto básico: quer viver. Ou ao menos, se a morte for inevitável, levar Artur junto consigo. Só há beleza na luta: agarra-o, se sacode, o ódio febril de quem perdeu tudo e só existe para o gesto destruidor. Um braço de Artur se soltou das mãos de Benjamin, o que Ernesto já julgou uma vitória. Aquele mesmo braço desceu contra seu rosto num cotovelaço, fazendo com que escorregasse das costas para as pernas do professor.

A dor no ombro de Artur era imensa, seus músculos pareciam a ponto de arrebentar. Mas o instinto de sobrevivência é um elemento primordial: seu cérebro espalha jorros de adrenalina pelo corpo, que o fazem ignorar a dor, agarrar-se com todas as forças e dobrar os braços içando seu corpo para dentro do avião, enquanto Ernesto balança dependurado em suas pernas. Artur consegue erguer uma perna e baixa com força: chuta o rosto de Ernesto uma, duas, três vezes, até fazer que o desgraçado o largue. E Ernesto o larga. É uma imagem com a duração de microssegundos: o olhar de surpresa, o corpo do integralista solto no espaço, um borrão de movimento e um borrifo vermelho-carne triturado. O movimento circular da hélice pinta a fuselagem do avião com o vigor da pincelada de um expressionista abstrato.

Artur foi puxado para dentro do avião, e a porta foi fechada. Benjamin o ajudou a se sentar, e Lara o abraçou aos prantos. Helena Flynguer os observou em silêncio. Então sentou-se em seu banco, apoiou os cotovelos nos joelhos, segurou a cabeça entre as mãos e pela primeira vez em muitos anos se permitiu chorar.

Belém

Na pista da base aérea de Belém, recomposta, de braços cruzados e já reassumindo ares de comando, Helena Flynguer observava os jovens tupinilandeses sendo atendidos pelas equipes médicas que mandara chamar, enquanto ela própria era cercada por enfermeiros. Meia dúzia de telefonemas foram dados. No escritório de São Paulo, seus advogados já se movimentavam. Havia muito a ser feito, e dessa vez perdera o fôlego para apagar incêndios: era hora de deixar as coisas queimarem até virarem cinzas. Quando se aproximou de Artur, também ele cercado de enfermeiros da Força Aérea, ele perguntou se ela não estava cansada.

— Não posso me dar ao luxo de ficar cansada. Nunca pude.

— E ainda assim, tu és a única pessoa aqui que pode se dar ao luxo de qualquer coisa - lembrou. Enfiou a mão no bolso da calça e dali tirou um pedaço de papel colorido e amassado: uma nota de dez tupiniletas. — Ó, me traz um refri e compra um chocolate pra ti.

Ela riu. Seu pai dizia algo parecido, e a lembrança doeu.

— Considerando tudo que vocês devem ter passado, você e sua filha se saíram bem. Você é um bom pai, Artur. E não sei se isso é uma coisa que posso dizer de muitos dos homens que conheci.

— Hmm, bem... não sei se sou. Tentei ser, ao menos. - Olhou para Lara, que conversava com Zeca e Rosa numa das ambulâncias. — Só tento não repetir os erros do meu pai.

— E eu passei tempo demais tentando consertar os erros do meu - disse Helena. — Mas custei a perceber o peso que isso significou pra mim.

— O erro do seu pai foi conceitual - disse Artur. — Ele partiu de uma premissa errada. Tupinilândia sempre foi uma realidade estática, que ficaria presa no passado, no futuro e na terra da fantasia além do tempo, mas nunca no presente. E cultura nacional é algo que vive no presente, sempre em movimento, sempre mudando. É um pouco como a lei da selva, onde a vitória não é a do mais forte, mas a do que se adapta melhor. Eu mesmo não sei dizer se estou preparado para os tempos atuais. Ao menos, não neste momento onde ninguém mais consegue entender a ironia da vida, e tudo é interpretado como sinceridade, seja ela do afeto ou do ódio.

Um funcionário chegou até ela com um celular nas mãos, uma ligação importante. Ela disse que atenderia em seguida, e se despediu de Artur.

— E Tupinilândia? – perguntou. — O que vai ser daquele lugar?

Ela já ia se afastando, mas parou e respondeu que isso só o futuro saberia dizer. Estava cansada de jogar esse jogo, de comprar políticos e jornais para esconder o que eles próprios ajudaram a construir. E concluiu que, afinal, já eram trinta anos de muita merda sendo acumulada.

— Vou precisar de um ventilador bem grande pra espalhar.

Epílogo

E você pensou que aquele foi o ano ruim

— … então, esqueçam o que viram nos filmes – disse Artur aos seus alunos de primeiro semestre, na aula de sábado pela manhã. — Nenhum de vocês vai ter que fugir de animais selvagens nem correr de ruínas desabando. O trabalho do arqueólogo se dá atrás de uma mesa, é lento, burocrático e pode ser bastante tedioso pra quem não tiver paixão pelo que faz.

Ficou em silêncio observando a turma, todos jovens na casa dos vinte anos. Quando tiverem sua idade, já será o final da década de 2040. O que haverá para ser descoberto? Que partes do seu mundo atual já estarão se tornando passado, necessitando ser protegidas do ciclo humano de destruição e reconstrução? Isso era sempre o que mais o empolgava nesse campo: o senso de transitoriedade das coisas. Olhou o relógio e anunciou o fim da aula.

No rádio do carro, o noticiário dava conta de novos áudios vazados que desnudavam novos escândalos, o presidente fora gravado recebendo uma mala de dinheiro, o novo governo se mostrara impopular e corrupto em níveis surreais, mas garantia que todos os problemas acabariam se aprovassem reformas que… Artur trocou de estação. Quarenta minutos depois, chegava em casa.

Clarice estava ao telefone, e ao vê-lo entrar perguntou se ele tinha alguma preferência no sabor de pizza. Júnior e Benjamin estavam deitados no sofá vendo Netflix. Seu celular vibrou com uma nova mensagem: era aquele jornalista querendo confirmar o café que tomariam dali a pouco, para falar sobre Tupinilândia. Enquanto respondia, Lara chegou até ele, ansiosa, com um sedex.

— É pra mim? – olhou o pacote alto, do tamanho de uma caixa de chapéus.

— Olhe o remetente.

"Salvador, BA." Abriu. Dentro havia algo embrulhado em papel pardo, e uma longa carta escrita à mão, em papel timbrado da Flynguer S. A., enviada pelo que talvez fossem as únicas pessoas com menos de trinta anos no país que ainda escreviam cartas manuscritas. Nela, Zeca contava ter conhecido aquele tio rico e excêntrico de Artur, e seria a convite de "Tio Beto" que ele e Rosa se mudariam para o Rio de Janeiro, para trabalharem na Fundação Flynguer. Contou que Nestor já se recuperara emocionalmente após descobrir que Michael Jackson não só já havia morrido, mas que havia morrido branco. Junto de Afonsinho, iria trabalhar em São Paulo, em diferentes braços das empresas Flynguer – destino de quase todos os jovens dos Refugos. Zeca terminava sua carta perguntando se tinha notícias de Helena para além do que se lia nos jornais; se era verdade a história que ouviu de que o presidente tinha pacto com o demônio; qual era a ordem certa de se assistir aos filmes de *Guerra nas estrelas*; por que os biscoitos recheados estavam tão menores do que eram; se também tinha ataques de pânico quando entrava num shopping center e, por último, se, quando dormia, por acaso não sonhava que ainda estava dentro de Tupinilândia.

Artur guardou a carta para respondê-la depois. Desenrolou o embrulho de papel pardo, até que revelasse algo que nem tinha mais esperanças de encontrar – uma grande gentileza Zeca e Rosa terem se lembrado de trazer aquilo consigo, em meio ao caos: o copo plástico de Magalhães, o pinguim exilado. Foi até o escritório e o arrumou na prateleira ao lado do resto da coleção. Agora podia se gabar, com ninguém em particular, de ter a coleção completa dos copos promocionais de Tupinilândia. E então se sentiu um tanto ridículo por isso.

Copos, cadernos, brinquedos. O que ele havia tentado reconstruir ali, que tipo de quebra-cabeça tinha montado? Aqueles objetos não eram sua infância, não reativavam memória nenhuma, pois nunca os teve quando pequeno, se tivesse os teria usado e não daria maior atenção depois de um tempo. Era um museu dedicado à nostalgia de algo que não viveu.

— O que foi, pai? – Lara chegou ao seu lado.

— Estava pensando – fechou o vidro da prateleira – que quando os romanos conquistavam a Europa, não tentavam impor a sua cultura sobre o mundo, mas assimilar o mundo na sua cultura. Eram os nativos que, ao assumirem a visão dos seus conquistadores, enxergavam-se como bárbaros e importavam a cultura romana como sinal de distinção. Há uma frase de Tácito que diz: *Idque apud imperitus humanitas vocabatur, cum par servitutis esset.* "Em sua ignorância, chamavam de civilização a tudo o que era parte de sua escravidão."

— *Pizza venit* – disse Lara. — *Ego sum apud fame.*

— Só *famelica sum* basta – Artur corrigiu. — *Fame* é a morte por inanição, e no latim geralmente não se liga o pronome *ego*, só o verbo conjugado que...

— Certo, "professor" – riu Lara, puxando-o pelo braço. — Vamos só almoçar, então.

Chegou mais cedo à cafeteria, e como a tarde estava agradável de sol, escolheu uma mesa no lado externo, onde podia ver o movimento da rua. Enquanto aguardava, folheou um jornal do dia anterior, deixado sobre a mesa. Acusava-se o governo de comprar apoio político usando os cofres públicos, para aprovar medidas que sanariam as próprias dívidas dos cofres públicos. Isso deveria fazer sentido? Chega de polêmicas. Pegou o celular e foi conferir suas redes sociais: um colega da faculdade, indignado, compartilhara um artigo afirmando que as últimas medidas do governo deixariam o país parado no tempo por vinte anos. Desligou o celular, olhou para a rua, suspirou.

— Com licença. Professor Flinguer? Artur Alan Flinguer?

O sujeito de pé ao seu lado estendeu-lhe a mão. Artur se levantou para cumprimentá-lo. Era um homem magro, mais jovial do que seus sessenta anos sugeriam, em grande parte devido ao floreio na franja grisalha e a estar todo vestido de preto.

— Sou Tiago Monteiro, é um prazer.

Artur indicou a outra cadeira para que se sentasse.

— Desculpe a confusão, eu não sabia que a livraria tinha fechado – disse Tiago. — Moro em São Paulo agora, fazia uns dois anos que não vinha a Porto Alegre. Já pediu?

— Ainda não.

Chamaram o garçom e pediram dois expressos.

— Que coincidência isso, não? – disse Tiago. — Eu morei aqui neste bairro por bastante tempo. Provavelmente fomos vizinhos. Se eu soubesse...

— Tu sabias do que tinha acontecido com o parque esses anos todos?

— Não, não. Esconderam tudo muito bem. Muita gente graúda envolvida. Eu quis escrever sobre o parque por muitos anos, mas havia questões de sigilos contratuais que me impediam. Mas agora é a era da transparência, não é? Das cartas na mesa, das delações premiadas, da sinceridade crua. O rei está nu, e todo mundo pode ver "o homem por trás das cortinas". O que não deixa de ser engraçado, porque é possível que ninguém dê muita atenção, ou nem sequer acredite que tudo isso aconteceu. Olhe isso – tirou o celular do bolso. — O meu marido me mandou este meme ontem, achei ótimo.

Tiago mostrou para Artur a foto de um pudim de leite com os dizeres: "Se disseram no whatsapp, então é verdade – o pudim desinformado". Artur sorriu.

— Acha que poderia ter dado certo? Se as coisas tivessem sido diferentes?

— O parque? - Tiago perguntou. — Não, nunca teria. Percebi isso algum tempo depois. Pra que a visão do velho Flynguer funcionasse, teria sido necessário um alto grau de conformismo da população, e qualquer sistema assim se torna estático. Não há como ser progressista sendo socialmente conservador, porque uma comunidade conformista não gera inovação. E a sociedade não pode ser gerida como uma empresa privada. Você não pode se livrar de um cidadão porque ele está insatisfeito ou rende pouco. Digo, até pode...

— "Ame-o ou deixe-o" - lembrou Artur.

— Exato. Mas daí não estamos mais falando de democracia.

Os expressos chegaram. Vinham com um chocolatinho junto da xícara. Tiago observou Artur colocá-lo sobre a colher e mergulhá-lo no café, e imitou seu gesto.

— Você pretende voltar ao parque? - perguntou Tiago.

Era cedo ainda para dizer. Artur explicou que, em tese, não haveria necessidade, pois o equipamento acabou sendo recuperado depois, incluindo os discos rígidos com o mapeamento digital. Continuava tendo uma bolsa de pesquisas da Fundação Flynguer, e as ruínas continuavam lá, no mesmo lugar onde sempre estiverem por trinta anos - apenas que o Centro Cívico, agora, se encontrava metade chamuscado e metade debaixo d'água, feito uma versão de terra firma do *Costa Concordia*. E toda aquela gente, o que fora feito deles? O que se faz quando, do meio do mato, surgem duas mil pessoas que não sabem mais em que mundo vivem, com uma cabeça presa à realidade de trinta anos atrás?

— Acredite, vão passar despercebidas - disse Tiago. — Tenho curiosidade em saber o que farão com toda aquela área dos parques. Que eu me lembre, era imensa.

— O Roberto não te falou nada?

— Não falei com ele sobre isso. Na verdade, eu e ele não somos mais tão próximos assim hoje em dia. Ele é uma pessoa... complicada. Os dois são, ele e a Helena, como você já deve ter percebido. Curiosamente, eu sou muito próximo dos filhos dela até hoje. Sou padrinho de um dos filhos do Hugo, o Zé trabalha com video games no Canadá e a Luísa leciona paleontologia no Algarve, em Portugal. Sempre nos vemos todos, ao menos duas vezes por ano.

Tiago enfiou na boca a colher com o chocolate amolecido e bebeu um gole de café. Uma garota passou pela rua com uma camiseta do Tears for Fears.

— Sabe uma coisa que eu não entendo? Essa nostalgia dos anos 80 – disse Tiago. — Não sinto saudades de correr pro supermercado porque os preços eram remarcados todo dia, não sinto saudades de ter a televisão como centro de tudo. Não sinto saudades de chegar no final da década, pegar a minha agenda e ir riscando os nomes de todos os amigos que perdi pra uma doença com que ninguém se importava porque no fundo queriam mesmo um extermínio. É uma época que quem de fato viveu tenta esquecer, e só quem não viveu sente saudades.

— A gente sente saudade é da juventude, e a confunde com a época – concordou Artur. — Sentimos saudades de não ter que trabalhar pra pagar as contas, de ainda ter os nossos pais vivos. Não adianta tentar reviver o que já está extinto, não é? Isso sempre acaba nos devorando.

— Eu vou reformular a minha pergunta – disse Tiago. — Você *quer* voltar pro parque?

— Só se for com uma escolta armada, ah-ah. Mas, quem sabe? Não sei. Tu voltarias?

— Não sei. Talvez – Tiago ergueu o braço, chamando o garçom. — Sabe, o velho João Amadeus acreditava que a vida só fazia sentido quando podia ser alinhada dentro de uma narrativa. E de certo modo, é o conflito que move os tempos atuais, não acha? Quem irá contar a história dos tempos que vivemos? O embate final da Era da Informação será sempre pelo controle da narrativa.

— Isso é meio como um video game, se você parar pra pensar – riu Artur.

— Sim, mas daqueles antigos do Atari, em que quando se chegava ao final tudo recomeçava, só que mais difícil e com cores esquisitas.

O garçom chegou, Tiago pediu outro café. Disse para Artur pedir algo à vontade, pois estava ali a convite da sua revista. Tiago explicou que trabalhava agora para a versão nacional de um portal de notícias estrangeiro, que vinham entrando no mercado nacional para ocupar o espaço de credibilidade que ia sendo deixado vago, conforme a imprensa nativa ficava cada vez mais alinhada com um ou outro grupo político. Estava escrevendo uma matéria investigativa, sobre os nomes que financiaram o isolamento daquela gente toda no meio da selva por tantos anos. Ao mesmo tempo, fora contratado por uma nova revista de cultura para redigir uma grande reportagem sobre a ascensão e queda do parque Tupinilândia e os últimos dias de João Amadeus Flynguer. Se a família permitisse, talvez retomasse o livro que começara trinta anos antes. Mas, para tudo isso, Artur seria essencial.

— Eu vi o que a cidade pretendia ser, você viu o que ela se tornou – disse Tiago. — Acho isso muito interessante, do ponto de vista narrativo. Se você topar ser entrevistado, é claro.

— Com muito prazer – Artur ficou empolgado. — Você pode nos acompanhar numa nova expedição, caso retornemos ao parque.

— Isso seria interessante. Agora, acho que vou pedir um doce. Tem certeza de que não quer nada? É por minha conta. Aliás, por conta da revista, que está pagando isso tudo. Cujos donos, aliás, eu literalmente te dou um doce se adivinhar de qual família são.

Artur riu. Olhou para o jornal sobre a mesa, manchetes com os mesmos nomes de sempre envolvidos nos mesmos escândalos de sempre. Mas, por mais disfuncional que a realidade fosse, o noticiário a tratava agora com um verniz de normalidade. Era como viver numa sociedade em loop, onde todos tinham medo de que, quando a roda parasse de girar, não saberiam mais onde estavam. Perguntou o que Tiago achava disso: se o sistema todo quebrar, para onde iremos?

— Mas não tem escutado as notícias? Tudo está normal – Tiago sorriu, irônico. — E nenhum de nós vai a lugar nenhum.

Agradecimentos

Durante a criação deste livro, contei com opiniões, leituras e ajuda técnica de amigos e pesquisadores, aos quais sou grato e dou o devido crédito: Tamara Machado Pias, ávida leitora de *Superinteressante*, contribuiu com suas memórias e leitura crítica, e foi quem primeiro me falou de Fordlândia quando lhe disse que pensava em escrever uma história de cidade perdida; Karla Nazareth-Tissot me auxiliou na pesquisa sobre estudos da nostalgia (e sobre o Pará de modo geral); Christopher Kastensmidt me cedeu suas perspectivas pan-americanas; Johan Karl Riques da Silva me auxiliou com a tecnologia de mapeamento tridimensional e realidades virtuais; Rodrigo Rosp me ajudou com leituras críticas e me apresentou ao samba-enredo da Mocidade Independente de Padre Miguel de 1987, *Tupinicópolis*. Agradeço também à disponibilidade da equipe do IPHAN-RS, em especial aos arqueólogos Raquel Machado Rech, Piero Tessaro, Jonathan Caino, Julio Meirelles Steglish e à arquiteta Aline Quiroga Neves, pelos esclarecimentos sobre o trabalho da Arqueologia no Brasil atual.

E, claro, a meu editor André Conti, que vestiu o manto do feiticeiro, subiu no topo do pináculo, arregaçou as mangas e fez o cosmo tocar sua sinfonia, impondo ordem narrativa no caos.

Este livro tampouco existiria sem o trabalho de diversos autores em obras com as quais estou em dívida, em especial Cher Krause Knight em *Power and Paradise in Walt Disney World* (University Press of Florida, 2014), Elio Gaspari em *A ditadura acabada* (Intrínseca, 2016), Svetlana Boym em *The Future of Nostalgia* (Basic Books, 2002), Lilia M. Schwarcz e Heloisa Starling em *Brasil: uma biografia* (Companhia das Letras, 2015), e Greg Grandin em *Fordlândia: Ascenção e queda da cidade esquecida de Henry Ford na selva* (Rocco, 2010). Também me foram muito úteis os trabalhos de Neil Gabler em *Walt Disney: O triunfo da imaginação americana* (Novo

Século, 2009), John Hench em *Designing Disney: Imagineering and the Art of the Show* (Disney Editions, 2008), Gilles Lipovetsky e Jean Serroy em *A estetização do mundo: Viver na era do capitalismo artista* (Companhia das Letras, 2015), Marc Cotta Vaz e Patrícia Rose Duignan em *Industrial Light & Magic: into the digital realm* (Del Rey, 1996), e Benjamin Moser em *Autoimperialismo* (Planeta, 2016). Para o prólogo, foram essenciais o artigo de Rafael de Luna Freire, "Da geração de eletricidade aos divertimentos elétricos: a trajetória empresarial de Albert Byington Jr. antes da produção de filmes", publicado na revista *Estudos Históricos* da Fundação Getúlio Vargas (v. 26, n. 51, 2013), e o documentário de Teodore Thomas, *Walt & El Grupo* (2010).

Por último, é importante lembrar que antes de ser autor se é leitor, caminho percorrido numa trajetória de leituras que se constrói ao longo de uma vida. Sendo cria dos anos 80, minha formação como leitor foi pavimentada por autores brasileiros que, mesmo sendo os mais populares e lidos de sua época, se mantiveram anônimos. Me refiro, claro, aos roteiristas das histórias de *Pato Donald* e *Tio Patinhas* produzidas no Brasil durante essa década. Com um humor, sensibilidade e sabor especiais para o leitor de olhar atento, a eles deve ser dado o devido crédito e o merecido reconhecimento. A Primaggio Mantovi, Ivan Saidenberg, Artur Faria Jr., Gerson B. Teixeira e Julio Andrade Filho, entre tantos outros, deixo aqui os agradecimentos de uma infância de leituras.

MAPA DE TUPINILÂNDIA

MUNDO IMPERIAL BRASILEIRO

1 – Grande Hotel Imperador D. Pedro II
2 – Restaurante Ilha Fiscal
3 – Elevador Lacerda do Terror
4 – Roda Gigante Phebo®
5 – Fortaleza Armorial Gulliver®
6 – Mundo da Higiene Granado®
7 – Taverna Solfieri
8 – Praça Central
9 – Estação Aeromóvel

PAÍS DO FUTURO

10 – Pavilhão da Aviação Varig®
11 – Montanha Russa Glasslite®
12 – Fliperópole Gradiente®
13 – Minimundo Lacta®
14 – Cinerama Sukita®
15 – Casa do Futuro Prosdócimo®
16 – Autorama Copersucar®
17 – Pebolim Gigante da CBF®
18 – Restaurante Aviação®
19 – Passeio Modernista
20 – Estação Aeromóvel
   (conexão com Centro Cívico)

TERRA DA AVENTURA

21 – Hotel Ecológico Rondon
22 – Piratas do Brasil Guaraná Brahma®
23 – Passeio no Rio Selvagem da Estrela®
24 – Túnel do Terror Bala Soft®
25 – Barco do Amor Laka®
26 – Viagem à Aurora do Mundo
27 – Minas de Prata H.Stern®
28 – Show do Vigilante Rodoviário®
29 – Cidade Perdida Marajoara
30 – Ilha Vaga–Lume
31 – Estação Aeromóvel 1
32 – Estação Aeromóvel 2
   (Hotel Rondon)

REINO ENCANTADO DE VERA CRUZ

33 – Castelo Encantado Piraquê®
34 – Bosque de Nanquinote da Grow®
35 – Passeio Lúcia Já–Vou–Indo
36 – Rodamoinho da Turma do Pererê
37 – Teleférico Balão Mágico®
38 – Casa Gigante de Itubaína®
39 – Aventura do Avião Vermelho
   da Garoto®
40 – Rua Principal
41 – Estação Aeromóvel

CENTRO CÍVICO AMADEUS SEVERO

42 – Arena esportiva
43 – Torre de Controle

EM BREVE:

44 – Lanchonete TupiniBalsa
45 – Passeio Submarino
46 – Aquário e Restaurante
47 – Sítio do Picapau Amarelo /
   Caverna da Cuca.

* Para jantares, espetáculos,
desfiles e horários
dos brinquedos, consulte
tabela da programação.

** Crianças menores de
10 anos devem permanecer
acompanhadas pelos pais.

© Samir Machado de Machado, 2018

Todos os direitos desta edição reservados à Todavia.

Grafia atualizada segundo o Acordo Ortográfico da Língua
Portuguesa de 1990, que entrou em vigor no Brasil em 2009.

Esta é uma obra de ficção. Qualquer semelhança com nomes,
pessoas, fatos ou situações da vida real terá sido mera coincidência.

capa e ilustração
Kako
mapa
Kako e Fernando Heynen
preparação
Silvia Massimini Felix
revisão
Huendel Viana
Ana Alvares
composição
Manu Vasconcelos

Dados Internacionais de Catalogação na Publicação (CIP)
— —
Machado de Machado, Samir (1981-)
Tupinilândia: Samir Machado de Machado
São Paulo: Todavia, 1ª ed., 2018
454 páginas

ISBN 978-85-93828-86-7

1. Literatura brasileira 2. Romance I. Título

CDD 869.3
— —
Índice para catálogo sistemático:
1. Literatura brasileira: Romance 869.3

todavia
Rua Luís Anhaia, 44
05433.020 São Paulo SP
T. 55 11. 3094 0500
www.todavialivros.com.br

FONTE Register*
PAPEL Munken print cream 80 g/m²
IMPRESSÃO Ipsis